Routledge
Taylor & Francis Group

U0748339

当代批评理论与实践

第三版

CRITICAL THEORY TODAY:
A User-Friendly Guide
Third Edition

[美] Lois Tyson ◎ 著　　赵国新 等 ◎ 译

外语教学与研究出版社
FOREIGN LANGUAGE TEACHING AND RESEARCH PRESS
北京 BEIJING

京权图字：01-2022-1897

图书在版编目 (CIP) 数据

当代批评理论与实践：第三版 ／（美）罗伊丝·泰森（Lois Tyson）著；赵国新等译.—— 北京：外语教学与研究出版社，2021.12（2025.3 重印）
书名原文：Critical Theory Today: A User-Friendly Guide (Third Edition)
ISBN 978-7-5213-3444-9

Ⅰ. ①当… Ⅱ. ①罗… ②赵… Ⅲ. ①文学评论－研究 Ⅳ. ①I06

中国版本图书馆 CIP 数据核字 (2022) 第 061538 号

出 版 人　王　芳
项目负责　冯　涛
责任编辑　王　茜
责任校对　曹　妮
封面设计　彩奇风
版式设计　吴德胜
出版发行　外语教学与研究出版社
社　　址　北京市西三环北路 19 号（100089）
网　　址　https://www.fltrp.com
印　　刷　北京天泽润科贸有限公司
开　　本　650×980　1/16
印　　张　35
版　　次　2022 年 4 月第 1 版　2025 年 3 月第 3 次印刷
书　　号　ISBN 978-7-5213-3444-9
定　　价　75.90 元

如有图书采购需求，图书内容或印刷装订等问题，侵权、盗版书籍等线索，请拨打以下电话或关注官方服务号：
客服电话：400 898 7008
官方服务号：微信搜索并关注公众号"外研社官方服务号"
外研社购书网址：https://fltrp.tmall.com

物料号：334440001

记载人类文明
沟通世界文化
www.fltrp.com

目　录

第三版前言

自从 *Critical Theory Today: A User-Friendly Guide* 第二版在2006年问世以来，批评理论领域在很多方面都在不断地发生变化。例如，人们对批评理论（有时被称作"文化理论"）的兴趣，进一步促进了不同的教育领域——尤其是大学里的各个院系，例如文学、历史、人类学、哲学和社会学——之间展开有益的交流；此外，批评理论还继续渗透到它鼎力扶持的各个研究方向，包括女性研究、性别研究和流行文化研究。因此，毫不奇怪的是，本书论及的某个或多个理论视角，已经成为上述领域内本科教学的基本内容；另外，这些领域的大部分研究生培养方案，也都预设了学生应当达到的理论水平。不过，相对晚近的一个发展态势是，许多具有优良本土文化传统的非西方国家、非英语国家，产生了学习批评理论的兴趣，这在很大程度上是西方的或者西化的教育制度的产物。例如，中国、韩国和沙特的大学出版社正在将本书的第二版翻译成自己的母语，供本国的教师和学生使用。

不过，有一件事情没有发生改变，那就是本书的目的。它依旧是出自批评理论和文学教师之手的一本批评理论导论。它的读者依然是对批评理论感兴趣的教师和学生；他们想了解批评理论，想了解它如何帮助我们更好地理解文学。与任何新版教科书一样，本书的第三版也增加了一些新的理论概念和词汇，扩充了一些基本理论问题的探讨，在每一章的末尾，更新和扩展了"延伸阅读书目"和"高端阅读书目"。"后殖民批评"这一章的结构有所调整，内容也增加了三节："全球化与后殖民理论的'终结'""后殖民理论与全球旅游业""后殖民理论与全球自然资源保护"，凡此种种都反映了这个领域的最新进展。由于我是教师，为教师和学生而写作，因此，第三版还澄清了多年来学生们普遍感觉难以理解的理论概念。这里仅举少数几个具有代表性的例子：在"精神分析批评"这一章，澄清了自我、本我和超我的活动之间的关系；在"解构主义批评"这一章，进一步解释了不确定性（undecidability）这个概念；在"女同性恋、男同性恋和酷儿批评"这一章，又增加了关于同性社交亲密性（homosocial bonding）的讨论和文学例证。事实上，我在课上使用的两本第二版教材，里面夹了大量的小纸条，上面写着我认为有用的澄清内容、词语变化或者增添的具体例证，所有这些细微变化，在这一版中均有体现。

正如我经常对学生们讲的那样，研究文学自然能够帮助我们深入理解我们所在的这个世界，研究批评理论会更见成效。在写这本书的第一版和第二版的时候，我对此深信不疑，随着一堂又一堂地讲这门课，我越发相信这一点的正确性。我希望诸位在读本书第三版的过程中也会发现，这条不起眼的真理是不证自明的。[1]

1　2014年，外语教学与研究出版社引进本书并出版中文版《当代批评理论实用指南》（第二版）。随着英文版第三版的面世，译者翻译了这一版新添加的内容，对中文版进行了全新修订，并应出版社要求，斟酌考虑后，将中文新版的书名定为《当代批评理论与实践》（第三版）。——译注

教学说明

这部教材的编写，萌生于我在教学过程中遭受的挫折感，你们当中的许多人可能也有类似的经历。在过去的十年当中，批评理论成为高等教育中的一股主导力量。现在，它被当作研究生教育中不可或缺的一环，与此同时，它在本科教学中的地位也越来越突出。然而，各个层次的诸多大学生以及一些授课教授，对于这门术语连篇的学科的许多内容依旧感到困惑——这似乎在公然蔑视他们的理解力。正如我的一位同事对他的学生们说的那样："批评理论是一辆公共汽车，你别指望能上去。"

批评理论课上经常使用的文论选——一般都会收录拉康、德里达、斯皮瓦克、本雅明等理论家异常晦涩的作品片段，以及那些高度概括这些理论家观点的著作——对于大部分学生来说并没有什么帮助。这些学生还不太熟悉文论的基本原理，而这些原理恰恰是理解这些文本所必须要掌握的。反过来，那些语言通俗易懂但为数极少的理论教科书，涵盖的范围也实在太有限，不足以详尽地介绍这个复杂的领域。

本书试图填补这一空白，力求以通俗易懂的语言向读者详尽地介绍这个艰深的研究领域：（1）联系我们的日常生活经验，让读者能够掌握此前颇感晦涩的理论概念；（2）向读者展示如何运用理论视角分析文学作品；（3）应用各派理论去分析同一部作品——F. 司各特·菲茨杰拉德的《了不起的盖茨比》，从而揭示各派理论之间的关系——它们之间的差异和相似之处，各自的优点和缺点。

我之所以选择《了不起的盖茨比》来达到这个目的，是出于以下两个原因：一是因为这部小说很适合用书中提供的十一家理论进行解读；二是因为它篇幅较短、可读性强、广为人知，它处理的是常见的美国主题，读者在接触本书之前就读过它。事实上，我有许多讲授批评理论的同事早就明确说过，他们更愿意使用一本以《了不起的盖茨比》为理论应用范例的教科书，就是因为他们非常熟悉这部小说。

本书主要以初学者为对象，每一章都要解说它所探讨的这派理论的基本原理，还包括文学应用的基本原则，为的是让学生能够写出他们本人对文学的理论阐释，带着深刻的洞察力去解读这些理论家本人的作品。因此，本书既可以单独作为文论教科书来使用，也可以用作批评理论文选的导读（或同时使用，相互参照）。书中各章内容来自我本人的教学实践，因此，可以说，它通过了课堂上的实地检测。事实证明，它能够激发学生的积极性，因为它向学生展示批评理论的实际用途，不仅以学生对文学文本的实际理解为依据，而且以他们对自己以及周围世界的理解为依据。对于那些急于了解批评理论的读者来说，本书的确是一本指导性手册，无论这类读者是初涉理论的大学生还是大学教授，而后者之所以阅读本书，主要是想掌握他们还不太熟悉的理论视角。

本书的章节安排服务于特定的教学目的：显示各派理论如何相互争论和彼此交叉。相互竞争的各派理论的深刻见解有时相互颉颃，有时彼此借鉴。不过，每章都可自圆其说，独立成篇。因此，本书可以根据任课教师的个人习惯来满足实际教学需要，各章讲授顺序可由教师来定，有的章节可以全部省去或只保留其中一部分，如此一来，各章中的小标题就可以派上用场了。与此相似，"深入实践问题"（附在各章《了不起的盖茨比》的解读之后，可作论文题目）鼓励学生应用各派理论去分析其他作品，这些作品声名远扬，经常被收入各式文选，但是，你也可以让学生用这些问题去分析你所选择的作品。

不管你选择怎样使用本书，我希望你同意，批评理论这辆公共汽车，我们的学生完全有理由能够上去。如果本书能够完成它的任务，他们会非常喜欢这段行程。

致　谢

在本书的写作过程中，以下朋友和同事提供了有益建议和道义支持，在此向他们表示最为诚挚的谢意：汉娜·伯科威茨、伯特兰·比克斯特思、帕特·布勒姆、凯瑟琳·布鲁姆赖克、琳达·乔恩、格蕾琴·克莱因、黛安娜·格里芬·克劳德、米歇尔·德罗斯、米尔特·福特、戴维·格里瑟姆、钱斯·盖特、迈克尔·哈特尼特、艾伦·豪斯曼、罗丝安妮·霍菲尔、比尔·霍夫曼、杰伊·赫利特、霍华德·卡亨、斯蒂芬·莱西、詹姆斯·林赛、罗莎琳德·梅伯里、科琳娜·麦克劳德、斯科特·米纳、琼尼·珀尔曼、詹姆斯·费伦、罗布·罗泽马、休·威廉·西尔弗曼、维塔·史密斯·塔克、吉尔·范安特卫普、梅甘·沃德、布赖恩·怀特和莎伦·怀特希尔。

特别感谢伟谷州立大学，它为本书的写作慷慨解囊，尤其感谢教务长弗雷德·安特扎克、已故教务长福里斯特·阿姆斯特朗、乔·米勒以及伟谷州立大学图书馆馆际互借部的南希·雷蒙德。在劳特利奇出版社方面，马修·伯恩尼在本书的写作过程中提供了宝贵的建议和支持，弗雷德·维斯及时倾力相助，罗伯特·西姆斯在错综复杂的成书过程中耐心指导。上述诸位的帮助让本人受益匪浅，在此深表谢忱。曾供职于加兰出版社的菲莉丝·科普尔，在本书第一版的出版过程中，劳心费力，热情如一，在此向她表示深切的谢意。

最后，向马克·戴维斯表示由衷的感谢——他不畏劳苦，逐字逐句地审读了每一版的每一章，同时还由衷地感谢伦尼·布里斯科宝贵的精神支持。

第一章
有关批评理论的疑问

我们为什么要劳心费力去了解批评理论？它真的值得我们费这么大劲吗？那些抽象的概念（如果我都能理解的话）难道就不会干扰我们对文学作出自然的、个人化的阐释吗？这些问题或类似的问题，很可能是理论的初学者最常提出的问题。无论他们的年龄多大，也无论受教育程度有多高，这类问题从两方面暴露出我们不愿学理论的心理症结：（1）担心失败；（2）担心失去我们与文学之间的那种亲密怡人、令人兴奋、妙不可言的联系，而这恰恰是我们阅读文学的首要原因。我认为这两种担心都有道理。

除了一些明显的例外，大部分理论著述——包括理论名家的作品，也包括那些试图向初学者解释名家思想的作品——充斥着术语和理论概念。它们预设初学者对此很熟悉，实则不然。由于这类著述似乎与我们的文学爱好无关，更没有涉及我们日常生活的世界，所以，它们就给人一种印象：理论的目的就是要把我们带到某个抽象的思想领域，在那里，我们搬弄最时新的理论行话（希望同行还没有听说过），随口说出几个生涩理论家的名字（希望同行还没有读过），以此自抬身价，自命不凡。换句话说，在过去十年左右的时间里，批评理论方面的知识已经成为学术地位的标志，学生和教授争相抢夺的教育"资产"，于是，它就成了一种炙手可热的昂贵商品，很难再自居为艺术了。

事实上，大多数人在学习批评理论之时都会感到焦虑，主要原因在于，我们最先接触的是理论行话，或者更确切地说，我们最先接触的是一些以理论行话而自鸣得意的人。举一个例子，最近，有一位学生问我**作者之死**（the death of the author）到底是怎么回事。这种说法，他到处听到别人讲，可没人给他解释，于是，在别人高谈阔论之际，他无从插嘴，顿感失落。这种说法的确切含义在别人交谈的语境下没有显现出来，因此，他感觉这个概念一定非常复杂。那些人在用这个概念的时候，总要摆出一副精英派头，还拿腔作势，仿佛人人都明白这是怎么回事。这个学生就因为不懂这个术语而自认为蠢笨无知，因此，他不敢请教别人，害怕暴露自己的蠢笨无知。事实上，"作者之死"是一个非常简单的概念，但是，除非有人作出解释，否则，它还真让人不知所云。"作者之死"指的是，对于作者在文学作品阐释过程中的作用，人们的态度发生了巨大的变化。在二十世纪的前几十年，老师经常教导学生，阅读文学作品应当主要关注作者——我们的任务在于考察作者的生平以便发现作者的用意以及他所要传达的思想、主题、寓意，也就是所谓的**作者意图**（authorial intention）。然而，时经多年，我们的关注焦点已经发生转变，如今，至少在当代许多批评理论家笔下，作者已不再被认为是有意义的分析对象。相反，我们将关注的焦点转移到读者，转移到文本的意识形态结构、修辞结构以及审美结构，或者转移到产生文本的文化，而将作者抛到一边。就此而言，无论从哪方面来讲，作者都已经"死亡"。这个观念的确再简单不过，然而，正如个别学科中的许多观念一样，它很可能被用于排斥他人，而不是用来与他人交流。这种情况尤其应当反对，因为它会导致一个后果：让我们这些最为直接地得到批评理论益处的人与其他人隔离开来，这些人包括当前以及未来的中小学教师、社区大学的师生和全国数以千计的文科学院下辖科系的师生。这些院系是美国教育的主力军，然而，它们的师生却很可能因为不懂批评理论，从而无缘踏上通往学术之路的"快速通道"。

　　了解批评理论，会让我们得到哪些具体的好处呢？正如我所希望的，以下各章将会以示例说明，理论有助于我们使用一些有价值的新方法，学会看待自己和世界。这些新方法可能会影响我们对孩子的教育，无论是教育自己的子女还是教育学生；影响我们对电视节目的看法，无论是晚间新闻，还是情景喜剧；影响我们如何去投票，如何去消费；影响我们如何对待那些持有不同的社会、政治和宗教见解的人士；影响我们如何认识和处理自身的动机、恐惧和欲望。如果我们认为，人类的文化产物——不仅包括文学，还包括电影、音乐、艺术、科学以及建筑等——是人类经验的产物，并因此而反映了人类的欲望、冲突和潜能，那么，我们就可以学会阐释这些文化产物，以便了解涉及人类自身的重要事情。我认为，读者会发现，批评理论为尝试者提供了出色的工具，这些工具不仅提供了新型和宝贵的视角，向我们展示了所在的世界，而且还提高了我们的思维逻辑性、思维创造性以及思维洞察力。

为了达到这一目的，每一章都要解说所探讨的那派理论的基本原理，以便让读者看到这派理论家本人究竟写了什么东西。每一章都专讲一派深刻影响了当代文学批评实践的批评理论，还力图透过这派理论的眼光来看待世界。读者应把每一家理论当作一副新型眼镜，透过这副眼镜，这个世界的某些因素成为我们关注的焦点，而其他因素则退居为背景。刚才提出的这个想法是否让你心生犹豫？为了突出某些观念，其他观念就得退居其后，这是为什么？这难道不是在暗示，每一家理论只能提供这个世界的部分画面？

为了清晰地认识某些事物，我们的视线必须专注一点，突出某些因素，而忽略其他因素，就像拍特写的照相机，让镜头锁定的东西具体成像，而让其余的东西变成模糊的背景。这一点似乎无可避免，它是观察与学习过程中出现的一个悖论。科学与宗教为什么看起来如此格格不入，原因或许就在于此，这不仅因为它们对同一现象的解释常有差异，而且因为它们将我们的视线集中在我们自身体验的不同方面。我们在理论学习的过程中要旁采众家，这就是其中的一个重要原因，这种做法不仅提醒我们，若想总揽全局，多重视角至为关键，而且，它还有助于我们掌握人类体验背后的理解过程本身，从而提高我们的辨别力，认清每一种世界观的价值和局限。事实上，理论给我们带来的一个最重要的启示就是：不同的方法论就是我们看待世界的不同方式，无论我们谈论的是物理学还是社会学，是文学还是医学。

事实上，正因为它们是观察世界的方式，各派批评理论才相互竞争，争夺教育界和文化界的主导权。每一派理论都自认为是理解人类体验最精确（或唯一）的手段。这样一来，各派理论之间的竞争就有了强烈的政治意味，至少就"政治"这个词的两种含义而言是如此：（1）不同的理论对于历史和时事（包括政府政策）的解释经常大相径庭；（2）时下最受欢迎的理论的倡导者，通常会找到最好的工作，为自己的课题拉到最多的经费。

即便在某派理论的内部，实践者之间也是歧见纷出，使得同一家理论内部出现了不同的思想派别。事实上，每一种批评理论的发展史，最终都是它的倡导者之间不断争论的历史，也是各家批评理论倡导者之间不断争论的历史。然而，若想理解一种观点，就必须理解这些异议人士表达他们的思想所使用的语言。本书会让读者熟知每一家理论所使用的语言，即每一家理论所依据的关键概念，从而帮助读者理解某派批评理论内部以及各派批评理论之间不断进行的论争。学会使用书中提供的不同理论语言，读者将会习惯于理论性思考，也就是说，读者将习惯于看到每种视角背后的种种预设，无论这些预设是挑明的，还是暗示的。

例如，当你阅读本书各个章节之时，我希望你能明白，我们对文学和世界的种种阐释，"个人化的"和"自然而然的"阐释，即未受理论"败坏"的阐释，它们所依据的种种预设，看待世界的种种方式，本身也是理论性的，只不过我们没有意识到自己已经将其内化吸收。换句话说，阐释其实都是理论性的。我们可能没有意识到那些引导我们思维的理论预设，然而，这些预设的确存在。例如，为什么我们会预设，在文学课上阐释一篇故事的正确方法就是要去发掘文中的意象和隐喻如何表达了思想或情感，或者，这篇故事是如何说明一个主题，或反映了历史的一个方面，或传达出作者的视角。相反，为什么在流浪汉收容所做义工、制作一座雕像或举办一次晚会就不是正确的反应呢？换句话说，我们在学习批评理论之前进行的各种文学阐释，看似非常个人化、自然而然，但是，它们都以各种信条为基础——有关文学、教育、语言、自我的信条——渗透在我们的文化之中，天长日久，我们就将其视作理所当然的了。

我希望，你在谙熟批评理论之后就会发现，它只会增强而不会降低你的文学鉴赏力。回想一下你在中学阶段的阅读经历。你是否还记得，当时你非常喜欢或非常讨厌某部或某两部短篇小说，也有可能是长篇小说或戏剧，可几年之后，你对它们的反应却发生了巨变？我们的生活阅历越是丰富，我们的文学体会就越是深厚。所以说，随着你对理论的理解力逐渐增强，随着你对人类体验和思想世界的思考逐渐加深、加宽，你就越能够欣赏文学作品意义的丰富厚重、本质多重和精妙变化。在这一过程中，你可能失去旧爱，但你会找到新欢，你的阅读视野会越来越开阔，你的欣赏范围也会随之扩大。

为了说明不同的批评理论阐释文学的不同方法，每一章除了从不同的文学文本援引简短的例证之外，还对同一部作品进行了详尽的解读，这部作品就是菲茨杰拉德1925年出版的名闻遐迩的小说《了不起的盖茨比》。① 以下各章之所以聚焦于文学，理由有二：（1）研究批评理论的读者大部分是文学专业的师生；（2）文学被视为人类生活的"试验场"，它所提供的人类体验的例证，应当是所有读者常见的。

为什么用《了不起的盖茨比》而不用别的作品为分析范例？我之所以选菲茨杰拉德的小说，并不是因为我认为你定会发现它是一部伟大的作品或是一部惹人喜爱的作品，虽说许多读者都这样认为。我之所以选择它，是因为它非常适合套用书中的这些批评理论去加以分析。尽管，至少我们可以假设，所有作品都可以用任何一种批评框架去加以阐释，但是，对大部分作品而言，某些批评框架更为适用，其他批评框架则不然。如果用一种不恰当的理论框架去解读作品，很可能徒劳无功。在理论与作品之间牵强附会，会产生削足适履的弊病，无论对于作品，还是对于理论，都有所扭曲。当然，这就要看判断力了，至于哪些理论能够有效地分析哪些作品，读者的见解不一而足。我们的任务是，既认识到我们自身的长处和局限，也要认识到我们所使用的理论的长处和局限，我们在努力强化理论运用能力之时，也要做到这一点。

在我们运用批评理论去分析《了不起的盖茨比》的时候，在我们开始运用批评理论去解读其他文学作品的时候，千万要记住，对于同一部文学作品，不同的理论阐释可能产生极为不同的见解，因为它们集中关注的是不同的人物和不同的情节内容，即便对于同一人物和事件，也会产生完全相反的看法。各派理论之间也可能有许多重合之处，对于同一部作品，它们的解读彼此兼容，甚至相似。批评理论不是孤立的实体，彼此之间大相径庭，能够分门别类，就像我们在花店看到的花桶一样，哪些放郁金香，哪些放黄水仙，哪些放康乃馨，分得一清二楚。如果继续使用这个比喻，我们不妨把理论看作形形色色的花束。在每一把花束之中，都有少数几枝鲜花出现在其他花束中。在其他花束中，它们是主体或被用来满足不同的目的。

举例来说，虽说马克思主义集中关注的是人类行为背后的社会经济因素，但是，它也不排斥人类经验的心理领域；另外，它探讨人类心理是为了证明，心理体验的形成是受到了社会经济因素的影响，而非心理分析通常设想的那些原因所致。同样，女性主义分析经常利用心理分析和马克思主义概念，它用这些概念去揭示女性主义关注的内容，例如，考察女性如何受到心理和社会经济压迫。即便批评家运用相同的理论工具去解读同一部文学作品，也可能产生完全不同的阐释，运用同一种理论并不一定意味着用同一种方式解读文学作品。如果你读了其他批评家对《了不起的盖茨比》的阐释，你极可能发现，他们在某些方面赞同我的阐释，在某些方面则并非如此，虽说我们好像用的是相同的理论工具。

　　说到这里，简单地介绍一些重要概念或许对你有所助益。我在上文中提到其他"批评家"，"批评家"和"文学批评"等术语不一定暗指给文学作品挑错，认识到这一点很重要。总的说来，文学批评试图向我们解释文学作品：它的产生、它的意义、它的构思和它的美感。批评家往往在他们彼此对作品的阐释中寻找缺憾，而不是在文学作品中去寻找。电影批评家和书评家会告诉我们是否应该观看或阅读他们所评论的电影或书籍；文学批评家则不然，他们花大量时间从事的是解释性工作，而非评价性工作，即便他们冠冕堂皇的目的是评价文学作品的美学性质，就像第五章所描述的新批评派的目的那样。当然，在我们应用那些志在改变世界的批评理论——例如女性主义、马克思主义、非裔美国文学批评、同性恋批评和后殖民批评——之时，我们有时候会发现，某部作品的缺憾在于，它有意或无意地提倡性别歧视、阶级歧视、种族主义或殖民主义的价值观。尽管如此，这部有缺憾的作品依然有其自身的价值，因为我们可以通过它去认识这些压迫性的意识形态的运作情况。

　　一方面，批评理论（即文学理论）试图解释各式文学批评赖以存身的论断和价值观。严格说来，当我们在阐释文学文本的时候，我们从事的是文学批评工作；当我们去考察我们的阐释行为所依据的标准时，我们是在从事批评理论工作。简单地说，文学批评就是将批评理论应用于文学文本，无论该批评家是否意识到自己的阐释中所贯穿的那些理论预设。事实上，人们已经普遍认识到，文学批评无法脱离它所依据的理论预设，这就是为什么**批评**一词在惯常用法中似乎包含**理论**一词的含义。

　　批评理论方面的例证包括：雅克·德里达（Jacques Derrida）论解构性语言理论的文章，路易斯·罗森布拉特（Louise Rosenblatt）对**文**

本、读者和**诗歌**的界定。在以下各章，我试图解释各个批评流派的理论概念如何具体运作，还会解释这些概念之间的关系。文学批评的例子则包括：对玛丽·雪莱（Mary Shelley）的《弗兰肯斯坦》（*Frankenstein*，1818）的解构主义阐释、对托妮·莫里森（Toni Morrison）的《最蓝的眼睛》（*The Bluest Eye*，1970）的马克思主义分析、对沃尔特·惠特曼（Walt Whitman）的《自我之歌》（"Song of Myself"，1855）中意象的同性恋解读，以及书中各章对《了不起的盖茨比》的各种阐释。

　　尽管文学批评家倾向于阐释作品，而不是评价作品，但是，他们对文学市场影响巨大，这种影响不仅体现在他们对某部作品的评论，也体现在他们选择阐释哪些作品，以及忽略哪些作品。当然，批评家往往去阐释那些易于运用批评理论去分析的作品。这样一来，不管什么时候，只要某派批评理论主宰着文学研究，那么，凡是适于运用这种理论去分析的作品，都会顶着伟大之作的头衔，踏入大学的讲堂，而其他作品则遭到忽视，因为我们中的大部分人在当上教师之后，往往去讲授我们学过的东西。一种流行的批评理论很可能导致某些文学作品被制度化或经典化：这些作品被当作具有"永恒"魅力的"伟大著作"传授给一代又一代学生。

　　在解释本书的结构编排之前，我想和诸位探讨最后一个概念，也许可称之为**顺向式**（with the grain）解读或**逆向式**（against the grain）解读。当我们顺向解读某部作品的时候，我们是在按照作品所期待的阐释方式去阐释它。例如，本书第三章从马克思主义视角对《了不起的盖茨比》进行顺向式解读，阐明了这部作品本身如何旗帜鲜明地谴责了一种浅薄的价值观：社会地位至高无上。相比之下，如果对该小说进行逆向式解读，就要想方设法去证明，这部小说实际上非常不明智地宣扬了它显然想去谴责的价值观。因此，当我们进行逆向式解读之时，我们分析的那些文本因素，文本自身好像并没有意识到。再举一个例子，《了不起的盖茨比》显然意在证明，汤姆、黛西和茉特尔很难说是理想的配偶，所以，我们在第二章对这部小说进行的精神分析解读就是一种顺向式解读——按照小说对我们的期待去阐释它；我们的阐释表明，这些人实际上并不爱他们的伴侣。然而，由于这部小说是以传统的浪漫方式表现盖茨比对黛西的爱情——尼克说，盖茨比"一心一意"追求黛西，就像"寻找圣杯"（156；ch. 8），盖茨比最终因为黛西送了命——如果我们在精神分析阐释中认为，他对黛西的情感就像其他人物之间的情感一样，绝不是真正的爱情，这时候，可以说，我们的阐释就是一种逆向式解读。这种阐释是小说本身没有料到的，因为小说中描写的是盖茨比全心全意地爱着黛西，这与其他人物之间的淡薄关系形成了鲜明对比。

因此，顺向式解读暗示，我们看到的正是作者所期待的，而逆向式解读则暗示，我们见到的不是文本所期待的，我们见到的是作者本人没有料到的。正如新批评家所言，我们不可能总是知道作者的意图是什么，即便作者明确说出了自己的意图，他的作品也很可能没有达到他的期待，或者超出了他的期待。当然，一些批评家确实有意地去谈论作者的意图，他们的任务就是提供作者生平的论据，以此让我们相信，他们的观点是正确的。同样地，谈论文本的意图并不能保证我们的分析是正确的，我们依旧需要从文本中寻找证据来支持我们的观点。不管怎么说，任何一种理论都可能就文学作品中的某一点对该作品进行顺向式解读或逆向式解读。就通常情况而言，重要的是，我们需要明确自己到底要进行顺向式解读还是逆向式解读，这样一来，当我们看到一部作品是出于谴责的目的而着力描写性别歧视行为之时，就不会因为这种描写而大加挞伐。就像文学阐释涉及的诸多因素一样，这也是一件很棘手的事情：一部作品究竟期待人们看到什么，读者对此仁智互见。

这些问题固然很重要，但是，目前它们和你关系不太大。因为，就目前而言，你通读本书各章之后，能在脑海中保留一般印象就可以了。事实上，如果你阅读本书是出于兴趣和精神享受，而不是期望成为一名无所不知的理论大家，那么，本书就圆满地完成了自己的任务。理由之一是，阅读本书不会使你成为无所不知的理论大家。当然，无所不知的理论大家也并不存在。你手边的这本书只是批评理论的入门之作，它是迈向一个漫长而又不断使人自我丰富的过程的第一步，这一过程正是我对你们的期待。本书会让你熟悉在许多人看来最有名气和最有用途的诸多理论，但是，还是有很多理论本书未能涵盖。然而，读过本书之后，如果感兴趣的话，你可以准备去阅读本书之外的一些理论；如果你对这本书中的一些理论特别感兴趣，你也可以有针对性地展开深入阅读。

为了帮助你作好准备，在每一章的开篇，本书都会用简易平实的语言去解释这一章所涉及的理论，与此同时，还从日常生活和文学名作中选取事例，以便澄清一些理论要点。为了培养你学会用理论家的眼光来看待文学，每一章中还罗列了这派理论家就文学作品提出的一般性问题。接下来，本书还会运用现成的理论去分析菲茨杰拉德的小说，进行示例说明。下一步，本书会提出一些问题供读者深入实践，这些问题有助于读者运用该派理论分析其他文学作品。这些问题（也可用作论文探讨的话题）力图以具体文学作品为示例，让你集中关注具体的理论概念。这些文学作品中的大多数，常见于各式文选和大学的课程大纲，但是，读者很可能想用这些问题去分析其他作品。最后，如果你愿意深入了解某一家理论，每一章的末尾还附有理论著作的参考文献，供"延伸阅读"和"高端阅读"之用，这些参考文献为你学过的内容提供了有用的后续。第十三章"全景鸟瞰"针对每一派理论提出了一个问题，每个问题都是对这个批评流派的一种全景鸟瞰，体现了它关注的一般焦点，通过这种方式，这一章为你提供了一条思路，去整理你对本书所探讨的批评理论的看法。此外，这一章还试图解释理论如何反映了产生它们的那种文化的历史和政治，如何结合不同的理论为某一部作品提供一种阐释。

我们所考察的这些理论在书中的编排，依据的是它们之间的逻辑顺序，而非严格遵循它们问世的时间顺序，了解这一点，对读者也很有助益。②你会发现，书中最先出现的那些理论是最容易掌握的，它们与我们日常世界之间的联系最为明显，接下来，按照理论之间的某种必然的联系，我们再转入其他理论，这样一来，你就会看到，理论是各种相互重合、相互竞争和相互论辩的世界观，而不是界限分明的概念范畴。因此，本书会先从"精神分析批评"这一章开始讲起，这是因为我们中的大多数人在日常生活中都接触过一些精神分析的概念，虽说它们都已成为老生常谈。另外，精神分析所采用的个人体验非常容易为大多数人所认同，这也是原因之一。"马克思主义批评"一章紧随其后，这是因为马克思主义与精神分析既有重合，又有论争。女性主义之所以放在这两派理论之后，是因为它对前两派理论的概念既有借鉴又有争议。其余章节的编排顺序，可依此类推。尽管历史范畴不会成为本书的主要组织原则，但是各派理论之间的历史关系（例如，新批评如何成为传统历史主义的反拨对象，或解构主义如何成为结构主义的反拨对象）将在书中得到解释；因为这类关系可以澄清我们正在使用的一些理论概念，在某些方面，它们也说明了，正如前文所指出的那样，夺取思想支配权的斗争也是夺取社会和政治支配权的斗争。

在这里，我要讲一讲关于我个人经历的一桩轶事。你会发现，这件事与你初次接触批评理论的情形不无关系。首次读到雅克·德里达的《结构、符号和游戏》（"Structure, Sign and Play"）那篇文章时——或许是他的解构主义理论介绍中印行最多的一篇文章——我正坐在我的1964款雪佛兰轿车里。当时一场雷雨骤然袭来，我被困在了停车场。那时候，我刚刚开始涉猎批评理论，我对这篇文章的反应是泪水涟涟，这倒不是因为我被它感动了，也不是因为被雷雨带来的壮美景象所感动，真正的原因是，这篇文章我看不懂。在此之前，我还自居为聪明之士——我在大学期间苦攻哲学，能够出色地"解码"艰涩作品。"我怎么就读不懂这篇文章呢？"我疑窦丛生。"难道我远不如自认为的那么聪明吗？"我最后终于明白了，问题不在于德里达的思想如何复杂，问题在于我对它们一无所知。此前，在我的人生经验中，似乎还没有什么东西能够让我将他的思想与我熟悉的东西挂上钩。我没有路线图，于是迷了路。我想，这种体验是接触新理论（不只是解构主义而已）的学生常有的。我们完全不知道从何处下手。

这样说来，我在以下各章中为诸位提供的实际上是一张路线图。我认为，用旅途来比喻我们的探索是非常贴切的，因为知识不是我们生而习得的东西，它是我们的本真状态，或是我们力求达到的状态。知识构成了我们与自我、我们与世界之间的关系，因为正是透过知识这个透镜，我们才得以审视自己和世界。改变了透镜就等于改变了观察过程和观察者本人。这个原则让知识变得既令人恐惧又具有解放效果，既让人非常痛苦又让人极度快乐。如果本书能够帮助你发现，为了这份快乐值得去忍受痛苦，而这种痛苦又是值得尊敬的——如果它帮助你认识到自己最初的恐惧和惶惑，这实际上标志着你已经向一个不熟悉但值得费力探索的领域迈出了一大步——那么，本书就完成了一项重要任务。

【注释】

① 本书夹注中引用的《了不起的盖茨比》是麦克米伦出版公司在1992年推出的版本［马修·J. 布鲁克利（Matthew J. Bruccoli）注释并作序］。夹注中既标示页码又标示章节，以便读者使用该小说的其他版本。

② 在研究批评理论的时候，虽然我们很想严格遵循年代顺序，但这样做会产生一些问题。最迫切需要解决的问题或许是，如果从一个更为广阔的历史视角去看，理论在学术界出现的年代顺序不同于它们实际出现的年代顺序。例如，如果我们以学术史作为本书的组织原则，本书就应先从新批评（第五章）讲起，尽管新批评对于学术界的支配始于二战之后。如果我们用广义的历史作为组织原则，那么，本书可能要从女性主义（第四章）讲起，因为有人认为女性主义始于玛丽·沃斯通克拉夫特（Mary Wollstonecraft）的《女权辩护》（*A Vindication of the Rights of Woman*，1792），或者更早。尽管我在安排本书章节之时遵照的是我所认为的逻辑顺序，但请读者注意，我并没有放弃年表，只是对它进行了重新考虑。之所以先讲精神分析、马克思主义和女性主义这三派理论，除了它们具有基础性特征之外，它们在历史上出现的时间也早于新批评，所以，新批评被安排在了下一章。讲述其他理论的各个章节以年代为编排顺序，主要依据的是各派理论在学界占据重要地位、获得广泛认可的时间顺序。

【引用作品书目】

Fitzgerald, F. Scott. *The Great Gatsby*. 1925. New York: Macmillan, 1992.

第二章

精神分析批评

＊＊＊＊＊＊＊＊＊＊＊＊＊＊＊＊＊＊＊＊＊＊＊＊＊＊＊

　　我们之所以从精神分析批评入手来学习批评理论，原因在于，无论我们是否意识到，精神分析概念早已融入我们的日常生活。因此，精神分析的思维绝非陌生之物，这是它的优点。假若你对某位怒气冲冲的朋友说，"别拿我撒气"，你就是在责怪他的**移置**（displacement）行径；"移置"是精神分析术语，在这里指的是，把自己的怒气转移到别人身上（这个人一般不会反击，即便反击，他造成的伤害也比不上真正惹我们生气的那个人）。在日常生活中，"手足相争""自卑情结"和"防御机制"等精神分析概念被广泛使用，为多数人所耳熟能详，其意义内涵不证自明，无须另外解释。当然，精神分析概念如此大行其道对其自身也有不利之处：对于这些概念的内涵，大部分人的认识过于简单化，而陈腐俗套的形式又让它们显得相当肤浅，虽说并非全无意义。与这一不幸事实并行不悖的是，我们还很担心，精神分析总想侵入我们最为隐秘的心理世界，向我们自己以及整个世界显示我们存在某种程度的缺陷，甚至病态，结果导致我们一直不相信**心理呓语**（psychobabble）。事实上，"心理呓语"一词的普遍使用足以说明，我们都认为精神分析既难于理解又毫无意义。因此，在一个以精神分析概念为日常用语的文化当中，我们经常看到的却是，人们全盘否定精神分析有助于理解人类的行为。

　　我很希望这一章能向诸位证明，从精神分析的角度看待世界既简便易行，又不流于简单肤浅。如果我们肯花时间去了解精神分析为人类经验提供的关键概念，我们就可以认识到这些概念在日常生活中的作用是深刻的而非肤浅的，我们就会理解某些迄今为止还令人困惑的人类行为。当然，如果精神分析能够帮助我们更好地理解人类行为，那么，它也一定有助于我们理解文学文本；因为文学文本与人类行为密切相关。下文探讨的概念都立足于西格蒙德·弗洛伊德（Sigmund Freud，1856–1939）创立的精神分析原理。在今天，弗洛伊德的心理学理论被称为**经典精神分析**。我们必须记住，弗洛伊德思想的演变经历了很长一段时期，他的许多思想在发展过程中一直在变化。此外，正如他指出的那样，他的许多想法是推测性的，他希望，随着时间的流逝，其他人会继续发展，甚至更正他的一些观点。所以，本章试图概述对于文学批评尤有助益的经典精神分析领域，进而去证明有关人类行为的这种看法与我们的文学体验息息相关。在本章的后一部分，我们还会简要考察非传统精神分析理论家雅克·拉康（Jacques Lacan）相对新近的著作。①

【无意识的起源】

透过精神分析的眼光观察世界，我们会看到，世界是由个体的人所组成，每个人的心理历史都始于童年时代的家庭生活经历，每一个人在青春期和成人期的行为模式，都是这段早期经历的直接后果。因为精神分析的目标是帮助我们解决心理问题，这些心理问题经常被称为心理错乱失调或机能障碍（没有谁能与心理问题彻底绝缘），所以，我们重点关注的是有一定破坏性的行为模式。之所以说是行为模式，那是因为我们身上一再发生的破坏性行为显示，我们存在着某种非常严重的心理问题，在一段时期之内，它可能在我们不知不觉的情况下影响着我们。事实上，正因为我们对某个问题一无所知——或者说，虽然我们知道自己有问题，但却没有意识到它在什么时候影响我们的行为——它才对我们产生如此大的控制力。由于这个原因，我们先去探讨精神分析思想中的核心概念：无意识的存在。

你还记得滚石乐队唱过的一首歌吗？歌名是《你不可能总是如愿以偿》（"You Can't Always Get What You Want"）。它主要表达的意思是："你不可能想要什么就有什么，你只能得到自己需要的东西。"如果对这句话略加改动，我们就了解精神分析式思维到底为何物了："你不可能总能得到你**有意识**想要的东西，但是，你会得到自己**在无意识之中**需要的东西。"人类的行为受到了自己没有意识到的——也就是无意识的——欲望、恐惧、需要和冲突的刺激甚至驱动，这一观念是西格蒙德·弗洛伊德最为大胆的一个洞见，直到今日，它还支配着经典精神分析学。

无意识当中储存着一些令人痛苦的体验和情感，我们之所以不愿意了解这些创伤、恐惧、邪念和悬而未解的冲突，原因就在于，我们担心自己被它们压垮。无意识在我们很小的时候就形成了，它是通过**压抑**，即刻意遗忘不愉快的心理事件而形成的。然而，压抑非但无法根除我们的痛苦体验和情感，反倒助长了它们，因为压抑让它们去组织我们当下的体验：我们的无意识行为让我们暗中"宣泄"了痛苦经历和受压抑的情感的矛盾感受。因此，在精神分析看来，无意识没有被动地储存中性的素材，虽说其他学科和日常会话有时这样看待它；相反，无意识是一个能动的实体，它在我们的心灵深处操控我们。

除非我们能找到办法，认清并且承认我们被压抑的创伤、恐惧、邪念和悬而未解的冲突的真正成因，否则，我们总会以伪装的、扭曲的和自毁的方式与之纠缠。例如，如果我没有意识到，我自己还在渴望从去世已久、酗酒成性的父亲那里得到从未得到的爱，那么，我就很容易去找一个酗酒成性、不太着调的人作为人生伴侣，以便重温父女关系，"这一次"让他来爱我。事实上，即便我意识到了自己有依恋亡父的心理问题，然而，我还是很难确认，我何时与另一个人"重温父女情"。事实上，我很可能看不到我父亲和我爱人之间的惊人相似之处，相反，我只会注意到表面上的差异（我父亲长着一头黑发，而我的爱人长着一头金发）。换句话说，我会把自己对无心肝的亡父的依恋，转变成自己对眼前心上人的依恋。我会感觉到自己爱上了眼前的这位心上人，甚至是陷于深爱而不能自拔，而且，我还认为自己真正想得到的是，让这位心上人同样爱我。

我不一定能够意识到，我真正想从这人身上得到的，正是我未能从父亲那里得到的东西。这方面的证据是，他对待我的方式与我父亲对待我的方式如出一辙。还有，如果我从眼前的这位"热恋对象"那里真的得到了自己期待的那种关心，我就会对他失去兴趣；也许是因为这种关心还不够充分（他永远也无法让我相信他真的爱我，我认为自己的不安全感是他对我冷淡的证明）。另一方面，就算我确信他真的爱我，我也会对他失去兴趣，真正的原因是这位体贴的恋人没有满足我的需要：让我重温当年惨遭父亲遗弃的体验。问题的关键在于，我想要的东西是我自己不知道自己想要而且也不可能得到的东西——无心肝的父亲的爱。事实上，即使我父亲还活着并且回心转意，向我施以父爱，然而，在受惠于这种慈爱之前，我依旧要去医治他在我童年时期给我造成的心理创伤，例如心理缺憾和被遗弃感。

正如上述例证所示，在精神分析理论中，**家庭**非常重要，因为我们每一个人都受到我们在**家庭复合体**（family-complex）中的角色的塑造。就某种意义而言，无意识"产生"于我们如何看待自己在家庭中的地位，以及如何对这种自我界定作出反应，例如，"我是失败者"，"我是完美的孩子"，"我总得'让着我弟弟'"，"我不招人待见"，或者"父母的问题是我造成的"。**俄狄浦斯式**冲突（男孩与父亲争夺母亲的宠爱、女孩与母亲争夺父亲的宠爱）和老式弗洛伊德理论中的所有常见观念（如手足相争、阴茎妒忌、阉割焦虑）描述的只是家庭冲突的主要方式，它们为我们理解个体之间的差异仅仅提供了一个起点。例如，在一些家庭中，**手足相争**（兄弟姐妹之间争夺父母的宠爱），在某种重要意义上，可能发生在孩子与父亲（或母亲）之间。如果我嫉妒配偶对子女的宠爱，我心中无法化解的童年时代的手足之争就会重现：我感觉父母更爱我的某位兄弟姐妹。也就是说，看到配偶宠爱自己的孩子，就会唤醒当年因看到父母关爱某位手足而受到的伤害，我自认为他们更喜欢他（她），所以，我现在发现自己在与孩子争宠。

俄狄浦斯情结、手足相争以及其他类似现象，被认为是人生的必经阶段，注意到这一点很重要。换句话说，我们都有过这些经历，它们是我们变得成熟和确立自身身份的一个自然和健康的组成部分。如果我们未能安然度过这些冲突阶段，那可就麻烦了。下面的例子在很多女性中是很常见的。如果我现在依旧与自己的母亲去争夺父爱（这种竞争可能在我的无意识中长期存在，即便我的父亲或母亲去世已久），我非常可能倾心于有女朋友的男子或有妇之夫，他们与另一位女性的恋爱关系可以让我重新体验我与母亲的竞争关系，并且"这次"让我获胜。当然了，这次我很可能没有获胜，而且，即便我获胜了，一旦我俘获了他，我就会对他兴味索然。我之所以想得到他，完全是因为他另有恋人，虽说我不能清醒地意识到这一点。一旦他变成我的人，他就再也无法引起我的兴致了。另一方面，作为一个小孩子，如果我感觉到自己从母亲那里赢得了父亲原本对她的宠爱（他宠爱我的方式是惩罚或回避我的母亲），那么我就会倾心于那些已经有女朋友或妻室的男人（他不大可能离开自己的女友或妻室），因为我从母亲那里"偷走"了父亲，我感觉自己应当为此受到惩罚。当然了，还有一种办法可以惩罚自己从母亲那里"偷走了"父亲（或惩罚自己有这种偷走父亲的想法，或惩罚自己有如下感觉：如果他对我性骚扰，多少是因为我的错），那就是对自己的伴侣性冷淡。

对于男性而言，重温无法化解的俄狄浦斯情结的常见办法，就是对女性采取一种通常所说的"好女孩/坏女孩"的态度。如果我一直与父亲争夺母亲的宠爱（通常是在无意识当中），为了去除心中的罪恶感，我很有可能把女性划分为两类："类似于妈妈的"（好女孩）和"迥异于妈妈的"（坏女孩），继而与那些"迥异于妈妈的"女性尽享性爱之乐。换句话说，正因为我在无意识当中将性欲与自己对母亲的欲望联系在一起，所以，性欲令我感到罪恶和肮脏。正因为这个原因，我只能与那些"坏女孩"享受性爱的欢愉，因为她们集罪恶与肮脏于一身，我是不会将她们与母亲联系在一起的。这种看法经常导致某些男性对女性始乱终弃。当我引诱了一位"坏女孩"，我（早晚）会抛弃她，因为我不可能容忍自己永远去依恋一个不值得迎娶的女人（即一个不值得与我母亲相提并论的人）。当我引诱了一个"好女孩"，就会发生两件事：（1）她变成了一个"坏女孩"，而且，像其他所有坏女孩一样，她不值得我对她痴心不改；（2）我会因为"玷污"她（就像"玷污"了自己的母亲）而萌生罪恶感，为了避免这种罪恶感，我必须抛弃她。总之，无论是对于女性还是对于男性而言，只有承认自己破坏性行为的心理动机，才有希望改变这种行为。

【心理防御、焦虑与核心问题】

我们在无意识之中不肯承认或不肯改变自己的破坏性行为——因为我们的自我就是据此而形成的，而且还因为，如果仔细考察这些破坏性行为，我们会很害怕——这种破坏性行为是我们的**心理防御**（defenses）造成的。心理防御就是我们把无意识的内容安放在无意识心理层面的过程。换句话说，这就是我们去压抑那些被压抑的内容的过程，我们之所以去压抑这些东西，就是为了避免自己了解真相之后手足无措。心理防御包括：**选择性感知**（selective perception）（只看到或听到自己感到可以应付裕如的东西），**选择性记忆**（selective memory）（修正我们的记忆，从而不让自己被它们压垮，或者彻底忘记令人痛苦的事情），**否定**（denial）（认为问题并不存在，即令人不快的事情根本未发生），**回避**（avoidance）（远离那些激发某些无意识——例如被压抑的体验或情感——从而使我们心生焦虑的人和事），**移置**（displacement）（"迁怒于"他人或他物，而他们对我们的威胁比不上真正让我们恐惧、受伤、绝望或愤怒的人），还有**投射**（projection）（将我们的恐惧、问题或邪念归咎于他人，再痛加诟病，为的是否认自己存在这样的问题）。

最复杂的一种心理防御或许就是**心理倒退**（regression），即暂时回归先前的心理状态，这不是想象的结果而是重温往事的一个过程。心理倒退既包括回顾令人痛苦的经历，也包括回顾令人愉快的经历。之所以说它是一种心理防御，是因为它让我们的思绪摆脱了当前的困境［例如，在《推销员之死》（*Death of a Salesman*, 1949）中，威利·洛曼对过去念念不忘，就是为了回避当前生活中令他不快的现实］。然而，与其他心理防御不同的是，心理倒退能够带来**积极逆转**（active reversal）的机会，它认可并摆脱了被压抑的体验和情感，因为只有重温过去受伤的体验，我们才能改变受伤的后果。这就是心理倒退何以成为一种有效治疗途径的原因。

许多心理体验能够发挥心理防御的作用，即使它们还没有这么正式的定义。例如，**亲密恐惧症**（fear of intimacy）——恐惧自己与他人发生情感瓜葛——通常是一种有效的心理防御，它防止我们去了解自己的心理创伤。它使我们在与他人（恋人、配偶、子女和至交）的交往中保持一种情感的距离，因为这些交往极易暴露我们以往的心理创伤。我们不让自己过于接近其他重要人物，为的是回避这些亲密关系必然勾起的往日伤痛。谈情说爱之际脚踩两只船，迷情阶段一过即抽身而退，让自己忙得不可开交而很少与家人或朋友待在一起，凡此种种，都是我们与所爱之人保持情感距离而又羞于承认的方式，此类方式不一而足，这里仅举数例。

当然，我们的心理防御偶尔也会暂时崩塌，这时我们就会感到**焦虑**

（anxiety），我们会烦躁不安地感觉到什么地方出错了，或我们身处险境，这种感觉经常是不可遏抑的。焦虑可以说是一种重要体验，因为它能暴露出我们的**核心问题**。举几个比较常见的核心问题的例子，探讨一下核心问题以及它们与焦虑之间的关系。

亲密恐惧症——这是一种沉潜已久而且非常强烈的感觉，我们总觉得与他人情感亲密将会给自己带来严重伤害或毁灭，只有一直与他人保持情感距离才有情感的安全。如上所见，亲密恐惧症也可能发挥心理防御机制的作用。如果这种独特的心理防御经常出现或持续出现，那么，亲密恐惧症就可能成为一个核心问题。

离弃恐惧症——坚信朋友或爱人将要抛弃自己（实质性抛弃）或者是不关心自己（情感抛弃）。

背叛恐惧——没完没了地感觉朋友或爱人不可信任，例如，难保他们没有对自己撒谎，难保他们没有在背后说自己的坏话，或在谈恋爱的时候，感觉对方移情别恋欺骗自己。

自卑——认为自己不如他人，从而得不到别人的关心、爱慕或生活的其他回报。事实上，我们经常认为，自己应受生活的某种惩罚。

自我的不安全感或不稳定感——缺乏自信，对自己认识不足。这一核心问题使我们容易受到他人的影响，在与其他个人或群体打交道的时候，自己的看法和行为经常受到对方的左右。

俄狄浦斯情结——儿子与母亲之间或女儿与父亲之间存在的一种畸形的暗恋心结，如果孩子长大成人之后没有超越这种心结，它就会阻碍孩子与同龄人建立起成熟的关系。

你可能注意到了，上面列举的核心问题是相互关联的。亲密恐惧症既可以发挥心理防御的作用，也可以发挥核心问题的作用，正因为如此，某一核心问题可能由另一核心问题造成，或导致另一核心问题的出现。例如，假如离弃恐惧症是我的核心问题，那么，我就容易同时产生亲密恐惧症这一核心问题。假如我认定，我最终会被自己所喜欢的人抛弃，那么，这种想法就会使我长期避免对他产生亲密的情感，因为我认为，如果我与自己所爱的人没有发生过于密切的关系，那么，当他无可避免地抛弃我的时候，我就不会感到受到伤害。再举一个例子，如果自卑是我的核心问题，那么，我也会产生离弃恐惧症这一核心问题。如果我认为自己不配得到别人的爱恋，我就会预感自己将会被人抛弃，无论我爱的这个人是谁，即我的自卑可能让我产生亲密恐惧症。如果我认为自己不如别人，这种想法很可能导致我与他人保持情感距离，这样做是为了不让人家发现自己不如别人。当然，这里所说的只是核心问题之间相互联系的数种方式而已。我相信你还会想到其他方式。

最重要的是要记住，核心问题从根本上界定了我们的存在。它们不包括偶尔产生的消极情感，例如转瞬即逝的不安全感或自卑感。例如，偶尔哪天不顺心并不表明存在核心问题。确切地说，核心问题会伴随我们的一生，除非得到有效处理，否则，它们会对我们的行为产生破坏性的决定作用，而我们通常却没有意识到。换句话说，焦虑让我们对自己有深入的了解，因为产生焦虑之时，我们的核心问题即在发挥作用。例如，当我的一位朋友与另一个朋友去看电影，我就感到焦虑，因为这让我重新体验了当年我因父母对自己不管不顾而产生的被离弃感。无论我是否看到这两件事之间的联系，我都有这种感觉。也就是说，我现在之所以萌生被离弃感，都是因为我在孩提时代深受这种被离弃感的创伤，而我现在之所以焦虑，乃是因为我不想承认我曾遭到父母的严重离弃。因此，我感到自己受到了伤害并且怨恨朋友，然而我并没有意识到其中的原因。让我产生焦虑的是，我在无意识层面上了解其中的原因。就此而言，焦虑总是与被压抑的内容的重现有关：我现在之所以焦虑，就是因为我过去一直压抑的东西——某种痛苦的或可怕的或内疚的体验——正在重新浮现。作为一种治疗形式，精神分析有条不紊地介入并且利用焦虑。它的目标（与自我心理学的目标不同，自我心理学是当前比较流行的一种治疗方式）并不在于强化我们的防御机制，也不是恢复我们的社会适应能力，而是突破我们的心理防御，以便从根本上改变我们的人格结构和行为方式。

然而，在一般情况下，我们的防御机制阻碍我们去了解我们的无意识体验，而我们的焦虑即便有所延长或不断出现，也没有成功地突破我们的压抑。那么，如果没有心理疗法的帮助，我们怎么可能了解我们的无意识的运作情况呢？正如上文所指出的那样，我们的行为模式——如果我们能够识别出它们的话——提供了线索，尤其在人际关系领域，在这个领域内部，特别是在我们的恋爱或性事方面提供了线索，因为正是在这里，我们最初没有解决的家庭冲突得到重演。此外，如果我们知道如何利用无意识的话，那么我们就可以通过做梦和创作活动去接近无意识；因为无论是我们的梦，还是我们的创造性，都独立于我们有意识的意志或欲望，它们直接利用了无意识。

【梦和梦的象征】

据认为，人在睡眠时的心理防御活动不同于清醒之时。睡眠期间，无意识可以自由地表现自己，在梦中也是如此。然而，即便在梦中，也有某种审查、某种防护，防止我们惊恐地洞悉被压抑的体验和情感，这种防护具体表现为，它扭曲了梦的内容。无意识在梦中所表达的"信息"——梦的内在意义，即**隐含内容**（latent content）——被改头换面，这样一来，我们就无法借助于移置和浓缩等过程立即把它辨认出来。每当我们利用某个"安全的"人、事件或物体作"替身"，去代表一个比较有威胁性的人、事件或物体的时候，**梦的移置**（dream displacement）现象就发生了。例如，我可能梦见一个小学老师对我性骚扰，这是为了表现（同时也是回避）我在无意识中所了解到的情况：我父亲（或母亲）对我进行过性骚扰。所谓**浓缩**（condensation），就是利用某一个梦中意象或事件去代表几种无意识的创伤和冲突。例如，我梦见自己与一只凶猛的熊搏斗，这很可能代表我在家里和工作单位所经历的心理"斗争"或冲突。或者，将上面的例子扩展开来，我梦见了自己被一名小学老师性骚扰，这个梦很可能体现了我的一个无意识感觉：我的自尊心遭到了我的家庭成员、朋友或同事的攻击（一个梦可能是移置和浓缩现象共同作用的结果。）

因为移置和浓缩都发生在梦中，所以这些过程被统称为**初次修正**（primary revision）。一旦初次修正掩盖了无意识的信息，即梦的隐含内容，那么，我们实际梦见的就是梦的**显现内容**（manifest content）。上面所描述的梦的种种意象——小学老师对我性骚扰以及自己与凶猛的熊搏斗等意象——都属于显现内容。这些意象实际上在暗示梦的隐含内容，这是一个阐释问题。那位小学老师是否是我父母的替身？性骚扰的意象是否替代了我的自尊心遭到言语攻击这一事实？熊是否代表了某种心理冲突？如果是的话，那么，这一冲突究竟是什么？在阐释梦的时候，我们的目标是回忆梦的显现内容，并试图揭示其隐含内容。然而，我们应切记，即便在这个有意识的（清醒）阶段，我们也很容易无意识地改变梦的内容，为的是进一步防止自己了解那些令人不忍闻见的痛楚。例如，我们可能忘记梦境中的一些内容，或者，我们记忆的内容与实际情况多少有些差异。这一过程出现在我们清醒的阶段，它被称为**二次修正**（second revision）。

如果我们牢记，某一象征与它的真正含义并不是一一对应的，那么，把梦的显现内容当作梦的象征体系，再像阐释其他象征物那样去阐释它，这种思路是颇有助益的。也就是说，对于所有做梦者来说，尽管某些意象往往具有相同的象征意义——至少对于同一个文化圈中的人来说是这样——但是，我们在梦中再现我们的无意识体验的方式却因人而异。所以，为了增强释梦的精确度，我们必须花一定的时间去了解，我们在梦中是如何再现某些思想、情感和人物的，而且，我们必须了解某个梦中意象出现的语境：在这个梦中意象出现之前、出现之后以及出现的同时，我们还梦到了什么？

释梦的一些总体原则在大多数情况下是可以通用的，正如下文所示。因为做梦者是在梦中创造出所有"人物"的，所以，真正有意义的是，我们梦到的每一个人实际上与我们个人的一些心理经历有关，我们是在梦中把这些心理经历投射到"替身"身上的。如果我梦到我的姐姐生了一个死胎，那么，我（实际）梦见的要么是我生过一个死胎（恋爱失败？事业失败？艺术创作失败？），要么是我本人就是一个死胎（感到被抛弃？感到孤立无助？感到绝望？）。正像这个例子所表明的那样，与儿童相关的梦几乎总能暴露出我们对自己的感觉，或者对肚子里的孩子和可能受到伤害的孩子的感觉。

鉴于性欲是我们心理状态的一种重要反映，因此，凡是与我们的性别角色相关的梦境，或者与我们看待自己或他人性事的态度相关的梦境，也会透露出一些内情。为了阐释这些梦，我们需要留意梦中出现的男性和女性意象。男性意象，即**阳物象征**（phallic symbol），可能包括塔、火箭、枪、箭、剑等等。简而言之，如果该物体向上挺立或发射，它就有可能发挥阳物象征的作用。例如，如果我梦见自己用枪口胁迫我的朋友，我表现的无意识感觉可能是，我要对这位朋友进行性侵犯，或对别人进行性侵犯，而我的朋友只是一个安全替身（替代我朋友的配偶或我的配偶）。此外，对于我的性侵犯行为，阐释角度不一而足：强调的是性，还是侵犯，还是兼而有之？我是否想得到朋友的配偶，或者说，我是否羡慕朋友的配偶？在房事关系中，我是否想更加自信？或者说，我是否想伤害配偶的**性的自我形象**（sexual self-image），就像她曾经伤害过我的一样？为了断定哪一种阐释是正确的，需要掌握与类似梦境相关的更多材料，掌握我清醒时的行为方式，以及如实地分析我对梦境以及梦中人物的感受。同样地，如果我梦见有人用枪口胁迫我，那么，我表达的无意识感觉可能是：有人要对我进行性剥削，或者要危害我的人格。

女性意象（female imagery）包括洞穴、房间、带围墙的花园（就像我们在表现圣母玛利亚的绘画中所看到的那样）、茶杯或者围栏以及各种器皿。如果该意象可能成为子宫的替身，那么，它就可能发挥女性意象的功能。因此，如果我梦见自己被困在一个狭小黑暗的房间里，我所表达的可能是一种无意识的恐惧：害怕母亲完全控制了我，或者担心自己没有彻底成熟，变成大人。或许二者都是我想要表达的，因为这两个问题肯定是相关的。女性意象还可能包括牛奶、水果和其他食物，以及装食物的容器，例如瓶子或杯子（没错，它们与子宫意象有相同之处）——换句话说，任何能够替代乳房的东西都是女性意象，而乳房本身又是情感滋补的替身。所以说，如果我梦见自己正在用所剩不多的一小瓶子牛奶去喂一窝饥饿的小猫（这个梦男女都可能做），那么，我就可能在表现一种无意识的感觉：我的孩子，或我的配偶，或我的雇主——或者是他们所有人——都对我提出了过分的要求，或者是我苛求自己去照顾他人。同样地，如果我梦见自己饥肠辘辘或是梦见自己四处觅食，我表达的可能就是寻求情感滋补这样一种无意识需求。

再看一看其他种类的象征：如果我梦见了水——液体状态，形状不定，有时波澜不兴，有时险象环生，而且经常比看上去要深——那么，我梦到的东西可能与自己的性生活、情感领域或无意识领域有关。所以说，如果你梦见自己被一阵巨浪吞没，这很有可能表明，你在无意识之中担心自己被某种情感压垮，对于这种情感，你一直在压抑，唯恐其突然爆发。当然，水也与我们在子宫中的经历有关，所以，凡是涉及水的梦境，尤其是涉及被水淹的梦境，都可能与母女或母子关系有关。与建筑物相关的梦境可能直接涉及我与自己的关系，因为阁楼或地下室是无意识的替身。与建筑物相关的梦也可能涉及我与某一机构的关系，对我而言，建筑物代表的可能是教会、学校、我所在的公司或者法律（因为法律代表了社会规则和规范，所以它可能是超我的替身）。尽管我们经常梦见自己心知肚明的一些恐惧和伤痛——它们都是我们清醒意识到的——但是，梦见这些忧虑表明我们应当设法解决这些忧虑。它还表明，这些忧虑令我们痛入骨髓，而我们对于个中缘由羞于承认。当然，反复出现的梦境或梦中意象最能显示我们的无意识忧虑。

无论我们的梦境有多么可怕，有多么令人不安，它们都是无意识创伤、恐惧、邪念和未化解的冲突的安全发泄渠道，因为，正如我们所看到的那样，它们是以伪装的形式出现的，我们对它们的解释不会超出我们力所能及的范围。此外，如果一个梦境的威胁性过强，我们就会被惊醒，正如我们做噩梦时经常发生的那样。然而，如果在我清醒时就做噩梦——也就是说，如果我的心理防线被一劳永逸地突破，如果我的焦虑未能减退，如果饱受压抑的隐蔽真相浮出了无意识层面，出现在自我意识层面，而我对此既无法掩饰也无法应对——那么，我就陷入了**心理危机**（crisis），或者说，我受了**心理创伤**（trauma）。

【死亡的真谛】

心理危机暴露出的伤痛、恐惧、邪念或未化解的冲突，都是我过去无法成功应对的东西，它们现在要求我采取行动。我之所以沉溺于过去而无法自拔，乃是因为我现在不明白过去到底发生了什么事情。我就是这样通过心理危机才认识了自己。当然，我们也可以通过创伤来考察曾经给我们造成心理伤痕的痛苦经历。这样一来，我就可能体会到童年时代痛失手足的创伤，他/她可能病故、意外身亡或自杀，而且，在后来的生活中，我又会经历充满内疚、否认和矛盾的心理创伤或心理危机，它们都与手足丧生有关，而我一直压抑着它们。而且，我还会明白，我的父母为了减轻他们自己的内疚感，又是如何在无意识之中助长我的内疚感的。

　　事实上，我们与死亡之间的关系——无论我们在孩提时代是否受到它的心理创伤——是我们心理体验的主要组织者。那么，我们与死亡之间的关系是如何组织我们的心理体验的？在考察这个问题之前，重要的是要指出，死亡这个主题，在我看来，给精神分析理论家带来的麻烦最大，这或许是因为它在心理学家本人以及其他人的心理体验中占据着重要地位。人们一直倾向于把死亡当作一种抽象物，也就是说，只就它谈玄说理，不让我们直接感受到它的力量，大概是因为死亡的力量过于恐怖。所以，甚至当（或者说尤其当）理论家直接探讨死亡主题的时候，他们的所作所为经常与死亡保持着情感的距离，从而让我们与死亡保持情感的距离。我想，这就是弗洛伊德的死亡理论仍然得到许多精神分析理论家支持的原因——这里仅举一例——弗洛伊德认为，人"天生"就有一种倾向于死亡的本能，一种生而有之的对被遗忘状态的向往，通常被称为**死亡本能**（death drive），即**thanatos**。

　　弗洛伊德说人类具有死亡本能，目的是想解释，个人乃至整个国家何以会作出令人发指的自我破坏行为；个体似乎在心理上（即便不是在肉体上）具有自我毁灭的倾向，至于整个国家，连绵不断的战争、内乱与集体性自杀似乎没两样。在人类这一物种的生物构成中，一定有某种东西可以解释这种**死亡行径**（death work），这种心理的和肉体的自我毁灭。当然了，当我们把我们的死亡作用概念化为本能，化为我们生而就有和无法避免的东西时，我们就是在推卸责任，不肯深入探讨它的运行机制，也不想去改变它；我们毕竟无力改变人生而有之的本能。这就是我为什么说死亡本能这个概念是抽象物的原因，这种理念只在概念层面上运作，与具体的经验世界没有任何联系。尽管死亡本身是一个具体的现实，这一点毫无疑问，但是，死亡本能这一概念却让我们的思想和情感脱离了具体行动和责任构成的日常世界；这与抽象物的所作所为并无二致。正是出于这个原因，我才认为，一些理论家热衷于抽象地解释死亡。这类解释使我们脱离了日常世界，而我们的心理和肉体的自我毁灭行为就发生在日常世界之中。

　　要想理解我们与死亡之间的关系，有一个更有用，在我看来也是更准确的办法，那就是，在考察这种关系的时候，联系其余的心理体验，而我们与死亡之间的关系就是其中不可分割的一部分。如果这样做，我们就会看到，死亡，尤其是对死亡的恐惧，与为数众多的其他心理现实密切相关。我们将会看到，个体对死亡的反应因人而异，原因是他们的心理构成不同。换句话说，尽管下文描述的各个过程很可能发生在每一个人身上，但是，发生程度会有所不同，后果也因人而异。

对于我们大部分人来说，首先也是最重要的，一想到自己的死亡，就油然而生被离弃之感，孤独无助之感。死亡是最终的离弃：无论我们与自己的爱人关系有多么密切，不管我们在社会上占据多重要的地位，当我们死亡的时候，我们都是一个人离世。即便是我们死于空难，同机死亡的还有二百人，但是，我们还是各死各的。

当我们为其他人的死亡感到恐惧之时，离弃恐惧症也会发挥作用。当孩子失去父母，当成年人失去配偶，那种难以遏制的失落感经常表现为一种被离弃的感觉。你怎么可能离开我呢？难道你不爱我了？难道我做了什么错事吗？有时候，未亡人甚至感到自己被上帝抛弃了。在这个背景下，无论我们意识到与否，自己所爱之人的死亡打开了我们内疚的阀门：我肯定在哪一方面有不足，我一定是做错什么事了，或者是，我不应该受到这样的惩罚。事实上，对这种失落的恐惧心理，对这种强烈心理痛苦的恐惧心理，或许就是我们害怕自己与他人关系过于亲密，或者是害怕自己陷入爱河过深的最大原因。如果我们能够退一步，不把自己全部奉献给自己所爱之人的话，那么，我就更容易承受自己所爱之人离世造成的失落感。

因此，死亡恐惧经常——与其他原因一道，正如上文所说——导致亲密恐惧症。这就是为什么我们会看到，人们对于死亡的恐惧经常导致人们对生活产生恐惧。也就是说，我们对死亡的恐惧，对丧命的担忧，可能让我们害怕自己过于依赖生活，正像许许多多的布鲁斯音乐和民歌所指出的那样，"既然一无所有，也就没什么可失去的"。对于生命的这种恐惧也可能表现为对冒险的恐惧。最让我胆寒的最大损失，当然就是死亡了。于是，我不肯从事有生命危险的任何冒险行为。但是，生命的最终结果是死亡，这是生命不可避免的结局。因此，我不可能冒着风险去生活。对待生活，我必须采取行为消极、情感漠然的办法，与它保持一定的距离：我要做到看透世事、心如枯井，以免受到死亡的心理伤害。我们与死亡之间的这种关系如果发展到了可想而知的极端境地，将会导致自杀。我对丧生的强烈恐惧让生命变得十分痛苦、十分可怕，死亡竟成为唯一的出路。

如果我们把事情复杂化，意识到我们对死亡的恐惧不仅是对肉体死亡的恐惧，而且，在大多数人那里，它变成了一般意义上的失落恐惧症——失去配偶的关心，失去孩子的爱，失去健康，失去工作，失去年轻的容颜，失去金钱——那么，我们就会看到，死亡，情感上的死亡，即便不是肉体的死亡，该有多么吸引人，至少在无意识层面上是如此：如果我对一切都无动于衷、漠然视之，就不可能受到伤害。如果我们认识到，我们最初体验到的死亡根本不是肉体上的，而是心理上的——对于大多数人而言，当我们第一次感觉到自己被父母抛弃，我们所体验到的就是一种心理上的"死亡"——那么，我们就可以看到，我们早年被遗弃的体验是如何导致我们对死亡产生恐惧的。这种漠然处世、离群索居以便远离痛苦的强烈愿望，或许就是死亡行径最常见的形式。

鉴于死亡在我们的生活中发挥巨大的作用，我们就非常迷恋它，这事奇怪吗？事实上，我认为我们有充分的理由可以得出结论：我们越是恐惧，我们对死亡的迷恋就越强烈。换句话说，死亡行径对我们的心理状态影响越大，各种死亡形式就越能吸引我们，虽说我们对它深感恐怖。表现暴力的影片或表现自然灾难的纪录片，让我们永远看不够；路旁的车祸惨状总能吸引我们驻足观看；有关儿童遭虐待、强奸和患艾滋病的新闻报道，我们总是不厌其多，电视上放映的夫妻相残或情杀的影片，我们总是看不够；在许许多多的脱口秀节目中，一些心理畸形的人物炫耀起他们的畸形行为，犹如小孩子不自觉地向人炫耀玩具，此种节目我们总不嫌其多。我们迷恋播报死亡以及死亡行径的媒体节目，这也能说明，我们如何将自己的恐惧和问题投射到其他人物和事物上面。这种迷恋可以起到心理防御作用：如果我想到虐待孩子的那个人住在城市的另一边（或者属于另一个阶级或另一个种族），那么，我就不再去注意自己曾被人虐待，也不再注意自己曾虐待过别人。

【性的真谛】

还有一个心理体验领域也容易招致抽象的解释——就像我们在上文中所见到的那样，这足以表明它在我们的生活中具有可怕的力量——它就是人的性欲。在一些精神分析理论家看来，尤其在过去的人看来，所谓性欲，就是通过性交行为释放出来的一种生物性压力。弗洛伊德称这种本能为**性爱本能**（drive eros），并将它与死亡本能截然对立。然而，弗洛伊德并没有就此罢手。首先，他意识到性欲是人性的基本组成部分，因此它与我们感受快乐的能力联系在一起，即便这些快乐感受通常被认为与性交无关。正是出于这个原因，他才认为，即使婴儿也是有性欲的，婴儿的性发展过程经过口腔期、肛门期和生殖器期三个阶段，在不同阶段，快感集中在身体的不同部位。（你可以想象，这要是在维多利亚社会，该引起多大的愤怒和误解！）理论家们进一步发展了弗洛伊德的洞见。当代精神分析看到性倾向与自我密切相关，这是因为我们的性倾向始于我们在儿童时代就具备的一种天性——认可或者瓦解我们的自我意识。因此，性是衡量我们的基本心理状态最清楚和最持久的尺度。在精神分析看来，性是我们无法回避的一个人类现实，我们必须与之发生关系。我们的性欲不是一种生物本能发泄机制，而是具有丰富的内涵。因此，在分析性行为的时候，比较适当的精神分析问题是：我在性活动中表达或展现出了哪些有意识和无意识的用意和目的？我是否用性去"购买"我想从配偶那里得到的东西？我是否用拒绝性交的办法来惩罚配偶？我是否完全回避性交？我是否经常想方设法与不同的人性交？后两个问题都暗示了一种亲密恐惧症，指出这一点是件很有趣的事情——如果我与某人的关系过于密切，我就会失去自我或者受到情感伤害——因为频繁地更换性伴侣，就像完全避免性交那样，可以有效地防止我们与其中任何一位关系过于密切。

　　当然，性行为也是我们文化的产物，因为我们的文化为正确的性行为制定了规则，规定了什么是正常的性行为，什么是不正常的性行为。（按照精神分析的说法，对正常与不正常进行区分并无意义，而且问题也不在于道德与不道德之间的对立；个体之间只有心理差异，问题在于非破坏性行为与破坏性行为之间的对立。）社会为性行为制定的规则和规定构成了我们的**超我**（superego）或社会价值观和禁忌的大部分内容，这些社会价值观和禁忌被我们（有意或无意地）内化并且成为我们判断对错的标准。正如人们通常使用的那样，**良知**（conscience）这个词一般暗指某些好的东西——正如卡通人物小蟋蟀杰米尼（Jiminy Cricket）所说的那样，"让你的良知引导你"——而"超我"这个词经常暗示的是，我们在不应该感到内疚的时候而感到内疚，之所以如此，是因为我们受到了社会礼俗的制约（通常是通过家庭发挥作用的），就像我们为从事一份低工资的工作而感到内疚一样，虽然我们知道这份工作更合己意或者更有社会意义，就像许多人依旧因婚前发生性关系而感到内疚一样。

超我与**本我**（id）和**力比多**（libido）截然对立，本我是心理储藏我们被压抑的攻击性的欲望的地方，力比多是性能量。本我力求满足各种被禁止的欲望——权力欲、性欲、娱乐欲望、食欲——而不顾自己的行为后果。换句话说，本我主要是由自我所压抑的欲望构成的，这些欲望之所以受压抑，那是因为社会成规的禁止。因此，超我，即文化禁忌的内在化，决定了本我应包含什么样的欲望。**自我**（ego），即通过理智来体验外部世界的有意识的自我（self），也是我们的自我形象和稳定感的来源，在本我和超我之间发挥裁判作用，三者的行为都受制于它们之间的关系：没有哪一个能够独立行动，其中一个发生变化总是连带另外两个发生变化。就此而言，自我在很大程度上是社会禁忌与我们的愿望相互冲突的产物。正是由于这个原因，本我、自我和超我之间的关系对我们文化的揭示与它们对我们内心世界的揭示同样丰富。

的确，正是对弗洛伊德研究所在的文化语境的理解帮助我们更有意义地理解弗洛伊德一些早期的概念，那些概念似乎与我们对世界运转的认知相悖。例如，有许多女性，无论她们是否自居为女性主义者，都不愿意相信，当小女孩得知小男孩有阳物的时候，就会产生**阳物嫉妒心理**（penis envy），即希望自己也有阳物，或者说，当小男孩得知小女孩没有阳物的时候，他就会产生**阉割焦虑**（castration anxiety），即担心自己失去阳物。不过，当我们了解到弗洛伊德对这两种现象的观察产生于特定的文化语境时，对这两种现象的解释就变得一目了然：维多利亚社会对男女的性别角色进行了严格规定，这套规定被用来压迫各个年龄段的女性，以提高男性在人类活动各个领域的支配地位。当小女孩意识到小男孩拥有的权利和特权是她想都不敢去想的，这时候，她自然就会渴望变成男孩（至少在无意识中是如此），这还有什么奇怪的吗？换句话说，当你看到"阳物嫉妒"之时，你可以把它解读成"权力嫉妒"。小女孩所嫉妒的是权力以及与权力相伴的一切事物——自尊、快乐、自由、不受异性欺负。当小男孩得知，论社会地位，他比小女孩更加优越，还可以凌驾于对方之上，这时候，他怎么不会为自己失去这一切而感到焦虑呢？"你是女孩，你一口女人腔！"这句话对于小男孩（和大男孩）具有杀伤力，因为这是在威胁他，要取消他的权力。对阉割焦虑的最好理解是，担心自己沦落到女性那种无权无势的地步。

【拉康式的精神分析】

上文探讨的经典精神分析理论，长期以来一直是标准的精神分析研究文学的方法，然而，有一派非传统的精神分析理论正在进入本科阶段的英文教学，它就是法国精神分析理论家雅克·拉康的精神分析理论。拉康的著作相当抽象，经常含混不清、令人费解。事实上，他曾宣称，研究无意识的著作就应该含混不清，就应该难于理解，因为无意识本身就是含混不清的东西（例如，它显现在我们的梦中、行为之中以及艺术创作当中，通常具有多重含义），而且无意识本身就很难让人理解。此外，拉康在许多论断中到底想要表达什么意思，在这方面，拉康的阐释者之间也有重大分歧。最后，随着时间的流逝，拉康有时候改变了他的一些关键术语的含义。尽管面临这些挑战，我还是认为，我们至少应该初步了解一下拉康式精神分析的主要概念，因为这些概念开始出现在学生的习作中，而且经常被误用。

例如，正如你在下文中马上会看到的那样，**象征界**（symbolic）这个术语在拉康著作中的含义不同于它在文学研究中的惯常含义。然而，初涉文论的学生经常提到拉康对这个术语的使用，仿佛拉康用它表示的意义相当于我们在探讨文学作品中的象征的时候所表示的意义，其实，这与拉康的用法相距甚远。我认为，产生这一问题的一个原因在于某些总结拉康精神分析的著述。这些著述的篇幅通常都很短，而且，它们与拉康本人的著作同样抽象晦涩，而学生们就是从这里获得信息的。当然，你读了本书对拉康式精神分析的总结，不见得会对拉康的著作产生深入透彻的理解，但我还是希望你能更清楚地认识到哪些东西不是拉康思想的原意，同时也更清楚地把握拉康思想的原意。

为了理解与文学阐释最相关的拉康式概念，我们需要从拉康的婴儿心理发展理论入手。拉康认为，婴儿在出生后的几个月中，无论对于自己的体验，还是对周围环境的体验，都是一团混沌、漫无章法、不成系统、形式不定。的确，婴儿不能将自己与环境区分开来，也不知道自己的身体器官实际上是自己身体的一部分，这是因为他没有自我意识。

只有在产生自我意识之后，他才能有这样的认识。例如，他自己的脚趾也会成为他探索的对象，放到嘴里舔来舔去，就像对待身边的拨浪鼓或其他物品。在六到八个月之间，就出现了拉康所说的**镜像阶段**（Mirror Stage）。无论孩子是否从一面真正的镜子中看到了自己，还是从母亲的反应中看到了"反映"回来的自我，关键是，在这一阶段，婴儿开始意识到自己是一个整体，而不是一团混沌，仿佛它已经与镜子中反映的整体自我形象相认同。

当然，孩子无法用语言来表达这些情感，因为它还处于前语言阶段。事实上，拉康宣称，镜像阶段启动了他所谓的**想象界**（Imaginary Order），也就是他所指的形象世界。这不是一个想象出来的世界，而是一个感知到的世界。孩子对这个世界的感受，是通过形象而不是通过语言来进行的。这是一个完整、圆满和愉悦的世界，因为随着孩子感觉到自己是一个整体，他产生了一种幻想：自己控制了周遭的环境——他认为自己是这个环境不可分割的一部分——控制了自己的母亲，他感觉到，与母亲在一起可以达到一种双向满足：母亲是我的全部需要，我也是母亲的全部需要。不要忘了，孩子与母亲结合为一体的这种前语言阶段的感觉以及彻底控制了周围世界的感觉完全是虚幻的，不过，这种感觉给人带来一种满足感，而且非常强烈。拉康称这种体验为**母亲欲望**（Desire of the Mother），暗指上文所说的那种双向欲望：母亲对孩子的欲望以及孩子对母亲的欲望。在此期间，孩子与母亲密不可分的感觉，无论是好还是坏，都是孩子最初的和最重要的体验。这种初级的两人组合，或者说是二人游戏，一直延续到孩子学会了语言为止。在拉康看来，孩子学会语言是一件至关重要的事情。

在拉康看来，孩子学会语言具有好几层重要含义。他认为，孩子学会语言标志着他进入了象征界，因为语言是最初的和最重要的象征性表意系统，也就是说，它是一个象征性的意义形成系统。在我们最早形成的意义当中——更确切地说，在别人为我们设置的意义当中——就有如下内容：我是一个独立的存在（"我"是"我"，不是"你"），我有自己的性别（我是女孩不是男孩，或我是男孩而不是女孩）。因此，当我们进入象征界，我们就会感受到自己与他人的分离，其中最大的分离就是我们与母亲的亲密结合产生的分离；那种亲密结合是我们沉浸在想象界之中体验到的。在拉康看来，这种分离构成了我们最重要的失落体验，这种失落体验将伴随我们一生。为了补偿我们与母亲之间已经失去的那种亲密结合，我们还会寻找大大小小的替代物。在无意识层面，我们终生都在象征界中寻找它——如果我找到完美的伴侣，如果我赚到足够的钱，如果我改信另一种宗教，如果我变得更加漂亮，如果我变得更受人欢迎，或者，如果我买下一辆跑车、一座大房子，或者象征界告诉我应当得到的是什么东西，我也许会因此而重新找回那种亲密结合的感觉，可是，我们再也不会有一种彻底满足的感觉。为什么？拉康解释说，我们所寻求的那种满足——虽说我们没有意识到自己正在寻找它——那种完整的、圆满的、与母亲/我们的世界亲密结合的感觉，在我们进入象征界之时，也就是说，当我们学会使用语言的时候，就从我们有意识的体验中消失了。

　　拉康把这种失落的欲望对象称为objet petit a，即**小写的他者客体**（object small a），字母a代表法文autre，相当于英文的other（他者）。拉康的研究者列举了好多理由来说明拉康为何使用这个特殊的公式化缩略语。有一种有用的解释是，象征界让我们脱离了前语言的世界，也就是我们与母亲理想化结合的世界，在此过程中，象征界将母亲变成了他者（一个与我有别的人），正如它把这个亲密结合的前语言世界中的其他事物都变成了一个凡事与我们有别的世界一样。在提到象征界的特性之时，拉康用的是一个小写的a（他者），而不是大写的Other（他者），这是为什么？或许这是因为我们与"小写的他者客体"之间的关系、我们与失落的欲望对象之间的关系是非常个人化的、非常个体性的、极为私密的，而我们在象征界中的体验并不如此。objet petit a是归我个人专属的"小写的他者"（little other），它只对我有影响。正如我们在下文中将看到的，相比之下，以大写字母O开头的Other（他者）对所有人都产生影响。

　　"小写的他者客体"也可以用于指称一切事物，只要它能够重新激发起我对失落对象的被压抑的欲望，注意到这一点很重要。例如，在马塞尔·普鲁斯特（Marcel Proust）的小说《追忆似水年华》（*Remembrance of Things Past*，1913）中，叙事者长大成人后首次尝到一种名为madeleine的茶点饼，他开始重温少年时代的甜蜜体验。他脑海中浮现出许多始料未及的和鲜活生动的记忆。对于他而言，这块madeleine甜点就是"小写的他者客体"。对于《了不起的盖茨比》中的盖茨比而言，黛西家码头的绿色灯光就是"小写的他者客体"，因为人们会认为，对盖茨比而言，绿色的灯光不仅包含着黛西的承诺，还包含着另一种承诺：让他回到天真无邪的青年时代，回到他被生活弄得绝望失意和腐化堕落之前的时代。正如这些例证所说明的，尽管那失落的欲望对象表面上是我们在前语言阶段与母亲的幻想性结合，但是，在我们步入青年时代之后，我们在无意识之中可能把一些事件，甚至把整个一段时期，都与那种幻想性结合联系起来。正因为这些事物代表了幻想性的亲密结合，因此，我们把它们当作失落的欲望对象进行反应。

不应过于强调失落与缺失在拉康精神分析中的重要性。总体而言，使用语言就暗示着某种失落、某种缺失，因为如果我依旧有物我为一的感觉，我就不需要用词语来代表这些事物。例如，我之所以要用blanket这个词表示毯子，恰恰是因为我对自己的毯子的感受已经不同于从前了。如果我依旧感觉到我的毯子和我本人是一体的，是物我为一的，我就没有必要用blanket这个词去表示它。因此，象征界，也就是通过语言所认识的世界，开启了一个缺失的世界。我不再与我的毯子、我的母亲、我的世界结合为一体，所以我要用词语代表我对这些事物的认识。

此外，正如刚才所描述的那样，象征界是我们感受到缺失之后产生的，它标志着人的心理裂变为意识和无意识两部分。事实上，无意识是我们早年与母亲亲密结合的欲望遭到压抑的结果，这种亲密结合的感觉发生在象征界出现之前。因为我们所感受到的那种缺失之物遭到了压抑——我们强烈的失落感、我们受挫的欲望、我们因为自己有某些欲望而萌生的内疚感以及大量失落感造就的恐惧心理——正如我们从上文中得知的那样，最早产生无意识的正是压抑。事实上，拉康的著名论断"无意识的结构很像语言的结构"（*Seminar*, *Bk. VII* 12），暗示的是无意识的欲望一直在寻找我们失落的欲望对象——我们在前语言阶段幻想的母亲，就像语言一直想方设法给我们在成人世界中遇到的物体安上名称、用词语把它们表达出来一样。当我们还是前语言阶段的婴儿时，这些物体是不需要用词语表达的，因为那时我们有物我为一的感觉，即我们感觉自己与它们是一体的。

之所以说无意识的结构很像语言的结构，还有一个原因就是无意识也涉及某种失落或缺失。拉康认为，无意识的运作过程类似于语言当中常见的两个过程——隐喻和换喻，这两个过程都暗含某种失落或缺失。

请听我继续说。这个观点一点也不枯燥，而且比你预想的还要高明。语言中的隐喻就是用一种事物来代替另一种不同的事物的过程，虽说二者并无相似之处，但我们仍想将它们相提并论。例如，一朵红色的玫瑰可以成为我的爱人的隐喻。如果我想暗示的是，尽管二者有明显的不同之处，但是我的爱人却有着玫瑰的特征：惊人的美艳、皮肤柔软、可能伤害我（毕竟玫瑰是有刺的），如此等等，不一而足。换喻指的是用某一物体的一部分来代替整体，或者用相关的物体来代替该物体的手法。例如，我可能说，"我认为国王（crown）应有更好的表现"，这句话表明我对国王的某些做法并不认同。在这句话中，crown（王冠）就是king（国王）的换喻，因为王冠与国王相关。请注意，隐喻和换喻的形成都涉及某种失落或缺乏，也就是说，它们所代表的都是一些被抛到一边、忽略不计的东西。这里突出的是玫瑰的特征和王冠的功能：占据舞台中央的是隐喻和换喻，而不是这些修辞所代表的具体事物。

拉康发现，隐喻很像**浓缩**（condensation）这一无意识过程，原因在于二者都将两种不相似的东西结合在一起。正如本章"梦和梦的象征"一节所提到的那样，浓缩指的是我们用一个人或物来代替其他几个不相似的人或物，从而使双方结合在一起的过程。例如，我可能梦到有一只饥饿的狮子在后面追自己，事实上，这只狮子可能是我的债主、不高兴的配偶和对我不满的雇主，他们都是让我头痛的人。同样地，换喻很像**移置**这一无意识过程，因为它们都是用某人或某物去代替另一相关的人或物。正如上文"心理防御、焦虑与核心问题"以及"梦和梦的象征"这两节所描述的那样，在移置过程中，我用一个威胁性很弱的人或物替代了现实生活中让我们忧虑的人或物。例如，我很可能大声训斥自己的孩子（地位比我"低"的人），实际上，真正让我恼火的是我的老板（地位比我"高"的人）。

上述例证都说明无意识的结构类似于语言的结构。在这些例证当中，要注意它们的关键构成因素：失落或缺失。在我们刚才列举的例证中，我们总是用一个事物来替代另一个被置之不顾的事物。在此前列举的例证中，我们一直在寻找某个失落的东西，但没有找到。这样一来，我们在进入象征界——语言界——的同时，也就进入了一个失落和缺失的世界。我们已经退出了想象界，在想象界中，我们曾有过心满意足和控制一切的幻觉。在我们现实生活的世界里，我们在照顾自己的需要、欲望和恐惧的同时，必须考虑到其他人的需要、欲望和恐惧。在这个世界里，我们不再拥有持续不断的满足感，不再拥有那种心安理得的绝对控制的幻想。在这个世界里，我们必须遵守规则，服从规定。

在拉康看来，我们必须遵守的首要规则是，母亲属于父亲而不属于我。至少对小男孩而言，一进入象征界，就要接受弗洛伊德所说的俄狄浦斯式禁律。小男孩必须找到替代母亲的东西，因为她已经不再只属于他一个人。事实上，正因为她属于父亲，所以她就不再属于小男孩本人。因此，拉康认为，象征界标志着小男孩对母亲的欲望被**父亲的名义**（Name-of-the-Father）所取代。拉康会这么认为一点也不奇怪，因为我们的社会化过程正是通过语言来完成的，我们对社会规则和禁律的了解正是凭借语言来进行的；这些规则和禁律都是父亲式的人物来制定的，也就是说，它们都是由古往今来那些掌权的男性来制定的。事实上，由于阳物（男性生殖器和男权的象征）是象征界的标志，所以它既是对绝对权力的承诺，也是缺失的标志，这不无反讽意味。拉康对"父亲的名义"这一双关语（在法文中，"父亲的名义"写作Nom-du-Père，它的发音与Non—或No—du Père形成双关语，后者在法文中表示"No"-of-the-Father，即"父亲的否定"）的使用进一步突出了象征界的限制性特征。

在我们所谓的"自我"的形成过程中，象征界发挥了十分巨大的作用，结果导致我们并不是自己所认为的独特的、独立的个体。我们的欲望、信仰、偏见等等，都是因为我们沉浸在象征界当中而被建构出来的，尤其当这一沉浸过程是由我们的父母来实施并且受到了他们对象征界的反应的影响之时，就更是如此。这就是拉康所谓"欲望总是他者的欲望"一说的精义之所在（*Seminar, Bk. XI* 235）。我们很可能认为我们生活的索求，甚至我们时刻想得到的东西，都是我们自己独有的个性、意志和判断的结果。然而，我们欲求的对象恰恰是别人教导我们去欲求的结果。如果我们是在另一个不同的文化背景中长大——也就是说，在一种不同的象征界中长大成人——我们的欲求就会大不相同。换句话说，象征界是各种社会意识形态——社会的信仰、价值观和偏见；社会的政治、司法、教育制度、宗教信条以及其他诸如此类的事物——构成的。我们之所以是我们，正是我们对社会意识形态反应作用的结果。这就是拉康在探讨象征界的时候总是使用**大写的他者**（Other）的原因所在。他者指的是促成我们主体性——即我们通常所说的自我——的任何事物，例如象征界、语言、意识形态——三者几乎同义——或任何权威人物，或人们普遍接受的社会实践。

然而，值得注意的是，当我们在压抑我们对童年时代前语言阶段的欲求并把这种欲求打发到无意识层面之时，我们并没有去压抑想象界；在童年时代的前语言阶段的世界里，我们产生了心满意足和绝对控制的幻觉，认为母亲是为我们自己而活着。相反，想象界继续存在于意识的背景之中，即便在象征界大行其道之时也是如此。象征界支配着人类文化和社会秩序，这是因为，如果一个人仅仅沉浸在想象界当中而不能自拔，他就无从发挥自己应有的社会作用。不过，想象界让人感受到它的存在所凭借的方式，在象征界看来都应该归类为误释、误解或感知错误。也就是说，想象界让人感受到它的存在所凭借的体验和视角，与构成象征界的社会规范和社会期待并不完全相符。然而，正是因为这种能力，想象界才成为创造力的丰富来源，如果没有创造力，我们不会认为自己是完整的人。有人甚至认为，想象界的深刻价值在于它并没有像象征界那样去控制我们的生活。具有反讽意味的是，正是这种控制的"缺失"为我们抵制构成象征界的意识形态制度提供了唯一的途径。然而，拉康却提出了这样的设想：无论是象征界还是想象界，都试图控制或回避他所说的**真实界**（the Real）。

拉康所说的真实界是一个令人费解的概念，他解释起来都很费劲。有一种观点认为，真实界不存在于我们的意义形成系统之内，它处在社会用以解释自身存在的意识形态所创造的世界当中。也就是说，真实界是无法解释的一种存在状态；它的存在没有经过我们的表意系统或意义形成系统的过滤或缓冲。例如，当我们觉得人生没有目的或没有意义之时，当我们怀疑宗教以及社会的所有管理规则都是骗局、错误或偶然的产物之时，我们感受到的就是真实界。这种感受或许以日常生活为基础，即便它转瞬即逝。换句话说，当我们在瞬间看透了意识形态之时，当我们意识到塑造我们所了解的世界的是意识形态，而不是一套永恒的价值观或不变的真理，这时候，我们就感受到了真实界。我们意识到意识形态就像一幅帷幕，点缀了我们的全部世界，我们固然知道帷幕后面的就是真实界，但是我们无法看透这层帷幕。真实界是我们无法认识的，我们只能时时刻刻焦虑地感觉到它的存在。这就是拉康把这种体验称为**真实界的创伤**（trauma of the Real）的原因。它之所以让我们产生恐惧，那是因为它告诉我们社会为我们创造的那些意义也就那么回事儿——只不过是社会的产物而已——但是，它并没有为我们提供取代这些意义的东西。真实界的创伤只是让我们意识到，在社会创造的意识形态的背后所隐藏的现实是我们无法认识，也无法解释，从而也无力去控制的。

好了，如果你们已经坚持听到这里，一定会发出疑问："这都和文学阐释有什么关系？"鉴于拉康式的文学阐释迥异于本章其余部分所探讨的比较标准的或经典的精神分析文学研究方法，让诸位了解一下拉康派文学批评家所作的文学分析，倒不失为一个好主意。我们在这里的目标不是让你能够从事拉康式的文学分析，而是让你熟悉一下这种文学阐释，以便让你有足够的知识储备，比较舒心地阅读拉康式文学阐释。在你准备充分的时候，不妨尝试一下这种文学阐释。

透过拉康的视角去阐释一部文学作品，尤其是当你首次尝试这种方法的时候，最可靠的办法或许就是探讨该文本在哪些方面可能由上文提到的一些拉康式关键概念构成，还有就是考察这种探讨能够揭露出什么东西。例如，叙事中的人物、事件或片段是否体现了想象界？它们又是在什么情况下涉及某种私密且虚幻的世界？文本的哪些内容是由象征界构成的？也就是说，我们从哪里能够看出意识形态和社会规范控制着人的行为以及叙述的事件？象征界与想象界之间是一种什么关系？如果我们能够发现，在文本某处，某个人物向小写的他者客体投入了无意识欲望，这对于我们了解这个人物有什么帮助？换句话说，文本中的人物把自己对婴儿时期无法忘怀、理想化的母亲的那种无意识欲望安置（确切地说，是移置）到了什么地方？文本中的内容是否体现了真实界？也就是说，它是否体现了让我们始终无法理解、深感恐惧以至于我们对它产生了逃避、压抑和否定冲动的那种存在状态？

我们先简要地看一看以下两个文学例子。首先，我相信你们当中有很多人都读过夏洛特·珀金斯·吉尔曼（Charlotte Perkins Gilman）的短篇小说《黄壁纸》（"The Yellow Wallpaper"，1892），这篇小说也经常入选各式文集。为什么我们可以说，小说中那位没有名字的叙事者把越来越多的时间花在了想象界当中，直到她彻底生活在其中而不能自拔？她对想象界的依赖是如何导致她排斥象征界的？显然，象征界体现在她的丈夫和兄弟身上。为什么说墙纸是拉康式真实界的再现？叙事者与墙纸的邂逅是如何说明真实界的创伤的？如果我们猜测《黄壁纸》这篇小说说明的是小说中的人物发现自己处在一种拉康式的进退两难之境，也就是说她被夹在两种都不可行的选择之间：一方面她发现象征界过于束缚，另一方面她又发现真实界令人费解，这种猜测是否有道理？在这种情况下，她只有一条出路，那就是逐渐适应想象界，最后沉浸其中，安之若素。事实上，在小说的结尾，我们可以看到，主人公像小孩子一样在房间里爬来爬去，无法发挥一个社会成员应有的作用。按照拉康的理论，这就是主人公沉浸在想象界当中不能自拔的结果。

　　第二个文学例证是凯特·肖邦（Kate Chopin）的中篇小说《觉醒》（*The Awakening*，1899），这篇小说也经常入选各式文集。小说的主人公也是一位女性，名字是艾德娜·庞特里耶，她受到的是想象界的吸引，对她来说，想象界就是艺术、音乐、性自由和浪漫爱情所构成的世界。她受到想象界的吸引，在一定程度上，是她对曾经养育她长大但与她感情疏远的父亲和姐姐作出的一种反应，也是她对自己的丈夫莱昂斯作出的一种反应；莱昂斯完全生活在象征界当中，他实际上是象征界的代表人物。艾德娜之所以受到想象界的吸引，也是为了寻找她一直没有弄清楚的一种东西。她有一个渴望一直没有得到满足，无论是她的艺术、利兹小姐的音乐，还是她本人的性自由和浪漫爱情，都无法满足这个让她难以释怀的渴望。拉康的读者可能会说，艾德娜之所以没有得到满足，那是因为她并没有意识到，艺术、音乐、性自由和浪漫爱情只不过被她用来代替小写的他者客体。这里所说的小写的他者客体就是她在婴儿时代幻想着与母亲及其世界合为一体的状态，时至今日，她在无意识当中依然对此十分渴望。事实上，我们可以断定，正是这种无意识欲望迸发出的力量最终导致她跳入大海，就像她刚出生时那样，赤身裸体地与大海合为一体。在大海中，她最后的感受体现在她对少女时代感性的而非文字的回忆当中：她听到了狗的叫声、马刺的当当声、蜜蜂的嗡嗡声，她闻到了花朵的芬芳。根据艾德娜的感受，我们有充分的理由去推测，构成《觉醒》的正是主人公对小写的他者客体的无意识追求，这场寻求必然失败，因为小写的他者客体一直是我们永远不会找到的一个失落的客体。

　　当然，拉康式的精神分析所使用的概念远远不止这里提到的这些，而且它的内容也比这里概述的要复杂得多。然而，这些为数不多的理论概念和文学例证也会让我们领略到，拉康为我们体察人类的感受提供了独特的视角，为我们研究文学提供了饶有趣味的洞见。

【经典精神分析与文学】

当然，经典精神分析的概念远不止前文探讨的那些。正如每个领域经常出现的情况，经典精神分析理论家之间存在大量的分歧，例如，我们的人格是怎样形成的，治疗心理变态行为的最佳方法是什么，在这些方面，他们有着很大的分歧。怎样才能将精神分析概念最为出色地应用于文学研究当中？在这方面，精神分析派的文学批评家也是有分歧的。当我们针对作者的生平进行精神分析之时，他的文学作品在我们的分析当中起到了什么作用？在什么情况下，我们可以把作品中的人物当作现实生活中的人物来进行精神分析？当我们对作品中的人物进行精神分析之时，哪些精神分析批评家提供了最佳洞见？读者在阅读过程中，将自己的欲望和矛盾投射到作品当中，从而"创造出"自己阅读的文本，在这个过程中，读者发挥了什么样的作用？当你阅读本书第六章，也就是讲述读者反应批评的那一章，你会看到精神分析和读者反应理论有许多重合之处，因为二者都关注读者的心理体验。我们在第三章和第四章中会看到，精神分析与马克思主义以及女性主义也有重合之处，当然，我们也会看到，马克思主义和女性主义在某些方面否定了精神分析的视角。然而，我们在这里的目的仅仅是论述精神分析的主要思想和基本原则——这些思想和原则与精神分析的其他大多数概念有着某种联系——通过理解精神分析理论家和文学批评家提出的问题，促进读者对他们作品的解读。

我们探讨过的精神分析概念不一定都体现在你读过的每一部作品当中，这种情况也是合乎情理的。当我们从精神分析的角度展开阅读，我们的任务就是去观察有哪些概念在文本中发挥作用，以此来丰富我们对作品的理解。如果我们想就这部作品写一篇论文的话，我们要进行同样的观察，以便作出含义隽永、逻辑严谨的精神分析阐释。经典精神分析理论是本章关注的焦点，从它的视角出发，我们需要注意的主要是：作品对俄狄浦斯情结和一般家庭情结的再现；作品中有哪些内容涉及人类与死亡或性欲之间的心理关系；在故事发展过程中，叙事者的无意识问题是怎样一再出现的；以及其他有助于理解文本的精神分析概念。

有一些批评家反对用精神分析理解文学人物的行为，理由是这些文学人物是虚构的，不是现实生活中的真人，因此无法用精神分析的方法去分析他们的心理。然而，对文学人物进行精神分析或许是学会运用该理论的最好的办法。此外，一些批评家举出两条重要理由来捍卫这种批评实践：（1）对文学人物进行精神分析时，我们并没有说他们是现实生活中的真人，只是说他们体现了人类普遍的心理体验；（2）对文学人物表现出的行为进行精神分析，其合理性不逊于我们从女性主义、马克思主义或非裔美国文学批评的视角去分析文学人物的行为，或者说，其合理性不逊于我们从任何批评理论视角出发去分析文学再现并以此来说明现实生活问题。

让我们再观察几个具体例证，以便看到，利用经典的精神分析阐释文学人物的行为会产生什么样的深刻见解。从精神分析的角度解读阿瑟·米勒（Arthur Miller）的《推销员之死》，可能要去考察威利·洛曼对过去的种种回忆是他因当前的心理创伤而产生的心理倒退事件；他和儿子在商界都没有成功，而他恰恰需要这种成功来减缓心中巨大的不安全感，自从他在孩童时代遭到父亲和兄长的遗弃，这种不安全感就始终伴随着他。因此，构成这出戏的就是被压抑的情感的回归，因为洛曼的生活过得很压抑，他进行自我压抑的途径是克制和回避，其根源在于他心理上有不安全感、社会适应能力不足和商场失败。从精神分析的视角去解读《推销员之死》，可以说，这部戏是对家庭心理情结的一种探索，它探索的是与我们的家庭角色相关的一些无法解决的矛盾冲突是如何在工作场所"上演"并"传递给"下一代的。

与此类似，如果从精神分析的角度去解读托妮·莫里森的《最蓝的眼睛》，我们很有可能去分析这部小说如何揭露了种族主义给黑人带来的自我矮化的心理后果，尤其当这些心理后果被受害人内化吸收之后，它们就愈加严重。这种心理后果体现在，许多黑人都深信他们身上有很多劣根性，而在美国白人看来，这归咎于他们的种族。这些心理后果十分明显，例如，布里德洛夫家的人坚信他们之所以难看，就是因为他们长着一副非洲人的面孔；布里德洛夫太太一心一意地伺候白人全家，根本不顾自己的家庭；自怨自艾的黑人少年无情地欺弄佩克拉，就因为她的皮肤是黑色的；无论是黑人还是白人，都一厢情愿地认为肤色较浅的非裔美国少女莫琳·皮尔在各方面都超过深肤色的同学；杰拉尔丁无法放松心灵，享受生活，无所顾忌地爱自己的丈夫和孩子，因为她担心自己稍有失控（无论失控的是内心的情感还是头发的自来卷），就会成为"黑鬼"，凡是不符合她的穿衣标准和行为标准的黑人，她都称其为"黑鬼"。这些例子都说明，该小说显示出内化的种族主义思想导致黑人自轻自贱，而且他们还把那种自怨自艾投射到其他黑人身上。尤其是从黑人欺弄佩克拉的行为中，我们可以看到这种具有破坏性的心理投射的种种表现；出于否定自己的黑人身份的心理，佩克拉渴望有一双蓝眼睛，这最为有力地说明了种族主义给人造成的心理伤害。我们还可以利用精神分析去理解布里德洛夫一家人的所作所为是如何说明了畸形家庭的心理动因，这种心理畸形源于波琳和乔利年幼时遭到孤立、遗弃和背叛的经历。

最后，如果从精神分析角度去解读玛丽·雪莱的《弗兰肯斯坦》，我们可以去揭示，维克多之所以制造那个导致他家人和朋友身亡的怪物，是为了满足自己的一种无意识需要：惩罚他的父母（伊丽莎白显然是一个替身），宣泄他心中强烈的、无法化解的手足竞争情结。在他五岁的时候，他的父母收养了一个"完美的"孩子——伊丽莎白，这种情结由此而产生。当时维克多完全没有表现出正常儿童应有的嫉妒，并且他经常声明自己很爱这位新来者，正是这位新来者使他不再是父母唯一关爱的对象，这都表明他那种被遗弃的感觉一直遭到压抑，因为这种感觉被保留在无意识当中，所以一直没有得到化解。从维克多的成人生活当中，我们可以看到许多迹象都表明这些冲突没有得到化解。例如，他向伊丽莎白讲述自己的童年经历，没有提到后来出生的兄弟姐妹（从伊丽莎白写给他的信中，读者才知道那些人的存在，那时他在读大学）；他长期远离自己深爱的家人，包括他的未婚妻伊丽莎白；他一连串的梦话表明他在心理上把伊丽莎白和过世的母亲合二为一，这些梦话预示着前者的死亡；他时常胡言乱语，就像在说梦话一样，在这些胡言乱语中，他时不时地表达对自己发疯的恐惧，或者坚决声明自己精神正常；他似乎总是为怪物精心策划出正确的步骤，推动他进行下一次谋杀，让人感到神秘莫测。此外，我们还可以小心谨慎地推测小说中再现的被遗弃心理与玛丽·雪莱本人体验过的被遗弃感之间的关系：玛丽出生不久，她母亲就过世了，她父亲发现自己应付不了这种单亲生活，续娶了一位再婚女人。玛丽的继母偏向自己与前夫所生的女儿，对玛丽疏于照管。

说到这里，我们还是先停下来，借机回答我们用精神分析去解读文学作品时经常遇到的一个问题：如果我们在一个文学文本中发现了精神分析概念的作用，这是否意味着作者是有意而为之？如果作者生活的年代早于弗洛伊德，或者根本没有听说过弗洛伊德，那这些概念是如何出现在作品中的呢？答案很简单：弗洛伊德并没有创造精神分析原理，他只是发现这些原理在人类当中发挥作用。换句话说，弗洛伊德命名和解释的人类行为原理早在他发现它们之前就已经存在，即便没有弗洛伊德的描述，它们还是存在的。所以，任何一个精确描述人类行为的文本或任何一个由作者的无意识产生的文本（我们预设，在某种程度上，所有文学创作都是如此）都会暗含精神分析的原理，无论作者在写作的时候是否意识到这些原理。在精神分析看来，文学以及一切艺术形式在很大程度上都是无意识力量作用于作者、作用于读者的结果，或者，在当代的一些精神分析批评家看来，它们都是无意识力量作用于我们整个社会的结果。

我们对精神分析概念的使用不限于一种文学体裁，也不限于一种艺术媒介。我们可以利用精神分析批评去解读小说、诗歌、戏剧、民间传说以及非虚构类文学作品，我们还可以用它来阐释绘画、雕塑、建筑、电影以及音乐。任何带有形象的人类产品，任何含有叙事内容的人类产品（用绘画讲故事的方式）或者一切与制作者或使用者的心理相关的人类产品（这就意味着它无所不包了），都可以用精神分析的工具加以阐释。

【精神分析批评家针对文学文本提出的一些问题】

以下问题用以总结精神分析研究文学的方法。无论你使用什么研究方法，你都应该意识到你所考察的文本中的精神分析维度有助于推动叙事的进展（它是许多情节的成因）。问题7是拉康特有的文学研究方法。

1. 在文本形成过程中，压抑是如何发挥作用的？或者说，压抑是如何贯穿于文本之中的？也就是说，在主要人物身上发挥作用的是哪些无意识动机？有哪些核心问题由此得以示例说明？这些核心问题是如何构成具体作品或贯穿其中的？（记住，无意识包括被压抑的伤痛、恐惧、未化解的冲突以及邪念。）

2. 文本中是否有俄狄浦斯情结——或其他家庭情结——在发挥作用？也就是说，故事中的人物长大成人后的行为模式与故事中表现的早年家庭生活经历能否联系在一起？这些行为模式与家庭情结是怎样发挥作用的？它们暴露出什么东西？

3. 如何根据某种精神分析概念（例如，把心理倒退、心理危机、心理投射、对死亡的恐惧或迷恋、性欲——既包括恋爱也包括性行为——当作心理特征的主要标志，或自我-本我-超我发挥作用的标志）去解释人物的行为、叙述事件和/或文中意象？

4. 就哪一方面而言，我们可以认为文学作品与梦类似？也就是说，那些反复出现的或非常醒目的梦的象征是如何揭示出叙事者在把自己的无意识欲望、恐惧、伤痛或无法化解的冲突投射到文中描述的其他人物、场景或事件上面？与死亡、性和无意识相关的象征尤其有帮助。事实上，使用梦的象征有助于阐释那些看似不现实或奇幻的文学作品或段落。

5. 作品如何体现了作者的心理世界？尽管这个问题已经不再是精神分析批评家提出的主要问题，但是还有批评家在探讨这个问题，尤其是那些书写心理传记的批评家。在这种情况下，文学作品被看作作者的梦境而加以阐释。以这种方式对作者进行精神分析是一件难事，我们在分析过程中一定要仔细考察作者的全部著作，他的书信、日记以及其他任何可利用的传记材料。单凭一部作品，只会让人只见树木不见森林。

6. 对一部作品的某种特定的阐释从哪些方面揭示出读者的心理动机？或者说，一种批评倾向从哪些方面揭示出一群读者的心理动机？（例如有些批评家倾向于认为威利·洛曼是顾家男人，他们忽视或低估了洛曼对家庭畸形所应负的责任。）

7. 文本从哪些方面揭示出，人物在象征界、想象界、镜像阶段或拉康所说的小写的他者客体之中进行了情感投入？文本中的哪一部分体现了拉康的真实界观念？如果拉康的概念能够解释文本中的许多内容，这是否意味着这个文本是由其中一个或多个这类概念所构成？

我们可能就文本提出一个问题或同时提出多个问题，这要看作品的具体情况。我们也可能提出一个这里没有列出来的问题。这里列举的问题只是一些起点，它们促进我们利用有效的精神分析方式来思考文学作品。重要的是要记住，并非所有的精神分析批评家都用同样的方式去阐释同一部作品，即便他们集中关注的是相同的精神分析概念。甚至那些技法高超的批评实践者彼此之间也会有分歧，这种情况在每一个研究领域都有。我们的目标是利用精神分析去丰富我们对文学作品的解读，帮助我们领会作品例示说明的一些重要思想。如果没有精神分析，我们对这些思想的领会就不会如此清晰或深刻。

下文对《了不起的盖茨比》的精神分析解读即是从精神分析的角度阐释该小说的一个例证。我在文中将要论证，亲密恐惧症所形成的一种心理行为模式是小说主要人物所共有的，它大大地推动了小说叙事的发展。透过精神分析，读者将会看到，《了不起的盖茨比》并不是打动许多读者的一部伟大的爱情故事，而是表现畸形爱情的一出心理戏剧。

【"这和爱情有什么关系？"：《了不起的盖茨比》的精神分析解读】

《了不起的盖茨比》探索的人类行为的一个领域表现在小说描述的爱情关系之中，它对精神分析批评有重要的暗示。实际上，即使读者没有从精神分析的视角去审视这部小说，他也不会忘记盖茨比对黛西持久而强烈的爱情。这段爱情散发出的情感魅力让《了不起的盖茨比》成为一个伟大的美国爱情故事，小说的许多爱好者都是这样认为的。在许多非精神分析派的批评家看来，盖茨比实际上是一个非同凡响的浪漫式英雄，[②]迥异于小说中的其他人物。然而，根据精神分析式解读，盖茨比和黛西之间的浪漫爱情之所以有趣，原因不在于它显得与众不同，真正的原因是它反映出作品中描述的其他人物之间的爱情关系——汤姆和黛西、汤姆和茉特尔、茉特尔和乔治以及尼克和乔丹之间的爱情关系——并非魅力十足，由此而透露的一种心理行为模式对小说叙事的演进起到了重要的推动作用。正如我们将在下文中看到的，这种模式的基础是小说人物的亲密恐惧症。患有亲密恐惧症的人往往在无意识中坚信，与他人情感密切会让自己的情感崩溃。这一心理问题在小说中无处不在，如果从精神分析的视角去观察，《了不起的盖茨比》中的著名爱情故事就变成了表现畸形恋爱的一出戏剧。为了简明起见，我们先考察一下最能体现亲密恐惧症的关系：汤姆与黛西的婚姻。

在小说中，亲密恐惧症最为明显的标志或许就是汤姆·布坎南长期不断的婚外情。他和黛西结婚三个月之后，乔丹就知道他有了婚外恋。乔丹告诉尼克：

> 他们（度蜜月）回来以后，我在圣巴巴拉见到了他们……我离开圣巴巴拉一个星期以后，汤姆一天夜晚在凡图拉公路上与一辆货车相撞，把他车上的前轮撞掉了一只。跟他同车的姑娘也上了报，因为她的胳膊撞断了——她是圣巴巴拉饭店里一个收拾房间的女佣人。[1]（81-82；ch. 4）

当我们在小说中见到汤姆的时候，他又有了婚外情，这是最近的一次，姘妇是茉特尔·威尔逊。他把自己的兴趣、时间和精力分散开来，放在两个女人身上，这样做可以避免与其中任何一位产生真正亲密的情感。事实上，汤姆与女性之间的关系，包括他与妻子之间的关系，体现的是追求自我满足的欲望，而非追求情感亲密的欲望。在汤姆看来，黛西代表了优越的社会地位，"她不会嫁给像盖茨比那样不知从哪儿冒出来的阿猫阿狗"（137；ch. 7）。汤姆占有了茉特尔·威尔逊——尼克称她是那种"看上去很美""情感难以遏制"的女人，"有一种显而易见的活力"（29-30；ch. 2）——进一步强化了汤姆对男性气概的自我意识。正是出于这个原因，他带着茉特尔出入豪华时尚的饭馆，在男性朋友面前招摇炫耀；他与尼克在东卵的家中重聚不久，就把她介绍给了尼克。事实上，汤姆一直对其他女人感兴趣，这已经成为常态，黛西对此了然于胸，也早有预料。当汤姆跟她说，他要和盖茨比宴会上的一群陌

1　本书中出现的《了不起的盖茨比》的引文，大部分出自外语界前辈巫宁坤先生的译本，为了行文顺畅，上下文衔接更紧凑，有的地方作了适当改动和调整。——译注

生人共进晚餐，离开她一会儿，因为他发现其中有个人很有趣，这时候，她立即明白自己的丈夫正在追另一个女人：她递给他一只"小金笔"以便他"记下地址"，"她回头张望了一下，对（尼克）说那个女孩'俗气可是漂亮'"（112；ch.6）。

黛西也患有亲密恐惧症，严重程度与汤姆不相上下，但不那么明显，让人一望而知。事实上，与盖茨比发生婚外情之前，她对婚姻很忠诚，她对汤姆与茉特尔胡搞异常苦恼，这似乎向一些读者发出暗示：黛西渴望与自己的丈夫保持情感上的亲密。乔丹对黛西蜜月归来后的描述强化了这种阐释：

> 我从来没见过一个女孩那么迷恋丈夫的。如果他离开屋子一会儿工夫，她就会惴惴不安地四下张望，嘴里说："汤姆上哪儿去了？"同时脸上显出一副神情恍惚的样子，直到她看见他从门口走进来。她往往坐在沙滩上，一坐个把钟头，让他把头搁在她膝盖上，一面用手轻轻按摩他的眼睛，一面无限欣喜地看着他。（81-82；ch.4）

然而，汤姆与黛西以往的关系所透露出的心理动机对黛西如何"喜欢"自己的丈夫提供了一种完全不同的阐释。

当黛西嫁给汤姆的时候，她显然并不爱他：就在婚礼前夕，她收到了盖茨比的海外来信，她试图取消这次婚礼。她之所以嫁给汤姆，就是为了阻止自己继续心仪盖茨比。盖茨比让她舒心，她对盖茨比依恋太深：她平生第一次喝醉，"她哭了又哭……（我们）让她洗个冷水澡。她死死捏住（盖茨比的）那封信不放……直到她看见它碎得像雪花一样，才让（乔丹）拿过去放在肥皂碟里"（81；ch.4）。既然她这么倾心于盖茨比，而且她还深信盖茨比的"出身跟她不相上下……完全能照顾她"（156；ch.8），那她为什么还要嫁给汤姆？就在婚后三个月，她似乎疯狂地喜欢上了自己的丈夫。在这么短的时间之内，到底发生了什么事情，让黛西的态度发生这么大的变化？鉴于汤姆有拈花惹草的癖性，当他们夫妇到了圣巴巴拉，黛西就可能怀疑到他有婚外情。每当汤姆不在眼前，她就显得心不在焉，其中的原因即在于此。如果他不在自己身边，就可能去追别的女人。例如，当她生完孩子，"从乙醚麻醉中醒过来，有一种孤苦伶仃的感觉”，而这时，“汤姆就天晓得跑到哪里去了”（21；ch. 1）。黛西非但没有因为这种虐待而恨他，反而神魂颠倒地爱上他。尽管这样一种反应不太合乎常理，但从心理学角度可以解释清楚。

按照精神分析的说法，如果一个女人爱上了一个有严重亲密恐惧症的男人，她本人可能也患有亲密恐惧症。如果她对亲密感到恐惧的话，最能让她感到安全的就是一个毫不渴望亲密关系的人。一旦知道汤姆没有把全部心思放在自己身上，这样的女人就会非常强烈地爱上他，因为他对自己的保护外壳没有任何威胁：即使有这个能力，他也不会打破这层外壳。这就是黛西对汤姆的态度发生转变的原因，尽管她不会使用这种语言来描述自己的感觉，也不可能意识到自己的心理动机。

正如我们从前面所了解到的那样，恐惧与他人情感亲密通常是恐惧与自身情感亲密造成的。因为亲密的人际关系会重新发掘出以前的家庭矛盾留下的心理残余物，重新激活我们不想去触及甚至不想了解的某些隐蔽的自我意识，所以，若想回避令人痛苦的自我意识心理，最好的办法就是回避密切的人际关系，尤其是男女之间的浪漫关系。既然如此，那为什么不彻底回避男女之间的浪漫情事呢？对某些患有亲密恐惧症的人而言，这种行为可能是有效的回避形式，但是，造成这种恐惧症的心理创伤通常都需要一个舞台，以伪装的形式重新上演最初的受伤经历，而男女之间的浪漫情事为此提供了一个出色的舞台。例如，如果我曾经因为父母对我的忽视或虐待而受到伤害，那么我就会寻找一个具有相同特质的伴侣，无意之中期望父母没有给予我的那些心理需要能够得到满足。具有讽刺意味的是，如果我选择的伴侣与我父母有着相同的缺点，那么我未被满足的心理需要实际上永远也得不到满足。然而，到了这个时候，由于心理创伤造成的自卑感，我很可能会认为自己的这些需要不配得到满足。因为在这里发挥作用的无意识假设——如果我是一个好人，我就不会经历这些创伤——依旧受到压抑，它的矛盾依旧没有解决，我依然受到它的控制。

对汤姆和黛西而言，亲密恐惧症与自卑相关。如果汤姆的情感真的像他的财富和身体块头所显示的那么稳固，他就不会那么处心积虑地利用金钱和权势去吸引别人的眼光，让别人对自己刮目相看。例如，他向尼克吹嘘自己的房子和马厩，向尼克和其他人炫耀自己的情妇，贬低

"占统治地位的人种"之外的人（17；ch. 1），在卖汽车问题上耍弄乔治·威尔逊，而这位可怜的修理工还指望转手挣点钱。甚至汤姆选择情妇的方式——专向底层阶级下手——也表明他需要通过以势压人来强化自己不稳固的心理。

黛西的自卑，正如她的亲密恐惧症，主要体现在她与汤姆的关系上。爱上一个公然对自己不忠的人，这表明她在无意识当中认为她不配得到更好的待遇。此外，黛西的不安全感与汤姆的不安全感一样，经常需要向他人炫耀来巩固自我，从她的许多矫揉造作的举动中可以看到这类企图。当她"表明她是她和汤姆所属的一个上流社会的秘密团体中的一分子"时，尼克注意到了她的狡诈行为：

> "我认为反正一切都糟透了……人人都这样认为——那些最先进的人。而我知道，我什么地方都去过了，什么也都见过了，什么也都干过了。"她两眼闪闪有光，环顾四周，俨然不可一世的神气，很像汤姆，她又放声大笑，笑声里充满了可怕的讥讽……她的话音一落……我就感到她刚才说的根本不是真心话。（22；ch. 1）

每当我们看到黛西在众人面前出现，就会看到她矫揉造作的举动，下面的例子可以说明这一点。当尼克在黛西家中与布坎南夫妇及乔丹初次相会之时，黛西就告诉他，"'我高兴得瘫……瘫掉了。'她又笑了一次，好像她说了一句非常俏皮的话……仰起脸看着我，表示世界上没有第二个人是她更高兴见到的了。那是她特有的一种表情"（13；ch. 1）。在盖茨比家的宴会上，她告诉尼克，"如果你今天晚上任何时候想吻我……你让我知道好了，我一定高兴为你安排。只要提我的名字就行，或者出示一张绿色的请帖"（111；ch. 6）。当盖茨比与尼克、乔丹一起拜访布坎南夫妇的时候，黛西把汤姆打发出房间，然后她"站起身来，走到盖茨比面前，把他的脸拉了下来，吻他的嘴……'我不在乎！'黛西大声说，同时在砖砌的壁炉前面跳起舞来"（122–23；ch. 7）。矫揉造作通常是缺乏安全感的迹象，显然黛西严重缺乏安全感。

汤姆和黛西的亲密恐惧症也明显表现在他们与其他人的关系当中。

两个人都不肯花时间陪孩子，他们的女儿是由保姆带大的，黛西对待孩子虚伪做作的行为——"'心——肝，宝——贝，'她嗲声嗲气地说，一面伸出她的胳膊，'到疼你的亲娘这里来'"（123；ch. 7）——显示的是她惯有的煽情表演而非强烈的母爱。无论是汤姆还是黛西都没有和尼克或乔丹结下深情厚谊，虽说前者是黛西的表兄，后者是黛西自小就认识的人，在他们家里住过很长一段时期。从这个角度来看，这对夫妇经常居无定所——正如尼克所说，他们"不安定地东飘西荡"（10；ch. 1）——并不是他们与他人缺少亲密情感的原因，而是结果：他们不想在一个地方待上很长一段时间，因为他们不想与他人亲近。

因此，汤姆与茉特尔之间的关系中缺乏亲密情感也就不足为奇了。他不想与情妇关系太近，她只是自己用来疏远老婆的手段而已。他对待茉特尔的态度的确表明他对茉特尔并无太深的感情投入。他对她呼之即来，挥之即去，全凭自己方便。他对她撒谎说黛西由于宗教信仰的原因而不能离婚，这样做是为了防止她提过分要求，而当她刚有非分之举，他就随便出手，"动作敏捷"（41；ch. 2）地打破了她的鼻子。汤姆非常伤感地讲起他最后一次去他和茉特尔幽会的那个小公寓，他"坐下来像小娃娃一样放声大哭"（187；ch. 9），这里显示的是情感的自我放纵，而不是爱情。汤姆对茉特尔感情不深，唯一让人心理平衡的是茉特尔对汤姆也缺乏真正的关爱。

对茉特尔而言，汤姆·布坎南就是一张通行证，可以引领她离开乔治·威尔逊的汽车修理行。茉特尔希望借助于汤姆之力而成为上流社会的固定成员，在那里摆出"目空一切的傲慢态度"。在二人幽会的公寓举办的晚会上，我们看到，她喜欢摆出的这副样子，"她的笑声、她的姿势、她的言谈，每一刻都变得越来越矫揉造作"（35；ch. 2）。在小说中，茉特尔追求汤姆的唯一动机是出于经济上的困顿绝望，而非恐惧亲密，然而，她与其他人的关系也表明她想回避情感的亲密。她之所以嫁给威尔逊，显然不是因为对他有任何个人的感情，而是因为一个错误的印象，觉得他来自一个更高的阶层：她"以为他是个上层人"，"还有点教养"，当她得知他结婚时穿的那套衣服是借来的时，她"号啕大哭，整整哭了一个下午"（39；ch. 2）。乔治在情感上绝对依赖茉特尔，就像他深信埃克尔堡大夫的眼睛是上帝的眼睛一样，这间接表明的是他的心理迷失了方向，而不是他与茉特尔情感亲密。和乔治这样一个迷失方向的人在一起，茉特尔不必担心他与自己关系太近。她在自己的妹妹和麦基夫妇（显然她只有这几个朋友）面前那种虚伪做作的行为足以表明，这些关系为她在社交场合出风头提供了机会，而不是为人际间的亲密关系提供了机会。

尼克与乔丹之间的爱情显示他们也恐惧情感亲密。事实上，尼克最先心仪于乔丹的寡言持重，心仪于她摆出的那副冷漠形象。他带着赞许的口气提到乔丹流露出的"完全我行我素的神情"（13；ch.1），他用于描写她和黛西言行的词语中表现出情感冷漠的迷人魅力：

> 有时她和贝克小姐同时讲话，可是并不惹人注意，不过开点无关紧要的玩笑，也算不上唠叨，跟她们的白色衣裙以及没有任何欲念的超然的眼睛一样冷漠。（16-17；ch.1）

他时常使用诸如傲慢、超然、冷漠和轻蔑这样的词语去描述他所谓的乔丹"可爱的"（23；ch.1）面部表情。他对她始终感兴趣，只要她看上去属于一个遥远的世界，"报道阿希维尔、温泉和棕榈海滩的体育生活的许多报刊照片"中的世界（23；ch.1），这个世界似乎与情感现实毫无关系。一旦她与布坎南夫妇合住的那所房子让人情感"混乱不堪"，尼克就赶紧打退堂鼓。当他们两人从茉特尔·威尔逊死亡现场回来之后，乔丹邀请他到布坎南家中陪自己，他婉言拒绝："说什么我也不肯进去了。他们几个人我这一天全都看够了，忽然间那也包括乔丹在内。她一定在我的表情中多少看出了一点苗头，因为她猛地掉转身，跑上门廊的台阶，走进屋子里去了"（150；ch.7）。

随后尼克开始回避乔丹，而且很快就结束了他们之间的恋爱关系，他这样做就是为了让自己的感情不受干扰。在茉特尔死后的第二天，他在电话里与乔丹断交——"我不知道我们俩是谁把电话啪的一下挂掉"（163；ch.8）——对于这一情景，他一直强迫自己不要去回忆，尽管是他甩了乔丹，我们知道这件事还是因为后来乔丹刻意去提醒他。甚至当他与乔丹会面共叙往事之时，他承认他"从头到尾谈了围绕着"（185；ch.9）他们两人之间发生过的事情，这就是在暗示他在谈话中回避了许多令人痛苦的事情。

　　尼克的亲密恐惧症不仅表现在他与乔丹之间的关系上，也体现在他此前的两次恋爱经历中。尽管他声称他在老家明尼苏达③"压根儿没有与一位老朋友订婚"（24；ch. 1），但是他还是承认他之所以来到东部的一个原因就是为了避免迫于流言蜚语而成婚。如果那位年轻女士不再认为她只是尼克的"老朋友"，那么，用他自己的话说，他只有一条出路，"迫于谣言的压力去结婚"（24；ch. 1）。在追求乔丹之前，尼克决定"首先得完全摆脱家乡的那段纠葛"（64；ch. 3），由此可知，那位女子和他不仅仅是朋友关系。显然，这段关系比他愿意承认的要严肃得多，他很想摆脱掉。与此类似，他在纽约"甚至和一个姑娘发生过短期的关系……（她）在会计处工作"，"可是她哥哥开始给我脸色看，因此她七月里出去度假的时候，我就让这件事悄悄地吹了"（61；ch. 3）。换句话说，正当这段情事变得有些严肃起来的时候，他就甩了她，再一次使用了最有可能逃避感情的方式。在与女性的关系当中，尼克始终是逃避和抛弃的老手。

　　正如乔丹"傲慢的冷笑"（63；ch. 3）所暗示的那样，她与尼克一样，渴望与他人保持一定的情感距离，她的职业以及她选择的朋友为她这样做提供了条件，这并非偶然。她的运动生涯提供了一个现成的浮华形象——"她对世人摆出的那副厌烦而高傲的面孔"（62；ch. 3）——防止她与外人产生亲密的情感关系。"她是个高尔夫球冠军，所有的人都知道她的大名"（62；ch. 3），但是，她利用各种"花招儿"去保证世人对她的了解仅限于此。她选择的朋友，例如布坎南夫妇，更喜欢在社交场合忸怩作态，而不是真诚地交流情感，这也有助于防止她与别人产生亲密的关系。他们夫妇不想与别人亲近，在这方面他们与乔丹不相上下。正如尼克所看到的那样，乔丹"本能地回避聪明机警的男人"（63；ch. 3），唯恐这样的人看穿她浅薄的伪装。当然，乔丹选择尼克这样的男人，可以免受情感亲密的威胁。

　　尽管盖茨比与黛西炽热的恋情似乎与布坎南夫妇出于心理需要结为连理形成了鲜明对照，也与小说中其他情感疏远关系形成了鲜明对比，但是，盖茨比与黛西之间的这段浪漫情事还是与其他人有着惊人的相似之处。例如，黛西与盖茨比亲近的渴望不会超过她与汤姆亲近的渴望。如果她早知道盖茨比不属于她所在的社会阶级，她的婚外情，正如她先前与盖茨比的恋情，根本不会发生。无论她对盖茨比感觉如何，都需要与汤姆相同的社会地位去强化。事实上，当汤姆与盖茨比在纽约宾馆的房间里对质，汤姆戳穿了盖茨比真正的社会出身后，黛西立即抽身而去：

> 他激动地对黛西说开了，矢口否定一切，又为了没有人提出的罪名替自己辩护。但是他说得越多，她就显得越疏远，结果他只好不说了，唯有那死去的梦随着下午的消逝在继续奋斗……朝着屋子那边那个失去的声音痛苦地但并不绝望地挣扎着。那个声音又央求着要走。
>
> "求求你，汤姆！我再也受不了啦。"
>
> 她惊惶的眼神显示出，不管她曾经有过什么意图，有过什么勇气，现在肯定都烟消云散了。（142; ch. 7）

当她了解到盖茨比"来路不对"的时候，盖茨比多年的一片痴情，她进入盖茨比生活的强烈愿望，一下子就从她那里消逝了。事后不久，黛西本人也消失了，在盖茨比死后的第二天，她和汤姆收拾好行装，径直离开了城里。

黛西并没有意识到，对于他们夫妇而言，盖茨比和茉特尔的功能是一样的：在他们夫妻关系当中充当心理工具。汤姆利用茉特尔去回避婚姻中的情感问题，黛西利用盖茨比达到同样的目的。正当汤姆的婚外情似乎有了新的进展之时，盖茨比及时回到黛西身边，发挥缓冲的作用。痴心不改的茉特尔不断地打电话，而且径直打到黛西家中，一个劲儿地骚扰她本人。汤姆背着黛西在外面炫耀自己的情妇，固然没有侵犯黛西的领地，但是，他在家里接情妇的电话，情况就完全不同了。仅仅因为配偶的行为会让我们产生报复心理——正如汤姆的婚外情让黛西产生报复心理一样——并不意味着这些行为不会给我们带来痛苦。这就是为什么心理问题经常被称为冲突的原因：我们在无意识之中想获得某种体验，因为它可以满足我们的心理需求，但是，正因为这种需求是心理受伤的结果，这种体验经常令人很痛苦。

黛西的婚姻已经变得很痛苦，她与盖茨比的婚外恋正好起到了缓和作用。如果她身边有了盖茨比，她就可以安慰自己，她再也不需要汤姆了，她甚至再也不用去想他（或许更让她满意的是，她可以把她与盖茨比的婚外恋看作是对汤姆适当的惩罚），这样一来，在盖茨比家的宴会上，她就可以承受自己对汤姆拈花惹草的行为所采取的听之任之的态度了。因此，黛西的婚外情起到了心理防御的作用，就其本身而论，它强化了那桩畸形婚姻对她个人心理的重要性：假如这场婚姻在她生活中并不重要，那她就没有必要去捍卫它。事实上，正是因为她在无意识当中还很看重这桩婚姻，她才可以放心大胆地与盖茨比继续往来。只要她在心理上还牵挂着汤姆，她就不担心自己会与盖茨比再续前缘。

鉴于盖茨比和茉特尔都是布坎南夫妇婚姻中的筹码，因此具有重大象征意义的是，汤姆和黛西实际上杀死了彼此的情人。尽管从表面上看这不折不扣是一场交通事故，但是，的确是黛西驾着盖茨比的汽车撞死了茉特尔。汤姆怂恿拿着手枪、精神狂乱的乔治·威尔逊去盖茨比家中肯定不是一场意外事故。即便汤姆因为担心自己和黛西的生命受到威胁而不得不对威尔逊说，撞死茉特尔的是盖茨比（或者他也是这么认为的），但是，如果他不希望威尔逊杀死盖茨比，他就会给盖茨比打个电话，让他加强防范。黛西让盖茨比承担了撞死茉特尔的责任，她这么干的时候显然没有丝毫的犹豫，这说明了两方面的内容：一方面，她只是把盖茨比视为自己与世界之间的一种情感缓冲，另一方面，一旦她了解到盖茨比的真实身世，他就失去了继续做情人的资格，从而失去了利用价值。

在许多读者看来，最困难的事情莫过于证明盖茨比也患有亲密恐惧症。既然他像"寻找圣杯"（156；ch. 8）一样追求黛西，既然他始终保留一份剪贴簿，上面刊载了所有关于黛西的新闻简报，既然他对黛西痴心不改，即便她已经结婚多年，既然在此期间他卖命挣钱只是为了赢回她的芳心，那么，我们怎么能说盖茨比也患有亲密恐惧症呢？为了证明这一点，我们先考察一下，盖茨比在倾心于黛西的同时还倾心于什么东西。

尽管盖茨比认为，他最终的目标是得到黛西——许多读者，包括尼克、乔丹、汤姆以及黛西本人似乎都这么认为——然而，黛西只是他实现目标的一个手段，而不是目标本身。早在认识黛西之前，盖茨比就立志猎取财富和社会地位。杰米·盖兹（杰伊·盖茨比法律上的名字）在少年时代制定的"作息表"上，遵循着本杰明·富兰克林的自立传统，把自己一天的时间分配给体育运动、学习电学、工作、运动、练习演说和仪态、学习有用的新发明，这些都表明他早就打算体验"从赤贫到巨富"的人生经历，就像白手起家的百万富翁约翰·洛克菲勒和安德鲁·卡内基那样。

盖茨比强烈渴望出人头地，这种想法源于他早年与一贫如洗的父母一起度过的不幸生活；他的父母是"碌碌无为的庄稼人"（104；ch. 6）。显然，少年时代的生活不幸福不光是因为家贫，还另有原因，这在他父亲对尼克所讲的那番话中有所暗示，"有一次他说我吃东西像猪一样，我把他揍了一顿"（182；ch. 9）。无论盖茨比在少年时代受过什么样的心理创伤，它们都足以使他排斥他与父母之间的情感关系："他的想象力根本从来就没有真正承认过他们是自己的父母"（104；ch. 6）。因此，根据精神分析的视角，盖茨比编造自己的出身不仅仅是一条让自己跻身于上流社会的瞒天过海之计，它也是一种否定，一种心理防御，有助于压抑自己对真实过去的回忆。在这个语境下，他编造的那套谎言"家里人都死光了，他继承了好多钱"（70；ch. 4），就成为他心理渴望的双重隐喻：一方面，他在心理上渴望杀死给他造成心理创伤的父母，另一方面，自相矛盾的是，他又渴望从父母那里得到心理滋养——那是他们从来没有给予他的东西——"金钱"。

然而，一遇到黛西，盖茨比为自己制定的发财计划就暴露出他最终想得到的心理报偿是什么。"她是他所认识的第一个'大家闺秀'。他以前……也曾和这一类人接触过，但每次总有一层无形的铁丝网隔在中间"（155；ch. 8）。通过黛西，他可以想象到置身于她所在的那个世界是一种什么样的感觉。正如他所感觉的那样，黛西"像白银一样皎皎发光，安然高踞于穷苦人激烈的生存斗争之上"（157；ch. 8），他必然会把自己在青年时代经历的生存斗争与这一时期的心理创伤联系在一起。对他而言，黛西不是一个有血有肉的女人，而是他在无意识中渴望的那种情感隔离的象征：与自我、与杰姆斯·盖兹、与过去身世的情感隔离。正如我们在汤姆和黛西身上所看到的那样，与自我进行情感隔离的最佳方式是避免与他人进行亲密交流。盖茨比异常大胆地将黛西理想化为完美的女性——她不可能做错事，她只爱他一个人，时间无法改变她——就是他试图回避亲密交流的明确信号，因为人不可能和理想进行亲密的情感交流。事实上，甚至可以说，我们无从了解我们理想化的人物，因为我们用理想化的人代替了现实中的人，这就是我们所了解的全部内容。多年以来，盖茨比只能通过报纸上的社交专栏刊载的新闻去了解黛西的情况，他对黛西的一片痴心可以防止他与其他女性产生亲密情感。

重要的是，菲茨杰拉德也想象不出盖茨比和黛西在长岛私通期间的情感关系到底是什么样子。正如他在写给埃德蒙·威尔逊的信中指出的那样，他"无从感觉或了解……从他们重新聚首到灾难性结局，盖茨比与黛西之间的情感关系到底如何"（*Letters* 341–42）。我认为，从心理分析的视角出发，可以清楚地看出菲茨杰拉德之所以写不出他们之间的情感关系，那是因为这种情感关系并不存在。我并不是说盖茨比和黛西没有情感体验，而是说，无论他们对彼此的感觉是什么，这都是一种回避手段，让他们避免感受其他东西带来的后果，那是一些让他们心烦意乱、总想去压制的东西，例如盖茨比痛苦的青少年时代、黛西的畸形婚姻以及这两个人的亲密恐惧症。

显然，精神分析视角揭示出的爱情故事迥异于通常与这部小说联系在一起的爱情故事。正如小说所阐明的那样，在浪漫爱情这个舞台上，我们无法解决的心理冲突一再悉数上演。事实上，一再重复的破坏性行为昭示我们，一种无法化解的心理冲突一直在无意识层面"操纵局势"。前文探讨的所有人物都说明了这个原理，虽说在盖茨比痴心迷恋黛西的过程中，它的具体操作手法既十分引人注目，又非常具有掩饰性，也就是说，非常压抑。盖茨比对自己心理动机的压抑超过了其他人物的总和。他说过的一句话很有名，"不能重温旧梦？……哪儿的话，我当然能够！"（116；ch. 6），在这个语境下，这句话意味深长，因为它暗示了小说的精神分析内容赖以存身的一个内在前提：我们对心理创伤的压抑迫使我们不断地重揭疮疤。盖茨比孤独地追求黛西重现了他青少年时代的孤寂，在他自己的别墅里，他感觉自己就像一个外人——这座别墅是为接待黛西而购买的，他唯一用过的房间或者说唯一带有他个人所有权标志的是他的卧室——正像当年他在自己的父母家所感觉的那样。当然，当年父母对他造成的伤害远远比不上黛西对他的遗弃。黛西有两次遗弃了他，第一次是当年她嫁给了汤姆，第二次是在茉特尔·威尔逊死前的那个晚上，他又输给了自己的情敌。因此，不管是有心还是无意，《了不起的盖茨比》向我们证明，浪漫的爱情关系能够有效地帮助我们压抑心理创伤，从而就像小说末尾那句恰如其分的结语所说的那样，不可避免地把我们"不断地推入过去"（189；ch. 9）。

【深入实践问题：精神分析理论研究其他文学作品的方法】

下列问题为精神分析批评的范例。它们可以帮助读者运用精神分析批评去阐释这里提到的文学作品或读者自选的其他文本。问题5是拉康式批评特有的研究方法。

1. 了解被压抑对象的反弹现象如何有助于我们理解托妮·莫里森的《宠儿》（*Beloved*，1987）中具有化身功能的宠儿（她可被视为过去奴隶苦难经历的化身）与塞丝、保罗·D以及黑人社群之间的关系？

2. 了解死亡行径在周围环境中的投射如何有助于我们阐释约瑟夫·康拉德（Joseph Conrad）的《黑暗的中心》（*Heart of Darkness*，1902）中的马洛？

3. 理解否定与移置（这里指的是做母亲的把自己对丈夫的负面感觉转移到孩子身上），如何有助于我们分析蒂莉·奥尔森（Tillie Olsen）的短篇小说《熨衣妇》（"I Stand Here Ironing"，1956）中叙事者与她厌烦的女儿之间的关系？

4. 我们应当怎样利用有关压抑、超我以及梦的象征方面的知识（尤其是将水看成情感或性欲的象征）去阐释艾米莉·狄金森（Emily Dickinson）的诗歌《我早早动身——带上我的狗》（"I Started Early—Took My Dog"，1862）？

5. 我们该如何去论证，玛丽·雪莱的《弗兰肯斯坦》中的主人公维克多的种种经历源于他对镜像界的怀念以及他与象征界的冲突？我们应该如何进一步去论证伊丽莎白、克莱瓦尔甚至维克多制造魔鬼的动机都是他渴望"小写的他者客体"这种欲望的移置？

【延伸阅读书目】

Bettelheim, Bruno. *The Uses of Enchantment: The Meaning and Importance of Fairy Tales*. 1975. New York: Vintage Books, 2010. (See especially "Part Two: In Fairyland," 159–310.)

Bristow, Joseph. "Psychoanalytic Drives [Freud and Lacan]." *Sexuality*. 2nd ed. London and New York: Routledge, 2011. 57–89.

Davis, Walter A. "The Drama of the Psychoanalytic Subject." *Inwardness and Existence: Subjectivity in/and Hegel, Heidegger, Marx, and Freud*. Madison: University of Wisconsin Press, 1989. (See especially "The Familial Genesis of the Psyche," 242–50; "Identity and Sexuality," 296–307; and "Love Stories," 307–13.)

———. *Get the Guests: Psychoanalysis, Modern American Drama, and the Audience*. Madison: University of Wisconsin Press, 1994.

Dor, Joël. *Introduction to the Reading of Lacan: The Unconscious Structured Like a Language*. New York: Other Press, 1998.

Easthope, Antony. *The Unconscious*. London and New York: Routledge, 1999.

Freud, Sigmund. *The Complete Introductory Lectures on Psychoanalysis*. Trans. James Strachey. New York: W. W. Norton, 1966.

———. *The Freud Reader*. Ed. Peter Gay. New York: W. W. Norton, 1989.

———. *The Interpretation of Dreams*. 1900. Rpt. in *The Basic Writings of Sigmund Freud*. Trans. Dr. A. A. Brill, ed. New York: Modern Library, 1938. 180–549.

Jung, Carl G. *The Archetypes and the Collective Unconscious*. Vol. 9, Part I of *Collected Works*. 2nd ed. Trans. R. F. C. Hull. Princeton, NJ: Princeton University Press, 1968.

Segal, Hanna. *Introduction to the Work of Melanie Klein*. 2nd ed. New York: Basic Books, 1974.

Tate, Claudia. *Psychoanalysis and Black Novels: Desire and the Protocols of Race*. New York and Oxford: Oxford University Press, 1998.

Thurschwell, Pamela. *Sigmund Freud*. 2nd ed. London and New York: Routledge, 2009.

Wright, Elizabeth. *Psychoanalytic Criticism: A Reappraisal*. 2nd ed. New York: Routledge, 1998.

【高端阅读书目】

Ahad, Badia Sahar. *Freud Upside Down: African American Literature and Psychoanalytic Culture*. Urbana: University of Illinois Press, 2010.

Armstrong, Philip. *Shakespeare in Psychoanalysis*. London and New York: Routledge, 2001.

Campbell, Jan. *Arguing with the Phallus: Feminist, Queer, and Postcolonial Theory – A Psychoanalytic Contribution*. New York: Zed Books, 2000.

Ellmann, Maud, ed. *Psychoanalytic Literary Criticism*. New York: Longman, 1994.

Hinshelwood, R. D. *A Dictionary of Kleinian Thought*. 2nd ed. London: Free Association Books, 1991.

Homer, Sean. *Jacques Lacan*. London and New York: Routledge, 2005.

Klein, George S. *Psychoanalytic Theory: An Exploration of Essentials*. New York: International Universities Press, 1976.

Klein, Melanie. *"Envy and Gratitude" and Other Works, 1946–1963*. New York: Delacorte, 1975.

——. *"Love, Guilt, and Reparation" and Other Works, 1921–1945*. New York: Delacorte, 1975.

Lacan, Jacques. *Écrits: A Selection*. Trans. Alan Sheridan. New York: W. W. Norton, 1977. (See especially "The Mirror Stage as Formative of the Function of the I," 1–7; "The Agency of the Letter in the Unconscious or Reason since Freud," 146–75; and "The Signification of the Phallus," 281–91.)

Sokol, B. J., ed. *The Undiscovered Country: New Essays on Psychoanalysis and Shakespeare*. London: Free Association Books, 1993.

Žižek, Slavoj. *Looking Awry: An Introduction to Jacques Lacan through Popular Culture*. Cambridge, MA: The MIT Press, 1991.

【注释】

① 卡尔·荣格（Carl Jung）（1875–1961）的心理学理论产生的文学心

理学批评流派既不同于本章所探讨的弗洛伊德式的，即经典的精神分析批评，也不同于拉康式的精神分析批评。事实上，如果充分介绍荣格式文学批评（有时被称为原型批评或神话批评），至少需要一章的篇幅。本书之所以没有收入荣格式文学批评，是因为它的批评实践在当前并不盛行。不管怎么说，想要研究荣格式文学批评，必须要透彻地理解本章所介绍的经典精神分析。荣格的文集见上文中的"延伸阅读书目"。

② 例见比利（Bewley）、伯纳姆（Burnam）、蔡斯（Chase）、加洛（Gallo）和哈特（Hart）。认为盖茨比是病理学上所说的自恋狂的悲观看法，见米切尔（Mitchell）。

③ 非常感谢詹姆士·波斯特马教授以及他在康科迪亚学院穆尔黑德分校的学生们，他们提供了有力证据，证明尼克·尤罗威的老家是明尼苏达州的圣保罗，他的家是当地的名门望族，这是尼克在回忆孩童时代提到的（184；ch. 9），这里也是费茨杰拉德的出生地。

【 引用作品书目 】

Bewley, Marius. "Scott Fitzgerald's Criticism of America." *Sewanee Review* 62 (1954): 223–46. Rpt. in *Modern Critical Interpretations of F. Scott Fitzgerald's* The Great Gatsby. Ed. Harold Bloom. New York: Chelsea, 1986. 11–27.

Burnam, Tom. "The Eyes of Dr. Eckleburg: A Re-Examination of *The Great Gatsby*." *College English* 13 (1952). Rpt. in *F. Scott Fitzgerald: A Collection of Critical Essays*. Ed. Arthur Mizener. Englewood Cliffs, N.J.: Prentice Hall, 1963. 104–11.

Chase, Richard. *"The Great Gatsby": The American Novel and Its Traditions*. New York: Doubleday, 1957. Rpt. in The Great Gatsby: *A Study*. Ed. Frederick J. Hoffman. New York: Scribner's, 1962. 297–302.

Chopin, Kate. *The Awakening*. Chicago: H. S. Stone, 1899.

Fitzgerald, F. Scott. *The Great Gatsby*. 1925. New York: Macmillan, 1992.

Gallo, Rose Adrienne. *F. Scott Fitzgerald*. New York: Ungar, 1978.

Gilman, Charlotte Perkins. "The Yellow Wallpaper." *New England Magazine 5* (January 1892).

Hart, Jeffrey. "'Out of it ere night': The WASP Gentleman as Cultural Ideal." *New Criterion* 7.5 (1989): 27–34.

Lacan, Jacques. *The Seminar. Book VII. The Ethics of Psychoanalysis, 1959– 1960*. Trans. Dennis Porter. London: Routledge, 1992.

——. *The Seminar. Book XI. The Four Fundamental Concepts of Psychoanalysis.* 1964. Trans. Alan Sheridan. London: Hogarth Press and Institute of Psycho-Analysis,1977.

Miller, Arthur. *Death of a Salesman.* New York: Viking, 1949.

Mitchell, Giles. "Gatsby Is a Pathological Narcissist." Excerpted from "The Great Narcissist: A Study of Fitzgerald's Gatsby." *American Journal of Psychoanalysis* 51.4 (1991): 587–96. Rpt. in *Readings on* The Great Gatsby. Ed. Katie de Koster. San Diego: Greenhaven Press, 1998. 61–67.

Morrison, Toni. *The Bluest Eye.* New York: Holt, Rinehart, and Winston, 1970.

Shelley, Mary. *Frankenstein.* London: Lackington, Hughes, Harding, Mavor, & Jones, 1818.

第三章

马克思主义批评[1]

【马克思主义的基本预设】

马克思主义理论究竟是什么？在回答这个问题之前，不妨先回答另一个问题：马克思主义批评家们该如何评价上一章介绍的精神分析批评？他们会说，精神分析让我们集中关注个体心理，关注个体心理如何根植于家庭情结，从而使我们忽视了产生人类经验的真正力量——构建人类社会的经济系统。对于本书中探讨的其他理论，马克思主义批评家多少也会有类似的微词。他们认为，如果一个理论没有突出人类文化的经济现实，那它就无从正确理解人类文化。对于马克思主义而言，夺取和维护经济权力是一切社会和政治活动背后的真正动机，这些活动包括教育、哲学、宗教、政府、艺术、科学、技术、媒体，如此等等，不一而足。因此，经济是社会/政治/意识形态现实等上层建筑存在的基础。因而，经济权力总是包含社会和政治权力，这也是为什么当今许多马克思主义批评家在谈及阶级结构时，提到的是社会经济阶级，而非经济阶级。

在马克思主义术语中，经济条件指物质状况，而物质条件所产生的社会/政治/意识形态氛围被称为历史状况。在马克思主义批评家看来，想要理解人类事件（无论是政治的还是个人性质的）或人类社会的产物（从核潜艇到电视节目），必须要对当时产生它们的具体物质/历史状况有所了解。也就是说，人类社会的所有事件和产物都有其物质/历史

1　本书著者为美国研究当代文学理论与文学批评的教授，并非马克思主义者和马克思主义理论专家。本章所用的马克思主义理论观点，不能完全代表正统马克思主义理论观点，但著者将马克思主义理论观点用于美国现当代文学批评值得肯定。

根源。要想确切描述人类世界，通过寻找抽象永恒的本质或原则是办不到的，只有通过了解世上具体的现实情况才能办到。因此，马克思主义在分析人类社会的事件和产物之时，总是聚焦于社会经济阶层之间的关系，这些关系既可以发生在某个社会内部，也可以处在不同的社会之间。这种分析根据经济权力的分配和变动来解释人类的活动。马克思主义的实践（或方法论）认为，对于理论观念，只有根据其具体运用，也就是根据它们在现实世界中的可行性，才能判断其价值。

从马克思主义的视角来看，社会经济阶层的差异给人类造成的分化，程度远远超过宗教、人种、族群或性别的差异给人类造成的分化。简单地讲，因为真正的争夺战发生在"有产者"和"无产者"之间，在资产阶级和无产阶级之间。前者控制着世界的自然、经济以及人力资源；后者占世界人口的大多数，他们生活在标准线以下，从事体力劳动——采矿掘石、工厂劳作、开沟挖渠、修筑铁路，他们的劳动充实了富人的腰包。不幸的是，无产者很难认识到这一事实，他们通常任由宗教、人种、族群或性别差异将他们分化成对立的派系，而这种派系分化无助于社会的变革。

【美国的阶级体系】

在美国，资产阶级和无产阶级的界限日益模糊。假如有一个家族小企业的老板，他雇了几名工人，但是这家企业的年利润却少于大公司销售人员的年薪，那么，我们该如何给他划阶级成分呢？换句话说，至少在美国，有的雇员的工资高过有的老板。让事情变得更加复杂的是，**资产阶级**（bourgeoisie）和**资产阶级的**（bourgeois）这两个词如今在日常用语中逐渐成为中产阶级的总称，不再用以区分老板和雇员。所以，在现今历史阶段，按照社会经济的生活方式来给美国人划阶级成分，而不再考虑他们获得经济来源的方式，可能更有助益。[1] 为了清楚起见，让

---

1 著者此处划分"美国阶级体系"所依据的并非传统马克思主义理论，为一家之言，但也不无道理。二战之后，资本主义发生了新变化，尤其是高薪职业经理人阶层和中产阶级出现。这些都是当代社会的新事物、新现象，不同于马克思、恩格斯所在时代。如何划分当代社会阶级体系，需要用发展了的马克思主义理论加以客观认识。

我们先简单地勾画当代美国社会经济的主要分化状况，再给他们划分阶级成分。

某人究竟属于资产阶级还是属于无产阶级，在探讨这个问题的时候，不论我们意见是否统一，我们中的大多数人都可以看到，在下列社会群体之间，他们的社会经济生活方式存在着惊人的差异：无家可归者——他们的物质基础薄弱，摆脱贫困的希望渺茫；穷人——他们接受教育和发展事业的机会有限，终日为养家糊口而挣扎，并担心陷入无家可归的境地；经济稳定的家庭——他们有好车有好房，也供得起孩子上大学；富人——他们买得起两套或两套以上的高档房屋、好几辆汽车以及一些奢侈品；巨富，例如大型知名企业的老板——对于他们来说，财富（豪宅、豪车、私人飞机和游艇）已不是问题。我们可以大致把这五个群体称为美国的底层阶级、下层阶级、中产阶级、上层阶级以及"贵族阶级"。

显然，底层阶级和下层阶级受到了经济压迫：他们物质匮乏、生活困顿，在经济衰退期他们首先受害，并且很难改变自己的命运。相形之下，上层阶级和"贵族阶级"则享有经济特权：他们过着奢华的生活，在经济衰退时期受到的影响最小，经济保险系数很大。那么中产阶级的状况如何呢？他们是受到了经济压迫还是享有经济特权？当然，答案也许是：两者皆是。相对于更低的阶层，他们的社会经济生活方式当然是好的，不过，他们也不太可能拥有一座豪宅；相对于更低的阶层，他们的经济来源更稳定，不过他们也会经常受到经济衰退的沉重打击，他们有充分的理由为未来的经济状况担忧；他们受益于制度化的经济保险形式，例如好的医疗保险和养老金计划，但与此同时，他们又承受着相对其收入而言过重的（在许多人看来是不公平的）税收负担。

为什么受到经济压迫的人们不选择反抗呢？是什么使得下层阶级"裹足不前"、任由富人摆布？在当代美国，至少对于穷人和无家可归者来说，为生存而挣扎毫无疑问是制约他们的一个因素。如果一个人还在为自己活命和养儿育女而挣扎，他哪有时间积极参与政治活动？就连政治上的觉醒都无从谈起。压迫他们的其他因素还有警察和其他政府暴力机构——他们听从政府的命令，虐待下层和底层的穷人，认为这些人威胁到权力结构。例如，在美国工会成立早期，罢工的工人遭到逮捕、殴打或杀害；就在几年前，栖身于纽约中央公园的无家可归者被赶出他们自己搭建的硬纸箱，因为他们的陋室"破坏"了附近富人的豪华公寓窗外的景观。然而，实际上，穷人受到的更严重的压迫来自意识形态。

【意识形态的角色】

马克思主义理论认为，意识形态是一种信仰体系，所有的信仰体系都是文化环境造就的。例如，资本主义、共产主义、马克思主义、宗教、伦理系统、人文主义、环境主义、空手道等等，这些东西都是意识形态。我们在本书中学习的批评理论也是意识形态。就连认为自然遵循科学规律行事这样一种假设也是意识形态。然而，虽然我们可以想到的一切经验或研究领域几乎都有意识形态的成分，但是，这并不意味着所有意识形态都是有建设性的或可取的。不可取的意识形态助长了压迫性的政治行为，为了让全体公民接受，它们伴装成天经地义的世界观，不肯承认自己的意识形态本质。例如，"男人天生是当领导的材料，他们的生理优势使得他们比女性更强壮、更聪明、更理智"，这种说法就是一种性别歧视性质的意识形态，只不过它把自己包装成一种天经地义的功能而四处兜售，而事实上，它不过是文化信仰的产物而已。再如，"每个家庭都希望在自己的土地上拥有自己的住宅"，这种说法是一种资本主义的意识形态，它指出了所有美国人都想拥有自己的资产的事实，从而把它当成天经地义的东西而加以兜售；然而，它却不肯承认另一事实：这个愿望本身是我们所在的资本主义文化塑造出来的。相反，许多美国土著民族却认为土地不能私有。对他们而言，土地私有如同空气私有一样荒谬。

压迫性意识形态把自己装扮成天经地义的世界观，阻碍我们正确理解我们所处的物质/历史状况，这是因为它们否认这些状况影响了我们看待世界的方式。马克思主义不是一种压迫性的意识形态，它承认自身的意识形态性质。马克思主义时刻让我们意识到我们为何是物质/历史环境造就的产物，而压迫性意识形态之所以蒙蔽我们的双眼，不让我们看清这个事实，目的就是为了让我们服从统治阶级的权力系统。我们受到意识形态"操控"的程度究竟有多深？对此，马克思主义理论家的评估不一而足，不过他们都赞同一点，那就是，最成功的意识形态不会被人们看成意识形态，而是被当成天经地义的世界观。因而，尽管我们可以主张让美国中产阶级和穷人结成政治同盟，以便把美国的巨大财富更加平等地分配给中产阶级和底层阶级，这样做最符合中产阶级的经济利益，然而，在现实政治生活当中，中产阶级基本上还是与富人保持一致，与穷人对立。

举一个简单的例子，中产阶级往往憎恨穷人，因为他们必须向政府缴纳许多税款去救济穷人。然而，中产阶级没有意识到以下两条重要的社会经济现实：（1）决定谁应多交税款以及如何花掉税款的正是掌权的富人（换句话说，是富人在强迫中产阶级去接济穷人）；（2）在拨给穷人的救济专款中，只有一小部分能到穷人手里，大部分都以回扣的形式和"有创意的"记账方式流入了富人的口袋，这些富人控制着社会福利事业，控制着替他们料理事务的中产阶级雇员。那么，究竟是什么样的意识形态蒙蔽了中产阶级的双眼，让他们意识不到当代美国社会经济的不平等？总体来讲，中产阶级被他们所信仰的美国梦所蒙蔽，美国梦告诉他们发家致富完全是积极进取和勤奋工作的结果。如果一些人穷困，那是因为他们无能和懒惰。

在这个国家，我们认为，想"力争上游"、想住更好的房子和穿更好的衣服都是天经地义的事情。在这里，"更好"是关键词。它不仅指"比自己从前拥有的更好"，还指"比别人拥有的更好"。也就是说，在"力争上游"这种信念的内部盘踞着一种竞争理念：竞争是一种天经地义或必不可少的生存模式。我们不是从自然学科当中了解到自然界要求"适者生存"吗？这种人类行为观念不是正好与美国的立国基础——严苛的个人主义——相吻合吗？如果没有这种严苛的个人主义，美国如今不会成为世界强国。就此而言，上面所谈及的一切——力争上游、残酷竞争和严苛的个人主义——难道不都是美国梦不可或缺的组成部分吗？按照美国梦的说法，我们生来平等，可以自由前进，"胆量"有多大，就能走多远。

至少在大多数美国人眼里，人就应该努力奋斗，这是天经地义、合情合理的。我们可以列举出一些依靠自我奋斗而获得成功的名人，例如本杰明·富兰克林和亚伯拉罕·林肯，来证明这种观点具有显而易见的公平性，然而马克思主义分析却揭露出美国梦是一种意识形态、一个信仰体系，绝非人类生来固有的或天经地义的世界观。美国是一个资本主义国家，即生产工具（自然、财务和人力资源）私有化的国家；在这类国家中，生产工具的所有者必然成为统治阶级。与所有替这类国家中的社会经济不平等现象辩护的意识形态一样，美国梦蒙蔽了我们的双眼，让我们看不到它从古至今犯下的滔天罪行：对土著人进行种族灭绝，蓄养黑奴，奴役契约佣工，欺凌外来移民，贫富分化日益严重，无家可归和食不果腹的人口与日俱增，针对女性和有色人种筑起社会经济壁垒，如此等等，不一而足。换句话说，美国梦的实现——少数人获得奢华的生活方式——建立在多数人遭受苦难的基础上。而正是意识形态的力量让我们相信这个梦想是天经地义和公正无私的，它蒙蔽了我们的眼睛，让我们看不到它所掩盖的残酷现实。

有人可能会有这样的疑问："美国梦不是一种理想吗？尽管我们的理想可能会在实践中失败，难道我们就因此而不再向往它了吗？举个例子，难道就因为生活有时不尽如人意我们就放弃人类生活是神圣的这一理想吗？"在马克思主义看来，如果一个理想的作用在于掩盖它自身的缺陷，它就是一个虚假的理想，即虚假意识，它的真实意图是维护掌权者的利益。就美国梦而言，马克思主义分析需要解决的问题是："在维护掌权者的利益方面，美国梦是如何得到所有美国人的支持，甚至得到追寻美国梦失败的人的支持的？"

这个答案在于，至少部分原因是，美国梦很像国营彩票或赌金全赢制（国营彩票的最新化身），为每个人提供了赢钱的机会，我们就像上了瘾的赌徒那样，抓着这种可能性不放。事实上，经济安全感越低，心理期望就越高。美国梦还向我们讲一些非常顺耳的话：我们与富人"同样出色"。如果富人不承认这一点，那也无所谓，只要我们认为自己不比他们差就行。"同样出色"并不意味着我们可以享有同样的医疗条件、舒适生活或社会特权，例如遇到麻烦时请得起最好的律师，不过，这也不重要。每当我需要"自我感觉良好"的时候，尤其在生活开支捉襟见肘之时，我就会紧紧抓住美国梦给我带来的自我满足感。同样，当我获得一大笔财富，而周围的人只能勉强过活之时，如果想消除内疚感，我就会转向美国梦寻求慰藉：只要我有积攒财富的进取心，管他什么财富，都是我应得的。的确，美国梦掩盖物质/历史现实的力量如此强大，以至于让整个美国都认为社会阶级这种东西毫无意义。这股强大的力量使这种意识形态在美国这样一个阶级系统复杂到难以形容的国家一下站稳了脚跟。

从马克思主义的视角来看，意识形态在维护当权者利益方面发挥了重要作用。接下来，我们再考察几个例子，弄清它的运作方式。例如，**阶级歧视论**（classism）就是一种意识形态，它把人的价值等同于其所属的社会阶级：一个人的社会地位越高，别人就认为他越好，因为品质"源于血统"，也就是说，是天生的。从阶级歧视论的视角来看，社会上层人士自然要比下层人士优秀：他们更聪慧、更负责、更可信、更有品德，如此等等，不一而足。社会底层人士也就顺理成章地成了无能、懒惰和不负责任的人。因此，社会顶层人士垄断权力要津也就成了天经地义的事，因为他们天生就适合这类角色，人们相信只有他们能胜任这类角色。

宗教也是一种意识形态，卡尔·马克思称其为"群众的鸦片"。它让信仰虔诚的穷人满足于自己的生活境况，或者说，至少可以让他们容忍自己的命运，就像被注射了镇静剂一样。上帝的存在问题不是马克思主义分析中的根本问题；相反，以上帝名义进行的人类活动——有组织的宗教活动——才是焦点。例如，许多基督教团体开展慈善事业，给世界各地的穷人提供食物、衣物、房屋甚至受教育的机会，然而跟食物和衣服一起分发的还有宗教信条，其中包括这样一种信念：如果穷人安分守己，不去暴力反抗，他们将在天堂得到回报。世界上90%的财富（或更多）被10%的人（或更少）所占有，显然这些人会饶有兴趣地推动基督教在穷人中间的传播工作，历史上他们利用基督教也是出于这个目的。的确，《圣经》曾被美国人成功地利用，为他们奴役黑人、压迫妇女和女同性恋、男同性恋、双性恋以及变性别者正名辩护和推波助澜。

正如先前所言，**残酷的个人主义**（rugged individualism）是美国梦的基石。作为一种意识形态，它对独立奋斗的个体人物进行了浪漫化处理。这些独立奋斗的个体人物为达到一个艰难的目标而孤身奋斗，而达到这个目标所要经历的风险大多数人都不愿意去承担。在过去，这样的目标可能是到美国西部边境去淘金，许多人都是冒着丧失性命的危险跑到那里去的。现如今，这样的目标可能是高风险投资，投资者很可能因此而倾家荡产。尽管残酷的个人主义看似是一种令人敬佩的个性特征，马克思主义批评家们却认为它是一种压迫性的意识形态，因为它把个人利益放在了他人的需求——甚至他人的生存——之上。残酷的个人主义最重视的是"我"而非"我们"，它与整个社会的福祉背道而驰，尤其与弱势群体的福祉背道而驰。残酷的个人主义还让我们产生一种幻觉，让我们以为自己在作选择的时候不受任何意识形态的重要影响。事实上，我们始终受到各种意识形态的影响，无论我们是否意识到。

消费主义，也称购物至上主义，是美国梦的另一块基石。消费主义这种意识形态告诉我们，"我的价值就体现在我消费的商品上面"。这样一来，它可以同时完成两项意识形态的使命：第一，它给我造成一种幻觉，让我感觉到如果我买得起富人消费的东西，哪怕是价格公道的仿造品（即使是赊购），我就可以和他们"一样出色"；第二，它可以充实富人的钱柜，因为我买的这些东西都是这些富人生产和销售的，而且他们还可以从我的信用卡单上面捞到15%到20%的利息。

当然，我们还可以举出更多资本主义意识形态的例子以供分析。上面的几个例子只是用来说明马克思主义对压迫性意识形态的一般看法。作为马克思主义批评家，我们的目标是认清意识形态在文化产品——文学、电影、绘画、音乐、电视节目、商业广告、教育、大众哲学、宗教、娱乐形式等等——中的作用，并进一步分析意识形态如何支撑或颠覆了文化生产在其中发挥重要作用的社会经济制度（权力结构）。马克思主义批评家认为所有的社会现象，从生儿育女到环境保护，都是文化产物——文化与产生它的社会经济制度密不可分。尽管如此，令许多马克思主义批评家感兴趣的是狭义上的文化产物，例如艺术、音乐、电影、戏剧、文学和电视等。在这些批评家看来，这种狭义上的文化是意识形态的主要承担者，因为它是以看似天真、全无机心的娱乐形式传播给大批受众的。一旦我们对它持娱乐态度，我们就会放松戒备，很容易受到意识形态的操控。

例如，我最近在电视上看了一部表现流浪汉生活的情景喜剧。此人每晚都睡在公共汽车站，这里就成了情景喜剧的场景。他在公共电话亭打电话，一个邮差打断了他，递给他一份邮件。（爆笑：此人在车站附近逗留的时间太久，邮局误以为那就是他家！）他拿着邮件仔细端详了一番，随口说道："我希望邮局能对这些垃圾邮件采取点措施！"（又一阵爆笑：他没有埋怨甚至没有意识到自己的处境，对于垃圾邮件，他反倒牢骚满腹！）这一场景看似简单，但马克思主义评论家会从中看出一条为资本主义权力结构效力的隐性信息："别为那些无家可归者操心了，他们过得还不错"，或者，更有甚者，"无家可归者喜欢那种生活方式；那种生活方式对他们来说很正常，就像我们的生活方式对我们来说很正常一样"。

对无家可归者的这类看法，美国梦起到了什么样的促进作用？它的作用在于不断地宣扬上文讨论过的那种神话：在美国，唯有开拓进取和辛勤劳动才能发财致富。按照这个逻辑，穷人之所以贫困，是因为他们懒惰无能。它还鼓动人们忘记其他因素，例如，无家可归者因居无定所而找不到工作，他没有工作就居无定所。大多数无家可归者之所以沦落至此，是他们完全无法掌控的经济形势造成的。今天，许多人变得无家可归，那是因为里根执政期间关闭了一些精神病院，他们被赶了出来，因此他们不仅急需住所，还需要价格不断上涨的药品和（或）医疗。

【人类行为、商品以及家庭】

尽管卡尔·马克思晚期作品集中关注的不是个体，而是经济问题和社会整体运作情况，但是有一点不能忘记，马克思最初研究的是人类行为，在这方面他是当之无愧的研究者——我们甚至可以说他就是一名社会心理学家。例如，他关注十九世纪中叶工业主义的兴起，实际上就是在关注工厂劳动对工人的影响，这些工人被迫向取代独立工匠和农民的工厂出卖劳动力。工厂里工人生产出大量产品，然而任何一件产品上面都不会标出他们的姓名，也没有任何显示他们个人贡献的印记。因此，马克思注意到，工人们不仅与他们生产出的产品相分离，而且与他们自身的劳动相脱离。马克思称这种劳动为**异化劳动**（alienated labor），并指出了它对劳动者和整个社会的有害影响。

同理，马克思关注资本主义经济的兴起，就是在关注资本主义对人类价值观的影响。在资本主义制度下，物品的价值变得与个人无关。它的价值被转化为"等值"货币——"资本"这个词的意思就是货币，唯一能够决定它的价值的是它与货币市场之间的关系。问题是，有多少人愿意买这件产品？他们愿意出多少钱？至于人们是否真的需要这件产品，以及这件产品是否真的值那个价，就成了不相干的问题。在盎格鲁-欧洲文化中，资本主义取代了物物交换经济，即用物品或劳动来直接交换其他物品或劳动，其决定因素是交易双方的个人能力和需求。许多后期马克思主义批评家集中关注的是意识形态如何通过大众文化传播开来并作用于人类的感情生活，因此，这类关注顺理成章地拓展了马克思对人类行为和经验的兴趣。

当然，马克思主义针对人类行为发表的许多深刻见解都涉及资本主义对人类心理产生的有害影响，这些有害影响经常体现在我们与**商品**（commodity）之间的关系中。在马克思主义看来，商品的价值不取决于它的用途（使用价值），而取决于用它交易得来的货币或商品（交换价值），或者是它赋予商品拥有者的社会地位（符号-交换价值）。一件产品，只有当它拥有交换价值或符号-交换价值时，它才成为商品，而这两种价值形式都是由产生产品交易关系的社会所决定的。例如，如果我为了娱乐或者为了获得信息而读一本书，或者甚至用它来垫桌脚，这本书就有使用价值。如果我卖了这本书，它就有交换价值。如果在约会的时候，我为了给对方留下一个好印象而把这本书放在咖啡桌上，那么这本书就有了符号-交换价值。**商品化**（commodification）就是根据物或人的交换价值或符号-交换价值进行交易的行为。如果我出于投资的目的买下一件艺术品，以便将来卖更高的价钱，或者说，我购买它是想显示自己品位高雅，那么我就是在将这件艺术品商品化。如果我为了摆阔，狂购奢侈品或享受一掷千金的服务并四处炫耀，那就有**炫耀式消费**（conspicuous consumption）之嫌，这就好像我买一件长款的白色貂皮大衣（甚至一副100美元的名牌太阳镜）并不是因为它真的实用或美观，而是为了向世人显示自己很阔。

最后，如果我为了提高自己的经济和社会地位而与人建立某种关系，那么我就是在将人商品化。大部分人都知道把人当作产品是什么意思（例如，性对象）。然而，产品若要成为商品，它必须要有交换价值或符号-交换价值。我在选择约会对象的时候，会考虑对方会在我身上花多少钱（对方的交换价值），或者考虑对方能为我挣多少面子（对方的符号-交换价值）吗？如果我会考虑，我就是在将对方商品化。

从马克思主义的角度来看，因为资本主义是市场经济，它的生存要依靠消费主义，所以它就大力宣扬符号-交换价值，把它当成我们与周围世界产生关联的首要模式。对于资本主义经济而言，最好不过的事情就是：除非这个社会的成员"外表"时尚，否则他们无法"自我感觉良好"，为了保持时尚的"外表"，只有不断地买新衣服、新化妆品和做新式美容。用经济学的术语来说，强化人们的不安全感以鼓动他们去消费，这样做最符合资本主义的利益。（我的牙是不是不够白？我是不是应该把头发染得更黄一些？我是否该锻炼一下，让肌肉更结实一些？我的口气够清新吗？）由于驱使人们消费的种种不安全感是攀比心理造成的（我的牙和他的一样白吗？我的头发和她的一样金黄吗？），所以，不仅销售公司之间的竞争加剧了，人与人之间的竞争也加剧了，人们开始感觉到，为了让自己更受欢迎或取得成功，就必须"卖掉"自己。

　　资本主义需要不断地开拓新的产品销售市场，寻找商品制造所需要的原材料的新来源，这就导致了**帝国主义**（imperialism）扩张。所谓帝国主义，就是指一个国家为了本国的经济利益对另一个国家进行军事、经济和（或）文化统治，对于被统治国家的福祉，它很少顾及或者根本不顾及。有关帝国主义活动的例子不胜枚举，例如西班牙对墨西哥的统治，英国对印度的统治，比利时对刚果地区的统治，以及美国力图控制北美洲、中美洲以及南美洲的土著居民的行径。当帝国主义国家在一个"欠发达"国家建立居住区，这些居住区就被称为殖民地，美国革命之前的美洲殖民地就是这样来的。帝国主义国家利用这些殖民地扩大自己的经济利益。不论征服者如何大肆宣扬殖民占领对当地人有何正面影响，一切帝国主义行径的动机都是为了替"母国"攫取经济收益。

　　还有一个问题也许很难厘清，但对于理解当今资本主义同样重要，那就是帝国主义政府如何在思想意识上进行"殖民活动"。思想意识上的殖民化指的是帝国主义国家说服被征服者从自己的视角来看待他们的处境，例如，让被征服者相信他们在脑力上、精神上和文化上都逊色于征服者，只有在新领导者的引导和保护下，他们才能改变自己的命运。例如，在美国内战之前，奴隶主千方百计地让黑奴相信他们是不开化的、没有宗教信仰的野蛮人，要是没有白种主人不断的监督，他们会退化为食人族。当然，事实上，在非洲奴隶秉承的古代文化当中有多种形式的艺术、音乐、宗教和伦理。像这种以种族为界限，在思想意识方面进行殖民化的做法贯穿二十世纪的始终，例如，媒体对美国黑人形象的模式化处理，美国的史书没有完整地再现美国黑人的体验和经历，以及大肆宣扬盎格鲁-撒克逊民族理想中的美。因此，我们自身的文化所推行的思想意识的殖民化也可能对我们不利。实际上，上文所提到的鼓吹消费主义就是一个例子。

马克思主义对人类心理的关注与精神分析显然有重合之处：这两门学科都从心理学的角度去研究人类的行为和动机。然而，精神分析集中关注的是个体心理以及个体心理在家庭中的形成过程，马克思主义集中关注的是物质/历史力量——社会经济体系中的政治和意识形态，正是这些力量塑造了个人和群体的心理体验和行为。在马克思主义看来，家庭不是个体心理特征的来源，因为家庭和个体都是物质/历史环境的产物。在抚养子女的过程中，家庭总是无意识地进行文化"操控"，然而，这个操控程序却产生于家庭所在的社会经济文化。尽管是我们的父母给我们读睡前故事，带我们看电影，以各种方式塑造我们的道德观，然而，提供故事、电影和道德观的却是我们的社会制度，这些东西最终还是在替那些掌控社会制度的人谋取经济利益。因此，社会心理批评家是从家庭冲突和心理创伤的角度去考察个体行为的，马克思主义批评家在考察个体行为的时候，却把它们当成电影、时尚、艺术、音乐、教育以及法律所携带的意识形态力量的产物。的确，马克思主义批评家让我们看到，家庭失范现象本身就是社会经济制度以及这个制度所鼓吹的意识形态的产物。

【马克思主义和文学】

当然，家庭是文学的永恒话题，所以，接下来，我们先对比一下马克思主义和精神分析对阿瑟·米勒最伟大的家庭剧《推销员之死》的解读，再讨论马克思主义和文学之间的关系。如果从精神分析的角度解读这部戏剧，批评家将重点关注这些因素：威利幼年被父兄抛弃；由此而导致威利心里萌生不安全感，并全盘否定现实；威利将个人的需求投射到儿子比夫身上；哈皮与比夫之间的手足之争；俄狄浦斯情结在家庭关系中作怪；琳达总是回避和转移她和威利之间的问题。精神分析式阐释最看重的场景是比夫与威利在旅馆中发生冲突，因为他发现父亲有了别的女人。这些内容会让精神分析批评家产生兴趣，因为他们最注重的是家庭产生的个人心理。

相比之下，马克思主义解读最注重的是上述心理问题如何产生于家庭所在的社会物质/历史现实：美国梦这种意识形态告诉威利，只有发财致富才能实现他的自我价值，所以他一直仰慕他那个压榨弱小的哥哥——本；猖狂的消费主义促使洛曼一家不断赊购他们买不起的东西；商界的激烈竞争迫使威利被辞退后回到原来工作了三十年的公司接受纯佣金制工作；社会经济制度中暗藏的剥削性质不要求所有的公司为员工提供数目合理的抚恤金；资本主义"适者生存"的意识形态使得霍华德无视威利精神状况恶化而开除了他。这种阐释最看重的场景是霍华德（在炫耀自己发家致富之后）开除了威利，让他向儿子寻求经济援助。

很明显，如果马克思主义批评家使用精神分析的概念，那这个概念肯定是为马克思主义阐释服务。例如，威利不承认现实以及他如影随形、倒退性质的幻觉症，都可以被视为美国梦这种意识形态戕害大众的罪证：美国梦对资本主义经济当然是有益的，不过它牺牲了许多没有圆梦的个体的福祉。同样，当你阅读马克思主义对文化和文化产品进行的其他阐释时，你会注意到本书中涵盖的其他理论概念将会出现。例如，当马克思主义批评家在揭示民主党、共和党、社会党和法西斯党在文化和教育基金政策方面有着微妙而深刻的资本主义相似性时，他们会采用结构主义分析方法。或者，当马克思主义批评家在揭示一部文学作品暗中强化了它所批判的资本主义价值观之时，他会采用解构主义分析方法。事实上，许多马克思主义批评家同时也是女性主义者、解构主义者、社会心理学家和文化人类学家。然而，无论在哪一种情况下，与其他领域相重合或从中借鉴而来的那些概念都服务于马克思主义的目的。

当然，以上讨论的马克思主义概念只是马克思主义批评中的一部分，马克思主义批评还包括许多其他概念。正如任何研究领域中都会出现的情况那样，马克思主义理论家和文学批评家之间也会有许多分歧。例如，在无产阶级的阶级团结的形成和作用方面、在媒体如何操控我们的政治意识方面、在意识形态与心理学之间的关系方面、在马克思主义与其他批评理论之间的兼容性方面以及其他许多论题上，他们之间都有很大的分歧。然而，本章中所讲的这些概念可被视为基本原则。为了阅读马克思主义理论家和文学批评家的著述，理解他们所提出的问题，这些重要观念都是必备的。这些概念将被引入文学阐释领域，在此之前，我们先看一下马克思主义对整个文学的看法。

对于马克思主义批评家来说，文学不是存在于永恒的审美领域，有待人们静心思考的物体。与所有文化表现形式一样，文学都是作品创作时期的社会经济和意识形态状况的产物，无论作者是否意识到这一点。因为人类本身是他们所处的社会经济和意识形态环境的产物，由此可推断，作者必然会创作出体现某种意识形态的作品。

文学源于并且反映了现实的物质/历史条件，这至少可能让马克思主义批评家对以下两点感兴趣：（1）文学作品往往会在读者心中强化它所体现的意识形态；（2）它可能引导读者去批判它所再现的意识形态。许多文本都有这两种功效。而且，能够传达意识形态的，不光有作品的内容——故事情节或作品主题——还有作品的形式。正如大多数马克思主义批评家所认为的那样，形式的传达作用还是首要的。现实主义、自然主义、超现实主义、象征主义、浪漫主义、现代主义、后现代主义、悲剧、喜剧、讽刺、内心独白、意识流以及其他题材和文学手法都是文学形式的构成方式。如果说内容是文学的"构成物"，那么形式就是它的"构成方式"。

例如，现实主义对人物和情节的呈现给我们的感觉是，我们在透过一面玻璃窗观看眼前发生的一件真事。吸引我们注意力的不是纸页上的词语，而是这些词语所描述的故事。的确，当我们沉迷于故事当中而不能自拔的时候，我们常常会忘掉眼前的词句，忘掉作品的叙事结构。我们之所以没有注意到语言和结构，也就是形式，其中的一个原因是作品再现的情节前后连贯、逻辑严谨，诱使我们像认同日常生活中的事件那样去认同它。而且，它描写的人物真实可信，就像我们平时见到的人物，于是我们就"沉浸在"故事当中。相反，大量的后现代主义文学（还有非现实主义以及实验性质的文学作品）的写作风格是支离破碎的、超现实的，内容很难理解，其作用在于疏远或离间我们与叙事和人物之间的关系。

在一些马克思主义者看来，现实主义这种文学形式最适合马克思主义的目的，因为它清晰准确地再现了现实世界，再现了现实世界中社会经济的不平等和意识形态的矛盾。现实主义鼓励读者看清物质/历史现实中不幸的事实，因为不论作者是否有意，如果他们想要精确地再现现实世界，就必然要再现社会经济的不平等和意识形态的矛盾。钟情于现实主义小说的马克思主义批评家往往非常反感非现实主义的、实验性质的小说。他们认为大众读者无法读懂这类小说，而且它们只关注个体的心理状况而不关注个体与社会之间的关系。然而，许多马克思主义批评家也很重视非现实主义的、实验性质的小说，因为这类小说所再现的支离破碎的个体体验以及读者经常从中体验到的陌生感，就是在批判这个支离破碎的世界，就是在批判当代资本主义造成的人类异化。

　　若想了解形式如何影响到我们对内容的理解（即形式是如何成为内容的），让我们再来看一看《推销员之死》。如我们所见，这部戏剧有很浓厚的马克思主义色彩，因为它诱使我们去谴责威利在雇主那里受到的资本主义剥削，而且它还让我们看到了资本主义意识形态固有的矛盾：宣扬为了大公司的利益而牺牲那些"深信"资本主义价值观的"小人物"。然而，在许多马克思主义批评家看来，这一反资本主义的主题被这出戏使用的悲剧形式给弱化了。读者应该都还记得，悲剧描写的都是个体人物因为性格中的某种缺陷——通常是狂妄自大或者极度傲慢——而惨遭毁灭。《推销员之死》所采用的悲剧形式也鼓励我们把注意力集中在威利个人的性格缺陷上，而不是集中在造成这些缺陷的社会上，由此让我们忽视了资本主义意识形态的消极影响。归根结底，资本主义意识形态才是剧中故事的成因。

　　哪类作品最有助于提高社会意识、推动良性的政治变革？在这一问题上，马克思主义批评家一直没有达成共识。尽管如此，当代的许多马克思主义批评家都认为，即便是那些强化了资本主义、帝国主义或其他阶级歧视价值观的文学作品也是有用的，因为它们显示出意识形态是如何诱导或强迫我们与压迫性意识形态结成同谋的。例如，我们可以说玛丽·雪莱的《弗兰肯斯坦》强化了阶级出身论的价值观——按照书中的描述，阿方斯·弗兰肯斯坦、伊丽莎白·拉温瑟和德拉赛等人的道德和智力都优于社会地位比他们低的人。另一方面，底层人物常常被描绘成粗鲁迟钝的人，容易受到煽动而成为暴民。与此相反，托妮·莫里森的《最蓝的眼睛》描述了二十世纪四十年代初美国资本主义强制推行的阶级制度造成的种种不公正现象，从而瓦解了阶级歧视的价值观。另外，此书还揭露了宗教和逃避主义电影对穷人的危害：它们鼓动穷人忽视严酷的生活现实，而不是鼓励他们形成政治组织，用集体的力量去争取自己应得的利益。就此而言，这部小说具有马克思主义立场。

【马克思主义批评家针对文学文本提出的一些问题】

以下问题总结了马克思主义的文学研究方法。

1. 这部作品是否（有意或无意地）强化了资本主义、帝国主义或阶级歧视的价值观？如果是的话，我们就可以认为这部作品是站在资本主义、帝国主义或阶级歧视一方的，批评家应当揭露并谴责作品在这方面的内容。

2. 从哪方面可以看出该作品批判了资本主义、帝国主义和阶级歧视？也就是说，文本从哪些方面揭示并引导我们去谴责压迫性的社会经济力量（包括压制性的意识形态）？如果一部作品批判并引导我们去批判压迫性的社会经济，那么我们就可以说该作品持有马克思主义立场。

3. 该作品是否在某些方面赞成马克思主义，但是在其他方面（也许并不是故意的）赞成资本主义、帝国主义或阶级出身论的立场？换句话说，这部作品是否在意识形态上自相矛盾？

4. 文学作品是如何（有意或无意地）反映作家创作之时所处的以及（或）他所描写的那个时代的社会经济状况的？这些社会经济状况对于阶级斗争的历史有哪些揭露作用？

5. 从哪方面可以看出该作品批判了宗教组织？也就是说，在文本中，宗教是如何阻碍人物意识到并反抗社会经济压迫的？

　　根据具体的文学作品，我们可以提出其中的一个问题或同时提出几个问题。此外，我们还可以提出其他问题，只要这个问题对我们有用。上述问题只是我们有效地运用马克思主义视角去思考文学作品的起点。不要忘记，对于同一部作品，马克思主义批评家的阐释会不一而足，即使他们集中关注的是相同的马克思主义概念。即便行家里手之间也会有分歧，这种情况屡见不鲜。我们的目的是利用马克思主义理论来丰富我们对文学作品的理解，帮助我们看清作品阐释的一些重要观念。如果没有马克思主义理论，我们对这些观念的认识就不会这么清楚或深刻。还有一个目的就是让马克思主义理论帮助我们看清意识形态如何蒙蔽我们，让我们盲目地参与压迫性的社会政治活动。马克思主义理论的用意即在于此，如果我们不偏不倚地加以遵照，即可达到目的。

下文是对F.司各特·菲茨杰拉德的《了不起的盖茨比》的马克思主义解读。它可以被当成一个例证来说明马克思主义阐释这部小说的具体方式。它讨论的重点是该小说对美国资本主义意识形态的批判。此外，我还要证明该小说如何没有将批判进行到底，不经意地成为它所批判的资本主义意识形态的牺牲品。

【你有什么，就是什么：《了不起的盖茨比》的马克思主义解读】

F.司各特·菲茨杰拉德的《了不起的盖茨比》创作于二十世纪二十年代，也就是一战之后经济迅速发展的那个时期，小说也以这一时期为故事发生的背景。可以说，这本书是对这一历史时期美国梦的记录。当时，资本主义向所有人作出的发财承诺似乎达到了兑现的顶峰。"迅速致富"的方式繁多，很多人都如愿以偿，因为当时股票价格很低，投资者只需支付票面价值的10%就可以赊购到，这意味着如果购买价值1美元的股票，只用10美分就可以赊购到。所以，即便是"小人物"也可以进入股票市场，指望从中发财致富。在盖茨比举办的宴会上，宾客无不狂热放纵，从这当中我们可以感受到那个时代的心理趋向：这些人都相信，主人提供的丰盛餐饮就像国家的资源那样取之不尽，用之不竭。至于盖茨比本人，他原本是一个"碌碌无为的庄稼汉"（104；ch. 6）的儿子，却能一夜暴富，在长岛拥有一座"宏伟的"豪宅，里面有"一座大理石游泳池，以及四十多英亩的草坪和花园"（9；ch. 1），这似乎也体现出美国梦可以创造无限可能性。

然而，《了不起的盖茨比》一书并没有赞美它所描述的这种飘飘然的资本主义文化，正如马克思主义阐释所表明的那样，它暴露了资本主义文化背后的黑暗。菲茨杰拉德的小说真实地刻画了经济发展达到巅峰时期的人物，非常中肯地分析了美国梦不但没有兑现其承诺，反而导致个人价值观的腐化，尖锐地批判了美国资本主义文化以及它所宣扬的意识形态。此外，马克思主义视角还将让我们看到，该小说没有将资本主义批判进行到底，它不经意地成了它试图颠覆的资本主义意识形态的牺牲品。

《了不起的盖茨比》对资本主义文化最有效的一种批判方式体现

在，通过再现商品化的过程，它揭露了资本主义意识形态对世人——哪怕是它的宠儿——具有戕害作用。就定义而言，商品的价值不仅体现在它的用途上（使用价值），而且体现在它所换来的货币或其他商品上（交换价值），或者体现在它赋予买主的社会地位上（符号-交换价值）。只有当它具有交换价值或符号-交换价值的时候，物品才能成为商品。不过，这两种价值，无论哪一种，都不是物品所固有的。它们表现的都是社会价值，是人类在特定的社会背景下赋予物品的。商品化这种行为仅以交易对象（人或物）的交换价值或符号-交换价值为衡量因素，而不顾其他。当然，商品化是买和卖的必要条件，而买和卖又是资本主义的生存基础，因此商品化也是资本主义的必要条件。然而，正如小说中所说明的那样，商品化，尤其是以符号-交换价值形式出现的商品化，不仅仅是在一天结束后我们下班回家便可以置之脑后的一种市场行为，相反，它是一种心理态度，已经深入我们生活的每一个角落。

在《了不起的盖茨比》中，商品化在汤姆·布坎南这个人物身上体现得最为明显。汤姆是书中最有钱的人，金钱是他与世界沟通的唯一渠道：在他看来，所有东西，不管是人还是物，都是商品。他之所以与黛西·费伊结婚，显然是为了换取黛西的青春、美貌以及与自己的金钱和权势相配的社会地位，以及这一切赋予他的那种孔武有力和泰然自若的形象。确切地说，象征这场交易的是汤姆送给未婚妻的一串珍珠项链，其价值为35万美元。与此相似的是，汤姆还利用金钱和地位去"收买"茉特尔·威尔逊以及其他许多与其有染的工人阶级女性，例如，他与黛西结婚刚三个月，就与旅馆里的女服务员偷情；还有，在盖茨比的晚宴上，他随意找了一个"俗气可是漂亮的"（112；ch. 6）年轻女人。汤姆为何总是选择社会下层女性，可以从他对人际关系的看法那里找到答案。他对人际关系持有商品化的观点：他总是在对自己最有利的地方"兜售"自己的社会经济地位——专找那些对他所售之物急切渴求和满心崇敬的女人。

当然，汤姆的商品化行为不限于他与女人之间的关系。正因为资本主义宣扬"你有什么，就是什么"这样的信条，即人的价值等同于财产的价值，汤姆从万贯家财中获取的最大快乐来自它们的符号-交换价值，也就是它们赋予他的社会地位。"我这地方很不错，"他告诉尼克，接着还说，"这地方原来属于石油大王德梅因"（12；ch. 1），仿佛这房子的"出身"能让他跟着沾光。这种显示自身社会经济实力的强烈愿望，从他耍弄修车工乔治·威尔逊那一幕也可以看到。当时威尔逊想买汤姆的旧车，再转手卖掉，想从中赚点钱。汤姆既然出身巨富之家，钱多得花不完，他为什么还需要摆架子来满足自己的虚荣心呢？

　　商品化造成的一个反讽是，它在满足旧欲望的同时也诱发出新欲望。商品化在我们心中培养的自我价值总是以外物为衡量标准，例如时尚潮流，所以我们永远也不会满足于自己现有的东西：某些更好的新东西正在市面上出售，别人能买到的东西，我们却没有，这样一来，他们岂不是就把我们给比下去了。就汤姆而言，加剧这种不安全感的是他意识到自己永远无法得到一种社会地位：美国东部世家所拥有的社会地位。尽管他的财富是从他在芝加哥地位显赫的家中继承来的——他的钱都是祖辈留下的，不算"新"钱——然而，在二十世纪二十年代的美国，芝加哥的一个地位显赫的家庭在东部人眼里算不上"旧家"。美国的"贵族世家"在他们的英国和荷兰祖先移居东部之后就已经在此世代定居了。在这些东部人看来，称得上世家旧族必须满足一个条件，那就是这个家族的钱不仅是在过去赚的，而且是在东部赚的，至少在二十世纪二十年代，他们是这样看的。在东部人眼里，凡是中西部来的人，不论他有多少钱，也不论这钱是什么时候赚的，他只能算后来者。

　　汤姆曾在耶鲁读书，正如菲茨杰拉德曾在普林斯顿读书一样，他非常痛苦地意识到自己永远满足不了东部人对身世的社交要求。即使汤姆和黛西回到欧洲或中西部，这种社会自卑感都让他无法释怀。他干脆自暴自弃，另作他求，重新为自己定位，以此来宣示自己漠视"旧家"与新贵对立这一问题。因此，对于他的种种庸俗之举——他与茉特尔·威尔逊暗通款曲，他颐指气使、咄咄逼人，他行事粗俗鲁莽——可以这样来理解：他一再给自己打气，他能用金钱和权势摆平一切。他的这些举动表明，他的财富使他无须顾虑阶级出身或优雅做派。他向尼克说起自己读过的一本讲述白人文明的书籍时表现出的那种伪科学性质的"理智主义"——以及他在阅读过程中滋生的种族主义思想——可作如是观。他不一定非得属于"旧家"不可，因为他属于一个更庞大更重要的群体：雅利安种族。正如汤姆所言："我们创造了所有那些加在一起构成文明的东西——科学和艺术，以及其他等等"（18；ch. 1）。

　　汤姆以他人为商品，这就必然导致他会为达到个人目的而冷血地玩弄他人，因为商品化的定义就是把人和物当作商品、当作物品，只有当他（它）们对我们有用时，他（它）们才重要。为了把茉特尔·威尔逊搞到手，汤姆哄骗她说也许某天会娶她，现在之所以犹豫不决，并不是因为自己不愿意，而是因为黛西是天主教徒，所以不能离婚。为了铲除情敌，他让盖茨比死在乔治·威尔逊手里。他故意让乔治情绪失控，手持武器闯入盖茨比的家中，在此之前他没有给盖茨比打警告电话。此外，汤姆作恶的手腕在别处也有暗示：他与黑社会人物沃尔特·蔡斯本人很熟，此人与盖茨比一同参与过非法活动。

尽管像汤姆·布坎南这样的人物会让人不由得同情那些被他所控制的人，然而，黛西并不纯粹是被她的丈夫商品化的一个无辜受害者。首先，黛西接受了珍珠项链——她心里很清楚，接受珍珠项链就意味着答应与汤姆结婚——这件事本身就是一种商品化行为：她想得到汤姆的符号-交换价值，就像汤姆想得到她的符号-交换价值一样。可以肯定，黛西与汤姆一样，他们都认为这种符号-交换价值会给自己带来相应的社会地位。在有一次与尼克的谈话中，为了给尼克留下良好印象，她把自己的不满进行了商品化处理：

> "你明白反正我认为一切都糟透了，"她深信不疑地继续说，"人人都这样认为——那些最先进的人。而我知道，我什么地方都去过了，什么也都见过了，什么也都干过了。"她两眼闪闪有光，环顾四周，俨然不可一世的神气，很像汤姆……
>
> 她的话音一落……我就感到她刚才说的根本不是真心话……过了一会儿她看着我时，她那可爱的脸上就确实露出了假笑，仿佛她已经表明了她是她和汤姆所属的一个上流社会的秘密团体中的一分子。（21-22；ch. 1）

甚至当黛西与盖茨比婚外偷情时，就像以前他俩谈恋爱一样，都是基于商品化的生活观。如果当初她知道盖茨比不是她所想的"出身跟她不相上下……完全能够照顾她"（156；ch. 8），她绝不会对他动情；当她在旅馆套房里从汤姆和盖茨比的对质中得知盖茨比发家的真相后，马上对盖茨比失去了兴趣。茉特尔被撞死后，她毫不内疚地让盖茨比去代她受过，然后与汤姆迅速撤离。这一切都说明，她的处事方式与她的丈夫并无二致，都是以人为商品，为了自己的利益而冷酷地牺牲他人。

布坎南夫妇以商品化的态度看待他们的世界，仗着自己拥有的巨大财富，他们可以"砸碎了东西，毁灭了人，然后就退缩到自己的金钱之中"（187–88；ch.9），这与"灰烬的山谷"（27；ch.2）里的社会经济现实形成鲜明对比。相形之下，他们的做派让人感到尤为可鄙。在布坎南夫妇这类人控制的世界里，"灰烬的山谷"里威尔逊这样的人永远不可能有什么希望。这个"灰烬的山谷"——

> 一个离奇古怪的农场，在这里灰烬像麦子一样生长，长成小山小丘和奇形怪状的园子。在这里灰烬堆成房屋、烟囱和炊烟的形式，最后，经过超绝的努力，堆成了一个个灰蒙蒙的人，隐隐约约地在走动，而且已经在尘土飞扬的空气中化为灰烬了。（27；ch.2）

——就是社会底层人士令人不寒而栗的生活写照，他们没有布坎南夫妇那样的经济社会实力。死灰是物质被消耗之后的残存，这个地方是一个地地道道的"垃圾场"，"有时一列灰色的货车慢慢沿着一条看不见的轨道爬行……停了下来，马上那些灰蒙蒙的人就拖着铁铲一窝蜂拥上来，扬起一片尘土"（27；ch.2）。显然，这里也是一个盛放人的"垃圾倾倒场"：除了那些从火车上卸垃圾的人，这里只有"一排黄砖房子"，其中一家正在招租，"另一家是通宵营业的饭店，门前有一条炉渣小道"（29；ch.2），还有就是乔治·威尔逊的汽车修理行，他和茉特尔就住在修理行楼上的小公寓里。

按理说，这样的环境应当是美国梦从中浮现的地方，一个摇摇欲坠但顽强不屈的企业应当能给自己和孩子提供经济保障。然而，描述这里的景象的语言却表明这是一片绝望之地，绝不是能够实现梦想的地方：这是一片"灰蒙蒙的土地"，"一阵阵暗淡的尘土遮住视线"，它的"一边有一条肮脏的小河流过"（27–28；ch.2）。这里也没有孩子，没有对未来美好希望的象征，除了"一个灰蒙蒙的、骨瘦如柴的意大利小孩沿着铁轨在燃放一排'鱼雷炮'"（30；ch.2），这很难说是美好明天的体现。若想逃离这座人间地狱，只有忍受汤姆·布坎南这类人的剥削：乔治为了能以一个好价钱买到汤姆的车而忍受汤姆的嘲弄，茉特尔为了能够逃离灰烬谷过上好日子而忍受汤姆的虐待。不过，乔治和茉特尔最终都明白了，逃离资本主义"垃圾堆"的唯一途径就是走进"棺材"。

杰伊·盖茨比这个人物乍一看似乎体现了美国梦的实现，从而也体现了资本主义给所有人带来希望，但如果我们仔细考察的话，即会发现，即便在这个人身上，我们也会发现美国梦的虚幻。盖茨比是个地地道道的暴发户，在短短几年之内，他就从一贫如洗变得家缠万贯。小时候，他在自己制定的"作息表"里把时间安排得井井有条，他秉承的是本杰明·富兰克林自我完善的传统，在所有活动规划中，"演说"和研究"有用的发明"（181；ch. 9）强烈呼应了美国梦中依靠自我奋斗而成功的人物形象。甚至就连他聚集财富的动机都显得很单纯：他这样做是为了赢得他所爱的女人。如果说盖茨比在小说中是美国梦的代表，那么这场梦就是一场腐败之梦，原因在于盖茨比是通过各种犯罪行为才实现自己的美国梦的，这一事实严重损害了美国梦本应推崇的诚实、勤奋之士的形象。盖茨比当然比汤姆和黛西更有魅力，通过尼克的描述，他更容易让人产生同情，然而他与汤姆和黛西一样，也把世界给商品化了。事实上，可以这么说，他的商品化行为有过之而无不及。

对于布坎南夫妇而言，无论财产的符号-交换价值有多重要，它们还是有使用价值的：我们看到这对夫妇静卧在沙发上，在餐桌上用餐。相反，小说却告诉读者，盖茨比在自己富丽堂皇的豪宅中只使用一间屋子——他的简单的卧室，在小说中，他只在那里出现过一次，那还是为了让黛西参观一下。他几乎不用图书室、游泳池或水上划艇；他也不喝酒，奢华晚宴上的大多数宾客他其实都不认识。对盖茨比来说，他的财产似乎只有一种功能，那就是它们的符号-交换价值：他只需要这些财产赋予他的形象，除此之外并无他求。而且，盖茨比的商品符号几乎是空无一物：他的哥特式图书室里装满了没有裁开的（因此未翻开过的）书籍，他"**翻版的市政厅**"的"一边有一座簇新的塔楼，上面**疏疏落落**地覆盖着一层常春藤"（9；ch. 1，黑体为笔者所加），还有他在牛津的照片等，这些东西都徒有其表。这样一路分析下来，我们可以推断出，盖茨比之所以想要这些东西，就是为了得到他想要的符号-交换价值的终极形象——黛西。

占有黛西可以让盖茨比获得他真正想得到的东西——他属于她所在的社会经济阶级这一永久标志。他将由此进入一个明亮辉煌、一尘不染、无忧无虑的奢华世界，进入他俩初次见面时黛西所象征的那个世界。对盖茨比来说，她的在场给她居住的房子带来了"一种扣人心弦的强烈的情调"：

> 这房子充满了引人入胜的神秘气氛，仿佛暗示楼上有许多比其他卧室都美丽而凉爽的卧室，走廊里到处都是赏心乐事，还有许多风流艳事……使人联想到今年雪亮的汽车，联想到鲜花还没凋谢的舞会。（155-56；ch. 8）

在盖茨比眼中，有了黛西，有了这一终极商品符号，他的"新钱"就可以"洗成""旧钱"，他的"簇新的"仿市政厅建筑就会成为一所老宅。因此，他为赢得黛西而积聚物质财富，相当于他为了获得另一种商品符号而积累一种商品符号。

与汤姆一样，盖茨比对世界的商品化也与残酷的掠夺密切相关，这是他为达到自己的目的而使用的手段。盖茨比奢华的生活并非存在于真空中，支撑它的是一个黑暗和阴险的世界，里面充斥着腐败、犯罪和死亡。他之所以能发家致富，靠的是黑社会活动，包括贩卖私酒和销售伪造债券。这个黑社会由迈耶·沃尔夫山姆掌控，此人手眼通天，甚至可以"不正当地操纵"1919年的世界棒球联赛。引领盖茨比入道发家的正是此人。

从沃尔夫山姆派去为盖茨比服务的那个"面目狰狞"的仆人的身上（119；ch. 7），从别人打给盖茨比的电话中（这是在盖茨比死后尼克意外接到的，显然来自另一名犯罪分子），我们可以一睹这个世界的真容。这是一个猎手和猎物的世界，在这里，只要拿出钱来，谁都可以买到不合法的——也就是劣质的——酒，伪造的债券被兜售给小镇上那些毫无疑心的投资者。这些劣质酒会让一些人生病，也会让一些人丧命。购买伪造债券的小投资者都会赔钱，从而承受他们无法承受的损失。一旦失手导致法律介入，有人就会被牺牲掉，就像盖茨比把沃尔特·蔡斯牺牲掉一样。

甚至主人公对黛西的欲望都带有黑社会视角。当年盖茨比在路易斯维尔黛西父母家里首次追求黛西时，他"有意给黛西造成一种安全感，让她相信他的出身跟她不相上下"，然而，事实上，"他背后没有生活优裕的家庭撑腰，而且只要全无人情味的政府一声令下，他随时都可以被调到世界上任何地方去"（156；ch. 8）：

> 不管他会有何等的锦绣前程……目前他只是一个默默无闻、一文不名的年轻人，而且他的军服——这件看不见的外衣随时都可能从他肩上滑落下来。因此他尽量利用他的时间，他占有了他所能得到的东西，狼吞虎咽，肆无忌惮——终于在一个静寂的十月的夜晚他占有了黛西，占有了她，因为他并没有真正的权利去摸她的手。
> （156；ch. 8）

这里的语言——"他占有了他所能得到的东西，狼吞虎咽，肆无忌惮"——很难说是在描写爱情。相反，这是用来描述暴徒的语言，与这种语言强烈呼应的是，盖茨比在遇见黛西之前就涉嫌与丹·科迪勾结，以及他和黛西初试云雨之后就进行了一系列的犯罪活动。

因此，盖茨比与小说忠实描述的富人并无不同。事实上，对主人公的人物刻画暗示了美国梦没有提供一条道德出路，能够让人摆脱布坎南夫妇所在的商品化的世界，而是与布坎南夫妇继承的财富一样，也导致了人和物的商品化。《了不起的盖茨比》对美国文化的再现，不仅显示了资本主义对汤姆、黛西和盖茨比等社会经济上的"赢家"的有害影响，而且显示了它对乔治和茉特尔等"输家"的有害影响。

《了不起的盖茨比》在强烈批判资本主义制度的同时，还暗中强化了资本主义的压迫性意识形态。这种反向运动表现在以下三个方面。首先，小说对乔治和茉特尔真实客观的描写转移了我们的注意力，让我们忽略了一个事实：他们都是资本主义制度的牺牲品，他们想挣扎着活下去。其次，因为尼克被盖茨比代表的美国梦所诱惑，所以他的叙述美化了主人公，从而模糊了如下事实：杰米·盖茨在实现其美国梦的过程中变成了无视道德的杰伊·盖茨比。最后，作者用华丽的语言来描述富人的世界，从而使这个世界变得很有魅力，虽然里面住的是布坎南夫妇这类人。

　　按照马克思主义的视角，《了不起的盖茨比》最明显的缺陷在于，它在描写底层阶级的代表乔治和茉特尔的时候，没有表现出丝毫的同情心。乔治和茉特尔试图用他们知道的唯一的方法去改善自己的命运。乔治苦苦地支撑即将垮掉的修车行；从某种意义上来说，茉特尔也在试图开辟自己的事业，用她手头拥有的唯一一件商品去做交易：她把自己的身体"租"给了汤姆·布坎南，希望有一天他会用结婚的方式把它"买下"。他们是资本主义的牺牲品，因为在资本主义经济制度下，只有在市场上获得成功才算成功，乔治和茉特尔都没有在他们唯一能进入的市场上获得成功，所以他们被贬入"灰烬的山谷"之中。然而，小说对他们的刻画过于负面，所以读者很容易忽略控制他们命运的社会经济现实。的确，有人可能认为乔治和茉特尔符合文学作品中底层阶级夫妇一成不变的负面形象：男人傻乎乎，女人吵吵嚷嚷、惹人生厌并且风骚。我们可能会为乔治感到难过，但是我们的同情心却被他的无能所弱化。也就是说，我们并没有因为乔治是阶级压迫的牺牲品而感到难过（或者对这个制度非常愤慨），我们之所以感到难过（或者很愤怒），是因为他没能像美国梦告诉我们的那样做到"自立自强"，成为一个更出色的人。这样一来，我们所责怪的就是牺牲品，而不是造成牺牲品的制度。同样，茉特尔对乔治的残酷摈弃以及她对汤姆的无耻追求，很容易让她成为我们批判的对象：茉特尔拼命地利用自己有限的选择，这就很容易让我们忽视她的选择其实是相当有限的。

　　按照马克思主义的视角，这部小说还暗含一个缺陷，即尼克对盖茨比的浪漫化处理。尼克很可能认为自己是不赞同杰伊·盖茨比的——因为他知道自己不应赞同盖茨比，其中的原因与他反对布坎南夫妇的原因是一样的——然而，小说一开始就清楚地显示尼克被盖茨比的魅力征服了。正如尼克所说，"这个人身上有一种瑰丽的异彩，他对于人生的希望具有一种高度的敏感……那是一种异乎寻常的永葆希望的天赋，一种富于浪漫色彩的敏捷，这是我在别人身上从未发现过的，也是我今后不大可能再发现的"（6；ch. 1）。

　　这种理想化形象在尼克的叙述中得到了强化，他着重强调盖茨比的浪漫化形象：反叛的男孩、雄心勃勃的硬汉、理想的追梦人、忠贞的情人、勇敢的士兵、慷慨的主人。尼克固然承认盖茨比参与犯罪活动，但从他对此事的反应可以看出，这并不影响他对盖茨比这个人的看法。例如，尼克讨论盖茨比犯罪的方式往往会转移读者的注意力，让人忽视盖茨比的黑社会经历所隐含的道德寓意。在盖茨比举办的一场宴会上，尼克无意间听到人们在谈话，他的转述是这样的："'他是个私酒贩子'，那些少妇一边说，一边在他的鸡尾酒和他的好花之间走动着"（65；ch. 4）。这里的措辞是典型的辩护之词，尼克在维护盖茨比，反对诋毁者，即便诋毁者所言不虚：他着力陈述盖茨比的慷慨大方，即便对那些说他闲话的人也毫不吝啬，从而回避了一个事实，即"他的鸡尾酒和他的好花"根本不是从正道得来的，买这些东西所花的钱都是他通过犯罪活动赚来的。

　　同样，在那些表现盖茨比正面形象的事情上，尼克投入了个人的情感，从而影响了我们对盖茨比的看法。例如，经过汤姆的一番质问，盖茨比在众人面前承认，他曾就读于牛津，这是一战之后美国政府为驻欧美国士兵提供的机会，这时候，尼克"真想站起来拍拍他的肩膀"（136；ch. 7）。盖茨比对现实的这一小小妥协，让尼克再次感到自己"对他完全信任"（136；ch. 7）。尽管尼克知道盖茨比的财富来自黑社会活动，尽管尼克说他对盖茨比的世界"发自内心地蔑视"，但他对盖茨比本人却没有任何责难："盖茨比到头来倒是无可厚非的"。真正让尼克和许多读者不满的是别的东西，"使我对人们短暂的悲哀和片刻的欢欣暂时丧失兴趣的，却是那些吞噬盖茨比心灵的东西，是在他的幻梦消逝后跟踪而来的恶浊的灰尘"（6；ch. 1）。尼克对盖茨比的这片温情很容易让读者受到影响，因为这些情感强烈渗透到他所塑造的人物形象中。许多批评家对这位书名人物的典型反应都在步尼克的后尘，汤姆·伯纳姆（Tom Burnam）认为盖茨比"人物完整圆润，没有被他周围的腐败所污染"（105），罗丝·阿德里安娜·加洛（Rose Adrienne Gallo）认为盖茨比始终"保持了他的清白"（43）。①

　　在谈到盖茨比的时候，尼克为什么要自欺欺人，为什么要欺骗读者？他为什么要突出盖茨比所有正面的、可爱的个人品质，而把那些负面的东西诿过于他人？在我看来，这是因为叙事者本人受到盖茨比美梦的诱惑。尼克已到而立之年，但前途渺茫，还要依靠父亲的接济，因为很害怕生活没有希望，于是他宁愿相信生活还有希望。他很担心自己所期盼的未来将是这个样子——"可交往的单身汉逐渐减少，热烈的感情逐渐稀薄，头发逐渐稀疏”（143；ch.7）。由于他在纽约的这个夏季——他一系列冒险活动中最近的一次——以悲剧收场，因此他想要相信未来还有希望。尼克之所以相信盖茨比的话，那是因为他很愿意相信盖茨比的梦想有一天也会在自己身上实现：就像盖茨比那样，在年纪轻轻还不知做什么好的时候就能富甲一方，找到自己的梦中情人，并且对未来非常乐观。尼克不愿去想盖茨比闪亮的世界是建立在腐败的基础上的，这是因为他自己想要盖茨比那种充满希望的世界。他与盖茨比的欲望有共谋之嫌，他的叙述也在把读者往这方面引导。

　　盖茨比一心想进入富人的神奇世界，这种强烈的愿望对读者产生了很大的吸引力，正如安德鲁·狄龙（Andrew Dillon）所言，“盖茨比所拥有的，读者也想拥有，那就是狂欢的礼物”（61），这也是商品具有强大力量的证明。盖茨比固然没有充分利用他的豪宅、快艇、游泳池和图书室，但是很多人可能会想，如果我们拥有这些东西的话，我们一定会充分利用。按照马克思主义的视角，小说还有一个缺陷，那就是，作者使用富丽堂皇的语言去描述这个繁华、悠闲的世界，有力地强化了商品的诱惑力。消费品被赋予魔力，即改变现实的能力，这就是在暗示商品本身是超凡脱俗的，不受世俗的限制。例如，就连盖茨比晚宴上的饮料和餐点好像也被施以魔法：“一盘鸡尾酒在暮色苍茫中**飘到**我们面前”（47；ch.3，黑体为笔者所加），并且“自助餐桌上各色冷盘琳琅满目，一只只五香火腿周围摆满了五花八门的色拉、烤成**魔幻**金黄色的乳猪和火鸡”（44；ch.3，黑体为笔者所加）。

　　下面对布坎南在西卵的住所的描述尤其能够体现商品的诱惑力：

> 　　他们的房子……一座鲜明悦目、红白两色的乔治王殖民时代式的大厦，面对着海湾。草坪从海滩起步，直奔大门，足足有四分之一英里，一路跨过日晷、砖径和火红的花园——最后跑到房子跟前，仿佛借助于奔跑的势头，索性变成绿油油的常春藤，沿着墙往上爬。房子正面有一排法国落地窗，此刻在夕照中金光闪闪，迎着午后的暖风敞开着……
> 　　眼前的景色……（包括）一座意大利式的凹形花园，半英亩地深色的、浓郁的玫瑰花，以及一艘在岸边随着浪

潮起伏的狮子鼻的汽艇……

> 我们穿过一条高高的走廊，走进一间宽敞明亮的玫瑰色的屋子。两头都是法国落地窗，把这间屋子轻巧地嵌在这座房子当中。这些窗子都半开着，在外面嫩绿的草地的映衬下，显得晶莹耀眼，那片草仿佛要长到室内来似的。一阵轻风吹过屋里，把窗帘从一头吹进来，又从另一头吹出去，好像一面面白旗，吹向天花板上糖花结婚蛋糕似的装饰，然后轻轻拂过绛色地毯，留下一阵阴影，有如风吹海面。（11-12；ch. 1）

这段描写足以调动起读者的五种感官，并对每一种感官都产生了美妙的诱惑力，语言令人心醉神迷，这所房子似乎有了自己的生命。这座房子与它的居住者无关：没有汤姆和黛西，它也能非常华丽；在汤姆购买它之前，它就很华丽，布坎南一家离开后，它仍旧华丽。事实上，我们很容易并且乐于去想象这个地方没有居住者的样子。也就是说，房子比布坎南夫妇伟大——它既包容他们又超越他们。他们既没有享尽它也没有耗尽它的可能性。而且，它丝毫不受他们堕落的影响：小说没有引导我们把这个地方和这里发生的事情联系起来。因此，它对许多读者来说极具诱惑力。菲茨杰拉德既是资本主义的批评者，也是资本主义的桂冠诗人，他的作品显然能够让读者倾心于小说所谴责的东西。

尽管《了不起的盖茨比》强烈批判了资本主义的意识形态，但与此同时，它也将这种意识形态改头换面，重新包装，四处兜售。文本中的这种双向活动让小说结尾那句话显得尤其具有反讽意味：如果我们"奋力向前划，逆流而上的小舟，不停地倒退，进入过去"（189；ch. 9），小说特意强调的这股回流不断地让我们后退，沉迷于资本主义的诱惑。最后，盖茨比没有实现美国梦，但是，由于这部小说没能克服它所谴责的资本主义意识形态的影响，所以许多读者还会对其继续投入心力。

【深入实践问题：马克思主义研究其他文学作品的方法】

下列问题为马克思主义批评的范例。它们可以帮助读者运用马克思主义批评去阐释这里提到的文学作品或读者自选的其他文本。

1. 威廉·福克纳（William Faulkner）的《献给艾米丽的一朵玫瑰花》（"A Rose for Emily"，1931）中森严的阶级结构怎样影响了小说中的主要情节和人物刻画？这个故事是否有引导读者去批判它所再现的阶级歧视？

2. 托妮·凯德·班巴拉（Toni Cade Bambara）的《课堂》（"The Lesson"，1972）从哪些方面表现了炫耀式消费和商品化？这个故事是怎样通过再现资本主义的现实来批判阶级压迫的？

3. 就哪些方面而言，约翰·斯坦贝克（John Steinbeck）的《愤怒的葡萄》（*The Grapes of Wrath*，1939）是从马克思主义角度对美国资本主义的批判？这部小说的形式（现实主义）是怎样支撑这种批判的？电影版的结尾（从马克思主义的观点来看，这个结尾是有瑕疵的）如何削弱了该小说更具现实性的结尾？

4. 描述一下凯特·肖邦的《暴风雨》（"The Storm"，1898）中阶级制度在人物生活中的作用。就哪些方面而言，该小说既没有批判也没有引导读者去批判它所描述的阶级歧视？

5. 就哪方面而言，兰斯顿·休斯（Langston Hughes）的《在路上》（"On the Road"，1952）是从马克思主义立场对教会组织展开的批判？

【延伸阅读书目】

Day, Gary. *Class*. New York: Routledge, 2001.

Eagleton, Terry. *Marxism and Literary Criticism*. 1976. 2nd ed. London and New York: Routledge, 2002.

———. *Why Marx Was Right*. New Haven, CT and London: Yale University Press, 2011.

Haslett, Moyra. *Marxist Literary and Cultural Theories*. New York: St. Martin's, 2000.

hooks, bell. *Where We Stand: Class Matters*. New York: Routledge, 2000.

Horkheimer, Max, and Theodor Adorno. *Dialectic of Enlightenment*. 1944. Trans. John Cumming. New York: Continuum, 1982. (See especially "The Culture Industry," 120–67.)

Marx, Karl. *Capital: A Critique of Political Economy*. 1867. New York: International Publishers, 1967.

Tokarczyk, Michelle M. *Class Distinctions: On the Lives and Writings of Maxine Hong Kingston, Sandra Cisneros, and Dorothy Allison*. Selinsgrove, PA: Susquehanna University Press, 2008.

Veblen, Thorstein. *The Theory of the Leisure Class: An Economic Study of Institutions*. 1899. New York: Mentor-NAL, 1953.

Weber, Max. *The Protestant Ethic and the Spirit of Capitalism*. New York: Scribner's, 1958.

Williams, Raymond. *Marxism and Literature*. 1977. Rpt. New York: Oxford University Press, 2009.

Wright, Erik Olin. *Class Counts*. Student edition. New York: Cambridge University Press, 2000.

【高端阅读书目】

Althusser, Louis. *Lenin and Philosophy and Other Essays*. Trans. Ben Brewster. New York: Monthly Review, 1971. (See especially "Ideology and Ideological State Apparatuses," 127–86.)

Baudrillard, Jean. *For a Critique of the Political Economy of the Sign.* 1972. Trans. Charles Levin. St. Louis, MO: Telos, 1981.

Benjamin, Walter. *Illuminations.* Trans. Harry Zohn. Ed. Hannah Arendt. New York: Harcourt, Brace and World, 1955.

Bennett, Tony. *Formalism and Marxism.* 1979. 2nd ed. London and New York: Routledge, 2003.

Camara, Babacar. *Marxist Theory, Black/African Specificities, and Lacan.* Lanham, MD: Lexington Books, 2008.

Eagleton, Terry. *Myths of Power: A Marxist Study of the Brontës.* 1975. Anniversary edition. Basingstoke and New York: Palgrave Macmillan, 2005.

Jameson, Fredric. *The Political Unconscious: Narrative as a Socially Symbolic Act.* 1981. 2nd ed. London and New York: Routledge, 2002.

Lukács, Georg. *History and Class Consciousness.* 1923. Trans. Rodney Livingstone. Cambridge, MA: The MIT Press, 1971.

Macherey, Pierre. *A Theory of Literary Production.* Trans. G. Wall. London: Routledge and Kegan Paul, 1978.

Sinfield, Alan. *Shakespeare, Authority, Sexuality: Unfinished Business in Cultural Materialism.* London and New York: Routledge, 2006.

Wood, Allen W. *Karl Marx.* 2nd ed. London and New York: Routledge, 2004.

Žižek, Slavoj. *The Sublime Object of Ideology.* London: Verso, 1989.

【注释】

① 对盖茨比的类似的看法，参见比利、卡特赖特（Cartwright）、蔡斯、狄龙、哈特、莱沃特（Le Vot）、穆尔（Moore）、纳什（Nash）、斯特恩（Stern）和特里林（Trilling）等人的著述。有关盖茨比为人阴险邪恶的一面的看法，例见保利（Pauly）和罗（Rowe）。

【 引用作品书目 】

Bewley, Marius. "Scott Fitzgerald's Criticism of America." *Sewanee Review* 62 (1954): 223–46. Rpt. in *Modern Critical Interpretations: F. Scott Fitzgerald's* The Great Gatsby. Ed. Harold Bloom. New York: Chelsea, 1986. 11–27.

Burnam, Tom. "The Eyes of Dr. Eckleburg: A Re-Examination of *The Great Gatsby*." *College English* 13 (1952). Rpt. in *F. Scott Fitzgerald: A Collection of Critical Essays*. Ed. Arthur Mizener. Englewood Cliffs, N.J.: Prentice Hall, 1963. 104–11.

Cartwright, Kent. "Nick Carraway as Unreliable Narrator." *Papers on Language and Literature* 20.2 (1984): 218–32.

Chase, Richard. "*The Great Gatsby*": *The American Novel and Its Traditions*. New York: Doubleday, 1957. 162–67. Rpt. in The Great Gatsby: *A Study*. Ed. Frederick J. Hoffman. New York: Scribner's, 1962. 297–302.

Dillon, Andrew. "*The Great Gatsby*: The Vitality of Illusion." *Arizona Quarterly* 44.1 (1988): 49–61.

Fitzgerald, F. Scott. *The Great Gatsby*. 1925. New York: Macmillan, 1992.

Gallo, Rose Adrienne. *F. Scott Fitzgerald*. New York: Ungar, 1978.

Hart, Jeffrey. "'Out of it ere night': The WASP Gentleman as Cultural Ideal." *New Criterion* 7.5 (1989): 27–34.

Le Vot, André. *F. Scott Fitzgerald: A Biography*. Trans. William Byron. Garden City, N.Y.: Doubleday, 1983.

Miller, Arthur. *Death of a Salesman*. New York: Viking, 1949.

Moore, Benita A. *Escape into a Labyrinth: F. Scott Fitzgerald, Catholic Sensibility, and the American Way*. New York: Garland, 1988.

Morrison, Toni. *The Bluest Eye*. New York: Holt, Rinehart, and Winston, 1970.

Nash, Charles C. "From West Egg to Short Hills: The Decline of the Pastoral Ideal from *The Great Gatsby* to Philip Roth's *Goodbye, Columbus*." *Philological Association* 13 (1988): 22–27.

Pauly, Thomas H. "Gatsby Is a Sinister Gangster." Excerpted from "Gatsby as Gangster." *Studies in American Fiction* 21:2 (Autumn 1995). Rpt. in

Readings on The Great Gatsby. San Diego: Greenhaven Press, 1998. 41–51.

Rowe, Joyce A. "Delusions of American Idealism." Excerpted from *Equivocal Endings in Classic American Novels.* Cambridge: Cambridge University Press, 1988. Rpt. in *Readings on* The Great Gatsby. San Diego: Greenhaven Press, 1998. 87–95.

Shelley, Mary. *Frankenstein.* London: Lackington, Hughes, Harding, Mavor, & Jones, 1818.

Stern, Milton R. *The Golden Moment: The Novels of F. Scott Fitzgerald.* Urbana: University of Illinois Press, 1970.

Trilling, Lionel. "F. Scott Fitzgerald." *The Liberal Imagination.* New York: Viking, 1950. 243–54. Rpt. in The Great Gatsby: *A Study.* Ed. Frederick J. Hoffman. New York: Scribner's, 1962. 232–43.

第四章

女性主义批评

"我不是女性主义者——我喜欢男人！"

"我不是女性主义者——我认为，只要女人愿意，就可以待在家里带孩子。"

"我不是女性主义者——我也穿文胸！"

与女性主义文学批评的很多初学者的看法正好相反，许多女性主义者喜欢男人，她们也认为，只要女人愿意，就可以待在家里带孩子。此外，她们也穿文胸。宽泛地讲，女性主义批评考察的是，文学（以及其他文化产物）是如何强化或弱化女性在经济、政治、社会和心理等层面遭受的压迫的。然而，和所有批评理论的实践者一样，女性主义批评家在这一学科考察的所有问题上都各执一词，众说纷纭。事实上，某些女性主义者用feminisms（"女性主义"的复数形式）一词来指称自己的研究领域，其目的在于强调女性主义倡导者的观点不一而足，同时也提供各种思路，去反驳传统的看法，即最佳观点只有一个。然而，我们当中许多初涉女性主义理论的人，不论男女，都预先断定自己不是女性主义者，原因是我们并不认同我们在女性主义中发现的那些最有争议性的观点。换句话说，在踏入理论课堂之前，我们中的许多人就已经将女性主义简化了，把我们认为最有争议的东西当成了女性主义，并以此为理由来排斥它。在我看来，这种态度表明对女性主义的那种过于简单化、负面的看法依旧存在于当代美国文化之中，因为我们就是从整个文化氛围当中——家庭环境、工作场所、新闻媒体等——积聚起反女性主义的偏见的，有时还把这些偏见带入课堂。

　　这种过于简单化的负面看法使我们看不到女性主义所提出的问题的严重性，为弄清个中缘由，我们先简短地回顾一下女性主义中一个饱受非议的主张：我们不应用阳性代词**他**（he）兼指两性。在许多人眼里，这一主张恰恰表明女性主义诉求小题大做，甚至幼稚可笑的本质，坐实了人们对女性主义的成见。如果我们继续用"不带性别歧视色彩的他"去指称两性，那又会怎样呢？我们知道我们这样做的用意：这不过是意思同时包括两种性别的一个惯用语而已。秉持这种看法的人认为，女性主义者应该把精力集中在为女性争取同工同酬的待遇，而不应该纠缠于这些代词引起的无稽之谈！但是，在许多女性主义者看来，以阳性代词他兼指两性兹事体大，因为这一做法反映并延续了一种"审视习惯"，一种看待生活的方式：仅以男性一方体验为标准，去衡量两性的体验。换言之，尽管"不带性别歧视的他"宣称自己足以兼指两性，但事实上，它是一种根深蒂固的文化态度的组成部分。这种文化态度无视女性的体验，遮蔽女性的视角，其有害影响可见于若干领域。

　　举例来说，女性为争取平等进行了数百年的抗争，抗争成果终于体现在二十世纪六十年代末期的文学研究当中，在此之前，那些从（白人）男性视角出发，描述亲身体验的（白人）男性作家的作品一直被视为普遍性的标准，也就是说，它们代表了所有读者的体验，同时这种普遍性也是衡量文学作品是否优秀的主要尺度。由于（白人）女性作家（以及所有有色人种作家）的作品并没有从（白人）男性的视角来描述体验，于是，她们的作品便被认为缺乏普遍性，从而无法跻身于文学正典。流行未必就是具有普遍性的佐证，因为许多女性作家生前声名远扬，死后却并未进入文学史的"正典"。换句话说，文学史集中关注的是男性作家，注意到这一点倒不失为一件趣事。当然，那些坚持固有评判标准的评论家并不认为自己的做法有失公正，他们认为自己排斥的是毫无普遍性、绝非优秀的文学文本。即便从二十世纪七十年代中期开始，（白人）女性作家开始较为频繁地出现在名家名单中，出现在大学的文学课程大纲中，但是，在这些地方她们依然无法与（白人）男性作家平起平坐。

　　直到现在，淡化女性作家贡献的趋势依然存在，除非批评或历史视角是女性主义。比如，马修·布鲁克利（Matthew Bruccoli）

在最新版的《了不起的盖茨比》的序言中指出，二十世纪二十年代是"美国文学中……颇有建树的时期"（x），并列举了十二位作家来支持他的论断，其中只有一位女性作家——薇拉·凯瑟（Willa Cather）。那么，埃伦·格拉斯哥（Ellen Glasgow）、苏珊·格拉斯佩尔（Susan Glaspell）、内勒·拉森（Nella Larsen）、埃德娜·圣文森特·米莱（Edna St. Vincent Millay）、罗拉·琳恩·里格斯（Rolla Lynn Riggs）、格特鲁德·斯泰因（Gertrude Stein）、杜娜·巴恩斯（Djuna Barnes）、伊丽莎白·马多克斯·罗伯茨（Elizabeth Maddox Roberts）、希尔达·杜利特尔（Hilda Doolittle）以及玛丽安娜·穆尔（Marianne Moore）又该怎么算呢？这些名字，许多学生可能只认识几个，这足以表明许多女性作家在文学史上已被边缘化，虽说这种边缘化未必是她们所处时代的广大读者所为。同样，在大多数好莱坞电影中，即便时至今日，摄像机的镜头（电影的拍摄视角）仍然从男性角度出发：女性角色，而非男性角色，成为镜头凝视的对象，而且经常被拍摄成香艳人物，就好像她们时刻受到男性目光的注视一样，就好像"所有"电影观众的视角都是男性的。

这种"审视习惯"产生的有害影响不一而足，其中最令人心寒的例子或许发生在现代医药领域：开给两性的药品往往只在男性身上进行试验。换言之，在投放市场之前，实验室为了测试处方药品的安全性，经常采集男性的药物反应作为统计数据来评估药物的有效性和可能出现的副作用。结果，这种药物有可能对女性产生意想不到的副作用，而男性使用者却毫发无伤。对于这样的问题，医学工作者怎么会没有预料到？毫无疑问，这是以男性体验为普适标准的文化审视习惯在从中作怪。

【传统的性别角色】

我之所以提供上述例证，原因在于我认为它们表明我们所有人，包括我自己在内，看待问题的方式受到了人为的操控（或是受到了人为的蒙蔽）。我自认为是一名正在摆脱父权制危害的女性。所谓**受父权制危害的女性**（patriarchal woman），当然指的是那些将**父权制**（patriarchy）的行为规范和价值观念内化吸收的女性。简而言之，父权制的定义是：强化传统的性别角色，从而赋予男性以特权的文化。**传**

统的性别角色（traditional gender roles）把男性塑造成理智、坚强、见义勇为和英明果敢的人物，而把女性塑造成感性（不理智）、软弱、母性十足和唯唯诺诺的人物。这些性别角色被人们成功地用来捍卫两性不平等的现实，这种不平等一直延续到今天。例如，女性无法像男性那样占据领导岗位或决策地位（无论是在家里，还是在政界、学术界或是商界）；干同样的工作，男性的工资要高于女性（如果女性能获得这份工作的话）；人们一直在设法说服女性，让她们相信她们不适合数学和工学等领域的职业。如今，许多人认为这类男女不平等现象已成为往事，因为各项反性别歧视的法规都已经通过，例如保证男女同工同酬的法规等。但是，这些法规经常遭到回避，例如，如果老板想用更少的工资雇佣女性去做男性从事的工作（甚至更为繁重的工作），只需要给她安上一个不同的工作头衔就可以办得到。所以，男性挣1美元，女性只能挣到55美分至77美分不等的薪金，她们之间的多寡不均取决于她们的种族和年龄。在有些国家，根本不存在这样的反性别歧视法规，这样一来，女性工作者普遍受到更严重的不平等之害。[①]

因此，就定义而言，父权制具有**性别歧视性质**（sexist），也就是说，它宣扬的是女子生来不如男的信念。这种认为女性天生劣等的信念是一种所谓的**生物学本质论**（biological essentialism），它的立论基础是男女之间的生物学差异，而这种生物性差异一直被视为两性本质的一部分。**歇斯底里症**（hysteria）一词即为明显例证。该词源于希腊文的"子宫"（hystera），指的是一种心理失调症状，据认为，这种症状为女性所特有，其特征是：过分情绪化、行为极度缺乏理性。女性主义者并未否认两性之间的生物性差异，事实上，许多女性主义者都颂扬这种差异。但是，她们并不认为，诸如身高、体型和生理机能等方面的差异使男性天生优于女性，例如，男性比女性更聪慧、逻辑性更强、更勇敢、更适合当领导等。故此，女性主义将**生物性别**（sex）和**社会性别**（gender）区分开来：前者指的是生理层面上的男性与女性，后者指的是文化因素制约下的男性气质和女性气质。换句话说，女子并非生而具有女性气质，男子并非生而具有男性气质。更确切地说，这些性别角色的类别是社会构建的结果，因此，这种性别观也就成为所谓**社会建构论**（social constructionism）的一个实例。

女性主义者注意到，人们运用男性优于女性的信念来捍卫并维持男性在经济、政治和社会权力等方面的垄断地位。换言之，他们不给女性接受教育和参加工作的机会来获取经济、政治和社会权力，从而使女性处于弱势状态。也就是说，在父权制社会中，女性长期处于劣势是文化训导的结果，而非生物学因素所决定的。例如，有人认为罹患歇斯底里症的女性要多于男性，这只是父权制的一种臆断，绝非事实。然而，歇斯底里症却被定性为女性问题，于是，男性的同类行为就不会被诊断为歇斯底里症。他们解决这一问题的办法是，要么视若不见，要么避重就轻，给它换一个称呼，例如性急易怒等。当然，并非所有男性都接受父权制意识形态，那些不接受父权制思想的男性——例如，有些男性并不认为由于男性一般生来体魄更为强健，所以他们就高人一等——经常受到有父权制思想的男男女女的挖苦，说他们天生软弱，没有男子气概，好像成为男子汉的唯一途径就是要捍卫父权制。

我自认为是一名有父权制思想的女性，因为我受到社会的操控，就像大多数男男女女一样，没有认清女性如何受到传统的性别角色的种种压迫。我目前正在摆脱父权制的危害，因为我逐渐认清并且开始抵制这种操控。在我看来，这种认识和抵制还需进一步努力——我正处于摆脱状态，还未摆脱成功——这不仅因为多年以前我就已经潜移默化地接受了父权制的操控，还因为这种操控仍然在这个世界中大行其道，它体现在电影、电视、书籍、杂志、广告以及各色人等的态度当中。例如，销售员认为我连一个简单的机械操作都搞不定；修理工认为就算他们偷工减料、以次充好，我也看不出来；疾驰而过的男性司机认为我会因其高声挑逗而受宠若惊（或者，更糟的是，他们根本不顾及我的感受；还有，他们希望我觉得自己受到了威胁，这样一来，他们就会觉得自己很了不起）。我在这里表达的意思很简单：父权制不断地施加压力，削弱女性的自信和果敢，然后再指出女性缺乏自信与果敢，并以此为证据，证明女性的自轻自贱和唯命是从是天生的，因此也是正确的。

举一个与此类似的父权制思想操控的例子，女孩一上学就被告知她们学不好数学（这种情况直到现在还会发生）。即使（父母、老师或朋友）不便明说，她们也能够从长辈和同龄人的肢体语言、说话口气和面部表情中了解一二。人们经常臆断女孩学不好数学，而且人们还认为这种缺憾无足轻重，因为大多数女孩在日后的生活里用不到数学，女孩被老师点名做数学题的频率也不如男孩高。事实上，女孩经常因为数学考试不及格而"获得回报"：她们得到有备而来的同情、抚慰以及其他看似极具诱惑力实则对她们不利的报偿。这一切之所以发生，就因为她们是女性。如果女孩克服了这些障碍，在数学上取得优异成绩，她们就会被视为特例（从孩子的角度来看，通常这意味着她们是"怪胎"）。简而言之，女孩的失败是人为操控的结果。父权制的固有思维模式接着再以女孩数学测验分数偏低、未能考入数学专业作为证据，说明女孩生来不适合学数学。鉴于数学和逻辑学关系紧密，这无异于在暗示女性的逻辑思维不如男性。换言之，父权制制造了女性的失败，并且以此来证实他们对女性的臆想是正确的。

作为一名正在摆脱父权制思想的女性，我还意识到父权制的性别角色对男性的危害并不亚于它们对女性的危害。例如，传统的性别角色要求男性必须强悍（体魄强健，情感坚毅），所以他们不能哭泣，因为哭泣是软弱的象征，是被情感压倒的表现。同理，如果男性表现出怯懦或痛苦，或者对其他男性表示同情，则被视为有失男子汉气概。对其他男性表示同情（或者任何爱意）是一种特别的禁忌，因为父权制认为，男性之间的密切来往只有表现出最为沉默坚毅的（或吵闹淘气的）一面，才能免除同性恋的嫌疑。此外，无论男性尝试做任何事情，人们都不容许他们失败，因为无论在任何领域，这种失败都意味着大丈夫气概受到严重挫败。

在世人眼中，如果男人养不起家，那便是奇耻大辱，因为这意味着他未能成功地履行他的生物学角色，即养家糊口者的角色。当代美国社会迫切要求男性发财致富，这种状况给人们带来了极大的压力，因为社会期待男性成功的指数日益攀升。如今，要成为一个"真正"的男子汉，他必须拥有比父辈、兄弟和朋友更为豪华的居所和座驾，而且必须送孩子去收费更为昂贵的学校上学。如果男性达不到社会为他们设定的这些不切实际的经济目标，那么他们必须从其他方面来强化他们的男性气概：他们必须性欲旺盛（或是让别人这样认为），开怀豪饮，或狂暴易怒。在此背景下，愤怒或者其他强烈的情感成为男性唯一得到允许甚至得到鼓励去表达的情绪也就不足为怪了，因为愤怒不但可以有效地抑制恐惧和痛苦等社会不允许男性表露出来的情绪，而且通常会产生与父权制思想孕育的男性气概密切相关的攻击性行为。

我之所以在这里提到男性的操控，是出于两个原因，这两个原因都反映出我个人的女性主义成见。我希望男性读者阅读这一章，以便认识到女性主义不仅让他们了解女性，也让他们更了解自己。我还希望两性读者都能意识到，即便我们认为自己在讨论男性，事实上我们同时也在讨论女性，因为，在一个父权制社会里，与男性相关的任何事物往往都间接地涉及女性（通常是对女性的负面看法）。例如，前两段描述的男性的禁忌行为被认为是"女性化的"行为，即有损男性尊严的低级行为，注意到这一点颇为重要。男性，即便是小男孩儿，如果哭泣，则被认为是胆小鬼（sissy）。sissy这个词的发音类似 sister（姐妹），意为"怯懦的"或"女性化的"，在这种语境下，这两个词是同义语。显而易见，对男性最具杀伤力的言语攻击就是把他与女性相提并论。所以，要成为一个父权制文化中"真正"的男子汉，他必须鄙视女性特质。同性恋也被算作"女性化"行为，至少对美国男人是如此，因为尽管阳刚气十足的男同性恋比比皆是，但美国人对男同性恋的刻板印象却一成不变：男同性恋者都极度女性化。这种现象表明，只要父权制文化想去诋毁某种行为，它都要将其女性化，不管这种行为是什么。同样值得注意的是，父权制的女性化概念——总是与软弱、谦虚和胆怯联系在一起——剥夺了女性在现实世界中的权力：女性不会获得事业上的成功，不会非常聪明，不会赚大钱，没有坚定的信念，（对任何事物）都没有合理的欲望，也不会维护自己的权益。

为了简要说明父权制的性别角色对两性的消极影响，我们来看看《灰姑娘》的故事。女性主义者很久以前就意识到父权制向少女脑海中灌输的灰姑娘形象颇为有害，因为这种形象将女性气质等同于唯命是从，鼓励女性容忍家庭暴力，耐心等待男性去拯救，并且它还将婚姻视作"正确"行为的唯一理想回报。然而，白马王子的形象——要求男性充当富有的拯救者，担负起重任，让心上人"永远"幸福——对男性同样有害，因为它在宣扬一种信念，即男性必须成为不屈不挠的超强物质提供者而毫无情感需求。

不幸的是，女性主义的童话批判这一观念却成了社会评论家嘲讽的对象。他们为经典童话故事提供了各种荒诞搞笑且他们自认为政治上正确的版本，以说明女性主义者及其他"不满分子"会将我们引入极端荒唐可笑的境地。但是，女性主义对童话故事的解读事实上却充分说明了父权制意识形态是何等地无孔不入，即便看似最为单纯的人类行为，也会受到它的影响。例如，我们看一看经久不衰的《白雪公主和七个小矮人》《睡美人》，当然还有《灰姑娘》等童话故事的相似之处。在这三个故事中，美丽温柔的少女（女子必须美丽、温柔、年轻，才有资格成为众多男性寤寐思服的对象）被勇敢的青年男子从险恶的环境中解救出来（因为她无力自救），然后与其喜结连理，永远过着幸福生活。这种情节暗示嫁对丈夫是幸福的保障，这也是有正义感的青年男子应得的回报。在这三个故事中，重要的女性角色要么被定型为"好女人"（温柔、顺从、纯真、圣洁），要么被定型为"坏女人"（暴力、嚣张、市侩、邪恶）。这种人物塑造暗示如果女性不接受父权制赋予她的性别角色，那么，唯一适合她的形象便是怪物。这三个故事中的"坏女人"——《白雪公主》里恶毒的皇后、《睡美人》里恶毒的女巫，以及《灰姑娘》里恶毒的继母和继母带来的两个姐姐——都表现得贪慕虚荣、心胸狭隘、妒忌心极强且性格暴戾，就因为她们没有女主角漂亮。当然，在《睡美人》中，女巫之所以表现如此，是因为她未被邀请参加皇家庆典。这种写作动机暗示，即便女性很邪恶，她们关注的也都是鸡毛蒜皮的小事儿。在《白雪公主》和《睡美人》中，昏睡的少女都被未来情人的深深一吻唤醒（毕竟，这使得她起死回生）。这种结局暗示父权制下的青年女性就应该对男欢女爱懵然无知，直到领走她的男子"唤醒"她。我们可以进一步分析这些童话，也可以分析其他童话，但归根到底是为了看清楚父权制意识形态是何等地无孔不入，它又是如何悄无声息地操控着我们。

我在上文中提到了"好女人"和"坏女人"这两个词，这种观念应当得到重视，因为这是性别歧视的意识形态继续影响我们的另一种方式。如上文所见，父权制的意识形态暗示女性只有两种身份。如果她接受传统的性别角色，遵从父权制的行为规范，那么，她就是"好女人"，否则她就是"坏女人"。这两种角色的定位——也被称之为"圣母"与"妓女"，或"天使"与"荡妇"的角色定位——所依据的仅仅是女性与父权制秩序关系的深浅。当然，如何具体界定"好女人"和"坏女人"这两个概念，会因女性所处时空的不同有所改变。但是，对这两个概念进行界定的仍然是父权制，因为这两种角色都是父权制男性欲望的投射，例如，想娶"有德行"的女子做贤妻良母的欲望，控制女性的性生活从而使得自己的性生活不受到威胁的欲望，以及想要掌控经济大权的欲望等。最后的这个欲望得到了父权制意识形态的大力支持，因为父权制意识形态认为某些工作不适合"好女人"。父权制意识形态还迫使维多利亚时代的许多英国女性作家不得不采用男性的笔名来发表作品；它还要求大西洋两岸的女性作家调整其艺术创作来迎合父权制的期待，或是承担离经叛道的后果（凯特·肖邦的经历就是个很好的例子，在十九世纪末二十世纪初，她的作品因为具有女性主义内容而遭到封杀，直至二十世纪六十年代末，亏得女性主义者的重新发现，才得以再版）。

在整个二十世纪五十年代，有一种父权制意识形态大行其道，时至今日，它仍以若干种形式伴随着我们。按照这种父权制意识形态，"坏女人"在某些方面违反了父权制的性准则：她们的外表和行为性感前卫，或是拥有多名性伴侣。男人与"坏女人"苟合，却并不娶她们为妻。"坏女人"被男人始乱终弃，因为她们不配获得更好的待遇，而且她们或许并不奢望拥有更好的待遇。她们不值得男人明媒正娶，也不配拥有合法的婚生子女，那种角色只留给乖巧顺从的"好女人"。"好女人"因其德行而获得回报：父权制文化将她高高捧起、顶礼膜拜。集中在她身上的美德都与父权制的女性观和家庭观相关联：她温柔、谦逊、自我牺牲、充满母爱。她本人别无所求，因为侍奉家人已经让她心满意足。有时，她或许为别人的问题而烦恼，大多数时候，她为自己照顾的对象劳神操心，但她从来不发脾气。在维多利亚时代的英国文化中，她就是"家庭天使"。她让家庭成为丈夫的避风港，丈夫在此振奋精神，然后去应对每日职场的搏杀；孩子在此接受必要的道德指引，以便长大成人后担当自己应有的传统角色。

被人高高捧起、顶礼膜拜有什么错呢？首先，它限制了女性的行为，除了扮演指定角色之外，她什么也不能做。例如，为了维护这种备受尊崇的形象，"好女人"必须对性事漠然处之，除非是为了传宗接代，因为人们认为女人有性欲是不正常的。"好女人"应该觉得性这东西令人恐怖、让人恶心。其次，高处不胜寒，人很容易失足跌下。女人一旦落到这步田地，经常会受到惩罚。最好的情况是她因为行为失当和"反常"而自我检讨，最坏的情况是她遭到族人或丈夫的体罚。直到不久以前，这种惩罚方式还受到法律和习俗的鼓励，甚至仍然得到低效无能或与其沆瀣一气的司法体系的默许。在这种情境下，父权制将"好女人"和"坏女人"**物化**（objectify），注意到这一点，也颇为有趣。也就是说，父权制对待女性，无论她们是何种角色，都像对待物品一样：女性像物品一样存在，根据父权制的观点，人们利用女性而无须考虑她们的立场、感觉和看法。归根到底，从父权制的角度来看，女性的立场、感觉和看法都无足轻重，除非她们遵从父权制的立场。

节节攀升的当代美国中产阶级文化中，备受推崇的女性是那些事业家庭两不误的女性，也就是说，她们无论在办公室还是家里都要有声有色，下班后，她们也要毫不倦怠地准备晚餐、打扫房间、满足孩子的需要、在床上取悦丈夫等。换言之，父权制的性别角色没有因为现代女性进入男性主导的职场而被根除，即便某些女性承担起过去男性所做的工作。就是这些女性，她们中的许多人还得扮演父权制为她们在家里设定的性别角色，这是她们除了职业目标之外必须完成的另一项任务。

此外，女性的性欲一直惨遭压抑，至今人们的这种态度在语言中仍有体现。例如，我们用贬义词**荡妇**（slut）去形容水性杨花的女人，却用褒义词**种马**（stud）来形容生活放荡的男人。自十九世纪以来，女性服饰已发生巨变，但最为"女性化"的服装仍然宣扬父权制的意识形态。比如，十九世纪的妇女穿的紧身胸衣能防止她们获得充足的氧气而变得体力充沛，还能使得她们在情绪激动时因"缺氧"而呼吸急促或暂时晕厥。这些都被视为女性化的表现，并用以证明女性太过娇气、过于情绪化而无法进入男性的世界。同样，如今最为"女性化"的一种衣着是贴身短裙和高跟鞋，这种装束塑造了"女性化"的走路方式（即抑制女性奔跑），它的作用与十九世纪的女性服饰有异曲同工之处，即限制女性的身体活动，而另一方面，它也更方便男性对女性的肉体接触。

【小结：女性主义的预设】

到目前为止，我们已经考察了父权制的意识形态如何赋予两性以传统的性别角色，从而维护了男性的主导地位。父权制意识形态在这方面的作用，所有女性主义者都深信不疑，虽说她们在别的事情上看法不一。事实上，女性主义者对好几个重要议题的看法是一致的，现将它们归纳如下：

1. 女性在经济、政治、社会和心理上受到父权制压迫，父权制意识形态是主要压迫手段。

2. 在父权制主宰的所有领域中，女性都是**他者**（other）。她被客体化、边缘化，界定她的标准只有一个，那就是她与男性的行为规范和价值观念之间存在的差异，而界定所依据的是她所缺乏的和男性正好拥有的东西（当然，"缺乏"也好，"拥有"也好，在这里都是臆断之词）。

3. 所有的西方（盎格鲁-欧洲）文明都深深植根于父权制意识形态。例如，在希腊、罗马文学和神话中，父权制色彩的女性和女妖比比皆是；父权制把《圣经》中的夏娃解读为世界上原罪和死亡的始作俑者；传统的西方哲学将女性再现为非理性的动物；教育、政治、法律和商务制度都仰仗**阳物中心主义**（phallogocentric）的思维方式（这种思维的词汇、逻辑规则以及衡量认知是否客观的标准都以男性为中心）。正如前文所见，甚至连包括传统童话故事在内的西方经典文学的形成也都是父权制意识形态的产物。

4. 生物性因素决定我们的生物性别（男性与女性），而文化性因素决定我们的社会性别（男性气质与女性气质）。也就是说，对英语世界中大多数女性主义者来讲，**性别**（gender）这个词指的不是男女的生理构造，而是社会操控所造成的男女之间不同的行为。我表现得"像一个女人"（比如，顺从），并不是因为我天生如此，而是因为有人教我这样做。事实上，与男性行为和女性行为相关的所有特征都是后天习得，而非先天注定。

5. 所有的女性主义活动，包括女性主义理论和文学批评，终极目标都是通过促进男女平等来改变世界。因此，所有女性主义活动都可被视为一种**行动主义**（activism），尽管这个词经常用于形容那种通过政治行动来直接推动社会变革的女性主义活动。它采取的政治行动包括示威游行、联合抵制、选民教育与登记、为强奸受害人设置电话热线和收容受虐妇女等。尽管经常有人歪曲女性主义者，说她们反对"家庭价值观"，但她们还是一如既往地走在前面，为女性争取更有利的家庭政策，如妇幼保健、育婴假、品质优良且价格合理的日托服务等。

6. 无论我们意识到与否，性别问题在人类生产和人类体验的每一个方面都发挥了作用，其中包括文学生产和文学体验。

当然，以上几种见解相互关联，甚至相互重合，但它们都暗示了父权制意识形态对我们的影响无孔不入、根深蒂固。它影响到我们的思维方式、言说方式、自我定位以及世界观。父权制意识形态的无所不在给女性主义理论提出了几个重要问题。例如，既然父权制意识形态对我们的身份和体验产生了如此强烈的影响，我们怎样才能超越它？既然我们的思维模式和语言都是父权制的，我们怎样才能换一种思考和言说方式？换言之，如果我们的生存结构就是父权制的，我们如何才能摆脱父权制的阴影？

【跨越父权制的樊篱】

很久以来，女性主义者就为如何摆脱父权制的操控这一问题困惑不已，她们提出了各种不同的解决方案。例如，为了摆脱父权制意识形态这个显而易见的陷阱，有一种方法是探讨是否存在这样的可能性：没有哪一种意识形态可以成功地在任何时候操控任何人。每一种意识形态都有自相矛盾、不合逻辑的地方，从而让我们能够看穿它的运作方式，进而削弱它的影响。1792年写下《女权辩护》的玛丽·沃斯通克拉夫特、1929年写下《一间自己的房间》（*A Room of One's Own*）的弗吉尼亚·伍尔夫（Virginia Woolf）以及1949年写下《第二性》（*The Second Sex*）的西蒙娜·德·波伏娃（Simone de Beauvoir），她们都是抵制父权制意识形态的典范。当代女性主义理论家们也一直在抵制父权制意识形态的道路上继往开来、奋力向前。一想到目前的极端处境，即如果我们不能彻底超越父权制，那么我们就会被它全面操控，我们就会感觉到，从学理上摆脱父权制意识形态并非易事。我认为，或许更为有效的办法是从动态的角度去看待我们与父权制意识形态之间的关系：我们必须持续地了解和反抗父权制支配我们生活的手段，虽说我们不可能完全认清这些手段。无论作为个人还是作为集体，在某些领域我们要继续勇往直前，认识和抵制父权制意识形态，虽说在其他领域我们仍处于停滞或倒退状态，但无论何时何地，都要尽力而为。

鉴于抵制父权制操控困难重重，许多女性主义理论家和文学评论家认为，我们应该特别小心地运用本身就是父权制的理论框架，例如精神分析理论和马克思主义理论。这样的框架之所以被视作父权制的，是因为它们体现了父权制意识形态的诸多因素。例如，弗洛伊德以男性体验作为衡量女性体验的尺度，所以他便认为女性都有所谓的"阴茎妒忌"情结，而且她们倾向于将长子视为"阴茎替代品"，以弥补自身的缺失。

然而，许多女性主义者借鉴了精神分析理论、马克思主义理论以及其他批评理论的元素，因为她们发现这些理论对于考察女性体验问题非常有效。例如，精神分析理论有助于我们认识父权制意识形态的心理作用，以及世上的男男女女内化吸收父权制意识形态的方式和原因。马克思主义可以用来帮助我们理解经济力量如何受到父权制的法律和习俗的操纵，从而使得女性像下层阶级那样受到经济、政治和社会的压迫。结构主义原理也可用于研究不同文化背景下的女性体验和作品之间的潜在相似性，以及她们受压迫方式的潜在相似性。解构主义可以用于发现一部文学作品如何隐秘地强化了它所批评的父权制意识形态，而这正是美国的一些女性主义文学评论家在解构理论风靡美国之前所从事的工作。

第八章探讨的解构主义也有助于我们认识到，当我们的思维以虚假对立为基础时，也就是说，我们认为两种观念、品质或者范畴截然对立时——比如爱与恨，或善与恶——事实却并非如此。所以，解构主义对于女性主义者也颇为有用，它有助于我们认清父权制经常以虚假对立为基础。例如，有一种性别歧视的观念认为，男子天生是理性的，女子天生是感性的。为了批驳这种观念，女性主义者一定会据理力争，例如，她会提出女性是因为受到社会的操控而变得更为感性，或者提出男人和女人都是既理性又感性的动物。通过运用解构主义原理，女性主义者还可以说，将理性与感性截然对立起来是一种错误的划分。我们接受某种哲学观点或理论框架是出于理性的原因，但不管是有意还是无意，这些理性的原因之所以产生，还不是因为那种哲学观点或理论框架令我们深有感触？难道理性和感性——如果对二者的理解正确的话——就不能在我们的生活中共同发挥作用？

在我看来，女性主义有一个优点，那就是它可以自由地从其他理论中借鉴观点并加以整合，以适应自身迅速发展的需要。这就是我认为女性主义理论永远不会过时的一个原因：它能够不断地从别的领域吸纳新观点，探索出新途径来运用旧观点。这也是女性主义之所以被视为跨学科理论的原因，它可以帮助我们学会在看似迥然有别的两个思想流派之间建立起联系。尽管本书探讨的所有理论都有相互重合之处，只是程度不同而已，但是极少有哪一派理论承认这个事实，也极少有哪一派理论能够达到女性主义理论探索所达到的广度和深度。

当然，如何跨越主宰我们思维方式的意识形态，这个问题涉及任何旨在创新的理论，也就是说，它涉及所有理论，虽说极少有理论直接探讨这个问题。事实上，许多女性主义思想家仍在探索的一些无法解决的理论问题是任何理论都无法解决的，虽然说这些问题要么还没有引起该领域批评家的关注，要么就是人们认为先前的思想家已经解决了这些问题。例如，与人类能否超越主宰其思维方式的意识形态这一问题相关的是人的**主体性**（subjectivity）问题：人的自我观念，以及产生于个体体验的人看待自己和他人的方式。我们目前还搞不清楚我们的主体性如何决定了我们阐释世界的方式。有鉴于此，我们如何才能知道，我们对人类体验的看法和我们对其他相关事物的看法只不过是我们自身主体性的体现？

正如后面章节所述，解构主义和新历史主义探索了这个问题，但是，其他大部分理论并没有直接探讨这个问题。在女性主义看来，所有的感知，也就是所有的解读行为，都不可避免地受到主观因素的影响，解构主义和新历史主义也作如是观。当我们描述眼前所见之物时，我们自己不可能完全超脱在外，因为我们能看到什么取决于我们的自身状况：我们的社会性别、政治倾向、宗教信仰、种族、社会经济阶层、性取向、教育程度、家庭背景、面临的问题、自身的优缺点、理论框架等等。所以，自认为客观公正，这无异于自欺欺人，因为情况并非如此。不过，父权制就是这样鼓动男性的。

从女性主义者的角度来讲，当我们阐释文本或其他事物时，我们不应回避主体性，要尽可能地意识到它的存在，尽可能全面地将其纳入我们的阐释当中，这样一来，别人在评价我们的观点时，也会将它考虑在内。这也是为什么我会在本章中提到自己的经历和成见，这是尤为恰当之举，你可能也已经注意到了这一点。我是一名美国中年白人女性，属于中产阶级，是异性恋，拥有英语博士学位，有一个既充满温馨又时有争执的家庭。这一切势必会影响我对女性主义的阐释，以及我在本章末尾对《了不起的盖茨比》这部小说的解读。我的许多看法有异于其他理论家和文学评论家，其中许多不同之处可以通过我在上面提供的个人资料得到解释。我希望读者在了解这些零星的个人信息之后，以警觉之心来看待我的视角：我之所见源于我之立场，如此而已。

【法国女性主义】

法国女性主义者另外提供了一些跨越父权制樊篱的策略。与美国女性主义一样，法国女性主义也是五花八门：它包括许多迥然不同的视角。和美国女性主义一样，法国女性主义也认为社会和政治行动主义对于确保女性享有平等的机会和公正的待遇至关重要。我们简要地审视一下法国女性主义，把它视为一个单独的类别，这样做的原因是，与英美女性主义者相比，法国女性主义者更强烈地倾向于从哲学维度关注女性问题，虽说法国女性主义理论在欧美女性主义中日渐崭露头角。

一般说来，法国女性主义关注的焦点呈现为两种不同的形式：**唯物论女性主义**（materialist feminism）和**精神分析女性主义**（psychoanalytic feminism）。前者感兴趣的是女性所承受的社会与经济压迫，而后者，正如读者预料的那样，集中关注的是女性的心理体验。这两种研究方法在分析父权文化中的女性体验时经常形成鲜明的对比，尽管如此，法国女性主义者依旧关注女性的社会/经济体验与心理体验之间的联系。不管怎样，现在我们先分别考察一下这两种形式。我认为，如果我们能把每一种形式都搞清楚，我们马上就能看出二者是如何相互补充、形成鲜明对照的。

法国的唯物论女性主义考察了父权制的传统与机制，这些传统与机制控制了社会用以压迫女性的物质（有形的）和经济条件，例如有关男女差异的父权制观念以及制约着婚姻与母性的法律与习俗。虽说西蒙娜·德·波伏娃并不以唯物论女性主义者自居，但她的惊世大作《第二性》（1949）却为几十年之后崛起的唯物论女性主义奠定了理论基础。波伏娃注意到，在父权制社会，男性被视为基本主体（拥有自由意志的独立自我），而女性则被视为附带性存在（由环境所支配的依附性存在）。男性可以在世上有所作为，改造世界并赋予其意义，而女性却只有在与男性相关时才显示出其自身意义。所以，界定女性不仅要根据她们与男性之间的差异，还要根据她们与男性相比显现出的不足。因此，**女人**（woman）一词与**他者**一词有着相似的内涵。女人并非完整独立之人，她只是男人的他者：她比不上男人，她是男性世界的一个异类，她不像男人那样是发育健全的人。

波伏娃首先提出，女性并非天生具有女性气质，是父权制塑造了她们身上的女性气质。如前文所见，波伏娃用她的一句名言阐述了一种社会建构论观念："女人不是天生的，而是后天形成的"（引自Moi 92）。实际上，波伏娃甚至认为女人的母性本能也不是与生俱来的，虽说这与父权制的臆测相反。本能是某一物种所有成员所共有的，是其天生的生物构成的一部分，然而并非所有女人都想生孩子，也不是所有女人都心甘情愿地当母亲。但是，父权制却告诉她们，如果不生孩子，她们就没有完成自己的天职，并且向她们施加许多压力，逼迫她们去扮演母亲的角色。显然，鉴于我们对女性的了解一向都是在父权制的社会框架之下进行的，我们如何才能知道"女人"的"天性"呢？

波伏娃坚持认为，女性不应该满足于将生命的意义寄托在丈夫与儿子身上，就像父权制所鼓噪的那样。正如珍妮弗·汉森（Jennifer Hansen）所说，"波伏娃坚信，婚姻……限制并阻碍了女性的思想发展与自由"（2）。波伏娃宣称，女性把自己完全奉献给丈夫和儿子的事业，她们试图回避自己可以在这个世界上发挥潜力的自由。她们之所以如此，是因为这种自由很可怕：它要求个人承担责任，却并不提供任何成功或幸福的保障。"如果说女性似乎是一种无足轻重的存在物，永远也不会变得举足轻重，"波伏娃表明，"那是因为她本人未能促成这种改变"（10）。

为什么让女性认识到她们的屈从地位竟然如此之难？更别提让她们对此做点什么。波伏娃指出，不同于其他受压迫的群体——比如，受压迫的阶级、受压迫的少数民族和宗教少数群体等——目前还没有关于女性共有文化、共有传统或共同遭受的压迫的历史记载。就此而言，她们被历史"拒之门外"，成了不值得关注的话题。此外，波伏娃认为，女性

> 缺乏具体的手段把自己整合为一个群体……她们没有（集体记载的）过去，没有自己的宗教信仰……她们散居

于男性当中，通过居住环境、家务劳动、经济状况以及
社会地位等因素依附于某些男子，比如父亲或丈夫，比
起她们与其他女性之间的关系，这种依附关系更为牢固。
（11）

换言之，女性对同一社会阶层、种族或教派的男性的忠诚，往往超过
对异己的阶层、种族或教派的女性的忠诚。事实上，女性对男性的忠诚
也超过了她们对自身所属阶层、种族或教派的女性的忠诚。

克里斯蒂娜·德尔菲（Christine Delphy）是众多深受波伏娃影响的
思想家之一，她基于马克思主义原理，提出了一种女性主义父权制批
判。德尔菲在二十世纪七十年代初创造了**唯物论女性主义**（materialist
feminism）一词，将分析焦点集中在作为经济单位的家庭。她解释道，
正如下层阶级在整个社会中受到上层阶级的压迫，女性是家庭中的从属
阶层。因此，女性构成了一个独立的被压迫阶级，她们之所以受压迫，
就因为她们是女性，而不是因为她们属于哪个社会经济阶层。在德尔菲
看来，婚姻就是一份劳动合同，它使女性终日忙于无偿的家务劳动，而
家务劳动通常被淡化为"家务活"，在世人眼中，它无足轻重，无法成
为一个值得分析的话题或问题。她指出，认识到这种状况背后的种种深
义，对于理解女性所受的压迫至关重要。德尔菲指出，

当代（一切）"发达"社会……都依赖于女性无偿的
家务劳作和养儿育女。这些劳作被置于女性与某一个体
（丈夫）的特殊关系所形成的框架之下。她们被排斥在交
易领域之外（也就是说，这些服务并没有被当作严格意
义上的工作，即人们为了挣钱而在家庭之外所从事的工
作），从而体现不出价值。她们拿不到工资。不管女性得
到什么回报，这些回报都与她们的劳动无关，因为这些回
报不是用来交换女性的劳动的（也就是说，不是作为她们
劳动应得的工资），而是作为礼物而发放的。丈夫的唯一
职责就是为妻子提供最基本的需要，换言之，就是维持
她的劳动能力，显然，这也是出于他个人利益的考量。
（60）

　　此外，德尔菲声称，女性的家务劳动没有报酬，并非因为她们的劳动无足轻重，也不是因为比起男性在家庭之外的有偿劳动，她们的家务劳动不费时也不费力，而是因为父权制将女性的家庭角色界定为非劳动者。既然是非劳动者，当然不应该奢求工钱。颇具讽刺意味的是，"所有的人类学和社会学证据显示，"德尔菲注意到，"统治阶级让他们掌控的阶级从事生产性劳动，即高等性别承担较少的工作"（61）。换言之，在父权制下，女性在家庭中承担男性不愿干的家务活，她们每天工作的时间长达24小时。所以，如果这些时间都加在一起，女性比男性工作的时间更长，虽说女性的家务劳动不被认为是真正的劳动，应该得到报酬。德尔菲认为，若想了解生物性别与社会性别，很显然我们必须首先了解，两性之间的所有关系均以权力为基础：父权思想严重的男性想要保留所有的权力，而摆脱父权思想的女性则希望获得平等的权力。鉴于越来越多的美国家庭主妇外出工作，而同时继续承担绝大部分的家务劳动以及养儿育女的职责，德尔菲的研究似乎与当代美国女性的生活尤为相关。

　　作为法国唯物论女性主义的最后一个事例，我们考察一下柯里特·圭洛敏（Colette Guillaumin）的著作。圭洛敏注意到，人们在界定或提及男性时，主要依据他们的所作所为，依据他们在社会中作为职场参与者、决策者等角色所体现出的价值。然而，人们在界定或提及女性时，主要依据的是她们的性别。正如圭洛敏所指出的那样，仅就她在48小时中搜集的短语来看，"某次各抒己见的小组会议"，其参加者被表述为"一名公司董事、一名车工、一名赌场的赌台管理员以及一名女性"（73）。同样，圭洛敏注意到，一位世界领袖在论及他所反对的压迫性政权时说道："他们杀害了数万名工人、学生和妇女"（73）。换言之，圭洛敏认为，就社会功效而言，"女性人群……主要并且在本质上（是被用于婚配的成年女性）"（73）。在圭洛敏看来，这意味着她们主要是，并且从本质上来讲就是财产，例如，在婚姻关系中被"交换"或"赠送"的财产（究竟是"交换"还是"赠送"，这取决于她们所属的文化）。

　　圭洛敏认为，压迫女性的主要形式——侵占，也显示出妇女具有财产功能。正如她所解释的那样，女性在劳动市场以及家庭中受到剥削，这都是众所周知的事情。在劳动市场，做同样的工作，女性获得的报酬总是少于男性；在家里，她们的劳动基本上得不到任何报偿。除此之外，女性还受到圭洛敏所说的"直接体力侵占"的压迫。在她看来，这种做法"使女性降格为物品"（74），她把这种做法比作奴隶制和农奴制。对于女性的这种侵占，圭洛敏称其为**性别剥削**（sexage）。她认为，性别剥削主要表现为四种形式：（1）侵占女性的时间；（2）侵占女性的人身产品；（3）女性的性义务；（4）女性必须照顾所有生活不能自理的家庭成员，还必须照顾健康的男性家庭成员。

让我们简要审视一下每一种性别剥削形式。正如圭洛敏所说，（1）婚姻契约没有限定主妇（以及家中其他女性，如女儿、姑姑以及祖母等人）的工作时间，也没有明确其休假日期。（2）在某些文化中，女性的头发，甚至是乳汁都被家中男子变卖；孩子生多少由男性说了算；孩子是丈夫的合法财产。（3）女性要对男子履行性义务，无论在婚姻中，还是在卖淫业中，概莫能外。在圭洛敏看来，二者之间的主要差别在于，男性对妓女的利用受到时间的限制，而且还得为自己欲求的具体行为买单。（4）照顾婴幼儿、老人和病人的工作，有时是雇人完成（受雇者通常也是女性），虽然如此，这类工作的绝大部分还是由家中的女性无偿地担负，在某些文化中由女性宗教志愿者无偿担负，如修女等。这四个侵占领域合在一起，产生的总体后果是，女性的个体意识、独立意识和自主意识遭到剥夺。简而言之，如圭洛敏所说，女性是"用于完成这些工作的社会工具"（79），而这些工作正是男性不愿干的。

与唯物论女性主义相反，法国精神分析女性主义理论感兴趣的是，父权制对女性的心理体验和创新能力的影响。它集中关注的是个体心理，而非群体体验，因为女性所承受的压迫并不限于经济、政治和社会层面，也包括女性在无意识层面所承受的心理压抑。如果女性想为自己的物质解放奠定永久性的根基，那么，她必须在这里，在个人的内心深处，学会自我解放；因为如果女性不知道自己需要解放，那么，任何解放对她来说都没有意义。许多法国精神分析女性主义者认为，探索女性心理解放的可能必须从语言着手。就大部分女性而言（虽说并非全部），她们的心理屈从感产生于语言，这是因为那种为害不浅的父权制**性别差异**（sexual difference）观念（即父权制认为两性差异是本质性的、与生俱来的）正是通过语言而得到界定的，并且一再发挥其压制性的影响力。

例如，埃莱娜·西苏（Hélène Cixous）认为，语言显示出她所谓的**父权制二元对立思想**（patriarchal binary thought）。这种二元对立思想可以这样解释：它从两极对立的角度看待世界，一方总是优于另一方。这类二元式等级对立包括头脑与心灵、父亲与母亲、文化与自然、心智理解与生理感知（即思维理解与身体感受之间的对立）、太阳与月亮、主动与被动等。诸如此类的对立制约着我们的思维方式，对于每一项对立，西苏都要询问，"（象征女性的那一边）在哪里？"（91）。也就是说，在每一项对立中，哪一边被用来界定女性的特征？很显然，根据父权制的思维方式，女性居于对立项的右边，也就是父权制认为低级的一边——心灵、母亲、自然、生理感知、月亮以及被动等；而男性则根据对立项的左边来界定，也就是父权制认为高级的那一边——头脑、父亲、文化、心智理解、太阳以及主动等。"按照传统，"西苏指出，"处理性别差异的问题通常要扯上主动与被动这种对立"（92）。换言之，父权制思维方式认为女性生来被动而男性生来主动，因为两性之间的这种区别是天经地义的。所以，如果女性不被动，她就不是真正的女性。由此而得出的结论必然是女性天生要顺从男性，而男性是天生的主宰者，如此等等。

在西苏看来，女性进入父权制的权力结构，也就是在当前的父权制社会中获取平等的地位与机会，这种方式无法让她们学会反抗父权制的思维方式，因为在现存的社会政治制度中，女性获取的权力不足以改变这个制度。事实上，这种情况导致的结果是女性将变得更像父权思想严重的男性，因为她们将学着像父权制思想训练下的男性那样去思考。相反，她认为，作为生命的起源，女性自己就是权力和力量的源泉。因此，我们需要一种全新的女性语言，去削弱乃至根除压制女性、使之失语的父权制二元式思维方式。西苏认为这种语言最能体现在写作中，人们一般把它称为**女性书写**（feminine writing）。这种书写方式行文流畅，联想丰富。它抵制父权制的思维与写作模式；父权制思维与写作模式通常需要固定的"正确"构思方法，理性主义的逻辑规则（"独尊理智"的逻辑规则，依赖认知体验的狭隘定义，否定多种情感和直觉体验）以及线性推理（由x推导出y，再由y推导出z）。

女性与母亲的纽带联系为时已久，她们与权力和力量的源泉之间的纽带联系也是源远流长，这就为她们从事女性书写提供了天然优势，但如果男性能够感受到他早年与母亲的纽带联系，他也能从事女性书写。西苏列举了许多关于女性书写的例子，包括法国作家玛格丽特·杜拉斯（Marguerite Duras）、柯里特、让·热内（Jean Genet）以及巴西作家克拉丽斯·里斯贝克特（Clarice Lispector）等人的作品。我认为，我们可以依此类推，诸如托妮·莫里森的《宠儿》、弗吉尼亚·伍尔夫的《达洛维夫人》（*Mrs. Dalloway*）、詹姆斯·乔伊斯（James Joyce）的《芬尼根的守灵夜》（*Finnegans Wake*）以及威廉·福克纳的《押沙龙，押沙龙！》（*Absalom, Absalom!*）等文学作品也可以算作这方面的例子。西苏认为，这种写作可以自发地联系起（或重新联系起）女性身体中无拘无束、充满欢欣的生命力，这种生命力就是她在上文中所强调的生命的起源。所以，在她看来，写作就是一种解放行为。这里所憧憬的对父权制思维方式的摒弃，看起来确有乌托邦性质，然而，正如托里·莫伊（Toril Moi）所说，"乌托邦思想历来都是女性主义者的灵感之源"（121）。

同样，露西·伊利格瑞（Luce Irigaray）认为，在父权制文化中，许多女性的屈从体现为心理压抑的形式，这种心理压抑的形成以语言为媒介。换言之，在女性生活的世界中，几乎所有的意义都由父权制的语言规定。因此，女性在言说自己的想法时并不是作为积极主动的原创者，虽说她们可能没有意识到这一点。相反，她们只是被动模仿，拾人牙慧。当我们联系起西方父权制思想史的时候，这种情况就让人见怪不怪了。正如伊利格瑞所说，在西方哲人看来，女性仅仅是折射男性气质的一面镜子。也就是说，男性根据自身的需求、恐惧和欲望来界定女性气质。例如，她指出——尽管她认为弗洛伊德的理论颇为有用，甚至有振聋发聩之效——弗洛伊德提出假设说女性具有阴茎妒忌情结，即她们感觉自己遭受过阉割，他实际上是把男性对阉割的恐惧投射到了女性身上。显然，这种观点是在臆断女性的所思所想与男性别无二致，女性没有自己独有的感觉或欲望。伊利格瑞揣测，受父权思想影响的女性只有两种选择：（1）保持缄默（女性的任何言论，只要有悖于父权制逻辑，都被视为不可理喻和毫无意义）；（2）仿效父权制对女性的再现，按照父权制的想法去看待自己（即按照父权制对性别差异的界定去扮演次要角色，父权制的这种界定突出了男性的优越地位）。显然，这很难说是一种选择。

在伊利格瑞看来，父权制权力明显地体现在许多思想家提到的**男性凝视**（male gaze）当中：男性是观看者，女性是被观看对象。观看者全盘掌控，有权为事物命名，有权阐释这个世界，从而有权去统治这个世界，而被观看对象——女性——仅仅是被审视的客体。所以，在父权社会中，女性仅仅是男性经济制度中的符号、象征或商品。换言之，女性的作用在于显示出男性之间的关系。举一个最简单的例子，一个父权思想严重的男人觉得，跟他在一起的女人必须要漂亮，以便给人留下好印象。他在意的并不是给所有人留下好印象，而是给其他男人留下好印象。简而言之，父权制就是男性的世界：男性发明游戏规则，他们之间相互较量，而女性只能充当游戏的奖品。

与西苏一样，伊利格瑞也认为跨越父权制樊篱的手段与父权制操控我们的工具是一样的，那就是语言。另外，她认为，清一色由女性组成的团体对于开发反父权制的思考方式和言说方式是必不可少的。伊利格瑞将她的女性语言观念命名为**女人腔**（womanspeak），而且她发现，女人腔来源于女性身体，尤其来源于她所看到的男女之间在性欢悦感受上的对比。在她看来，女性的性欢悦感受"比人们通常想象的更加多样、更加千差万别、更加复杂、更加微妙"（28）。所以，女人腔的意义也更加多样、更加千差万别，比父权制语言更加复杂和微妙。正如伊利格瑞所说，当女性敢于按照自己的方式说话时，"'她'就开始全方位偏离常规，让'他'（受父权制思想影响的男性）不知所云。她出语矛盾，根据理性去判断，她几近疯癫，那些满脑子条条框框、中规中矩的听众实在听不懂她在说什么"（29）。在某些女性主义思想家看来，伊利格瑞对女人腔的定义颇具争议，其中一个原因在于它似乎强化了父权制对女性的固定看法，即女性缺乏逻辑性，甚至毫无理性可言。如果以一种建设性态度来看待女人腔，就应考虑到也许存在这种可能性（至少在我看来是如此）：伊利格瑞并不是在说女性说话语无伦次，而是说，在父权制思想严重的人看来，女性说话语无伦次。他们受到了父权制的操控，在他们看来，只有符合父权制逻辑规则的语言，即线性发展的、主题先行的语言，才是有意义的。

相形之下，另一位法国精神分析女性主义者茱莉亚·克里斯蒂娃（Julia Kristeva）既不信奉女性书写，也不信奉女人腔，因为她认为任何将女性本质化的理论（即假定女性的本质——女性与生俱来的、生物性的——特征的理论）都错误地再现了女性无限的多样性，使她们很容易被父权制本质化。例如，按照父权制思想，女性天生唯唯诺诺，多愁善感，如此等等。的确，在克里斯蒂娃看来，**女性化者**（the feminine）一词是无法界定的，因为女性有多少，女性化者的定义就有多少。然而，我们对女性特质依然有所认识，克里斯蒂娃认为它被边缘化、被压迫，就像工人阶级遭受边缘化和压迫一样。

此外，许多女性主义者普遍接受一种看法：正是生物性差异使女人成为女性，使男人成为男性（这种差异与父权制强制推行的社会性差异正好相反，由后者规定我们所具有的是阴柔气质还是阳刚气质）。但是，在克里斯蒂娃看来，导致这种结果的是社会性差异，而非生物性差异，因为社会性差异对现实世界中的女性产生了具体的影响。如她所说，"（男女之间的）性别、生物、心理以及生殖的差异，反映出社会契约的差异"（"Woman's Time" 188）。换言之，如果一个人生来具有女性的生物特征，那么，比起生来具有男性生物特征的人，按照她的社会地位，她享有的权利就要少得多——尤其在性生活方面掌控自己身体的权利，这方面的权利包括她拥有的性关系的种类和数量，她享有的堕胎和避孕的权利。归根到底，问题不在于我们应当如何界定生物性差异；问题在于，无论生物性差异产生什么意义，这种意义很快就会被同时产生的社会（父权）意义利用、遮蔽或替换。压迫女性的是性别差异被赋予的社会意义。因此，在克里斯蒂娃看来——许多法国女性主义者也作如是观，其中包括前文探讨的唯物论女性主义者——英美女性主义者设想的生物性别与社会性别之间的差异实际上并不存在。在父权制的规定和操控下，我们对生物性别（女性）和社会性别（女性气质）一视同仁，就好像它们别无二致。事实上，法语中没有一个词可以表达英语中**社会性别**一词的用法。

克里斯蒂娃并没有接受女性书写和女人腔，并以其为办法引领我们摆脱父权制压迫。相反，克里斯蒂娃坚称，两性可以通过探寻她所谓的语言的**符号**（semiotic）维度[不可与**符号学**（semiotics）研究相混淆，后者分析的是文化符号体系]，来摆脱父权制语言和父权制思维方式。在克里斯蒂娃看来，语言包括两个维度：象征维度和符号维度。象征维度是言语从中发挥作用，被赋予意义的领域。而她所说的语言的符号维度也是语言的一部分，它与语言的象征维度恰好形成对照，其构成因素包括音调（声音、语气、音量以及乐感等——由于找不到更合适的词，这里姑且用乐感一词）、节奏以及身体语言。身体语言与我们的言谈相伴，它透露出我们的情感和身体驱策力（例如，与性欲或生存意志等相关的身体驱策力）。或许可以这样说，符号维度构成我们的言说**方式**（way），例如我们发音时所传递出的情感，我们谈话时所使用的身体语言。因此，正如克里斯蒂娃所指，"例如，科学话语往往尽可能地减少符号因素。相反……（在）诗化的语言中……符号因素……往往占据上风"（*Desire in Language* 134），这并非不可预见。

的确，符号维度是婴儿在学会说话之前最先可以运用的"言语"——他们口中发出的声响和身体做出的动作。他们学习这种"言语"的途径是接触那些与母亲身体相关的手势、节奏以及其他非语言交流形式。因此，借助于语言的符号维度，我们可以不断地接触到我们的前认知、前语言体验，即接触到我们的本能驱策力以及我们最早与母亲之间的联系，虽说这都是在无意识中进行的。值得注意的是，克里斯蒂娃认为我们的本能内驱力以及我们与母亲之间的早期联系由于我们学会说话而受到压制，因为语言属于父权制的管辖范围，父权制控制了语言的象征维度，即意义的生成过程。然而，符号维度却不受父权制的操控，虽然父权制不能完全操控它，但它依旧受到压制。当然，克里斯蒂娃并不是在暗示我们能够或者应该回到婴儿时代的符号状态，她的意思是我们能够而且应该进入符号维度栖居的无意识状态。例如，通过艺术和文学这些创造性手段，我们就可以做到，因为这些手段为我们提供了与语言保持联系的一种新方式，从而克服了父权制对两性思维方式的束缚。

在结束这一节之前，我认为有必要去探讨一个问题。对于这个问题，读者或许已经意识到了。通常，一提到法国女性主义这种说法，我们想到的都是法国精神分析女性主义领域内的诸多论题。对许多美国人而言，他们很难立即想到法国唯物论女性主义者的著作，因为——除西蒙娜·德·波伏娃的著作之外——可以说，它们尚未进入主流学术界，不像精神分析女性主义那样被广为印行。当然，造成这种失衡局面的缘由有很多。其中一个原因是，在宣扬批评理论方面最有影响力的一些美国学界人士，他们更习惯法国精神分析女性主义中的抽象说理，因此也就更容易接纳它。然而，除此之外，我还得指出法国精神分析女性主义的抽象化倾向造成的两种后果：（1）不易为初学者所理解，从而确保了学术大权在握的教授、理论家和文学评论家在批评理论领域的地位；（2）使法国女性主义容易遭到奚落和摒弃，鉴于许多顶尖的美国理论家的作品更为抽象，这就颇具反讽意味。不幸的是，忽略或者摒弃法国女性主义的想法在美国学术界由来已久，持有这种想法的人既有女性主义者，也有非女性主义者。

的确，相当多的法国精神分析女性主义著作似乎主要是针对那些具有教育背景的读者。绝大多数法国精神分析女性主义著作是对两位法国思想家的著作的借用、拓展或是与这两位思想家进行争论，而他们的著作初学者理解起来很难。他们中的一位是雅克·德里达，他提出了解构主义这种阐释方法；另一位是雅克·拉康，他阐释了弗洛伊德的心理分析，如果读者要想全面掌握他的思想成果，在我看来，必须了解结构主义和解构主义（可以分别参阅第二章中拉康的精神分析、第七章中的结构主义和第八章中的解构主义）。事实上，虽然大多数法国女性主义者的著作的抽象程度比不上前文探讨的精神分析女性主义者的著作，但她们字里行间所依托的哲学传统却不为文学专业的美国学生所熟知。因此，在初次阅读法国女性主义者的著作时，千万不要自我设置障碍。不论她们的哲学倾向是什么，她们都没有排斥你的意图。和她们所利用的以及她们时常反对的那些哲学家一样，她们总是试图另辟蹊径，开启新的思维方式。我希望读者会认同这样一种观点：学习新的思维方式这项任务固然艰难，但值得我们为之努力。

【多元文化中的女性主义】

如上文所述，认识自己的主体性是女性主义的一个目标。目前这个目标变得尤为重要，因为白种、中产阶级、异性恋的女性主义者一直在美国妇女运动中占据最显要的领导地位，现在她们终于认识到她们的政策和实践只反映了自己的体验，而忽略了其他女性的体验，这些女性包括美国以及世界其他地方的有色人种女性、女同性恋者、贫困女性和未受教育的女性。虽说所有女性都遭受父权制的压迫，但是每位女性具体的需求、欲望和问题主要由她的种族、社会经济阶层、性取向、教育背景、宗教信仰、国籍和地理位置所决定。

　　首先，父权制在不同的国家呈现出不同的运作方式，例如美国的父权制与印度、墨西哥或者伊朗等国的父权制有着天壤之别。此外，即便是在一国之内，文化差异也会影响女性的父权制体验。例如，在美国，有色人种女性的父权制体验与她们遭受种族歧视的体验紧密相连（见第十一章）；女同性恋者的父权制体验与她们遭受异性恋者歧视的体验密不可分（见第十章）；贫困妇女的父权制体验与她们遭受阶级歧视的体验更是如影随形（见第三章）。至于兼具上述多重身份的女性，她们在生活中受到父权制的压迫该有多么复杂，由此可想而知。因此，人们在宣扬**姐妹情谊**（sisterhood）的同时——姐妹情谊是女性之间基于对共同的体验和目标的认可而建立起来的心理和政治纽带——必须尊重和关注女性的个体差异，在女性主义的领导下将权力平均分配给不同的文化群体。

　　非裔美国女性主义者在揭露主流的白人女性主义者固有的政治局限和理论局限方面发挥了巨大作用。主流白人女性主义者的这些局限性源于她们忽视了异己的文化体验。例如，黑人女性主义者在分析中指出，想要理解性别压迫，就必须要考虑种族压迫的因素。黑人女性主义者认为，黑人女性遭受父权制压迫，这不仅因为她是女性，而且因为她是黑人女性，在美国历史上，黑人女性的价值一直被认为逊于白人女性。按照维多利亚时代的理想，"真正的"女性应该呈现出顺从、脆弱、忠贞的形象。这种理想依旧影响着当代的父权制思想，但这种理想女性的定义并不包括黑人女性以及所有种族的贫困女性。这些女性为了生存必须从事繁重的体力劳动，她们在工作场所还容易受到强暴和性剥削。这种逻辑循环往复，形成死结：种族或经济地位低下的女性不但需要辛苦劳作以维持生计，而且还容易沦为色狼的猎物，但是，人们并没有把她们当作女性来看待，所以也就认为她们不值得剥削她们的人去保护。许多男性秉持这种观点，无论他是白人还是黑人，甚至白人女性也持有这种观点。因此，黑人女性遭受的是双重压迫。她们既不能奢望从白人女性那里获取性别上的团结，也不能奢望从黑人男性那里获取种族上的团结，而这两个群体的帮助本应是她们所期待的。

　　令人遗憾的是，这种困境一直延续至今。主流的白人女性主义往往因为黑人女性的种族属性而将其边缘化，然而，它还是鼓励黑人女性在性别问题与种族问题之间优先考虑性别问题，因为它认为黑人女性受到的性别歧视比种族歧视更为严重。与此同时，黑人男性团体往往因为黑人女性的性别问题而将其边缘化，然而，他们还是鼓励黑人女性在性别问题与种族问题之间优先考虑种族问题，因为他们认为黑人女性受到的种族歧视比性别歧视更为严重。如洛兰·贝瑟尔（Lorraine Bethel）所说，对这种双重压迫的理解奠定了非裔美国女性主义批评的根基：

> 一些作家试图去打造一种文学，去体现种族/性别压迫下的文化身份，黑人女性主义文学批评所提供的框架有助于澄清这类作家共同面对的社会-审美问题。这种框架所包含的政治分析使我们能够理解并且欣赏黑人女性……在建立任何一种艺术和文学传统的过程中……所取得的惊人成就，理解她们的特性和感受力。这种理解需要人们意识到这些艺术家每天都受到压迫，她们所在的社会强烈憎恨她们的黑色皮肤和女性躯体，并且将这种憎恨制度化。开发并且维持这种意识是黑人女性主义的基本信条。（178）

另一方面，一些黑人女性感觉到女性主义分裂了黑人共同体，结果导致一些人要么放弃女性主义，要么出于黑人共同体的考量而寻找方法与之妥协。例如，自称"妇女主义者"（xi）的艾丽斯·沃克（Alice Walker）就是这样做的，因为她是为整个黑人群体（包括男女两性）的生存和团结而奋斗，为促进黑人之间的对话、黑人的共同体意识而奋斗，同时也是为评价女性以及她们所从事的各种工作而奋斗。同样，正如卡罗琳·德纳尔（Carolyn Denard）所指出的那样，许多非裔美国女性"倡导的理念可以被称为少数族裔的文化女性主义"（172），这种女性主义"所关注的与其说是所有女性的价值观，不如说是她们所在的那个族群特有的女性价值观"（171）。德纳尔借用托妮·莫里森的小说来阐释这种研究方法，她解释说，少数族裔的文化女性主义承认性别歧视对有色人种女性产生了有害影响，在她们所属的族裔共同体内外都是如此，但是它"并不宣扬（一种）……政治女性主义，即把黑人女性从她们的族群中分离出来，以此来解决她们受压迫的问题"（172）。

此外，少数族裔的文化女性主义"颂扬黑人女性独有的文化价值观念，虽说这类价值观常常是黑人女性遭受压迫的产物"（172）。

无论黑人女性主义批评家在文学分析中体现出何种理论偏好，她们的解读通常表明，在文化语境下理解性别问题至关重要。鉴于某些文化团体已有自己的文学批评类别以及某些女性有可能发现她们所关注的问题涉及多种文学批评，那么，在此稍作停留并指出这些类别究竟为何物或许颇有助益。

根据其理论定位，探讨女性问题的文学批评可被归在一种或多种文学批评的名下。这些批评包括女性主义批评、非裔美国文学批评（根据非裔美国人的体验、历史和文学传统等背景，主要研究非裔美国作家的著作）、女同性恋批评、马克思主义批评以及后殖民批评（主要研究殖民统治催生出来的文化作品，例如印度作家的作品，直到1947年，印度一直在英国的统治之下）。当然，聚焦于某一少数族裔女性作家的文学批评也会涉及女性问题，例如前文尚未提到的奇卡诺女性[1]、拉丁族裔女性、美国土著女性以及亚裔美国女性等。尽管这些批评都有可能涉及女性体验，但一般说来，只有当女性主义视角有助于引领其阐释的方向时，这样的批评才称得上女性主义批评。显然，这些批评类别容易相互重合，所以有的文学评论家自称是杂合式批评家也就不足为奇了，例如马克思主义-女性主义评论家或女同性恋-女性主义-奇卡诺评论家等。

【性别研究与女性主义】

正如我们在本章所见，女性主义分析集中关注的主要是社会性别在日常生活中发挥的巨大作用。所谓社会性别，就是社会对女性气质和男性气质的不同界定。例如，我们的社会性别在塑造我们的个人身份方面发挥了关键作用：我们的个人身份既包括我们对自己的看法，也包括我们待人接物的方式。我们的社会性别也极大地影响到他人以及整个社会看待我们的方式，因为社会性别观念体现在医疗行业、司法领域、教育制度等机制当中，也体现在社会文化中的雇佣行为之中。此外，在过去几年中，酷儿理论（参见第十章"女同性恋、男同性恋和酷儿批评"）

1　奇卡诺女性指的是墨西哥籍美国女性。——译注

已经使社会性别问题引起了极大的关注：它所提出的诸多问题涉及我们这个社会从异性恋角度对生物性别和社会性别进行的种种臆测。例如，有一种臆测认为，男性"生来具有男性气质"，而女性"生来具有女性气质"。这样一来，顺理成章的是，社会性别本身已成为一个研究领域，致力于研究上述问题以及所有与社会性别有关的话题。你可能学过"性别研究"或"女性与性别研究"之类的课程，后者在研究社会性别的时候主要关注社会性别与父权制压迫女性现象之间的关系，这门课程因此而得名。

为了达到目的，我们有必要去理解性别研究探讨的一些重要问题，这对于我们理解女性主义的关注范围何以不断发展和壮大是颇有助益的，甚至是必不可少的。性别研究的几个主要议题互有重合，现罗列如下：（1）父权制对性别和性别角色的臆测，这些臆测一直在压迫女性；（2）根据现行观念去界定社会性别，它要么是女性气质的，要么是男性气质的，我们应当另觅他途来取代这种界定方式；（3）生物性别与社会性别之间的关系（即人体的生物性构造与人被赋予的性别角色之间的关系）；（4）性欲与社会性别之间的关系（即我们的性取向与他人对我们性别的看法之间的关系）。当然，在本章中，我们已经探讨过，父权制对性别和性别角色的许多臆测一直在压迫女性，因此，我们接下来审视一下其余的三个议题。

首先，我们应当另寻他途来取代现行的社会性别观念，因为现行的社会性别观念有太多的谬误。虽说社会性别的研究成果一如其他领域的研究成果，往往错综复杂、自相矛盾，然而它们依然能够提醒我们注意到，关于社会性别，有许多流布广泛却毫无根据的观点和杜撰被当成了事实。这里仅举两个最突出的例子，先从我们大多数人都认同的一个看法开始：睾丸激素或"男性荷尔蒙"的生物性作用。

如果一位男性表现出过分的或不恰当的攻击性行为，我们经常说或是听人说："哦，此人只是睾丸激素分泌过多。"也就是说，男性的攻击性行为通常被当作一种本能，而不是以下这些社会因素的产物，例如教养、家庭的心理动态、受外界危险环境的影响等。一旦某种行为被当作本能，并与社会性别联系起来，那么我们中的许多人就很难从其他角度去看待它。然而，罗伯特·M.萨波斯基（Robert M. Sapolsky）指出，对男性睾丸激素分泌的研究只能证明睾丸激素分泌增多只不过与攻击性行为的攀升保持同步。也就是说，没有一项研究表明睾丸激素分泌增多能够引发攻击性行为，这只是人们的臆测。萨波斯基的研究表明，事实上，睾丸激素并没有推动攻击性行为。相反，倒是"攻击性行为刺激了睾丸激素的分泌"（16）。萨波斯基发现，"某些睾丸激素"对于"正常的攻击性行为"（17）是十分必要的，但是究竟分泌多少算是必要，这个范围非常宽泛。"大约从正常水平的20%到正常水平的两倍"（17），都会使男性产生数量大致相同的正常攻击性行为。所以，在某个男性群体中，即使我们知道每个人的睾丸激素含量，我们也无法预测他们的攻击性行为，因为人们为睾丸激素分泌所规定的正常范围实在是太宽泛了。萨波斯基指出，过量的睾丸激素能够"加剧蓄势待发的攻击性行为"（17），但却并不引发攻击性行为。换言之，只有当攻击性行为受到"社会因素和（它）所在的环境"的诱导时，睾丸激素才允许攻击性行为的发生（Sapolsky 19）。

睾丸激素在男性攻击性行为中发挥了作用，虽说这种看法缺乏实据，却被当作事实而被广泛接受。在许多人看来，睾丸激素的这种作用也与男性养家糊口和保护家人的"本能"有关联。无独有偶，女性的母性本能也未经证实，但也被当作事实而被广泛接受。此外，护理，尤其是护理婴幼儿，已被贴上女性本能的标签，因此，对许多人而言，很难换个角度对其进行思考。但是，正如琳达·布兰农（Linda Brannon）所言，"对……情感的研究表明，人的内在情感体验几乎没有性别之分。性别差异体现在如何表露情感以及何时表露情感"（213）。她认为，性别差异并没有体现在如何体验情感以及何时体验情感。特别值得注意的是，布兰农发现，"关于两性对婴儿的反应的性别差异研究证明，性别差异体现在他们对婴儿的反应的自我意识不同，而非体现在他们的生理构造不同"（214）。所以，"女孩和成年妇女对婴儿的反应表现得分外强烈，这是因为她们认为女性理应如此，而……男孩与成年男子对婴儿的反应表现得不够强烈也是基于同样的理由"（214）。

当然，在育儿方面，女性的参与程度仍然高于男性，而且照管孩子的女性报告说，在照看孩子的过程中，她们既感受了许多快乐，也体验了许多烦恼。但是，花大量时间照管孩子的男性也有类似的反馈，注意到这一点倒是颇为有趣（Brannon 214）。的确，大多数人都已看到父亲越来越多地介入孩子的生活，这逐渐成为一种趋势。此外，布兰农还指出，"研究表明……我们无从证实，母性本能可以作为一条生物性理由去解释为什么女性更适合看护孩子；在养育后代方面，男女两性的情感是相似的"（214）。虽然没有人认为女性照顾不好孩子，但更为确切的说法是许多女性与男性都能照顾好孩子，而且非常喜欢这种角色。但是，与此同时，如果有其他选择，大多数女性和男性都不会把照看孩子当作自己的主要家庭职能。简而言之，养育后代这种角色与生物性别并无生物性关联，虽说许多人认为二者之间存在着生物性关联。

以上两个例子都表明，性别角色由社会建构，它不是一个生物性问题：男女两性的行为举止与他们被赋予的性别角色有关，这是因为他们受到了社会的操控，而非天性使然。但是，如果性别研究中有哪一研究方向能使我们重新思考我们对性别的传统看法，那便是跨文化性别研究。正如琼·Z. 斯佩德（Joan Z. Spade）和凯瑟琳·G. 瓦伦丁（Catherine G. Valentine）所指出的那样，"不同的文化对性别的界定和表述千差万别、变动不居，这就足以说明美国的性别体系并不具备普适性"（5）。

美国的性别体系素有二元式体系之称，一方面是因为它包含两种社会性别，即男性气质和女性气质，这两种社会性别分别以男女两性的生物性别为基础，另一方面是因为人们认为这两种社会性别截然对立。在二者之间并不存在中间状态：一个人要么呈现男性气质，要么呈现女性气质，因为人不是男就是女，如果不能二者居其一，那么这个人肯定有问题。但是，在众多其他文化当中，有些性别体系是非二元性的。此类事例古已有之，而今犹然，且让我们简要地观察几个有趣的事例，特别是观察一下两种东南亚文化。这两种文化中的人认为男女之间更多的是相像而非相异，他们之间相像之处甚多，以至于按照我们对两性的理解，他们就属于同一种性别。而且，在美洲的土著文化中，性别还不止两种。

例如，克里斯蒂娜·赫利韦尔（Christine Helliwell）发现，东南亚的许多社会都强调男女之间的相似而非不同。她以印度尼西亚嘛嘛档人（Gerai people）为例，那里的人

> 没有男性气质和女性气质这种二元划分意识（即男女被划分为对立的两极）。相反，那里的人认为，男女两性

的能力和癖性（即偏好，尤指对不良行为的偏好）是相同
的……就养儿育女这一核心特质而言（或许这正是嘛嘛档
文化最珍视的特质）……嘛嘛档人看不出两性之间有什么
不同。（126）

事实上，即便是嘛嘛档男女两性的性器官也"形成了明确的概念，
被认为是相同的……它们同样都是……圆锥形状，底端较窄，顶部较
宽"；差别仅仅在于女性的性器官"在体内"，而男性的性器官"在体
外"（Helliwell 127）。假如你很难想象出这些相似之处，那么你不妨
将阴茎想象为产道，将睾丸想象为卵巢：它们总体的构造大致相同，仅
仅是位置不同而已。

另一个有助于说明两性相似的例证由玛利亚·亚历山德拉·勒泊斯
基（Maria Alexandra Lepowsky）提供，她的论证依据的是某些文化中体
现出的权力变动机制。在新几内亚附近的塔古拉岛，"显然没有男性高
人一等可以凌驾于女性之上这类意识形态，而两性平等的意识形态却流
布广泛"（150）。在这种文化中，两性对自己的劳动和劳动成果具有
平等的支配权，他们有平等的机会去积累物质财富，有平等的机会获取
社会声望等。"女性的特征不是软弱无能或低人一等。人们以同等水平
的能力、智慧和气度来评估两性"（Lepowsky 158）。正如嘛嘛档和塔
古拉岛这两种文化所示，我们不能断言男性统治是天经地义、无处不在
的（虽说许多美国人如此断言），因此我们也不能断言人类的支配行为
与性别之间有着生物性关联。

其他文化中的性别体系既不像美国现行的性别体系那样是二元式
的，也不是所谓一元式的，也就是说，没有像上面所描述的两种性别体
系那样具有显著的性别区分。相比之下，某些文化认为性别体系不止两
种。这里仅举一个例子，想一想上百个或者更多的北美印第安社会，它
们都具有多种性别体系，即它们的性别体系有两种以上的性别，尤其是
在欧洲殖民者统治美洲之前。北美土著社会往往根据自己文化特有的方
式去界定社会性别，至于社会生活中的哪些方面是决定他们性别观念的
主要因素，各种文化之间并不相同。然而，大多数北美土著文化包含以
下三四种性别：（1）女性；（2）女性变异体（female variants），即生
物学意义上的女性所采用的变异的性别角色；（3）男性；（4）男性变

异体（male variants），即生物学意义上的男性所采用的变异的性别角色（Nanda 66）。

在北美土著社会中，决定一个人（社会）性别的主要因素，一般来说，既不是他的生物性别，也不是他的性取向。相反，他的职业兴趣和追求至关重要。衣着有时会发挥作用，虽说那些采用变异性别角色的人可能同时既穿男性服装又穿女性服装，这就取决于他们所属文化的具体情况了。在某些北美印第安文化中，性别变异者在社会上发挥着重要作用，例如履行神圣仪式职能的祭司或法师，这是因为那里的人们将性别变异与神力联系起来，类似情形在许多文化中都出现过。然而，无论哪一种情况，许多土著社会中的成员都能够如愿以偿地选择自己的性别角色，不管他们的生理构造是什么样的（Nanda 66）。

除了另寻他途以取代现行的二元式性别概念之外，性别研究理论家还对生物性别和社会性别之间的关系——人体的生物性构造与人所接受的性别角色之间的关系——颇感兴趣。正如朱迪斯·洛伯（Judith Lorber）所说，不论人们的普遍看法是什么，

> 生物性别和社会性别都不是纯而又纯（独立、自主、分离）的类别。在生物性别（男性与女性）的类别划分上，人们忽略了基因、生殖器、激素注入等互不协调的因素的组合，就像在社会性别（男性气质和女性气质）的社会建构过程中，人们忽略了生理、身份、性欲、外貌、行为举止等互不协调的因素的组合一样。（14）

简而言之，人只有两种社会性别这种看法所依据的观念是人只有两性之分。然而，各个领域的研究人员发现实际情况并非如此：生物性别并不完全对应这两种截然对立的类别。更确切的说法是，美国社会遵照欧洲模式将两性体系强加于人，虽说实际情况是这个体系并不适用于很多人。换言之，不是生物性别将两性体系强加给美国人，而是美国人将两性体系强加给生物性别。

据安妮·福斯托-斯特林（Anne Fausto-Sterling）所说，尽管很难找到完整的概率数据，但是从对现有的多种记录的估算来看，每年有1.7%左右的新生儿是**双性人**（intersexual）（51），或像某些性别研究理论家所

说，他们是**中性人**（intersex）。也就是说，他们身上兼有男女两性的生殖器官、染色体以及/或者荷尔蒙成分。斯特林注意到，

> 即便我们高估了一倍，但那仍然意味着每年的新生儿中有许多是双性人。1.7%的比例意味着一个30万人口的城市将有5100人有着不同程度的双性人特征。比起白化病——另一种（在美国）相对罕见的人类特征（白化病患者因没有色素沉淀，毛发、皮肤等呈白色，瞳孔呈红色），双性人并不为人熟知，大多数读者都对白化病有所耳闻，但他们对双性人毫无概念。（51）

我们之所以没有"发现"许多斯特林所说的双性人，原因不仅在于这些双性器官通常位于身体内部或隐藏在衣服里。正如莎伦·普利维斯（Sharon Preeves）所言，人们一般认为人只有两种生物性别，因此也只有两种社会性别。这种观念过于根深蒂固，结果导致双性婴儿刚一出生，就要按照惯例接受变性手术，在生理上成为男性或女性，而且这一过程往往不为其父母所知，也没有征得他们的同意（32）。

对婴儿性别的判定所依据的通常是他们的外表（这孩子看起来"正常"吗？）以及社会性因素（如果孩子被判定为男性，那么他能否站着撒尿？他的阴茎的大小能否保证他成年后过上性生活？），而不是其他方面的可能性，例如在化学、荷尔蒙和基因等方面表现出另一种性别特征或兼有两种性别的特征。例如，一名双性婴儿也许拥有男性基因构造（xy），但是，如果医护人员认为他的阴茎太小，在他长大以后也不可能变"正常"，他很可能无法站着撒尿（例如，由于尿道的开口位于阴茎的底部而非顶端），那么医护人员很可能通过手术和注射荷尔蒙等方式让该婴儿成为女性。这种处理方式仍在继续，尽管研究表明婴儿的阴茎或阴蒂的大小与他们成年后生殖器的大小并无关系（Preeves 33）。

时至二十世纪九十年代，普利维斯描述说，变性积极分子（变性人的社会性别与生物性别并不匹配）认为人们不应该把中性人视为变态，而应把他们当作属于另一种性别类型的正常人。事实上，某些积极分子认为人类天生有五种性别：（1）女性，（2）女性中性人（即女性性器官更明显、更有功效的中性人），（3）真正的中性人（两性性器官同

样明显、功效相同的中性人），（4）男性中性人（即男性性器官更为明显、更有功效的中性人），（5）男性（Preeves 37）。

或许这里需要思考的最突出的问题不是中性人的出生率，尽管他们的出生率势必会令许多人大为吃惊，而是医学界对这种状况的反应。除非是考虑到健康问题（比如，尿道不能正常发挥作用），否则有必要这么着急去做手术吗？先给家长提供教育资料，让他们有机会了解到孩子的性别构造有众多的其他可能，这种做法为什么不加以推广？为什么家长没有马上与双性儿童的家长组织取得联系，或者更确切地说，为什么这样的组织根本不存在或数量不够多？为什么不能等孩子长大后，让他有权得知自己是双性人，而且如果变性手术是一种选择的话，那为什么不能等孩子稍大一点时，让他自己作选择？

显然，其中的原因就包括所谓的两性体系的专制。我认为，至少就某种程度而言，我们有理由怀疑医学界让两性体系的专制通行于社会，而社会又让它通行于医学界。"我的孩子怎么啦？""难道医生搞不定吗？"家长一旦得知自己的孩子是双性人，他们的脑海里马上浮现出这类问题，因为我们的思维都受社会的操控，很难摆脱二元式性别体系的桎梏。但是，在许多性别研究理论家看来，问题在于医生往往不告诉家长他们的孩子是双性人，而是告诉他们孩子的生殖器天生有缺陷，医生需要去发现和恢复新生儿的"真正性别"（Fausto-Sterling 30）。这种说辞又可能给家长提供什么样的选择呢？

医学领域传来了好消息。如今医生和科学家开始意识到，不应该给婴儿施行变性手术。许多人认为，最好等一段时间再做决定，例如，可以等到孩子能够自认为是男孩还是女孩的时候，或者等到变性儿童及其父母有时间了解自身选择的时候。因为，一旦手术完成，其结果很难逆转或者根本不可能逆转。[②]

最后，许多性别研究理论家还很关注性欲和性别之间的关系，即我们的性取向与他人对我们性别的看法之间的关系。首先，许多女同性恋、男同性恋、双性人及跨性别者（LGBT）之所以遭到残忍和不公正的待遇，主要原因在于他们的行为或外表有悖于传统。事实上，许多性别研究理论家一致认为，尽管"对女性气质和男性气质的二元式理解塑造了我们对社会性别的看法……异性恋的臆断却决定了我们如何去建构女性气质和男性气质"（Cranny-Francis et al. ix）。换言之，塑造孩子的社会性别（培养孩子在社交和心理两方面都符合传统的性别角色）就是在实施异性恋的性别构建。所以，"生物性别/社会性别体系不仅规定了身体的性别，也规定了人该有何种欲望"（Cranny-Francis et al. 6）。

值得注意的是，某些西欧文化中的医学和神学古籍揭露了一段历史，在这个语境下钩沉起这段历史倒不失为一件趣事。莎伦·普利维斯指出，这些作品表明，在过去的几百年里，某些西欧文化认为中性人属于第三种性别，他们有时被视为正常人，有时被视为变态，但不管怎样，人们还是承认他们性别的独特性（34）。此外，一般说来，中性人还可以选择他们的生物性别、社会性别和性取向。听起来倒不错，然而这也是让人啼笑皆非的地方。想想看，中性人被视为第三种性别——既非男性也非女性，然而他们却必须在男性和女性之间为自己选择一种身份，而且一旦作出选择，就不许反悔。因此，这种体系不仅受到二元式性别思维的控制，还受到恐同症的控制。时至今日，这种二元式思维依旧控制着我们的文化，恐同症也仍困扰着我们。如普利维斯所言，这种只能选一种性别并且还要从一而终的态度由法律强制执行，因为人们有这样的担忧：如果没有这条法律，中性人可以选择做女人（只用她的女性生殖器），嫁一个男人，然后再改变主意去做男人（只用他的男性生殖器），这样一来，一对已婚夫妇竟由两个男人组成（36）。

在结束这个话题之前，一定要记住，在探讨生物性别和社会性别时，我们探讨的是人以及人的日常生活方式。因此，我们还应该考虑那些感觉自己无法适应传统的异性恋二元式性别体系的人的体验。尽管人们在女性主义、性别研究、酷儿理论等领域都取得了非凡的进步，但我们的社会依然坚持认为**生物性别**和**社会性别**的含义基本上相差不多，唯一值得考量的人群是异性恋人群，只有他们才适合传统的男女类别。这种情况无视理论进步带来的一些概念，例如性别身份、雌雄同体以及所谓的性别存疑这一性别认同类型等。想想看，为了帮助我们理解社会性别这个概念的复杂性，单是这三个类型就作出了多么大的贡献。**性别身份**（gender identity）这个词暗示某人的社会性别可能与其生物性别并不匹配，也许与男女这两个主要生物性别中的任何一个都不匹配，因为如果社会性别与生物性别总是匹配的，我们就不再需要性别身份这个词了。**雌雄同体**（androgyny）一词告诉我们，不论一个人的生物性别是什么，他的社会性别可能既体现出某些女性气质的行为，也体现出男性气质的行为。最后，**性别存疑**（questioning）既可以指那些拿不准自己性取向的人，也可以指那些"在生物性别认同和社会性别认同方面……无法按照目前的标准进行归类的人"（Perry and Ballard-Reisch 30）。

令人遗憾的是，时至今日，各种各样的性别歧视依旧存在，但是能够意识到这个问题的往往只是自身或自己的爱侣遭到歧视的人。琳达·A. M. 佩里（Linda A. M. Perry）和德博拉·巴拉德-赖施（Deborah Ballard-Reisch）提供了有关性别歧视的三个事例，你会发现它们既增长了我们的见闻，又引发我们去深入思考。在这里，我会对它们进行简要介绍，以便让读者了解到针对人类的性别认同范围和被视为异类的事物所遭受的压迫。

佩里和巴拉德-赖施提供的第一个事例讲的是一名已婚、有孩子的异性恋男子，他有的时候是一个**变装癖好者**（cross-dresser），身着异性服装，但行为举止依旧是男性的，他经常遭到异性恋者和同性恋者的冷嘲热讽和肢体侵袭。他是一名异性恋变装癖好者，不是这两个群体熟知的那种同性恋变装癖好者，因此会遭到他们的抵制（21–22）。在第二个事例中，佩里和巴拉德-赖施描述的是一位男同性恋**易装癖**（transvestite）——穿着很夸张的女性服装，作出女性化举动。他一再遭到男同性恋群体的排斥，这是因为后者既想提高男同性恋的政治能见度，让男同性恋在社会和政治事务中获得更多的发言权，又担心触怒异性恋。这里的讽刺意味不证自明，令人不悦：一个倡导多元化、自己的多元性经常遭到排斥的群体，竟然因为内部的一位成员表现出多元性而大力排斥他（22–23）。第三个例子讲的是一个变性人，他本来是女儿身，通过变性手术成为男性，这么做就是为了让身体去配合自己的性别身份，因为他的社会性别身份一直是男性的。在变性之前，他是一个男性气质十足的女同性恋者。变成男性之后，他依然令许多女性心仪，当然了，他现在是一名异性恋男性。如此说来，他的问题已经解决。但是，他依然有被排斥的感觉，这都是他过去的性别造成的。终其一生，他都要想方设法解释自己的性别身份，还屡受侵扰和打击，这都肇始于他的立异之举。变性之前，还是女儿身的时候，他觉得自己无法适应社会，因为他的社会性别身份是男性的，有着令女性心仪的男性气质。变性之后，他还是觉得自己无法适应社会，因为他的家人和朋友无法接受他的生理变化。然而，他总是毫不隐讳地跟人说起自己过去的性别，因为他认为自己有必要"站出来"，以便让社会认识到不符合异性恋"正常"标准的人数量有多么庞大（24）。

很明显，女性主义和性别研究密切相关。它们的题材有些是相同的，它们都渴望公正并且相信教育能够改进我们的社会。几百年来，女性主义一直致力于性别平等事业：消解父权制的性别角色，即便时至今日，父权制的性别角色依然在阻碍两性之间达到彻底平等。性别研究正在努力拓宽我们的视野，让我们看到性别这个概念实际上该有多么复杂。

当然，女性主义问题的数量远在本章探讨的范围之上。而且，和任何领域的情况一样，女性主义理论家和文学评论家在以下问题上往往各执一词。例如，女性是如何受到父权制意识形态的操控的，受操控的程度有多大？是否存在一种独特的、可称其为女性气质的写作方式？在阐释女性作家的作品时，我们所遵循的思路是否不同于阐释男性作家作品的思路？各种文化因素是怎样与生物性别、社会性别相互交叉，从而塑造出女性体验的？还有，正如我们刚才所见，性别理论家提供的新视野扩大并且深化了我们的性别观念。在此本书的目的只是向读者介绍一些必备的重要观念和基本原则，以便读者在阅读女性主义理论家和文学评论家的作品时能够理解他们提出的问题。

【女性主义与文学】

当然，某些文学作品比其他作品更适合女性主义批评，或者说，至少更适合某些类型的女性主义分析。对初涉该领域的学生来说，考察文学文本如何强化父权制是颇有助益的，因为发现父权制意识形态何时发挥作用以及如何发挥作用这种能力是我们在生活中抵制父权制不可或缺的。这种研究方法可应用于男性经典文学作品，它是二十世纪七十年代美国女性主义文学分析的主导模式。通常，它需要"逆向解读"文本的表面意图，因为父权制文学作品往往意识不到自己宣扬了一种性别歧视性质的意识形态，或者更确切地说，父权制文学作品并不认为自己的性别歧视立场有什么错。

例如，如果从女性主义角度分析阿瑟·米勒的《推销员之死》中的父权制意识形态，可能要考察三个相关领域：（1）女性角色（比夫和哈皮获得的各种"战利品"，威利在波士顿宾馆房间里私会的女人以及琳达·洛曼等）如何成为男性社会地位的标志；（2）把女性划分为"好女孩"/"坏女孩"如何确证了洛曼家的男性的性别歧视思想；（3）琳达·洛曼如何内化了父权制意识形态。女性主义解读还会注意到该剧以同情的笔触描写了威利的处境，它明显赞同琳达支持威利的父权制态度，这一切都强化了父权制意识形态。这种解读也会将该剧的父权制意识形态与它的创作时代和故事发生的时代联系起来，即第二次世界大战之后的美国。在二战期间，由于男性上战场，女性替代丈夫承担了战时的工作和养家糊口的责任，从而获得了一定的自由。战争结束之后，美国的父权制重建"（好）女人应当待在家里"这种信念，来消弭女性获得的自由。

有的时候，文学作品为了批判父权制意识形态或者引导读者批判父权制意识形态而着力描写父权制意识形态，能够看出这一点，当然也很重要。例如，如果从女性主义视角解读托妮·莫里森的《最蓝的眼睛》，批评家可能要考察这部小说是如何引导读者去批判书中描述的那些性别歧视行为和态度的。这部小说对父权制心理的了解非常深刻，一个非常突出的例证体现在它对女性的描写：女性成了男性发泄痛苦和愤懑的对象。其中有一个令人难忘的例子，那就是青年乔利对达琳的憎恨。由于受到白人猎手的羞辱，他把自己对这些人的愤恨一股脑地发泄在达琳身上。此外，这部小说的女性主义诉求体现在，它赞赏坚强的女性，例如赞赏吉米姑妈、麦蒂尔和麦克蒂尔夫人等人，赞赏姐妹情谊对女性生存的重要性。《最蓝的眼睛》还向我们表明性别问题与种族问题如何相互交叉。乔利之所以憎恨达琳，直接原因是这位黑人青年无力对抗白人猎手的种族歧视。当女性受到性别歧视和种族歧视的双重迫害时，姐妹情谊对女性的生存变得尤为关键。

最后，许多文学作品对父权制意识形态的反应是自相矛盾的，例如，从玛丽·雪莱的《弗兰肯斯坦》中就可以看出这一点。一方面，文本通过描述女性的力量，动摇了父权制对女性弱点的信念；卡罗琳是她破产的父亲唯一的经济支柱和道义支柱；贾斯汀大义凛然地忍受周围人的不公正对待，包括死刑的惩罚；萨菲蔑视父权制思想严重的父亲，为了追求自己的目标，她成功地进行了一次危险的旅行。就连书中的妖怪，也可以说是女性权利的间接拥护者。在十八世纪的欧洲，就很多方面而言，妖怪的社会地位与女性相当：在世人眼中，妖怪总是低人一等，因此它不能享受人类应有的权利和抚慰。然而，妖怪自学成才，很显然，它聪明伶俐、能言善辩；而且，妖怪只希望自己被人类大家庭接受，成为其中平等的一员，它愿意为此作出自己的贡献（正如我们所看到的那样，妖怪隐姓埋名帮助德拉赛一家）。

另一方面，小说又强化了父权制意识形态。卡罗琳、贾斯汀、伊丽莎白和阿加莎等人的言行无不恪守传统的性别角色，而小说对此却持有赞赏的态度。在这些"圣母"式的女性中，有三位全心全意地关怀他人，无论她们是否意识到，反正她们为别人牺牲了自己的性命。卡罗琳为照顾伊丽莎白而死，是一位称职的母亲；贾斯汀为维克多而死，是称职的仆人，也是称职的母亲的替身；伊丽莎白也是为维克多而死，她相信丈夫的判断，迎合他的需求，既是称职的妻子，也是称职的母亲的替身。就连萨菲的特立独行也是出于传统女性的强烈愿望：确保自己能找到丈夫。此外，这部小说似乎没有引导读者去批判**厌女症**（misogyny，憎恶女性的心理）或**恐女症**（gynophobia，恐惧或厌恶女性的心理，视女性为性感尤物或生育工具）。这种病态心理在维克多身上体现得非常明显，他对女妖怪愤怒如狂，杀机顿起；另外，他对伊丽莎白长期避而不见，也比较微妙地暗示出他的这种病态心理。如果以这种方式解读《弗兰肯斯坦》，可能还要考察，小说对父权制意识形态自相矛盾的态度实际上反映了玛丽·雪莱本人对父权制的矛盾态度。例如，她衷心地佩服已故的母亲——玛丽·沃斯通克拉夫特——撰写的反父权制的文章；她与已婚的珀西·雪莱（Percy Shelley）私奔，践踏了父权制的价值观；然而，她又极端依赖丈夫，甚至对他唯命是从。

由于女性主义问题涉及的领域广泛，牵扯到文化、社会、政治和心理等诸多范畴，女性主义文学批评也涉猎颇广。无论进行何种分析，女性主义批评的最终目标是深化我们对女性体验的理解——不论这些体验是过去的还是现在的——促进我们认同女性在世界上的价值。

【女性主义批评家针对文学文本提出的一些问题】

以下问题可用以总结女性主义的文学研究方法。这些研究方法专门为女性提供了一套思考框架去分析女性的创作（如问题6、7、8所示），它们通常被称为**女性批评研究**（gynocriticism）。

1. 作品是怎样（从经济、政治、社会或心理等方面）揭示父权制的作用的？作品是如何描写女性的？这些描写与该小说的创作时代或故事发生时代的性别问题是怎样联系在一起的？换言之，作品究竟强化了父权制，还是削弱了父权制？（针对第一个问题，我们可以说文本体现了父权制议题。针对第二个问题，我们可以说文本体现了女性主义议题。如果文本对父权制意识形态既有强化作用，又有削弱作用，那么我们就可以认为文本在意识形态上是自相矛盾的。）

2. 文本如何体现出种族、阶级和（或）其他文化因素与性别因素相互交叉，共同塑造了女性体验？

3. 作品持有什么样的"性别立场"？也就是说，作品是如何界定女性气质和男性气质的？人物的行为举止是否始终符合社会指定的性别角色？作品是否有暗示，除男女两性之外，还存在其他的性别角色？作品对文中描述的性别持什么态度？例如，作品看起来是接受、质疑还是反对传统的性别观念？

4. 作品在哪些方面暗示了姐妹情谊可以成为抵制父权制的一种模式？作品又是如何暗示女性在世上的各种处境——在经济、政治、社会或心理等方面的处境——是可以改善的？

5. 广大读者和评论界对作品的接受经历对我们了解父权制的运作有何帮助？这部文学作品过去是否遭到有意或无意的忽视？这是为什么？抑或，如果该作品过去得到了认可，那么它现在是否遭到有意或无意的忽视？这又是为什么？

6. 作品是如何看待女性的创造力的？解答该问题需要作者的传记材料以及她所处文化的历史资料。

7. 考察作者的文风对目前构建女性特有的写作形式（如女性书写等）有何帮助？

8. 这部作品在女性文学史和女性文学传统中扮演了什么样的角色？

根据具体情况，我们可以就这些作品提出一个问题或同时提出几个问题。除此之外，我们还有可能想出其他有用的问题。这些问题有助于我们从女性主义的视角有效地思考文学作品，但它们仅仅是我们思考的起点。千万要记住，并非所有的女性主义评论家都以同一种方式解读同一部作品，即便她们关注的是相同的女性主义概念。即使是技法娴熟的批评家也会各执一词，任何领域都是如此。我们的目的是，运用女性主义理论来丰富我们对文学作品的解读，理解作品阐述的某些重要思想。如果没有女性主义理论，我们对这些思想的理解可能不会那么清楚、那么深刻。此外，女性主义理论还能帮助我们认识到父权制意识形态如何蒙蔽人们，使人们浑然不觉地采纳性别歧视的言行。

下文将从女性主义的视角去解读F. 司各特·菲茨杰拉德的小说《了不起的盖茨比》，以此作为女性主义小说阐释的范例。这篇文章分析的重点是小说中的性别歧视议题，我将在文中论证，暴露出这一议题的是文本对女性人物的刻画。说到这里，读者应该很容易就能看出它的意识形态内容了。此外，我还根据二十世纪二十年代美国女性角色发生巨变这一历史背景来考察小说中的父权制意识形态，因为大多数女性主义者逐渐意识到特定的历史环境对于产生特定的意识形态的重要性。不过，在论证过程中，我不会讲复杂的历史内容，只是援引了一些历史知识，大部分读者对它们应该都比较熟悉。

【 "……再下一步他们就该抛弃一切……"：《了不起的盖茨比》的女性主义解读 】

在F. 司各特·菲茨杰拉德的《了不起的盖茨比》（1925）中，汤姆·布坎南发现自己的老婆红杏出墙，顿时惶恐失色，大声叫嚷："这年头人们开始对家庭生活和家庭制度嗤之以鼻，再下一步他们就该抛弃一切，搞黑人和白人通婚了"（137；ch. 7）。由这句话可以看出，汤姆对自己的婚外偷情和妻子的移情别恋持有双重标准（他的种族主义思想也昭然若揭）。除此之外，这句话还暴露出汤姆的臆断：维系社会道德结构要依靠父权制家庭的稳定，而维系父权制家庭的稳定又要依靠女性恪守父权制性别角色。当然，小说通过尼克·卡罗威的叙述明显嘲笑了汤姆的立场："他满口胡言乱语，脸涨得通红，"尼克说，"（汤姆）俨然自以为单独一个人站在文明最后的壁垒上"（137；ch.7）。然而，我认为，《了不起的盖茨比》实际上赞同汤姆的父权制性别观念。

这部小说的创作时代和故事发生的时代都是二十世纪二十年代，即第一次世界大战结束后。喧嚣的二十年代，或者用菲茨杰拉德的话来说，爵士时代，是美国社会发生重大变革的时期，妇女权利方面的变化尤为显著。第一次世界大战之前，美国妇女没有普选权。1920年，一战结束两年之后（也就是有组织的政治抗议进行72年之后），她们终于得到了选举权。一战之前，标准的女性服饰是一袭及地长裙、蕾丝紧身胸衣、高筒纽扣靴和一头端庄长发。战后数年之内，情况大变：长裙变短（有时候特别短），蕾丝胸衣开始消失（事实上，超级勇敢前卫的年轻女子不怎么穿紧身内衣），各种摩登的鞋子经常取代高筒纽扣靴，而"波波"头（剪短的蓬松发式）则成为年轻女子追求的时髦发型。

　　或许最让大多数老派人物担心的是，女性的行为开始发生变化。当时的女性公然吸烟或饮酒（即便在禁酒时期），经常有男性相伴，而无女性作陪。女性还时不时地公然出没夜总会和私人派对，享受狂野喧嚣的夜生活。甚至这个时代出现的新式舞蹈在许多人看来也放荡不羁、性感豪放，彰显出一种张扬自我和恣意取乐的人生态度。换句话说，正如我们在社会变革时期经常看到的那样，二十世纪二十年代出现了一类"新女性"。一如往常，新女性一登台亮相，就引起了社会保守人士的非议。在保守派当中，既有男性，也有女性。他们觉得———遇到这类情况，他们的反应总是如此———如果女性稍微偏离她们的传统角色，必然会导致家庭的解体和社会道德的滑坡。

　　根据这种观念，女性就是传统价值观的标准传承者，是不拿工资的管家婆。在世人眼中，她们的这种存在方式是维持社会道德结构所必需的。在工业化的十九世纪，这种女性观成为主导的父权制意识形态，因为家庭已不再是全家老小齐心协力维持生计的工作场所，男人们远走他乡，到城里从事各种行业以养家糊口。也就是说，随着女性逐渐失去了在家庭中的经济作用，人们便为她设计了一个贤内助的角色，以防她与男性在职场上一较高下。因此，尽管大多数美国人认为美国道德结构的存在依靠的是传统的性别角色，然而事实上正是美国的经济结构赋予了男性以经济主导地位，而维系男性的经济主导地位还要依靠"女人应该待在家里"这条箴言。当然，把女性留在家中，让她们着装检点，举止安详，这样还有一个好处：重申男性有权支配女性的性能力和生育能力。这样一来，二十世纪二十年代的新女性提出的挑战在公众意识的诸多层面都引起了强烈反响。

　　文学作品经常反映当时文化中的意识形态矛盾，不管这是否出于作品的本意，因为作家与其他人一样，都会受到那个时代的意识形态基调的影响。即便是F. 司各特·菲茨杰拉德这样的作家，二十世纪二十年代先锋派艺术圈中一位标新立异并且娶了一名新女性为妻的人物，也会遭遇那个时代所特有的意识形态冲突。有人可能会推测，正是他"富有刺激性"的生活经历使他（有意或无意地）对二十世纪二十年代美国社会的巨变产生了疑虑。或许还有人会推测，菲茨杰拉德之所以接受这位新女性，是因为他看出她有心理问题而且需要他的帮助。这种情况体现在他的半自传体小说《夜色温柔》（*Tender Is the Night*, 1934）之中，也体现在他和妻子姗尔达（Zelda）跌宕起伏的生活当中。然而，我的本意并不是去考察菲茨杰拉德的生活，而是去考察《了不起的盖茨比》——他最具永久价值的小说——如何体现了那一时期的文化对战后新女性的反感。

这种反感体现在小说对次要女性人物的再现过程当中，而在小说刻画主要人物的过程中，这种反感则表现得更为复杂。黛西·布坎南、乔丹·贝克以及茉特尔·威尔逊等主要人物，虽说她们千差万别，但都属于新一代女性。我们可以推断，尼克对这些人物的描述不仅体现了他个人的偏见，还体现了该小说的意识形态偏见，因为文本是以同情的笔触刻画尼克的，对待汤姆·布坎南则不然。作者使用了第一人称叙事手法，这很容易使读者与本书的叙事者尼克产生同感。因为我们是通过尼克的视角来了解叙述事件的，对他的立场，我们多少会有"亦步亦趋"之势。此外，尼克之所以能够赢得读者的同情，还有一个原因就是他讲故事的方式哀婉细腻、感人至深，让读者容易认同他个人的情感：他的渴望、厌恶、恐惧、疑虑以及他的深情。最后，在小说所有人物当中，唯有尼克始终顾及伦理道德，成了小说的道德中心。因此，我们有充分的理由得出结论：无论作者是否想让尼克成为一个可靠的叙事者，许多读者都会强烈地受到他的视角的影响。

小说中有许多次要的女性人物，她们的衣着服饰和言谈举止表明她们是典型的新女性。作者把她们一律刻画成一类负面人物：头脑简单、好出风头、令人厌恶和心怀诡计。例如，在盖茨比的派对上，我们看到了虚伪的，"彼此始终不知姓名的太太们之间亲热无比的会见"（44；ch. 3），还有无数自恋情结严重的哗众取宠者，她们不同程度地耍着酒疯。例如，我们还看到，一名年轻女子"一口干下"一杯鸡尾酒"壮壮胆子"，"然后手舞足蹈，一个人跳到篷布舞池中间去表演"（45；

ch. 3）；"一个吵吵闹闹的小女孩儿，她动不动就忍不住要放声大笑"
（51；ch. 3）；一个醉醺醺的女人"不仅在唱，而且还在哭"，她的脸
布满了"黑墨水"，这是由于"眼泪……碰到画得浓浓的睫毛之后"造
成的（55–56；ch. 3）；一个喝醉酒的女孩儿的头被"按到游泳池里"
（113；ch. 6）以使她停止喊叫；两位烂醉如泥的年轻太太不肯离开派
对，直到她们的丈夫厌倦了她们的谩骂之后，"（把）她们抱了起来。
（她们）两腿乱踢，消失在黑夜里"（57；ch. 3）。还有本尼·麦克莱
纳亨带来的"四位小姐"：

> 她们每次人都不同，可是全长得一模一样，因此看上
> 去都好像是以前来过的。她们的名字我忘了——杰奎林，
> 大概是，要不然就是康雪爱拉，或者格洛丽亚或者珠迪或
> 者琼，她们的姓要么是音调悦耳的花名和月份的名字，要
> 么是美国大资本家的庄严的姓氏，只要有人追问，她们就
> 会承认自己是他们的远亲。（67；ch. 4）

换句话说，这些陪伴麦克莱纳亨参加盖茨比的派对的长相类似的姑
娘，无一不在编造自己的姓名和经历，以便给新相识的人留下美好的
印象。因此，当听到尼克说"女人不诚实，这是人们司空见惯的事"
（63；ch. 3）时，我们就不该太过惊讶。这句话意在暗示，撒谎是女
人避免不了的弱点：就像女性的许多其他弱点一样，或许这也是女性
天生的弱点。

在次要的女性人物当中，作者着墨较多的新女性类型只有麦基太太
和茉特尔的妹妹凯瑟琳。按照书中的描写，前者"尖声尖气，没精打
采，漂漂亮亮，可是非常讨厌"（34；ch. 2），后者也与上文提到的那
种负面人物类型非常吻合。对于凯瑟琳这个次要人物，小说着墨颇多，
或许是因为作者想让她代表相貌平平的新女性。关于这一点，作者只在
描写其他次要女性人物时稍有暗示。

> 她妹妹……是一个苗条而俗气的女人，年纪三十上
> 下，一头浓密的短短的红头发，脸上粉搽得像牛奶一样
> 白。她的眉毛是拔掉又重画过的，画的角度还俏皮一些，

> 可是天然的力量却要恢复旧观，弄得她的脸部有点眉目不清。她走动的时候，不断发出叮当叮当的声音，因为许多假玉手镯在她胳膊上面上上下下地抖动。她像主人一样大模大样走了进来，对家具扫视了一番，仿佛东西是属于她的，这使我怀疑她是否就住在这里。但是等我问她时，她放声大笑，大声重复了我的问题，然后告诉我，她和一个女朋友同住在一家旅馆里。（34；ch. 2）

这里描述的是一名令人反感、举止招摇、庸俗低下的年轻女子，她对尼克的开场白明显是谎话，这种描述自然会引起读者对下文的期待。凯瑟琳以她的言行满足了这种期待：她与尼克论及茉特尔及其"情人"（39；ch. 2）时，言谈低俗不堪；还有，她声称自己滴酒不沾，然而在茉特尔车祸身亡的那个晚上，她却烂醉如泥地出现在乔治·威尔逊的汽车修理行，由此可知，她的这番话纯属谎言。她的庸俗和愚蠢进一步体现在她对自己和好友在蒙特卡洛的一段经历的描述上：

> "我们动身的时候带了一千二百多美元，可是两天之内就在赌场小房间里让人骗光了。我们回来一路上吃的苦头可不少，我对你说吧。天哪，我恨死那城市了"。（38；ch. 2）

有人也许会争辩，这部小说在此表现出的偏见不是性别歧视的偏见，而是阶级歧视的偏见，理由是上文描述的所有女性都属于社会经济地位低下的阶层。然而，作者却以饱含同情的笔调描写了几位来自社会底层的男性人物。例如，乔治·威尔逊被刻画成一名单纯质朴、工作勤勉的男人，尽管在其他方面存在不足，但他对妻子可是忠心耿耿。在"灰烬的山谷"（27；ch. 2）开咖啡店的米切里斯先生，对乔治友善，在茉特尔死后，他还设法照顾乔治。甚至前文提到的那两位参加聚会的有妇之夫，他们喝酒很有节制，还能忍受妻子的酒后谩骂，其耐性着实令人感佩。所以说，引发小说谴责这些女性的原因是她们对父权制性别角色的违抗，而不是她们的社会经济阶层。

在刻画黛西·布坎南、乔丹·贝克以及茉特尔·威尔逊等主要人物时，小说对新女性的反感一目了然，也显得更为复杂。尽管她们在阶级、职业、婚姻状况、个人相貌以及个性特征等方面千差万别，但她们三位都是新一代女性。正如次要女性人物的外表和大胆言行都表现出新女性的特质那样，黛西、乔丹以及茉特尔在外表和行动上也不遑多让。她们的发型和服饰非常时髦，而且她们也不像她们的母亲和祖母那样认为在公共场合要行为检点，远离烈酒、香烟和不雅观的舞蹈。此外，三位女性都展现出高度的现代独立性。其中只有两位已婚，而且毫不讳言自己婚姻的不幸，虽说按照父权制婚姻的金科玉律，她们对此类事情应当讳莫如深。乔丹有自己的职业，而且她的职业还是在男性主导的职业高尔夫球领域。她们都更钟情于狂野刺激的夜店生活，不愿意经营比较传统的家庭生活。在她们当中，只有一人有孩子，黛西生了女儿帕咪。帕咪由保姆悉心照料，得到母亲的亲切关怀，但是黛西的生活并未以母亲角色为中心。最后，三位女性都打破了父权制的性禁忌：乔丹婚前偷尝禁果，黛西和茉特尔婚后乱搞婚外恋。

小说认为女性的这种自由让人无法接受，这明显体现在它丑化了行使这种自由的女性。黛西·布坎南被刻画成一名被宠坏了的顽童，一个冷酷无情的杀人凶手。她非常习惯于以自我为中心，除了自己的需要，她根本不考虑任何人。虽说茉特尔的死亡纯属意外，但黛西却并未停车以救助伤者。相反，她疾驰而去，而让盖茨比承担罪责。（读到这里，读者不禁会惊叹，"瞧瞧，让女人开车会有什么结果？"至少在几十年前，一些读者会这样想。）一得知盖茨比的出身不如自己，黛西便退避三舍，重新回到汤姆的财富和权势的卵翼之下，对情人弃若敝屣。事实上，我们对黛西的诸多谴责源自她辜负了盖茨比对她的一片痴情。尽管她使盖茨比相信她将为他而离开自己的丈夫，尼克注意到，在纽约宾馆房间的对质场景中，"她的眼光哀诉似地落在乔丹和我的身上，仿佛她……一直并没打算干任何事"（139；ch. 7）。甚至连她的说话方式经常都是矫揉造作的："我高兴得瘫……瘫掉了"（13；ch. 1）；"你使我想到一朵——一朵玫瑰花，一朵地地道道的玫瑰花"（19；ch. 1）；"心肝……到疼你的亲娘这里来"（123；ch. 7）。我们很难将她说过的任何事情都当真，因此，除了其他罪行之外，她还非常虚伪。

乔丹·贝克被刻画成撒谎精和骗子的形象。尼克发现她把一辆借来的车径直停在雨里，连车篷都不拉上，她还撒谎不承认；在一场高尔夫锦标赛上，她显然作弊而被抓了现行。虽说事情最终摆平，但按照当时的情况推断，她涉嫌出钱行贿或向人施压："事情几乎要成为一桩丑闻——后来平息了下去。一个球童收回了他的话，唯一的另一个见证人也承认他可能搞错了"（62—63；ch. 3）。与黛西一样，乔丹表现得不够体贴他人，这明显体现在她总是推卸责任。正如我们所看到的，尼克描述说她驾车"从几个工人身旁开过去，挨得太近，结果挡泥板擦着一个工人上衣的纽扣"（63；ch. 3）。尼克告诫她开车要小心或干脆别开车，对于尼克的告诫，她回答得很轻巧："他们（其他人）会躲开我的……要双方不小心才能造成一次车祸嘛"（63；ch. 3）。当尼克说："假定你碰到一个像你一样不小心的人呢"（63；ch. 3），乔丹的回答显示出她的操控欲："我希望永远不会碰到……我很讨厌不小心的人。这也是我喜欢你的原因"（63；ch. 3）。这时候她的操控欲发挥了作用，尼克承认，"有片刻工夫我以为我爱上了她"（63；ch. 3）。当然，乔丹必须靠作弊才能在高尔夫球赛中获胜，这一事实也暗示出，在男性把持的领域，女性想要成功，光靠自己的能力还不行。小说对她的形体的描述则印证了社会对女性的一种刻板印象，即打入男性领域的女性都有一种男性气质："她是个身材苗条、乳房小小的姑娘，由于她像个年轻的军校学员那样挺起胸膛更显得英姿挺拔"（15；ch. 1）。最常用来描述乔丹外表的词语是得意扬扬。换言之，乔丹看起来像是个男孩子。

　　当然，在这三位女性中，被作者刻画得最为冷漠无情的是茉特尔·威尔逊。此人举止招摇、惹人讨厌、装腔作势，这一点从她在小公寓的宴会上"矫揉造作"（35；ch. 2）的举动中即可看出；那套小公寓是汤姆为两人幽会而预备的。乔治全心全意地爱着她，她却对他不忠，所以她甚至比不上黛西，连个丈夫不忠的借口都没有，她还威吓、羞辱乔治。她既不像黛西和乔丹那么年轻，也不如她们漂亮："她年纪三十五六，身子胖胖的……她的脸庞……没有一丝一毫的美"（29—30；ch. 2）。而且，与这两位女性不同，她还很风骚："她胖得很美"（29；ch. 2），"她有一种显而易见的活力，仿佛她浑身的神经都在不停地燃烧"（30；ch. 2）。此外，在性生活方面，她比黛西和乔丹更加前卫大胆。当汤姆和尼克意外地出现在威尔逊的修理行时，

　　　　她慢慢地一笑，然后大摇大摆地从她丈夫身边穿过，

仿佛他只是个幽灵，走过来跟汤姆握手，两眼直盯着他。
接着她用舌头润了润嘴唇，头也不回就低低地、粗声粗气
地对她丈夫说：

　　"你怎么不拿两张椅子来，让人家坐下。"

　　"对，对，"威尔逊连忙答应……一层灰白色的尘土
笼罩着他深色的衣服和浅色的头发，笼罩着前后左右的一
切——除了他的妻子之外。（30；ch. 2）

　　事实上，在小说描写的所有女性人物当中，我们只"看到了"茉特
尔的性事：尼克买完香烟回到公寓，发现她与汤姆不见了，原来两人躲
进了卧室，直到其他客人陆续到来，他们才重新露面。而且，茉特尔之
所以对汤姆兴趣盎然，显然是出于金钱的考量。最先让她倾心的是汤姆
身上那套价格不菲的优质礼服。两人在城里见面伊始，她就开始花他的
钱，她甚至奢望汤姆踹掉黛西，正式娶她，这样一来，她就可以搬出修
理行的寓所，告别她与乔治一起生活了十一年的地方。

　　值得注意的是，除了被丑化之外（读者基本上不会认为黛西、乔
丹或是茉特尔惹人喜爱），随着情节的推进，这几位品行不端的女性
都遭到了惩罚。黛西不得不继续跟汤姆在一起，品尝没有爱情的婚姻的
苦果，在读者看来，这种情节编排是最恰当不过的：她只能落得如此
下场。由于汤姆时常偷腥，我们基本可以断定这种惩罚与她的罪过正好相
称。在未来的日子里，汤姆会继续对她不忠，就像她过去对汤姆不忠、对
盖茨比不忠一样。当然，她对盖茨比不忠的罪行更为严重。乔丹也受到了惩
罚，就在盖茨比被杀之前，尼克在电话里"甩了（她）"（186；ch. 9）。
后来，在尼克向乔丹辞行之际，尼克说："她告诉我她和另一个人订了
婚，别的话一句没说。我怀疑她的话，虽然有好几个人只要她一点头
就可以与她结婚的"（185–86；ch. 9）。在那次会面中，乔丹也告诉尼
克，"我现在拿你完全不当回事了，但是当时（被甩）那倒是个新经
验，我有好一阵子感到晕头转向的"（186；ch. 9）。乔丹如此斩钉截
铁地说自己完全不把尼克当回事儿，仅仅突出了这样一个事实：她最终
"碰了钉子"。

　　但是，受到最严重惩罚的是对父权制威胁最大的女人：茉特尔·威
尔逊。之所以说她对父权制威胁最大，一方面是因为她如此厚颜无耻地

违抗父权制的性别角色，另一方面是因为，尽管她来自社会底层，无
权无势，但她的性活力却被写得前卫大胆，这种个人力量远在黛西或
乔丹之上。有她在场，她的丈夫只有消失的份儿，她"强烈的活力"
（35；ch. 2）使她成为修理行里唯一游离于"墙壁的水泥色"之外的
人，而她的丈夫却"马上混杂其中"（30；ch. 2）。即便尼克与盖茨比
在进城的路上从威尔逊的修理行疾驰而过，尼克还是注意到了"威尔逊
太太浑身使劲地在加油机旁喘着气替人加油"（72；ch. 4）。就像米切里斯所
说的那样，"他听他老婆支使，自己没有一点主张"（144；ch. 7）。事实
上，米切里斯认为，"他连个老婆都照顾不了"（167；ch. 8）。茉特尔
甚至敢当着汤姆的面，坚称她有权利"提黛西的名字"："'黛西！黛
西！黛西！'威尔逊太太大喊大叫，'我什么时候想叫就叫'"（41；
ch. 2）。

　　因为说出了黛西的名字，茉特尔受到了惩罚，这惩罚来得又快又残
忍："汤姆·布坎南动作敏捷，伸出手一巴掌打破了威尔逊太太的鼻
子"（41；ch. 2）。然而，尼克赶紧打了圆场，将大事化小，有效阻止
了读者可能对茉特尔产生同情心。他向读者报道："浴室里满地都是血
淋淋的毛巾，只听见女人骂骂咧咧的声音"（41；ch. 2）。麦基先生对
此事无动于衷，只管懵懵懂懂地朝门口走去，尼克紧随其后，留下麦基
太太"和凯瑟琳一面骂一面哄，同时手里拿着急救用的东西跌跌撞撞地
在拥挤的家具中间来回跑"（41–42；ch. 2）。换言之，打破茉特尔的
鼻子根本不是什么大事儿，只是一个需要女人收拾的烂摊子，不值得男
人关注，更何况这还是茉特尔自找的。

　　当然，汤姆给茉特尔的这顿毒打，比起小说给她的惩罚，只能算
小巫见大巫。茉特尔从丈夫身边逃走后，试图招手拦下一辆过往的汽
车，她误以为车上坐着自己的情人，结果被撞身亡。值得注意的是，小
说在描写茉特尔死亡的同时，还暗示她的性机能也遭到了损毁："等
他们把她汗湿的衬衣撕开时，他们看见她左边的乳房已经松松地耷拉
着"（145；ch. 7）。这么写意在强调，茉特尔的性活力，也就是她的
前卫大胆，才是她真正的罪行。事实上，描写她死亡的那段文字在结
尾之际还提到了她的性活力："她的嘴大张着，嘴角撕破了一点，仿
佛她在放出储存了一辈子的无比旺盛的精力的时候噎了一下"（145；
ch. 7）。因此，虽说茉特尔的不端行为远逊于黛西或乔丹——她不像黛

西，自己撞死了人却让情人去顶缸；也不像乔丹，骨子里就不诚实——但是她受到的惩罚却最为严重。很明显，小说认为大胆前卫，尤其是大胆纵欲，是女性最令人厌恶和最不可饶恕的品质。黛西和乔丹或许时不时地扮演着"坏女人"的角色，但是茉特尔的大胆纵欲则使她一直都是"坏女人"。

在上文中，我论证了《了不起的盖茨比》这部小说对一战之后的新女性的反感，也正是由于这个原因，它对书中出现的现代女性进行了丑化描写和惩罚处理。它所表现出来的这种反感始终存在于某些父权制意识形态中，时至今日，这类父权制意识形态依然在美国文化中大行其道。当然，女性不再因为头发或裙子过短而广受非议，不再因为舞蹈狂放而广受非议，也不再因为时常出没喧嚣嘈杂的夜总会而广受非议（除非有人在这类情况下向她们施暴，假如真有这种事情发生，世人则会指责她们自己"惹祸上身"）。然而，人们仍然抱着怀疑和排斥的态度去看待女性违抗父权制性别角色。例如，她们甘愿未婚生子并独自抚养孩子；在性方面不再遮遮掩掩；在职场上"勇于"追名逐利，将事业置于婚姻和家庭之上。人们往往认为，这些行为对于女性而言，实在是"过于前卫大胆"，经常招致影视产业的嘲讽。与茉特尔·威尔逊一样，当代美国女性经常因为别人认为她们前卫大胆而遭受惩罚。事实上，有些美国人想把国内针对女性的暴力犯罪日渐增多的现象归咎于女性越来越前卫大胆的行为，或至少归咎于那些人们认为是前卫大胆的行为。然而，与此同时，公众并不想承认女性的性别是导致针对女性的暴力犯罪的一个因素。

目前，为了保护女性在职场上免受性骚扰，在家中免受性虐待以及其他家庭暴力，相关的法律已经获得通过。此外，强奸也被认定为暴力犯罪，人们不再轻描淡写地把它说成是一种由情欲引发的罪行。尽管如此，社会公众支持此类受害者的意识和意愿仍然远远落后于立法。例如，人们认为受害者本人也有一定的责任："她的领口怎么开得那么低？""在挨揍之前，她是不是惹着自己的丈夫了？"这就是所谓的**责难受害者现象**（blaming the victim）：我们愿意相信给女性带来麻烦的是她们放肆、愚蠢的行为，而不是她们的性别。甚至联邦调查局在界定仇视性犯罪时，也忽略了性别在仇视性犯罪界定过程中的角色。按照它的说法，仇视性犯罪是"体现出种族、宗教、性取向或族群偏见的罪行"。

但是，几年前，在加拿大的某所大学，当一群工程系的女生在教室墙外排队时，一名男性侵袭者向她们开枪扫射，这难道不是针对女性的仇视性犯罪吗？不久以后，美国某大学的工程系女生开始收到匿名恐吓信，这难道不是针对女性的仇视性犯罪吗？难道强奸、性骚扰、打老婆不是针对女性的仇视性犯罪吗？当然是，但是这一切并没有得到普遍认可。换言之，除非社会公众以及司法部门认识到压迫女性的父权制意识形态目前依然存在，否则我们将无法对其进行有效处理。

我非常理解认清什么是父权制意识形态并非易事，因为我本人就遇到过困难，虽说我也是父权制意识形态的受害者。我生长在白人工人阶级家庭，当务之急是解决经济生存问题，这是阶级问题，而非性别问题。父母教我看清政治领导人和整个社会制度是如何偏袒富人、损害中产阶级的利益的，尤其是损害中产阶级中下层的利益。尽管他们强烈鼓励我上大学，不要把嫁人当作最终目标，但他们仍然认为我最好还是当教师，因为教师的工作时间和工作性质决定了如果我日后结婚的话，它不会妨碍我相夫教子。或许正是因为没有重视性别问题，再加上太看重其他政治问题，导致我看不到父权制的具体运作情况。

但我确信，蒙蔽我的还有我本人逃避痛苦的欲望：我不想知道我受到的种种压迫，因为我自认为对此无能为力。我曾有两次因为不肯与已婚上司约会而被解雇，当时我心里只是想，他不再需要我为其效劳了。有一次，一个男人为我提供了一个工作机会，但我最终没有得到这份工作，原因是在面试过程中我把他的手从我的左胸上推开，当时，我只为最终可能被他录用的可怜女人感到难过。而且，我还注意到，有一位教我的教授，每当我走到他的身边，他就浑身不自在。如果他当时正与一群人谈话，看到我走过去，他就会匆忙离开。我从未想到，这或许是因为当时我在哲学专业研究生中是唯一的女性，或许还有一个原因，那便是我的个子比他还高出一头。

因此，当我二十岁出头第一次读《了不起的盖茨比》时，我发现所有的女性人物——尤其是茉特尔——都是残忍狠毒、没有良心、无情无义的人，我从未想到小说中竟包含父权制议题，这也就不足为奇了。我没有看到该小说对女性人物的刻画与其他男性作家对女性不可胜数的歧视性描写有任何联系（这些男性作家的作品，我当时都很喜欢，由于种种原因，时至今日我对它们依然十分看重），原因在于我没有看出这些描写实际上暗含严重的性别歧视倾向。"睁眼看世界"是一个漫长而痛苦的过程，而且这个过程仍在继续。通过与无数学生、朋友和同事交流，我了解到许多女性和部分男性与我有着相似的经历。

一方面，我们能够识别出父权制意识形态，另一方面，我们甘心体验这种认识给我们带来的痛苦，这二者之间显然存在着重要的关联。或许正是出于这一原因，时至今日，许多男性和女性对女性主义还是顾虑重重：它就像一面镜子，不仅映照着我们的公共生活，还映照着我们的私人生活，它还要求我们重新评估自己最为私密的体验，重新评估我们头脑中根深蒂固和心安理得的臆断。由于这个原因，《了不起的盖茨比》这类作品对女性主义批评的初学者很有帮助。这类作品可以帮助我们看清父权制意识形态在文学中的具体运作，让我们随时准备将女性主义视角指向我们最终需要明确聚焦的地方：我们自己。

【深入实践问题：女性主义研究其他文学作品的方法】

下列问题为女性主义批评的范例。它们可以帮助读者运用女性主义批评去阐释这里提到的文学作品或读者自选的其他文本。

1. 夏洛特·帕金斯·吉尔曼的《黄壁纸》是如何批判父权制意识形态，尤其是批判十九世纪的婚姻生活和医疗领域中体现出的父权制意识形态的？

2. 约瑟夫·康拉德的《黑暗的中心》是如何通过马洛对女性的评价和态度来反映父权制意识形态的？马洛对小说中许多次要女性人物（包括他的姑妈、库尔兹的未婚妻、"野蛮"女人、土著女房东以及在欧洲的公司总部里的黑衣女性）的描述充斥着性别歧视的偏见，小说是如何借此来反映父权制意识形态的？小说究竟在引导我们接受马洛的性别歧视观念，还是在引导我们对其加以批判？小说是否意识到马洛的性别歧视观念？

3. 托妮·莫里森的《宠儿》是如何揭示出种族因素与性别因素相互交

又塑造了女性体验的？又是如何揭示种族问题与性别问题是相互交织在一起的？该作品是如何强调姐妹情谊和女性共同体的重要性的？我们怎样才能证明这部小说是女性书写的一个例证？

4. 凯特·肖邦的《暴风雨》创作于1898年，当时人们普遍认为女人有性欲是不正常的。肖邦的这部小说是如何批判这种父权制信条的？这篇小说还批判了其他哪些父权制意识形态？这篇小说从哪些地方暗示出父权制、宗教信仰和社会经济阶层等因素是相互交叉的？

5. 为什么说威廉·福克纳的《献给艾米丽的一朵玫瑰花》嘲弄了传统的性别分类，同时揭露了传统的性别定义的偏见与局限？

【延伸阅读书目】

Christian, Barbara. *New Black Feminist Criticism, 1985–2000*. Eds. Gloria Bowles, M. Gieilia Fabi, and Arlene R. Keizer. Chicago: University of Illinois Press, 2007.

de Beauvoir, Simone. "Introduction." *The Second Sex*. Rpt. in *French Feminism Reader*. Ed. Kelly Oliver. New York: Rowman & Littlefield, 2000. 6–20.

Frye, Marilyn. *Willful Virgin: Essays in Feminism*. Freedom, CA: Crossing, 1992.

Gilbert, Sandra M., and Susan Gubar. *Madwoman in the Attic: The Woman Writer and the Nineteenth-Century Literary Imagination*. New Haven, CT: Yale University Press, 1979.

Guy-Sheftall, Beverly. *Words of Fire: An Anthology of African-American Feminist Thought [1831–1993]*. New York: New Press, 1995.

hooks, bell. *Ain't I a Woman: Black Women and Feminism*. Boston: South End Press, 1981.

Ikard, David. *Breaking the Silence: Toward a Black Male Feminist Critique*. Baton Rouge: Louisiana State University Press, 2007.

McCann, Carole R., and Seung-Kyung Kim, eds. *Feminist Theory Reader: Local and Global Perspectives*. 2nd ed. New York and London: Routledge, 2010.

Moi, Toril. *Sexual/Textual Politics: Feminist Literary Theory*. 2nd ed. New York: Routledge, 2000.

Moraga, Cherríe, L., and Gloria Anzaldúa, eds. *This Bridge Called My Back: Writings by Radical Women of Color*. 3rd ed. Berkeley, CA: Third Woman Press, 2002.

Oliver, Kelly, ed. *The French Feminism Reader*. New York: Rowman & Littlefield, 2000.

Rackin, Phyllis. *Shakespeare and Women*. Oxford and New York: Oxford University Press, 2005.

Showalter, Elaine. *A Literature of Their Own: British Women Novelists from Brontë to Lessing*. Princeton, NJ: Princeton University Press, 1977.

【高端阅读书目】

Allen, Paula Gunn. *The Sacred Hoop: Recovering the Feminine in American Indian Traditions*. Boston: Beacon Press, 1986.

Cixous, Hélène. *The Hélène Cixous Reader*. Ed. Susan Sellers. London and New York: Routledge, 1994.

Collins, Patricia Hill. *Black Feminist Thought: Knowledge, Consciousness, and the Politics of Empowerment*. 1990. London and New York: Routledge, 2008.

Cooper, Katherine, and Emina Short, eds. *The Female Figure in Contemporary Historical Fiction*. Basingstoke and New York: Palgrave Macmillan, 2012.

Irigaray, Luce. *The Irigaray Reader*. Ed. Margaret Whitford. Cambridge, MA: Basil Blackwell, 1991.

James, Joy, and T. Denean Sharply-Whiting, eds. *The Black Feminist Reader*. Malden, MA: Blackwell, 2000.

Kristeva, Julia. *The Kristeva Reader*. Ed. Toril Moi. Oxford: Blackwell, 1986.

Leonard, Diana, and Lisa Adkins, eds. *Sex in Question: French Materialist Feminism*. London: Taylor & Francis, 1996.

Mitchell, Juliet. *Psychoanalysis and Feminism: A Radical Reassessment of Freudian Psychoanalysis*. 1974. New ed. New York: Basic Books, 2000.

Mohanty, Chandra Talpade. *Feminism Without Borders: Decolonizing Theory, Practicing Solidarity*. Durham, NC and London: Duke University Press, 2003.

Warhol-Down, Robyn, and Diane Price Herndl, eds. *Feminisms Redux*. New Brunswick, NJ: Rutgers University Press, 2009.

Zinn, Maxine Baca, Pierrette Hondagneu-Sotelo, and Michael A. Messner, eds. *Gender Through the Prism of Difference*. New York: Oxford University Press, 2010.

【注释】

① 关于世界各地性别不平等（gender gap）的经济、社会和政治信息，参见世界经济论坛年度《全球性别不平等报告》：www. weforum.org/reports/global-gender_gap-report。

② 与当前变性问题相关的信息，可以到网上浏览国际变性组织（OII）的网站：www.oiiinternational.com；北美变性人协会（ISNA）的网站：www.isna.org；英国变性人联合会（UKIA）的网站：www.ukia. co.uk。

【引用作品书目】

Bethel, Lorraine. "'This Infinity of Conscious Pain': Zora Neale Hurston and the Black Female Literary Tradition." *All the Women Are White, All the Blacks Are Men, but Some of Us Are Brave*. Eds. Gloria T. Hull, Patricia Bell Scott, and Barbara Smith. Old Westbury, N.Y.: Feminist Press, 1982. 176–88.

Brannon, Linda. *Gender: Psychological Perspectives*. 4th ed. Boston: Pearson/ Allyn & Bacon, 2005.

Bruccoli, Matthew J. "Preface." *The Great Gatsby*. F. Scott Fitzgerald. New York:

Macmillan, 1992. vii–xvi.

Cixous, Hélène. "Sorties: Out and Out: Attacks/Ways Out/Forays." Rpt. in *The Feminist Reader*. 2nd ed. Ed. Catherine Belsey and Jane Moore. Malden, Mass.: Blackwell, 1997. 91–103

Cranny-Francis, Anne, Wendy Waring, Pam Stavropoulos, and Joan Kirkby. *Gender Studies: Terms and Debates*. New York: Palgrave Macmillan, 2003.

de Beauvoir, Simone. "Introduction." *The Second Sex*. Rpt. in *French Feminism Reader*. Ed. Kelly Oliver. New York: Rowman & Littlefield, 2000. 6–20.

Delphy, Christine. *Close to Home: A Materialist Analysis of Women's Oppression*. Trans. Diana Leonard. London: Hutchinson, 1984.

Denard, Carolyn. "The Convergence of Feminism and Ethnicity in the Fiction of Toni Morrison." *Critical Essays on Toni Morrison*. Ed. Nellie Y. McKay. Boston: G. K. Hall, 1988. 171–78.

Fausto-Sterling, Anne. *Sexing the Body: Gender Politics and the Construction of Sexuality*. New York: Basic Books, 2000.

Fitzgerald, F. Scott. *The Great Gatsby*. 1925. New York: Macmillan, 1992.

——. *Tender Is the Night.* New York: Scribner's, 1934.

Guillaumin, Colette. "The Practice of Power and Belief in Nature." *Sex in Question: French Materialist Feminism.* Ed. Diana Leonard and Lisa Adkins. London: Taylor & Francis, 1996. 72–108.

Hansen, Jennifer. "One Is Not Born a Woman." *The French Feminism Reader.* Ed. Kelly Oliver. New York: Rowman & Littlefield, 2000. 1–6.

Helliwell, Christine. "'It's Only a Penis': Rape, Feminism, and Difference." *Signs: Journal of Women in Culture and Society* 25.3 (2000): 789–816. Rpt. in *The Kaleidoscope of Gender: Prisms, Patterns, and Possibilities.* Ed. Joan Z. Spade and Catherine G. Valentine. Belmont, Calif.: Wadsworth/Thomson, 2004. 122–36.

Irigaray, Luce. *This Sex Which Is Not One*. Trans. Catherine Porter. Ithaca, N.Y.: Cornell University Press, 1985.

Kristeva, Julia. *Desire in Language: A Semiotic Approach to Literature and Art*. Ed. Leon S. Roudiez. New York: Columbia University Press, 1980.

——. "Woman's Time." Trans. Alice Jardine and Harry Blache. *Signs* 7 (1981): 13–35. Rpt. in *The French Feminism Reader*. Ed. Kelly Oliver. New York: Rowman & Littlefield, 2000. 181–200.

Lepowsky, Maria Alexandra. "Gender and Power." *Fruit of the Motherland.* New York: Columbia University Press, 1993. Rpt. in *The Kaleidoscope of Gender: Prisms, Patterns, and Possibilities.* Ed. Joan Z. Spade and Catherine G. Valentine. Belmont, Calif.: Wadsworth/Thomson, 2004. 150–59.

Lorber, Judith. "Believing Is Seeing: Biology as Ideology." *Gender and Society* 7.4 (December 1993): 568–81. Rpt. in *Through the Prism of Difference: Readings on Sex and Gender.* Ed. Maxine Baca Zinn, Pierrette Hondagneu-Sotelo, and Michael A. Messner. Boston: Allyn & Bacon, 1997. 13–22.

Miller, Arthur. *Death of a Salesman.* New York: Viking, 1949.

Moi, Toril. *Sexual/Textual Politics: Feminist Literary Theory.* New York: Methuen, 1985.

Morrison, Toni. *The Bluest Eye.* New York: Holt, Rinehart, and Winston, 1970.

Nanda, Serena. "Multiple Genders among North American Indians." *Gender Diversity: Crosscultural Variations.* Prospect Heights, Ill.: Waveland, 2001. Rpt. in *The Kaleidoscope of Gender: Prisms, Patterns, and Possibilities.* Ed. Joan Z. Spade and Catherine G. Valentine. Belmont, Calif.: Wadsworth/ Thomson, 2004. 64–70.

Perry, Linda A. M., and Deborah Ballard-Reisch. "There's a Rainbow in the Closet: On the Importance of Developing a Common Language for 'Sex' and 'Gender.'" *Readings in Gender Communication.* Ed. Philip M. Backlund and Mary Rose Williams. Belmont, Calif.: Thomson/Wadsworth, 2004. 17–34.

Preeves, Sharon E. "Sexing the Intersexed: An Analysis of Sociocultural Responses to Intersexuality." *The Kaleidoscope of Gender: Prisms, Patterns, and Possibilities.* Ed. Joan Z. Spade and Catherine G. Valentine. Belmont, Calif.: Wadsworth/Thomson, 2004. 31–45. Based on "Sexing the Intersexed." *Signs: Journal of Women in Culture and Society* 27:2 (2001): 523–26.

Sapolsky, Robert M. "The Trouble with Testosterone: Will Boys Just Be Boys?" *The Trouble with Testosterone.* New York: Scribner's/Simon & Schuster, 1997. Rpt. in *The Gendered Society Reader.* Ed. Michael S. Kimmel. New York: Oxford University Press, 2000. 14–20.

Shelley, Mary. *Frankenstein.* London: Lackington, Hughes, Harding, Mavor, & Jones,1818.

Spade, Joan Z., and Catherine G. Valentine. "Introduction." *The Kaleidoscope of Gender: Prisms, Patterns, and Possibilities.* Ed. Joan Z. Spade and Catherine G. Valentine. Belmont, Calif.: Wadsworth/Thomson, 2004. 1–13.

United States Federal Bureau of Investigation. "Hate Crimes Overview." Available online at www.fbi. gov/about-us/investigate/civilrights/hate_ crimes/overview. (accessed April 2, 2014)

Walker, Alice. *In Search of Our Mothers' Gardens.* San Diego: Harcourt Brace Jovanovich, 1984.

Wollstonecraft, Mary. *A Vindication of the Rights of Woman: With Strictures on Political and Moral Subjects.* London: J. Johnson, 1792.

第五章

新批评

　　无论在本书中，还是在当前的文学研究领域中，新批评都占据着不同寻常的位置。一方面，在本书讲述的诸派理论中，唯有它不再为文学批评家付诸实践，就此而言，它不算是当代理论；另一方面，从二十世纪四十年代到六十年代，新批评在文学研究中一直占主导地位，流风所及，为我们的文学阅读和写作打上了永久的烙印。它针对文本证据（从文本中选取具体、翔实的例子来印证我们的阐释）的性质和重要性所提出的一些最重要的概念已经被当代大部分批评家采纳，用来印证他们的文学解读，无论他们的理论取向如何，靡不如此。事实上，只要是英文专业出身的，就会理所当然地认为文学阐释需要详尽的文本证据，因为这种被称为"细读"的批评实践，自从新批评派把它介绍到美国，就成了高中或大学文学教学的标准方法，在过去的几十年中一直如此。就此而言，新批评依旧与我们同在，而且在未来一段时间里可能依然如故。

　　然而，现在极少有学生意识到新批评对文学研究的贡献，意识到它所培植的那种课堂教学背后的理论框架。有鉴于此，我认为，在本书中，我们对新批评的关注程度不应逊于其他理论。此外，为了更好地了解那些为了反驳新批评而出现的理论，我们也需要了解新批评。正如后面章节所示，读者反应批评反对新批评的文学文本定义，也反对新批评的文本阐释方法；结构主义批评反对新批评孤立地考察个别作品，而不顾其他文学作品和文化产物。此外，无论是解构主义的语言理论，还是新历史主义的客观证据说，都旗帜鲜明地反对新批评关于语言和客观性的臆断。

【"文本自身"】

要充分理解新批评对当代文学研究的贡献，就得先回顾一下新批评所取代的批评形式——传记-历史批评，在十九世纪及二十世纪初，它一直主宰着文学研究。当时，阐释文本的常见方法是通过研究作者的生平和年代来判定作者的意图，即作者赋予作品的意义。研究者不仅查阅作家的自传、传记和史籍，还梳理他们的书信、日记和随笔，用这些材料来证明作者的创作意图。在最极端的情况下，某些传记-历史批评在一些人手中已不再考察文本自身，而是在考察文本的传记-历史背景。正如以前教过我的一位教授所描述的那样，如果学生们听一堂关于华兹华斯（Wordsworth）的《挽歌组诗》（"Elegiac Stanzas"，1805）的课，他们将听到教师对诗人的个人生活和思想生涯的描述：他的家庭、朋友、敌人、情人、习惯、教育、信仰和经验。最后，教师告诉他们，"现在你们明白《挽歌》的意义了吧，"而说这话之前，教室之内所有人，包括教师本人，都还没有打开书看一看这首诗。同理，学者们也只把文学作品看作历史的附属物，用以说明作品所秉持的"时代精神"，而不是把它看作一个本身就有研究价值的艺术客体。然而，在新批评家看来，诗歌自身才是最重要的。

"文本自身"成为新批评的战斗口号。新批评力图让我们关注文学作品本身，让文本成为阐释的唯一证据来源。新批评家认为，作者的生平、时代以及当时的时代精神肯定会让文学史家感兴趣，但是它们所提供的信息不足以用来分析文本自身。他们指出，首先，作者的确切意图通常是无从知晓的。我们不可能给威廉·莎士比亚打电话，请他告诉我们他到底想让我们怎样去阐释哈姆雷特在执行父亲亡魂指示之时的犹豫不决，而且莎士比亚也没有留下书面材料去说明他的意图。更重要的是，即使莎士比亚像其他作家那样留下了有关他写作意图的记载，然而，从这份记载中，我们所能知道的也只是他希望达到的目的，而不是他已经达到的目的。有的时候，文学文本并没有满足作者的意图。有的时候，它甚至比作者所意料到的更有深意、更丰富、更复杂。还有的时候，文本的意义完全不同于作者想让它表达的意义。因此，了解作者的意图无益于我们了解文本自身，这也是为什么新批评家创造了**意图谬论**（intentional fallacy）这个词，用以指称那种以作者意图为文本意义的错误看法。

　　我们不能依据作者的意图去发现文学文本的意义，同样，我们也不能依据读者的个人反应去发现文本的意义。对于文本自身提供的内容，有些读者可能有所反应，有些读者则无动于衷。读者对文本的感受或见解也许是源于他对个人经历的联想，而非源于文本。例如，我对哈姆雷特的母亲的反应可能只是基于我对自己母亲的情感，然而我却得出结论，认为自己正确阐释了这个文学人物。这样的结论就是新批评所说的**情感谬论**（affective fallacy）的例证。意图谬论混淆了文本和它的起源，情感谬论混淆了文本和它的影响，即混淆了文本和文本产生的情感。情感谬论导致印象式的反应（如果读者不喜欢一个人物，那么这个人物一定是邪恶的）和相对主义（读者希望文本的意义是什么，它就是什么）。这类批评实践的最终结果是混乱：文学阐释和评估变得毫无标准，文学成了记录精神病人胡思乱想的一团墨迹。

　　新批评在解读文本的过程中，有时会提到作者意图或读者反应，但是，它们都不是分析的重点。如果我们想了解某个作者的意图或某个读者的阐释是否真正体现了文本的意义，唯一的方法就是仔细研读，即"细读"文本语言所提供的一切证据：意象、象征、暗喻、韵脚、格律、视角、背景、人物刻画、情节安排等等。因为这些因素组成了或塑造了文学作品，所以它们被称为**形式因素**（formal element）。不过，在探讨如何运用这种细读方法之前，我们需要了解一下新批评派所谓的"文本自身"的真正含义，因为他们对文学作品的定义与他们所信奉的作品的正确阐释方法密切相关。

　　在新批评看来，文学作品是一个恒定不变的、自主（自足）的语言客体。读者和阅读方式可能变化，但是文学文本始终不变。文本的意义如同它在纸上的字迹一样客观，因为构成文本的文字相互之间形成了特定的关系——特定文字按照特定的顺序排列在一起。这种独一无二的关系创造了一种复杂意义，这是其他文字组合无法复制的。新批评派对罗伯特·海顿（Robert Hayden）的《中途》（"Middle Passage"，1966）的解读，有助于我们欣赏这首诗，它解释了该诗复杂意义的产生过程，但它不能替代该诗的复杂意义：只有《中途》才是《中途》，而且永远是《中途》。正因为这个原因，新批评派才断言，解释诗歌意义不仅仅是一种释义行为，即用日常语言进行转写，这种做法被新批评派称作**释义的异端**（the heresy of paraphrase）。他们认为，只要改动了诗中的任何一行、任何一个意象或任何一个字，那么，你读的就是另一首诗。

【 文学语言和有机整体性 】

文学文本的形式元素之所以重要，这是**文学语言**（literary language）的特性造成的。在新批评派看来，文学语言迥异于科学语言和日常语言。科学语言，还有大量的日常语言，仰仗的是字词的字面意思，字词与它们代表的物体或思想之间的一一对应关系。科学语言并不要求读者关注其自身，它不考虑文字的审美因素，也不想打动人的情感。它们的任务不是指向自身，而是指向外部世界，这才是科学语言描述和解释的对象。相形之下，文学语言依赖的是字词的言外之意，如暗示、联想、暗指、引申意义或影射意义。（例如，"父亲"这个词的字面意思是"男性家长"，但它的言外之意则有"权威""保护"和"责任"。）此外，文学语言是表现性的：它传达出语气、态度和情感。尽管日常语言经常也有言外之意和表现性，但就总体而言，它并非有意为之，也没有一贯如此，因为它主要出于实用目的。日常语言只想达意即可，而文学语言把语言材料编排成一种特殊的组合，一个复杂的整体，以便产生审美体验，建立自己的世界。

与科学语言和日常语言不同，文学语言的形式——遣词造句以产生审美体验——与其内容（意义）密不可分。简而言之，文学文本**如何**产生意义与文学文本暗含**什么**意义密不可分。至少在伟大的文学作品中，文学作品的形式和意义相辅相成，就像一个生物有机体，任何部分都与整体不可分割。的确，作品的**有机整体性**（organic unity）——作品各部分互相协作形成一个密不可分的整体——是新批评判断文学作品质量的标准。如果文本是一个有机整体，那么它所有的形式元素会相互协作，产生作品的主题或作品整体的意义。通过这个有机整体，文学文本提供了文学作品所必需的**复杂性**（complexity）——如果作品想充分再现人类生活的复杂性以及人类出于本性而去追求的**秩序**（order）。由此，对新批评来说，解释文本的意义和评判文本是否伟大就成了同一件事，因为当新批评家在解释文本有机整体性的同时，他们也在确立该文本的伟大地位。且让我们审视一下有机整体性中体现的文学价值标准：复杂性和秩序。

新批评认为，文本的复杂性源于文本内部贯穿的多重复杂且经常相互矛盾的意义。这些意义主要产生于四种语言手法：悖论、反讽、含混、张力。简而言之，**悖论**是一种看似自相矛盾但却真实再现了事物实际情况的陈述。例如，从乔尼·米切尔（Joni Mitchell）在歌中有效使用的古老谚语中能见到日常经验的悖论，她在《大黄色出租车》（"Big Yellow Taxi"）这首歌中唱道："直到失去了你才知道自己曾得到什么。"这则古老谚语告诉我们，你必须失去某种（物质性的）东西，才能找到（精神性的）它。新批评家发现，许多精神现实和心理现实本质上是自相矛盾的，因此，许多人类经验的复杂性以及描绘人类经验的文学的复杂性都是悖论所造成的。

反讽的基本形式是一种陈述或一桩事件被它所在的语境颠覆的过程。伊迪丝·华顿（Edith Wharton）在《豪门春秋》（*The House of Mirth*，1905）中描述了一个有钱丈夫的道德正义感，这段描写就是反讽陈述的一个例证。

> 　　冬天，教区长会来他们家吃饭，丈夫会请求妻子检查一遍请客名单，确保上面没有离过婚的人。当然，那些通过与有钱人再婚以表示忏悔的人则是例外。（57）

这段文字以反讽的方式暗示了这个丈夫的虚伪：如果离婚没有带来对等的或者更多的财富，他便谴责离婚，所以，在道德戒律的伪装下，他真正谴责的是财力的下降。另一个反讽的例子出现在托妮·莫里森的《最蓝的眼睛》里：佩克拉终于得到了她期盼已久的蓝眼睛。她的愿望之所以"实现"，只是因为她完全脱离了现实，认为自己褐色的眼睛就是蓝色的。

不过，新批评主要看重的是广义上的反讽，以显示文本为看待同一人物和事件提供了多重视角。例如，我们可以在简·奥斯汀（Jane Austen）的《理智与情感》（*Sense and Sensibility*，1811）中看到这样的反讽，因为文本给我们提供了多种视角。根据这些视角，我们可能一边倒地谴责威洛比，因为他背叛了玛丽安娜；也可能原谅他，因为他的行为是爱情、困窘和他自怨自艾的软弱性格等因素共同造成的；也可能同情他，因为他因自己的所作所为而遭受了严厉的惩罚。同时，我们还看到，玛丽安娜的悲惨结局在一定程度上也是她自己任性愚蠢造成的。这种多样化视角也是一种反讽，因为每种观点的可信度都在某种程度上削弱了其他观点的可信度。最终的结果是：意义的复杂性折射了人类经验的复杂性，从而增加了文本的可信度。相比之下，如果威洛比被描写成一个纯粹的恶棍，玛丽安娜被美化成完全无辜的受害者，文本就会遭到读者的怀疑，读者继而就会与文本保持一种反讽的距离。文本的内部反讽，即有意识地采取多重视角，可以防止因读者的不信任而造成的外部反讽。

含混（ambiguity）是指某一个词语、意象或事件同时产生两种或者多种不同的意义。例如，在托妮·莫里森的小说《宠儿》中，塞丝脊背上的疤痕形成的树的意象就有多重暗示：受难（这棵"树"是无情的鞭打造就的，象征着奴隶制度下的全部苦难）、忍耐（树能存活数百年，而疤痕本身也见证了塞丝在经历重创之后继续生存下去的超凡能力）和新生（就像树在每个秋天落叶之后又在每个春天"获得重生"，在小说的结尾，塞丝也被赋予了重生的机会）。在科学语言和日常语言中，含混通常被认为是瑕疵，因为它被等同于模棱两可、含糊其词。然而，在文学语言中，含混则被认为是文本丰富性、深刻性和复杂性的源泉，这些特性为文本增添了价值。

最后，文学文本的复杂性产生于文本的张力（tension）。广义上讲，张力是指两种对立物的统一。最简单的张力形式是抽象和具体的整合，普遍理念和具体意象的结合。例如，阿瑟·米勒的《推销员之死》中有一个具体意象：威利的小房子沐浴在蓝色的光里，周围是一片巨型公寓建筑，散发出一股怒气冲冲的黄色光芒。这个具体的意象体现了失败者这一普遍理念，受害者所面对的敌对势力比自己强大得多，数量也多得多。同样，剧中还有一段内容讲的是琳达·洛曼哼着歌让威利入睡，这个具体的意象体现的是忠诚的妻子、照顾者和养育者这一普遍理念。这些**具体的普遍原则**（concrete universals）——意象和虚构人物不仅在具体层面上产生字面的和特定的意义，而且在象征层面上产生普遍的含义——就是张力的一种形式，因为它们通过文学语言特有的方式，把物质性现实与象征性现实这两个相互对立的领域结合在了一起。换句话说，洛曼的家和琳达·洛曼这个人物既代表了其自身，也代表了含义更广阔的东西。

张力也可能是文本中对立的倾向相互作用的产物，即文本中相互对立的悖论、反讽和含混相互作用的产物。例如，我们可能会说《推销员之死》的剧情是现实和幻觉——威利·洛曼所面对的严酷生活现实和他为逃避这种现实而自欺欺人——之间的张力构成的。在理想情况下，文本中的对立因素相互配合，产生一种平衡局面，创造出一种稳定和连贯的意义。例如，《推销员之死》中严酷现实和自欺欺人之间的张力就是依靠如下意义来保持平衡的：威利非常渴望成为成功的推销员和成功的父亲，然而在这个竞争残酷的社会里，普通人的失败是必然的，所以他只好采取自欺欺人的方式去面对失败，但是，自欺欺人只会加剧他的失败。因此，这部剧向我们展示了生活的严酷现实和洛曼的自欺欺人之间如何互为因果，最后只给他留下死路一条。

正如上文提到的，所有这些语言手法在为文本造就一种复杂性的同时，还要给人一种秩序感，这样才能成就一部伟大的作品。因此，文本的悖论、反讽、含混和张力所产生的多层次、相互冲突的意义必须相互协调，即和谐地融合在一起，共同深化主题。文本的**主题**（theme），或完整意义，和文本的**话题**（topic）不是一回事。确切地说，主题是文本对话题的探索。例如，通奸是凯特·肖邦的《暴风雨》和阿尔伯特·莫拉维亚（Alberto Moravia）的《追踪》（"The Chase"，1967）的共同话题，但是通奸的意义——其道德和心理寓意——在两个故事中却截然不同。在肖邦的小说里，一时冲动造成的一次通奸行为似乎还促进了当事双方的情感健康和婚姻生活。我们可以说，《暴风雨》的主题是：决定对与错、健康与否的是个体情况，而非抽象原则。相比之下，在莫拉维亚的故事中，年轻妻子的婚外情源于并且加剧了夫妻双方的情感疏离。可以说，《追踪》的主题是：通奸是情感疏离的一种表现形式，因此，它也标志着夫妻之间亲密情感的终结。因此，主题是指对人类经验的阐释，如果文本是一部伟大作品的话，主题就会对人类价值、人性和人类状况作出评论。换言之，伟大作品的主题对于整个人类具有普遍的（道德或情感的）意义。[①] 它们向我们讲述人之所以成为人的一些重要道理。对于一个故事的主题，我们可能不喜欢，或者不认同，但是，我们仍旧能够看出它是什么。对于新批评而言，最重要的是我们能够判断出主题是否由产生一个有机整体的文本的形式元素所构成。

细读（close reading），就是细致地考察文本形式元素和主题之间的复杂关系，它是新批评家确立文本有机整体性的一种阐释方法。新批评家认为，若想理解文本，首先要理解文本的形式（这就是它经常被认为是形式主义的一个原因），弄清楚具体形式元素的概念至关重要。除了上面谈到的形式元素——悖论、反讽、含混和张力这些语言手法——我们还应该简单地界定一下一些最常用的比喻性用语：意象、象征、暗喻和明喻。

比喻性用语（figurative language）的意义是多重的，不只字面意义一种，有的时候，它还有别于字面意义。例如，"大雨倾盆而下"（it's raining cats and dogs）就是一种比喻手法，表示雨下得很大。当然，如果非要按字面意思去理解，它表示的就是天上正往下掉真猫真狗。正如先前所描述的那样，广义上讲，**意象**（image）由一个词或多个词组成，它指的是人的感受对象或人的感官印象：颜色、形状、光亮、声音、味觉、嗅觉、手感、温度等等。狭义上讲，文学文本分析中最常见的意象指的是视觉性的东西，包括对物体、人物、背景的视觉描述。尽管意象总有字面意义——描写云彩意味天气多云——它们也能够营造氛围，例如，对云的描写可用于唤起悲伤的情感。

如果一个意象在文本中反复出现，它很可能具有象征意义。**象征**是一种既有字面意义又有比喻意义的意象，它是一种具体的普遍原则。海明威（Hemingway）的《大双心河》（"Big Two-Hearted River"，1925）中的沼泽就是这样一种意象。这里的沼泽既是字面意义上的沼泽——它是潮湿的，里面生长着鱼类和其他水生物种，若想到里面钓鱼，需要穿上靴子和带上特殊装备；同时，它也"代表"或者"暗示"其他事情——主人公还无法面对的情感问题。公共象征通常容易发现，例如，春天通常象征着重生或青春，秋天通常象征着死亡或垂死，河流通常象征着生命或旅程。因此，一个象征与它所代表的抽象意义具有相似的性质，例如，河流可以象征生命，因为河流和生命都是流动的、前进的，它们都有源头和终点。此外，河流实实在在地滋养着生命：有些生物生活在河里，有些生物从中饮水。

文本提供的语境也有助于我们找出象征的意义。再以海明威小说中的沼泽为例，沼泽和情感问题彼此有相似之处——两者都很难对付，因为它们都可能暗藏危险难测的陷阱。此外，主人公对沼泽的态度也与他对情感问题的态度相同：他一概逃避。这种相似性向我们暗示了沼泽的象征性内容。有的时候，文本提供的语境是我们唯一可以依靠的线索，因为有些象征是高度个人化的，或只对作者才有意义，因而很难破解。例如，我们有可能怀疑紫色毡帽这个意象在故事里有象征意义，因为它反复出现，而且扮演一定的角色，这个角色似乎与某种抽象的东西——例如爱情、孤独或力量——交相呼应，但是，如果我们想要弄清这顶帽子的象征意义，就得研究它对文本总体意义的形成所发挥的具体作用。当然，探究某物在文本总体意义中的作用，这是新批评家的分析底线，至于我们对文本中高度个人化的象征手法的分析是否符合作者的意图，这并不重要。重要的是，我们对文本中高度个人化的象征手法的分析是否印证了我们所归纳的文本主题。对于文本所有形式元素的分析，也可作如是观。

与双重意义的象征相比——象征既有字面意义，也暗含比喻意义——**暗喻**（metaphor）只有比喻意义。暗喻是在两个不同的事物之间进行比较，它把一个事物的性质赋予了另一个事物。例如，"吾弟乃吾家之宝石"（"my brother is a gem"）就是一个暗喻。显然，这句话没有字面意义。如果有的话，那意味着我妈妈生了一块宝石，就凭这本事，她肯定荣登国内所有小报的封面。这句话只有比喻意义，即我弟弟与宝石有相同的属性，例如，他身价不凡。因此，"吾弟乃吾家之宝石"通常表示"我弟弟很出色"。从暗喻变成**明喻**（simile）只需一步：加上"像"或者"如"。"吾弟如吾家之宝石"或者"吾弟的价值像宝石那样不菲"是明喻，是我从暗喻中抽绎出来的，它们也把"吾弟"与"宝石"进行了类比，尽管人们可能会说明喻显得更牵强，因为"兄弟"和"宝石"之间的联系并不是那么直接或紧密。

说到这里，应当把这些新批评的工具付诸实践了，以便展示新批评的具体操作手法。接下来我们细读一下露西尔·克利夫顿（Lucille Clifton）的诗歌《心中的少女》（"There Is a Girl Inside"，1977）。

【《心中的少女》：一种新批评式解读】

心中的少女

心中的少女。
好色如狼。
她不会走开
丢下这些骨头
留给一个老妇人。

她是棵绿树
身处引火枯木林。
她是个青涩女孩
在一个腐旧诗人的心里。

她已等待
耐心如修女
第二次的来临，
当她能冲破灰发
绽放艳丽的花朵

她的情人们将收获
蜜汁和百里香
面对此情此景
森林惊叹万分。

　　诗歌标题《心中的少女》，也是本诗的首句，它和第一节最后两行——提到"骨头"和"老妇人"的那两行——让我们马上领悟到，讲话者是一位老妇人，但她内心依然充满青春活力。由此我们得知，本诗的核心张力可能就是青春与年迈的张力，讲话者的内心感觉和外表模样之间的张力。我们的确可以看出，这种张力通过交替使用表示青春活力的语言（"少女""好色"——这个词意味着性自由或性张扬、"绿树""青涩女孩"和"花朵"）和表示年迈腐旧的语言（"骨头""老妇人""引火枯木"——用来引火的陈旧、干枯的木头，"腐旧诗人"和"灰发"），把这首诗建构成一个整体。此外，这首诗的叙事内容，即它讲述的"故事"，揭示的是一位老妇人梦想着青春会奇迹般地再现，期盼青春"再次光临"，尽管她已是一把"老骨头"，"灰发"丛生，但还要等待"心中的少女"并且相信自己仍是那个少女。由此我们可以假设，该诗的主题可能涉及青春永驻这个悖论。（青春永驻之所以是一个悖论，原因在于，从生物学的角度来讲，时间和青春并不相容：时间流逝必然导致年迈体衰。）为了发掘主题的具体特点，理解诗歌建构主题的过程，我们首先要仔细研究诗歌的形式元素。

如果把这首诗看作一个整体，我们首先会注意到的是，年迈意象与青春意象的交替使用结束于诗歌的第三节第四行。诗歌的最后五行都是由青春、丰收和性的意象组成："花朵""情人""收获""蜜汁和百里香""森林""惊叹万分"。这些意象令人想到的是青春，而讲话者坚信青春定能战胜年迈。诗中还有其他内容进一步强调青春会战胜年迈吗？继续从整体上把握这首诗，就会注意到，随着诗行的推进，标点符号不断减少，即停顿在减少。前两个诗节中有五个句号（终止号），第三节中只有一个逗号（暂停号），而最后一个诗节中根本没有标点，只是在最后一行用一个句号结束全诗。事实上，从第三节中的逗号之后，在诗歌的最后六行，中间都没有标点。标点的剧减，即停顿的减少，暗示了加速、兴奋和力量，进一步深化了最后一节所强调的内容：青春获得胜利。

既然我们已经开始考察诗歌的语法元素，接下来我们看一看动词的运用能够给我们带来什么启示。首先，你可能会注意到，讲话者使用了几个遒劲有力、主动语态的动词：心中的少女"不会走开"，她"能冲破"，以及"她的情人们将收获"。使用这些动词意在强调这个女孩本事巨大、积极主动，有足够的能力得到她想要的东西。第三个诗节用的是"已等待"，这就进一步强调了心中的少女即将登场。这一行用的不是"她正等待"——这会暗示不知道她还要等到什么时候，而是"她已等待"，暗示她的等待已经结束或即将结束。在这个语境下，我们还应注意"好色如狼"这个明喻，狼是一种凶猛的动物，为了得到自己想要的东西，它会奋力争夺，而且常常会得逞。（如果用"好色如兔"，肯定不会产生相同的暗示意义。）

诗中还有其他意象与心中的少女有关吗？如果有的话，它们是否有助于构成我们试图阐述的主题？"她是棵绿树"这个暗喻有助于我们达到目的，因为它令人想到春夏这两个生长季节：重生和丰饶。"绿树"是自然意象，带有青春必然重生的含义。在整个冬天，树只剩下枯枝烂干，像老妇人的"骨头"，死气沉沉如"引火枯木"，可它也曾有过繁茂的枝叶。这样一来，藏在冬树里的"绿树"重现青春的力量，与下两行中"青涩女孩"重现青春的力量就产生了关联。如果绿树可以"冲破……/绽放艳丽的花朵"，那么老妇人心中青涩的女孩也一样可以绽放青春的魅力。

当然，"青涩女孩"一词也暗示出这个女孩没有经验、天真无邪、涉世不深。而这种意象恰好与下一节第二行中的明喻——"耐心如修女"——非常契合。众所周知，修女们立志守身如玉、安于贫困、顺从上帝，简而言之，她们弃绝了物质世界、肉体世界。修女这个意象从而成为联结青涩女孩和老妇人的桥梁，因为三者在某种程度上都与肉体世界相隔绝。正如那些耐心等待回报——耶稣的再次降临——的修女，老妇人和心中的少女也在耐心地等待着她们的回报：青春的再次降临。

诗中是否还有其他因素可以强化年迈的讲话者和年轻的女孩之间的联系？让我们再看一下最后一个诗节的语言：前一诗节的结尾中"绽放"的青春，在最后一个诗节中将被"收获"。诗歌的末尾几行一般都很重要，其中的意象尤为丰富。如前所述，就是在这一节中，青春战胜了年迈。的确如此，因为就是在这一诗节中，讲话者在想象新登场的女孩在森林里满足了自己的性欲。然而，"收获""蜜汁"和"百里香"等词意义多重，进一步加强了青春和年迈的联系，因为这几个词除了暗指青春时代的性活力之外，还可以指秋天里的一些活动，因此它们也可以影射那个老妇人的活动。

收获一般发生在秋天，在生长季节结束之后，那时植物完全成熟，不再是"绿的"，也不再像心中的"青涩女孩"那样幼小。蜜汁和百里香都是收获对象，因此它们的含义是相同的。蜜汁是蜜蜂在收获花粉后酿制的；蜜汁酿好后，养蜂人再从蜂窝中收获蜜汁。百里香是一种香草，晒干之后，主要用于食物调味。这一诗节实际上运用了隐喻来暗示年迈和青春的融合。第二诗节中的"引火枯木"意义多重，在这个背景下也发挥了作用。如上文所说，"引火枯木"指的是晒干后引火的木头，但事实是引火枯木非常容易着火，这样它就和激情联系上了，因为激情也很容易"点燃"。就此而言，可以说，青春和年迈在激情中合二为一。

现在让我们看一看，从诗歌的**语调**（tone）中能够了解到青春和年迈的哪些关系。如果把诗歌语调当成讲话者的语调，可能会有所助益，因为它表达的是讲话者对聆听者和读者的态度。我们知道，诗中的讲话者是一位老妇人。她的语调是沉重的还是轻松的？是疲倦的还是精力充沛的？是正式的还是非正式的？我们该怎样描绘它？在诗的第二行，她直截了当地运用了俚语——"好色"（randy）——来表明她对性生活的渴望。在最后一个诗节中，又用了"万分"（damn）一词，这显示出她的语调有点玩世不恭，而这种语调经常和青春联系在一起。她在第三个诗节中也玩了类似的文字游戏：修女等待的"第二次的来临"既可以指耶稣的再次降临，又可以指讲话者的人生第二春，届时她能体验到性欲、性活力、性高潮。

　　讲话者的俚语和幽默营造了一种随意的氛围。诗中用的都是短句，让人感觉到老妇人好像在和我们聊天；诗中也没有出现构成诗歌传统特征的大写字母、押韵和格律，这就进一步强化了这种随意的氛围。由此，我们可以说，从讲话者戏谑不恭和率性随意的语调中，我们认识到青春与年迈的融合：年轻人蔑视规范，而老妇人看透了规范。换句话说，我们知道讲话者心中的少女对她的生命很重要，因为我们能够从老妇人的声音中听到她年轻的声音。最后一行的语气肯定是女孩和老妇人两个人的声音，透过这个声音我们几乎可以看到她们说"惊叹万分"时把手架在胯部的样子。

　　接下来，我们或许可以这样来阐发本诗的主题。《心中的少女》的主题不仅仅重述了"希望永远在人类的心中涌动"（hope springs eternal in the human breast）这句格言，而且还将其改造成了具有同样普遍重要性的一句新格言：青春永远在人类的心中涌动。这首诗暗示年龄也会产生特别的"收获"，即能够欣赏青春的礼遇，青春埋藏在我们心中，如同种子孕育在成熟的果实中，因此，我们在老迈之际，也会有青春的感触。这样一来，诗歌的主题就解决了青春与年迈之间的张力，而恰恰是这种张力构建了全诗。我们可以得出结论说这首诗是一个有机整体，因为正如我们所见，它的主题是由所有形式元素表现出来的，也就是说，它的形式和内容不可分割。此外，尽管诗歌看似简单得可爱，简单得平淡，可是，分析过它的有机整体性之后，即会发现它的形式因素透露出惊人的复杂性。那么，我们有理由这样认为：从新批评的角度看，《心中的少女》是一个精心打造的文学文本，一件完整、复杂的艺术品，其主题对人类具有普遍意义。

【新批评：一种内在的客观批评】

　　正如我所希望的那样，解读克利夫顿的这首诗足以说明，新批评要求我们仔细考察文本的形式元素，发现诗歌的主题，解释形式元素如何建构了诗歌主题。因为新批评家坚信，这是确定文本价值的唯一办法。

他们认为，以这种方式深入诗歌内部，可以让作品本身为我们提供文本分析和评价的语境。举一个明显的例子，在分析克利夫顿的诗歌时，我对**好色**这个词的分析，只关注这个词在俚语中的含义，因为根据全诗的语境，只有这个意思才说得通。这个词在《韦氏新版全本通用词典》（*Webster's New Universal Unabridged Dictionary*）中还有其他释义："粗陋的""粗俗的""吵吵嚷嚷的泼妇"和"强行乞讨的乞丐"。在这几种释义中，无论哪一种，只要能给诗歌主题带来新解，丰富我们对该诗的解读，我都会让它派上用场，去分析该词的复义性。可是，这几种释义与诗歌主题全不搭界，我只能放弃。因此，尽管大多数词语在词典当中都有多种释义，但是，一个词是否有复义性，并不取决于词典，而是取决于全诗的语境；只有根据全诗的语境，才能判断一个词是单义的，还是复义的。

同理，我没有提到克利夫顿是一位非裔美国诗人，在解读过程中丝毫没有暗示作者的种族背景。如果让非裔美国文学批评家去分析这首诗，他极有可能会提到这首诗如何成为非裔美国文学传统的一部分。然而，从新批评派的视角来看，这些信息除了引起读者对历史的兴趣以外，与我们评介诗歌的有机整体性和普遍意义无关。（参见本书第十一章"非裔美国文学批评"和第十二章"后殖民批评"对"普适论"概念的种族歧视特征的探讨。）

最后，我也没有分析讲话者的心理状态——尽管心理分析解读可能会去剖析"狼""骨头""引火枯木""腐旧""冲破"和"惊叹万分"等语词，以此来证明，在这首诗中的性意象的背后隐藏着暴力恐惧和自我毁灭——因为这首诗本身没有为这种分析提供任何证据。讲话者的心理与诗歌的主题无关，它与我们对诗歌主题的理解也没有关系。有的时候，新批评家的确认为可以探讨文本中的心理因素、社会因素或哲学思想因素，因为这些元素对作品的人物刻画或情节设置发挥了不可或缺的作用，例如，在威廉·福克纳的《献给艾米丽的一朵玫瑰花》或埃德加·爱伦·坡（Edgar Allan Poe）的《泄密的心》（"The Tell-Tale Heart"，1843）中，心理元素对于塑造人物和编排情节有着不可或缺的作用。在这种情况下，新批评家就得去探讨这些元素，但是，他们这样做的目的是为了考察这些因素如何确立了文本的主题（或如何颠覆了文本的主题，如果该文本有缺陷的话）。换言之，新批评家并没有忽略文本中明显的心理、社会或者哲学内容，他们把这些内容审美化了。也就是说，他们处理心理、社会和哲学内容的方式与他们处理文本的形式元素的方式是相同的：了解这些因素如何有助于作品的有机整体性产生审美体验。新批评家声称，他们的阐释就是这样深入文本自身创造的语境中的。

由于新批评家相信他们的阐释所依据的只是文本创造的语境和文本中的语言，所以他们称自己的批评实践为**内部批评**（intrinsic criticism），言外之意是新批评只关注文本的内部事物。相比之下，采用心理学、社会学或者哲学研究框架的各种批评——新批评以外的其他批评——都被称为**外部批评**（extrinsic criticism），因为它们在文本之外寻找文本阐释的工具。新批评家也称这种研究方法为**客观批评**（objective criticism），因为他们宣称，像他们这样专注于文本自身的形式元素，可以保证每个文本——每一个被阐释的文本——本身就决定了人们阐释它们的方式。

【唯一的最佳阐释】

由于文本被视为一个具有固定意义的独立整体，所以新批评家认为，每个文本都有一个最佳的或最精确的、最能代表文本自身的阐释：它最能解释文本的意义和文本产生意义的方式，换句话说，它最能解释文本的有机整体性。正是出于这个原因，在新批评鼎盛时期，那些阐释文学文本的文章，开篇伊始通常都要综述其他批评家对同一个文本的阐释，以便指出其他解读存在的种种不足，例如，某些重要的情景或意象没有解释，构成文本的张力没有解决等。造成这种情况的常见原因是，没有正确理解文本的主题。换言之，若想要证明你的阐释最佳，一开始就得证明此前的解读都存在某种缺陷。

新批评非常关注文本的细节，所以不难理解这种批评方法最适于分析短诗和短篇小说，因为文本越短，就越能充分分析它的形式元素。当新批评派考察篇幅较长的作品之时，例如长诗、长篇小说和戏剧，他们总是专门去分析作品的某个（或多个）方面，例如该作品的意象（或只是其中的一种意象，如自然意象）、叙事者或者小人物的角色、时间因素在作品中的作用、背景产生的明暗对比模式或其他形式元素等。当然，无论我们分析哪种形式元素，一定要去证明它对主题的发展起到了重要作用，有助于作品完整性的形成。

无论你是否熟悉本章探讨的那些新批评原理，你都可能认识到新批评为文学研究作出了不可磨灭的贡献。新批评的一些原理和术语似乎已经过时。例如，现在很少有文学批评家宣称文学文本独立于它背后的历史和文化，或者说，它的意义是单一的、客观的。而且，现在几乎没人用"张力"这个词来指某个象征综合了具体意象和抽象理念。然而，新批评成功地让我们集中关注文本的形式元素，集中关注形式元素与文本意义之间的关系，这种成功表现在，时至今日，无论我们采取什么样的理论视角，在很多方面我们还在沿袭新批评的做法。无论我们采用什么理论框架去阐释文本，我们总要从文本中选取具体的例证来印证我们的阐释，在这个过程中，通常就得关注形式元素。除了解构主义和读者反应阐释这些显著的例子之外，我们在阐释过程中总要表明文本是一个统一的整体。

然而，富有讽刺意味的是，新批评为批评理论贡献的礼物——关注文本本身——却成为它自身衰落的原因。在二十世纪六十年代末，几乎包括其他所有批评流派在内的文学研究界，越来越多地关注文学文本的意识形态内容，以及意识形态内容如何反映和影响了社会，而新批评无法满足这种兴趣，它坚持认为，在分析文本之时一定要把它当作一个只有一种意义的独立审美客体，新批评因此而黯然失色。

【新批评家针对文学文本提出的问题】

鉴于新批评只关注文本的唯一意义以及确定这个意义的唯一方法，因此，新批评家针对文学文本只提出一个复杂的问题就一点也不会让人觉得意外了：

1. 哪一种阐释能够最充分地确立文本的有机整体性？换言之，文本的诸多形式元素以及它们所产生的多重意义，是如何共同发挥作用印证作品的主题或整体意义的？不要忘记，伟大的作品中都含有对于人类具有普遍意义的主题。（如果文本过长，我们无法解释其全部形式元素，我们可以由这一问题入手，就某种或某些形式因素——例如意象、视角、背景等……进行深入探究。）

　　无论摆放在眼前的是什么文本，如果我们想从新批评的视角对其进行阐释，都要提出上面这个问题。有趣的是，尽管新批评家深信文本的意义是单一和客观的，但是，他们却很少在文本意义和文本产生意义的方式上见解一致。相反，他们对同一文本持有不同的解释。正如每一个领域都会发生的那样，对于特定文本的意义，即便是手法娴熟的新批评家，他们之间也会歧见迭出。我们的目标是，用新批评来丰富我们对文学文本的解读，让它帮助我们采取新的方式来观察和欣赏形式元素错综复杂的运作情况以及形式元素产生意义的过程。

　　下文对 F. 司各特·菲茨杰拉德的《了不起的盖茨比》的分析，是新批评文本解读的一个例子。我自认为，该小说的话题是"人类的渴望"，这是通过分析小说的意象而得到的，小说的意象散发出的美感和情感力量使该话题成为小说中最令人难忘、最有启发性的东西。接下来，我又考察了文本的其他形式元素——尤其是人物刻画、背景和风格元素——以此来确定小说的主题：人类永远无法逃避渴望无从实现这一现实。作为新批评的实践者，只有当小说中的历史时空可以昭示出一个永恒的主题，一个对人类具有普遍意义的主题之时，我才会对它感兴趣。

【渴望的"永恒歌谣"：《了不起的盖茨比》的新批评解读】

　　读过菲茨杰拉德的《了不起的盖茨比》，几乎所有读者都会注意到小说中扣人心弦的意象之美。的确，小说中令人低回不已、惆怅伤感的意象，让人想起作者最喜欢的诗人——约翰·济慈（John Keats）——的抒情诗篇。然而，迄今为止，极少有人去分析，在这部诗意盎然的小说中，意象是如何构建文本的整体意义的。

　　有人可能认为，造成这种疏忽的原因是批评界只把《了不起的盖茨比》当成爵士时代的历史记录——对美国历史上一个时期的社会评论——这种批评方式不关注文本的形式元素，只关心历史问题。绝大多数批评家都认为，菲茨杰拉德的小说严厉批判了美国二十世纪二十年代的价值观。这种价值观的腐败具体表现为：沃尔夫山姆的巧取豪夺、黛西的口是心非、汤姆的背信弃义、乔丹的谎话连篇、茉特尔的粗俗不堪以及美国民众的肤浅——体现在盖茨比晚宴上的寄生食客身上——他们的道德感每况愈下。统治这个世界的是迈耶·沃尔夫山姆和汤姆·布坎南这样的人，虽说一个身在黑道，一个身处白道，但这两人都自私自利、掠夺成性，都能钻伦理道德的空子来达到自己的目的。这是一个空虚的世界，自私、酗酒和粗俗无处不在，跳舞这种优雅的社会艺术变成了"老头子推着年轻小姐向后倒退，无止无休地绕着难看的圈子"和"高傲的男女抱在一起按时髦的舞步扭来扭去，守在一个角落里跳"（51；ch. 3）。这是一个飘忽不定的世界。布坎南一家永远"不安定地东飘西荡，所去的地方都有人打马球，而且大家都有钱"（10；ch. 1）。乔丹总是不停地出入旅馆、俱乐部和其他人家里。甚至回天乏术的乔治·威尔逊也坚信，只要把家搬到西部，他的问题就可迎刃而解。无名和孤寂成为定律，而非例外，肤浅的价值观把追求社会地位和及时享乐当作人生的第一要务。的确，人们会说"灰烬的山谷"（27；ch. 2）——尼克为乔治·威尔逊家附近的一个垃圾场所起的名称——是这个世界精神赤贫的暗喻：

> 一个离奇古怪的农场，在这里灰烬像麦子一样生长，长成小山小丘和奇形怪状的园子。在这里灰烬堆成房屋、烟囱和炊烟的形式，最后……一个个灰蒙蒙的人，隐隐约约在走动，而且已经在尘土飞扬的空气中化为灰烬了。
> （27；ch. 2）

作者显然把杰伊·盖茨比描述成了一位带有神话色彩的浪漫人物，正是由于这个原因，大量的评论关注的都是小说中的腐朽世界和盖茨比之间的叙事张力。在大多数批评家看来，盖茨比勇于追求梦想，敢于为代表自己梦想的女人献身，而且他始终没有发现这个女人并不值得他这样做，这一切给他罩上了一个"纯真"的光环（Gallo 43）。的确，有不少批评家与马里厄斯·比利（Marius Bewley）见解一致，认为盖茨比代表了"精神抵抗的能量"和"对低贱和粗俗终极污染的免疫力"（13）。正如汤姆·伯纳姆所言，盖茨比"这个人物完整丰满，没有被周围的环境污染"（105）。[2] 在这些批评家看来，主人公的纯真被用来进一步控诉摧毁他的社会。

然而，这类批评只关注盖茨比和他所处的世界之间的张力，却忽略了小说中更重要的一种张力，因为即使我们想把盖茨比与他所处的社会对立起来，我们也不能忽略文本中显而易见的证据：盖茨比至少涉足某些腐败行径。例如，他以沃尔夫山姆为靠山，靠贩卖私酒和伪造债券发家致富。[③]在我看来，文本的核心张力是腐败、粗俗的物质主义与抒情意象之间的张力——后者产生的那种凄美和情感力量使它成为小说中最令人难忘和最富启迪性的内容——这种张力经常被用来描绘那个世界。无论我们怎样衡量某个人物的相对纯真或腐败，这种张力都构成了叙事框架，最后通过小说的主题得以解决。小说的主题对于整个人类具有普遍意义，超越了小说所在的历史时期：渴望无从实现是人类生存状况的一部分，所有人都无法逃避。正如我们将要看到的，作者运用渴望无从实现这一形象来描述人物和场景，无论他们是富有还是贫穷、优雅还是粗俗、腐败还是纯真。此外，渴望无从实现的形象经常与自然意象联系在一起，例如，与季节变化联系在一起，暗示其必然性。最后，渴望无从实现的形象在小说中经常呈现出静态、永恒的特征，这既强调了它的普遍性，又强调了它的必然性：渴望无从实现过去一直是、将来永远是人类生存状况的一部分。

渴望无从实现这一形象是一条主线，串起小说中形色不一的人物，这些人物代表了社会的方方面面，我们可由此入手对其进行考察。为了完成这项工作，我们要先分析菲茨杰拉德小说中的抒情意象，主要从它刻画人物的三种方式入手：（1）对往昔岁月的怀旧情绪，（2）对未来梦想实现的憧憬，（3）朦胧模糊、没有具体目标的渴望。

怀念往昔岁月的意象体现在作者对黛西和乔丹"美丽白色……少女时代"的诗意描述中（24；ch. 1）。在路易斯维尔，乔丹"当初就是在空气清新的早晨在高尔夫球场上学走路的"（55；ch. 3）。这是浪漫的往昔，乔丹回忆起她穿着她的"新的能随风微微扬起的方格呢裙子"走在"软绵绵的地面"上，黛西

> 穿的是白衣服，开的是一辆白色小跑车，她家电话一天到晚响个不停，泰勒营那些兴奋的青年军官一个个都要求那天晚上独占她的全部时间。"至少，给一个钟头吧！"
> （79；ch. 4）

这是一个清纯浪漫的世界:"空气清新的早晨","软绵绵的地面",新的裙子,白色外套,白色跑车,清脆的电话铃声,还有英俊的年轻军官。即使是地上的尘土也闪耀着神奇的光辉:"一百双金银舞鞋扬起**闪亮的灰尘**"(158;ch. 8,黑体为笔者所加)。

同样,尼克描述他青年时代的中西部之时,字里行间也充满了怀念田园诗般的往昔的种种意象。回想起每年的圣诞节,他都要乘坐火车,从寄宿学校和大学返回家乡,他说道:

> 火车在寒冬的黑夜里奔驰,真正的白雪、我们的雪,开始在两边向远方伸展,迎着车窗闪耀,威斯康星州的小车站暗灰的灯火从眼前掠过,这时空中突然出现一股使人神清气爽的寒气……深深地呼吸着这寒气……难以言喻地意识到自己与这片乡土之间的血肉相连的关系……
>
> 这就是我的中西部……那些激动人心的还乡的火车,是严寒的黑夜里街灯和雪橇的铃声,是圣诞冬青花环被窗内的灯火映在雪地的影子。(184;ch. 9)

像黛西和乔丹少女时代的"空气清新的早晨""软绵绵的地面""闪亮的灰尘"一样,这段文字中的自然意象令人想起过去那段清新、干净、纯洁的时光,没有被腐败世界玷污的过去。"真正的白雪、我们的雪,开始在两边向远方伸展,迎着车窗闪耀"以及"这时空中突然出现一股使人神清气爽的寒气",诸如此类的词语令人想到的是明净、洁白和熠熠生辉的旷野,它不仅让人的身体焕发出活力,还让人的精神为之一振。当然,"真正的白雪"指的是威斯康星州整个冬天飘落的大量纯净、洁白的雪花,它们与纽约市内被车轮碾压成泥水的污雪形成了鲜明对照。但是,"真正的白雪"一词也在暗示,比起他的成人生活让他联想到的那种矫揉造作的氛围,尼克年轻时代在中西部的那段生活显得更加真诚实在。街灯、雪橇铃声、神圣的花环和灯光闪烁的窗户,这些家的意象进一步强化了上述看法,它们散发出的节日气息和诱人的力量令人想起幸福童年的安全稳定。

在《了不起的盖茨比》中,即便是渴望回到过去的简短意象,也都带有情感的力量。例如,在黛西离开之后,年轻的盖茨比重访路易斯维尔的那个意象，"他绝望地伸出手去，仿佛只想抓住一缕轻烟，从那个因为她而使他认为是最可爱的地方留下一个碎片"（160；ch. 8），还有汤姆·布坎南的意象，"为追求某场无法重演的球赛的戏剧性的激奋，就这样略有点怅惘地永远飘荡下去"（10；ch. 1），这些意象挥之不去、令人痛心不已，因为它们表现了一种无法满足的空虚感。像用来描述年轻时的黛西、乔丹和尼克的意象一样，这些描述盖茨比和汤姆的意象让人想到的是一个一去不返的世界，之所以说它一去不返，是因为它永远属于过去。我们再也不可能年轻，而过去的世界，正如盖茨比最终才认识到的那样，必然随着时代的变化而改变。

在描写理想的过去永远消逝的那些怀旧意象之中，最感人的也许就是出现在小说结尾的那些意象。在尼克返回威斯康星之前的那个傍晚，他坐在沙滩上沉思默想：

> 当年在荷兰水手的眼中放出异彩的这个古岛——新世界的一片清新碧绿的地方。它那些消失了的树木，那些为盖茨比的别墅让路而被砍伐的树木，曾经一度迎风飘拂，低声响应人类最后的也是最伟大的梦想，在那昙花一现的神妙的瞬间，人面对这个新大陆一定屏息惊异，不由自主地堕入他既不理解也不企求的一种美学的观赏中，在历史上最后一次面对着和他感到惊奇的能力相称的奇观。
>
> （189；ch. 9）

在这段文字中，尼克的怀旧渴望被泛化为行之四海的通则：我们每个人都渴望重新找回逝去的青春和失去的爱情——它就像美洲大陆一样，"当年……放出异彩""清新""碧绿"，在我们"屏息"之际——这种渴望又集中体现在我们对业已消失的美国原始新大陆"神妙的……奇观"的无限向往。与这种失落感相关的词一再出现——"消失""曾经""最后""瞬间"和"在历史上最后一次"——突出了它完全不可改变的、令人心碎的结局。

渴望无从实现这个意象也以实现未来梦想的形式，编织成一条共同的线索，将书中人物联结起来。例如，小说的开头部分，尼克梦想着自己在债券生意上如何马到成功，具体体现在他买了许多有关银行业和投资的书籍，与这段描写相衔接的是一个自然意象，二者水乳交融：

> 眼看阳光明媚，树木忽然间长满了叶子……我就又产生了那个熟悉的信念，觉得生活随着夏天的来临又重新开始了。
>
> 有那么多书要读，这是一点，同时从清新宜人的空气中也有那么多营养要汲取。我买了十来本有关银行业、信贷和投资证券的书籍，一本本红色烫金封皮的书立在书架上，好像造币厂新铸的钱币一样，许诺揭开只有迈达斯、摩根和米赛纳斯才知道的光辉的秘诀。（8；ch. 1）

用来描述那些书本的文字——"新""许诺揭开"和"光辉的"——把尼克对成功的渴望与他对新生活的渴望联系在一起；在这个春天的季节，"阳光明媚""忽然间长满了叶子"和"清新宜人的空气"，唤醒了尼克对新生活的渴望。此外，作者把大财阀 J. P. 摩根的名字与迈达斯和米赛纳斯等神话人物的名字放在一起，使这段文字充满了神话和幻想的氛围。作者以此来强调，尼克的成功没有任何保证，它只是南柯一梦，一厢情愿的渴望。在这里，虚无缥缈的希望与春天令人伤心的美自然而然地融合为一体。

尽管作者没有铺开纸笔大写特写渴望无法实现这个意象，但是，这个意象还是把描写茉特尔和乔治·威尔逊的那些文字与描写其他梦想成功的人物的文字联系起来。当尼克和盖茨比应邀前往纽约吃午饭，他们开车驶过"灰烬之谷"：

> 我们经过罗斯福港，瞥见船身有一圈红漆的远洋轮船，又沿着一条贫民区的石子路疾驰而过，路两旁排列着二十世纪初褪色的镀金时代的那些还有人光顾的阴暗酒吧。接着，灰烬之谷在我们两边伸展出去，我从车上瞥见威尔逊太太浑身使劲在加油机旁喘着气替人加油。（72；ch. 4）

在瞥见"灰烬之谷"之前，作者让我们看到两片住宅区——它们都不是富人聚居区。第一片住宅区里有许多码头，第二片是个贫民窟。然而，无论在哪一个住宅区，我们见到的都是渴望无法实现的意象。在罗斯福港，我们看到"一圈红漆的远洋轮船"，这让人想到未来的冒险、享乐、利润等可能性，或至少可能发生的变化。在贫民窟，我们看到"路两旁排列着二十世纪初褪色的镀金时代的那些还有人光顾的阴暗酒吧"，这令人想起过去的辉煌和兴奋。接下来，我们看一下茉特尔·威尔逊，此时，她"浑身使劲在加油机旁……加油"，这个姿势表达了对未来成功的渴望，假如她能够心想事成嫁给汤姆·布坎南，后者将把她从"灰烬之谷"中解救出来，再把她带到她心目中的一个天堂般的幸福世界里。她"浑身使劲……喘着气"，这句话强调她与生活、春光、自然之间的关系，与此截然对立的是她居住的那块"荒凉的地方"（27；ch. 2），在那里，无论是人，还是物品，都被笼罩在"尘土飞扬的空气中"，看上去"灰蒙蒙的"（27；ch. 2）。

尽管乔治·威尔逊是那些"灰蒙蒙的"人群中的一员，他的身影和他的修车行的"水泥色融成一片"（30；ch. 2），但是，对未来成功的渴望确实也振奋了他的精神：当他看到汤姆和尼克的汽车驶入他的修车行，"那对浅蓝的眼睛就流露出一线暗淡的希望"（29；ch. 2）。作者用了一个表示活力的动词来描写乔治，这在书中是唯一的一次，只有在这一次，蓝色，至少是一个健康的颜色，是与他联系在一起的。值得注意的是，小说频繁地将蓝色与盖茨比心中的希望联系起来：他为了靠近黛西而购买的豪宅中有"蓝色花园"（43；ch. 3）和一个"蓝色草坪"（189；ch. 9）；他的树有"蓝色叶子"（159；ch. 8）；当他和黛西重聚的时候，"一缕潮湿的头发贴在她的面颊上，像抹了一笔蓝色的颜料一样"（90；ch. 5）。此外，与乔治眼中"**一线暗淡的**希望"(damp gleam of hope) 交相呼应的是"**水一般的（月）光**"(wet light)，[1] 它"浸泡"着青年盖茨比"乱七八糟扔在地上的衣服"（105；ch. 6，黑体为笔者所加），那是他夜间躺在床上梦想未来时的情景。

当然，渴望无法实现这一意象最有诗意的地方表现在，它让盖茨比对未来充满梦想。例如，这位年轻的主人公爱上了黛西，渴望占有她，凡是与她相关的东西，包括她家的房子，他都为之心醉神迷。

1　在这句话中，damp（微湿）与wet（潮湿）相呼应。——译注

但是其之所以有一种扣人心弦的强烈的情调却是因为她住在那里……这房子充满了引人入胜的神秘气氛，仿佛暗示楼上有许多比其他卧室都美丽而凉爽的卧室，走廊里到处都是赏心乐事，还有许多风流艳事——不是霉烘烘、用熏香草保存起来的，而是活生生的，使人联想到今年的雪亮的汽车，联想到鲜花还没凋谢的舞会。（155-56；ch. 8）

盖茨比所梦想的生活方式，是他不大熟悉的，似乎还是遥不可及的，正因为这个原因，他将其理想化，这与黛西、乔丹、尼克和汤姆的做法如出一辙：他们将自己一去不返的青春理想化了。"一种扣人心弦的强烈的情调""引人入胜的神秘气氛""卧室的暗示"，这些词语营造出一种香艳暧昧的氛围，与此同时，它们也让人感觉到，盖茨比仿佛是一个小孩子，把脸紧紧地贴在商店的玻璃窗上，渴望得到橱窗里面摆放的糖果，这个隐喻所暗指的正是盖茨比的所作所为。这个意象也给人以一种成果喜人的感觉，渴望已久的结果似乎伸手即是，从"引人入胜的""赏心乐事""活生生的，使人联想到"和"鲜花"等词语中，可以看到这一点。事实上，这就是盖茨比渴望的力量，它能把"汽车"变成自然物质：黛西家里的风流韵事"使人联想到"（redolent）[1]"今年的雪亮的汽车"。因此，不足为奇的是，这样一种渴望可以遗世独立，自为存在，纽约旅馆里发生的那一幕，很能说明这一点。当盖茨比和汤姆对质之时，黛西抽身而去，离开了盖茨比："唯有那死去的梦随着下午的消逝在继续奋斗，拼命想接触那不再摸得着的东西，朝着屋子那边那个失去的声音痛苦地但并不绝望地挣扎着。"（142；ch. 7）

文中经常出现一个意象，显示盖茨比渴望功成名就，那就是主人公独自站在长岛大宅前面海滩上的形象：他在"银白的星光"下面"发抖"，朝着黛西码头深处"一盏又小又远的绿灯"伸出双臂。这个意象让我们想起前面探讨的一个意象，即黛西离开之后，盖茨比在路易斯维尔的形象：伸出双手去捕捉消逝的过去。但是这一次，盖茨比伸出双臂的意象，含义是多重的，其中既有他对过去的渴望，也有他对未来的渴

---

[1] redolent一词，有双关之意，它既可以指"芳香的"，也可以解作"使人联想到……"或"充满……的氛围"。——译注

望，对他来说，这两种渴望如今合二为一，变成一种渴望：实现他对黛西的爱，这就是他来长岛的目的。在她居住的码头的深处，灯光是绿色的，蕴含着重新开始的希望，就像春天里青葱翠绿的景象。尽管绿色的灯光看起来"又小又远"，然而，比起盖茨比当年失去黛西时的情形，此时，无论就居住距离而言，还是就经济实力而言，盖茨比反倒离黛西更近了。

　　描写盖茨比渴望功成名就的意象，最为密集地出现在下面这段描写中。这段文字描述的是年轻的主人公和黛西走在路易斯维尔的大街上，憧憬着美好的未来：

> 　　那是一个凉爽的夜晚，那是一年两度季节变换的时刻，空气中洋溢着那种神秘的兴奋。家家户户宁静的灯火仿佛在向外面的黑暗吟唱，天上的星星中间仿佛也有繁忙的活动。盖茨比从眼角看到，一段段的人行道其实构成一架梯子，通向树顶上空一个秘密的地方——他可以攀登上去。如果他独自攀登的话，一登上去他就可以吮吸生命的浆液，大口吞咽那无与伦比的神奇的奶汁。
>
> 　　当黛西洁白的脸贴近他自己的脸时，他的心越跳越快。他知道他一跟这个姑娘亲吻，并把他那些无法形容的憧憬和她短暂的呼吸永远结合在一起，他的心灵就再也不会像上帝的心灵一样自由驰骋了。因此他等着，再倾听一会儿那已经在一颗星上敲响的音叉。然后他吻了她。经他的嘴唇一碰，她就像一朵鲜花一样为他开放，于是这个理想的化身就完成了。（117；ch. 6）

　　在这个著名的段落里，渴望无从实现这个意象至少起到两个重要作用。首先，正如尼克渴望未来成功的意象所显示的那样，这里的意象把人的梦想和自然的感应联系起来："天上的星星中间仿佛也有繁忙的活动"，与此相对应的是季节嬗变给人带来的那种"神秘的兴奋"，而与季节嬗变联系在一起的又是他们脚下通向未来的门槛——盖茨比非常渴望跨越的门槛。换句话说，这个意象暗示人的渴望像季节一样是一种自然的和必然的东西。其次，这个意象还把盖茨比渴望的超凡浩渺——他对未来"无法形容的憧憬",那时候,他的心灵"像上帝的心灵一样……自由驰骋",他还梦想着"大口吞咽那无与伦比的神奇的奶汁"——与那种渴望在俗世凡间的"化身"黛西结合起来。换句话说,即便人的渴望表现为具体而微的男女情欲,它也是我们无法掌控的超凡力量的化身。

换言之,即便我们认为我们渴望的对象是某个人、某个事物,然而,能够满足我们渴望的还是我们个人力量无法企及的那些东西,隐藏在人性中的东西。的确,书中描述人物渴望无从实现的意象不一而足,在出现最频繁的意象当中,渴望模糊且不确定,毫无具体目标可言。例如,尼克的渴望的模糊性表现在,他在从长岛去纽约的途中发表了一番评论:"从皇后区大桥看去,这座城市永远好像是初次看见一样,那样引人入胜,充满了世界上所有的神秘和瑰丽"(73;ch. 4)。我们无从知晓,这是什么样的神秘和瑰丽,因为尼克也不清楚。他的渴望不够具体,我们知道的只是他想要的东西是新鲜的("初次看见")、激动人心的("引人入胜")、绮丽奢华的("充满了世界上所有的神秘和瑰丽")。

在小说中,人物倚窗远眺的意象出现过无数次,我们从中看到的是同一种模糊的渴望。例如,尼克经常在傍晚时分到第五大道散步,有一次,当"驶往戏院区、轰隆作响的计程车在路口暂停的时候",他透过车窗,凝视着:

> 车里边的人身子偎在一起,说话的声音传了出来,听不见的笑话引起了欢笑,点燃的香烟在里面造成一个个模糊的光圈。(62;ch. 3)

显然,尼克渴望置身其中,同享车内的欣快。然而,当他身处窗内,凭窗远眺之际,他体验的竟是同一种渴望。在汤姆和茉特尔公寓的派对上,当他向窗外眺望之时,他思索着:

> 这排黄澄澄的窗户高踞在城市的上空,一定给暮色苍茫的街道上一位观望的过客增添了一点人生的秘密,同时我也可以看到他,一面在仰望一面在寻思。我既身在其中

> 又身在其外；对人生的千变万化既感到陶醉，同时又感到
> 厌恶。（40；ch. 2）

　　我的意思并不是说汤姆和茉特尔公寓的派对没有让尼克满足，或者使他颇感孤独。正如这段话所表明的那样，这个派对让他再次感觉到自己正在从外向里看。我只是想说明，在他三十年的生命中，尼克还没有遇到能给他带来归属感的人。他的渴望实际上是一种孤独，但他不太清楚自己为何孤独。他只知道，他就像小说中最为动人的年轻小职员形象一样，他们的渴望迷茫不清，无从实现："那些在橱窗面前踯躅的穷困的青年小职员，等到了时候独个儿上小饭馆去吃一顿晚饭——黄昏中的青年小职员，虚度着夜晚和生活中最令人陶醉的时光"（62；ch. 3）。此外，尼克在此凭窗远眺，想象自己就是"在黑暗的街上漫不经心的旁观者……向上看到"它的黄色的光，这个意象把渴望模糊不清、无从实现的意象给普遍化了。尼克不仅描述了他本人模糊不清、无从实现的渴望，而且描述了"所有人"——包括那个"漫不经心的旁观者"——模糊不清、无从实现的渴望，从而唤起了我们每个人在这方面的怅惘之情。

　　非常有趣的是，正如前文所示，伸展双臂这个意象既体现了对过去的渴望，也体现了对未来的渴望，在小说结尾之处第三次出现，这个渴望的意象并没有明确的渴望对象。

> 盖茨比信奉这盏绿灯，这个一年年在我们眼前渐渐远去的极乐的未来。它从前逃脱了我们的追求，不过那没关系——明天我们跑得更快一点，把胳臂伸得更远一点……总有一天……于是我们奋力向前划，逆流而上的小舟，不停地倒退，进入过去。（189；ch. 9）

在这里，小说强调盖茨比的渴望具有普适性。盖茨比眼前的绿灯和伸展的双臂成为我们共有的东西：未来"在**我们**眼前渐渐远去"，"逃脱了**我们**的追求"，但是"明天**我们**跑得更快一点"并且"把胳臂伸得更远一点"。在普适化的同时，盖茨比的渴望也变得更加模糊：对主人公来说，绿灯代表了黛西；对我们而言，它可能代表任何事情。但是，无

论它代表什么，我们都会追求它，虽说我们的渴望永远不会实现。尽管我们的渴望面向的是未来，我们的船头在朝前行进，然而，实际情况却是，我们与盖茨比一样，"不停地倒退，进入过去"，因为人的渴望无所谓始终，没有过去和未来之分，我们无从实现的渴望就是我们徒劳地"奋力向前划"却不停后退的"水流"。因此，在《了不起的盖茨比》中，尽管作者以同情的笔触去描写少数人物的际遇，然而，对于他们无法实现的渴望——这是他们共同的体验，而且，正如小说最后一段所强调的那样，这也是我们共同的体验——作者下笔非常沉重。

渴望无从实现这个意象也普遍地出现在小说的场景再现当中，也正是在这里，它成为一条共同的主线，连接起不同的社会阶层。第一个明显的例证是书中对盖茨比的别墅的描写，"不管按什么标准来说，都是一个庞然大物——它是诺曼底某市政厅的翻版，一边有一座簇新的塔楼，上面疏疏落落地覆盖着一层常春藤"（9；ch. 1）。甚至在我们遇到盖茨比之前，他居住的环境都暗示他的渴望是无从实现的，然而这种愿望又是他生活的精神支柱。像盖茨比一样，这幢大厦不同寻常，是"一个庞然大物"，它总想改头换面，成为别的什么东西，它只能去模仿的东西——诺曼底某市政厅——正如"上面疏疏落落地覆盖着一层常春藤"（thin beard of raw ivy）[1]，让人想到了大男孩故作成熟的形象。那座直刺天穹的塔楼，也暗示某种不切实际的强烈渴望。此外，大厦临海而建，面对着海湾，仿佛渴望得到远处的什么东西。正如前文所见，它的正面对着黛西码头深处的绿灯，在小说中，那盏绿灯是渴望无从实现的神圣标志。

在小说中，渴望无从实现的氛围更多的是引起人们浪漫遐想的环境营造出来的，然而，出现在这些环境之中的人物的实际经历和感受正好相反。例如，尼克初次拜访布坎南家，见到的都是紧张和不和——显然汤姆和黛西在打架，午餐时茉特尔不断地电话骚扰，乔丹毫无羞耻地试图偷听布坎南夫妇在隔壁争吵，汤姆自以为是地大谈特谈他的种族歧视——在环境描写之中，作者盛赞它应有的诗情画意，虽说它实际传达的情况并非如此。

---

[1] thin beard 也可以指（大男孩故作成人状而蓄起的）疏疏落落的胡须。——译注

> 　　我们穿过一条高高的走廊，走进一间宽敞明亮的玫瑰色的屋子。两头都是法国落地窗，把这间屋子轻巧地嵌在这座房子当中。这些长窗都半开着，在外面嫩绿的草地的映衬下，显得晶莹耀眼，那片草仿佛要长到室内来似的。一阵轻风吹过屋里，把窗帘从一头吹进来，又从另一头吹出去，好像一面面白旗，吹向天花板上糖花结婚蛋糕似的装饰，然后轻轻吹拂过绛色地毯，留下一阵阴影有如风吹海面。（12；ch. 1）

这个环境周围的事物都在暗示新奇、希望和满足。尼克走进的屋子是"玫瑰色的"，这是满足艳遇的传统氛围。半开的"晶莹耀眼"的窗户，"嫩绿的草地"和天花板上"糖花结婚蛋糕似的装饰"，这些描写让人想到的是充满希望的新开端：童真、春天、婚礼。此外，文中多次提到的婚礼蛋糕和红酒暗示的是庆祝成功和希望得到满足。环境预示的是心想事成，然而，里面的人物体验到的却是不满，这种不协调最终产生的结果是渴望无法实现的氛围。这很像柯勒律治（Coleridge）"古舟子咏"中的夫子在停舟不行之际自道，虽说此人的话毫无浪漫气息："水呵水，到处都是水，/却没有一滴能解我焦渴"（II. 121–22）。

　　以祥和、优雅和丰饶的意象去描写环境，甚至可以让最为粗俗的场景产生渴望无法实现的感觉；这种渴望向往的是天堂似的美，然而，具有讽刺意味的是，它与当下行为却格格不入。例如，汤姆为了与茉特尔通奸幽会而买下一所公寓，他们在那里招待过茉特尔的朋友，那群吵闹不休、粗俗不堪和酗酒成性的家伙。这套公寓所在地是"一大排白色蛋糕似的公寓"楼群（32；ch. 2），公寓内部装满织锦家具，上面绣的是"仕女在凡尔赛宫的花园里荡秋千的画面"（33；ch. 2）。当尼克陪着汤姆和茉特尔去他们公寓的时候，他注意到第五大道看上去"空气又温暖又柔和，几乎有田园风味。即使看见一大群雪白的绵羊突然从街角拐出来，也不会感到惊奇"（32；ch. 2）。"一大排白色蛋糕""仕女""公园""凡尔赛宫""又温暖又柔和""田园风味""夏天星期日的下午""一大群雪白的绵羊"——这是一种充满诗情画意的语言，一种充满丰饶、满足、愉悦与祥和的语言。派对上出现的醉酒、吵架等粗俗场面（客人们酒醉之后说话结结巴巴；茉特尔和麦基太太发表反犹主义、精英主义言论和说下流话；汤姆和茉特尔吵架；汤姆打破了茉特尔的鼻子）与前文描述的丰饶的田园生活非常不和谐，这种不和谐营造了渴望无法实现的氛围。这种渴望向往的是理想的生活，我们所追求的生活，与当前的现实完全不同的生活。

一边是粗俗的人物，一边是预示着和谐、优雅和丰饶的环境，这种反差营造出渴望无法实现的感觉，与书中描写盖茨比派对的文字联系在一起时，这种感觉显得尤为有趣。盖茨比豪华派对的开销，一如他购买大宅子的资金，都来自迈耶·沃尔夫山姆组织的犯罪活动。在小说中，沃尔夫山姆最为阴险，也是最为粗俗的一个人物。正如尼克指出的那样，盖茨比的客人"言谈行事"极为粗俗，"按娱乐场所的规矩行事"（45；ch. 3）。几乎人人行事粗鲁，面目可憎。他们说起主人的闲话来毫无恻隐之心，只有极少数人见过主人，至于是否见过主人，几乎没人在乎。这伙人都不同程度地撒酒疯，经常有人醉后出乖露丑。例如，有一个年轻女人"干下去"一杯鸡尾酒"壮壮胆子"，然后"跳到篷布舞池中间去表演"（45；ch. 3）；"一个吵吵闹闹的小女孩，她动不动就忍不住要放声大笑"（51；ch. 3）；一个司机喝得太多了，他的车躺在路旁的小沟里，"一只轮子撞掉了"（58；ch. 3），他根本没有发现车子已经停下；一位酩酊大醉的女孩让人把"头按到游泳池里"（113；ch. 6），以制止她大喊大叫。

然而，环境描写中总是带有一种强烈的浪漫气息："整个夏天的夜晚都有音乐声从我邻居家传过来。在他蔚蓝的花园里，男男女女像飞蛾一般在笑语、香槟和繁星中间来来往往"（43；ch. 3）。"早升的月亮……无疑也是从包办酒席的人的篮子里拿出来的"（47；ch. 3）。甚至连饮料都好像有魔力："一盘鸡尾酒在暮色苍茫中飘到我们面前"（47；ch. 3）。"自助餐桌上各色冷盘琳琅满目，一只只五香火腿周围摆满了五花八门的色拉、烤得金黄的乳猪和火鸡"（44；ch. 3）。经过这番描写，这个环境所呈现的仿佛是神话王国里的一片安宁的田园景象（"蔚蓝的花园""笑语""繁星"），那里的月亮像受到法术的操控，"早早"地升起；那里的鸡尾酒"飘到"想喝酒的人面前；那里的食物是"施了魔法的"。

当然，我们千万不要忘记，尼克是为我们叙事的人。在小说中，我们是通过他的眼睛来看环境的。因此，我们有理由得出结论，在环境和行动不一致的那些场景中，它们让人想到的那种无法实现的渴望就是尼克本人无法实现的愿望。他向往一个充满田园美景的世界，就像他年轻时代在威斯康星州认识的那个世界，但是，那个世界已一去不返。长大成人、第一次世界大战以及他本人缺少人生目标，这些因素结合在一起，已经把这个世界毁得一干二净。然而，富裕的生活会产生浪漫的前景。尼克对盖茨比的评论实际上是他本人的夫子自道：他"深切地体会到财富怎样禁锢和保存青春与神秘"（157；ch. 8）。尼克非常渴求他在富人世界中看到的浪漫前景，尽管这个世界的大多数人对它的田园属性视而不见，或者视为天经地义。

正如上述例证所示，小说中频繁出现的意象告诉我们，渴望无从实现是一件普遍的和必然的事情。无论我们地位有多高，财富有多少，我们都不可能永远满足：我们必然会渴求其他东西。我们可能把这种渴望与某个物体联系起来，并且相信我们是在渴求某个东西，无论它存在于我们的过去，还是存在于未来。如果我们没有把这种渴望与某个物体联系起来，在这种情况下，我们就会莫名其妙地坐卧不安。这种坐卧不安的感觉把梅尔维尔（Melville）笔下的伊什梅尔送到了海上，"无论什么时候，在他的心灵中，都是那个潮湿的、细雨蒙蒙的十一月"（21）。但是，无从实现的渴望无论以什么形式出现，都是不可避免的。即使在盖茨比与黛西最终重聚的那个下午，盖茨比的"幸福感光芒四射"（94；ch. 5），因为他了解到她仍然爱自己，然而，"一定有过一些时刻……黛西远不如他的梦想——并不是由于她本人的过错，而是……再多的激情或活力都赶不上一个人阴凄凄的心里所能集聚的情思"（101；ch. 5）。

这种不可避免的意识，即渴望无法实现是人性使然的感觉，在小说中一直被渴望无法得到满足这个意象的静态性质所突出强调。我们分析过的每一个意象——实际上是小说中的大多数意象——似乎都存在于永恒的当下，存在于一个静止的造型中，就像刻在济慈诗中希腊古瓮上的恋人一样固定不变："鲁莽的恋人，你永远、永远吻不上，/虽然够接近了——但不必心酸；/她不会老，虽然你不能如愿以偿，/你将永远爱下去，她也永远秀丽！"（Ⅱ. 17—20）。正如财富永久地"禁锢和保存青春与秘密"，无从实现的渴求也永远禁锢和保存渴求的对象。我们考察一下书中的两个意象，这两个表现渴望永远无法实现的意象非常明确地说明了这种永恒不变的性质。

汤姆和黛西最终参加了盖茨比举办的晚宴，在黄昏时分，黛西被"一位一向只在银幕上见到的大明星"所吸引，这位明星是"如花似玉的美人，端庄地坐在一棵白梅树下"，她的导演"正向她弯着腰"（111；ch. 6）。到了夜色渐深的时候，尼克注意到，"那位电影导演和他的'大明星'仍然在那棵白梅树下，他们的脸快贴到一起了，中间只隔着一线淡淡的月光"（113；ch. 6）。他说："我忽然想到他整个晚上大概一直在非常非常慢地弯下腰来，才终于和她靠得这么近"（113；ch. 6）。这是一个渴求的意象——实实在在地说，就是身体弯向欲望的对象——它好像不受时间流逝的影响，永远不变，就像济慈的希腊古瓮上面凝固的瞬间。整个晚上，这两个人物好像都一动不动，强化这个永恒不变的意象的还有生动如画的细节描写体现出的那种超凡脱俗的特征：这个女人"如花似玉"，眼前唯一的植物是一棵"白梅树"，唯一的光亮是"一线淡淡的月光"。

类似的、表现渴望无法实现的一个画面出现在下面场景中：当汤姆、尼克和盖茨比站在布坎南家门之外，等着把黛西和乔丹开车送到纽约城的时候，他们看到远处的一艘帆船。

> 在绿色的海湾上，海水在酷热中停滞不动，一条小帆船慢慢向比较新鲜的海域移动……我们的眼睛掠过玫瑰花圃，掠过炎热的草坪，掠过海岸边那些大热天的乱草堆。那条小船的白翼在蔚蓝清凉的天际的背景上慢慢地移动。再往前是水波荡漾的海洋和星罗棋布的宝岛。（124；ch. 6）

在这里，无法得到满足的渴望体现为对天堂生活的渴望，逃避现实世界的渴望。船只行驶速度缓慢——这段话中强调了两次（它"慢慢……移动"和"那条小船的白翼在……慢慢地移动"）、船只和陆地之间遥远的距离（从他们伫立的地方看去，它就像"一条小帆船"）以及海景的经典颜色（蓝天映衬下的白帆），把这个意象凝固起来，仿佛是画布上的油彩凝固的意象。这个意象让人产生一种时光停滞的感觉，进一步加强这种感觉的是，这个意象当中暗含某种神话似的东西：帆船所在的世界"新鲜""清凉"，与汤姆、尼克和盖茨比所处的现实世界形成鲜明对比，那里尽是"酷热""炎热的草坪"和"掠过海岸边那些大热天的乱草堆"；船帆变成了"白翼"；小船的目的地为神秘莫测的世外桃源——"星罗棋布的宝岛"。

从这个语境出发，有趣的是，我们注意到，在本书的核心章节，当盖茨比和黛西（他们之间的关系是渴望无从实现的体现）重新相聚之时，时间似乎真的静止不动了。尼克火炉架上的时钟——盖茨比用头靠着它，结果把它弄翻了，拿起来一看——是"报废的"（91；ch. 5）：时间停止了。随着情景的推移，盖茨比在时光中的存在也宣告终止；他"像一架发条上得太紧的时钟一样精疲力竭了"（97；ch. 5）。在暮色渐浓之际，他和黛西静静地坐在一起，时光流逝不止的现实世界"远在天涯"（102；ch. 5），与此形成强烈对比的是现实世界的喧嚣："外面风刮得呼呼的……此刻西卵所有的灯都亮了；电动火车满载归客，在雨中从纽约急驰而来"（101；ch. 5）。两相对照，更凸显出他们处在一个时光停滞、亘古不变的状态。

《了不起的盖茨比》以华美的意象强有力地表现了渴望永远无法实现这一永恒主题，从而造就了它的经典地位。正如出版商查尔斯·斯克里布纳三世（Charles Scribner III）在1992年所说："直至今日，在斯克里布纳公司出版的简装本销售书中，它一直高居榜首"（205）。这本书之所以有这种经久不衰的价值，并不是因为它针对爵士时代展开的社会评论，尽管它确实是一部精彩的社会评论之作。这部小说之所以稳居"美国文学中神圣的宝座"（Scribner 205），原因在于它讲出了沉潜于人类体验中心的东西：渴望永远无法实现，这是人生的核心问题。"使（盖茨比）入迷的是她那激动昂扬的声音，因为那是无论怎样梦想都不可企及的"，与黛西的声音一样，无从实现的渴望造就的那种富有诗意的忧郁就是一首"永恒的歌"（101；ch. 5），菲茨杰拉德的这部卓尔不群的小说捕捉到了这首歌曲，这是其他小说未能做到的。

【深入实践问题：新批评研究其他文学作品的方法】

以下问题为新批评的实践范例。它们能帮助读者运用新批评去阐释这里提到的文学作品或读者自选的其他文本。

1. 在凯特·肖邦的小说《暴风雨》中，自然意象和视角是如何印证小说主题的，即决定是非对错、健康与否的不是抽象的规则，而是个人所在的环境？

2. 在阿尔伯特·莫拉维亚的小说《追踪》中，叙事者的人物刻画、小说开篇和结尾的场景以及自然意象的运用，如何印证了小说的主题——通奸是一种情感分离，标志着亲密的夫妻关系已告终结？

3. 兰斯顿·休斯的诗歌《黑人谈河》（"The Negro Speaks of Rivers"，1926）是如何使用地理的、历史的、《圣经》的典故以及自然意象，来表现他关于黑人种族的主题的？如果是你，你将如何表述这一主题？

4. 在阿瑟·米勒的戏剧《推销员之死》中，场景的设置如何让观众对威利——这位身不由己的受害者——产生同情，从而有助于推动全剧的主题，即为了满足社会的要求，人们往往会牺牲个人的需要？

5. 在托妮·凯德·班巴拉的《课堂》中，成长主题是如何通过以下形式元素表现出来的？这些形式元素包括故事的讲述视角、叙事者的口吻和运用的俚语、用以描述玩具商店的意象以及孩子们对玩具店的反应。通过分析这些形式元素，你认为它们暗示了什么主题？这个主题是否产生于小说对叙事者的人物刻画？如果是的话，分析一下该主题从中产生的过程。（如果不是的话，就从这些形式元素入手，寻找它们所证明的另一个主题。）

【延伸阅读书目】

Brooks, Cleanth. *The Well-Wrought Urn: Studies in the Structure of Poetry*. New York: Reynal & Hitchcock, 1947. (See especially "Gray's Storied

Urn," 96–113; "Keats' Sylvan Historian: History without Footnotes," 139–52; and "The Heresy of Paraphrase," 176–96.)

——. *Community, Religion, and Literature*. Columbia and London: University of Mississippi Press, 1995. (See especially "The Primacy of the Linguistic Medium," 16–31; "The New Criticism," 80–97; "The Primacy of the Author," 170–83; and "The Primacy of the Reader," 244–58.)

Brooks, Cleanth, and Robert Penn Warren. *Understanding Fiction*. 1943. 2nd ed. New York: Appleton-Century-Crofts, 1959. (See especially "Letter to the Teacher," xi–xx; and "What Theme Reveals," 272–78.)

——. *Understanding Poetry*. 1938. 4th ed. New York: Holt, Rinehart and Winston, 1976. (See especially "Poetry as a Way of Saying," 1–16; "Tone," 112–15; and "Theme, Meaning, and Dramatic Structure," 266–70.)

Davis, Todd F., and Kenneth Womack. *Formalist Criticism and Reader-Response Theory*. New York: Palgrave, 2002.

Litz, A. Walton, Louis Menand, and Lawrence Rainey, eds. *Modernism and the New Criticism*. Vol. 7. *The Cambridge History of Literary Criticism*. New York: Cambridge University Press, 2000.

Spurlin, William J., and Michael Fischer, eds. *The New Criticism and Contemporary Literary Theory: Connections and Continuities*. New York: Garland, 1995.

Wellek, René. *"The Attack on Literature" and Other Essays*. Chapel Hill: The University of North Carolina Press, 1982. (See especially "Criticism as Evaluation," 48–63, and "The New Criticism: Pro and Contra," 87–103.)

Wellek, René, and Austin Warren. *Theory of Literature*. 1949. 2nd ed. New York: Harcourt, Brace and World, 1956. (See especially "Image, Metaphor, Symbol, Myth," 175–201.)

Wimsatt Jr., W. K. *The Verbal Icon: Studies in the Meaning of Poetry*. Lexington: University of Kentucky Press, 1954. (See especially "The Intentional Fallacy," 3–18; "The Affective Fallacy," 21–39; "The

Structure of Romantic Nature Imagery," 103–16; and "Explication as Criticism," 235–51.)

【高端阅读书目】

Blackmur, R. P. *The Lion and the Honeycomb: Essays in Solicitude and Critique*. New York: Harcourt Brace, 1955.

Bogel, Fredric V. *New Formalist Criticism: Theory and Practice*. Basingstoke and New York: Palgrave Macmillan, 2013.

Davis, Garrick, ed. *Praising It New: The Best of the New Criticism*. Athens, OH: Swallow Press/Ohio University Press, 2008. (See especially Davis' "The Golden Age of Poetry Criticism," xxi–xxvii; Brooks' "The Formalist Critics," 84–91; Jarrell's "Texts from Housman," 161–69; and Winters' "The Morality of Poetry," 233–43.)

Eliot, T. S. *Selected Prose of T. S. Eliot*. Ed. Frank Kermode. New York: Harcourt Brace Jovanovich, 1975. (See especially "Tradition and the Individual Talent," 37–44; and "Hamlet," 45–49.)

Empson, William. *Seven Types of Ambiguity*. New York: Noonday, 1955.

Hickman, Miranda B. and John D. McIntyre, eds. *Rereading the New Criticism*. Columbus: The Ohio State University Press, 2012.

Jancovich, Mark. *The Cultural Politics of the New Criticism*. New York: Cambridge University Press, 1993.

Krieger, Murray. *The New Apologists for Poetry*. Minneapolis: University of Minnesota Press, 1956.

Ransom, John Crowe. *The New Criticism*. New York: New Directions, 1941.

Richards, I. A. *Coleridge on Imagination*. New York: W. W. Norton, 1950.

Wimsatt Jr., W. K., ed. *Explication as Criticism: Selected Papers from the English Institute*, 1941–52. New York: Columbia University Press, 1963. (See especially Brooks' "Literary Criticism: Marvell's 'Horatian Ode,'" 100–30; Bush's "John Milton," 131–45; and Trilling's "Wordsworth's 'Ode': Intimations of Immortality," 175–202.)

【注释】

① 当代大部分文学批评家，无论他们的理论取向如何，都认为新批评派持有的"普遍意义"概念子虚乌有，甚至是有害的，因为决定文本"普遍性"的是美国白人男性的经验，正因为这个原因，这种"普遍性"的适用范围也变得十分狭隘，它仅适用于美国白人男性的经验。

② 类似观点，例见卡特赖特、蔡斯、狄龙、格罗斯（Gross）、哈特、莱沃特、穆尔、纳什、斯特恩和特里林。

③ 有一些批评家认为，盖茨比也是堕落世界中的一员，例见布鲁克利、戴森（Dyson）和富塞尔（Fussell）。

【引用作品书目】

Austen, Jane. *Sense and Sensibility*. 1811. New York: Alfred A. Knopf, 1992.

Bewley, Marius. "Scott Fitzgerald's Criticism of America." *Sewanee Review* 62 (1954): 223–46. Rpt. in *Modern Critical Interpretations: F. Scott Fitzgerald's* The Great Gatsby. Ed. Harold Bloom. New York: Chelsea, 1986. 11–27.

Bruccoli, Matthew J. *Some Sort of Epic Grandeur: The Life of F. Scott Fitzgerald*. New York: Harcourt, 1981.

Burnam, Tom. "The Eyes of Dr. Eckleburg: A Re-Examination of *The Great Gatsby*." *College English* 13 (1952). Rpt. in *F. Scott Fitzgerald: A Collection of Critical Essays*. Ed. Arthur Mizener. Englewood Cliffs, N.J.: Prentice Hall, 1963. 104–11.

Cartwright, Kent. "Nick Carraway as Unreliable Narrator." *Papers on Language and Literature* 20.2 (1984): 218–32.

Chase, Richard. "*The Great Gatsby*": *The American Novel and Its Traditions*. New York: Doubleday, 1957. Rpt. in The Great Gatsby: *A Study*. Ed. Frederick J. Hoffman. New York: Scribner's, 1962. 297–302.

Chopin, Kate. "The Storm." 1898. *The Complete Works of Kate Chopin*. Ed. Per Seyersted. Baton Rouge: Louisiana State University Press, 1970.

Clifton, Lucille. "There Is a Girl Inside." 1977. *Good Woman: Poems and a Memoir*, 1969–1980. Rochester, N.Y.: BOA Editions, 1987. 170.

Coleridge, Samuel Taylor. "The Rime of the Ancient Mariner." 1797. *Romantic and Victorian Poetry*. 2nd ed. Ed. William Frost. Englewood Cliffs, N.J.: Prentice Hall, 1961. 122–39.

Dillon, Andrew. "*The Great Gatsby*: The Vitality of Illusion." *Arizona Quarterly* 44.1 (1988): 49–61.

Dyson, A. E. "*The Great Gatsby*: Thirty-Six Years After." *Modern Fiction Studies* 7.1 (1961). Rpt. in *F. Scott Fitzgerald: A Collection of Essays*. Ed. Arthur Mizener. Englewood Cliffs, N.J.: Prentice Hall, 1963. 112–24.

Fitzgerald, F. Scott. *The Great Gatsby*. 1925. New York: Macmillan, 1992.

Fussell, Edwin. "Fitzgerald's Brave New World." *ELH, Journal of English Literary History* 19 (1952). Rpt. in *F. Scott Fitzgerald: A Collection of Critical Essays*. Ed. Arthur Mizener. Englewood Cliffs, N.J.: Prentice Hall, 1963. 43–56.

Gallo, Rose Adrienne. *F. Scott Fitzgerald*. New York: Ungar, 1978.

Gross, Barry Edward. "Jay Gatsby and Myrtle Wilson: A Kinship." *Tennessee Studies in Literature* 8 (1963): 57–60. Excerpted in *Gatsby*. Ed. Harold Bloom. New York: Chelsea House, 1991. 23–25.

Hart, Jeffrey. "'Out of it ere night': The WASP Gentleman as Cultural Ideal." *New Criterion* 7.5 (1989): 27–34.

Hemingway, Ernest. "Big Two-Hearted River." 1925. *The Short Stories*. New York: Scribner's, 1997.

Keats, John. "Ode on a Grecian Urn." 1820. *Romantic and Victorian Poetry*. 2nd ed. Ed. William Frost. Englewood Cliffs, N.J.: Prentice Hall, 1961. 236–37.

Le Vot, André. *F. Scott Fitzgerald: A Biography*. Trans. William Byron. Garden City, N.Y.: Doubleday, 1983.

Melville, Herman. *Moby Dick*. 1851. New York: Signet, 1980.

Miller, Arthur. *Death of a Salesman*. New York: Viking, 1949.

Moore, Benita A. *Escape into a Labyrinth: F. Scott Fitzgerald, Catholic Sensibility, and the American Way*. New York: Garland, 1988.

Moravia, Alberto. "The Chase." 1967. *Literature: The Human Experience*. 6th ed. Eds. Richard Abcarian and Marvin Klotz. New York: St. Martin's, 1966. 492–95.

Morrison, Toni. *Beloved.* New York: Alfred A. Knopf, 1987.

——. *The Bluest Eye.* New York: Holt, Rinehart, and Winston, 1970.

Nash, Charles C. "From West Egg to Short Hills: The Decline of the Pastoral Ideal from *The Great Gatsby* to Philip Roth's *Goodbye, Columbus*." *Philological Association* 13 (1988): 22–27.

Scribner, Charles, III. "Publisher's Afterword." *The Great Gatsby*. 1925. F. Scott Fitzgerald. New York: Simon & Schuster, 1995. 195–205.

Stern, Milton R. *The Golden Moment: The Novels of F. Scott Fitzgerald*. Urbana: University of Illinois Press, 1970.

Trilling, Lionel. "F. Scott Fitzgerald." *The Liberal Imagination*. New York: Viking, 1950. 243–54. Rpt. in The Great Gatsby: *A Study*. Ed. Frederick J. Hoffman. New York: Scribner's, 1962. 232–43.

Wharton, Edith. *The House of Mirth*. 1905. New York: Scribner's, 1969.

第六章

读者反应批评

正如名称所示，读者反应批评一心关注读者对文学文本的反应。许多初学批评理论的学生，学到读者反应批评这部分，颇有如释重负之感，开心不已。他们之所以高兴，或许就因为如下想法：他们对文本的反应十分重要，竟然成为文学阐释的焦点。或许他们还一厢情愿地认为，读者反应批评意味着，"不管我怎么阐释文本，都不可能错，因为那是我的反应，老师不会反对"。我先告诉诸位一个坏消息。你对文学文本的反应在旁人看来可能缺乏依据，或者证据不足，这取决于我们谈论的是哪一种读者反应理论。确实有一类读者反应理论坚称，反应不充分（或者说不准确、不恰当）这种情况并不存在，但即便如此，作为理论的实践者，你不仅要对文本作出反应，还要分析你自己的反应，或者他人的反应，而这种分析很可能存在着不足。

不过，还有一个好消息，那就是，读者反应批评是一个范围广泛、激动人心、不断演变的文学研究领域，它有助于我们了解自己的阅读过程，了解这些过程与以下因素息息相关：所读文本中的特定要素、我们的生活经历以及我们所属的知识群体。此外，如果你正在从事教学工作，或者将来打算从事教学工作，读者反应批评提供的理念会对你有所帮助，无论你教的是小学还是大学。

如果你感觉到，读者反应批评涵盖了各种见解相异的立场，那就对了。事实上，如果某篇文章分析的是阅读行为或读者反应，我们就可以把它当作读者反应批评。例如，当精神分析批评去考察某些文学阐释背后的心理动机的时候，它也属于一种读者反应批评。还有女性主义批评，当它分析父权制如何让读者带着性别歧视的态度去阐释文本之时，它也是一种读者反应批评。还有结构主义，如果它的考察是读者为了弄懂一部文本必须有意或无意地内化吸收哪些文学成规，这时候，它也可被视为读者反应批评。[①]还有同性恋批评，如果它去研究我们的恐同文化是如何阻碍我们看到作品中的同性欲念的，那么，它也属于读者反应批评。

关注阅读过程，这种文学批评行为在二十世纪三十年代崭露头角，它反拨的是当时批评界方兴未艾的一种趋向：否定读者具有意义创造功能。这种趋向成为新批评派的正式原则，主宰了二十世纪四五十年代的批评实践。正像我们在第五章中看到的那样，新批评派认为，文本的永恒意义——文本的**本质**——包含在文本自身之中。文本的意义不是作者意图的产物，也不会随着读者反应的变化而改变。你们可能还记得，新批评派说过，如果文学批评注重读者反应，它就会混淆文本的**本质**与文本的**效果**之间的区别。读者反应理论直到二十世纪七十年代才声名鹊起，它始终认为作品的本质与它产生的效果密不可分。尽管读者反应理论家对阅读过程的看法相互迥异——关于这一点，稍后再作考察——但是他们都坚持以下两种看法：（1）在理解文学的过程中，读者的作用不可忽视；（2）读者并不是被动地吸收客观的文学文本呈现出的意义，更确切地说，他们总是在积极地塑造他们从文学作品中发现的意义。

第二种看法（读者积极地塑造作品的意义）表明，面对同一部文本，不同的读者可能有不同的解读。事实上，读者反应理论家认为，即便是同一位读者，面对同一部文本，他在不同的场合也可能作出意义不同的解读，因为有很多可变因素会影响我们对这个文本的感受。在前后两次阅读之间，我们获得的知识、我们的个人体验、我们思想情绪的变化或阅读目的的变化，凡此种种，都会导致我们对同一文本产生不同的意义解读。

读者的介入可以在多大程度上改变文本的意义？为了弄清这一问题，我们看一看下面这段文字。在阅读这段文字的过程中，你就把自己当成买房客，找出房子的优点和缺点；如果你想买下这所房子，你就会认为这些优缺点十分重要。

房屋的细节描述[2]

两个小男孩一路跑到行车道上。"瞧，我跟你说过，今天就适合逃学。"马克说。"妈妈周四从来不在家。"他又说了一句。高高的树篱把四周遮掩得严严实实，在马路上根本看不出这里还有一所房子。两人溜溜达达地穿过景色别致的庭院。"我还真不知道你们家占这么大一块地方。"彼得说。"对呀，自从我爸新安了石头墙板，新砌了壁炉之后，它可比从前漂亮多了。"

房子前后都有门，侧门直通车库，车库里停放着三辆十速自行车。进了侧门，马克解释说，这扇门一直不上锁，以防他妹妹回家太早进不了屋。

彼得想看看房子里面的情况，马克就领着他从起居室看起。与楼下的房间一样，起居室也是刚刷过的。马克打开了音响，音响的声音很让彼得担心。"别担心，离这儿最近的房子还在四分之一英里之外。"马克大声喊道。彼得放眼四望，大院的周围一所房屋也没有，他感到很惬意。

餐厅里摆放着瓷器、银质餐具和雕花玻璃。由于没有玩的地方，他们就进了厨房，做起三明治来。马克说地下室不能去，自从安装了新的管道设备之后，那里变得潮湿发霉了。

"这里是我爸爸保存名画和收藏硬币的地方，"当他们仔细打量着书斋的时候，马克说。马克还吹嘘说，只要他想花钱，就能弄得到，因为他发现他爸爸在写字台的抽屉里放了不少钱。

楼上有三间卧室。马克领着彼得看了看他妈妈的衣橱：里面挂满了皮大衣，还有一只锁得严严实实的盒子，里面装着珠宝首饰。他妹妹的房间没有好玩的东西，只有一台电视，还被马克搬到了他自己的房间。马克大言不惭地说，大厅里的浴室是他专用的，因为妹妹们的卧室里新建了一个浴房。他的房间里光线特强，这是因为旧屋顶腐烂，天花板出现裂缝，阳光可以从中直射进来。

许多读者会列出这所房屋的以下优点和缺点：

优点	缺点
高高的树篱（私密）	地下室潮湿发霉
景色别致的庭院	新管道系统有缺陷
石头墙板	腐烂的屋顶
壁炉	卧室天花板出现裂缝
车库	
楼下新刷的房间	
最近的房屋在四分之一英里之外（私密）	
书斋	
楼上三个房间	
卧室里新建了浴房	

现将这段文字重读一遍，如果你打算到这所房子里去盗窃，你就可以罗列出它对盗窃行为至关重要的优缺点。许多读者可以罗列出如下优点和缺点。

优点	缺点
高高的树篱（不易被人发现）	
周四家里总是没人	
景色别致的庭院（这家人很有钱）	
车库里停放着三辆十速自行车	
侧门一直不上锁	
最近的房屋有四分之一英里远（不易被人发现）	
有许多可携带的物品：音响、瓷器、银质餐具、雕花玻璃、名画、硬币藏品、皮大衣、首饰盒子、电视机	
写字台抽屉里存放着现金	

当我们第二次阅读这段文字的时候，由于我们一心想到这所房子里去盗窃，所以我们集中关注的细节与此前完全不同。即便我们在这两次阅读

过程中，集中关注的是相同的细节，但是，对我们而言，它们产生的意义大不相同。例如，在许多买家看来是优点的私密性却成为入室窃贼易于得手的不利条件。只需改变我们阅读的目的，我们阅读的对象就会发生巨变。当然，一些想买房子的读者可能马上会意识到这所房子的私密性带来的缺点，因为生活经验使他更容易意识到犯罪问题，这就足以印证读者反应理论的主张：读者利用他们的个人经验去创造意义。

正如上面的练习所说明的那样，文字文本不是物体，尽管它以物质的形式存在。它是读者头脑中发生的事件，在文本产生的过程中，读者的反应发挥着首要作用。然而，关于读者反应的形成经过以及文本促成读者反应的作用，理论家们却言人人殊。有人认为，在意义的形成过程中，文学文本与读者同样积极主动，有人则认为，若不是读者创造出文本的意义，文本根本不会存在，凡此种种，不一而足。

这些研究方法可以宽泛地被称为互动式读者反应理论、情感文体学、主观读者反应理论、心理学读者反应理论以及社会读者反应理论。我们先考察一下其中一个很有代表性的范例。有一点一定要注意，这种分类方式多少带有人为性质，其实，它们之间的分界线经常是模糊不清的，因为不同学派的实践者之间也会秉持某些相同的想法，而同一学派内部的实践者之间往往也会就某些问题产生分歧。此外，正如上文所示，不管怎么给读者反应研究分类，都不可避免地会出现如下情况：有些理论虽被归入读者反应理论的名下，但其实践者并不认为自己是读者反应批评家，还有些理论虽然被排除在外，但是按照另一种分类体系，它们也算读者反应理论。然而，正因为读者反应理论的基本结构是由形色各异、争议纷出的多条线索编造而成，确定分类方法才成为必要之举，至少在目前这个阶段理应如此。我选取的这个方法，在我本人看来，最能清晰地显示读者反应批评的总体概貌，使读者在阅读该领域的理论著作之前有所准备。

【互动式读者反应理论】

互动式读者反应理论（transactional reader-response theory）分析的是文本与读者之间的相互作用，它经常与路易斯·罗森布拉特的著作联系在一起，罗森布拉特为它规定了诸多前提。罗森布拉特并不因为重视读者而贬低文本的重要性，相反，她倒是主张，在意义产生过程中，二者都发挥了必要的作用。她严格区分了**文本**（text）、**读者**（reader）和**诗**（poem）这三个术语："文本"指书页上印行的文字，"诗"指文本与读者共同产生的文学作品。

这种相互作用是如何发生的呢？我们在阅读的时候，文本总是刺激我们按照自己独有的方式作出反应。在阅读当中，各种情感、联想和回忆纷至沓来，这些反应影响了我们在通读文本的过程中对文本的理解。我们此前接触的文学作品，历年积累的全部知识，甚至当下的身体状况和心情，这些因素都有可能对我们产生影响。然而，在我们阅读的各个时间点，文本发挥了**蓝图**（blueprint）的作用，当我们意识到自己的阐释离题太远之时，就靠它来纠正。在通读文本时发生的这一阐释纠正过程，总会促使我们根据文本的最新进展回头重读先前的内容。这样一来，文本就引导我们在阅读过程中进行自我纠正，而且，即使在阅读结束后，如果我们想深化或完成我们的阐释而重读全文或其部分内容，文本这时还将继续发挥其引导作用。如此说来，诗（即文学作品）的创作是文本和读者相互作用的结果，二者在创作过程中发挥了同样重要的作用。

然而，为了确保文本与读者之间的相互作用得以出现，我们研究文本的方法，用罗森布拉特的话来说，必须是**审美性质的**（aesthetic），而非**传输式的**（efferent）。当我们按照传输式模式解读时，我们集中关注的仅限于文本蕴含的信息，文本就好像是一个装满事实和思想的仓库，里面的内容可以随取随用。"阿瑟·米勒的《推销员之死》讲的是，一位四处奔波的推销员为了让儿子得到自己的人寿保险而轻生自杀"，这就是传输式解读的一个例证。相比之下，当我们遵照审美的模式去解读时，我们与文本之间的关系总是带有个人色彩，文本吸引我们集中关注语言背后的微妙情感，鼓励我们作出判断。"在《推销员之死》中，威利·洛曼家的那座沐浴在蓝色柔光下的小房子与周围橘色的公寓大楼形成了反差，主人公的困境跃然纸上"，这是审美式解读的例证。没有审美的研究方法，就不可能有文本和分析型读者之间的相互作用。

沃尔夫冈·伊瑟尔（Wolfgang Iser）[③]的追随者可能会解释说，罗森布拉特提出文本具有蓝图功能和刺激功能，依据的是一切文本都具有的两种意义：**确定性意义**（determinate meaning）和**不确定性意义**（indeterminate meaning）。确定性意义指的是文本提供的所谓的事实：情节中的事件，或白纸黑字明白无误的实际描写。相比之下，不确定性意义，即**不确定性**(indeterminacy)，指的是文本中的各种"间隙"，例如，文本没有给出明确解释的行为或本身引起多重解释的行为，它们允许甚至诱导读者生发出自己的阐释。（如此说来，罗森布拉特的传输式研究方法依赖的都是确定性意义，而她的审美式研究方法既依赖确定性意义，也依赖不确定性意义。）例如，在《推销员之死》中，我们可以说，该文本的确定性意义包括如下事实：威利习惯向琳达撒谎说他的工作如何顺利，他的人缘如何好，他在公司的地位有多重要。该剧的不确定性则包括如下问题：琳达对丈夫的实际工作情况到底了解多少？她什么时候才发现真相（如果她真的能发现）？当威利想告诉她自己的缺点的时候，她为什么阻止他讲出真相？当然，某一特定文本的意义究竟是确定性的，还是不确定性的，还得靠我们自己去证明。

正如我们所见，确定性意义和不确定性意义之间的相互作用，会不断地让读者去经历如下过程：回顾，即回想先前在该文本中读过的内容；预计下一步会发生什么；预期得到满足或受到挫折；修正，即改变原来对人物和事件的理解；如此等等，不一而足。随着我们的看法因视角的变换而发生转移，有些东西在作品的某一处好像属于确定性意义，在另一处又好像属于不确定意义，例如，叙事者、人物和事件提供的视角形色各异，足以让我们的看法发生转移。于是，在伊瑟尔看来，读者固然向文本中投射出意义，但是，读者为了建构这种意义所仰仗的阅读活动早就内化于文本之中，被预先安排妥当了。换句话说，伊瑟尔认为，文本本身引导我们去经历文本解释（向文本投射出意义）所需要的各个过程。

按照互动式读者反应理论家的看法，不同的读者所提出的可行性阐释不尽相同，因为文本允许多重意义并行无碍，也就是说，文本支持多重意义。然而，在这个过程中，总还是有一个真实的文本，我们必须参照它才能证实或修正自己的反应，所以说，并非所有的解读都是可取的，有些解读比其他解读更为可取。甚至可以说，作者在行文过程中明确交代的意图和事后提供的许多阐释只是对该文本的补充性解读，评判它们的价值必须依据作为蓝图的文本，正像评判其他解读的价值一样。因此，互动式分析在很大程度上依赖于新批评所坚持的文本的权威性，与此同时，它也突出了读者反应的重要性。另外，互动式分析带来的成功解读不胜枚举，其中有些解读还来自新批评派，虽说新批评派坚信一个文本只有一种最佳的解读方式。④

【情感文体学】

　　情感文体学（affective stylistics）源于批评家对如下文学观念的深入分析，即文学文本是时间性事件，而非空间性物体，换句话说，文学文本是在阅读过程中产生的。为了理解文本如何在阅读过程中**打动**（affect）读者，有必要仔细考察文本；这种考察经常是逐句进行的，甚至是逐字进行的。虽说这样做必须花费大量气力去关注文本———一些理论家之所以认为这种方法本质上属于互动式研究，原因即在于此———但是，情感文体学的许多实践者认为，文本不是一个客观的、自主的实体，文本并没有一个独立于读者之外的固定意义，因为文本中包含着它自己造成的结果，而且这些结果产生于读者内部。例如，当斯坦利·费什（Stanley Fish）去描述作品结构的形成过程之时，他所描述的这个结构就是读者在阅读过程中随时产生的反应的结构，而不是读者在阅读之后组装出来的文本的结构———就像组装眼前凌乱的拼装玩具一样。不过，情感文体学不是去描述读者对文本的印象式反应，而是从认知角度去分析文本中的特定因素产生的心理过程。事实上，它是一种"慢动作"，逐字逐句分析文本如何构建读者的反应，或许这就是情感文体学最为人熟知的地方。

　　这种操作程序的某些最佳例证来自费什的著作。为了搞清楚这种研究方法的运作方式，我们看一看费什对下面这个句子的分析。

　　　犹大自缢而亡，在《圣经》中并无确证：虽说某处似有确证，在一个可疑的词语造成变局之前，这么说没有问题；然而，在别的地方，在一段比较明确的描写中，它却变成了一件不大可能的事情，似乎被推翻了。（**"Literature"** 71）

在费什看来，"这句话是什么意思？"或者说"这句话到底说了什么？"，这样问没有什么意义，因为这句话并没有提供回答这个问题所需要的事实。即便我们注意到，这句话的确说出了一些东西——它说《圣经》中没有明文记载犹大是否自缢身亡——但费什的主要意思是，这句话只告诉我们：它无法告诉我们任何事物。相比之下，"这句话对读者有什么影响？"或者"读者是怎样解读这句话的意思的？"这类问题却很有用。

费什指出，这句话讲的是犹大的**行为**，它使读者从坚信不疑变得疑窦丛生。第一个从句，"犹大自缢而亡"［绝大部分人都知道，这句话是"犹大自缢而亡这一事实"（the fact that Judas perished by hanging himself）的简写］是一条论断，我们可以把它当作一种事实的陈述。我们由此而感到确定无疑，无论我们是否意识到，这种感觉会让我们去期盼这句话可能产生好几个结局，它们都将证实我们对犹大上吊身亡的确定。费什举了三个例子来说明这个从句引发我们期待的结局：

1. 犹大自缢身亡是（对所有人的警告）。
2. 犹大自缢身亡证明（他意识到自己罪孽深重）。
3. 犹大自缢身亡会（让我们在阅读过程中稍作停顿）。
   （"Literature" 71）

这些期待严重限制了下文中"并无"（there is no）一词可能产生的意义。读到这句话，读者原本期待着看到"无疑"（there is no doubt）这样的字眼，但实际出现的却是"并无确证"（there is no certainty）。我们对这句话的理解，本来是建立在犹大上吊自杀这一事实的基础上，然而，这一事实却变得不确定起来。现在，读者开始从事一种完全不同的活动。正如费什所说，"（读者）不再沿着一条灯火通明的道路去追随一个观点（灯火毕竟已经熄灭），相反，（读者）开始寻找一种观点"（"Literature" 71）。在这种情况下，读者往往带着得到澄清的希望去继续阅读。然而，继续阅读这段文字，我们的不确定性只增不减：一方面，我们读到了承诺澄清的文字——"某处""确证""明确""推翻"，另一方面，我们又读到了撤销承诺的文字——"虽说""可疑的""然而""不大可能""似乎"，我们夹在二者之间一筹莫展。过多地使用代词it进一步增加了不确定性，因为随着句子的步步展开，读者越来越难以弄清it所指为何物。

读者反应批评家之所以这样分析，为的是勾画出文本建构读者阅读反应的模式。接下来，这种反应被用于证明，构成文本的意义的不是我们就文本**内容**得出的最终结论，而是我们对文本**效果**的阅读体验，因为文本是时间性事件：当我们阅读每一个词、每一个短语的时候，它都对我们产生影响。正像我们刚才见到的那样，费什的这段选文先是强化了读者对犹大原有的看法，然后又撤销了这种强化，让读者继续满怀期望去找出一个答案，但文本最终没有提供这个答案。如果这段选文中产生的这种体验在原文中反复出现，那么，读者反应批评家就会说，先让我们产生期待然后再受到挫败。通过这种模式，文本教我们如何去解读它，甚至解读周围的世界：我们必须预料到，我们对获得明确认识的期盼会产生，也会遭到挫败。我们渴望确定性知识。我们追求它，我们期盼得到它。但这个文本教给我们的却是，我们可能对什么都拿不准。换句话说，在读者反应批评家看来，这个文本主要讲的不是犹大，也不是《圣经》，而是阅读体验。

除了分析构成读者反应的阅读活动之外，读者反应批评家通常还会搜集其他证据，进一步证明文本与阅读体验相关。例如，情感文体学的大部分实践者都引用其他读者的反应——例如其他批评家的反应——来证明他们针对某一文本阅读活动进行的分析，在所有读者看来都是有效的。批评家甚至还会引用一种截然相反的批评观点去印证如下争议：文本提供了一种没有定论的、解构性质的或令人困惑的阅读体验。这并不意味着文本有缺陷，它只意味着让读者满怀疑虑、胸无定解可以证明如下事实：对文字文本的阐释，或许对周围世界的阐释，是一种问题丛生的行为，我们不能指望从中获取定论。

文本自身蕴含的**主题证据**（thematic evidence），通常也被用来证明文本与阅读体验有关。例如，读者反应批评家曾证明，人物的感受和环境描写反映的是阅读该文本的读者的感受。如果我宣称，约瑟夫·康拉德的《黑暗的中心》让读者颇感惶惑，不知如何去阐释随着故事情节的展开而出现的人物和事件，那么，我就会着手分析造成这种不确定性感受的阅读活动，正如我们在上文中所见到的那样。接下来，我再去证明，一方面，读者的不确定感受反映在马洛的不确定感受当中——

他无法阐释库尔茨这个人物，另一方面，也反映在书中多次提到的黑暗和模糊现象当中（二者是不确定性的隐喻）：它们出现在作者对热带丛林、对公司总部以及对马洛讲故事时所在的轮船甲板的描写当中。我还会在文中寻找一些象征我所描述的阅读体验的意象。当然，故事中描述的阅读材料或阅读行为尤其适合达到这一目的。例如，马洛在丛林中发现了一本破烂不堪的旧书，不知是谁扔下的，他读不懂的这本书象征着他和我们都无法破解眼前的事物。马洛甚至不知道这本书是用什么语言写的：他以为书中的文字都是密码，直到后来，他才知道那是俄文。

正如上文所指出的那样，这里的文本证据就是主题证据：批评家证明了该文本的主题就是一种独特的阅读体验，例如阅读中遇到的重重困难，理解文本所经历的各种过程或者不可避免的误读。尽管情感文体学的许多实践者都认为，作为独立客体的文本在他们的分析中消失了，变成了事情的本来面目——读者心中的体验——他们对文本证据的运用，正如我们所见到的那样，突出了文本在确立读者的体验过程中的重要作用。

【主观读者反应理论】

主观读者反应理论（subjective reader-response theory）并不要求人们去分析文本中的暗示，这与情感文体学以及所有互动式读者反应理论形成了鲜明的对比。以戴维·布莱希（David Bleich）为领军人物的主观读者反应批评家认为，读者的反应本身就是文本。他们这么说有两条依据：其一，除了读者阐释所创造的意义之外，不存在文学文本；其二，批评家分析的文本不是文学作品，而是读者对作品的书面反应。我们仔细考察一下这两种主张。

除了读者的阐释所创造的意义之外，不存在文学文本。为了理解这句话的含义，我们需要理解布莱希给文学文本下的定义。与其他很多读者反应批评家一样，布莱希将他所谓的**实存物**（real objects）和**象征物**（symbolic objects）进行了区分。实存物是有形的物体，如桌子、椅子、汽车、书籍等。铅印成册的文学文本也是实存物。然而，读者读书时产生的体验则类似于语言，属于象征物，因为它没有出现在物质世界，而是出现在观念世界里，也就是说，它出现在读者的脑海里。正因为这个原因，布莱希才把阅读——我们对印刷文字进行主观反应所产生的情感、联想和回忆——称为**象征化**（symbolization）：在阅读过程中，我们对自己阅读体验的感知和认同在我们的脑海里形成了一个概念性的，或者说是象征性的世界。也就是说，当我们阐释文本的时候，我们实际阐释的是我们的象征化行为的意义——我们对文本的反应所形成的概念性体验的意义。因此，他把阐释行为称为**二次象征化**（resymbolization）。当文本体验让我们产生了一种要求解释的强烈愿望时，二次象征化就开始了。我们对文本质量的评价也是一种二次象征化行为：我们不喜欢或厌恶某个文本，我们不喜欢或厌恶我们对它的象征化。因此，我们谈论的文本实际上不是纸页上的文本，而是我们脑海中的文本。

正因为读者脑海中的文本是唯一的文本，所以，它就是主观读者反应批评分析的文本。在主观读者反应批评家看来，文本相当于读者的书面反应。布莱希的主要兴趣在于教学，他为我们提供了一种方法，那就是，教学生利用他们的反应去了解文学，或者更确切地说，了解文学反应。与流行见解正相反，主观批评并不是无法无天地率性胡来，它是逻辑严谨、目的性很强的一种方法论，它能帮助学生和教师了解自己的阅读体验。

在审视这种方法的具体操作步骤之前，我们需要理解布莱希所说的**产生认识**（producing knowledge）这个短语的含义。主观批评以及他所谓的**主观课堂**（subjective classroom）依靠的是以下信条：所有的知识（认识）都是主观的——感知对象和感知者密不可分——时至今日，这种看法被许多科学家、历史学家和批评理论家接受。所谓"客观的"知识，只不过是特定的社会群体自以为客观真实的东西。例如，在过去，西方科学家曾经接受过这样的"客观知识"：地球是平的，太阳围绕着地球转。此后，西方科学家接受过好几种不同版本的有关地球与太阳的"客观知识"。最新的科学思想表明，我们接受的客观知识实际上肇始于我们提出的问题以及我们用以发现答案的手段（工具）。换句话说，"真理"并不是一种有待于发现的"客观"现实；它是社会群体为了满足特定的历史、社会学以及心理学状况的特定需要而构建出来的。

布莱希以课堂为社会群体，他的方法有助于学生了解社会群体产生知识的过程以及个别成员从中发挥的作用。布莱希的操作程序大致可以总结如下：先让学生以书面形式说明他们对文本的反应，然后让他们再以书面形式分析他们对文本的反应，完成这两项任务有助于全班同学了解阅读经验。我们分别考察这两个步骤。

尽管布莱希认为，可以假设在特定读者群体的语境内，每一种**反应说明**（response statement）都是有效的，因为它有助于实现他们的目的，然而，他还是强调，为了有益于课堂这个社会群体，反应说明必须让人对阅读经验有所了解。他的意思是说，反应说明必须有助于整个群体了解特定文学文本的阅读经验，而不是了解读者或读者以外的现实。**以读者为中心的**（reader-oriented）反应说明谈论的是读者本身，而不是谈论读者的阅读经验。它们主要局限于评论读者的回忆、兴趣、个人经历以及类似的东西，极少提到或者根本不提这些评论与文本阅读体验之间的关系。以读者为中心的反应说明导致的是集体讨论个性与个人问题，这类问题对于心理学研究或许有用，但是，在布莱希看来，它们无助于整个群体理解眼前的阅读体验。

与此类似，**以现实为中心的**（reality-oriented）反应说明重在谈论世事，而不是谈论读者的阅读体验。它们主要局限于表现读者对政治、宗教、性别等问题的见解，极少提到或者根本不提这些见解与文本阅读体验之间的关系。以现实为中心的反应说明导致的是集体讨论道德与社会问题，其成员大谈特谈文本的思想主旨，但是，这种反应说明也无助于该群体理解眼前的阅读体验。

相比之下，布莱希倡导的是**以体验为中心**（experience-oriented）的反应说明。它们探讨读者对文本的反应，准确地描述具体段落如何引发读者的所思、所想和所感。这类反应说明包括对文本中特定人物、事件、段落甚至词语的判断。这些判断当中贯穿了个人联想和有关个人关系的回忆，让人清楚地看到文本打动读者的具体方式和原因。布莱希援引过一个学生的反应说明，这位学生在反应说明中描述说，文本中的某些人物和事件让她想起了少女时代的性心理。这个反应说明一会儿谈到她对文本中具体场景的反应，一会儿又谈到这些场景如何让她想起青春期的具体经历。

这位学生的主观反应引发的集体讨论可能沿着各种方向进行，有些方向是相当传统的。例如，这个群体可能去讨论某人对这个文本的看法是否源于青春期经历留给他的感觉。这个群体也可能去探讨该文本是否表现了作者在青春期的感觉，或者说，表现了作者所在的文化环境中压抑性的性风俗。如果是这两种情况，学生们必须寻找传记和历史材料，引发这些问题的很可能是某位读者的反应以及整个群体对这一反应的看法，所以说，在这个过程当中，学生个人的参与程度相当高，远远超过他们通常做老师布置的作业时的参与程度。反应说明在这个群体确定的语境当中使用，这一点很关键。该群体根据以体验为中心的反应说明中出现的问题来决定他们想解决的问题以及他们想讨论的话题。

此外，以体验为中心的反应说明是读者在反应-分析说明中分析的对象。在反应-分析说明当中，读者（1）描述他对整个文本反应的特征；（2）辨别文本的不同侧面引发的形色各异的反应，当然，这些侧面最终导致学生对整个文本作出反应；（3）确定这些反应发生的原因。例如，反应的特征可被描述为快乐、难过、着迷、失望、宽慰或满意，可能还会涉及诸多情感，如恐惧、欢乐和愤怒。学生的反应-分析说明可能会显示出，某些反应可能源于他对特定人物的认同、欲望的替代性满足、内疚感的缓解（或增强），或者诸如此类的其他原因。这样做的目的在于让学生了解他们何以产生这些反应，而不仅仅是把这些反应写出来，或者找借口为它们开脱。因此，反应-分析说明旨在彻底地、详细地解释具体的文本因素、具体的个人反应以及学生心目中的文本意义。

正如布莱希所指出的那样，使用主观研究方法的学生集中关注的文本因素与他们写传统的"客观性"论文所选取的文本因素很可能相同，指出这一点是一件很有趣的事情。为了验证这种假设，布莱希让他的学生对一部文学文本作出反应，这一次不是写反应说明和反应-分析说明，而是写意义说明和反应说明。意义说明解释的是文本在学生心目中的意义，不涉及学生的个人反应。与此相反，反应说明则记录了这个文本如何让学生产生具体的个人反应以及他对个人关系和经历的记忆，就像上文所讨论的那样。布莱希发现，学生的反应说明清清楚楚地显示出，他们的意义说明都源于个人因素，无论他们是否意识到二者之间的关系。换句话说，即便我们认为自己写的是对文学文本的传统的"客观"阐释，然而，这些阐释却源于文本所激发出的个人反应。主观研究方法有一个优点，那就是，它可以让学生们明白他们为什么有选择性地集中关注目前这些因素，而且，它还让学生为自己的选择负责。

此外，通过写出详细的反应说明，学生们通常可以了解到他们在阅读过程中发现的许多东西是以前没有意识到的。有些学生发现，要不是让他们凝神费力写出这些反应，他们很可能还认为让他们终身受益的这些阅读体验是令人不快的或毫无用处的。把自己的反应说明与班级其他同学或自己早期的反应说明进行比较，学生们也会了解到：人对事物的感知是多么不同和多么富于变化，各种动机如何影响到我们的好恶，成年时期的阅读偏好如何受到孩童时代阅读经验的塑造。

通过集体讨论反应说明，通过自己的反应-分析说明，学生们可以了解到他们自己以及其他人的欣赏品味的具体运作过程。正如布莱希所指出的那样，如果读者仅仅宣布自己对某个文本、某个人物或某段文字的好恶，这不足以阐明其欣赏品味。相反，学生们必须去分析文本给他们带来的心理补偿或心理成本，还要描述这些因素何以成就他们的好恶。知道自己的喜好，了解自己的欣赏品味，二者之间有很大的差别。在布莱希看来，后者才是课堂教学的真正目标。他甚至认为，集体考察主观课堂教学宣扬的欣赏品味理应成为研究语言和文学的起点。对于大部分学生而言，对自我理解的特别关注极能调动他们的积极性，而且，布莱希的主观方法培养了批判性思维，让学生终身受益，因为它证明了知识是集体协作的产物，而不仅仅是"传承下来的"，知识产生的动因是个人和集体所关注的内容。

【心理学读者反应理论】

心理分析批评家诺曼·霍兰德（Norman Holland）也认为，读者的心理动机会强烈影响到读者的阅读方式。尽管他声称，客观的文本还是存在的，至少他在早期著作中是这样认为的［实际上，他把自己的方法称为**相互作用式**（transactive）分析，因为在他看来，阅读过程涉及读者与实际文本之间的相互作用］，但是，霍兰德注重的不是文本自身，而是读者的阐释所透露出的他们的自身状况。鉴于他的分析对象是读者的主观体验，所以，他有时被称为主观读者反应批评家。然而，由于霍兰德运用了心理分析的概念并且注重读者的心理反应，所以，许多理论家把他视为心理学读者反应批评家，这很可能最有助于我们给他定位。

霍兰德认为，我们对文学文本的心理反应与我们对日常生活事件的心理反应完全相同。让我们在人际交往中产生心理防御的情况，也会在阅读过程中让我们产生心理防御。举一个简单的例子，如果一位新结识的人让我想起我的酒鬼父亲，我就会对他产生厌恶之情，同理，如果小说中的某个人物令我想起我的酒鬼父亲，我也会对这个人物产生恶感。或者说，假如我最主要的心理特征表现为我需要控制我的世界，那么，如果我读的文本破坏了我的控制感——例如，我在文本中找不到孔武有力的人物来与其产生认同感，或者说，我从中找不到那种秩序井然、合情合理的世界来让我心境舒坦——我就会感到自己受到了威胁。在这类情况下，我的心理防御机制可能表现为：讨厌文本、误解文本或者弃而不读。几乎所有的文学文本都会触动读者无意识的恐惧心理或见不得人的欲望，从而在某种程度上调动起读者的心理防御机制，有鉴于此，如果我想读文本，我必须有应对它的办法。按照霍兰德的说法，这个应对的过程就是阐释。

阐释的直接目标类似于我们日常生活中直接的心理目标，那就是，满足我们的心理需要和欲望。当我们觉察到文本威胁到我们的心理平衡，我们必须采取恢复心理平衡的办法来阐释文本。例如，假设有两位读者，他们在生活的某一阶段感觉自己受到了伤害——也许受到兄弟姐妹的欺弄，也许受到同龄人的排斥，也许遭到父亲（或母亲）的漠视——总之，都是出于他们自己无法控制的原因。如果他们读了托妮·莫里森的《最蓝的眼睛》，他们的心理防御机制很可能被佩克拉这个人物给调动起来，因为他们会认为她与自己一样都是受害者。换句话说，读到这个人物，他们就会想起童年时代令人痛苦的孤独感。第一位读者应对这个文本威胁的办法是，他在阐释文本的过程中埋怨佩克拉，而不是去谴责那些折磨她的人：例如，佩克拉之所以受罪，完全是咎由自取，她凡事逆来顺受，不肯维护自己的利益。如此一来，该读者就与害人者而不是受害人产生认同，从而暂时缓解了他自己的心理伤痛。对于第二位读者而言，受害人可能激起了他对童年时代的伤心回忆。他对付佩克拉的办法是，尽量回避这个人物所承受的苦难，一心去关注佩克拉身上始终保持的优点；例如，在小说中，佩克拉是唯一没有对任何人造成伤害的人物，她始终保持儿童般的纯真。这位读者之所以否认佩克拉的心理伤痛，就是为了否认自己的心理伤痛。对于其他读者而言，如果受伤害的人物对他们的心理产生了冲击，他们也会采取办法应付佩克拉，他们的应对办法与他们在日常生活中应对受伤害事件的方式并无不同。

霍兰德把这种心理冲突和应对策略的模式称为**认同主题**（identity theme）。他认为，在日常生活中，我们把认同主题投射到我们遇到的每一件事当中，再透过我们的心理体验来感知世界。同样地，当我们阅读文学作品的时候，我们会把我们的认同主题或者它的变体，投射到文本之中。也就是说，我们会无意识地利用各种方式在文本中重新创建自己头脑中的世界。我们对文本的阐释，也就成为我们投射到文本中的恐惧、心理防御、需求和欲望的产物。如此说来，阐释主要是一个心理过程而非思想过程。文学阐释可能会揭示出文本的意义，也可能不会，但是，在目光犀利的人看来，它总是能够透露读者的心理状态。

我们的阐释中蕴含的心理因素之所以无法让人一望而知，原因即在于我们在无意识当中会以抽象的美学、思想、社会或道德形式去表现它，以便缓解心理投射给我们造成的焦虑感和内疚感。例如，上文中提到的那两位假想的读者，他们对佩克拉的阐释可能有两种——认为她是自暴自弃的意志薄弱者的代表，像《圣经》中的夏娃；或与此相反，把她视为精神纯真的代表——然而，他们没有意识到，他们的这些阐释源于他们自己的无意识心理冲突。

如果加以总结的话，霍兰德对阐释的界定包括三个阶段或三种模式；在我们阅读的过程中，这三个阶段或模式一再出现。首先，在**防御模式**（defense mode）中，我们的心理防御机制被文本调动起来（例如，我们发现佩克拉对我们构成心理威胁，因为她让我们想起了自己受害的经历）。其次，在**幻想模式**（fantasy mode）中，我们找到了文本阐释的办法，它会安抚这些心理防御机制，从而满足我们保持心理平衡、不受威胁干扰的愿望（例如，我们特意关注她始终保持的儿童般的纯真，从而尽量压缩佩克拉的痛苦）。第三，在**转换模式**（transformation mode）中，我们将前两个具体的步骤转换为抽象的阐释，这样一来，我们就能得到自己想要的心理满足，而又无须承认造成焦虑的心理防御和产生内疚感的心理幻想，后两者构成了我们对文本评价的基础（例如，我们断定，佩克拉是精神纯真的代表）。这样一来，在转换模式中，我们之所以专注于文本的思想阐释，就是为了防止我们对它产生情感反应，然而，我们却忽视了这一事实：我们的思想阐释产生于我们的情感反应。

当然，霍兰德的方法对于推动心理治疗中的自我认识具有一定的价值。但是，经过充分训练，我们也可以把它当作一种传记工具，用于研究作者。霍兰德对罗伯特·弗罗斯特（Robert Frost）的简要分析提供了这方面的应用案例。霍兰德分析的不是作为作家的弗罗斯特，而是作为读者的弗罗斯特，也就是说，他着力分析的是一个人如何解读自己的生活世界、对其作出反应并加以阐释。霍兰德研究过诗人的非正式言论、信件、文学欣赏品味、个性特征以及他对科学、政治、自己的诗歌以及自身所表现出的态度，以此来发掘弗罗斯特的认同主题。在霍兰德看来，弗罗斯特在论述自身以及外部世界的时候，所依据的是他自己的需要：通过"比较小的象征物——词语或熟悉的物体"来"管控性欲与敌对情绪产生的巨大的、莫名其妙的力量"（127）。霍兰德指出，一旦这个认同主题得以确立，就可以在弗罗斯特的诗中找到它，它本身可被视为诗人对自己所在世界的阐释。

在霍兰德看来，这类分析的目的就是要与作者进行情感融合。无论我们分析的是一个人还是一个文本，所有的阐释行为都发生在阐释者的认同主题所在的语境之内。正如我们在上文中看到的那样，对于这种情感融合，认同主题既有防范心理，同时又非常渴望。因此，阐释者的任务就在于打破将自我与他人分离开来的心理障碍。霍兰德认为，理解作者的认同主题可以让我们充分地体会到"自我与他人的合二为一"，而这正是艺术家给我们带来的礼物。

【社会读者反应理论】

尽管读者个人对文学文本的主观反应在主观读者反应理论中发挥了至关重要的作用，然而，在社会读者反应理论看来，不存在纯粹个人性质的主观反应。社会读者反应理论通常与斯坦利·费什的晚期著作联系在一起。在费什看来，我们每个人对文学的主观反应实际上是我们所在的**阐释群体**（interpretive community）的产物。所谓阐释群体，费什指的是利用相同阐释策略去解读文本的一群人。无论我们是否意识到自己使用了阐释策略，也无论我们是否觉察到其他人也使用了这些阐释策略，大家使用的阐释策略都是相同的。这些阐释策略总是源于整个社会就某一文本何以是文学——而非书信或司法文书或布道词——以及我们应当从中发现什么意义等问题而提出各种各样的制度化预设（即现行的文化态度和哲学在中学、教会以及大学之中确立的种种预设）。

一个阐释群体很可能是一群思想深刻、对自己的批评事业有自觉认识的人，就像某位马克思主义理论家的追随者组成的一个群体那样。一个阐释群体也可能是一群思想并不复杂、对自己的阐释策略并无自觉认识的人，就像一位中学教师和他的学生们形成的一个群体那样。这位中学老师教导学生说，解读文学作品就是要寻找能够揭示出故事"隐含意义"的静态象征。当然，阐释群体不是永恒不变的，它们会随着时代的变化而发生演变。而且，读者可能有意识或无意识地同时属于两个或更多的群体，或者说，在他们人生的不同阶段，他们可能从一个群体跳到另一个群体。

不管怎么说，读者一接触文本，就不可避免地按照那个时代为他们预定的阐释策略进行解读。因此，尽管布莱希认为，学生读过文本之后，通过商讨，会产生一种**集体权威**（communal authority），费什则认为，正因为学生隶属于多个阐释群体，所以，首先决定他们解读文本方式的是多重集体权威。

换句话说，在费什看来，读者没有阐释诗歌，他们是在创造诗歌。连续给两个本科班上课的时候，他非常生动地证明了这一点。在前一个班快要下课的时候，他在黑板上留下了作业，作业当中出现了这拨学生正在研读的语言学家的名字。（他在最后一位语言学家的名字后面打上了问号，表明他对这个名字的拼法还拿不准。）

Jacobs–Rosenbaum

   Levin

   Thorne

   Hayes

   Ohman (?)   (*Is There a Text?* 323)

第二个班的学生进了教室后，费什就对他们说，黑板上写的是十七世纪的一首宗教诗，与他们学过的诗歌很相似，请他们分析一下。

　　在接下来的讨论中，学生们解说了诗中的每一个词，其要点如下：诗中的词语排列成十字架或祭坛形状；"Jacobs"在此表示《圣经》人物雅各（Jacob）的梯子；"Rosenbaum"的字面意思是玫瑰树，暗指圣母玛利亚，没有刺的玫瑰[1]；"Thorne"指的是耶稣头上戴的荆冠。诗中出现频率最高的字母是S、O、N（即SON，"上帝之子"）（*Is There a Text?* 322–29）。

　　这里不再重述学生们论证的整个过程了，只需指出费什的主要观点：我们作出的每一项文学判断，包括某一篇作品何以为诗这样的判断，产生于我们在解读文本的过程中采用的阐释策略。一份语言学家名单，或者其他任何东西，只要某位读者或一群读者运用了使之成诗的必要阐释策略，它也会变成诗。也就是说，使诗之所以成诗的那些属性并不存在于文本之中，而存在于我们在接触文本之前有意或无意学到的阐释策略当中。

　　社会读者反应理论并没有为我们提供解读文本的新方法，它也没有去宣扬现存的任何一种文学批评。毕竟，它秉持的核心观点是，没有哪一种阐释，因此也没有哪一种文学批评，有资格说它可以揭示出文本蕴含的意义。每一种阐释所发现的只不过是它的阐释策略预先埋伏好的东西。然而，这并不意味着文学阐释可以随心所欲地进行。正如费什所指出的那样，阐释总是受到特定历史阶段才有的、数量相对有限的阐释策略的限制。然而，理解社会读者反应批评的原理，可以使我们更自觉地认识自己的所作所为，也使我们更能意识到同事和学生的所作所为。这种意识对于教师尤有助益，因为它有助于分析学生的阐释策略；有助于教师去判断是否应当以及在什么时候用别的策略来替代这些策略；有助于他们为自己选择去传授的策略负责，而不是躲躲闪闪地说某些解读方式之所以是天经地义的或者说是生而正确的，就是因为它们体现了文本的内涵。

【读者的界定】

　　在讲授读者反应理论在文学批评中的应用之前，我们还需要探讨最

1　没有刺的玫瑰，the rose without thorns，在英文中也表示"尽善尽美的事物"。——译注

后一个概念。这个概念与上文中探讨的所有研究方法都有关系。你们可能已注意到，有些读者反应批评家提到的是复数的读者（readers），有些提到的则是单数的读者（the reader）。当理论家探讨的是现实中的读者并且分析这些人的反应之时，他们就把这类读者称为复数的读者（readers）或学生（students），或者用其他称呼来表示他们是现实中的一群人，例如诺曼·霍兰德和戴维·布莱希就是这样做的。然而，还有许多理论家分析的是假想出来的理想读者对文本的阅读体验，正如我们在考察情感文体学的过程中所看到的那样。这种情况下出现的"读者"（the reader），实际上指的是分析自己阅读体验的批评家：他根据具体的读者反应原理去分析自己精心记录下来的具体文本的阅读体验。由于假想的读者的体验可能与实际读者的体验相符，也可能不符，于是，一些假想的读者就被安上了其他名称，用以描述他们所代表的阅读活动。因此，费什在情感文体学的批评实践中提到了**知识型读者**（informed reader）。所谓知识型读者，指的是像费什那样具备了体验文本所必需的**文学能力**（literary competency）的读者，他能够充分地体会到语言和文学的复杂性；同时，这个词也指在文学反应过程中小心谨慎地压制个人癖性的读者。当然，知识型读者的类别不一而足，因为艾米莉·狄金森诗歌的知识型读者可能是理查德·赖特（Richard Wright）小说的知识型读者，也可能不是。用以指称类似假想读者的术语还有：**受过良好教育的读者**（the educated reader）、**理想的读者**（the ideal reader）以及**最佳的读者**（the optimal reader），这些术语你将来很可能遇到。

　　同样地，沃尔夫冈·伊瑟尔使用了**隐含的读者**（the implied reader）一词去表示文本针对的读者。至于隐含的读者的特征，通过研究文本的写作风格以及文本叙事对读者的明显"态度"可以推断出来。因此，一部喜剧性浪漫故事的隐含读者不同于诸如托马斯·曼（Thomas Mann）的《浮士德博士》（*Doctor Faustus*, 1947）这类哲理小说的隐含读者，也不同于诸如托妮·莫里森的《宠儿》这类具有强烈心理学色彩的历史小说的隐含读者。还有一些表示隐含读者的术语，例如**意向中的读者**（intended reader）和**叙事对象**（the narratee）。其中的关键在于，利用假想读者的批评家们试图向我们证明，为了引导读者的阐释，特定的文本会对读者有何要求，或者说，特定的文本如何给读者定位。至于读者是否接受那种引导，甚至说是否意识到那种引导的存在，则是另外一回事。

当然，读者反应的概念远不止上面讨论的那几个。这里的目的在于介绍一些你们需要了解的主要观念和基本原则，以便让你们在阅读读者反应理论家和文学批评家的著作之前，对他们所提出的问题有一定的了解。自然，有些文学作品更适合用读者反应理论去分析，或者说，它们至少更适合用某些类型的读者反应理论去分析。与本书论述的其他很多理论不同，读者反应理论在分析文学文本的时候，它分析的通常不是文本自身，而是实际读者的反应。

例如，玛丽·洛-埃文斯（Mary Lowe-Evans）分析了三、四年级的本科生在她的文学课上的口头和书面反应，目的是了解当前的学生对某个文本的态度是如何形成的，这些态度又是如何决定他们对该文本的阐释的。她使用的文本是玛丽·雪莱的《弗兰肯斯坦》，按照她的描述，学生对该小说的阐释受到了以下因素的影响：小说的电影改编（让学生对文本有了先入之见）、她本人的阐释提示（这是谁的故事？小说有何寓意？叙事者是否可靠？）、文本自身的确定意义和不确定意义。除了其他发现之外，洛-埃文斯还进一步证实了读者反应理论的观念：阐释是一个永不间断的过程，随着读者利用不同的阐释策略积极主动地解读文本，阐释也相应地发生演变。她还了解到，小说的电影改编让学生产生的那些先入之见——电影中的魔鬼与小说中的魔鬼有所不同——对于故事的阐释既有促进作用，也有抑制作用。同样，某些文本因素，例如故事"前言"的正式文体风格以及小说开端的书信体叙事形式（故事的讲述借助于叙事者写给妹妹的一系列书信），抵消了学生对内容浅薄、娱乐性强的妖魔鬼怪故事的那种期待。

然而，无论采取什么样的分析形式，读者反应批评的最终目标是增进我们对阅读过程的理解，为了做到这一点，它需要考察读者的阅读活动以及这些活动对他们的阐释的影响。

【读者反应批评家针对文学文本提出的一些问题】

以下问题用以总结读者反应理论研究文学的方法，更确切地说，是研究文学阅读的方法。问题1使用了互动式读者反应理论。问题2和问题3与情感文体学有关。问题4使用了心理学读者反应理论。问题5与社会或心理学读者反应理论有关。问题6既使用了互动式读者反应理论，又使用了情感文体学，在特定文本的主题和读者的阅读体验之间建立起一种平行关系。

1. 文本与读者之间的互动是如何产生意义的？确切地说，文本的不确定性是如何刺激读者的阐释的？（例如，有哪些事件被省略或没有得到解释？是哪些描写被省略或没有得到解释？有哪些意象可能产生多重联想？）文本到底是怎样引导我们在阅读过程中更正自己的阐释的？

2. 逐字逐句分析一个短篇文本或一个长篇文本的关键部分，从哪些方面可以看出该文本预先构建（内化）了阅读体验？这种分析文本"影响"读者的方法，与那种分析文本"意义"的方法有什么区别？换句话说，如果忽略了文本阅读的瞬间感受，会如何让读者无法完整地认识该文本的意义？

3. 如果你手中有着充分的资源，能够利用一群现实中的读者（例如，你的学生、同学或者读书俱乐部的书友）进行研究，你对读者的阐释策略或期待会产生哪些新的认识？你对某个文本的解读经历会有哪些新的认识？例如，你能否设计出一种研究方案，去检验布莱希的看法——学生对文学文本的个人反应是他们正式阐释的来源？

4. 广泛利用记载全面的传记材料，以此来确定某位作家的认同主题是什么，这个主题是如何体现在该作家的全部作品当中的？或者，利用你对自己反应强烈的一部文学作品的阐释，去看一看你能否找出你自己的认同主题。

5. 在某一时期就某一文学文本发的全部评论著述，从哪些方面显示出阐释该作品的批评家们的社会见解？换句话说，在社会上关于道德、女性、儿童、宗教以及文学的价值和目的的看法当中，有哪些看法影响了当时的文学批评家对某部文学文本的反应？

6. 为了证明读者的反应就是故事的话题，或者说读者的反应相当于故事的话题，我们应该怎样去阐释文本？换句话说，文本与读者解读有何关系？文本对这个话题到底有何揭示作用？简单地说，某种阅读体验是如何变成文本的一个重要主题的？当然，我们必须先确定文本带来的阅读感受到底是什么（见问题2），这样才能证明故事的主题与之相似。然后，我们必须引用文本中的证据——例如，援引阅读材料、援引解读文本的人物以及征引对其他人物或事件进行阐释的人物——来证明叙事世界中发生的情况反映了解码叙事的读者的处境。

根据所考察文学作品的实际情况，我们可能提出其中一个问题或同时提出多个问题。我们也可能提出这里没有列举但却有用的一个问题。这些问题是让我们用有效的读者反应方法去思考文学的起点。千万要记住，并非所有的读者反应批评家都会以同样的方式去阐释相同的文本或相同的读者反应，即便他们集中关注的读者反应概念是相同的。正如每个领域都会出现的情况那样，即便是手法娴熟的批评家之间也会有分歧。我们的目标是，利用读者反应理论去丰富我们对文学作品的解读，让它帮助我们看清作品通过实例说明的一些重要的思想观念，如果没有读者反应理论，我们就不会看得这么清楚，也不会看得这么深刻。还有，让它帮助我们认识阅读经验的复杂性和多样性。

下文对菲茨杰拉德的小说《了不起的盖茨比》的读者反应分析，以实例说明了如何利用读者反应理论去阐释这部小说。我使用了情感文体学的若干原理、伊瑟尔的不确定性观念以及霍兰德的投射观念，目的是为了考察小说为何不断地质疑我们在阅读过程中对盖茨比不断变化的认识，从而造成了一种不确定性，促使我们将自己的信念和愿望投射到主人公身上。此外，我还要证明，小说的主题内容（小说"所讲"的内容）是如何反映出读者的阅读体验的，也就是说，小说的主题为何是确定性意义所无法建立的。

【读者的重要性：《了不起的盖茨比》的读者反应分析】

　　　　"有人告诉我，大家认为他杀过一个人。"

　　　　我们大家都感到十分惊异。三位先生也把头伸到前面，竖起耳朵来听。

　　　　"我想并不是那回事，"露西尔不以为然地分辩道，

"多半是因为在大战期间他当过德国间谍。"

三个男的当中有一个点头表示赞同。

"我也听过一个人这样说,这人对他一清二楚,是从小和他一起在德国长大的。"他肯定无疑地告诉我们。

"噢,不对,"第一个姑娘又说,"不可能是那样,因为大战期间他是在美国军队里。"由于我们又倾向于听信她的话,她又兴致勃勃地把头伸到前面。"你们只要趁他以为没有人看他的时候看他一眼。我敢打赌他杀过一个人。"(48; ch. 3)

杰伊·盖茨比派对上的这几位食客热衷于飞短流长,显然,他们很想听到让他们震惊的消息。就两个重要方面而言,他们对盖茨比的推测与小说读者对盖茨比的推测同出一辙。我们对这些流言蜚语的轻信一如这几位食客的轻信,紧随着尼克·卡罗威的叙述,不断地朝着不同的方向"扭转"。我们最终的推测结果——我们对盖茨比的推测,因而也是对整个小说的意义的推测——主要是我们自己的想法和愿望造成的,故事的不确定性促使我们投射出这样的想法和愿望。换句话说,《了不起的盖茨比》生动地表现了读者反应理论的一个概念:阅读就是意义的形成过程,小说在故事情节的内部复制了读者的阅读经历。

小说中的这几位食客把盖茨比当作一个需要解码的"文本",他们仿效的阅读经历可用这个公式来描述:投射+搜集到的材料=证明投射。换句话说,阐释者从环境当中搜集到的材料发挥的一项主要功能是,替他们证明他们已经投射的或正在投射的阐释是正确无误的。例如,正如我们所看到的那样,这几位食客的对话就体现出这个公式的三个步骤。尽管他们引以为证的这些海外传言并不可靠,但是,这些传言是唯一能得到的材料,而且这些传言不见得比盖茨比犯罪活动的真相更令人震惊。更重要的是,这些海外传言满足了他们想听到丑闻的欲望,这种欲望是促使他们阐释盖茨比的根本原因:至于他们相信哪一种传言,这并不重要,只要这种传言足够惊人,或者能够引发惊人的推测,这就够了,反正他们是在消遣盖茨比这个"文本"。换句话说,这伙食客之所以阐释盖茨比,就是为了刺激自己的神经,而他们的阐释满足了他们的欲望。

　　同样地，汤姆·布坎南倾向于认为盖茨比是一个没有体面家庭背景的冒牌货，为了找到这方面的证据，他雇了侦探去调查盖茨比。黛西倾向于认为盖茨比是她的盔甲锃亮、鲜衣怒马的骑士，是上层阶级出身，因此，她不愿意看穿他金钱和地位的外表，而这层外表就像他的别墅塔楼上覆盖的"常春藤"一样单薄（9；ch. 1）。沃尔夫山姆倾向于认为盖茨比是"一个非常有教养的人"（76；ch. 4），这样一来，沃尔夫山姆就可以在黑社会活动中"将他派上大用场"（179；ch. 9）。他居然没有看出一个很有教养的人身上出现的矛盾："一个上过牛劲（牛津）的人"居然"穷得只好继续穿军服，因为他买不起便服"（179；ch. 9）。乔治·威尔逊倾向于认为盖茨比引诱并谋杀了他的妻子，因为这种想法可以让威尔逊为茉特尔报仇，达到他所需要的情感闭合。所以他一听到汤姆对车祸的描述，便信以为真：他毫不质疑汤姆的解释，尽管那天早些时候他还看见汤姆开着那辆"死亡"之车，尽管前不久汤姆还对他自食其言。最后，盖兹老先生倾向于认为他的儿子"假使活下去的话，会成为一个大人物的，像（铁路大亨）詹姆斯·J. 希尔那样的人。他会帮助建设国家的"（176；ch. 9）。盖兹把儿子少年时代的"作息表"当作"杰米注定要出人头地的"证据（182；ch. 9），他完全相信盖茨比跟他讲过的如何发财致富的荒谬谎言。

　　我的意思不是说这些人物有能力或者有机会得到有关盖茨比的更准确的信息。我只是认为，他们之所以迫切地接受他们所得到的信息，并且乐于把这些信息派上用场，去勾画盖茨比在他们心目中的完整形象，原因就在于这些信息可以在不同程度上满足他们对这个人的渴望。

　　我们有充分的理由得出结论说这种阐释不够精确，足以让读者去尝试另一种方法；小说推翻了上述人物所代表的这种主观的、自弹自唱的阐释。然而，正如我们将看到的那样，尼克·卡罗威——他的第一人称叙述引导我们穿过小说中那个道德模糊的世界——在阐释盖茨比的时候，也是借助于他本人的心理投射。而且，他之所以这么做，是因为在小说创造的这个不确定性的世界中，没有其他办法可以阐释盖茨比。我们跟着尼克一起经历他"一时喜欢、一时不喜欢盖茨比"的叙事过程，在此期间，我们与尼克一起来回摇摆于我们对主人公的两种截然对立的看法之间。尼克对盖茨比最初的评价——他说盖茨比"代表了（尼克）真心鄙夷的一切"，然而，唯有盖茨比可以"免除（尼克对他长岛朋友们的那种否定性）反应"（6；ch. 1）——这就在预示，随着叙事的展开，他将与我们一道去体验我们对盖茨比的矛盾性看法。

尼克的叙事如何创造出了一个错综复杂的模式，表现读者对盖茨比的态度当中既有同情又有批评，需要写一篇文章去详加考证，但是，简要地描述这种模式的基本轮廓，还是会显示出它造成的不确定性感觉。正如上文指出的那样，尼克对盖茨比采取了一种悖论式评价，让我们对这个人物有了初步了解，接下来，他话锋一转，让我们回到了故事的开端，或者说故事开始之前，着力描写他在威斯康星"有头有脸、殷实的"（7；ch. 1）家庭，以及他如何下定决心到纽约学做证券生意。在第一章的其余部分，尼克唯一与我们有同感的地方是，他对盖茨比很好奇，这体现在下面这段描述中："这是盖茨比的公馆。或者更确切地说，这是一位姓盖茨比的阔人所住的公馆，因为我还不认识盖茨比先生"（9；ch.1）。换句话说，我们随着尼克回到了过去，像他那样去经历随着时间的流逝而展开的事件。第六页中介绍的"盖茨比"，在第九页中变成了"盖茨比先生"，这是因为尼克把我们带回了他与主人公尚未谋面的过去。

当乔丹提到她在西卵遇到的一个人，他的名字是盖茨比，黛西问道，"盖茨比……哪个盖茨比？"（15；ch. 1），这时候，我们也起了好奇心，但是，一直到第三章的中间部分，盖茨比才出现在尼克和读者面前，当时叙事者正在参加盖茨比的派对。尼克站在小屋的门廊下，就目力所及，仔细地观察盖茨比大宴宾客的场面。这既让我们产生了强烈的好奇心，也暴露出他本人的好奇心。在这之后，尼克与这位邻居初次见面，由此而产生他对盖茨比的为人自相矛盾的阐释模式；在整部小说当中，这种自相矛盾既是尼克体验的特征，也是读者体验的特征。盖茨比向尼克作了自我介绍，然后向他心领神会地一笑，叙事者顿时为之陶醉。尼克说：

> 这是极为罕见的笑容，其中含有永久的善意的表情……让你放心他对你的印象正是你最得意时希望给予别人的印象。恰好在这一刻他的笑容消失了——于是我看着的不过是一个风度翩翩的年轻汉子……说起话来文质彬彬，几乎有点可笑。（53；ch. 3）

换句话说，尼克对盖茨比的正面印象很快被负面印象取代了，盖茨比从一个魅力十足的绅士变成了冒牌货。

这种模式一再出现，直到尼克在傍晚结束之际离开派对为止。当叙事者瞥见盖茨比"单独一个人站在大理石台阶上面"，他说道："我看不出他身上有邪恶的迹象"（54；ch. 3）。但是，在接下来的句子中，尼克又开始怀疑，盖茨比天真的外表只是一种幻象，得益于"他是（唯一）不喝酒的人这一事实……因为我觉得随着沉湎一气的欢闹的高涨，他却变得越发端庄了"（54；ch. 3）。当尼克向盖茨比道晚安的时候，他再次暗示这位主人不够真诚。盖茨比称尼克为"老兄"，但是，"这个亲热的称呼还比不上非常友好地拍拍我肩膀的那只手所表示的亲热"（57；ch. 3）。几秒钟之后，盖茨比微微一笑，尼克又喜欢上他了——"突然之间，我待到最后才走，这其中好像含有愉快的深意，仿佛他一直希望如此似的"（58；ch. 3）——盖茨比的话，"晚安，老兄……晚安"（58；ch. 3）让他感到温暖和诚挚。最后，当他在回家的路上转身回望草地对面的盖茨比时，他对这位主人公的描述进一步突出他对盖茨比的反应充满了矛盾，"一股突然的空虚此刻好像从那些窗户和巨大的门里流出来，使主人的形象处于完全的孤立之中，他这时站在阳台上，举起一只手做出正式的告别姿势"（60；ch. 3）。这种描写究竟突出的是盖茨比的冷漠还是他的孤独，究竟是减少了还是增加了我们对他的同情？尼克并没有阐明他的态度——或许他也拿不准——于是，读者对盖茨比的反应在屡经变化之后，只好把个人的体验投射到主人公身上。

我们再一次遇到盖茨比，是在第四章的开头，当时他驾车带着尼克驶向纽约。在这段情节展开的过程中，我们对盖茨比的态度再一次摇摆于肯定和否定的两极之间。在动身之前，尼克就开始向我们讲述，他对盖茨比的态度发生了变化，这番话的内容所依据的是他们在相识后的一个月当中的五六次谈话：

> 使我失望的是……他没有多少话可说。因此我最初以为他是一位相当重要的人物的印象，已经逐渐消失，他只不过是隔壁一家豪华的郊外饭店的老板。（69；ch. 4）

接下来，正如尼克所说，"发生了那次使我感到窘迫的同车之行"

（69；ch. 4）。当盖茨比告诉尼克，他出身富室，"家里人都死光了"
（69；ch. 4），他本人在牛津受过教育时，尼克说：

> 他斜着眼睛朝我望望……他把"在牛津受过教育"这
> 句话匆匆带了过去……有了这个疑点，他的整个自述就站
> 不住脚了，因此我猜疑他终究是有点什么不可告人之处。
> （69；ch. 4）

当然，尼克根本不相信盖茨比下面的话：收藏珠宝，"以红宝石为主"
（70；ch. 4），打打狮子老虎，画点儿画，尼克"好不容易才忍住不
笑出来"（70；ch. 4）。盖茨比接下来大讲他的战争经历，内容之夸
张，不逊于其他故事。尼克感觉到，他好像是"匆匆忙忙翻阅十几本
杂志一样"（71；ch. 4）。然而，盖茨比又向尼克展示了一枚军功章，上面
刻有他的名字，"使（尼克）惊奇的是，这玩意儿看上去是真的"（71；
ch. 4）。当盖茨比拿出他与一群同学在牛津的合影快照，尼克得出结论
说，"这样看来他说的都是真的啦"（71；ch. 4）。

然而，当盖茨比说，乔丹要求尼克代表盖茨比与她谈一谈的时候，
尼克对盖茨比的信任顿时被烦恼所取代："我敢肯定他要求的一定是什
么异想天开的事，有一会儿工夫我真后悔当初不该踏上他那客人过多的
草坪"（72；ch. 4）。当尼克注意到，"我们离城越近，（盖茨比）也
越发矜持"（72；ch. 4），他似乎再次暗示盖茨比是一个冒牌货。然而，
在这段情节之后，有一件事让尼克和读者对盖茨比的同情变得复杂起
来。盖茨比因驾车超速被警察拦下，他拿出一张纸片，这不仅让他免吃
罚单，反而让警察向他道歉。盖茨比的解释是，"我给警察局长帮过一
次忙，因此他每年都给我寄一张圣诞贺卡"（73；ch. 4）。尽管这件事
肯定会强化盖茨比的重要地位，还有助于证明他向尼克描述的自家身世
是真实可靠的，然而，我们该如何感受这里暗示的腐败行径？尼克的反
应毫无帮助——"连盖茨比这种人物也会出现（在纽约这样的地方）"
（73；ch. 4）——我们还得自己作出判断。

在小说的其余部分，读者对盖茨比的看法一再发生变化，如果分析
一下带来这些变化的情节，我们就会发现，这些情节当中都贯穿着一个
相似的模式，即两种对立影响交替出现的模式。

1. **尼克、盖茨比和沃尔夫山姆共进午餐**（73–79；ch. 4）——由于尼克描述了盖茨比与反面人物沃尔夫山姆关系密切，尼克对盖茨比发表了满怀疑虑的评论，我们对盖茨比产生了**负面**印象。

2. **乔丹向尼克讲述盖茨比和黛西之间的往事**（79–85；ch. 4）——由于盖茨比对黛西痴心不改，他很担心自己会冒犯乔丹和尼克，此外，尼克对盖茨比的困境充满了同情，我们由此对盖茨比产生了**正面**印象。

3. **尼克与盖茨比安排盖茨比与黛西重聚**（86–88；ch. 5）——盖茨比为了酬谢尼克，主动为尼克提供发不义之财的机会，尼克对盖茨比的友好之举始终冷面相对，我们由此对盖茨比产生了**负面**印象。

4. **盖茨比与黛西重聚**（88–94；ch. 5）——尼克描写了主人公对黛西如何一往情深——会面前心神错乱，手足失措中透露出强烈的焦虑之情，了解黛西对他爱心依旧后欣喜若狂——以及尼克对主人公的尴尬和幸福感的替代性体验，这使我们对盖茨比产生了**正面的**同情。

5. **尼克和盖茨比在尼克住所的草坪上等待黛西**（95；ch. 5）——尼克突然发现盖茨比明显在造房资金来源方面撒谎，而且，当他询问盖茨比做什么生意时，对方的回答粗鲁无礼而且满怀警惕——"那是我的事儿"（95；ch.5），我们由此对盖茨比产生了**负面**印象。

6. **盖茨比领着黛西和尼克参观他的房子**（96–102；ch. 5）——当尼克对盖茨比的痴心满怀同情的描述被一个不祥的电话打断，我们对盖茨比的反应在**正反**两极之间摇摆，因为这个电话强烈暗示了盖茨比的黑道生活。

7. **尼克叙述盖茨比青年时代的真实生活经历**（104–7；ch. 6）——我们对盖茨比的反应在**正反**两极之间摆动，与此相伴随的是，尼克对盖茨比青年时代的贫困和少年时代的梦想、勤奋和节制充满同情的描述被两次打断，因为他发现，盖茨比的梦想"献身于一种博大、庸俗、华而不实的美"（104；ch. 6）；它们生活在一个"绚丽得无法形容的宇宙"中（105；ch. 6）。在这段情节结束之际，尼克说，"这一切都是（盖茨比）好久以后才告诉我的……那时关于他的种种传闻我已经到了将信将疑的地步"（107；ch. 6），这就让我们更拿不准他的为人了。

8. **汤姆和他的朋友骑马到盖茨比家中**（107–10；ch. 6）——尼克先是

满怀同情地描述盖茨比在粗鲁的访客面前如何彬彬有礼，接着他又去描述盖茨比发出"几乎有一点挑衅意味的"举动，逼迫汤姆开口说话，以便对他有更多的了解，我们对盖茨比的反应也因此在**正反**两极之间摆动。

9. **尼克、汤姆和黛西参加盖茨比的派对**（110–18；ch. 6）——我们对盖茨比的反应是**正面的**，因为尼克以同情的笔触描绘盖茨比对黛西的关爱，尼克在反驳汤姆含沙射影的批评时，愤愤不平地替盖茨比辩护，他以诗化的语言转述了盖茨比对自己与黛西一起度过的往昔岁月的回忆，虽说这一转述多少受到了破坏：尼克带着**否定的**态度提到盖茨比"难堪的伤感"（118；ch. 6）。

10. **尼克了解到盖茨比家新来了仆人**（119–20；ch. 7）——由于尼克描述了盖茨比与沃尔夫山姆手下人之间的关系，他还写道，主人公并没有注意到这些人的邪恶本质，我们因而对盖茨比产生了**负面**印象。

11. **尼克、盖茨比与布坎南夫妇以及乔丹共进午餐**（121–28；ch. 7）——面对汤姆的挑衅和黛西的示爱，盖茨比表现得镇定自若、彬彬有礼，尼克的这种描述让我们对盖茨比产生了**正面**反应。在这段情节行将结束之际，汤姆暗示盖茨比参与过犯罪活动，这时候，"盖茨比脸上掠过一种难以形容的表情"（127；ch. 7），尼克带有**否定**意味的评论暗示出主人公生活中的阴暗面，这多多少少弱化了我们对他的**正面**反应。

12. **汤姆和盖茨比在纽约宾馆的套房里对质**（133–42；ch. 7）——盖茨比如实交代了自己的牛津经历，面对汤姆的残酷无情和黛西的抽身而逃，盖茨比不顾一切可怜兮兮地想留住黛西。尼克的这番描述让我们对盖茨比产生了**正面**反应。

13. **茉特尔死后，尼克在布坎南家的住宅外遇见了盖茨比**（150–53；ch. 7）——尼克了解到，撞人后驾车逃走的是黛西而不是盖茨比，而且盖茨比心甘情愿地代人受过，这时候，他对盖茨比的态度发生了变化，我们对盖茨比的态度也由**负面**转向**正面**。

14. **在茉特尔死后的第二天早晨，尼克与盖茨比在家中交谈**（154–62；ch. 8）——尼克满怀同情地描述盖茨比如何对黛西一片痴情，但他又陈述说，盖茨比用欺骗手段"占有了"黛西，"狼吞虎咽，肆无忌惮"（156；ch. 8），我们的反应由**正面**转向**负面**。

15. **尼克安排盖茨比的葬礼**（171-83；ch. 9）——尼克"感到傲视一切，感到盖茨比和我可以团结一致横眉冷对他们所有的人"（173；ch. 9），随着这种感觉不断地被有关盖茨比犯罪活动的提示所打断，我们对盖茨比的反应屡次在**正面**与**负面**之间摇摆不定。

16. **在返回故乡之前的那个晚上，尼克在盖茨比家附近的海滩上散步**（189；ch. 9）——尼克富有诗意的类比让我们对盖茨比产生了**正面**同情态度：他把"盖茨比第一次认出了黛西的码头尽头的那盏绿灯时所感到的惊奇"（189；ch. 9）与这块美洲新大陆、"新世界的一片清新碧绿的地方"（189；ch. 9）引发的新奇感想相提并论。

因此，尽管文本在上述情节中积极主动地塑造了读者对盖茨比的反应，但是，在我们阅读这个故事的过程中，我们还是感觉到了一种严重的不确定性。因为我们逐渐了解到，文本同时支持两种相互矛盾的阐释：（1）盖茨比是一个罪犯，他为所欲为，伤害了所有人。（2）盖茨比是一个具有浪漫色彩的英雄人物，他通过奋斗摆脱了贫困，把自己的生命奉献给了黛西，就像"寻找圣杯"（156；ch. 8）一样虔诚。换句话说，小说的主人公使用的是不折不扣的腐败手段，包括贩卖私酒和伪造证券，来达到一个纯洁的目的——重新赢回黛西，过上美好的生活，这就是盖茨比"永不腐蚀的梦"（162；ch. 8）。讲完这些之后，小说让我们自己去判断，他的目的能否证明他的手段具有合理性。小说本身没有提供明确的证据来回答这个问题。

如果从抽象的道德视角看待这个问题，正确答案显然是否定的，但是，这种简单的否定不足以应对这个问题的复杂性，因为在富豪名流的生活之外，只有一种选项：盖茨比童年时代的贫困、小说中描述的"垃圾场"，也就是尼克所说的"灰烬的山谷"（27；ch. 2）。除了这两种生活方式之外，小说并没有给人提供其他选择机会。我们对贫富对比的认识在小说中进一步得到强化。它交替描写了两个世界：一边是尼克等人所在的令人兴奋的繁华世界；另一边是让人沮丧的贫困世界，生活在这个世界的人物有威尔逊夫妇、米切里斯夫妇、茉特尔的妹妹凯瑟琳以及随机出场的那些人物，例如，在盖茨比派对上出没的那群庸俗的食客，以及"那些在橱窗面前踯躅的穷困的青年小职员……虚度着夜晚和生活中无比心酸的时光"（62；ch. 3）。

如果我们简单地得出结论说盖茨比的目的无法证明他的手段是合理的，这不符合尼克的原意，但是叙事者也没有简单地得出结论说盖茨比的目的可以证明他的手段是合理的。正如我们所看到的那样，我们正是从尼克那里了解到了盖茨比生活的阴暗面：他参与犯罪活动，他欺骗了黛西，他伪造身世，他与沃尔夫山姆勾结，以及他只关心黛西和自己的福祉，漠视其他人的福祉。然而，尼克同时也是盖茨比的主要辩护人，仅仅因为盖茨比对现实作出了小小的让步：他承认他的牛津经历是一战之后美国政府为退伍军人安排的结果，尼克再一次"感到对（盖茨比）完全信任"（136；ch. 7）。正是尼克得出结论说："他们那一大帮子都放在一堆还比不上"盖茨比（162；ch. 8）。事实上，尼克经常为主人公进行热情诚挚的辩护，总的说来，这往往让我们对盖茨比产生同情心理，尽管这个人物的阴暗面提醒我们他不是一个真正善良的人。也就是说，尼克并没有回答小说提出的问题，也没有暗示盖茨比为了达到那样的目的而采取的那种手段是否合理，然而，在他看来，盖茨比是他在东部唯一见过的"到头来是无可厚非"的人（6；ch. 1）。

既然尼克深知盖茨比的为人，为什么最后还要对他这么偏心呢？尼克经常"感到（对盖茨比）完全信任"，这种热情洋溢的基调暗示，正像小说中出现的很多人物，尼克把自己的强烈愿望投射到了盖茨比身上。尼克已到而立之年，但是他的生活还需要父亲的资助，他必须替自己谋划未来，尼克乐意认为生活还是有希望的，因为他就担心生活没有希望，有这种心理不足为奇。他很担心未来的生活变成他所说的那样，"可交往的单身汉逐渐稀少，热烈的感情逐渐稀薄，头发逐渐稀疏"（143；ch. 7）。由于他在家乡有过一次失败的恋爱经历，在纽约又经历了一次失败的爱情，他很乐意去认为爱情的可能性依然存在。由于他在纽约的夏天——他最近的一次冒险——以悲剧告终，他很乐意去认为自己对未来的希望可能得到满足，正如他在盖茨比那里所看到的那样：作为一个没有固定职业的年轻人，他可以像盖茨比那样获得数量惊人的财富，全心全意地爱上一个女人，对未来充满乐观的情绪。实际上，正如我们在小说后半部分所看到的那样，正因为尼克对盖茨比情深义厚，他才不顾自身保守的教养，毅然促成了盖茨比与自己的表妹黛西之间的婚外情。

尼克往往把自己的强烈愿望注入他对盖茨比的阐释当中，这种倾向似乎不可避免，而且让人感到天经地义，这是因为无论是他还是我们对主人公的感受，在形成过程中都充满了悬疑、矛盾和多重阐释。整部小说造就的情感力量诱使我们像尼克那样，把我们自己理解的意义投射到小说描写的世界当中，以便对它作出阐释。

　　文本中充斥着大量的不确定性（没有定解的疑问），无论怎样省略，以下问题都是不可回避的；这些问题经常让学生困惑不已。为什么黛西收到了盖茨比的欧洲来信后还要嫁给汤姆？黛西婚后不到三个月，盖茨比就回到了路易斯维尔，难道他在信中没有告诉黛西自己很快就能回来吗？在婚礼前夕，黛西还不想嫁给汤姆，然而，结婚仅仅三个月，她就"那么迷恋她的丈夫"，这是为什么？鉴于汤姆长期在外拈花惹草，这对夫妇经常易地而居，而且他们对自己的婚姻明显不满，究竟是什么东西让这两个人生活在一起？盖茨比与黛西重新结合之后，他们之间的关系如何？［菲茨杰拉德在信中写道："从盖茨比与黛西重新结合到灾难性收场，两人之间的情感关系到底如何……（他本人）并无感觉，也就无从知晓"（*Letters* 341–42）。］尼克与家乡的那位姑娘之间的关系真相如何？尼克与乔丹彼此之间的真实感受是什么？乔丹是一个什么样的人？鉴于小说明确反对汤姆的性别歧视和种族主义态度，我们该如何看待尼克的性别歧视和种族主义言论？对于这些言论，小说中没有作出任何评论，但小说似乎要求我们加以接受。［例如，尼克在第三章中说道，"女人不诚实，这是人们司空见惯的事"；在第四章中，他提到这样一个情景：三个黑人，"两男一女"，坐在一辆大轿车上，"冲着我们（盖茨比和尼克）翻翻白眼，一副傲慢争先的神气"，这让尼克忍不住放声大笑。］鉴于文本如实地描述了富人和穷人的生活，小说表达的是一种反精英态度，还是一种憎恶人类的态度？"（盖茨比）夜晚躺在床上的时候，各种离奇怪诞的幻想纷至沓来"（105；ch. 6），这些幻想到底是什么东西？（尼克没有告诉我们）这里以及别的地方出现的究竟是哪种意义上的"幻想"：是"概念""幻象""各种矫揉造作的姿态或言辞"，还是"自吹自擂的看法"？T. J. 埃克尔堡大夫的眼睛是小说中相当突出的一个意象，它很可能代表着多种意义，我们应该怎样理解这个意象？

　　事实上，在小说诸多歧义纷呈的意象当中，作者对埃克尔堡大夫的眼睛含混不清、引人猜测的描写只是其中的一例。例如，"淡金色的香味"或"闪烁的香味"（96；ch. 5），究竟表示什么意思？"一线暗淡的希望"（29；ch. 2）是什么意思？我们该如何理解盖茨比"蓝色的花园"（43；ch. 3），"像抹了一笔蓝色的颜料一样"（90；ch. 5）？贴在黛西面颊上的一缕头发表示什么意思？黛西的声音怎么会"在热浪中挣扎"，"把无知觉的热气塑成一些形状"（125；ch. 7）呢？到底产生的是什么形状？此外，尼克的描述经常承认它们不能提供具体、特定的细节，因为它们经常用**难以确定**（indefinable）、**不可言传**（uncommunicable）、**无法表达**（unutterable）、**难以形容**（ineffable）以及**无法解释**（inexplicable）这样的词语，这种引人猜测的用词方法在下面的语句中达到了语义含混的极致，例如，"那种不熟悉可是认得出来的表情又在盖茨比的脸上出现了"（141；ch. 7）。如果尼克本人都无法确定、无法言传、无法表达、难以形容以及无法解释他心里想的东西，那么，读者只好凭着自己的想象去推测他的用意了。文本中的这些空白要求读者投射出自己的感受和愿望，以便让文本变得有意义。

《了不起的盖茨比》很容易被用于印证本书包含的各种不同的理论解读，这足以证明这部小说充满了不确定性。简而言之，这部小说几乎不存在明确的意义。如果我们不把我们自己的看法和愿望投射到文本之中，那么，留给我们的唯一阐释就是《了不起的盖茨比》描写的是，在一个道德模糊的世界中，意义是无法确定的。尽管我认为对小说的这种阐释十分有用，但是大部分读者，包括我在内，都想获得一种更严谨的阐释。在这个背景下，指出学界对杰伊·盖茨比的批评反应趋向，倒不失为一件有趣的事情。尽管小说对标题人物的刻画是从两个方面进行的，但是，相当一部分评论还是把盖茨比打造成一位浪漫式英雄人物，从以下例子中可以看出这一点。按照马里厄斯·比利的说法，盖茨比是"一切抱负和善的体现"（25）；他是"美国浪漫英雄的一个英雄式化身"（14），他代表着"精神抵抗的力量"，不受"平庸和俗气"的"最终污染"（13）。杰弗里·哈特（Jeffrey Hart）也赞同说，盖茨比是"美国英雄人物的代表"（34）。查尔斯·C. 纳什（Charles C. Nash）宣称，"爱默生所说的'个人的无限潜能'在杰伊·盖茨比身上得到了最佳体现，对于他而言，一切都成为可能"（23）。安德鲁·狄龙认为，盖茨比的身上充满了"神圣的能量"（61）。肯特·卡特赖特（Kent Cartwright）则说，盖茨比的"梦想……使他变得高贵"

（229）。在汤姆·伯纳姆看来，"盖茨比的人格始终是健康完整的，没有受到周围腐败力量的侵蚀"（105）。与此相似，罗丝·阿德里安娜·加洛认为，盖茨比始终"保持着一片赤子之心"（43）。正如安德烈·莱沃特（André Le Vot）所说的那样，盖茨比从未失去他"基本的正直品性，精神的完整无缺"（144）。即便有的批评家承认主人公的阴暗面，但他们也会找出理由为其辩护。正如卡特赖特所认为的那样，"盖茨比可能既是一个有罪的英雄，也是一个浪漫式英雄人物，因为这本书为他创设了一条富有预见性的道德标准，它超越了传统的道德标准，他的生活也印证了这条标准"（232）。或者，正如安德鲁·狄龙所总结的那样，盖茨比是"一位有血有肉的圣人"（50），是集世俗性与精神性于一身的人物。⑤

当然，尼克为盖茨比所作的辩护鼓励读者对主人公持有同情态度。然而，尼克也提供了有关盖茨比的负面信息。鉴于这些信息的数量和种类，就多了一些影响因素，它们很可能影响到那些只看到盖茨比善的一面的批评家的反应。换句话说，显然，尼克想让我们像他一样，只去谴责盖茨比所在的世界，而不谴责盖茨比本人，但是，这位叙事者提供了过多的（负面）信息，这就使我们对他大力推动的同情主人公的判断产生了疑问。事实上，尼克的叙事是否可靠，批评界对这个问题颇有争议，这就进一步凸显出小说意义的不确定性。⑥

无视小说中的大量负面材料，只看到盖茨比身上令人钦敬的东西，对于这种批评取向，可能有这样一种解释：主人公释放出的个人信念或欲望，正是许多读者心里共有的东西，这就使得读者完全从正面角度去看待盖茨比。事实上，我发现，那些将盖茨比理想化的批评家，他们中的大部分人也把他们心目中的美国的纯真过去给理想化了，他们认为盖茨比代表了美国纯真的过去。在这些读者看来，盖茨比是美洲原生态的代表，而这种原生态，正如盖茨比本人，却被诸如沃尔夫山姆和布坎南这样自私自利、庸俗不堪的人物给毁掉了。

例如，理查德·蔡斯（Richard Chase）就把盖茨比视为"早年田园理想"的一部分，在这方面，他与纳蒂·邦波（Natty Bumppo）、哈克·费恩（Huck Finn）以及伊什梅尔一样，[1]秉持一种"天真无邪、

1　他们分别是库珀、马克·吐温和梅尔维尔小说中的人物。——译注

逃避现实的理想，以及纯粹个人化的行为准则"（301）。同样，马里厄斯·比利认为，戴维·克罗克特（Davy Crockett）在1836年所描述的"黄昏做梦、清晨歌唱，边疆地带的青年浪子"，"是盖茨比的前辈人物。正因为有这样一脉相传的美国血统，盖茨比的浪漫主义才超越了爵士时代有限的魅力"（128）。因此，在美国梦被道德荒原摧毁之前，盖茨比被视为"美国梦的真正传人"（Bewley 128）；道德荒原继续扩张，如今已经突破了原有的界限，深入美国社会的核心。事实上，有人可能认为，"严苛的个体主义"这种美国意识形态——其变体包括特立独行之士、自行其是之人以及异见人物——让很多读者受到感染，他们只看到了盖茨比身上令人钦敬的一面。

还有一些批评家并没有将小说反映的爵士时代的世界与美国原始的草创时期对立起来，他们中的大部分人都没有带着理想化的心态去阐释盖茨比。例如埃德温·富赛尔（Edwin Fussell）就认为，该小说体现的是菲茨杰拉德对美国梦以及杰伊·盖茨比——美国人的代表——刻意发出严厉的批评。无论是马修·布鲁克利还是A. E. 戴森（A. E. Dyson），他们都没有把盖茨比理想化，与富赛尔一样，他们都承认主人公并没有摆脱他所在的那个世界的腐败行径，相反，他也参与其中。换句话说，许多批评家对盖茨比的阐释，主要还是根据他们对美国的过去的种种揣测。过去的美国并不腐败，这种看法有助于形成他们对盖茨比的幻觉：他是原始的、现在已经一去不返的过去的代表。不管怎么说，那些全然无视盖茨比黑暗面或为其积极辩护的批评家们，他们对盖茨比理想化的程度表明，我们投射自身看法和愿望的力度要超过文本对盖茨比阐释的纠正。

诸多批评家对这些纠正之举——有关盖茨比的负面信息——的抵制态度在文本中也有所反映。文本多次提到没有发挥实际作用的读物，这些读物要么没有人读，要么没有人读完，它们没法把实际内容塞给读者。例如，盖茨比图书室里的书籍还没有裁边，表明这些书没有人读过。乔丹读给汤姆听的杂志故事没有写完，"待续，见本刊下期"（22；ch. 1），显然，这个故事没有达到它应有的娱人目的，因为她读的"声音很低，（语调）没有任何变化"（22；ch. 1）。在等待汤姆和茉特尔从公寓卧室里出来期间，尼克阅读的那本流行杂志让他"看不出一点名堂"（34；ch. 2）。盖茨比从海外写信给黛西，阻止她嫁给汤姆，但是，这封信根本没有完成任务，在浴缸里给揉成了碎片。尼克写信给沃尔夫山姆，恳求他参加盖茨比的葬礼，这封信也没有达到它应有的目的。盖茨比弄了一大堆有关布坎南夫妇的剪报，尽管如此，他还是"对汤姆的情况不太了解"（84；ch. 4）。尼克为了学做证券生意，买了一整套金融类书籍，但是，这些书并没有发挥实际作用：他向盖茨比坦言自己挣的钱不多（87；ch. 5），当夏季快要结束的时候，他返回了威斯康星，最终辞掉了这份工作。盖茨比少年时代为了自立而制定了一份"作息时间表"，写在了《牛仔卡西迪》一书的封底上——此人是代表美国西部"好人"的偶像式符号——这暗示他将来会勤奋工作，过清白的生活，然而，盖茨比长大之后却成了罪犯。颇有反讽意味的是，小说中只有一个文本实现了它原有的目的，但是，这个文本实际上并没有发挥作用：早在阅读《有色帝国的兴起》（*The Rise of the Coloured Empires*）这本书之前，汤姆就是一个偏执狂，所以说，这本书只是印证了他固有的种族主义态度。

正如这些例子所说明的那样，这部小说向我们证明，文本几乎无力去达到它们原有的目的。即便文本有独立于读者的意义，但是，那种意义通常也不能与我们投射出的意义相抗衡。在一部小说中，如果其中的不确定性与我们在《了不起的盖茨比》当中体验到的不确定性不相上下，那么，在生成意义的过程中，读者投射出的力量就会显得相当突出，无论在小说的主题内容方面，还是在文本倡导的积极阅读方面，都是如此。因此，菲茨杰拉德的这部小说足以例示说明一种**阅读投射理论**（theory of reading-as-projection），因为它鼓励我们将自己的看法和愿望投射到文本当中，正如这部小说引起的大量批评反应所表明的那样，这种解读理论至少在解读这部小说时，是相当精准的。

【深入实践问题：读者反应理论研究其他文学作品的方法】

以下问题为读者反应批评的范例。它们可以帮助读者利用读者反应批评去阐释这里提到的文学作品或读者自选的其他文本。

1. 读者在依次阅读凯特·肖邦的小说《暴风雨》的五个部分的过程中，故事的不确定性（例如，解释不清或含义多重的情节、人物和意象）会产生什么样的阅读体验？这种阅读体验是如何反映在故事的主题内容（例如，人物的"解读"、其他人物或情境）当中的？

2. 逐行分析罗伯特·海顿的诗歌《冬日的星期天》（"Those Winter Sundays"，1975）或者逐行分析你自选的诗歌，分析这首诗是如何将读者的反应构建成时间性事件的？

3. 约瑟夫·康拉德的《黑暗的中心》的批评史对于分析这部小说的阐释群体有何揭示作用？例如，你可以根据这些阐释群体所使用的阐释策略、所依据的各种预设以及由此而产生的解读，区分并且分析这些阐释群体。

4. 利用一部强烈关注性别、种族以及（或）社会经济问题的叙事性作品——例如托妮·莫里森的《最蓝的眼睛》——从你的学生（或同学或读书俱乐部成员）那里搜集一系列简短的反应说明。反应说明应聚焦于明显突出这些问题的叙事内容（由你选择）。利用这些书面反应说明以及你从小组讨论中获得的成果，去分析读者的性别、种族以及（或）社会经济背景与读者对叙事所再现的这些因素的反应之间的关系。尽管这种练习是推测性的，而非科学性的，然而，在你推导出的内容当中，有哪些可以推广到文学教学的批评实验当中？

5. 选一部你在少年时代十分喜爱（或憎恶）但多年没有重读的文本。依靠你的记忆、日记、书信或其他可行手段，总结一下脑海中的故事梗概，再根据你最初的阅读经历，写一篇完整的反应说明，内容包括当年促使你阅读此书的个人经历和关系。现在重读此书，写下你目前的反应说明。通过比较和对照这两次阅读经历，反应-分析说明会从哪些方面揭示出，主观因素和阐释策略在读者形成意义的过程中发挥了作用？你如何应用自己在这方面的心得去改进文学教学方法？

【延伸阅读书目】

Beach, Richard. *A Teacher's Introduction to Reader-Response Theories*. Urbana, IL: NCTE, 1993.

Bleich, David. *Readings and Feelings: An Introduction to Subjective Criticism*. Urbana, IL: NCTE, 1975.

Davis, Todd F., and Kenneth Womack. *Formalist Criticism and Reader-Response Theory*. New York: Palgrave, 2002.

Fish, Stanley. *Is There a Text in This Class? The Authority of Interpretive Communities*. Cambridge, MA: Harvard University Press, 1980. (See especially "Literature in the Reader: Affective Stylistics," 21–67, and "Is There a Text in This Class?" 303–21.)

Holland, Norman. "Hamlet – My Greatest Creation." *Journal of the American Academy of Psychoanalysis* 3 (1975): 419–27. Rpt. in *Contexts for Criticism*. Ed. Donald Keesey. 2nd ed. Mountain View, CA: Mayfield, 1994. 160–65.

——. "Unity Identity Text Self." PMLA 90 (1975): 813–22. Rpt. in *Reader-Response Criticism: From Formalism to Post-Structuralism*. Ed. Jane P. Tompkins. Baltimore, MD: The Johns Hopkins University Press, 1980. 118–33.

Mailloux, Steven J. *Interpretive Conventions: The Reader in the Study of American Fiction*. Ithaca, NY: Cornell University Press, 1982.

Phelan, James. *Narrative as Rhetoric: Technique, Audiences, Ethics, Ideology*. Columbus: Ohio State University Press, 1996.

Probst, Robert E. *Response Analysis: Teaching Literature in Secondary School*. 2nd ed. Portsmouth, NH: Heinemann, 2004.

Rabkin, Norman, ed. *Reinterpretations of Elizabethan Drama*. New York and London: Columbia University Press. 1969. (See especially Rabkin's "Forward," v–x; Hapgood's "Shakespeare and the Included Spectator," 117–36; and Booth's "On the Value of *Hamlet*," 137–76.)

Rosenblatt, Louise. *The Reader, the Text, the Poem: The Transactional Theory of the Literary Work*. Carbondale: Southern Illinois University

Press, 1978.

Tompkins, Jane P. "An Introduction to Reader-Response Criticism." *Reader-Response Criticism: From Formalism to Post-Structuralism*. Ed. Jane P. Tompkins. Baltimore, MD: The Johns Hopkins University Press, 1980. ix–xxvi.

【高端阅读书目】

Bleich, David. *Subjective Criticism*. Baltimore, MD: The Johns Hopkins University Press, 1978.

Booth, Stephen. *An Essay on Shakespeare's Sonnets*. New Haven, CT: Yale University Press, 1969.

Fish, Stanley. *Surprised by Sin: The Reader in Paradise Lost*. New York: St. Martin's, 1967.

——. *The Stanley Fish Reader*. Ed. Aram H. Veeser. Malden, MA and Oxford: Blackwell, 1999.

Halsey, Katie. *Jane Austen and Her Readers, 1786–1945*. London and New York: Anthem, 2012.

Holland, Norman. *5 Readers Reading*. New Haven, CT: Yale University Press, 1975.

Iser, Wolfgang. *The Implied Reader: Patterns of Communication in Prose Fiction from Bunyan to Beckett*. Baltimore, MD: The Johns Hopkins University Press, 1974.

——. *The Act of Reading: A Theory of Aesthetic Response*. Baltimore, MD: The Johns Hopkins University Press, 1978.

Richards, I. A. *Practical Criticism: A Study of Literary Judgement*. 1929. New York: Harcourt Brace, 1935.

Rosenblatt, Louise. *Making Meaning with Texts: Selected Essays*. Portsmouth, NH: Heinemann, 2005.

Tompkins, Jane, ed. *Reader-Response Criticism: From Formalism to Post-Structuralism*. Baltimore, MD: The Johns Hopkins University Press, 1980.

【注释】

① 例如，读者反应文选经常从乔纳森·卡勒（Jonathan Culler）的《结构主义诗学：结构主义、语言学与文学研究》（*Structuralist Poetics: Structuralism, Linguistics and the Study of Literature*）一书中选取材料，这是因为让卡勒感兴趣的是读者如何运用阐释策略形成意义。不过，卡勒的目的在于勾画出我们所使用的阐释策略的内在结构，这就像结构语言学试图勾画出我们言说的语言的内在结构一样。在卡勒看来，内在结构，而非读者，才是分析的终极目标。正因为这个原因，我们才在第七章"结构主义批评"当中去考察他的著作。

② 这段文字，连同下面的假想——读者的阅读目的会影响到他对这段文字的认识——来自皮彻特（J. A. Pichert）和安德森（R. C. Anderson）的心理学研究。在这里，我要向我在伟谷州立大学的同事布赖恩·怀特（Brian White）表示感谢，他曾经向我展示如何利用这段文字去讲授读者反应理论。

③ 一般来说，伊瑟尔被归入现象学批评家的行列（现象学批评家从作者意识与读者相互作用的角度去研究阅读活动），但是，他的著作与罗森布拉特的著作有很多共同之处。

④ 修辞学读者反应批评这个称呼很贴切，它得名于詹姆斯·费伦（James Phelan），它可被视为一种更加细致入微、更为注重语言的互动式读者反应理论。正如名称所示，修辞学读者反应理论分析的对象是作者为了让读者产生特殊的反应而使用的修辞学技巧（特定的写作策略）。除了费伦的《修辞叙事》（*Narrative as Rhetoric*）之外，其他重要著作还包括韦恩·布斯（Wayne Booth）的《小说修辞学》（*The Rhetoric of Fiction*）以及彼得·拉比诺维茨（Peter Rabinowitz）的《阅读之前》（*Before Reading*）。（这些文本也被归类为修辞学批评或叙事学。）

⑤ 对盖茨比的类似解读，例见蔡斯、格罗斯、穆尔、斯特恩和特里林。

⑥ 认为尼克的视角可信的批评家，例见巴克斯特（Baxter）、狄龙以及纳什。认为叙事者的视角不可信的批评家，例见卡特赖特、钱伯

斯（Chambers）以及斯克林杰（Scrimgeour）。

【 引用作品书目 】

Baxter, Charles. "De-faced America: *The Great Gatsby* and *The Crying of Lot 49.*" *Pynchon Notes* 7 (1981): 22–37.

Bewley, Marius. "Scott Fitzgerald's Criticism of America." *Sewanee Review* 62 (1954): 223–46. Rpt. in *Modern Critical Interpretations: F. Scott Fitzgerald's* The Great Gatsby. Ed. Harold Bloom. New York: Chelsea, 1986. 11–27.

Bleich, David. *Subjective Criticism*. Baltimore: The Johns Hopkins University Press, 1978.

Booth, Wayne C. *The Rhetoric of Fiction*. Chicago: University of Chicago Press, 1961.

Bruccoli, Matthew J. "*The Great Gatsby* (April 1925)." *Some Sort of Epic Grandeur: The Life of F. Scott Fitzgerald*. New York: Harcourt Brace Jovanovich, 1981. 220–24.

——. "Preface." *The Great Gatsby*. 1925. New York: Macmillan, 1992. vii–xvi.

Burnam, Tom. "The Eyes of Dr. Eckleburg: A Re-Examination of *The Great Gatsby.*" *College English* 13 (1952). Rpt. in *F. Scott Fitzgerald: A Collection of Critical Essays*. Ed. Arthur Mizener. Englewood Cliffs, N.J.: Prentice Hall, 1963. 104–11.

Cartwright, Kent. "Nick Carraway as an Unreliable Narrator." *Papers on Language and Literature* 20.2 (1984): 218–32.

Chambers, John B. "*The Great Gatsby.*" *The Novels of F. Scott Fitzgerald*. London: Macmillan, 1989. 91–126.

Chase, Richard. "*The Great Gatsby*": *The American Novel and Its Traditions*. New York: Doubleday, 1957. 162–67. Rpt. in The Great Gatsby: *A Study*. Ed. Frederick J. Hoffman. New York: Scribner's, 1962. 297–302.

Conrad, Joseph. *Heart of Darkness*. 1902. New York: Norton, 1988.

Culler, Jonathan. *Structuralist Poetics: Structuralism, Linguistics, and the Study of Literature*. Ithaca, N.Y.: Cornell University Press, 1975.

Dillon, Andrew. "*The Great Gatsby*: The Vitality of Illusion." *Arizona Quarterly* 44.1 (1988): 49–61.

Dyson, A. E. "*The Great Gatsby*. Thirty-Six Years After." *Modern Fiction Studies* 7.1 (1961). Rpt. in *F. Scott Fitzgerald: A Collection of Critical Essays*. Ed. Arthur Mizener. Englewood Cliffs, N.J.: Prentice Hall, 1963. 112–24.

Fish, Stanley. *Is There a Text in This Class? The Authority of Interpretive Communities*. Cambridge, Mass.: Harvard University Press, 1980.

———. "Literature in the Reader: Affective Stylistics." *New Literary History* 2.1 (1970): 123–62. Rpt. in *Reader-Response Criticism: From Formalism to Post-Structuralism*. Ed. Jane P. Tompkins. Baltimore: The Johns Hopkins University Press, 1980. 70–100.

Fitzgerald, F. Scott. *The Great Gatsby*. 1925. New York: Simon & Schuster, 1995.

———. *The Letters of F. Scott Fitzgerald*. Ed. Andrew Turnbull. New York: Scribner's, 1963.

Fussell, Edwin. "Fitzgerald's Brave New World." *ELH, Journal of English Literary History* 19 (1952). Rpt. in *F. Scott Fitzgerald: A Collection of Critical Essays*. Ed. Arthur Mizener. Englewood Cliffs, N.J.: Prentice Hall, 1963. 43–56.

Gallo, Rose Adrienne. *F. Scott Fitzgerald*. New York: Ungar, 1978.

Gross, Barry Edward. "Jay Gatsby and Myrtle Wilson: A Kinship." Excerpted in *Gatsby*. Ed. Harold Bloom. New York: Chelsea House, 1991. 23–25.

Hart, Jeffrey. "'Out of it ere night': The WASP Gentleman as Cultural Ideal." *New Criterion* 7.5 (1989): 27–34.

Holland, Norman. "Unity Identity Text Self." *PMLA* 90 (1975): 813–22. Rpt. in *Reader-Response Criticism: From Formalism to Post-Structuralism*. Ed. Jane P. Tompkins. Baltimore: The Johns Hopkins University Press, 1980. 118–33.

Iser, Wolfgang. *The Act of Reading: A Theory of Aesthetic Response*. Baltimore: The Johns Hopkins University Press, 1978.

Le Vot, André. *F. Scott Fitzgerald: A Biography*. Trans. William Byron.

Garden City, N.Y.: Doubleday, 1983.

Lowe-Evans, Mary. "Reading with a 'Nicer Eye': Responding to *Frankenstein*." *Case Studies in Contemporary Criticism. Mary Shelley's* Frankenstein. Ed. Johanna M. Smith. Boston: Bedford, 1992. 215–29.

Miller, Arthur. *Death of a Salesman*. New York: Viking, 1949.

Moore, Benita A. *Escape into a Labyrinth: F. Scott Fitzgerald, Catholic Sensibility, and the American Way*. New York: Garland, 1988.

Morrison, Toni. *The Bluest Eye*. New York: Holt, Rinehart, and Winston, 1970.

Nash, Charles C. "From West Egg to Short Hills: The Decline of the Pastoral Ideal from *The Great Gatsby* to Philip Roth's *Goodbye, Columbus*." *Philological Association* 13 (1988): 22–27.

Phelan, James. *Narrative as Rhetoric: Technique, Audiences, Ethics, Ideology*. Columbus: Ohio State University Press, 1996.

Pichert, J. A., and R. C. Anderson. "Taking Different Perspectives on a Story." *Journal of Educational Psychology* 69.4 (1977): 309–15.

Rabinowitz, Peter J. *Before Reading: Narrative Conventions and the Politics of Interpretation*. Ithaca, N.Y.: Cornell University Press, 1987.

Rosenblatt, Louise. *The Reader, the Text, the Poem: The Transactional Theory of the Literary Work*. Carbondale: Southern Illinois University Press, 1978.

Scrimgeour, Gary J. "Against *The Great Gatsby*." *Criticism* 8 (1966): 75–86. Rpt. in *Twentieth-Century Interpretations of* The Great Gatsby. Ed. Ernest Lockridge. Englewood Cliffs, N.J.: Prentice Hall, 1968. 70–81.

Shelley, Mary. *Frankenstein*. London: Lackington, Hughes, Harding, Mavor, & Jones, 1818.

Stern, Milton R. *The Golden Moment: The Novels of F. Scott Fitzgerald*. Urbana: University of Illinois Press, 1970.

Trilling, Lionel. "F. Scott Fitzgerald." *The Liberal Imagination*. New York: Viking, 1950. 243–54. Rpt. in The Great Gatsby*: A Study*. Ed. Frederick J. Hoffman. New York: Scribner's, 1962. 232–43.

第七章

结构主义批评

当你开始研究结构主义的时候，首先要适应一件事情，那就是，通常使用的**结构**一词不一定暗指结构主义活动。例如，当你去考察一栋建筑物的物理结构，看它是否具有物理稳定性，能否给人带来审美愉悦，这个时候，你从事的并不是结构主义活动。然而，如果你考察的是1850年美国都市所有建筑物的物理结构，以便发现制约它们布局的内在原理，例如机械建筑原理或艺术形式原理，那么，你从事的就是结构主义活动。如果你考察的是某一栋建筑物的结构，以便发现它的布局如何显示了特定结构系统的内在原则，那么，你从事的也是结构主义活动。在前一类结构主义活动中，你建立的是结构分类系统，在第二类结构主义活动中，你是在证明某一物件属于特定的结构门类。

与此相同的结构主义活动模式也适用于文学研究。如果你去描述一篇短篇小说的结构，以便阐释该作品的意义或评价它是否优秀，那么，你从事的不是结构主义活动。然而，如果你考察的是大量短篇小说的结构，以便发现它们内在的构思原则，例如叙事进展原则（情节事件发生的顺序）或人物刻画原则（每个人物在整个叙事中的作用），那么，你从事的就是结构主义活动。如果你去描述某一部文学作品的结构，以便发现它的构思如何显示了特定结构体系的内在原则，那么，你从事的也是结构主义活动。

换句话说，结构主义者感兴趣的不是个别建筑物或个别文学作品（或个别现象），除非这些个别事物能够揭示出构成和组织这类事物的结构，因为结构主义以人类科学而自居，它力求系统地理解所有人类经验、所有人类行为和所有人类生产背后的基本结构。正是由于这个原因，我们不应将结构主义视为一个研究领域。更确切地说，它是一种将人类经验系统化的方法，适用于形色各异的研究领域，例如语言学、人类学、社会学、心理学和文学研究。

在结构主义看来，我们所认识的世界由两个基本层面构成——一个是显见的层面，另一个是隐形的层面。显见的世界由所谓的表层结构组成，也就是我们每天观察到的、参与其中的、与之互动的无数物品、活动和行为。隐形的世界是由构成和组织这些现象的结构所组成，正是由于这些结构的存在，我们才能理解这些现象。例如，英语有数以百万计的单词，就每个词而言，不同的人有不同的发音方式，这样一来，每个词就会有数百万种言说方式。那么，以英语为母语的人怎么可能掌握这么多语言知识，确保他们从小就能进行复杂的高层次交流呢？

答案很简单：尽管英语里有数以百万计个别的语言表层现象（个别单词和言人人殊的发音方式），但是，这些单词的基本结构却相对简单，我们掌握的正是这种结构。英语词汇的结构由将近31个音素（音素是基本的发声单位，操母语的人依靠它们来辨别声音的意义）和音素组合规则所构成。绝大多数人都不了解这些音素，也不知道如何描述它们的组合规则，但是，我们运用英语词汇的能力却证明，我们在无意识之中已经将这些结构内在化。同样，我们之所以能造出简单的句子，依靠的正是我们的这种内在化，对主语-动词-宾语这种语法结构的内在化，无论我们是否意识到这一点。如果没有一种结构系统在支配交流，我们就不可能掌握语言。与此相似，如果没有一系列结构原则让我们组织和理解自然世界，我们的五官所提供的数据材料就会严重超量而且毫无意义。例如，结构性原则，无论我们是否意识到，可以帮助我们将蔬菜（长在土壤中；可再生；可食用）与石头（无法生长；无法再生；不可食用）区分开来，与其他具体物质区分开来。结构性原则也有助于我们将特定领域内的各个种属区分开来，例如，我们可以将药用植物与有毒植物和中性植物区分开来。

正如这些例子所说明的那样，我们生活的这个世界由不可胜数的事件和物体组成，也就是说，由无数表面现象所组成。然而，构成并且组织这些现象的基本结构数量相对稀少。如果没有这些结构，我们的世界将混乱不堪。

这些结构来自何方？结构主义者认为，它们是人的大脑产生的；人的大脑被看作一种结构性机制。这种看法相当重要，而且相当激进，因为它意味着我们眼中的世界秩序实际上是我们强加给世界的秩序。我们对世界的理解不是源于我们对世上现存结构的感知。我们原以为我们从世上感知而来的结构，实际上是人类意识当中固有的（天生的）结构，只不过我们把它们投射到眼前的世界里，以便能够应对它。这倒不是说世上没有真实的现实，而是说，如果没有观念系统加以限制和组织，事实就会因为数量过剩而无法被人感知。这些观念体系发源于人类的意识之中。这样说来，结构主义就成了研究人类的一门科学，因为它力求发现的是世界表面现象背后的基本结构——无论这些现象是属于数学、生物学、语言学、宗教、心理学还是文学，这就在暗中表明，它试图发现与人类意识的内在结构相关的东西。

在进一步探讨之前，我们应当先看一看结构主义是如何界定**结构**这个词的。首先，正如前文所指出的那样，结构不是有形的实存体，它们是我们用以组织和理解有形实存体的观念框架。结构是一种观念系统，具有如下三重属性：（1）整体性，（2）可转化性，（3）自我控制性。**整体性**（wholeness）意味着该系统发挥着单位（unit）功能，它不仅仅是各个独立个体的集合。整体之所以不同于各个部分的总和，原因在于各个部分相互协作产生了新的东西。举一个具体的例子，水是一个整体，它有别于它的构成成分：氢气和氧气。**可转化性**（transformation）意味着系统并非静态的；它是动态的，可以变化的。系统不仅仅表示结构（名词），它也表示构建（动词）。换句话说，新的材料总是由系统构建的。以语言为例，语言这个结构系统能够将它的基本成分（音素）转化成新的言说方式（单词和句子）。**自我控制性**（self-regulation）则意味着结构的转化只能在它的结构系统内部进行。经过转化而产生的新成分（例如新的言语）总是从属于这个系统，遵循它的规律。

按照结构主义的设想，所有表层现象都属于某一结构系统，无论我们是否清楚地意识到这个系统为何物。表层现象与结构之间的关系可用如下简单图表加以说明。

表层现象：

	dog	runs	happily
	tree	appears	green
（词语）	Susan	is	tall
	clouds	roll	ominously
	wisdom	comes	slowly

结构：

（词性）	名词	动词	描述语

| （组合规则） | 主语 | ＋ | 谓语 |

如果我们从左到右去读上面几排表层现象，看到的是图表中罗列的个别言语，例如"dog runs happily"（狗快乐地跑）和"tree appears green"（树变绿了）。可是，如果你从上到下读图表中的竖行文字，你所看到的表层现象，是由15个不同（也可能更多）的成分组成的，受到一种结构的支配，在这里，这种结构只由三种词性和两条组合规则构成。因此，"dog runs happily"这种言说方式（或遵循同样语法模式的任何言说方式）是一个受到如下结构支配的表层现象。

主语（名词）＋谓语（动词+描述语）

结构（在这个例子中，结构就是词性加组合规则）成分的数量总是少于它们暗中支配的表层现象，因为结构成分的目的在于发挥组织、分类和简化作用。

迄今为止，我列举过的大部分例证都来自语言。这并不令人感到奇怪，因为语言被认为是人类最基本的结构，是其他大部分结构赖以存在的基础。事实上，结构主义的大部分术语都来自结构语言学领域。因此，我们先简要地审视一下这一领域。

【结构语言学】

结构语言学是费尔迪南·德·索绪尔（Ferdinand de Saussure）于

1913到1915年[1]创立的，虽说他的著作直到二十世纪五十年代末才被译成英文从而普及开来。在索绪尔之前，研究语言的方式是考察个别词语的历史变迁，即从**历时**的角度进行研究。这种研究方式暗中预设词语是对它们所代表的客观事物的模仿。索绪尔意识到，我们不应把语言看作屡经演变的各种词语的集合，而应把它看作是体现词语**共时**关系的一个结构系统；在特定时段中使用的各种词语，彼此之间结成了一种共时关系。这就是结构主义关注的核心。结构主义并不寻求语言（或其他现象）的起因或渊源，它寻找的是构成语言的基础和支配语言的功能的种种规则：它寻找的是结构。

为了让制约语言的结构有别于语言的表层现象——数以百万计的个别言语，索绪尔称语言的结构为langue（法文，意为"语言"），而把我们具体的言说方式称为parole（法文，意为"言语"）。当然，在结构主义者看来，只有langue才是真正的研究对象；至于parole，只有当它们有助于揭示langue之时，才令人感兴趣。这些术语也为结构主义文学批评家所采用：正如下文中所看到的那样，结构主义批评家寻找的是构成个别文学作品以及构成整个文学系统的langue。

正如前文所示，一个结构的成分不仅仅是各个构成内容的集合：它们形成了一个有效发挥作用的单位，因为它们之间相互依存、相互作用。我们之所以能看出这些成分，就像索绪尔在论述语言结构时指出的那样，只是因为我们看到了它们彼此之间的差异。**差异**就意味着我们之所以能够识别某一实存体（例如一个物体、一个概念或一个音响），主要是因为我们能够看出它与其他实存体之间的不同。例如，如果我们认为所有的物体颜色相同，那么，我们根本不需要**红色**（或**蓝色**、**绿色**）这个词。红色之所以是红色，就是因为我们看到它不同于蓝色和绿色。根据结构主义的观点，人类的大脑主要是从两极对立的角度来考虑差异的，结构主义者称此为**二元对立**（binary oppositions）：两个截然相反的观念，我们对其中每一个观念的理解，都借助于二者之间的对立。例如，我们把"上"理解为"下"的对立面，把"女性"理解为"男性"的对立面，把

1　此处行文有误。索绪尔于1913年去世。从1907年起，他三次讲授结构语言学，但未出书。他去世后，他的学生将他的授课内容整理成《普通语言学》一书，于1916年在日内瓦出版。——译注

"善"理解为"恶"的对立面，把"黑"理解为"白"的对立面，如此等等。

此外，与前人不同，索绪尔认为词语不仅指涉它们所代表的世界上的事物，相反，词语是一种语言**符号**（sign），它由两个不可分割的部分组成：能指和所指，二者之间的关系就像一枚硬币的两面。**能指**（signifier）是"音响形象"（语音所留下的心理印记），**所指**（signified）是能指所指涉的概念。如此说来，一个单词就不仅仅是一个音响形象，它也不仅仅是一个概念。只有当音响形象与概念联系在一起，它才成为一个词语。此外，索绪尔还观察到，能指与所指之间的关系是任意性的：一个音响形象与它指涉的概念之间并不存在必然联系。为什么用tree而不用arbre（法文，"树"）这个音响形象来体现"树"这一概念，其中并无特定原因；"书"这一概念既可以用livre（法文，"书"）来体现，也可以用book这个音响形象来体现。能指与所指之间的关系只是社会约定俗成的结果：社会说它是什么，它就是什么。

能指，也就是语言的音响形象，并不指涉世上的东西，只是指涉我们头脑中的概念，这种观点是结构主义的关键所在。正如我们在前文中指出的那样，结构主义者认为我们对世界的认识产生于我们头脑中的观念框架，后者正是人类意识的一个固有特征。我们并没有发现世界，我们根据人类大脑中的固有结构"创造"了世界。在所有结构当中，语言是最基本的结构，正是借助于语言，我们的信念才能代代相传，因此，我们通过语言学会了按照自己的方式去想象和认识世界，这么说未尝没有道理。这就是为什么学会一门新的语言就有可能学到看待世界的新方法的原因。

如果以英语为母语的人去学习因纽特人的语言，他们对雪的看法将会完全不同。因为他们将会了解到，在因纽特人的语言中，"雪"有多种不同的表达方式，这就要看雪花的大小和构造，降雪的密度，暴风雪刮来的方向等等。同样地，如果以英语为母语的人去学习西班牙语，他们会以新的方式去看待人类存在的观念，因为他们会了解到，英语动词"to be"，在西班牙语中对应着两个不同的动词：ser和estar。ser表示永久不变的状态，例如"我是人类""我是女性""我是墨西哥人"，如此等等。estar表示可变的存在状态，例如"我在超市"或"我是出租车司机"。但是，在"我饿了"或"我困了"这样的表达方式当中，西班牙人既不用ser，也不用estar，因为西班牙语不把它们当作状态。在西班牙语中，说一个人困了或饿了，用实义动词加名词去表示——tengo hambre or tengo sueño——相当于英语中的one *has* hunger or sleepiness，但并不表示状态。因此，在说一门语言的时候，我们会非常注意我们体验中的某些方面，更确切地说，非常注意这门语言带来的特殊体验。换句话说，语言是我们体验周围世界以及我们自身的**中介**：当我们环顾周围世界以及审视自身之时，它决定了我们所看到的内容是什么。

　　语言在构建人类体验的过程中发挥了首要作用，这种看法让许多学习人类文化的学生很感兴趣。在考察结构主义文学研究之前，我们先简短地审视一下结构主义思想从中发挥重要作用的两个相关领域：结构人类学和符号学，前者从事人类文化之间的比较研究，后者致力于符号系统的研究，尤其是分析流行文化。结构主义在这两个领域中的活动例证，有助于我们从总体上掌握结构主义的批评实践，能够让我们更好地理解结构主义在文学中的应用。

【结构人类学】

　　结构人类学是克劳德·列维-施特劳斯（Claude Lévi-Strauss）在二十世纪五十年代中期创立的，它致力于寻找全人类的内在共同特性——结构，无论人类所在的文化表面上有多大差异，这些基本的共同特性都能将他们联结在一起。不同的文化在表现社会生活重要内容的时候，总是采取不同的仪式和形式，尽管如此，所有的人类文化都有一套固定的**符码化**（codified）过程，例如，在择偶、亲属关系和成人礼方面，靡不如此。尽管艰苦生活的考验（例如，把一个人抛到荒野里，让他在缺衣少食或手无寸铁的情况下生活一段时间，看他是否能够凭借自己的力量活下来）肯定不同于大学生寝室里举办的21周岁生日晚会，但是，结构人类学家还是认为差异只存在于表象层面，用结构语言学家的话说，只存在于**言语**层面，因为作为成人仪式，在这两种文化实践的背后，有着相同的基础结构，有着相同的**语言**。二者都涉及某种庆典仪式：被考验者从荒野中回来之后，族人要为他洗浴身体；过生日的人要吹灭生日蜡烛，接受在场朋友的祝福。二者都涉及个人装饰：要么在身体上文上特殊标记，要么戴上生日晚会专用的帽子。二者之间还有一个共同点，那就是，在仪式结束之际，都要吃特殊的食品：要么是野兽的心脏，要么是生日蛋糕或啤酒。

来自不同文化的那些神话，看似彼此相异，但是，它们之间在结构上相似，这正是让列维-施特劳斯特别感兴趣的一个地方。他的目的是要发现，在什么情况下，"不同的"神话实际上是同一个神话的不同版本。这样做是为了证明，人类的文化背景不同，但意识结构相同，这些相同的意识结构在结构相似的神话形成过程中凸显出来。他宣称，这些结构上的相似表明有些事物是人类共同关注的，它们跨越了文化界限，其中包括界定亲属关系这样的实际问题（这样做是为了确定继承权和乱伦禁忌）以及解释人类起源这样的哲理问题。对后一问题的例示说明出现在列维-施特劳斯对俄狄浦斯神话的分析当中。他认为，俄狄浦斯的神话体现了一种矛盾冲突：我们都知道，人类是性交的产物，然而，许多文化一直都认为人类产生于土地，就像俄狄浦斯神话中的Spartoi[1]是从土地中长出来的一样（我们还会补充说，正如《圣经》中的人类始祖亚当是上帝团土造出来的一样）。列维-施特劳斯认为，任何神话都没有"正版"或"原版"的版本。就特定神话而言，它的每一个版本都同样有可取之处，这是因为每一个版本都体现出，所有结构都试图给世界带来意义，否则这个世界将毫无章法可言。

当他从结构主义视角去考察神话的时候，结果发现，从不同文化中涌现的大量神话，都可以简化为数量有限的**神话素**（mytheme），即神话的基本单位。神话素很像句子，因为它体现了两个或多个概念之间的关系，而且经常呈现为主-谓关系的形式。一位英雄人物杀死了一个大妖怪，这就是一个神话素，正如一位英雄违反了道德准则也属于神话素一样。列维-施特劳斯将神话素界定为关系"群"（bundle），因为一个神话素是由它的各种变体构成的。例如，"英雄杀死大妖怪"这个神话素就包括：各式各样的英雄人物（穷的、富的、孤儿出身的、富贵人家出身的），出于不同的原因（夺回妻子、拯救族人、证明自己），杀

---

1 希腊神话中卡德摩斯播种龙牙，在地里长出来的人，意为 sown man，即播种长出来的人。——译注

死了不同类型的妖怪（公的、母的、半人半兽的、四处活动的、固守一地的、陆地上的、海底的、会说话的、不会说话的）。问题的关键在于神话研究的结构方法向我们证明，通过数量相对有限、一望而知的**语言**（基本结构），我们可以梳理并且理解世界各地产生的那些数量庞大的神话。

当然，神话是以叙事形式出现的，神话素因此也是叙事结构。所以说，神话的结构分析对于文学的结构研究显然具有启示作用。实际上，正如下面"文学体裁的结构"一节所示，有些文学批评家认为，所有的文学都是在重新讲述外表各异的同类神话。

【符号学】

正如结构人类学在比较研究人类文化的过程中应用了结构主义的洞见，符号学在它所谓的符号系统研究之中，也应用了结构主义的洞见。一个**符号系统**可以是一种（套）语言符号或行为，也可以是一种（套）非语言的符号或行为，只要把它们当作一种专门的语言来加以分析。换句话说，符号学考察的是语言和非语言性质的符号和行为如何通过象征手法向我们传递出某种信息。应用到文学分析领域，符号学感兴趣的是文学成规：构成文学结构的规则、文学手法和形式因素。我们将在下一节"结构主义与文学"当中用一定的篇幅来考察这个论题。在这一节我们集中考察符号学在非语言领域中的应用，我想读者对此会很有兴趣。

例如，在某种威士忌酒的巨幅广告牌上，出现一位金发碧眼美女，外罩天鹅绒礼服，内穿紧身裤，扭身斜坐，搔首弄姿。如果从符号学角度去考察，这个画面"告诉"我们，喝这种酒的人（可能为男性）会对广告上这样性感撩人的美妇一见倾心。正像这个例子所说明的那样，符号学对于分析流行文化尤其有用。在符号学家经常考察的流行符号系统当中，还可能出现以下一些分析例证：杂志中的广告插图、流行舞蹈、溜旱冰、迪士尼乐园、芭比娃娃、汽车。这里仅以著名符号学家罗兰·巴特（Roland Barthes）分析的职业摔跤为例。

下面我们简单地总结一下巴特对职业摔跤的符号学分析。巴特认为，职业摔跤可被视为一种符号系统（在这种摔跤比赛中，选手用的是诸如Gorgeous George或Haystacks Calhoun这样的假名，盛装出场，比赛还未开始即管弦齐鸣）。这种摔跤可被阐释为目的明确的一种语言：通过表现正义战胜邪恶，为观众提供一种宣泄式满足；在（不同于现实生活的）表演过程中，谁是好人，谁是坏人，观众一目了然。这种目的体现在，这些摔跤比赛具有结构的相似性，无论参赛选手是谁：（1）每位选手都明确代表一类人（典型的美国人、心怀叵测的粗鲁汉子、残暴的恶棍，等等）；（2）从每场比赛中都可以清楚看出哪位选手代表"好人"，哪位代表"坏蛋"——根据他们的类型以及他们在比赛中的行为；（3）每场比赛的结局都是正义战胜邪恶。

巴特进一步评论说，这种比赛很像古希腊戏剧演出，因为摔跤手用极为夸张的身体姿态和面部表情表现他们的痛苦、绝望或胜利。表现痛苦、失败和公正从而成为演出的目的。为了得出这一结论，我们需要解读以下符号：选手的名字、体型和服装道具，他们在摔跤场上的身体语言（趾高气扬、畏缩躲避、昂首阔步、气势汹汹、安抚和解，如此等等），以及他们的面部表情（自鸣得意、义愤填膺、骄傲自满、惊恐万分、耀武扬威、垂头丧气，如此等等）。比赛的结果是预先安排好的，但这并不要紧，因为比赛的目的不是为了决出胜负，而是为了表演。千百年来，这类表演出现了不同的变体，它们为观众释放愤怒、恐惧和失望等情绪提供了替代措施。

现在我们考察一下构成符号学分析基础的一些理论概念，这里所说的符号学分析，类似于刚才所总结的那种。符号学认为，语言是最基本、最重要的符号系统。正如结构语言学之所为，语言符号被界定为能指（音响形象）和所指（能指所指涉的概念）的结合。符号学也认为：符号等于能指加所指。然而，正如我们刚才看到的那样，符号学扩大了能指的范围，使其涵盖物体、姿势、活动、音响、形象，换句话说，凡是感官的对象，都属于能指。显而易见，符号学扩大了能指的范围。然而，在符号学所确认的三种符号——**指示性符号**（index）、**图像式符号**（icon）和**象征性符号**（symbol）——当中，符号学仅限于研究具有象征功能的符号。说到这里，我们暂且去考察一下个中缘由。

在指示性符号当中，能指与所指之间存在着具体的因果关系。例如，烟表示火，敲门表示门口有人。在图像式符号当中，能指与所指外形相似。例如，如果一幅画的画面与它再现的题材相似，这幅画就是一个图像式符号。肯尼迪总统的一幅写实画像就是一个图像式符号。在象征性符号当中，能指与所指的关系不是生来就有的，也不是必然产生的，而是任意性的，也就是说，它是社会约定俗成的产物，或者是某一社会群体共识的结果。

正如上文所示，语言就是一种象征性符号系统。tree这个音响形象之所以表示"树"这个概念，只是因为说英语的人同意这样使用。尽管烟是火的指示性符号，但是，一幅写实性的火的图画是火的图像式符号，而fire这个词则是"火"的象征性符号。fire这个词没有火的性质。某一社会群体当然也可以用别的音响形象去代表火，只要他们同意这样用就行。我们来看一看另外一个不同的例子。起居室窗户上的冰霜是冬天的指示性符号。一张表现冰封大地的照片则是冬天的图像式符号。然而，在绝大多数英语专业的学生看来，同样一幅冰封大地的图片或小说中对这一场景的文字描述［例如杰克·伦敦（Jack London）的《生火》（"To Build a Fire"）］却是死亡的象征性符号。

如此说来，在这三种符号当中，只有象征性符号才是文学阐释的对象。火产生烟，纯粹是客观实际情况，不是由人群决定的。在肯尼迪总统的写实画像（图像式符号）里，人物的头发、眼睛、肤色以及其他形体特征与这位已故总统的上述体貌相同，也不是由人群决定的。如果画像不具备这些形体特征，那它就不是图像式符号。但是，人类社会群体的确要去决定：白色象征着贞洁，红色象征着性欲，角与干草叉象征着撒旦，十字架象征着基督教。

因此，符号学的任务是，厘清并且分析符号系统的象征性功能，虽说被研究的物体或行为通常也发挥其他功能。例如，食品和服装明显具有生物学功能（前者提供营养，后者保暖）和经济学功能（食品和服装价格的波动会影响社会的生活水平）。但是，符号学家之所以对食品和服装感兴趣，只是因为它们发挥的是符号系统的功能，具有象征内容。此外，作为一种结构主义研究，符号学在分析一个符号系统的时候，集中关注的是一组相似的东西（例如巨型宣传板或画报上的广告，或饭馆里的菜单），而且是从共时（在特定的时间段内）的角度去研究。例如，如果去分析饭馆菜单上所列食物的符号学原理，研究者不会去考察这家饭馆菜单的历史变革（历时）。他应当考察的对象是，不同的饭馆在同一时段（共时）里提供的大量菜单，以便从中发现它们的**符号学符码**（semiotic code），即承载某种非语言文化信息的内在结构成分。

针对饭馆菜单进行的符号学分析会给我们带来哪些启示呢？换句话说，除了菜单上的名字所传达出的有关五大菜系的具体材料，这些菜单还传递出什么样的非语言信息？通过考察下列符号，例如菜单的颜色、尺寸、装帧、字体、页边的大小、空白的多少以及分布情况、价钱、菜名（不是像"牛排"或"烤土豆"这样的字眼，而是诸如"巴黎式"或"独家秘制"这样的标签）以及菜单上是否出现了那些体现象征价值的食物（例如汉堡或鱼子酱），我们很可能从中发现食品的"时尚工业"，这种"时尚工业"会传达出与主顾自我形象相关的信息。某些菜单的符号学原理将会发出这样的信息："如果你是一位教养良好、受过教育的成功人士，品味很高，收入颇丰，你就会穿上古驰，开着宝马，到我们这里来用餐"。有的菜单会发出这样的信息："如果你是一位脚踏实地、不爱显摆的人，不想浪费自己的时间，也不想挥霍自己的血汗钱去搞那些娘们儿式的摆阔花样，那就来我们这儿吧"。还有的菜单发出这样的信息："如果你是一位爱国的美国公民，相信上帝，喜欢奶奶的苹果派，到我们这里用餐就等于赞美你的家庭价值观"。

如果你是一名电影爱好者，你很可能饶有兴趣地去勾画音乐喜剧、凶杀侦探片或爱情片的符号学原理。同样，你也可能尝试着去发现"肥皂剧"的符号学原理。在符号学家看来，一切都可能是符号。整个人类文化世界就是一个有待"解读"的文本，结构主义为"解读"这个文本提供了理论框架。

【结构主义与文学】

结构主义对于文学专业的学生有重要的启示。文学毕竟是一门词语艺术；它由语言组成。所以说，它与"主导"结构——语言——有着非常直接的关系。此外，结构主义者坚信，人类思维中的建构性机制是我们厘清混乱、理解事物的手段，而文学又是人类向自身解释世界的一种重要手段，也就是说，文学是人类厘清混乱、理解事物的一种重要手段。所以说，文学这一研究领域和结构主义这种分析方法，有很多相似性。

我们在探讨结构主义文学研究方法的时候，主要关注文学文本的叙事性，因为结构主义批评主要与叙事打交道。乍一看，这种做法似乎过于狭隘，实则不然，因为我们都知道，叙事的历史源远流长，涵盖的文本数量众多，从古代口述传统中的简单神话和民间故事，到后现代小说中复杂无比的文字大杂烩，都属于叙事。此外，大部分戏剧作品和相当一部分诗歌，虽然没有被归类为叙事，但是，它们都有叙事的特性，因为它们都在讲故事。无论如何，正如我们将在下文中看到的那样，叙事为结构主义批评提供了用武之地，原因在于，尽管叙事的形式不尽相同，但是它们有某些共同的结构特征，例如情节、背景和人物。

然而，我们要切记，结构主义并不打算阐释单个文本的意义，也不想评判某个文本是否出色。阐释问题和文学性问题，都属于表层现象，属于**言语**的范围。与此相反，结构主义致力于寻求文学文本的**语言**，即使文本产生意义的结构，这种结构通常被称为**语法**，因为它所支配的规则可用来识别文学的基本要素（例如识别出英雄、遇险的少女和恶棍）和组合文学的基本要素（英雄试图从恶棍手里救出遇险的少女）。简而言之，结构主义的兴趣不在于文本的意义是什么，它感兴趣的是文本**如何**产生意义。这样说来，《了不起的盖茨比》中的盖茨比、黛西·布坎南和汤姆·布坎南只不过是表层现象，他们的意义源于他们与背后的深层结构的关系，这些深层结构分别是英雄、遇险的少女和恶棍。

诸位一定记得，在第六章中，读者反应批评家也在集中关注文本意义的生成过程，而非文本的意义。实际上，这两种研究方法有一定的重合，因为结构主义者和读者反应批评家都赞同文本的深层结构与读者对文本的反应相关。毕竟，结构主义认为，我们在文学中看到的结构，和我们在其他地方看到的结构一样，是人类意识结构的投射。然而，诸位应该还记得，读者反应批评的最终目标就是理解读者的体验，结构主义者称这种体验为表层现象。相比之下，结构主义的终极目标是认识人类体验的深层结构，这种深层结构存在于**语言**的层面，无论我们去考察文学的结构，还是思考文学结构与人类意识结构之间的关系，最终目的都是要认识人类体验的深层结构。换句话说，读者反应批评不是去寻找一门普适性的科学，将人类意识的内在结构与人类的体验、行为和生产联系起来，而结构主义所要寻求的恰恰是这一点。结构主义文学研究方法往往集中在文学研究的三个领域：文学体裁的分类、描述叙事过程和分析文学阐释。为了简明起见，下文将分别探讨这三个领域。

【文学体裁的结构】

在探讨结构主义研究文学体裁的方法之前，我们先简要地总结一下其中最复杂和最有影响力的一种研究方法：诺斯罗普·弗莱（Northrop Frye）所说的**神话理论**（theory of myths）；这种文学体裁研究理论致力于寻找西方文学传统内在的结构规则。[①] 弗莱用**神话叙述体**（mythoi, plural of mythos）这个术语去指称构成神话的四种叙事模式。他宣称，这些神话叙述体显示出文学体裁内在的结构原则，尤其是喜剧、浪漫传奇、悲剧和反讽/讽刺内在的结构原则。

按照弗莱的说法，人类在投射自己的叙事想象的时候，主要使用两种方法：再现一个现实世界或者再现一个理想世界。理想世界好过现实世界，是一个人性纯真、五谷丰登和心想事成的世界。弗莱称其为**夏天的神话叙述体**（mythos of summer），与之联系在一起的是浪漫传奇（romance）。这是一个历险的世界，一个成功地寻找到结果的世界。在这个世界里，真正的英雄与美丽的少女克服了邪恶势力的威胁，实现了自己的目标。读者比较熟悉的浪漫传奇有：托马斯·马洛里（Sir Thomas Malory）的《亚瑟王之死》（*Le Morte d'Arthur*，1470）中的骑士冒险故事、埃德蒙·斯宾塞（Edmund Spenser）的《仙后》（*The Faerie Queene*，1596）、约翰·班扬（John Bunyan）的《天路历程》（*The Pilgrim's Progress*，1678）以及《睡美人》。

与此相反，现实世界是一个老于世故、飘忽不定和充满失败的世界。弗莱称其为**冬天的神话叙述体**，与它联系在一起的是反讽/讽刺这两种体裁。反讽是我们通过悲剧的透镜所看到的世界。在这个世界里，主人公被令人困惑的复杂生活击败。他们固然想表现出英雄气概，但他们永远也无法获得英雄的地位。他们可能憧憬幸福，但永远得不到幸福。他们是像你我这样的普通人，所以要蒙受痛苦。有关反讽文本的例证，你们可能读过的有莎士比亚的《暴风雨》（*The Tempest*，1611）、伊迪丝·华顿的《纯真年代》（*The Age of Innocence*，1920）、理查德·赖特的《土生子》（*Native Son*，1940）以及约翰·斯坦贝克的《人鼠之间》（*Of Mice and Men*，1937）。

与此相似，讽刺是我们通过喜剧的透镜所看到的现实世界，这是一个体现人类蠢行、暴力和冲突的世界。在讽刺的世界里，人的脆弱遭到嘲笑，有时作者还带有辛辣、无情的幽默。大家比较熟悉的讽刺文本包括：乔纳森·斯威夫特（Jonathan Swift）的《格列佛游记》（*Gulliver's Travels*，1726）、乔治·奥威尔（George Orwell）的《动物庄园》（*Animal Farm*，1945）、马克·吐温的《哈克贝利·费恩历险记》中讽刺内战之前美国南方虐待黑奴的情节片段以及拉尔夫·艾里森（Ralph Ellison）的《隐形人》（*Invisible Man*，1952）当中讽刺保守派得意自满、左派分子自欺欺人的段落。

　　浪漫传奇发生在理想世界，反讽/讽刺发生在现实世界，其他两种神话叙述体在这两个世界之间移动。在悲剧中，主人公从理想世界转移到现实世界，从天真变得世故，从夏天的神话叙述体转变成冬天的神话叙述体，因此，弗莱称悲剧为**秋天的神话叙述体**。在悲剧里，能力高超的主人公就像浪漫传奇中的主人公，从浪漫的人生顶峰跌落到现实世界中，跌落到落寞和失败的世界里，从此一蹶不振。著名的悲剧包括索福克勒斯（Sophocles）的《俄狄浦斯王》（*Oedipus the King*，公元前五世纪）、莎士比亚的《哈姆雷特》和《奥赛罗》（*Othello*，1604）以及玛丽·雪莱的《弗兰肯斯坦》。

　　与此相反，在喜剧里，主人公从现实世界转移到理想世界，从世故变得天真，从冬天的神话叙述体变为夏天的神话叙述体，因此，弗莱称喜剧为**春天的神话叙述体**。在喜剧里，主人公深陷现实世界的重重困难之中，在险象环生的环境下，他费尽心机，经过各种曲折，克服了不利的环境因素，最终获得幸福。与妨碍浪漫传奇英雄的恶棍不同，为喜剧主人公设置障碍的都是一些滑稽可笑的人物。最后，喜剧主人公带着自己的心上人，逃离冷漠残酷、麻烦不断的现实世界，来到一个比较幸福、友善、温情的虚构空间。大家比较熟悉的喜剧有：莎士比亚的《错误的喜剧》（*Comedy of Errors*，1590）和《仲夏夜之梦》（*A Midsummer Night's Dream*，1595）、威廉·威彻利（William Wycherley）的《乡下女人》（*The Country Wife*，1675）和亨利·菲尔丁（Henry Fielding）的《汤姆·琼斯》（*Tom Tones*，1749）。

　　以上对弗莱理论框架的描述只是概括性总结了他对每一种神话叙述体以及相关题材的详尽分析。他认为，每一种体裁都对应着一套特定的主题、人物类型、作品基调、行动种类以及前面总结的情节套路。总的说来，这四种体裁形成了一个主导情节，这是理解整个叙事的关键。在弗莱看来，这个主导情节就是一种**寻求结构**（structure of the quest），每种神话叙述体都代表其中的一部分。

弗莱指出，传统的寻求模式由四部分组成：冲突、灾难、混乱和胜利。他认为，冲突是浪漫传奇的基础。浪漫传奇由一系列令人眼花缭乱的冒险组成，超人式的主人公从中经历了重重障碍。灾难是悲剧的基础，其构成内容是主人公的落难。混乱是讽刺与反讽的基础，它让混乱局面和无政府状态达到极致，从而让主人公无用武之地。胜利是喜剧的基础，在喜剧里，主人公和自己的心上人处在一个经过改进的社会里，充当里面的核心人物。总的说来，浪漫传奇、悲剧、反讽/讽刺和喜剧等体裁依次显示出弗莱所说的"整个寻求-神话"的结构。因此，在弗莱看来，所有叙事都存在着结构关联，因为它是寻求套路的某一部分的变体。

弗莱把这种分类方法称作**原型批评**（archetypal criticism），因为它的研究对象是西方文学史上反复出现的叙事模式。**原型**（archetype）一词可以指所有重复出现的意象、人物类型、情节套路或行为模式。就此而言，原型是一种**超级类型**（supertype）或者说是**范式**（model），它的不同变体在人类生产的历史上反复出现：反复出现在我们的神话里、文学里、睡梦里、宗教里以及社会行为的仪式当中。因此，弗莱的方法就是去寻找西方文学传统内在的结构原则。事实上，原型本身就有结构：某个意象、典型人物或其他叙事因素之所以成为原型，要满足一个前提条件，即它必须是一个产生无数变体的结构模型，也就是说，它必须产生无数个具有相同基本结构的不同表层现象。所以说，尽管浪漫传奇、悲剧、反讽/讽刺故事和喜剧的叙事内容各不相同——也就是说，它们的表层现象各不相同——但是每一种体裁的结构始终如一。[②]

弗莱还采取了别的方法去寻找制约着西方文学传统中的文学体裁的结构原则，这些原则就是他所谓的**模式理论**（theory of modes）。他根据主人公行动力量的大小将虚构类文学分成若干种模式；主人公行动力量的大小是通过与其他人的力量相比较或与主人公所在环境的力量相比较而确定的。决定这套模式的其他因素还包括：主人公究竟在性质上超过他人（非普通人所能企及，达到神或半神的地步），还是在程度上超过他人（他的优点别人也有，只不过他做得更好）？接下来这个图表或许有助于阐明弗莱的分类系统。

主人公的力量	虚构模式	人物类型
1. 性质上超过人及其环境的力量	神话	神性人物
2. 程度上超过人及其环境的力量	浪漫传奇	英雄人物
3. 程度上超过人的力量，但没有超过环境的力量	高模仿（模仿生活，如史诗与悲剧之所为）	领袖人物
4. 与人和环境的力量相当	低模仿（模仿生活，如喜剧和现实主义之所为）	普通人
5. 不如人和环境的力量	反讽	反英雄

　　弗莱指出，尽管神话是问世较早的叙事形式，但它在很大程度上不属于常见的文学类型。由于这个原因，同时也因为将喜剧和现实主义放在同一个条目下显得有些不伦不类，罗伯特·斯科尔斯（Robert Scholes）修正了弗莱的模式，删除了非文学的神话模式，增添了一个新的模式，以便解释喜剧与现实主义的区别。在他看来，这个修订模式能够更加清晰和有益地区分文学体裁。下面的图表就是对斯科尔斯分类系统的概括性说明。

主人公的力量	虚构模式	人物类型
1. 性质上超过人及其环境的力量	浪漫传奇	英雄人物
2. 程度上超过人的力量，但没有超过环境的力量	高模仿（模仿生活，如史诗与悲剧之所为）	领袖人物
3. 程度上与人和环境的力量相当	中模仿（模仿生活，如现实主义之所为）	普通人

4. 程度上低于人和环境　　低模仿（模仿　　喜剧人物
　　的力量　　　　　　　　生活，如喜剧　　和可怜人
　　　　　　　　　　　　　之所为）

5. 性质上低于人和环境　　反讽　　　　　　反英雄
　　的力量

正如这两张图表所示，对于相同的材料，不同的结构主义者可能有不同的分类方式。结构主义文学体裁理论为数众多，远不止这里罗列的几种。这种结构分析力求发现一种最实用的方式去再现支配整个文学的结构系统，它以此为手段，始终不渝地试图为各式文学文本分类，进而理解它们之间的关系。

【叙事结构（结构主义叙事学）】

结构主义叙事学分析详尽考察文学文本的内在"活动"，以便发现制约着文本叙事行动的基本结构单位（例如叙事发展的单位）或功能（例如人物功能）。如今叙事学名下的许多文学批评都属于这种结构主义研究方法。本书仅限于介绍能够代表这一领域的三个范例，它们非常有助于大家在目前阶段理解结构主义，它们分别是A. J. 格雷马斯（A. J. Greimas）、茨维坦·托多洛夫（Tzvetan Todorov）和杰拉德·热奈特（Gérard Genette）的著作。

格雷马斯注意到，人类总是通过两组二元对立去建构世界，进而形成意义："A与B相反"，"–A（对A的否定）与–B（对B的否定）相反"。换句话说，我们认为每一个实存体都有两个方面：它的反面（爱的反面是恨）和否定方面（爱的否定方面是缺乏爱）。他相信，这种二元对立的基本结构（由四种因素构成，这些因素又分成两对）塑造了我们的语言，塑造了我们的体验，还塑造了我们表达体验的叙事。

在我们的叙事中，这种结构以情节套路的形式体现出来，例如冲突与解决、斗争与和解、分离与统一。这些情节套路是通过**行为角色**（actant），即人物功能，来实现的。人物功能是特定故事中实际人物（表层现象）所担当的角色。例如，在《了不起的盖茨比》中，我们可

以认为，盖茨比充当的是作为主人公的寻求者，黛西是主人公寻求的对象，尼克是主人公的帮手，而汤姆则是主人公的对手。

在格雷马斯看来，情节的推进——从冲突到解决，从斗争到和解，从分离到统一——要求某一实体（某种属性或客体）从一种行为角色转移到另一种行为角色。例如，黛西从汤姆那里被转移到盖茨比那里（或者更确切地说，从盖茨比那里被转移到汤姆那里，再转移到盖茨比那里，最后回到汤姆身边）。另外，举一个比较微妙的例子，盖茨比的莫大失落——失去了黛西，失去了幸福梦想，失去了生命——被以另一种形式转移到了尼克身上，后者在纽约暂住时期行将结束之际，产生了深深的幻灭情绪。因此，叙事的基本结构与语言的基本结构是一样的：主语-动词-宾语。这种基本叙事语法把格雷马斯所见到的六个基本行为角色排列为三种对立形式，由此而生成了以下三种情节模式：

行为角色	情节类型
主体（主语）—— 客体（宾语）	寻求/欲望的故事（某一主体，即主人公，寻找某一客体：一个人、一个物或存在状态）
发送者——接受者	交往沟通的故事（某位发送者——某一个人、神或机构——派主体去寻找客体，接受者最终接受客体）
助手——对手	寻求/欲望故事或交往沟通故事的次要情节（助手在主体寻求过程中施以援手；对手试图阻挡主体）

最后，为了解释各种可能出现的叙事顺序，格雷马斯提出下列结构，这些结构源于他对民间故事的研究。

1. **契约式结构**（contractual structures）包括缔结/打破约定，或建立/违反禁令，从而导致疏离或和解。

2. **践行式结构**（performative structures）包括执行任务、审判、斗争，如此等等。

3. **分裂式结构**（disjunctive structures）包括旅行、移动、到达和离开。

例如，我们可以探讨《了不起的盖茨比》是怎样遵奉格雷马斯的契约式结构观念的，我们要去分析约定的缔结和打破（例如盖茨比与黛西之间、汤姆与黛西之间、尼克与乔丹之间、莱特尔与乔治之间约定的缔结和打破），我们还要探索小说人物是如何多次违反禁令，从而导致关系疏远的。

格雷马斯利用他的体系去分析二十世纪法国作家乔治·贝尔纳诺斯（Georges Bernanos）的作品，他得出结论说，在该小说家所创造的世界中，一切冲突都可归结为生与死这一基本象征冲突。另外，格雷马斯还提出，这一关键冲突还表现在下面的结构中（我作了适当简化），这个结构支配着作者的虚构世界。

可获得的体验	可能的转变	意识形态选择
1. 欢乐/痛苦	真相：反对＋接受	生：欢乐＋痛苦
2. 厌倦/恶心	谎言：拒绝＋退隐	死：厌倦＋恶心

贝尔纳诺斯的小说的语法建造了一个世界，在这个世界里，如果我们愿意放弃欢乐，就不会感觉到痛苦，因为二者紧密相关：让我们感到快乐的那种能力使我们容易感受到痛苦。这样一来，我们只有两种选择，要么接受生活是一把交织着欢乐与痛苦的双刃剑的事实（虽说我们一开始往往不肯接受这一真相），要么拒绝真相而顺从另外一个唯一的选择：厌倦和恶心，这是我们为了避免自己承受生活中的情感风险而主动选择的一种情感死亡。

与格雷马斯的方法类似，托多洛夫把叙事的结构单位（例如人物刻画要素和情节设置要素）比作语言的结构单位：句子成分以及它们在句子和段落中的排列。

叙事单位		语言单位
人物	←――――――→	专有名词
人物行动	←――――――→	动词
人物特征	←――――――→	形容词
陈述句	←――――――→	句子
序列	←――――――→	段落

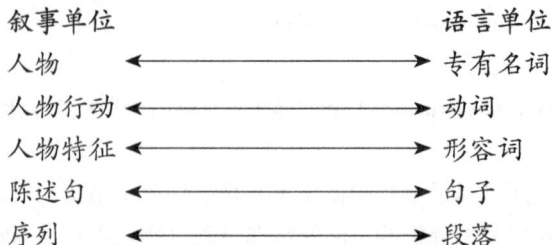

陈述句（proposition）要么是由人物与最基本的行动（如"甲杀死了乙"或"甲来到镇上"）组合而成，要么是由人物与最基本的特征（如"甲是恶魔"或"甲是女王"）组合而成。**序列**（sequence）是可以单独形成故事的一系列陈述句。最基本的序列的结构是（1）特征化，（2）行动，（3）特征化：主人公带着某种特征（例如他失恋了）出发，借助于某种行动（他寻找爱情），该特征得以改变（他开始恋爱，或者，至少他在寻求爱情的过程中学到一些东西）。一个故事至少包含一个序列，虽说它可以包含许多。托多洛夫将他的结构系统进一步划分为如下类型：否定（缺少行动或特征），比较（存在不同程度的行动或属性）和模式（修订行动或特征，这种情况发生在有人对某一行动或特征产生向往、恐惧、期待、不情愿做等情绪时）。

这套叙事语法让托多洛夫可以根据他看到的文本的基本叙事性质来分析文本。一旦发现文本的陈述句——将每一位人物（名词）与某种行动（动词）或特征（形容词）组合起来——就可以对文本中反复出现的行动和特征进行分门别类，就像陈述句以及陈述句之间的关系可被分门别类一样。例如，托多洛夫在分析薄伽丘（Boccaccio）《十日谈》（*The Decameron*，1350）的故事的时候，他就发现，所有的特征都可简化为三类形容词：状态类（特征不稳定，例如幸福与不幸）、内在性质类（特征稳定，例如善与恶）和条件类（最稳定的特征，例如人的性别、宗教信仰或社会地位）。

尤其有意义的是他下面提出的论断，即《十日谈》中所有的行动都可简化为三个动词：改变、越轨和惩罚。这一发现让他看到这些故事当中反复出现的一个重要模式：变化不断发生，罪恶行径一再逍遥法外。这一模式，再加上他对当时历史的了解，让托多洛夫推断出，这些故事体现的价值观与薄伽丘所在的文化中的价值观存在着某种联系。托多洛夫指出，无论在《十日谈》中，还是在薄伽丘的世界里，一种新型价值体系正在兴起，它颂扬与资本主义自由企业制度息息相关的个人胆识和首创精神；在薄伽丘时代，资本主义自由企业制度开始取代旧有的、束缚性更强的商业体系。

无论是格雷马斯还是托多洛夫，他们的理论框架都取材于而且应用于一大套自成一体的材料——格雷马斯使用的是一位作家的全部作品，托多洛夫用的是由各个小故事组成的一部长编，因为他们想构建一个结构体系，以便读者从总体上理解叙事。同样地，热奈特通过详尽分析马塞尔·普鲁斯特的七卷本巨著《追忆似水年华》，提出了自己的叙事理论。

热奈特首先区分了叙事的三个层次，这三个层次通常都被归在**叙事**的名下，它们分别是故事、叙事和叙述。

1. **故事**（story）由文中讲述的一系列事件组成。因此，故事按照人物"实际遭遇"的事件的先后顺序来提供作品内容，这个顺序并不总是与叙事中呈现的顺序相吻合。
2. **叙事**（narrative）指的是书页上的字词、话语、文本自身，读者根据它们来构建故事和叙述过程。叙事是叙事者通过叙述行为（the act of narration）产生的。
3. **叙述**（narration）指的是叙事者向某些听众讲故事而产生叙事的行为。然而，正如叙事者与作者从来就不完全对应，**听众**（narratee）与读者也从来就不完全是一回事。

例如，在《了不起的盖茨比》一书中，尼克向某些听众描述他在纽约度过的那个夏天（叙述）。在这一过程中，他提供的是文字话语，也就是我们在书页上所看到的文字（叙事）。这些话语再现了尼克这个人物所参与的事件（故事）。

热奈特的著作集中关注的是叙事，也就是书页上的文字，但是他也指出这三个层次在共同发挥作用。也就是说，为了达到分析目的，他分别探讨了文本的各个方面，虽说这些方面并不单独发挥作用。他这样做是为了考察它们是如何相互作用的。他还观察到，故事、叙事和叙述通过三种属性相互作用，这三种属性他分别称之为时态、语气和语态。

1. **时态**（tense）是叙事中事件的时间安排。这种安排涉及顺序、时段和频率等概念。

    a. **顺序**（order）指的是故事发展的先后次序（故事中的事件在虚构世界中的发生顺序）与叙事的先后次序（叙事呈现这些事件的顺序）之间的关系。例如，在盖茨比的故事中，其人生经历在一定程度上是以下事实按照如下顺序构成的：他出生在农民家庭，脱离了家庭，为丹·科迪工作，追求黛西，参战，退伍，发财致富和重新得到黛西的爱情。然而，小说叙事在表现这些事件时却遵照一个不同的顺序，例如，读者读到第六章才了解到他童年时的情况。

    b. **时段**（duration）指的是故事中特定事件所发生的时间跨度与描写这一事件的篇幅之间的关系。在故事中，一位人物的欧洲之旅可能长达五年，但是，叙事对其描述之语可能只有五行。相反，故事中恋人之间的对话可能只有五分钟，但是，叙事却用五页的篇幅加以描述。因此，时段就是让读者感受到叙事进度快慢的那种东西。

    c. **频率**（frequency）指的是故事中重复事件的方式（同样一个事件可能多次发生）与叙事中重复事件的方式（一个事件可能被反复描述）之间的关系。

2. **语气**（mood）是距离和视角带来的叙事氛围。

    a. **距离**（distance）产生于叙事者同时也充当叙事中的人物之时，作为中间人，故事通过叙事者的意识过滤出来。叙事者越是无处不在，叙述（narration）与故事之间的距离就越遥远。相反，当我们意识不到叙事者的存在之时，当一个故事似乎是"自己讲出来"时，二者之间的距离达到最短状态。缺乏细节描写也会产生距离。细节描写越少，真实感就越差，叙述与故事之间的距离就越远。细节描写越丰富，这种距离就越短。因此，二者之间最短的距离，也就是对生活最大限度的模仿，产生于信息量的最大化和叙事者最低限度的存在。

    b. **视角**（perspective）指的是观察角度，也就是读者看待特定叙事内容的切入点。尽管言说的是叙事者，但观察角度可能出自其他人物，提供观察角度的那个人物的感觉很可能迥异于讲述人物故事的叙事者的感觉。

3. **语态**（voice）指的是叙事者的声音。读者听到的（叙事者）的声音很可能不同于读者的观察角度（视角）。当我们分析语态之时，就是在分析叙事者（叙述行为）与所讲故事之间的关系以及他与叙事（讲故事的方式）之间的关系。语态有助于我们确定叙事者对待故事的态度以及故事的可靠性。

有趣的是，我们注意到，时态、语气和语态都与动词有关。在热奈特看来，所有小说的功能都类似于广义动词的功能：所有叙事都可归结为动作。尽管他的这些定义看似"武断生硬"，然而，他提出了自己的概念范畴，在很大程度上能够证明一个文学文本是在什么时候通过"破坏"这些范畴来取得自身效果的。例如，在研究《追忆似水年华》的过程中，热奈特证明了普鲁斯特让最大限度的信息量与叙事者最大限度的现身相结合，从而创造出一种强烈的贴近效果，也就是叙述与故事之间严丝合缝的效果。传统上，这种效果是最大化的信息量与叙事者最低限度的现身相结合的产物。这样一来，热奈特就突出强化了如下观念：分类体系应当有助于我们阐明文学作品的复杂性，而不是以过于简单化的行为来掩盖那种复杂性。

当然，格雷马斯、托多洛夫和热奈特的著作比本书所概述的要复杂得多，我们的目的主要是理解结构主义叙事学带来的几种分析方式。这种研究方法从微观角度入手去考察叙事，以便找出最基本的叙事单位，看它们是如何发挥作用的；如果这样看待这种研究方法，对于读者不无裨益。结构主义叙事学家为我们提供了考察叙事运作细节的方式以及描述这些细节的词汇。

然而，格雷马斯、托多洛夫和热奈特一旦发现了构成某一个叙事或某一组叙事的套路程式，他们就会用这一套路程式去探讨文学意义以及文学意义与人生的关系等重大问题。也就是说，我们一旦找到某一个叙事或某一组叙事的套路，就必须向自己提出疑问："这一套路是如何揭示总体叙事模式的，这一模式对于人类体验或人类意识的结构有何启示？"换言之，特定的叙事模式在哪些方面有助于我们认识人类自身千百年来讲述的那些相对数量不多的故事（尽管这些故事在形式上千差万别，但在结构上还是相同的）？要知道，任何一种结构主义分析总是带有一个核心愿望，那就是理解人生的意义。

【文学阐释的结构】

按照乔纳森·卡勒的说法，制约着文学文本写作和阐释的结构系统，就是一套规范系统，我们早已有意或无意地将其内化吸收。当我们阅读文学之时，它告诉我们应该如何理解作品的意义。在这些规范当中，有一些是被广大读者视为理所当然的（例如，童话是虚构故事，不能当真），但也有许多是从课堂上学来的（例如，使用自然意象揭示与作品主题相关的许多内容）。

在美国，这套规范由大学世代传承，它们已经成为西方文学传统的一部分，而且，决定我们个人**文学能力**的正是我们对这套系统消化的程度。这并不是说两个有文学能力的读者在阐释某部作品时必然会见解一致，而是说引导他们阐释的是结构相同的一套阐释规则。因此，卡勒认为，我们所说的文学结构实际上是我们施加给文学阐释系统的结构。他力求发掘这种结构系统并展示其运作机制。了解卡勒所指出的结构系统的最好办法或许就是描述它的主要构成成分，他称这些成分为距离与非个人化成规、自然化、表意原则、隐喻连贯原则以及主题一致原则。

距离与非个人化成规（the convention of distance and impersonality），是我们意识到自己在读文学作品之时所进行的臆测，即便这部作品是以非文学创作的形式表现出来的，例如书信体［如巴塞尔姆（Barthelme）的短篇小说《沙人》（"The Sandman"，1972）］，或日记体［如多丽丝·莱辛（Doris Lessing）的《幸存者回忆录》（*Memoirs of a Survivor*，1974）］。只要我们知道自己读的是小说或诗歌，而不是书信，也不是日记，那么，我们的阅读方式就会迥异于读一封真正的信或读一篇真正的日记：我们知道自己正在进入一个虚构的世界，这就产生一种虚构的距离，也就是说，它顺带产生一种非个人化的东西。如果我们知道自己读的是某人的个人经历的真实记录，那么，这种非个人化的东西就不存在。距离与非个人化成规让下列所有规范发挥作用。

自然化（naturalization）是我们转化文本，以便让文本中陌生的文学形式按照生活常理生发出意义的过程。所谓陌生的文学形式，指的是日常行文中见不到的那些东西，例如押韵，格律，诗节、剧幕与章节的划分，以及内心独白。例如，当我们读到这个句子，"我的爱人是一只熟透的梨子"，我们绝不会认为叙事者喜欢的是一种水果，我们会猜到他用的是比喻性说法。就在我们把文学语言转变成自己能够理解的某种观念之时，我们欣赏到了它的美妙与新异。此外，我们一般都会认为，我们倾听的是叙事者的声音，而不是作者的声音。我们还会把叙述中的前后不一致和偏见归因于叙事者的视角。我们将文本自然化的方式不一而足，其中还包括识别出教我们去阐释文学要素——例如人物、象征——的规范。例如，在现实生活中，我们不会认为一个皮肤漂亮光洁的人必然有美丽澄澈的心灵，可是，在阅读某些类型的小说的过程中，我们还是会认可二者之间存在着的关联。

表意规则（the rule of significance）指的是如下看法：文学作品总要针对一个重大问题表现出一种意味深长的态度，所以，我们看待它的具体内容的方式不同于看待非文学作品。如果我们的妻子（或丈夫）出门前留下这样一张便条——"我得去古董店寻找一盏灯"，我们很可能根据字面意思去领会这句话的含义：她（他）想去买一盏古董灯。可是，如果这句话被拆散，变成一首四行诗，那么，"我得去""寻找""古董"和"灯"这四个词就会突然产生极大的共鸣。例如，我们可能得出结论，这首诗体现出不满当下现实，转而回溯过去以寻求思想启迪的逃避愿望，因为这种思想启迪在此时此地是无从寻觅的。

隐喻连贯原则（the rule of metaphorical coherence）要求隐喻的两个组成部分（喻体和喻本）在作品的上下文当中要前后一致。假如有这样一个故事：一个身无分文、老迈不堪的美国土著流浪汉生活困顿，走投无路，在故事结束之际，他长眠于冰天雪地之中。在这一语境下，故事对冬季苍白落日的描写可被视为人物死亡的隐喻，或许还是一个时代结束的隐喻，但是，相信不会有人认为这是前途光明的新生活开始之前休息睡眠的隐喻。

主题一致原则（the rule of thematic unity）是隐喻连贯原则存在的主要原因，因为主题一致的原则就是我们期待文学作品有一个统一、连贯的主题或主要观点。事实上，正是因为我们期待文学作品应有主题一致性，所以，当我们阐释文本之时，总是要试图发现它，或者更确切地说，去建构它。卡勒发现，我们往往借助于某些程序去创造主题的一致性，这些程序主要包括：（1）二元对立的主题（善与恶的对立），（2）化解二元对立的主题（善战胜了恶），（3）第三方取代二元对立的主题（善与恶的对立被一种无所不能的自然所吸收，正如我们在惠特曼的《自我之歌》中所见到的那样）。

　　不难看出卡勒的结构主义研究方法为何让读者反应理论家深感兴趣的原因。与第六章探讨的斯坦利·费什的读者反应理论一样，卡勒的研究方法主张我们理解认识文学的基础是我们运用的文本阐释策略。正如前文所指出的那样，结构主义者认为我们把自己的意识结构投射到世界中，从而"创造出"眼前的世界。如果把这种信条应用到文学中，结果就与读者反应观念一样：我们在阅读过程中"创造"了文学文本。但是，卡勒采取的结构主义步骤体现在他提出的问题中："在我们阐释的表象之下隐藏的结构是什么？"为了找到答案，他将阐释当作一种结构系统来考察。不同于读者反应理论家，卡勒考察的是语言（langue），也就是规则和规范的结构系统；当作者的写作和读者的阐释在西方文学传统的影响下进行之时，这一套结构系统就会（有意或无意地）发挥作用。

　　本书所提供的结构主义研究方法的例证为数不多，但这些就足以说明结构主义方法论涉及范围甚广，无论就结构主义者使用的理论框架种类，还是就他们分析的文学文本及其他文本的类型而言，都是如此。

【结构主义批评家针对文学文本提出的一些问题】

　　以下问题用以概述结构主义的文学研究方法。值得注意的是，结构主义者并不打算确定某一部文学文本是否为伟大作品，他们集中关注的是构成和产生文学意义的结构系统。

1. 使用某种结构主义框架（例如我们考察过的弗莱和斯科尔斯的理论框架），应该怎样按照体裁为文本分类？
2. 使用某一结构主义框架（例如格雷马斯、托多洛夫或热奈特的理论框架）去分析文本的叙事运作。你能推断出某一文本的"语法"与相似的文本的"语法"之间的关系吗？你能推断出文本的语法与产生这个文本的文化之间的关系吗？
3. 利用卡勒的文学能力理论，为了"理解"文本，必须内化什么样的规则或规范？针对所研究的文本，除了卡勒所说明的规范之外，或许还有必要找出其他规范。（换句话说，特定文本在哪些方面能帮助我们认识文学能力？）

4. 某类文化现象或"文本"的符号学意义是什么？这类"文本"涵盖内容甚广，例如高中足球比赛、电视和（或）杂志为某一品牌的香水（或其他消费品）所做的广告、媒体对某一历史事件——例如"沙漠风暴行动"——的报道、一桩重大司法案件或一次总统选举。换句话说，要分析该文本发出的非文字信息，与此同时，还要分析诸如"沙漠风暴"或"白钻石"（一种香水品牌）等文字标签的符号学内涵。文本传达了什么信息，是怎样准确传达的？

    我们可能就文学文本提出一个或多个问题，这就要看讨论文学文本的具体情况了。我们也有可能提出一个这里没有列出但却有用的问题。这些问题是我们从结构主义视角研究文学的起点。不要忘了，并不是所有的结构主义者都用同一种方法阐释同样的文本。正如所有领域都会发生的情况那样，即便文学批评的行家里手之间也会有分歧。本书的目的是，利用结构主义帮助我们找到文学文本各种结构之间的基本联系、文学结构与语言结构之间的基本联系以及每一种文化现象的诸种结构之间的基本联系，这些文化现象包括文学、神话学、艺术、社交仪式、体育运动以及各种形式的娱乐和广告。当我们试图进一步理解文学生产和文学史的具体过程之时，创立一套系统、普遍的术语去描述文学的基本结构为我们提供了机会，去进行更清晰、更严谨的比较。

    下文对菲茨杰拉德《了不起的盖茨比》的结构主义解读，为结构主义小说分析提供了一个例证。借用托多洛夫的叙事"语法"观念，我在下文中提出，小说中所有的行动可被简化为三个动词：寻找、找到和失去。在我看来，这套语法是现代小说对传统的"寻找-找到"那种寻求套路的否定。此外，我还要表明，《了不起的盖茨比》的"寻找-找到-失去"这套语法教会了我们如何利用弗莱的神话理论去分析小说的两条主要情节线索之间的关系，这两条情节线索涉及盖茨比和尼克。

【 "寻找，你就会找到"……然后又失去：《了不起的盖茨比》 的结构主义解读 】[1]

从许多方面来看，菲茨杰拉德的《了不起的盖茨比》布局精巧，结构引人注目，简要地描述一下这个文本的结构对称即可说明这一点。小说叙事是围绕着杰伊·盖茨比追求、得到和失去黛西·费伊·布坎南这一过程展开的。正如我们从倒叙中看到的那样，这场失败的追求只不过重现了小说开始之前年轻的盖茨比追求、得到和失去黛西的过程。两次失败的追求都被压缩在短短几个月之内，盖茨比每一次都隐瞒了自己的出身，因此，在小说的过去和小说的当下之间，存在着一种叙事结构的对称。在第五章，当盖茨比与黛西重逢之际，又出现了一种结构对称：全书共九章，第五章正好处在中间。就叙事时间而言也是如此：尼克首次造访布坎南的新家是在六月初，当时"夏天的故事真正开始"（10；ch. 1），而盖茨比在九月初死去，盖茨比与黛西的重逢发生在七月末，正好处在中间时段。

此外，叙事的展开依据的是结构相似的三段式模式，无论在小说的开头，还是在小说的结尾，都有叙事者尼克·卡罗威对他所讲述事件的思考：

开篇：叙事者在开篇之际的思考（第一章）

    I. 小说中描述的富人世界（第一章）

    II. 小说中描述的穷人世界（第二章）

    III. 贫富两个世界的交叉——富人和穷人在盖茨比家的聚会上相会（第三章）

    I. 尼克听到盖茨比过去的故事（第四章）

    II. 尼克听到黛西过去的故事（第四章）

    III. 两个故事的交叉——盖茨比和黛西在尼克家重逢（第五章）

---

1 这篇文本解读的翻译，采用的是范圣宇的译文，为了使行文更加流畅，个别词句有所改动。——译注

I. 永恒的三角的出现——汤姆、黛西和盖茨比出席盖茨比家的聚会（第六章）

II. 永恒的三角的破裂——纽约旅馆里发生的冲突场面（第七章）

III. I和II的交叉——导致三场灾难
    A. 茉特尔·威尔逊之死（第七章）
    B. 盖茨比之死（第八章）
    C. 乔治·威尔逊之死（第八章）

结尾：叙事者在小说结束时的思考（第九章）

当然，在这些叙事模式中，任何一种模式都可以成为《了不起的盖茨比》的结构主义分析的起点。然而，我想集中探讨的是其中的一个结构，我认为它是其他结构的基础。我想通过茨维坦·托多洛夫的陈述句模式来阐明该小说的叙事"语法"。正如前文所述，我们根据这个框架去发现，文本是如何通过一再重复的行动（类似于动词）、属性（类似于形容词）以及相关人物（类似于名词）之间的关系模式而建立起来的。换句话说，我们试图去发现，文本是怎样通过重复相同的语法、相同的套路或者说相同的"句子"来进行构建的。

在《了不起的盖茨比》这部小说里，我认为所有的行动都可以简化为三个动词："寻找""找到"和"失去"。这三个动词依次产生两个相关的"句子"或两种叙事模式：（1）"X寻找，找到，然后失去了Y"，或（2）"X寻找但没有找到Y"。（X=人物；Y=想要寻找的人、物、状态或境遇。）当然，在这两种情况下，总的叙事套路是相同的：

1. 属性：X缺少Y
2. 行动：X寻找Y
3. 属性：X缺少Y（也许是X没有找到Y，或者是X找到但又失去了Y）

在分析这部小说的时候，我首先要去揭示，这个套路通过构建主要人物的叙事构建了整个文本。然后，我再提出，"寻找-找到-失去"这套结构可以说是现代小说对"寻找-找到"这一传统追寻套路的否定。

最后，我还要论证，这套叙事语法饶有趣味地运用了弗莱的神话叙述体理论。在《了不起的盖茨比》中，这种语法产生的叙事把夏天的神话叙述体（盖茨比的故事属于浪漫传奇体裁）放到了冬天的神话叙述体（尼克的故事属于反讽体裁）之中。尽管夏天的神话叙述体最终被冬天的神话叙述体所覆盖，但后者的结构永远无法与前者厘清。

当然，小说"寻找-找到-失去"套路的"主导情节"是主人公杰伊·盖茨比的故事。如上文所述，他两度寻找、找到、失去黛西：一次是在小说开始前，他的年轻时代；第二次是尼克与他在西卵比邻而居的那个夏天。此外，他追求、得到、失去黛西的叙事与他追求、得到与失去新生活的叙事是联系在一起的；他对新生活的追求，始于他把自己的名字从杰姆斯·盖兹改成了杰伊·盖茨比。因此，他"寻找-找到-失去"的故事不仅在不同的时间段重复，而且出于两个不同的目的：爱情与社会地位。当然，当他死了以后，两者都失去了。还有，盖茨比的叙事为其他角色的叙事提供了"依附性"框架：盖茨比的故事是通过尼克的叙述展开的，由此才引出其他故事。

黛西的故事不仅反映了盖茨比叙事中的"寻找-找到-失去"模式，也反映了这一叙事的重复特征。正如我们在倒叙中看到的那样，年轻的黛西·费伊追求刺激，她在自己对中尉杰伊·盖茨比的爱情中找到了这种刺激，由于盖茨比参加了战争，她失去了他。然后，她去寻找情感上的安全，这在她与汤姆·布坎南的婚姻里找到了，婚后不久，她发现汤姆一直在外边拈花惹草，从而失去了这种安全感。最后，她渴望获得从汤姆那里得不到的关爱，这在盖茨比身上找到了，当他死去的时候（或者更确切地说，当汤姆指出盖茨比不是黛西想要的那种男人的时候）又失去了它。

类似"寻找-找到-失去"的语法结构，也在支撑汤姆·布坎南、茉特尔·威尔逊以及她的丈夫乔治等人的叙事。年轻的时候，汤姆寻求的是自我满足，他在大学橄榄球队的辉煌岁月里体验到了，毕业后就失去了。结婚后，汤姆寻求的是一种类似的自我满足——"下等人"对自己的崇拜——他通过引诱一个又一个工人阶级妇女来实现这种自我满足，眼前的例子是茉特尔·威尔逊。然而，无论在哪一种情况下，他自我满足的时间只与他婚外恋的时间相始终，因此，为了自我满足的实现，汤姆需要不断地去寻欢。

与此类似，茉特尔·威尔逊所追求的是摆脱婚姻的无聊和生活的贫困，她在汤姆·布坎南身上找到了，因车祸丧命而失去。当然，即使她活着，汤姆也不可能娶她。汤姆有意避免与茉特尔长期厮守，这明显体现在他向她撒谎，说黛西信奉天主教，不可能与他离婚。在茉特尔"寻找-找到-失去"的叙事背后，像一个影子一样徘徊的是乔治·威尔逊的叙事。他寻找的是爱情，这在他与茉特尔的婚姻中找到了，而当她与汤姆红杏出墙的时候，或者更确切地说，当她知道乔治在婚礼上穿的西装是借来的那一刻，他就失去了爱情。

这些"寻找-找到-失去"语法结构没有一个陪衬背景，那就是"寻找-找到-失去"的子集："寻找-但没找到"。这种模式出现在乔治对经济安全的追求中，对他而言，这是个无法实现的梦想。这种模式也出现在乔丹对社会和经济安全的追寻中，正如她一直把握不住赢球的一击那样，这种安全总是从她手边溜掉。"寻找-但没找到"这套语法结构也适用于许多次要人物，为小说提供了故事背景。麦基先生想成为一名摄影师，但没有成功。茉特尔的妹妹凯瑟琳似乎是一个永远得不到满足的寻找者：她的蒙特卡洛之行让她赔得一塌糊涂；她有一头"浓密的短短的红头发"，"脸上的粉搽得像牛奶一样白"，"俏皮的"重画过的眉毛被拉下来往里卷的头发弄得"眉目不清"（34；ch. 2），这种追求时髦的打扮绝对是失败之举；她到处寻欢作乐，从一个醉醺醺的混乱场面跑到另一个。就是在盖茨比举办的无数次派对上现身的客人，他们的身上也有一种得不到满足的漫游者的气息，不知他们是从哪儿来的，一股脑地涌进盖茨比的别墅里，在他的舞会上猎奇，借酒找刺激，或逃避对生活的不满。

在小说当中，最完整的"寻找-找到-失去"叙事是尼克·卡罗威的叙事。在尼克一系列失败的寻求中，他在纽约度过的那个夏天是最近的一次。他参加一战显然与追求刺激有关，从战场上回来后，他感觉到比离开之前更加空虚："我在战争中感到其乐无穷，回来以后就觉得百无聊赖了。中西部不再是世界温暖的中心，而倒像是宇宙的荒凉的边缘——于是我决定到东部去学做债券生意"（7；ch. 1）。当然，正如他的叙事所展示的那样，他做债券生意这段经历以及他在东部的事业，也遵循着这个"寻找-但没找到"的模式：他到达纽约几个月就洗手不干了。他也没有找到合适的女人。他之所以背井离乡，当中有逃婚的原因。显然，他不大喜欢曾与自己有私情的那个女人，因为她的哥哥"给他脸色看"（61；ch. 3），他就退缩了。他对乔丹·贝克的迷恋也不长久：随着对布坎南夫妇产生厌倦之情，他对她也厌倦了。

不过，发生在尼克身上的最重要的"寻找-找到-失去"的模式，似乎体现在他未能成功地找到人生的目的。在他的整个叙事中，他似乎都"茫然无措"。他已到而立之年，但还没有一个稳定的事业，没有认真谈恋爱的兴趣，没有自己的家。对于这些缺憾，他感受颇深："三十岁——展望十年的孤寂，可交往的单身汉逐渐稀少，热烈的感情逐渐稀薄，头发逐渐稀疏"（143；ch. 7）。实际上，他还依靠有钱的老爹供养，在学做债券生意期间，父亲"答应为我提供一年的费用"（7；ch. 1）。所以说，他对盖茨比如此感兴趣并不奇怪。盖茨比身上有一种东西是尼克最缺乏的，他尽多大努力也得不到，那就是：目的。

《了不起的盖茨比》的"寻找-找到-失去"这套语法结构如果被视为现代小说对传统追求模式的拒斥，这样做也许会令人感兴趣。传统的寻求过程是根据"寻找-找到"这套语法结构建构的。即便主人公在得到他所追寻的东西的时候死掉，或者在试图得到的时候死掉，周围世界都会因为他的努力而有所改变：他找到了某种重要的东西。因此，托多洛夫整理出来的基本情节套路是由动作改造的特征所组成的：（1）特征（例如主角不成功），（2）行动（他寻找成功），（3）特征（他成功了，或至少由于他努力寻求，他学到了某种重要的东西）。因此，就某些方面而言，传统的寻求过程具有救赎性特征。

正如我们所看到的那样，在菲茨杰拉德的小说中，人物的特征既没有被主人公的行动改变，也没有被他们自己的行动所改变。在小说结尾的时候，人物还保留着原来的特征——同样缺乏某种东西。显然，他们在这个过程中什么也没学到。盖茨比死了，很可能还认识不到黛西已经背弃他了，即使他想到了这一点，也没有活下来从中受益。茉特尔和乔治都死了，他们从自己的经历中也没学到什么东西。我们最后一次见到乔丹的时候，她同往常一样还在伪装自己，她对尼克撒谎说，对于两人关系的断绝，她是无所谓的，她已经和别人订婚了。最后，汤姆和黛西，一如既往，逃离了他们自己制造的混乱，"退缩到自己的金钱或者麻木不仁或者不管什么使他们留在一起的东西之中"（188；ch. 9）。

唯一例外的是尼克，纽约的经历改变了他。在叙事的开始，他非常乐观，感觉"生命随夏天的来临又重新开始了"（8；ch. 1）。他对纽约的新工作和新生活感到振奋。到夏天结束之际，他的幻想完全破灭，他放弃了在东部开创事业、重新生活的计划："去年秋天我从东部回来的时候，我觉得我希望全世界的人都穿上军装，并且永远在道德上保持一种立正姿势。我不再要参与放浪形骸的游乐，也不再要偶尔窥见人内心深处的荣幸了"（6；ch. 1）。然而，尼克的转变不是救赎性的。尽管他在整个夏季里对人性有了重要了解，可是，他得到的教训却是消极黯淡的人生态度。在小说的结尾，他的态度是无助和绝望："于是我们奋力向前划，逆流而上的小舟，不停地倒退，进入过去"（189；ch. 9）。

如果说"寻找-找到"（或者"找到-然后被改变"）这个传统的寻求套路可能与救赎有望这种人生观联系在一起，那么，"寻找-找到-失去"（或者"寻找-但没找到"）这一结构套路就可能与救赎无望这种世界观有关。这种更悲观，或者说更现实的人生观是与现代主义的世界观联系在一起的。现代主义的世界观主宰了从一战开始（1914年）到二战结束（1945年）这一时期的英国-欧洲文学，《了不起的盖茨比》所体现的正是这种世界观。我们当然可以在现代小说中找到许多能够体现这类语法套路的例子，例如D. H. 劳伦斯（D. H. Lawrence）的《儿子与情人》（*Sons and Lovers*，1913）和《恋爱中的女人》（*Women in Love*，1920），弗吉尼亚·伍尔夫的《到灯塔去》（*To the Lighthouse*，1927），还有理查德·赖特的《土生子》。应当发生转变的，也许是这些作品的读者，而不是其中的人物，但不管怎么说，这些文本并没有提供能称得上救赎的世界观。［同样地，我们可以把后现代小说的结构概括为：不必费心去寻找。当然，托马斯·品钦（Thomas Pynchon）的《拍卖第49批邮票》（*The Crying of Lot 49*，1966）、琼·狄迪恩（Joan Didion）的《顺其自然》（*Play It as It Lays*，1970）、约瑟夫·海勒（Joseph Heller）的《出事了》（*Something Happened*，1974），还有唐·德里罗（Don DeLillo）的《白噪音》（*White Noise*，1985）等小说是否遵循这样的语法结构也是可以讨论的。］

《了不起的盖茨比》中"寻找-找到-失去"的语法套路反映了现代小说对传统寻求模式的拒斥，这个推断与这个思路相当合拍：分析菲茨杰拉德的小说需要用弗莱的神话叙述体理论。根据弗莱的理论构架，《了不起的盖茨比》在反讽（尼克的叙事，冬天的神话叙述体，现实主义）的结构中包含了浪漫传奇（盖茨比的叙事，夏天的神话叙述体，追寻）的结构，反讽结构对传奇结构进行了评述，在小说结束时，它让尼克意识到，在现代世界中，浪漫传奇（盖茨比的叙事）的结构不再可能存在。也就是说，在菲茨杰拉德的小说里，反讽的结构包含并且最终超越了传奇的结构。

盖茨比当然是浪漫传奇式寻求的主人公。虽说其他人物都有自己的"寻求"，但是，只有盖茨比的寻求是按照浪漫传奇模式发生的。弗莱在《批评的剖析》（*Anatomy of Criticism*）中写道："传奇在所有文学形式中最接近于如愿以偿的梦幻。因此……每个时期的社会或知识界的统治阶级都喜欢用某种传奇的形式表现其理想"（186）[1]。对于美国二十年代可以一夜暴富的爵士时代而言，杰伊·盖茨比经济地位的迅速上升是美国梦的象征，显然，无论过去还是现在，它都是一场渴望心想事成的浪漫美梦。另一个典型的浪漫传奇是盖茨比对逝去的黄金时代的执着追求。对他而言，这个黄金时代就是战前他在路易斯维尔与黛西·费伊的恋爱。战后，他一回到美国，就忙着赚钱，在报纸上寻找她参加社交活动的消息。当他最终在她家对面、隔一道海湾的地方买下一所豪宅时，他便设法与她重逢，想让"所有的事回到原来的样子"（17；ch.1），回到黄金时代。

实际上，从遇到丹·科迪的时候算起，直到他在尼克的小屋与黛西重逢，盖茨比的所有活动都成为浪漫传奇的主人公在经历重大历险——重新得到黛西——之前必须经历的一系列次要的冒险。他与科迪一起经历的种种冒险教给了他生活成功所需要的技巧，其中包括坚持不懈与自我克制，而这正是浪漫传奇主人公的标志。由于在部队表现出色，他很快从中尉升到少校，由于作战勇敢，他又获得了许多勋章，他在沃尔夫山姆的组织里升得也很快，获得的财富可与汤姆·布坎南相比。

盖茨比的主要冒险经历（他寻求赢回黛西的芳心），也是浪漫传奇的主人公寻求新娘的典型。在传统的寻求故事中，主人公与恋人总是一水相隔，盖茨比和黛西之间也是如此。他在西卵的豪宅与她在东卵的家隔着一道海湾。另外，具有典型特征的是，他从海湾的这一边可以看见

1　《批评的剖析》，陈慧等译，百花文艺出版社，1998年，译文略有改动。文中出现的《批评的剖析》引文的翻译，均出自该译本。——译注

那片"（上帝）期许的乐土"——布坎南家码头上的绿色灯光。而且，他对黛西的追求也让自己与汤姆势不两立，很少有读者同情他的对手。事实上，汤姆扮演了侵入者的角色，盖茨比必须把黛西从他自私的阴谋诡计中解救出来。

主人公和对手之间浪漫传奇式冲突的高潮，发生在纽约宾馆的房间里，盖茨比与汤姆当面对质。尽管主角有时会因为这样的战斗而丧生，但他愿意为自己的追求而献身，这就证明他的确是英雄。盖茨比的确死掉了，无论在象征意义上，还是在现实意义上。先是在象征意义上——"'杰伊·盖茨比'已经像玻璃一样在汤姆的铁硬的恶意上碰得粉碎"（155；ch. 8），而当汤姆唆使乔治·威尔逊持枪疯狂冲向盖茨比家的时候，盖茨比真的死了。事实上，随着叙事向他死亡的方向发展，盖茨比为黛西牺牲的意愿成为小说的主题动机。

在更微妙的意义上，盖茨比的寻求也类似于浪漫传奇式英雄寻求的化身：作为寻求者的主人公从肆虐的恶魔手中挽救了王国。正如弗莱指出的那样，"寻求传奇是丰饶战胜荒原"（193）：需要战胜的怪物是荒废、堕落的世界，它正等待着弥赛亚救世主式的人物去拯救。相对于小说背景体现出的现代荒原——灰谷和富人的醉生梦死——盖茨比代表了新的生活和活力。用尼克的话来说，盖茨比"对于人生的希望有一种高度的敏感"，有一种"异乎寻常的永葆希望的天赋，一种富于浪漫色彩的敏捷，这是我在别人身上未发现过的，也是我今后不大可能会再发现的"（6；ch. 1）。简而言之，盖茨比拥有现代世界急需的一股力量，即将现代世界从绝望的荒芜中拯救出来的力量。像救世主式的人物一样，他代表了新生的希望。

从某种层面上看，盖茨比也是现代荒芜世界的一部分——他从事犯罪活动，大宴宾客，派对成为最后狂欢的场面——但他却象征性地远离这个世界。就像拯救王国于危难之中的主人公那样，他也游离于自己生活的世界之外。他离群索居，除了黛西之外不与任何人亲近。他不认识自家派对上的任何人，只希望黛西在"某个晚上……会翩然而至"（84；ch. 4）。他常常独自出现在画面里，这说明他的离群索居很有浪漫传奇色彩。例如，有天晚上，尼克注意到，盖茨比"从大厦的阴影里走了出来"，"朝着幽暗的海水把两只胳膊伸了出去"（25；ch. 1），对着黛西家码头"那盏又小又远的绿灯发抖"

（26；ch. 1）。茉特尔·威尔逊被撞死的那天晚上，他独自一人守候在黛西家门外，像是"神圣的守望"（153；ch. 7），以防汤姆为了他和黛西的私情而"找她麻烦"（151；ch. 7）。即使是在喧闹的派对上，盖茨比也被刻画成离群索居的浪漫传奇式人物："一股突然的空虚此刻好像从那些窗户和巨大的门里流出来，使主人的形象处于完全的孤立之中，他这时站在阳台上，举起一只手做出正式的告别姿势"（60；ch. 3）。在这个堕落的世界里，盖茨比是永不被腐蚀的，因为他有一个"永不腐蚀的梦"（162；ch. 8）。

盖茨比早年的生活，也符合拯救堕落世界的英雄兼寻求者的生活。他的出身很神秘，即使他透露了他父母的真实身份，但我们知道，"他的想象力根本从来没有真正承认他们是他的父母。实际上杰伊·盖茨比……来自他对自己的柏拉图式的理念。他是上帝的儿子……他始终不渝地忠于这个理想形象"（104；ch. 6）。盖茨比甚至经历了一次水的洗礼，这是救世主式人物的典型经历。"那天下午，在海滩上游荡的是杰姆斯·盖兹"（104；ch. 6），但当他朝抛锚在苏必利尔湖上的科迪的游艇划过去的时候，"正是……杰伊·盖茨比"从水里出现，当上了科迪的听差。正如弗莱所说的"被描绘成在我们的世界表面上划船航行的"（192）太阳神一样，盖茨比和科迪同舟共济了五年。确实，就像寻求的英雄总是"第三个儿子，或者是第三位承担'追寻'这一任务的人，或者通过第三次尝试才获得成功"（Frye 187），盖茨比的旅行"环绕美洲大陆三次"（106；ch. 6），最后在现代世界着陆。

盖茨比浪漫传奇式的寻求叙事被一种完全不同的叙事所涵盖：尼克在纽约夏天的叙事。我们之所以了解盖茨比，那是因为尼克与他的关系正是叙事者自身经历的主要内容。然而，构成尼克叙事的，是完全对立于浪漫传奇的一种体裁，那就是反讽。弗莱说，反讽"与彻头彻尾的现实主义内容相符"（224）。弗莱认为，反讽源于冬天的神话叙述体。弗莱注意到，与浪漫传奇理想化的世界正好相反，冬天的神话叙述体"试图勾画非理想化的存在之漂浮不定的含混及复杂的形态"（223）。这种"非理想化的存在"不是英雄的世界，而是有缺陷的普通人的世界。在这个世界上，人类的痛苦不是命运或者某种宇宙干预力量造成的，而是社会或心理因素的结果。换句话说，这就是毫无掩饰的现实世界。

在现实世界里，也就是在尼克和其他非英雄人物所在的世界里，无论是发财，还是找到真正的爱情，都不是很容易的事情。正像尼克认识到的那样，有时连找到满意的工作都很难；正如威尔逊认识到的那样，衣食无忧也难。在这个世界上，人们并不都穿着"华丽的粉红色衣服"（162；ch. 8），或者像盖茨比那样大宴宾客，期望失去的爱人能重新出现。相反，就像盖茨比的宾客们一样，他们来到素未谋面的主人的派对上吃白食，喝得醉醺醺的。他们的衣服像茉特尔的那样"紧紧地绷在肥阔的臀部上"（31；ch. 2），他们的头发是"浓密的短短的红头发"（34；ch. 2），像茉特尔的妹妹凯瑟琳那样。在真实的世界里，"灰蒙蒙的、骨瘦如柴的意大利小孩"（30；ch. 2）住在像灰谷那样的地方，人们喜欢在事故的现场围观，观望他人的痛苦。

而且，在现实世界中，女人并不总是会等待她那衣甲锃亮的骑士，即使她知道他是谁。有的时候，她会嫁给汤姆·布坎南。即使她有第二次获得幸福的机会，因为骑士对她始终忠贞不贰，但是，通向真爱道路上的一道弯就能让她躲回家里，就像黛西躲回自私、粗野而又花心的丈夫那里一样。当她的骑士因为替她顶缸而被人杀死时，她也许在牧师莅临葬礼之前就已经离开城里了。

在现实世界里，即便是已婚男人也不见得总是对他的女人忠诚。他有时会闹一些婚外恋，在公开场合也大肆宣扬，如汤姆和茉特尔之间的那种苟且之事，有时他还打破情妇的鼻子。在这里，汤姆·布坎南和沃尔夫山姆这样的"坏人"一手遮天。威尔逊这样头脑简单的老实人被老婆欺骗，还受她情夫的操纵，杀害了无辜者。而像乔丹·贝克那样的"伟大的女运动员"，盖茨比相信"决不会做什么不正当的事"的人，也在高尔夫球上做手脚，弄坏了借来的车子却撒谎，"耍各种花招……为了对世人保持那个傲慢的冷笑，而同时又能满足她那硬硬的、矫健的肉体的要求"（63；ch. 3）。

也许最重要的是，在现实的世界里，浪漫传奇式英雄之死不是拯救人性的殉难。它是人类不可救药、毫无希望的迹象。一旦这个迹象出现，尼克就明白除了回家之外无事可做：忘记对未来的规划，放弃他的乐观，趁早撒手离开。这样一来，可以说，建立在反讽结构基础上的尼克的叙事取消了它所讲的浪漫传奇故事，也就是说，取消了浪漫传奇的结构。换句话说，与现代小说联系在一起的反讽结构压倒了浪漫传奇结构，这就像是宣告浪漫传奇已不再可能存在。

这个过程象征性地表现在盖茨比和汤姆在纽约宾馆对质的那一幕中。按照浪漫传奇的套路，就是在这里，英雄赢得了新娘，亮出了他的真实身世要么出身王室，要么父母很有来头。在汤姆的胁迫下，盖茨比透露说他的出身比黛西低得多，结果他被黛西背弃。因此，按照弗莱的神话叙述体理论，传奇套路"出轨了"，不起作用了，留下的空白则由叙事中唯一剩下的结构——反讽结构来填补。

但反讽结构也没能根除浪漫传奇结构。相反，反讽结构"摆脱不了"浪漫传奇结构。也许因为尼克知道浪漫传奇是不可能存在的，所以，他的叙事带有一股浓厚的怀旧情绪，怀念盖茨比身上体现的那个失去的浪漫传奇的世界。关于这一点，从他对纯洁、带有诗意的过去的抒情描述中可以看到：黛西和乔丹在路易斯维尔的"美丽纯洁的少女时期"（24；ch. 1），还有他青年时代在中西部过的圣诞节，"严寒的黑夜里的街灯和雪橇的铃声，圣诞冬青花环被窗内的灯火映在雪地的影子"（184；ch. 9）。

这种对失去的纯真、失去的天堂的怀念，以及对夏天的神话叙述体（浪漫传奇体裁）的怀念，在尼克最后对永远失去的天堂的描述中达到了高潮。返回威斯康星之前，尼克坐在海滩上，他在想

> 当年在荷兰水手的眼中放出异彩的这个古岛——新世界的一片清新碧绿的地方。它那些消失了的树木，那些为盖茨比的别墅让路而被砍伐的树木，曾经一度迎风飘拂，低声响应人类最后的也是最伟大的梦想，在那昙花一现的神妙的瞬间，人面对这个新大陆一定屏息惊异，不由自主地坠入他既不理解也不企求的一种美学的观赏中，在历史上最后一次面对着和他感到惊奇的能力相称的奇观。
> （189；ch. 9）

这一段象征着整部小说的结构进程：夏天的神话叙述体（浪漫传奇，成功的追寻）被冬天的神话叙述体（反讽，复杂的现实）所压倒，而后者却无法摆脱他所征服的那个失落的结构的纠缠。

在《了不起的盖茨比》中，我们看到一种复杂结构的作用。我们看

见了由"寻找-找到-失去"以及它的子集"寻找-但没找到"组成的一套叙事语法。我已经指出，这套语法结构所反映的世界观与现代主义时期以及现代小说对传统寻求的摒弃相关。同样，构成这个文本的是两种极不相同的文学体裁为夺取支配地位而展开的斗争，这两种体裁分别是浪漫传奇——夏天的神话叙述体，盖茨比的叙事就属于这一种，反讽——冬天的神话叙述体，尼克的叙事属于这一种。我说过，在这部小说中，浪漫传奇的体裁被反讽的体裁压倒，尽管在整个文本之中，前者以叙事者诗情画意地描述消逝的过去、浪漫而欢快的青春的形式"追随"着后者。

本文的分析试图阐明结构主义看似矛盾的两个方面：结构主义依靠公式化的描述，这是因为它想达到数学所具有的客观性；作为一种人文科学，它又有着哲学基础，这就要求我们去思考，我们描述的结构性套路公式与我们生活的世界之间存在着什么样的关系。在结构主义批评实践中，第二个方面常常被遗忘，尽管如此，在许多人看来，结构主义引人入胜之处正是它的这种二重性。

【深入实践问题：结构主义研究其他文学作品的方法】

以下问题为结构主义批评的范例。它们能够帮助读者利用结构主义批评去阐释这里提到的文学作品或读者自选的其他文本。

1. 如何利用弗莱的神话叙述体理论去分析约瑟夫·康拉德的《黑暗的中心》？库尔茨是一个什么样的主人公？你如何给马洛进行人物分类？这部小说为什么被称为悲剧？为什么说它属于反讽体裁？当我们替这个文本分类的时候，会遇到种种困难（或产生种种歧见），这对于解读康拉德的小说会产生哪些启发作用？对我们的分类有哪些启发作用？

2. 托妮·莫里森的《宠儿》由几个相互穿插的叙事构成，每一个叙事讲述一个人物的故事。这些叙事涉及塞斯、丹佛、宠儿、圣贝比·萨格斯、保罗·D和斯坦普·培德等人。从小说中找出这些叙事，把它们当作故事集（就某种意义而言，它们确实是故事集）进行结构分析，是否有一套叙事语法贯穿所有的"故事"？还是说，通过结构分析发现，它们属于不同的故事群？对于莫里森的这部小说以及类似文本意义的形成，你的分析会带来哪些揭示作用？

3. 威廉·福克纳的短篇小说《献给艾米丽的一朵玫瑰花》结构复杂，适合用热奈特的理论框架进行分析。利用热奈特的概念范畴，根据故事、叙事以及叙述过程之间的关系去分析文本。一定要探讨时态（顺序、时段和频率）、语气（距离和视角）和语态的功能。你的分析从哪些方面能够帮助你理解作者在小说中取得的叙事效果？你的发现是否也适用于福克纳的其他作品？

4. 凯瑟琳·安·波特（Katherine Anne Porter）的短篇小说《被背弃的老祖母》（"The Jilting of Granny Weatherall"，1930）和蒂莉·奥尔森的短篇小说《熨衣妇》，尽管内容不同，但二者在结构上有许多相似之处。例如，二者主要是由内心独白所构成；小说叙事者都是故事中的人物，其视角很有限，也很主观；二者都由一系列的倒叙所构成。你还能发现其他的结构相似之处吗？如果有叙事理论家的著作最有助于阐发这两篇小说，不妨加以援引利用。结构的相似（或不同）是否与主题的形似（或不同）有关？

5. 约翰·斯坦贝克的政治小说《愤怒的葡萄》被好莱坞拍成电影。该片在很大程度上忠实于小说的结构、人物刻画和主题（资本主义对佃农的剥削，他们被迫逃离故土，流落到异乡，成为流动性工人），然而，电影的结局却带有一种志得意满的乐观主义色彩，这与小说结尾的悲剧气氛正好相反。利用弗莱的神话理论、弗莱的模式理论以及斯科尔斯的模式理论去分析小说的体裁，然后再去分析电影的结局是如何要求你修正对小说的分类的。你的发现从哪些方面揭示出（自然主义体裁所属的）政治小说与好莱坞"大团圆结局"的传统之间存在的冲突？

【延伸阅读书目】

Barthes, Roland. *Mythologies*. 1957. Complete ed. Trans. Richard Howard and Annette Lavers. New York: Hill and Wang, 2012.

Bouissac, Paul. *Saussure: A Guide for the Perplexed*. London and New York: Continuum, 2010. (See especially "Linguistics as a Science: Saussure's Distinction between *Langue* (Language as System) and *Parole* (Language in Use)," 72–89; "Signs, Signification, Semiology," 90–103; and "Synchrony and Dischrony," 104–14.)

Chandler, Daniel. *Semiotics: The Basics*. New York: Routledge, 2002.

Culler, Jonathan. "Literary Competence." *Structuralist Poetics: Structuralism, Linguistics, and the Study of Literature*. 1975. London and New York: Routledge, 2002. 131–52.

Davis, Todd F., and Kenneth Womack. "Charlotte Brontë and Frye's *Secular Scripture*: The Structure of Romance in *Jane Eyre*." *Formalist Criticism and Reader-Response Theory*. New York: Palgrave, 2002. 107–22.

Fludernik, Monika. *An Introduction to Narratology*. London and New York: Routledge, 2009.

Frye, Northrop. *Anatomy of Criticism: Four Essays*. Princeton, NJ: Princeton University Press, 1957.

Hawkes, Terence. *Structuralism and Semiotics*. 2nd ed. London and New York: Routledge, 2003.

Lévi-Strauss, Claude. *Tristes Tropiques*. Trans. John and Doreen Weighman. New York: Atheneum, 1974.

Pratt, Annis, *et al. Archetypal Patterns in Women's Fiction*. Bloomington: Indiana University Press, 1981.

Rowe, John Carlos. "Structure." *Critical Terms for Literary Study*. 2nd ed. Eds. Frank Lentricchia and Thomas McLaughlin. Chicago: University of Chicago Press, 1995. 23–38.

Scholes, Robert. *Structuralism in Literature: An Introduction*. New Haven, CT: Yale University Press, 1974.

【高端阅读书目】

Barthes, Roland. *Image, Music, Text*. Trans. Stephen Heath. New York: Hill and Wang, 1977. (See especially "Introduction to the Structural Analysis of Narratives," 79–124, and "The Struggle with the Angel," 125–41.)

Culler, Jonathan. *Structural Poetics: Structuralism, Linguistics, and the Study of Literature*. 2nd ed. London and New York: Routledge, 2002.

Davis, Todd F., and Kenneth Womack. "Reader-Response Theory, Narratology, and the Structuralist Imperative." *Formalist Criticism and Reader-Response Theory*. New York: Palgrave, 2002. 57–63.

Genette, Gérard. *Narrative Discourse*. Trans. Jane Lewin. Ithaca, NY: Cornell University Press, 1980.

Greimas, A. J. *On Meaning: Selected Writings in Semiotic Theory*. 1970. Trans. Paul Perron and Frank Collins. Minneapolis: University of Minnesota Press, 1987.

Herman, David, ed. *Narratologies: New Perspectives on Narrative Analysis*. Columbus: Ohio State University Press, 1999.

Jakobson, Roman. "Linguistics and Poetics." *Style in Language*. Ed. T. Sebeok. Cambridge, MA: The MIT Press, 1960. 350–77.

Lévi-Strauss, Claude. *The Raw and the Cooked*. 1964. Trans. John and Doreen Weighman. New York: Harper, 1975.

Propp, Vladimir. *The Morphology of the Folktale*. 1928. Trans. Laurence Scott. Austin: University of Texas Press, 1968.

Saussure, Ferdinand de. *Course in General Linguistics*. 1916. Trans. Wade Baskin. New York: McGraw-Hill, 1966.

Segal, Robert A., ed. *Structuralism in Myth: Lévi-Strauss, Barthes, Dumézil, and Propp*. New York and London: Garland: 1996.

Todorov, Tzvetan. *The Poetics of Prose*. Trans. Richard Howard. Ithaca, NY: Cornell University Press, 1977.

【注释】

① 弗莱在《批评的剖析》一书当中试图从四个方面将文学系统化。他把这些方法称为：（1）模式理论或历史批评（悲剧模式、喜剧模式和主题模式）；（2）象征理论或伦理批评（文字的/描述的象征、神话的象征和玄解象征）；（3）神话理论或原型批评（喜剧、浪漫传奇、悲剧、反讽/讽刺）；（4）体裁理论或修辞学批评（口传史诗、散文、戏剧、抒情诗）。弗莱的著作是否属于结构主义范畴，学界还有争论，但是，《批评的剖析》所提供的四种研究方法显然属于结构主义体裁理论，因为它们全都在寻找构成西方文学传统中文学体裁的基础的结构性原则，例如情节套路和人物功能。

② 并非所有的原型批评都把文学中发现的神话母题与文学体裁联系在一起。许多原型批评家，即许多神话批评家——大部分都受过卡尔·荣格作品的影响——分析作品是为了找出作品援引的具体神话。例见博德金（Bodkin）、坎贝尔（Campbell）和荣格。

【引用作品书目】

Barthes, Roland. "The World of Wrestling." *Mythologies*. 1957. Trans. Annette Lavers. New York: Hill and Wang, 1972. 15–25.

Bodkin, Maud. *Archetypal Patterns in Poetry: Psychological Studies of Imagination*. 1934. New York: Random House, 1958.

Campbell, Joseph. *The Hero with a Thousand Faces*. Rev. ed. Princeton: Princeton University Press, 1968.

Culler, Jonathan. *Structuralist Poetics: Structuralism, Linguistics, and the Study of Literature*. Ithaca, N.Y.: Cornell University Press, 1975.

Fitzgerald, F. Scott. *The Great Gatsby*. 1925. New York: Macmillan, 1992.

Frye, Northrop. *Anatomy of Criticism: Four Essays*. Princeton: Princeton University Press, 1957.

Genette, Gérard. *Narrative Discourse*. Trans. Jane Lewin. Ithaca, N.Y.: Cornell University Press, 1980.

Greimas, A. J. *Structural Semantics*. 1966. Trans. Daniele McDowell, Ronald Schleifer, and Alan Velie. Lincoln: University of Nebraska Press, 1983.

Jung, Carl. *The Archetypes and the Collective Unconscious.* Vol. 9, Part I of *Collected Works.* 2nd ed. Trans. R. F. C. Hull. Princeton: Princeton University Press, 1968.

——, ed. *Man and His Symbols.* Garden City, N.Y.: Doubleday, 1964.

Lévi-Strauss, Claude. "The Structural Study of Myth." *Structural Anthropology.* 1958. Trans. Claire Jacobson and Brooke Schoepf. New York: Basic, 1963. 206–32.

Saussure, Ferdinand de. *Course in General Linguistics.* 1916. Trans. Wade Baskin. New York: McGraw-Hill, 1966.

Scholes, Robert. *Structuralism in Literature*: *An Introduction.* New Haven: Yale University Press, 1974.

Todorov, Tzvetan. *Grammaire du Décaméron.* The Hague: Mouton, 1969.

第八章

解构主义批评

许多认为自己是文学爱好者的人士，一听到"能指的随机游戏"和"超验所指"等说法，恐惧、厌恶之情就油然而生，当年"十字军"战士听说异教徒占领了圣城，心中涌起的就是这种感受。在学术界，解构主义早已不是什么新鲜事物——这派理论是雅克·德里达在二十世纪六十年代末首次提出的，在七十年代后期，它对文学研究产生了重大影响——但是，时至今日，许多学生和老师还是对它有一种错误的认识，认为它浅薄地分析文字游戏，败坏了我们的文学欣赏品味，毁掉了我们阐释文学意义的能力。解构主义之所以频遭误解，其中一个原因或许是，这个领域中的一些名家——例如雅克·德里达、露西·伊利格瑞、杰弗里·哈特曼（Geoffrey Hartman）——在行文论说之际，以及那些总结他们著述的人士在解说之时，经常使用生僻罕见的语言和有悖常规的组织原则，很不利于读者的理解和接受。

然而，即便如此，解构主义对我们还是颇有助益：它能提高我们的批判性思维能力，使我们更容易意识到我们的体验是由我们浑然不觉的各种意识形态决定的；我们之所以浑然不觉，乃是因为它们已经"内化于"我们的语言之中。正因为解构主义有这些优点，它才成为马克思主义、女性主义以及其他批判理论的得力工具。这些批判理论试图告诉我们，意识形态在我们的生活中扮演了压迫性角色。解构主义揭示出，在日常生活中，我们对自身的体验以及我们对周围世界的体验，无形当中受到了意识形态的影响，意识形态从中发挥了隐秘作用。若想了解解构主义的这种揭秘功能，我们必须首先了解解构主义的语言观，因为在德里达看来，语言并非像我们认为的那样，是一种可靠的交流工具，相反，它是一个流动多变、意义含混的复杂经验场域，意识形态就是透过语言这个场域，暗中对我们施加操纵的。

【解构语言】

在日常生活中，大多数人对语言都持有一种想当然的态度，一厢情愿地认为，我们想让它传达什么，它就能传达出什么，如果语言没能做到这一点，我们就认为，毛病肯定出在我们自身，而不是出在语言身上。例如，"玛丽，请把书递给约翰"这样的语句，通常能心随所愿，达到说话人的目的，如果不能，我们就想当然地认为毛病不是出在语言身上，而是因为玛丽或约翰没能理解说话人的请求之意，或者不肯按照说话人的意思行事。因为我们习惯于语言在日常生活中的模式和套路，语言似乎也完全按照我们的心思行事，所以，我们才想当然地断定，它本质上是一种稳定可靠的工具，可以传达我们的思想、情感和希望。与此相反，解构主义的语言理论则建立在如下看法的基础上：语言的意义比我们想象的更加游移不定，更加含混多义。

以下面这个句子为例：*Time flies like an arrow*（时光逝如飞矢）。绝大多数人都熟悉这句古老的格言，它表达的是时光飞逝的意思：

Time（时间）　*flies*（飞行）　*like an arrow*（像箭）.= 时光逝如飞矢。
（名词）　　　　（动词）　　　（状语）

如果有人问，这句话还有何深意，你也许会说，这个句子还可以表示时间沿着一个方向运动，也就是径直前行，因为射出的箭就是这么直着向前飞的。但是，如果把这个句子的第一个词看作祈使性动词——要我们有所行动的动词，与此同时，把第二个单词看作名词，表示苍蝇，那结果如何？假如这么做，这个句子就是在向我们下达命令：

Time　　　*flies*　　　　*like an arrow.* = 取出秒表，计算苍蝇的飞行速度，就像给飞矢计时一样。
（动词）　　（宾语）　　　（状语）

如果我们把这句话的前两个词当作一个名词性短语，指称一种名叫时光蝇（time flies）的昆虫［想一想，世界上还有一种名字叫果蝇（fruit flies）的昆虫呢］，把第三个单词看作动词，表示"喜欢"（to like），那么，会出现什么结果？如果这样做，整个句子讲的就是某种昆虫的情感了：

Time flies	*like*	*an arrow.*	= 时光蝇喜欢箭（至
			少喜欢某一种箭）。
（名词）	（动词）	（宾语）	

这个练习表明，在不改变任何一词的情况下，一个句子可能包含多重意义。

语气和重音的变化能够进一步暴露出语义的游移易变。假如出现如下情况，播音员需要播报这样一句新闻：**里根总统说海军陆战队员不必去萨尔瓦多**（President Reagan says the Marines do not have to go to El Salvador）。注意，在播音过程中，如果播音员重读的单词不同，句子的意思就会截然不同。

1. 里根总统**说**，海军陆战队员不必去萨尔瓦多（暗示总统在说谎，他只是说说而已）。
2. 里根总统说，海军陆战队员**不必**去萨尔瓦多（暗示总统在纠正一条不实的传言）。
3. 里根总统说，**海军陆战队员**不必去萨尔瓦多（暗示其他兵种必须去）。
4. **里根总统**说，海军陆战队员不必去萨尔瓦多（暗示另一位要员曾说过，海军陆战队员必须去萨尔瓦多）。
5. 里根总统说，海军陆战队员不**必**去萨尔瓦多（暗示如果他们想去就可以去）。
6. 里根总统说，海军陆战队员不必去**萨尔瓦多**（暗指他们得去其他地方）。

从上面两个例子可以看出，语言并不像我们通常认为的那样稳定可靠。正如我们在第七章中看到的那样，结构主义者和符号学家用**符号**一词来表示语言的一个基本交流成分，他们用一个算式来界定符号。

符号（sign）= 能指（signifier） + 所指（signified）
（声音、意象、姿态等）（能指所指代的概念）

　　一个词就是一个语言符号。举例来说，假如符号是"玫瑰"（rose）这个词，那么，能指就是被写作或被读作rose的一群字母，所指就是浮现在你们脑海中的玫瑰。假如能指是"红玫瑰"（red rose）（这里有两个能指），那么，所指就是浮现在你们脑海中的红玫瑰。当然，对于"玫瑰"这个能指，不同的人反应可能有所不同，他们脑海中可能浮现不同种类的玫瑰。然而，对一些人来说，上面的"玫瑰"和"红玫瑰"这两个能指产生的所指是相同的，因为他们常常把玫瑰想象成红色，除非有人提醒他们，玫瑰还有其他颜色。
　　为了避免这种模糊和含混，让我们来看一个非常简单具体的短句。这个短句的语境非常具体，能指所产生的所指本应明确无误、没有歧义。我们设想一个情景：一个人站在空地上，指着眼前一棵孤树。在这个语境下，由"这是一棵大树"等能指构成的短句，似乎暗示了一个非常明确的所指：这里只有一棵树。另外，我们也知道，这句话是在评论树的大小。然而，解构主义却提醒我们注意，一个句子可能产生多种歧义，即便这个句子的意义让人一望而知，像这里提到的句子那样具体明白。当说话人说，"这是一棵大树"，她是在拿树和自己进行比较吗？还是拿这棵树与另一棵树进行比较？如果是的话，另一棵树属于什么品种？树的大小让她感到吃惊吗？或者说，她只是在告诉我们那棵树很大？她跟我们说这些的目的何在？是为了让我们了解那棵树吗？还是让我们体会一下什么叫大？如果她认为我们需要这样的信息，她会对我们有什么样的看法？她会认为我们刚开始学说英语吗？她是否有讥讽的意思？如果真是这样的话，原因何在？这一串的问题似乎问得有点跑题，但是它的确证明了人类的言语行为很少像结构主义的算式**能指＋所指**所暗示的那样简单明确，让人一目了然，虽说这种情况的确也存在。正如我们所看到的那样，任何一个能指，在任何时刻都可能指称多个所指。尽管语境经常帮助我们限制某些能指的所指范围，但它也会扩大另一些能指的所指范围。也正因为如此，交流才变得非常复杂和难以确定。

如果就此打住，我们就可以把上面的那个结构主义算式改写为：**符号 = 能指 + 所指……+ 所指**。也就是说，我们可以把语言交流看作所指不断累积叠加的一个过程。可是，"所指"这个词表示什么呢？假如能指是"树"，那么，所指就是我们头脑中想象的树。但是，通过这棵想象的树我们又能知道什么呢？我们的概念是由什么东西构成的？我们对树的概念是由各种能指链条构成的，在实际生活中，我们把这些能指链条与树的概念联系起来，就我而言，这些能指链条包括："树阴""野炊""攀爬""锁骨骨折""远足""俄亥俄州的霍金山""眩晕""秋叶""耙扫""种植花旗松""松针介壳虫""农药石硫合剂"，如此等等。结构主义所说的所指实际上是一系列相互关联的能指。

因此，在解构主义看来，"树"这个词，在指涉一个概念（即所指）的时候，永远也不可能指涉到位。我嘴里发出的能指，指涉的是我头脑中的能指链条，它让我的听众联想到一连串的能指。在一连串的能指当中，每一个能指本身又由另外一串能指构成，以此类推。因此，在解构主义看来，语言的构成并不是能指和所指的统一，构成它的只是一连串的能指。正如我们在第七章中所看到的那样，结构主义说语言是**非指涉性的**（nonreferential），那是因为语言并不指涉实际事物，它指涉的只是我们对实际事物的概念。解构主义把这个观念又向前推了一大步，它声称语言之所以是非指涉性的，是因为它既不指涉现实事物，也不指涉我们对现实事物的概念，它仅仅指涉构成语言自身的能指游戏。

因此，解构主义为我们看待思维活动提供了一个激进大胆的观点。我们的智力活动不是由概念构成的，不是由固定不变的意义构成的，它是由转瞬即逝、不停变化的能指的游戏所构成的。这些能指貌似是稳定的概念，也就是说，当我们听到别人说出或写出这些概念的时候，它们看上去非常稳定！但是，它们在我们大脑中的活动并非稳定不变。正如上文所示，每一个能指都包含多个能指，而且，在意义不断地**推延**（deferral）的过程中，每一个能指都会产生更多的能指：我们寻求坚实稳固的意义，但永远找不到它，因为我们永远也无法超越语言这种能指游戏。用德里达的话来说，被我们当作意义的那种东西，实际上只是能指的游戏遗留下来的思想踪迹，而构成这个踪迹的是我们用来界定某个词语的种种差异，现解释如下。

　　只有当我们区分出一个单词（或事物）与其他单词（或事物）之间的**差异**时，这些单词（或事物）才产生意义。举例来说，假如我们认为所有的物体颜色相同，那么我们根本就不需要"红色"（或者"蓝色""绿色"）这个词了。红色之所以成为红色，是因为我们认为它不同于蓝色和绿色（同时也因为我们认为颜色不同于形状）。因此，"红色"一词携带着所有非红色能指的踪迹（因为我们正是通过红色与其他能指之间的对立来定义红色的）。

　　概而言之，德里达认为语言有两个重要特征：（1）语言的能指游戏不断地延缓或迟滞意义；（2）语言的表面意义是能指之间相互区分的结果。在法语中，différer 这个词要么表示"延缓"（to defer），要么表示"相异"（to differ）。所以德里达就造了一个新词，可以同时表示这两种含义，这个词就是différance（延异），被用来指称语言可能具有的唯一"意义"。[①] 说到这里，你们也许会感到困惑：如果语言没有固定的指涉意义，那么，我们又何必使用它呢？德里达解释说，我们必须使用语言，因为我们没有其他工具可用，只能用手头现有的这件。然而，即使在使用这件工具的过程中，我们还是可以意识到，它并不具备我们原先设想的那种稳固性能，因此我们只好临时使用，再加以引申发挥，来适应新的思维模式［他把这一行为称为**修修补补**（bricolage）］。德里达本人就进行过这种引申发挥：他把单词写下来，再将其划掉（例如，~~意义~~），他把这种行为称为**涂抹**（under erasure），他这样做是为了表明他在用旧词表达新意。

　　解构主义认为，语言塑造了我们，我们无法摆脱它的影响，有鉴于此，我们对语言进行引申发挥，使其萌生新的意义，就显得相当重要了。我们之所以无法摆脱语言，无法摆脱能指的游戏，原因在于语言是我们的安身立命之所，我们的所思所想、所见所感，都要借助于语言。别人教我们看待自己和世界的时候，用的就是语言，因此，我们对自身以及世界的看法和认识，都受到语言的制约。也就是说，语言是我们认识自身和体验世界的**中介**。在解构主义看来，语言完全是意识形态化的：构成语言的是各种相互冲突、非常活跃的意识形态（即各种系统的信仰和价值观），这些意识形态时刻在发挥作用，在任何文化环境之下都是如此。举例来说，我们用**淫妇**（slut）来表示水性杨花的女人，却用**种马**（stud）来表示艳遇不断的男人，这种用法暴露并且强化了这样一种文化观念：女人红杏出墙为可耻，男人左拥右抱是荣耀。

为了说明语言的意识形态品质，这里再援引一个例子。这是我的中学生物老师讲过的一个故事。多年以前，一个科技落后的国家想引进某种方法来控制国民的生育节奏。参与这个项目的每一位妇女都会领到一个简单的装置，它的样子很像算盘，上面有红白两种颜色的珠子，这两种珠子的编排顺序依据的是妇女的受孕周期。每个珠子代表一天，如果某一天是红珠子，就表示这天不能行房，白珠子则表示那天行房是安全的。几个月过去了，数据显示参与项目的妇女的怀孕率压根儿没有变化，主持这个项目的社会工作者百思不得其解。最后，他们发现，每逢红珠子出现，那些想行房的妇女就直接把红珠子拨过去，直到白珠子出现为止：原来她们以为这些珠子都是有法力的。这样一来，这个项目从一开始就宣告失败，原因在于，无论是当事人还是社会工作人员，他们只从各自文化（或者意识形态）的视角来看待这个项目。当事人与社会工作人员都以为自己理解对方的语言，实则不然，因为他们没有理解对方语言中隐含的意识形态。

为了考察语言决定经验的具体途径，德里达借用并改造了结构主义的一个观点：我们往往从两极对立的角度，也就是从**二元对立**的角度将我们的经验概念化。例如，在结构主义看来，我们把**善**与**恶**相对立，以此来理解善。同理，我们把**理性**当作**情感**的对立物，把**雄性**当作**雌性**的对立物，把**文明**当作**野蛮**的对立物，以此来理解前者，如此等等，不一而足。然而，德里达指出，这些二元对立项都是具体而微的等级制。也就是说，在每一对相反的概念中，总有一方**得到优待**，即它比对方更受看重。（在西方文化中，上述各项二元对立中的前一个概念总是更受重视。）因此，在一种文化产品（例如一本小说、一部电影、一场对话、一间教室或一次法庭审判）中发现从中发挥作用的二元对立，再指出哪一方更受重视，即可发现这件文化产品推崇的意识形态是什么。

德里达指出，为了发现我们揭示出的意识形态的局限，我们必须考察双方在哪些方面并非完全对立，也就是说，我们要考察二者有交集的地方，即它们的共同之处。举例来说，我们思考一下美国文化中**客观**与**主观**这两个词之间的二元对立。我们往往把客观当作人类经验中非个人的、理性的（暗指"明智的"）以及科学的层面，从而把客观性当作可靠性的一个必要标准。与此截然相反，我们往往把主观与人类经验中个人的、情感的（意味着"不明智的"），甚至非理性的层面联系起来，从而认为主观的东西不可靠。在我们的文化中，推崇客观贬斥主观的例子屡见不鲜：我们的文化称赞"客观的"新闻报道，接受"客观的"历史材料，依靠"客观的"科学实验。在我们看来，客观是知识之源，而主观仅仅是印象之源。

为了解构这种二元对立并且了解它所支持的意识形态的局限，我们可以考察一下，在哪些方面客观与主观并不是对立的。例如，记者、历史学家与科学家在搜集"客观"材料的时候，他们取舍材料的依据是什么？即便他们在搜集材料的过程中遵循了具体的指导原则，可是，我们如何保证这些指导原则是"客观的"？而且，我们如何保证这些指导原则得到了"客观的"阐释，并且"客观地"应用于每一份材料的取舍过程中？也就是说，记者也好，历史学家也好，科学家也好，他们不都是具有主观需求、恐惧与欲望（包括职业动机）的人吗？难道他们不会在有意或无意之间受到这些主观因素的影响？难道人真的能够彻底摆脱自己的视角、情感与偏见的影响吗？毫无疑问，标榜做到这一点，就是标榜创造奇迹。这么说来，客观性不就是有关我们主观性的一个谎言吗？这是我们讲给自己和他人听的一个谎言。因此，客观性不就是伪装的主观性吗？

从另一个角度看，抬高客观、贬低主观，不正是抬高理性、贬低情感所造成的吗？主观性之所以声名不佳，毕竟是因为它受到了情感的"污染"，在我们看来，情感影响了我们的思维，削弱了我们追求客观的能力，也就是说，它削弱了我们追求理性的能力。然而，把所有情感一股脑地算作非理性，这样做合理吗？有时候，在特定的情况下，某些情感不正是人们最"理智的"反应吗？也就是说，这种反应不是带来了最准确、最有用和最可靠的洞见吗？有的时候，一味地强调理智不正是内心的恐惧感引起的一种情感反应吗？这里的关键在于，语言——词语的意义，我们用来组织自身经验的语言范畴——并不像我们所想象的那样，总是那么清楚明白、有条不紊地发挥作用。语言内部经常充斥着各种暗示、联想和矛盾，它们反映了语言内部的意识形态暗示、联想和矛盾。

【解构我们的世界】

文化的意识形态都是通过语言得以传承的，因此，我们是通过语言来领悟与理解周围世界以及我们自身的，这种说法并非没有道理。用哲学术语来说，在解构主义看来，语言是我们的**存在根基**（ground of being），即我们体验和认识世界的基础。但是，我们将会看到，从解构主义的视角来看，语言这种存在根基，完全不同于传统西方哲学通常所涉及的存在根基。

自柏拉图以来，西方思想史上的每一个哲学体系都有它的存在根基。也就是说，西方哲学的所有体系都派生于一项基本原则并且围绕着它建立起来，我们认为，如果从这项基本原则入手，就可以找到存在的意义。在某些思想家看来，存在的根基就是有关秩序或和谐的某种宇宙原则。比如说，柏拉图对**完美形式**（perfect Forms）的看法就证明了这一点，他认为，完美的形式存在于一个抽象的、永恒的思想层面上。在其他思想家看来，那项基本原则就是能够进行自我反思的理性思想，笛卡尔的著名论断"我思故我在"（*Cogito, ergo sum*）就是明证。在另外一些思想家看来，基本原则是人类与生俱来的（天生的和永存的）某种品质，结构主义的观点就证明了这一点：结构主义认为，人类的语言与经验产生于人类意识的内在结构。

尽管这些基本概念让我们理解了周围变化不已、演化不息的世界，也让我们理解了我们变化不已、演化不息的自我，但是这些概念本身却稳定不变。这些概念不同于它们所解释的万事万物，它们没有变动，也没有演化。用德里达的话说，它们在"游戏之外"。德里达说，这种哲学——简而言之，一切西方哲学——都是**逻各斯中心主义**（logocentric），因为它对世界的理解是以一个概念（logos）为中心的（centric），这个概念为我们组建世界，并且向我们解释世界，但是它本身却超然于它组建和解释的世界之外。然而，在德里达看来，这正是西方哲学最大的幻觉。柏拉图的完美形式，笛卡尔的"我思故我在"，结构主义所讲的人类意识的内在结构，如此等等，都是人为造就的概念，因而也是人类语言的产物，既然如此，它怎么可能避免语言的含混性呢？也就是说，既然概念都是语言的产物，那么，它怎么可能脱离那些变化不已、演化不息以及渗透着意识形态的语言活动呢？

在德里达看来，答案在于，任何概念都受到语言不稳定性的影响。当我们每说一个字，每写一个词，这个字或词都会（像花朵在风中播种一样）**播撒**出无数种潜在的意义。因此，对解构主义而言，语言就是存在的根基，但这个根基并非超然物外。正如语言所造就的世界观一样，语言本身也是变化不止、演化不休、令人质疑、渗透着意识形态的东西。正因为如此，我们对存在的理解就没有什么中心可言。相反，我们可以从无数个视角来观察存在，每个视角都有自己的一套语言，这就是解构主义所说的**话语**（discourse）。举例来说，有现代物理话语、基督教基要主义话语、二十世纪九十年代的人文通识教育话语以及十九世纪美国医学话语，如此等等，不一而足。换句话说，德里达对西方哲学进行了**去中心化**（decentered），正如在十六世纪，哥白尼宣称地球并不是宇宙的中心，从而把地球去中心化了一样。

我们的世界观是语言建构的，这种理论在西方哲学的去中心化过程中扮演了至关重要的角色，因为语言不再被视为人类经验的产物［我们一看到地上有一个大洞，就称其为大峡谷（Grand Canyon）］，而是被视为创造人类经验的概念框架。例如，起初西班牙探险者第一次看到大峡谷的时候，他们头脑中储存的全部概念——他们的语言——不足以帮助他们准确地认识它的规模。他们认为在大峡谷谷底的科罗拉多河只在几百英尺之外。结果，全副武装的一队步兵奉命去侦察这一区域，下去搜索一番，让他们的同胞吃惊的是，他们再也没有回来。这个例子表明，人的观念（人的思考）先于人的认知（人的感官体验），它也表明我们的期待、信仰以及价值观——这一切都以语言为载体——决定了我们体验世界的方式。结构主义者最早提出，我们的世界观是由我们的语言建构起来的，然而，他们又认为，语言是由人类意识当中稳定不变、与生俱来的结构所产生的。因此，解构主义之所以被称为一种**后结构主义**理论，不仅是因为它在结构主义风行之后才出现，还因为它是对结构主义的语言秩序观和人类经验秩序观的一种反动。

【解构人的同一性】

在解构主义看来，如果说语言是存在根基，那么世界就是无限延展的**文本**，也就是说，它是一个无限延展的能指链条，时刻在发挥作用。

正因为人类受到了语言的塑造，所以人类也是文本。换句话说，解构主义的语言理论涉及人的**主体性**（subjectivity），涉及"人类究竟是什么"这个问题。

正如我们所看到的那样，解构主义宣称，我们对自身的体验也好，对世界的体验也好，都产生于我们的语言，而整个语言又是各种意识形态互相争夺的战场，意义变动不居、模棱两可，因此，我们自身也是各种意识形态相互争夺的战场，身份不稳定、模棱两可。很多人认为，我们的身份是稳定不变的，实际上，这只是一种错觉、自我安慰而已，它是我们与我们所在的文化合谋的结果，因为文化也想把自身当成一种稳定而连贯的东西，虽说它事实上非常不稳定且高度零散化。实际上，我们没有同一性，因为**同一性**（identity）这个词意味着我们只有一个自我，但是，事实上，我们的身份是多重的和零散的，在人生的任何时刻，我们的自我当中都充斥着各种相互冲突的信仰、欲望、恐惧、担忧和意图。然而，随着我们长大成人，我们通过语言内化吸收了文化中的意识形态冲突和矛盾，否认我们的自我体验是零散的，从而找到了一条"合适的"途径。我们的自我体验之所以是零散化的，就是因为它产生于零散化的、含混不清的语言，而语言又是我们的安身立命之所。

有人可能感觉到，上面所述听起来非常费解，虽说还不至于让人不知所云，情况果真如此吗？好，请不要临阵脱逃。我们先来看一看，解构主义提供了哪些有趣的视角来帮助我们观察人类经验。首先，自我的零散化这种观念非常有助于解释我们的日常经验。我们在工作单位的时候，在商店购物的时候，与人约会的时候，或者独自看电视的时候，绝大多数人不都表现出不同的自我吗？即使我们把调查限制在一定的范围内，例如，限制在我们的工作过程中，在这里，我们对自身的体验，不也是随着我们遇到不同的人，随着我们产生不同的想法、记忆和情感，天天在发生变化，甚至时时在发生变化吗？换句话说，我们每个人的自我不都是像万花筒那样千变万化的吗？事实上，我们不也经常感觉到，我们不知道自己究竟是谁吗？尤其当我们把自己与其他人进行比较的时候，就更是如此。那些人的自我形象之所以看似始终如一，那是因为我们是从外部观察他们的。同理，如果说我们的"同一性"是我们自己创造的，那么，我们也可以对它进行改造。许多酗酒成性的人戒酒之后的所作所为以及许多人在接受心理咨询之后或者皈依宗教之后所发生的

"脱胎换骨"般的变化，不都在改造"同一性"吗？最后，当我们与他人交往的时候，尤其是与其他文化背景出身的人士交往的时候，经常会遇到一些困难，这些困难不都是语言的含混多义和意识形态化性质造成的吗？了解解构主义的语言理论或许有助于我们看清这些意识形态差异何时发挥了作用以及如何发挥了作用。

【解构文学】

现在我们概括一下本章讨论的三个主要观点。在解构主义看来，（1）语言是动态多变、含混多义和不稳定的，它总是不停地散播各种潜在的意义；（2）存在没有中心，没有稳定的意义，也没有固定的立足点；（3）人类是各种意识形态争来夺去的支离破碎的战场，人类唯一的"同一性"是人类自身创造出来的，并且有意去信奉的。也许你们已经注意到，这里的关键词是**不稳定**。因此，我们不应对解构主义的观点感到吃惊，在它看来，文学与构成文学的语言一样，都是动态多变、含混多义和不稳定的。

意义不是潜藏在文本中的一个固定不变的因素，它不会一动不动地待在那里，等着我们去揭示或者被动地让我们去消费。意义是读者通过阅读行为创造出来的。或者，更确切地说，意义是语言游戏借助于读者而产生的，虽说我们通常把这个过程称为"读者"。另外，被创造出来的意义不是一个稳定不变的元素，能够定于一尊；也就是说，没有哪一种阐释可以做到盖棺定论。相反，文学文本与所有文本一样，包含多重意义，这些意义相互重合、相互冲突，彼此之间的关系是变动不居的，它们与我们之间的关系也是如此。针对某一文本进行的各种阐释，虽然被认为是"显而易见的"或"常识性的"，但实际上，它们都是意识形态化解读——是特定文化的价值观和信仰带来的阐释，只不过因为我们非常熟悉这些解读，才认为它们是"天经地义的"。简而言之，我们在文本之中"发现"的意义与价值，实际上是我们自己创造的。作者在建构文本的时候，必然要凭借他们所在的文化环境秉持的种种假设。同理，读者在建构自己的解读之时，必然也会凭借他们本人秉持的种种假设。因此，无论是文学文本，还是批评文本，都可能遭到解构。

一般说来，解构一个文学文本主要出于两个目的。在任何一个解构主义文本解读之中，我们可能都会看到其中一个目的在发挥作用，或者两个目的同时发挥作用，这两个目的是：（1）揭示文本的**不确定性**（undecidability）；（2）揭示意识形态构建文本的复杂运作过程。讲到这里，我想你们会发现，第二种手法更有意义，也更实用，因此，我先简要地总结一下第一种研究方法，然后再更全面地描述第二种研究方法。

揭示文本的不确定性就是去证明，文本的"意义"实际上是一系列含混不清、多元并生、相互冲突的潜在意义，因此，如果按照传统意义来理解"意义"，文本根本没有意义可言。简而言之，这个目标可以通过以下程序来实现：（1）指出文本针对其中的人物、事件、意象等作出的种种阐释；（2）证明这些阐释彼此相互冲突；（3）证明这些冲突如何产生了更多的阐释，而后者又如何造成了更多的冲突，更多的冲突又是如何产生了更多的阐释；（4）用上述三个步骤来论证文本的不确定性。

不确定性并不意味着读者无法在各种潜在意义当中进行选择，它也不意味着文本对自己想说什么无法"下定决心"。相反，不确定性意味着，在语言散播意义的过程中，文本和读者密切结合，难解难分。也就是说，如果我们把语言看作一台永不停歇的织布机，那么，读者和文本就是这台机器上相互交织的纺线。特定的意义只是文本意义暂时逗留的"阶段"，必然有更多的意义接踵而至。这样一来，我们就用文学文本来证明，所有的文本，无论是文学文本，还是其他文本，其潜在意义都是含混不清、多元并生和相互冲突的，因为所有文本都是由语言构成的。这是一种既有用又有趣的尝试，因为这类解读有助于提醒我们：语言及其全部产物——包括我们自己在内——就是意义不断增生的一个过程，它内容丰富、激荡人心，有时令人警醒，但总是妙趣横生。

接下来，我们要详尽地探讨一下解构文学文本的另一个目的，即考察文本在哪些地方暴露出它暗含的意识形态。这种尝试在一定程度上总是能够揭示出，意识形态如何影响了我们的世界观。基于这些理由，我认为它是一种极为有用的思维训练，无论你的理论偏好是什么。为了弄清这种解构行为的运作方式，我们把它与第五章探讨的新批评的研究方法进行一番对比。在这里，我之所以选择新批评，一方面是因为直到目前为止，新批评的原理依然在课堂上讲授，我们对这种研究方法非常熟悉，另一方面是因为新批评式的解读通常是解构文本的第一步。

或许你们还记得，新批评总是要去证明文本的核心主题是由意象、象征、语气、押韵、格律、情节、人物刻画、场景、视角等形式因素或文体因素确立的，以此来揭示文本是如何发挥统一整体的作用的。首先，新批评要找出文本的核心张力，例如善恶之间的斗争，主人公从纯真到世故的演变，科学与宗教之间的冲突，或者其他具有浓厚情感或道德色彩的张力。接下来，新批评着手去证明，这个张力在文本的核心主题演进过程中得到了化解——例如，我们每一个人都是善恶兼备的；从纯真到世故的演变尽管是必需的，但是付出的代价不菲，与所得的回报不相上下；科学一旦变成宗教，它就成了一件凶器，或者其他对人类很重要的主题——这都拜文本中的形式因素所赐。尽管新批评家尤其看重文学文本中的张力、反讽、复义和悖论，但是，所有这些属性都要服务于一个统一的目的，即印证文本的核心主题。对于文本中出现的相互冲突的意义，一定要去证明它们有助于核心主题的形成，这样一来，才可以说文本顺利彻底地达到了它的艺术目的。

在解构主义看来，这种做法意味着，新批评派与文本合谋去掩盖文本中的一些自我矛盾，而这些自我矛盾又暴露出文本意识形态框架的局限性。为了找到那个意识形态框架并认清它的局限性，解构主义批评家要在文本中寻找与文本主要主题相冲突的意义，集中关注文本自身似乎没有觉察到的自我矛盾。掌握这一过程的最佳途径是亲身尝试。我们来分析一下罗伯特·弗罗斯特的诗歌名篇《修墙》（"Mending Wall", 1914）。

【罗伯特·弗罗斯特《修墙》的解构主义阅读】

修墙[1]

有个东西老是在跟墙为难，
往墙下塞进一个冻土膨胀。
墙顶的圆石乱落在阳光之下，

---

1 译文见赵毅衡编译的《美国现代诗选》（上），极个别地方有所改动，外国文学出版社，1985年，第15-17页。——译注

墙缝开裂，两人能并排走过。
而猎人的工作却完全不同：
我曾经跟着他们一游猎场，
他们把那里的石头全翻起来，
把藏在下面的兔子驱赶出来，
让狂吠的狗高兴。这墙上的缝
出现时，谁也没有发觉，
春天整修我们才看到。
我通知山那边我的邻人，
约好日子会面查看界线，
在我们中间重新把墙筑起。
我们走着，中间始终隔一堵墙，
落到谁那边的石头，就由谁去料理，
有的像长面包，有的几乎滚圆，
非得魔咒才能使它们平衡：
"站住别动，让我们转过身子！"
搬石头，我们手指磨出茧，
哦，这也算一种户外游戏，
一边一人，比游戏没强多少：
这地方，根本就不用砌墙：
他种的是松树，我种的苹果，
我的苹果不会越过边界
到他树下吃松子，我告诉他。
他只是说："墙高有睦邻。"
春天使我头脑发热，我在想
能否让他明白一点：
"为什么要睦邻？不是因为
别人家里养着牛？这里没牛。
筑墙前我就得问个明白：
我究竟围进什么，围出什么。
我究竟会得罪谁，要防范谁。
的确有个东西在跟墙为难，

盼墙倒塌，"我告诉他那是"小精灵"，

准确地讲还不是小精灵，我希望

他自己能明白。我看到他

搬石头，每只手都抓住一块，

像旧石器时代野蛮人手执武器，

我感到他好像走在黑暗中，

不仅仅是在树木的阴影里。

他信守父辈之言，不越雷池一步，

他挺满意自己一直没有忘本，

于是又说一遍："墙高有睦邻。"

如果从新批评的视角去解读这首诗，就要去考察：这首诗的核心张力是什么？在该诗中心主题统一发展的过程中，这种张力是如何得以化解的？这种新批评式解读通常是解构主义文学分析的第一步，对后者很有帮助，因为我们会发现，这种解读几乎总是建立在一个二元对立的基础上，在对立双方当中，一方总是凌驾于另一方之上。就通常情况而言，这种二元对立对于打破文本的意识形态框架是至关重要的（它至少有助于打破文本中的一个意识形态框架）。一旦新批评式解读成立，我们就可以去解构它赖以存在的二元对立，也就是说，我们可以去考察文本中的对立因素如何相互交叠，即它们并非真正是截然对立的。正是通过这种方式，我们可以了解到，文本（有意或无意）宣扬的意识形态具有局限性。

在《修墙》这首诗歌当中，似乎可以看出，构建这个文本的二元对立是说话人和邻居之间的分歧。当沿袭已久的传统已经不适应生存环境的时候，说话人提倡打破陈规旧俗，而他的邻居则不假思索地提倡墨守成规，按老规矩办事。因此，构建这首诗的二元对立就是打破陈规与墨守成规之间的对立。正因为我们从说话人的视角来看待这个问题，所以，我们就赞同他的立场，在这个二元对立当中，更受看重的是打破陈规，这么说似乎没有什么不妥。从新批评的角度来看，诗歌的主要主题（用解构主义的术语来说，诗歌的外在意识形态目的）或许可以表述如下：诗歌批评了那种盲目信奉陈腐传统的行为，而墙就是陈腐传统的一个隐喻。

为了保证我们的确找到了这首诗的意识形态目标，而不是仅仅竖立了一个不堪一击的靶子，然后去把它击落，我们就必须按照新批评的方法，寻找诗歌提供的所有证据来支持我们所确认的主题。例如，我们接受了说话人对邻居和陈腐传统的负面看法，因为他清楚地证明了这堵墙早就没有用处了——"我的苹果不会越过边界/到他树下吃松子"（ll. 25–26），同时也因为说话人把自己与自然［"春天（一个自然事件）使我头脑发热"：l. 28］联系在一起，而人们普遍认为凡是自然的都是好的。实际上，正因为我们相信自然的智慧，所以，我们一开始就接受了说话人的观点。这种观点出现在诗歌的前四行，它把自然和墙对立起来：正是自然"往墙下塞进一个冻土膨胀"，才使"墙顶的圆石乱落在阳光之下"（ll. 2–3）。

墙和自然相互对立的主题在诗中得到强化：人"非得（用）魔咒"才能让执拗的乱石——自然物体——安于其位（ll. 18–19），诗中还暗示，只要人一转身，乱石就会散落下来（l. 19）。"自然之子"——第5–7行中的猎人和第36行中的小精灵——也支持说话人对待墙的态度。另外，我们往往把"墙"这个词与交流障碍或情感沟通的障碍联系在一起，第13–15行强调了墙的这种功能，从而强化了我们对墙的拒斥态度，也强化了我们对竖起墙壁的陈腐传统的拒斥态度："（我们）约好日子会面……/在**我们中间**重新把墙筑起。/**我们**走着，中间始终**隔**一堵墙"（黑体为笔者所加）。最后，邻人被比作了"旧石器时代野蛮人"，"……他好像走在黑暗中/不仅仅是在树木的阴影里"（ll. 40–42），也就是说，邻居是化外之民。这样一来，不开化的邻人与开化的说话人形成了强烈的对比：开化的说话人懂得，陈腐传统理应抛弃。

至此，我们已经找到了构成诗歌主题的二元对立：打破陈规与墨守成规。根据文本中用来支持这个二元对立的证据，这一对立也可以表现为进步主义与保守主义或者自然与传统之间的二元对立。我们还能确定，在这些对立项当中，诗中看重的是打破陈规、进步主义与自然。下一步要去解构这种对立，为了做到这一点，我们必须在诗歌当中找出与这个等级制结构相冲突或者瓦解了这个等级制结构的所有内容。也就是说，此时，我们在文本中找到的证据，一定要与新批评派为解读该诗核心主题所使用的证据发生冲突。如果我们像新批评派那样，一心想在文本中寻求一种统一意义，我们往往会忽视这种相互冲突的证据。现在，我们的目标是要证明：一旦当我们开始集中关注这首诗的内部矛盾而不是它的统一性，这首诗就会显示出，在印证核心主题的二元对立的内部，没有哪一项可以凌驾于另一项之上。换句话说，尽管大多数读者没有受过这种观察方式的训练，但是，我们会着手证明，这首诗以某种方式解构了自身。

首先，诗歌看重说话人提倡打破陈规，而贬低邻人不假思索地墨守成规（这种差异表现在他们对待两家之间的那堵墙壁的态度上），但是，这种做法引起了一系列的矛盾冲突。与传统对立的自然是赞成说话人的，它希望墙垮塌，但是，猎人也希望墙垮塌，而猎人则不仅是自然的标志，也是传统的标志，因为他们狩猎是为了娱乐（他们要"把藏在下面的兔子驱赶出来"，不一定是为了获取食物，而是为了"让狂吠的狗高兴"：ll. 8–9），这些猎人让人想起了一种娱乐性狩猎传统，它根植于英国土地乡绅传统的狩猎活动之中。同理，以小精灵面目出现的魔法希望墙壁垮塌（ll. 36），但是，第18–19行却乞灵于魔法，以神奇"魔咒"的形式，让墙壁矗立不倒。另外，根据民间传说，小精灵是一群淘气顽劣的小家伙，他们喜欢给世人制造麻烦，因此，他们希望墙壁倒塌的这种愿望，反倒容易瓦解我们对诗歌意识形态目标的信任。实际上，说话人使用了诸如**小精灵**（elves）[1] 这样意义含混的词，他很难找到合适的词（"准确地讲还不是小精灵"：l. 37），这就意味着，说话人在无意识当中对墙壁以及它所代表的传统是持有矛盾态度的。进一步凸显出这种矛盾态度的是，过去说话人自己单独修墙，现在他喊了邻人一起干。这些行为似乎并不符合他在墙壁问题上表现的打破陈规的态度。

类似的问题也出现在第40行，诗歌把邻居比作"旧石器时代野蛮人"，象征着原始性，同时，它又让邻居代表传统，这样一来，它就把原始与传统联系在一起了。由于把这两个元素联系在一起，诗歌就在原始与传统之间制造了一种让人感到很别扭、很不稳定的联系，因为自从十九世纪以来，西方文化就一直推崇浪漫主义的一种观点：原始与自然

---

[1] elves原形为elf，有多重含义，既可以指"小精灵"，又可以指"小矮人""恶人"等。——译注

和谐一致，它与自然的对立面——传统——格格不入。

最后，这首诗所批评的主要观念——墙高有睦邻——实际上是有道理的，诗中描写的行为证明了这一点：正是修墙这种活动把两人聚集在一起，它很可能为本诗的创作提供了灵感，使他们通过相互协作而成为邻居。显然，这是两人唯一的一次会面。这首诗的题目本身也在暗示这种观念，如果我们把**修**（mending）理解为形容词（有修补功能的）而不是动词（修补），那么，我们就会看到：**修墙**（mending wall）就变成了一堵有修补功能的墙壁（例如修补各种关系），而不是一堵有待修补的墙壁。

既然我们已经证明了，这首诗暗中瓦解了用来印证它的核心主题的二元对立，那么，我们这次解构行动的最后一步就是，思考这种二元对立的坍塌带来的启示。举例来说，最开始，这首诗似乎在暗示，墨守成规的意义、重要性及力量与打破陈规的意义、重要性及力量很容易形成对立，但是，现在看来，情况并非如此。这首诗发表于1914年，在此前的五十年中，科技取得了很大的进步。我们很容易把这首诗对待传统的态度——它呼吁人们有理智地抛弃看似空洞的传统——与科技进步联系起来。然而，传统的价值以及抛弃传统这种企图的不确定性，构成了一股强大的反制力量，来对抗诗歌中的呼吁。或许文本中的这个冲突足以表明，传统的主要力量就在于它能够在我们毫无知觉的情况下影响我们的态度。

在这首诗中，出现了进步主义与保守主义之间无法化解的冲突，其中一个原因是，诗中用来显示二者之间差异的一些词语——尤其是**自然**与**原始**——在我们的文化中会引发复杂的情感。例如，我们把自然与善良——天真、纯洁、简朴、健康、直觉的智慧——联系在一起，但是，自然常常阻碍我们异常看重的科技进步。我们开山修路、毁林建厂，为发展工业污染了空气、土壤和水源。同样地，西方文化固然把原始状态与善良本性联系起来，但是，它也把原始状态与愚昧无知、神秘莫测和阴险邪恶联系在一起，这种联系让人产生了恐惧之心、鄙薄之意。正如我们所看到的那样，**魔法**、**小精灵**与**猎人**这些词也让人产生了一些相互冲突的联想。因此，我们对《修墙》的解构分析，会让我们重新思考我们的文化之中贯穿的其他二元对立，例如男性与女性的对立、个人与群体的对立以及客观与主观之间的对立。

正如这里的解读所说明的那样，解构主义不想去化解文本的主题张力，以便获得某种四平八稳、前后一致的阐释，相反，它会想方设法保存那些张力，以便学习借鉴，有所发现。在一部文学作品当中，如果它的意识形态目的彼此冲突，无法纳入某个宏大目标或主题当中，在新批评看来，这是一种缺陷，但是，解构主义则认为它是语言固有的不稳定性和意识形态冲突的必然产物，它可以丰富我们对文本的体验。这种观点把艺术当成了一口沸腾的大锅，任由各种意义在里面翻滚。作为一种能动的实体，艺术与产生它的文化密切相关，也与阐释它的文化密切相关，艺术因而成为我们理解文化、历史、语言以及自身的工具。

千万要记住，所有的写作（或更宽泛地说，所有交流），包括我们对文学文本的解构行为，都在不停地解构自身，散播各种意义。换句话说，严格地讲，我们没有解构文本，我们是在证明文本如何解构了自身。因此，上面概述的分析过程有助于我们注意到，《修墙》一诗如何解构了自身，它还帮助我们利用这些观察到的内容去了解语言的意识形态作用。但是，我们必须记住，我们从诗歌分析中获得的意义只是文本散播意义的一个"阶段"，只要有人读，文本就会继续散播意义。

【解构主义批评家针对文学文本提出的一些问题】

以下两个问题概括了上文讨论的两种解构主义研究方法。

1. 为了证明语言的不稳定性和意义的不确定性，我们该如何利用文本提供的各种相冲突的阐释（"意义的游戏"）？或者说，我们怎样才能发现，文本貌似回答了一些问题，但实际上并未回答？（不要忘了，解构主义赋予**不确定性**一词一种特殊的用法。见第293页。）
2. 文本宣扬的是什么样的意识形态，即它的外在的意识形态规划（核心主题、总体意义或立意）是什么？文本中相互冲突的证据是如何显示出那种意识形态的局限性的？通过找出构成文本核心主题的二元对立，我们就可以发现文本的外在意识形态目标。

我们可以就具体的文学文本提出其中一个问题，或同时提出两个问题。除此之外，我们还可以找到其他有效途径来解构文本。这两个问题只是促使我们有效利用解构主义方法思考文学文本的两个起点。千万不要忘记，对于相同的文学作品，解构主义批评家使用的阐释方式可能不一而足，即便他们在文本中集中关注的是相同的意识形态目标。如同任何领域一样，在解构主义批评领域，即便在行家里手之间，也有不同程度的分歧。我们的目标是：利用解构主义来丰富我们对文学文本的解读；帮助我们领会文本阐述说明的一些重要观念，如果没有解构主义，我们对这些观念的认识就不可能如此清晰或深刻；帮助我们认识到语言如何向我们遮蔽了它所体现的意识形态。

下文以F. 司各特·菲茨杰拉德《了不起的盖茨比》的解构主义解读为例证，具体说明如何从解构主义视角来分析这部小说。事实上，我们在马克思主义批评那一章已经对该小说进行了简略的解构主义阅读。你们也许还记得，对《了不起的盖茨比》的马克思主义解读由两部分组成。首先，它证明了文本如何强烈地批判了资本主义意识形态；接着，它又去证明，文本自身对于它所谴责的资本主义世界又持有一种迷恋态度，从而破坏了它对资本主义意识形态的批判。这种解读的第二部分是对第一部分的解构，因为它利用小说内部的元素证明了文本自身的反资本主义意识形态存在局限性。因此，正如前文所指出的那样，正因为解构主义有助于我们理解意识形态的隐秘作用，因此，任何批评家，只要他乐于去考察意识形态在人们的生活中是如何扮演压迫性角色的，解构主义都是一件得力的工具。事实上，早在解构主义原理发展成为一种语言理论并被称为解构主义之前，马克思主义批评家和女性主义批评家就已经在使用这些原理去分析文学和文化了，时至今日，他们依然在使用。

在下文对《了不起的盖茨比》进行的解构主义分析中，我将论证，小说外在的意识形态目标被文本内部暗含的意识形态矛盾给瓦解了。具体来说，这部小说的外在意识形态目标是谴责二十世纪二十年代美国的世风堕落，因为它永远替代了先前质朴时代的健康纯真。这个意识形态目标得以建立的基础是过去与现在、纯真与堕落以及西部与东部等二元对立；然而，仔细观察，我们就会发现，文本自身对这些二元对立持有相当矛盾的态度。这种矛盾态度在塑造杰伊·盖茨比这个人物的过程中表现得最为突出，小说明里谴责现代世界，暗中却迷恋这个世界，而盖茨比就是这种情绪的浪漫化身。比起上文描述的马克思主义的解构式分析，这里的解构主义解读表现出更为宏阔的视野，然而，二者集中关注的都是美国的堕落，因此，我们会看到他们还是有一些共同之处的。

【 "……我青年时代那些激动人心的还乡的火车……"：《了不起的盖茨比》的解构主义解读 】

在F. 司各特·菲茨杰拉德的小说《了不起的盖茨比》行将结束之际，由于东部的生活经历让叙事者尼克·卡罗威十分失望，于是，他开始回忆自己在明尼苏达度过的青年时代：

> 我记忆中最鲜明的景象之一就是每年圣诞节从预备学校以及后来从大学回到西部的情景。到芝加哥以外的地方去的同学往往在一个十二月黄昏六点钟聚在那座古老、幽暗的联邦车站……
>
> 火车在寒冬的黑夜里奔驰，真正的白雪、我们的雪，开始在两边向远方伸展，迎着车窗闪耀，威斯康星州的小车站暗灰的灯火从眼前掠过，这时空中突然出现一股使人神清气爽的寒气。我们……深深地呼吸着这寒气……难以言喻地意识到自己与这片乡土之间血肉相连的关系……
>
> 这就是我的中西部……是我青年时代那些激动人心的还乡的火车，是严寒的黑夜里的街灯和雪橇的铃声，是圣诞冬青花环被窗内的灯火映在雪地的影子。我是其中的一部分，由于那些漫长的冬天我为人不免有些矜持，由于从小在卡罗威公馆长大，态度上也不免有点自满。在我们那个城市里，人家的住宅仍旧世世代代称为某姓的公馆。
>
> （ 184; ch. 9 ）

这种怀旧之情在小说中以各种形式出现，它为文本的意识形态目标注入了一股情感的力量。这种意识形态目标在文本中随处可见，非常显眼。我认为，这种意识形态目标是谴责二十世纪二十年代美国的堕落世风，因为它永远替代了质朴时代的健康纯真。作者对现代世界的怪诞描述，两个满怀希望的年轻人——尼克·卡罗威和杰伊·盖茨比——在接触这个世界的残酷现实之后，萌生了令人痛苦的幻灭之感；还有，小说带着怀旧的情绪再现了理想化的过去，小说的这些促成因素，让它深切哀悼，在一战结束后的十年间，美国人的纯真心灵已经消失殆尽。然而，正如我们将会看到的那样，理想化的过去受到当代堕落世风的腐化，这一信条在小说中是一个站不住脚的意识形态目标，因为它被文本自身的矛盾给解构了。这种矛盾表现在，文本中的各种二元对立是有问题的。这些二元对立包括过去与现在的对立、纯真与堕落的对立以及西部与东部的对立，它们构成了小说的意识形态目标存在的基础。这种矛盾态度在塑造杰伊·盖茨比这个人物的过程中表现得最为突出，盖茨比是小说明里谴责但暗中迷恋的现代世界的浪漫化身。

按照《了不起的盖茨比》的描述，现代世界几乎无可救药。掌管这个世界的是汤姆·布坎南和迈耶·沃尔夫山姆这类人，虽说他们分别属于白道和黑道，在法律上截然对立。但是，这两个人都是利欲熏心的掠夺者，为了达到自己的目的，他们总是能振振有词地突破任何道德障碍。这是一个充斥着自私、酗酒与恶俗的空虚世界，在这个世界里，舞蹈这种优雅的社交艺术变成了"老头子推着年轻姑娘向后倒退，无止无休地绕着难看的圈子"，"高傲的男女抱在一起按时髦的舞步扭来扭去，守在一个角落里跳"（51；ch. 3）。与尼克少年时代在威斯康星的生活不同，这里没有安定感或稳定感。布坎南夫妇永远"不安定地东飘西荡，所去的地方都有人打马球，而且大家都有钱"（10；ch. 1）。乔丹总是流连于酒店、俱乐部和别人家中。甚至囊中羞涩的乔治·威尔逊也认为，只要收拾行装移民西部，自己的难题就可迎刃而解。默默无闻和孤立无援成为通则而非特例。没有哪一个人物有亲密、持久的友情，人与人之间的疏离似乎充分体现在尼克在纽约街头看到的"贫困的青年小职员"身上，"那些在橱窗面前踯躅的贫困的青年小职员，等到了时候独个儿上小饭馆去吃一顿晚饭——黄昏中的青年小职员，虚度着夜晚和生活中最令人陶醉的时光"（62；ch. 3）。

此外，小说中描写的每一群人，无论他们属于哪一个阶级、性别或种族，都奉行肤浅的价值观，把追逐社会地位和及时行乐当作人生第一要务。中产阶级和工人阶级人物，例如麦基夫妇、茉特尔·威尔逊、茉特尔的妹妹凯瑟琳以及参加盖茨比派对的食客，都很关注社会地位，都渴求享乐，与富有的布坎南夫妇的所作所为如出一辙。参加聚会的女性人物与留恋聚会的男性人物同样浅薄自私，同样贪杯，即便情况没那么严重。在小说中仅露面一次的黑人人物，是尼克某天去纽约途中看到的几个黑人，他们与白人人物同样浅薄，对社会地位同样敏感：他们坐在专职司机驾驶的大轿车的后座上，朝着盖茨比和尼克的豪车翻白眼，流露出"一副傲慢争先的神气"（73；ch. 4）。小说中只有两个人物没有表现出这种行为，他们是乔治·威尔逊和米切里斯，后者在威尔逊的汽车修理行旁边经营一家饭馆。显然，他们要么因为太忙，要么因为太穷而顾不上这一切：他们把全部精力都用在生存上了，他们得想方设法应付"灰烬的山谷"（27；ch. 2）中那种令人绝望的贫困状态，"灰烬的山谷"这个地方本身就是对造就它的文化的一种谴责。事实上，"灰烬的山谷"是一个隐喻，暗指现代世界的精神贫困：

> 这是……一个离奇古怪的农场，在这里灰烬像麦子一样生长，长成小山小丘和奇形怪状的园子。在这里灰烬堆成房屋、烟囱和炊烟的形式，最后……堆成一个个灰蒙蒙的人，隐隐约约地在走动，而且已经在尘土飞扬的空气中化为灰烬了。（27; ch. 2）

小说的叙事者尼克·卡罗威显然是道德的中心，他年轻、有活力、乐观向上，因而也很天真，没有看到这个世界的腐朽之处，他最初没有注意到"恶浊的灰尘"（6；ch. 1）与"短暂的悲哀"（7；ch. 1），二者是这个世界必然的产物。在尼克成长的世界里，父亲们教导儿子"基本的道德观念"（6；ch. 1）；儿子正如以前的父辈那样，毕业于耶鲁；如果一个年轻男子经常与一个年轻女子在一起，那么，别人就会认为他们已经订婚，马上就要结婚了；没人会想到，单凭"一个人"的力量就可以操纵世界棒球联赛，迈耶·沃尔夫山姆就是这样做的，他干起这行来，就像"一个撬开保险箱的贼那样专心致志"（78；ch. 4）。1922年初夏，尼克来到了西卵，租住在一所小房子里，准备开辟新的事业，开始新的生活，从他对新环境的描述中，不难看出他对生活的热情，"树木忽然间长满了叶子……同时从清新宜人的空气中也有那么多营养要汲取"（8；ch. 1）。甚至尼克的工作所在地纽约，看上去都很年轻和纯洁："从皇后区大桥看去，这座城市永远好像是**初次**看见一样，那样**引人入胜**，充满了世界上所有的**神秘**和**瑰丽**"（73；ch. 4，黑体为笔者所加）。

然而，到了夏季结束的时候，已过而立之年的尼克却感到前途未卜，只有"十年的孤寂，可交往的单身汉逐渐稀少，热烈的感情逐渐稀薄，头发逐渐稀疏"（143；ch. 7）。他发现布坎南夫妇这伙人都是"一帮混蛋"，他"全都看够了"（150；ch. 7）。因此，尼克在东部只待了一个夏天，在小说行将结束之际，他就准备再度重返中西部，他很了解那里的生活，对那里生活的秩序和可预见性，他非常渴望，对于现代世界中生活的精神破产，他感到恶心。正像他在小说开篇追述往事之际告诉我们的那样，"去年秋天我从东部回来的时候，我觉得我希望全世界的人都穿上军装，并且永远在道德上保持一种立正姿势，我不再要参与放浪形骸的游乐，也不再要偶尔窥见人内心深处的荣幸了"（6；ch. 1）。尼克从年轻人的乐观转向幻灭，为了完成这个转变过程，小说写到同年秋季就戛然而止，"烧枯叶的蓝烟弥漫空中，寒风把晾在绳上的湿衣服吹得邦邦硬"（185；ch. 9）：这是一年当中自然万物衰败的时节，它进一步突出了尼克的精神倦怠，而这是他旅居东部的结果。

当然，尼克搬到东部的时候，盖茨比生活在腐朽世界之中，然而"盖茨比……除外，不属于（尼克的）这种反应的范围"，因为正如叙事者所言，"盖茨比本人到头来倒是无可厚非的"，引起尼克"真心鄙夷的"是"那些吞噬盖茨比心灵的东西，是在他的幻梦消逝后跟踪而来的恶浊的灰尘"（6；ch. 1）。正因为盖茨比具有浪漫梦想家的品质——他"对于人生的希望具有一种高度的敏感"，有"富于浪漫色彩的敏捷"（6；ch. 1）——他才出淤泥而不染，不受腐败世界的影响，也没有受到尼克的责难。事实上，盖茨比具备了美式浪漫英雄所需的基本素质。他从出身寒微到飞黄腾达的故事，让人想起了依靠自我奋斗而成功的美国浪漫理想，甚至他小时候在《牛仔卡西迪》故事书背面为自己制定的"作息表"，都让人想起了本杰明·富兰克林——这位象征着美国浪漫过去的偶像人物——有关自我改进的箴言。盖茨比的战争英雄身份，他为赢得梦中情人的芳心而一夜暴富，这都抬高了他的身价，使他成为一个浪漫的象征。他孩子般的英俊外貌，他恬静、绅士般的举止，以及他完美无瑕的着装，这一切都凸显了他的青春活力与纯真。最后，他对黛西的绝对忠诚最终使他成为浪漫的化身，这集中体现在一个理想化的形象当中：这位年轻的情人朝黛西家码头上的一盏绿灯"伸出两只胳膊"（25；ch. 1），"颤抖着"（26；ch. 1）。

盖茨比身上独有的浪漫品质，不啻为过去侠义精神留下的空谷足音，不幸的是，他生活在一个浅薄庸俗的时代，这些浪漫品质让他无法生存下去。事实上，击垮盖茨比的正是现代世界空虚的价值观，汤姆和黛西夫妇就是这种价值观的体现：在纽约的酒店里，当盖茨比和汤姆针锋相对之际，黛西弃他不顾，当时的情形是，他越说，"她就越显得疏远"（142；ch. 7），盖茨比"像玻璃一样在汤姆铁硬的恶意上碰得粉碎"（155；ch. 8）。黛西驾车肇事，撞死茉特尔，溜之大吉，盖茨比侠肝义胆，主动顶缸，结果招来杀身之祸。随着盖茨比的死亡，现代世界永远地失去了他带来的礼物，这是"一种异乎寻常的永葆希望的天赋……这是（尼克）在别人身上从未发现过的，也是今后不大可能会发现的"（6；ch. 1）。盖茨比有"富于浪漫色彩的敏捷"和"永葆希望的天赋"，但是，在小说所描绘的现代世界里，这些品质没有容身之地，这就是文本对这个世界最严厉的一项控诉。

小说中有一些段落令人想起田园牧歌式的过去，它们与美国二十世纪二十年代迅猛、浅薄的堕落世风形成了强烈的对比，让人深思美国究竟失掉了什么东西。给人印象最深的是本文开篇引用的那段话，在这段文字中，尼克回顾了他在威斯康星度过的青少年时代："真正的雪，我们的雪，开始在两边向远方伸展……闪耀"，"这时空中突然出现一股使人神清气爽的寒气"（184；ch. 9），诸如此类的词语令人想到的是明净、洁白和熠熠生辉的旷野，它不仅让人的身体焕发出活力，也让人的精神为之一振。当然，"真正的雪"指的是威斯康星州飘落的纯净洁白的大雪，它们整个冬天都覆盖着大地，与纽约市内的污雪形成了鲜明的对照，后者被车轮碾压成污泥浊水。但是，"真正的雪"一词也在强调，尼克年轻时候在中西部的那段生活，比起东部成人生活让他联想到的矫揉造作的氛围，显得更加真诚实在。当然，尼克青年时代在威斯康星的生活更稳定更安全，因为正如这段话所表明的那样，"人家的住宅仍旧世世代代称为某姓的公馆"（184；ch. 9），它给人的感觉是，那里的生活稳定不变，邻里之间关系亲密，这是尼克在东部找不到的。

过去与现在、纯真与堕落、西部与东部之间的这种对比，通过叙事者描述自己对东部的梦想，被进一步强化，这段描写出现在他对威斯康星冬季的回忆之后：

> 即使东部最令我兴奋的时候……我也总觉得东部有畸形的地方，尤其西卵仍然出现在我做的比较荒唐的梦里。在我的梦中，这个小镇就像埃尔·格列柯画的一幅夜景：上百所房屋，既平常又怪诞，蹲伏在阴沉沉的天空和黯淡无光的月亮之下。在前景里有四个板着面孔、身穿大礼服的男人沿人行道走着，抬着一副担架，上面躺着一个喝醉酒的女人，身上穿着一件白色的晚礼服。她一只手耷拉在一边，闪耀着珠宝的寒光。那几个人郑重其事地转身走进一所房子——走错了地方。但是没人知道这个女人的姓名，也没有人关心。（184-85；ch. 9）

数百幢怪诞的房屋、酩酊大醉的女人、那些把她送错地方而且不知道她的姓名也不想知道她的姓名的男人，这些表现人际关系疏远的意象，又得到了自然意象的强化，这里人气稀薄、死气沉沉的大自然，与尼克描述的他青少年时代的中西部形成了鲜明对比：与洁净、清爽的威斯康星的天空不同，东部的天空"阴沉沉的"，甚至那个女人的珠宝首饰都比东部"暗淡无光"的月光"耀眼"。

书中还有其他地方提到田园牧歌式的过去时光，这些地方主要描写了黛西与乔丹在路易斯维尔度过的"美丽纯洁的少女时期"（24；ch. 1）。按照尼克的想象，乔丹"当初就是在空气清新的早晨在高尔夫球场上学走路的"（55；ch. 3）。那是一个洋溢着浪漫气息的过去，乔丹回忆道，那时，她"穿了一条新的能随风微微扬起的方格呢裙子"，走在"软绵绵的地面"上（79；ch. 4）；黛西是

> 所有小姐中最出风头的一个。她穿的是白衣服，开的是一辆白色小跑车，她家电话一天到晚响个不停，泰勒营那些兴奋的青年军官一个个都要求那天晚上独占她的全部时间。"至少，给一个钟头吧！"（79；ch. 4）

在这个世界里，年轻女子为红十字会做绷带，一位名叫杰伊·盖茨比的年轻俊朗的军官"盯着黛西看，每一个姑娘都巴望有时会有人用这种神态来看自己"（80；ch. 4）。这是一个纯真浪漫的世界：空气清新的早晨、软绵绵的地面、新裙子、白衣服、白色小跑车、响个不停的电话铃声以及年轻俊朗的军官。年轻的杰伊·盖茨比也受到了它的魅力的感染：

> （黛西的）房子充满了引人入胜的神秘气氛，仿佛暗示楼上有许多比其他卧室都美丽而凉爽的卧室，走廊里到处都是赏心乐事，还有许多风流艳史——不是霉烘烘、用熏香草保存起来的，而是活生生的，使人联想到今年的雪亮的汽车，联想到鲜花还没凋谢的舞会。（156；ch. 8）

只有这种田园牧歌式的过去，才能产生与其浪漫气氛相称的行为：盖茨比一心追求黛西，就像"寻找圣杯"（156；ch. 8）一样虔诚。

然而，时至今日，田园牧歌式的过去已经一去不返。最能唤起这种情绪的也许是小说结尾处的一段话，在返回威斯康星之前的那个晚上，尼克坐在海边，陷入了沉思，

> 当年在荷兰水手的眼中放出异彩的这个古岛——新世界的一片清新碧绿的地方。它那些消失了的树木，那些为盖茨比的别墅让路而被砍伐的树木，曾经一度迎风飘拂，低声响应人类最后的也是最伟大的梦想，在那昙花一现的神妙的瞬间，人面对这个新大陆一定屏息惊异，不由自主地堕入他既不理解也不企求的一种美学的观赏中，在历史上最后一次面对着和他感到惊奇的能力相称的奇观。（189；ch. 9）

在这段文字当中，小说所再现的所有迷失——现代美国价值观的迷失、一个民族的纯真与活力的迷失、盖茨比梦想的迷失等等——都和一种具有世界历史意义的迷失有关，那就是原始淳朴的美洲大陆的消失，欧洲人为了获得更多的殖民地和财富，剥削、污染和毁灭了这片大陆。

　　显然，《了不起的盖茨比》为二十世纪二十年代的美国描绘了一幅晦暗可怖的画面。然而，小说对这种文化堕落的再现，却被文本的矛盾态度给破坏了，小说的文本再现建立在二元对立的基础上，然而，文本自身对这些二元对立又充满了矛盾态度。正如上文所见，小说把美国现已消失的纯真心灵，与过去的青春活力联系在一起，尤其是文本在描写西部的时候让人想起的那种青春活力。与之相对，美国的堕落则与小说的当代背景——二十世纪二十年代的现代世界——和东部地区联系在一起，就是在东部，尼克第一次体会到了自私和浅薄，这是国民价值观下降的标志。如果考察过去与现在、纯真与堕落以及西部和东部之间的这些对立，我们就会看到，小说解构了自身的意识形态目标。

　　小说之所以表现田园牧歌式的过去，为的是以今昔之间的对比来凸显现代美国的精神空虚；但是，这种表现手法却让过去和现在之间的对立变得不稳定，因为它破坏了文本自身的一种清醒的认识，即并非每个人都有一个田园牧歌式的过去。毫无疑问，杰伊·盖茨比的过去就并非如此。"他的父母是碌碌无为的庄稼人"（104；ch. 6），他父亲告诉尼克，"有一次他说我吃东西像猪一样，我把他揍了一顿"（182；ch. 9）。事实上，盖茨比发现自己的过去让人无法接受，于是他编造了自己过去的经历：他离开家，改掉了杰米·盖兹这个名字，"他虚构的恰恰是一个十七岁的小青年很可能会虚构的那种杰伊·盖茨比，而他始终不渝地忠于这个理想形象"（104；ch. 6）。当年他是一个不名一文的年轻中尉，"却让（黛西）相信他的出身跟她不相上下"（156；ch. 8）。他告诉尼克，"我家里人都死光了，因此我继承了很多钱。……后来我就像一个年轻的东方王公那样到欧洲各国首都去当寓公……收藏珠宝……打打狮子老虎，画点儿画"（70；ch. 4）。考虑到这些因素，可以说，盖茨比这种一心一意想去"重温旧梦"（116；ch. 6）的坚决态度，实际上是一种想逃避过去的坚决态度，因为他想重温的那个过去是他与黛西的那段初恋，然而，问题是，他们初恋的基础却是盖茨比刻意编造的过去的经历。因此，对这位体现了小说关于浪漫过去的看法的人物而言，浪漫的过去实际上是一串谎言。

　　小说中有关过去和现在的对立，还存在一个问题，那就是，过去与现在之间的对立，与小说中描写的纯真和堕落之间的对立是联系在一起的，而纯真与堕落之间的对立本身就是不稳定的。举例来说，尽管尼克是小说中反对时代堕落的首席代言人，然而，他本人也受到了那种堕落的强烈吸引。尼克说道：

> 我开始喜欢纽约了，喜欢夜晚那种奔放冒险的情调，喜欢那川流不息的男男女女和往来车辆给应接不暇的眼睛带来的满足。**我喜欢在五号路上溜达，从人群中挑出风流的女人，幻想几分钟之内我就要进入她们的生活，而永远也不会有人知道或者非难这件事。有时，在我脑海里，我跟着她们走到神秘的街道拐角上她们所住的公寓，到了门口，她们回眸一笑，然后走进一扇门消失在温暖的黑暗之中。**
>
> （61；ch. 3，黑体为笔者所加）

尽管尼克没有把自己的想法付诸实施，但是，这一段话中的黑体字部分清楚地表明，他想象着自己跟随这些女人进入"温暖的黑暗"之中，她们的回眸一笑就是对他的邀请。换句话说，对尼克而言，这座城市之所以有"奔放冒险的情调"，就是因为它可以提供数不清的艳遇机会。这里可不是尼克度过青少年时代的威斯康星，在那里"只有儿童和老人可幸免于无止无休的闲话"（185；ch. 9），他很庆幸这里不是威斯康星。

　　还有一个类似的例子可以说明，叙事者尼克对小说所谴责的那种堕落一往情深，这体现在他对乔丹·贝克一往情深。乔丹并不像盖茨比所认为的那样，是一个"大运动家"，"决不会做什么不正当的事"（76；ch. 4）。她是一个满口谎言的骗子，这一点尼克是知道的。尽管他对乔丹的不诚实行为轻描淡写，仿佛那只是一个小节问题，"女人不诚实，这是人们司空见惯的事"（63；ch. 3），然而，让他倾心的正是乔丹的不诚实品质，因为他相信这种品质可以用来掩饰偷香窃玉的经历，而他对这种经历很向往，"因此我想她从很年轻的时候就开始耍各种花招，为了对世人保持那个傲慢的冷笑，而同时又能满足她那硬硬的、矫健的肉体的要求"（63；ch. 3）。

　　在书中描写的场合当中，有一些是尼克所谴责的浅薄价值观的化身，但是，在离开这些场合的时候，尼克似乎非常不情愿，这一点可堪玩味。举例来说，他两次参加盖茨比家中举办的派对，每一次他都坚持到最后才离开。更让人困惑的是，当众人在汤姆和茉特尔的寓所里酗酒狂欢的时候，尼克似乎连腿都挪不动了，他实在舍不得离开这里：

> 我想到外面去，在柔和的暮色中向东朝公园走过去，但每次我起身告辞，都被卷入一阵吵闹刺耳的争执中，结果就仿佛有绳子把我拉回到椅子上。（40；ch. 2）

尼克说他"对人生的千变万化既感到陶醉，同时又感到厌恶"（40；ch. 2），虽说他表面上厌恶现代世界不可胜数的庸俗行径，但是，在内心深处，正是这种庸俗品质让他十分着迷。因此，在故事行将结束之际，我们看到他在西卵的海滩上流连徘徊，这一次，他又是最后一个离开的人，汤姆、黛西、乔丹和盖茨比早就离开这里了。

在小说中，纯真和堕落之间的对立还存在着一个问题，这个问题出在纯真这个概念上。正如上文对尼克的探讨所表明的那样，他之所以对堕落感到着迷，那是因为他纯真，也就是说涉世未深，因此渴望了解人情世故。同理，尼克之所以受到他所谴责的堕落行径的迷惑——至少他一度如此，也正是因为他纯真，也就是说懵懂无知，因而认识不到自己正面临着道德危险。换句话说，正因为纯真这个概念当中暗含涉世未深与懵懂无知，因此，可以说，它本身无力抵制足以让人沉沦的堕落行径。所以，纯真导致堕落这种说法并非没有道理；事实上，纯真在以前不存在堕落的地方制造了堕落。

有关书中纯真和堕落之间的对立，还有一个问题尤为发人深省，它体现在小说对乔治·威尔逊这个人物的塑造上。就很多方面而言，威尔逊是故事中唯一一个真正纯真的人物。他不伤害任何人，也信任每个人，头脑简单得像一个孩子。他与尼克不同，尼克初次遭遇堕落现象就对它一往情深，而他第一次接触堕落现象——发现他老婆偷腥——的时候，他就真的生病了："他发现了茉特尔背着他在另外一个世界里有她自己的生活，而这个震动使他的身体患病了"（130；ch. 7）。然而，乔治的纯真没有被描绘成一种正面的品性，而是被描绘成浑浑噩噩。他几乎毫无个性可言。正如米切里斯所发现的那样，"不干活的时候，他就坐在门口一把椅子上，呆呆地望着路上过往的人和车辆。不管谁跟他说话，他总是和和气气、无精打采地笑笑"（144；ch. 8）。他甚至连个朋友也没有，"他连个老婆都照顾不了"（167；ch. 8），对于这一点，米切里斯并不吃惊。就此而言，在这部为纯真的消失而悲悼的小说之中，纯真反倒被刻画成懵懂无知、缺乏个性、一无是处。尽管叙事者表面上谴责堕落，尽管小说毫不留情地丑化了堕落人物，但是，文本似乎还是发现，与纯真相比，堕落给人带来的乐趣何止多出千万倍。纯真令人乏味，堕落则不然。

　　过去与现在、纯真与堕落，这些二元对立支撑起小说的主题结构，与这个主题结构联系在一起的是，那种将美国西部与东部对立的地理结构。正如我们所看到的，过去的纯真与尼克的威斯康星联系在一起，也与黛西和乔丹度过少女时代的路易斯维尔联系在一起。尽管盖茨比在北达科他和明尼苏达度过的青少年时代是他生命中不愉快的一段时光，但是，小说还是把西部和十七岁的杰米·盖兹纯真的梦想联系起来。在遇到丹·科迪和听说迈耶·沃尔夫山姆之前，他"身穿一件破旧的绿色运动衫和一条帆布裤在（苏必利尔湖的）沙滩上游荡"（104；ch. 6）。相比之下，当下的堕落世风与东部——具体而言是与二十世纪二十年代的纽约——联系在一起。然而，在小说中，东西部之间的对立不全是地理问题。举例来说，芝加哥和底特律位于中西部，但是，小说却直接挑明，它们与纽约一样堕落。东西部之间的对立也不完全是城乡之间的对立，因为无论是尼克的纯真青少年时代，还是黛西和乔丹纯真的少女时代，都是在中西部的城市里度过的。

　　小说中西部与东部之间真正的区别是，原始质朴的自然与文明的腐蚀性后果之间的区别。尼克的家乡威斯康星的"真正的雪"和"当年在荷兰水手的眼中放出异彩的古岛"是原始质朴的自然的象征。也就是说，不管具体的地理位置在哪里，**西部**这个词让美国人想到的都是原生态的自然的形象。相反，**东部**这个词却与陈腐的社会联系在一起。因此，尽管尼克提到的"古岛"指的是纽约的长岛，但它却与**西部**这个词联系在一起，这不仅因为它位于对它进行殖民活动的欧洲文明的西部，而且也因为在荷兰水手刚到这里的时候，它还处于原始状态。

　　然而，在《了不起的盖茨比》中，自然始终与现代美国的腐朽文明密不可分，即便在它最有青春气息、最为生机勃勃以及最有魔力的时候，也是如此。它们之间的这种紧密联系进一步解构了西部与东部之间的对立。尼克把自然和文明联系在一起，例如，在小说一开始，他对西卵初夏的描述就体现了这种联系。"树木忽然间长满了叶子"，他将这些叶子比作"电影里快速生长的东西"（8；ch. 1）。"同时从清新宜人的空气中也有那么多营养要汲取"，刚说完这句话，他用相同的兴高采烈的语气说道，他将从自己买来的"十来本有关银行业、信贷和投资证券的书籍"中学到让他飞黄腾达的"秘诀"，"一本本红色烫金封皮的书立在书架上，好像造币厂新铸的钱币一样"（8；ch. 1）。同样，文本无法把自然的秀美和生机与"占有"自然的富人的腐朽力量分割开来，正如我们从下文对布坎南家宅院的描述中看到的那样：

> 草坪从海滩起步，直奔大门，足足有四分之一英里，一路跨过日晷、砖径和火红的花园——最后跑到房子跟前，仿佛借助于奔跑的势头，爽性变成绿油油的常春藤，沿着墙往上爬。（11；ch. 1）

布坎南家的宅子就位于海边，虽说大海是地球上最强大的一股自然力量，然而，在这段话中，自然还是被彻底地驯化了。通常海边生长的是野草，但是，在这里，野草被"草坪"取代了，这块草坪就像一条训练有素的狗从物体上"一路跨了过去"，而藤蔓就像珠宝那样装点着房屋。小说对布坎南家的宅子着墨颇多，极力描写它的华美，这里引用的只是其中的寥寥数语，文本没有意识到，"外面嫩绿的草地……仿佛要长到室内来似的"（12；ch. 1），诸如此类的意象利用了自然的纯洁品质，证明它所装饰的腐朽文明是合理的。事实上，文本经常提到自然美景，这时候，它们就好像是文明的产物，例如，有一次，尼克参加盖茨比的派对的时候说道："早升的月亮和晚餐的酒菜一样，无疑也是从包办酒席的人的篮子里拿出来的"（43；ch. 3）。文本还告诉我们，布坎南家宅子二楼的"两扇窗户""在蔓藤之中**像鲜花一样盛开**"（149；ch. 7，黑体为笔者所加），按照这里的描述，文明的产物仿佛就是自然的产物，自然与文明完全融为一体。

从丹·科迪这个人物的身上，我们可以看到，过去与现在、纯真与堕落、西部与东部，这三组对立都是不成立的。"他是内华达州的银矿、育空地区、一八七五年以来每一次淘金热的产物"（105；ch. 6）。他是一个"头发花白、服饰花哨的老头子，一张冷酷无情、内心空虚的脸——典型的沉湎酒色的拓荒者，这帮人在美国生活的某一阶段把边疆妓院酒馆的粗野狂暴带回到了东部滨海地区"（106；ch. 6）。从丹·科迪的身上，从他所代表的历史时期，我们可以看到，与堕落联系在一起的不是现在，而是过去，我们还看到，西部腐蚀了东部。

小说对自身的意识形态目标持有矛盾态度，这种矛盾态度出现最多的地方是小说对杰伊·盖茨比的人物塑造。正如我们所见，盖茨比被刻画成一个浪漫英雄：他是一个具有反叛精神的男孩、雄心勃勃的愣头儿青、带有理想主义的梦想家、忠贞不渝的恋人、勇敢的战士、一掷千金的主人。小说对他外表的描写也营造出一种纯真无瑕、活力四射和俊逸洒脱的气氛：他"华丽的粉红色衣服"（162；ch. 8），"他那晒得黑黑的、漂亮地紧绷在脸上的皮肤"（54；ch. 3），以及他那"含有永久的善意的表情，极为罕见的笑容"（52；ch. 3）等等，这一切都让"他这个人身上散发出一种瑰丽的异彩"（6；ch. 1）。他就像昔日的浪漫骑士，但生不逢时，他生活的时代太浅薄，欣赏不了这样的人物，让他空有一场"永不腐蚀的梦"（162；ch. 8）。然而，他也是小说所谴责的现代世界的浪漫化身。也就是说，小说通过浪漫化盖茨比，也浪漫化了造就他的腐败行径，盖茨比心甘情愿地参与了腐败并获得了成功。

"他是我从零开始培养起来的，从阴沟里捡起来的"（179；ch. 9），迈耶·沃尔夫山姆如是说。此人操纵了1919年的世界棒球联赛，是书中所描写的罪恶世界最阴险的代表。通过贩卖私酒和兜售造假债券，盖茨比以破纪录的速度聚敛了惊人的财富，就像小说所谴责的很多人物一样，他在一个弱肉强食的世界里获得了成功。他卖的酒是非法的，因此经常有质量问题，但见钱就卖；那些假债券卖给了小镇上没有警惕性的投资者。买了他的酒喝的人，有些会生病，有些会丧命。买假债券的小投资者都会赔钱，而他们很可能赔不起这些钱。当错误不可避免地出现，法律随之介入的时候，就得牺牲一个人，盖茨比就是这样牺牲沃尔特·蔡斯的。

在很多读者看来，盖茨比对黛西的欲望造就了这位主人公最浪漫的形象。然而，甚至这种欲望也受到了他在黑社会养成的人生观的玷污。当盖茨比最初在黛西的老家路易斯维尔向她求爱的时候，"他占有了他所能得到的东西，狼吞虎咽，肆无忌惮——最终……占有了黛西"（156；ch. 8）。盖茨比不单单向黛西求爱，他还"狼吞虎咽，肆无忌惮"地"占有了"她。这种说法非常符合盖茨比的行为逻辑：遇到黛西之前，他很可能就与丹·科迪有勾搭，与黛西发生关系之后，他就参与了犯罪活动。因此，那"永不腐蚀的梦"（162；ch. 8）陷入腐败的困境，而盖茨比之所以参与腐败，就是为了实现那个梦想。

小说让盖茨比同时代表两个相互对立的世界，这种逻辑混乱在很大程度上让小说结尾的那一段话矛盾丛生。这段话前文已经探讨，我们再看一遍。当尼克最后一次伫立在西卵的海滩上，他告诉我们，他

> 逐渐意识到当年在荷兰水手的眼中放出异彩的这个古岛——新世界的一片清新碧绿的地方。它那些消失了的树木，那些为盖茨比的别墅让路而被砍伐的树木，曾经一度迎风飘拂，低声响应人类最后的也是最伟大的梦想，在那昙花一现的神妙的瞬间，人面对这个新大陆一定屏息惊异，不由自主地堕入他既不理解也不企求的一种美学的观赏中，在历史上最后一次面对着和他感到惊奇的能力相称的奇观。（189；ch. 9）

尼克提醒我们，为了给盖茨比的别墅让路，"新世界的一片清新碧绿的地方"，那个"和（我们）感到惊奇的能力相称的奇观"，最终"消失了"，也就是说，它被文明摧毁了。尽管如此，尼克还是把荷兰水手的"神妙的"梦想与盖茨比的梦想联系在一起。为了实现自己的梦想，盖茨比不惜采用犯罪手段，而造就这些手段的正是他所在的腐朽文明，因为尼克说道："当我坐在那里缅怀那个古老的、未知的世界时，我也想到了盖茨比第一次认出了黛西的码头尽头的那盏绿灯时所感到的惊奇"（189；ch. 9）。换句话说，文本将"新世界的一片清新碧绿的地方"与"黛西的码头尽头的那盏绿灯"联系起来，从而将原始自然的浪漫崇高与取代它的腐朽文明联结在一起，使二者在情感上密不可分，即便在逻辑上并非如此。另外，"消失了的树木"，即质朴的自然，"低声**响应人类**"（黑体为笔者所加）。响应也就是去做皮条客，也就是出卖自己的服务去满足他人的罪恶欲望。因此，这一段话中，质朴的自然，即纯真的过去，离不开利用它的文明，正如杰伊·盖茨比离不开那个腐朽的世界，二者在相互利用。

《了不起的盖茨比》谴责了现代的堕落，它暗示现代的堕落取代了

过去纯真的美国，与原始、质朴的西部联系在一起的美国。然而，这个意识形态目标在文本内部却遭到了破坏，因为过去与现在、纯真与堕落、西部与东部并非截然对立。尽管如此，小说表现出的怀旧情绪——怀念一去不返的过去时光，怀念纯真的过去，怀念更幸福的过去——为各个时代的人们所共有，至少过去几百年的西方文学是这样认为的。我们对《了不起的盖茨比》的解构主义阅读，固然无法根除这种由来已久的情感投入，但是，它却有助于我们认清它的意识形态局限。另外，我们对菲茨杰拉德小说的分析，也证明了解构主义小说观是成立的。在解构主义看来，正因为小说是由语言构成的，所以小说体现了产生它的那种文化的意识形态。因此，小说能够向我们显示，我们信奉的意识形态如何以各种方式塑造了我们对世界的认知。换言之，正如我们对《了不起的盖茨比》的解构主义解读所证明的那样，小说不是按照世界的本来面貌来再现世界的，它是按照我们对世界的感知来再现世界的。在解构主义看来，我们头脑感知的世界才是我们唯一了解的世界。

【深入实践问题：解构主义理论研究其他文学作品的方法】

下列问题为解构主义批评的范例。它们可以帮助读者运用解构主义批评去阐释这里提到的文学作品或读者自选的其他文本。

1. 路易斯·瓦尔德兹（Luis Valdez）的独幕剧《售出的物品》（"Los Vendidos"，1967）所显示的意识形态目标是：嘲讽外界强加给墨西哥裔美国人的那种刻板老套的族裔形象。首先要证明，该剧是如何完成这个意识形态目标的。其次再证明，文本如何解构了自身的目标，因为在该剧结尾之处，文本在无意当中所重申的正是它力图破坏的一些刻板形象。这种意识形态冲突从哪些方面暗示避免成见殊非易事，或者，在偏见面前，任何受压迫群体在维护自己的身份的时候都会遇到困难？

2. 凯特·肖邦的《暴风雨》表达的主题是性满足对女性的重要性，这也是这篇小说公开的意识形态目标。文本是如何突出这个主题的？

文本使用的自然意象和标准的童话式大团圆结局如何既推动又瓦解了这一意识形态目标？这种意识形态冲突从哪些方面暗示了这篇小说试图超越十九世纪美国的社会价值观？

3. 罗伯特·弗罗斯特的《未走之路》（"The Road Not Taken"，1916）已经成为美国所崇尚的那种不拘成规的价值观的标志："我选了一条人迹稀少的行走，/结果后来的一切都截然不同"。解构这种想当然的意识形态目标，具体做法是：从诗中找出瓦解不拘成规这一价值观的所有证据，例如，这两条路并没有什么不同，诗中很多地方都显示出说话人本人就在墨守成规。你们也许会发现，诗中支持不拘成规这种意识形态的地方并不像你们想象的那么多。美国公众显然没有意识到这首诗还有这样一种完全不同的解读方式，对此，我们该如何解释？

4. 玛丽·雪莱的《弗兰肯斯坦》写于英国浪漫主义时期，作者与当时的浪漫派大诗人都有来往。该小说经常把自然表现为浪漫的升华：静观大自然中令人生畏的宏伟景象——高耸的山峦、大海上的风暴、被闪电击中的大树——可以使人产生高尚的思想和情操，使他们超脱平庸狭隘的日常经验。从文本中寻找证据来印证这一说法。接下来，去证明小说如何解构了自己的意识形态目标——大自然表现为浪漫的升华。具体做法是，从文本中寻找证据，证明大自然在很多方面不符合这个定义。深入思考文本中为什么会出现这种意识形态冲突。

5. 威廉·布莱克（William Blake）的《黑小子》（"The Little Black Boy"，1789）如何为解构主义的不确定性观念提供了一个例证？具体而言，这首诗是如何同时宣扬几个互不相容的主题的？这些主题包括：种族平等的主题，白人优于黑人的主题以及黑人优于白人的主题。这种明显的意识形态冲突给人带来什么启发？

【延伸阅读书目】

Atkins, G. Douglas. *Reading Deconstruction: Deconstructive Reading.*

Lexington: University of Kentucky Press, 1983.

Belsey, Catherine. *Critical Practice*. 2nd ed. London and New York: Routledge, 2002. (See especially "The Work of Reading," 95–113, and "Deconstruction and the Differance It Makes," 114–25.)

Crowley, Sharon. *A Teacher's Introduction to Deconstruction*. Urbana, IL: NCTE, 1989.

Derrida, Jacques. *Basic Writings*. Ed. Barry Stocker. London and New York: Routledge, 2007.

Deutscher, Penelope. *How to Read Derrida*. New York and London: W.W. Norton, 2005.

Esch, Deborah. "Deconstruction." *Redrawing the Boundaries: The Transformation of English and American Literary Studies*. Eds. Stephen Greenblatt and Giles Gunn. New York: Modern Language Association, 1992. 374–91.

Fink, Thomas. "Reading Deconstructively in the Two-Year College Introductory Literature Classroom." *Practicing Theory in Introductory College Literature Courses*. Eds. James M. Cahalan and David B. Downing. Urbana, IL: NCTE, 1991. 239–47.

Leitch, Vincent B. *Deconstructive Criticism: An Advanced Introduction*. New York: Columbia University Press, 1983.

Norris, Christopher. *Deconstruction: Theory and Practice*. 3rd ed. New York: Routledge, 2002.

Sarup, Madan. *An Introductory Guide to Post-Structuralism and Postmodernism*. 2nd ed. Athens: University of Georgia Press, 1993.

【高端阅读书目】

Abel, Elizabeth. *Writing and Sexual Difference*. Chicago: University of Chicago Press, 1982.

Barthes, Roland. *S/Z*. 1970. Trans. Richard Miller. New York: Hill and Wang, 1975.

Bloom, Harold, *et al*. *Deconstruction and Criticism*. New York: Seabury, 1979.

Culler, Jonathan. *On Deconstruction: Theory and Criticism After*

Structuralism. 1982. 25th anniversary ed. Ithaca, NY: Cornell University Press, 2007.

de Man, Paul. *Allegories of Reading: Figural Language in Rousseau, Nietzsche, Rilke, and Proust.* New Haven, CT: Yale University Press, 1979.

——. *Blindness and Insight.* 2nd ed. Minneapolis: University of Minnesota Press, 1983.

Derrida, Jacques. "Structure, Sign, and Play in the Discourse of the Human Sciences." 1966. *The Languages of Criticism and the Sciences of Man.* Eds. Richard Macksey and Eugenio Donato. Baltimore, MD: The Johns Hopkins University Press, 1970. 247–65.

——. *Of Grammatology.* 1967. Trans. Gayatri Chakravorty Spivak. Baltimore, MD: The Johns Hopkins University Press, 1976.

Gasché, Rodolphe. *The Tain of the Mirror: Derrida and the Philosophy of Reflection.* Cambridge, MA: Harvard University Press, 1976.

Naas, Michael. *Taking on the Tradition: Jacques Derrida and the Legacies of Deconstruction.* Stanford, CA: Stanford University Press, 2003.

Royle, Nicholas, ed. *Deconstructions: A User's Guide.* New York: Palgrave, 2000.

——. *Jacques Derrida.* New York: Routledge, 2003.

【注释】

① 在此感谢阿肯色州阿卡德尔菲亚的沃希托浸会大学的英文及拉丁文教授约翰尼·温克教授，经他指正，我改正了我以前对différance一词的错误解释。

【引用作品书目】

Fitzgerald, F. Scott. *The Great Gatsby.* 1925. New York: Macmillan, 1992.

Frost, Robert. "Mending Wall." 1914. *The Poetry of Robert Frost.* Ed. Edward Connery Lathem. New York: Holt, Rinehart and Winston, 1969.

第九章

新历史主义与文化批评

正如前文所示，各派批评理论之间有许多相互重合之处。例如，马克思主义者可以利用精神分析的概念，去分析资本主义给人带来的有害的心理后果；女性主义者也可以运用马克思主义的概念，去考察女性遭到的社会经济压迫；而分析美国文学阐释传统的文章，既可以收入结构主义文选，也可以收入读者反应批评文选；如此等等，不一而足。

然而，尽管有这样的重合，大多数批评理论在意图上还是泾渭分明的。我们以刚才提到的批评理论为例，来看一看它们的不同目的。马克思主义试图揭示的是社会经济制度何以成为我们生活体验的最终来源；女性主义试图揭示的是父权制性别角色何以成为我们生活体验的最终来源；精神分析试图揭示被压抑的心理冲突何以成为我们生活体验的最终来源；结构主义则努力要找到简单的结构体系，以帮助我们理解世界，如果没有这些结构体系的帮助，这个世界将是杂乱无章、无从理解的；而读者反应理论则试图揭示读者如何创建了他们所阅读的文本。

然而，有时批评理论之间重合过多，难以区分它们之间的不同，尤其当不同的实践者对它们之间的差异莫衷一是之时，这种情况就更为严重。新历史主义与文化批评就是如此。正如下文所示，这两个领域有着共同的理论基础，它们阐释文学的方法也极其相似。但是，为了清楚起见，也为了充分理解二者之间的差异，我们对这两个领域先分别加以讨论。与文化批评家相比，新历史主义者更明确地阐释了自己的理论前提，因此我们先从新历史主义入手。在弄清新历史主义批评的面貌之后，就比较容易看到二者之间的异同。

【新历史主义】

在成长过程中，由于耳濡目染，大多数人还是用传统的眼光去看待历史。假设一位美国历史学家在1944年写了美国革命中的一场战役，读过他的这篇文章，我们会提出这样的问题（如果真有问题的话）："这篇文章准确吗？"或者"这次战役透露出当时的哪些'时代精神'？"相比之下，新历史主义者则会发问："这篇东西写于1944年，是给当时的人看的，那么，在它向我们传递的信息当中，有哪些涉及当时社会文化中的政治议程和意识形态冲突？"而对这场战役本身感兴趣的新历史主义者则会发问："这次战役打响之后，美国殖民地也好，英国也好，其他欧洲国家也好，是如何（通过报纸、杂志、传单、政府文件、故事、演讲、图画以及照片等形式）报道的？这些报道从哪些方面表明美国革命如何塑造了再现美国革命的文化，与此同时，再现美国革命的文化又是如何塑造美国革命的？"

由此可见，新历史主义者提出的问题与传统历史学家提出的问题迥然有别，因为在"什么是历史"以及"我们如何了解历史"这两个基本问题上，这两种研究方法存在着极大的分歧。传统历史学家关心"发生了什么事？"以及"这一事件为我们提供了哪些历史信息？"然而，新历史主义者则会问，"这件事是如何被阐释的？"以及"这些阐释向我们提供了阐释者的哪些信息？"

在大多数传统历史学家看来，历史是一系列具有**线性因果关系**的事件：事件甲引发事件乙，事件乙又引发事件丙，以此类推。此外，他们还认为，我们完全可以通过**客观**分析来发掘历史事件的真相，这些真相有时又能揭示时代的精神，即当时的文化中奉行的世界观。的确，一些最为常见的传统历史叙事都会提供一个核心概念，以解释特定历史人群的世界观。例如，文艺复兴时期的"存在巨链"观念，反映了万物生灵在宇宙中的等级体系：上帝高高在上，人类居于中间，最低等的生灵处于底层。这种观念一直被人们用来论证伊丽莎白时代文化的指导精神，即人们普遍相信秩序在人类生活的各个领域中发挥着重要作用。[①]这种传统的研究方法还体现在历史教学中：在历史课上，我们会按照理性时代、启蒙时代等时代精神去了解过去的事件；在文学课上，我们会依据历史分期，例如新古典主义时期、浪漫主义时期、现代主义时期，去研究文学作品。最后，传统历史学家普遍认为历史是**进步的**，人类随着时间的推移而逐渐改进自身，他们在道德、文化和科技等方面不断取得新的成就。

相形之下，新历史主义者则认为，我们能够认识清楚的只是最基本的史实，除此之外，别无其他。例如，我们知道乔治·华盛顿是美国第一任总统，拿破仑在滑铁卢惨遭败绩。但是，这些事实的意义何在？另外，在这些事实产生之际，各种意识形态相互竞争，社会、政治和文化议程相互冲突，形成了一个错综复杂的格局，它们又是如何适应这个格局的？我们对这些问题的理解，在新历史主义者看来，已不再是追究事实的问题，而完全是一种阐释问题。即使传统历史学家认为自己忠于事实，但是，他们梳理这些事实的方式（甄别事实的重要性，再进行取舍，然后诉诸笔端）决定了其中的哪些内容可以见诸史书。从这个角度来说，没有对事实的呈现，只有对事实的阐释。此外，新历史主义者认为，基于多种原因，可靠的阐释很难产生。

新历史主义者相信，造成这种困难的第一个原因，也是最重要的原因，在于**客观分析是不可能做到的**。与其他人一样，历史学家生活在特定的时空之内，他们对时事和往事的看法，都会有意或无意地受到自身文化体验的影响。历史学家可能自认为是客观的，但是，对于什么是对什么是错、什么是文明什么是野蛮、什么重要什么次要等问题，他们自身的看法会强烈地影响到他们对事件的阐释。例如，传统的历史进步论立论的基础是许多盎格鲁-欧洲历史学家过去一直奉行的信念：土著民族的"原始"文化的演变过程落后于"文明的"盎格鲁-欧洲文化，因此，这些文化是劣等文化。这样一来，一些古代文化，例如美国印第安人和非洲土著居民的部落文化，虽然具备高度发达的艺术形式、伦理规范和精神哲学，却常常被歪曲为目无法纪、愚昧迷信、蛮夷不化。

可靠的历史阐释难以产生，另外一个原因是历史的复杂性。在新历史主义者看来，不应将历史仅仅理解为历史事件的线性演进。在历史上的某一时期，某种文化可能在一些地区取得进步，而在其他地区却日渐退化。而且，究竟什么算进步，什么不算，历史学家也可能莫衷一是，因为它们需要严格界定。历史并不像许多传统历史学家认为的那样是一支秩序井然的队伍，不断迈向更加美好的未来。它更像是一场即兴舞蹈，舞步纷繁，没有一定之规，也没有特定目的地，可能随时变换新的路线。个人和群体可能有目标，但人类历史则不然。

同理，尽管历史事件都有其发生的原因，但新历史主义者认为，这些原因常常错综复杂、难以分析。没有人能够简单明了地确定起因。此外，因果关系并不是一条从原因直接通向结果的单行线。任何事件——无论是政治选举还是儿童卡通片——都是当时文化的产物，但它反过来又影响了当时的文化。换句话说，所有事件——从艺术创作、谋杀案审判的电视报道，一直到穷人生活状况的延续或改变——既塑造了它们所在的文化，又被当时的文化所塑造。

依此类推，我们的**主体性**——即自我——与我们所在的文化环境也是相互塑造的。在大多数新历史主义者看来，我们的个体身份不单是社会的产物，也不单是个人意志和愿望的产物。事实上，个体身份和它所在的文化环境相互依存、相互反映、相互界定。它们之间是一种相互构建（彼此创造）、变动不居的关系。这样一来，决定论与自由意志之间古老的争论就永远无法平息，因为这场争论建立在一个错误问题的基础上："究竟人类的身份是由社会决定的，还是人类是自由的能动者？"新历史主义认为这个问题无法回答，因为它要求在两个实体之间进行选择，而这两个实体彼此却难分轩轾。事实上，这个问题应该这样提出："个体身份与社会结构（如政治体制、教育体制、法律机制、宗教机制以及意识形态）之间是如何相互创建、相互促进、相互改变的？"因为每一个社会都让个人的思想和行为受到文化的限制，同时又为个人的思考和活动提供空间。这样看来，主体性就是我们一生中不断商讨穿梭前进的**过程**，时代和社会既向我们施加了种种限制，又为我们提供了种种自由，我们在有意和无意之中都会受到它们的影响。

根据新历史主义者的观点，**权力**不专属于那些位居政治和社会经济结构顶层的人。法国哲学家米歇尔·福柯（Michel Foucault）的观点对新历史主义的发展具有重大影响。福柯提出，权力总是向四面八方**流通**，它来自社会各个阶层，也流向社会各个阶层，而且在各个时代都是如此。权力得以流通的媒介正是永无休止、不断增生的交换，其中包括（1）物质商品交换，借助于买卖、易物、赌博、税收、施舍、各种偷窃行为；（2）人员的交换，借助于婚姻、领养、绑架、奴役等体制；（3）思想的交换，借助于文化所产生的各种话语。

话语（discourse）是特定的文化条件在特定的时空创造出来的一种

社会语言，它表现了理解人类经验的一种特定方法。例如，大家耳熟能详的现代科学话语、人文主义话语、白人至上话语、生态意识话语、基督教基要主义话语，如此等等，不一而足。此外，在本书中，你还会了解到精神分析话语、马克思主义话语、女性主义批评话语等。虽然"话语"与"意识形态"含义大致相同，而且二者经常互换，但与"意识形态"相比，"话语"一词更关注语言作为意识形态的媒介这一角色。

从新历史主义的角度来看，任何一种话语都不足以解释社会权力的复杂文化机制，这是因为不存在一种整齐划一的（单独的、统一的、普遍的）时代精神，也不存在对历史的一体化解释（只用一种答案就可以解释某种文化的方方面面）。相反，话语之间的相互作用是动态的、不稳定的：话语总是处于流动状态，彼此重合、相互竞争（用新历史主义的术语来说，就是商讨权力的交易），方式不一而足，而且时刻都在进行。另外，话语也并非一成不变。话语为统治者行使权力，同时也会引发民众去反抗权力。正是由于这个原因，新历史主义者认为个体身份与社会之间是相互构成的关系：从整体来说，人们并不纯粹是社会压迫的受害者，因为他们在个人生活及公共事务中可以找到各种方式去反抗权力。

在新历史主义看来，即使一个小国的独裁者也不能任意行使绝对的权力。为了维护统治，他的权力必须在多种话语中流通，例如，宗教话语（宣扬"君权神授"或上帝喜欢等级社会这类信条的宗教话语）、科学话语（根据达尔文主义的"适者生存"理论来支持统治精英的科学话语）、时尚话语（通过宣扬服饰模仿来提高领导者声望的时尚话语，例如，尼赫鲁式的上衣风靡一时，时尚界对第一夫人杰奎琳·肯尼迪风格的仿效，这些都是时尚话语的实例）、法律话语（将反对派的行为定为叛国罪）等等。

从这些例子中我们可以发现，所谓"正确""自然""正常"，其实都只是定义问题。正因为如此，在不同的历史时期，在不同的文化中，对同性恋的界定大不相同，有时同性恋被判定为变态，有时被认为正常，有时被判定为罪恶，有时又被认为值得羡慕。与同性恋的情况类似的还有乱伦、食人及女人要求政治平等的愿望。事实上，米歇尔·福柯曾提出，"精神错乱""犯罪""性变态"这些定义都是社会构建，统治集团借助它们来维护自己的统治。我们之所以认为这些定义是

"理所当然的"，从而接受它们，仅仅是因为它们在我们的文化中已经根深蒂固。

社会行为与反社会行为的定义可以强化某些个人和群体的权力，历史事件的记载也有同样的功能。卡斯特将军对印第安人发动战争，现在看来这是无耻之举，但美国社会却为其涂脂抹粉，这就是为了满足当时美国白人权力结构的愿望：消灭印第安民族，以便政府攫取他们的土地。在那个时代结束之后，这种文过饰非的行为还延续了几十年，一直为美国白人权力结构服务，即使有些人了解卡斯特的恶行，但他们认为家丑不可外扬，甚至对美国人也不宜多说。同样地，如果纳粹在二战中获胜，那么，我们在当今的美国历史书中看到的将是完全不同的记述，无论是关于战争的，还是关于数百万犹太人遭到种族灭绝的记述，都是如此。因此，在新历史主义者眼中，历史记述就是一部叙事或者一篇故事，由于作者观点的缘故，它必然有意或无意地带有偏见。历史学家越是没有意识到自己的偏见——即他们越是自认为"客观"——这些偏见就越能控制他们的叙述。

到目前为止，我们已经看到了新历史主义对历史分析的一些否定性论断。历史分析（1）无法做到客观，（2）无法充分证明特定的时代精神或世界观可以解释特定文化的复杂性，（3）无法充分证明历史的线性、因果性或进步性。对于历史事件、物件或人物，如果我们脱离了表述它们的话语网络而孤立地看待它们，就无法理解它们，因为如果脱离了它们身上的时代意义，就不可能理解它们。我们越是孤立地看待这些事物，我们就越倾向于根据当代的意义来看待它们，或许，还会根据我们一厢情愿的信念——"人类随着时间的推移而不断进步"——来看待它们。

既然历史分析存在着这些局限，那么，它又能做到什么呢？应该采取什么样的方法来理解历史？还有最重要的问题：新历史主义文学批评家可以尝试什么样的分析？如果你读过第八章"解构主义批评"，你就很容易理解这些问题的答案，因为大量的新历史主义实践吸收了解构主义对于人类语言和体验的深刻见解。例如，我们可以说新历史主义解构了历史与文学之间的传统对立：按照传统的理解，历史是事实性的，而文学则是虚构性的，因为在新历史主义看来，历史就是一部文本，我们可以像文学批评家阐释文学文本那样对历史进行阐释。与传统的理解相反，新历史主义把文学文本视为文艺制品，它们告诉我们，在当时的背景下，话语之间是如何相互作用的，错综复杂的社会意义又是如何发挥作用的。下面我们就仔细考察一下这些论断。首先，我们将探讨新历史主义实践中的一些关键因素；随后，我们将探讨新历史主义对于文学批评的启示。

总的说来，我们对历史的了解只能通过文本形式来进行，即文件、统计资料、法规、日记、信件、演讲、传单、新闻文章这类形式，它们记录了当时当地人们的观点、政策、惯例和事件。也就是说，即使历史学家的发现是基于上述"一手材料"，而非其他历史学家的阐释（二手资料），这些一手材料往往采用的也是书写形式。这样一来，就要采取文学批评家分析文学文本的办法去分析这些一手材料。例如，我们可以根据修辞技巧（文本为达到自身目的而使用的文体技巧）去研究历史文献；我们也可以解构历史文献，揭示其中暗含的意识形态臆断有何局限性；我们还可以考察历史文献，揭示其中或隐或显的父权制、种族主义以及恐同症的倾向。此外，对于历史叙事——二手资料，不管写于事件发生之时还是之后——也可以进行同样的分析。

换言之，在新历史主义者看来，无论提供历史信息的是一手材料还是二手资料，它们都是一种叙事，它们都是在讲述故事。因此，我们可以运用文学批评的方法去分析这些故事。事实上，我们可以这样说，新历史主义突出了一种屡遭压制的历史叙事——有关女性、有色人种、穷人、工人阶级、同性恋者、犯人、精神病患者等边缘群体的历史叙事——解构了白人、男性、盎格鲁-欧洲人的历史叙事，揭露了其中令人不安、隐秘难见的次文本：这些人群被压制的体验。这种历史叙事之所以行使压制功能，是为了维护自身的统治地位，并以此来控制多数美国人对历史的了解。

事实上，集中关注边缘人群的历史叙事，这是新历史主义的一个重要特征。一些理论家由此而提出：比起父权制的欧洲中心论叙事，新历史主义者为何更愿意接受这些被压迫人群的叙事？这个问题的一个答案是：多元化的声音（包括平等地再现各个群体的历史叙事）有助于保证主导性叙事——只从一种文化视角出发却自居为唯一精准的历史叙事——再也控制不了我们对历史的认识。时至今日，我们仍然没有做到平等地再现各个群体的历史叙事。即使某些群体的历史叙事日益增多，例如女性和有色人种的历史叙事，但是，在课堂上，这些叙事受到关注的程度远逊于父权制的欧洲中心论叙事，而大多数人正是通过课堂来了解历史的。因此，新历史主义努力推进有关边缘群体的史学的发展，以引发人们的关注。

此外，多元的历史声音往往会提出新历史主义重视的议题，例如意识形态对个人和群体身份的塑造，一种文化对自身的认识（例如，美国人自认为是一群坚韧的个体主义者）如何影响到它的政治、法律、社会政策和风俗，权力如何在特定的文化中流通等。假设某个大学开设了三门有关美国革命战争的课程，如果我们能想象出它们之间的差异，我们就会明白多元的历史声音是如何提出这些议题的。这三门课程的内容分别是：（1）研究美国对这场战争的传统叙事；（2）将美国对这场战争的传统叙事与英国、法国、荷兰、西班牙对这场战争的传统叙事进行对比，对于这些国家而言，美国革命战争只是它们为争夺殖民权力——主要是加勒比海地区的殖民权力——而大打出手的这段历史的一瞬间；（3）将上述叙事与印第安人对这场战争的叙事进行对比，后者的叙事是根据受到战争影响的一些部落的口述历史而记录下来的。

随着我们想象的思绪从第一门课转入第二门再转到第三门，我们不再集中关注历史叙事中的"事实性"内容，转而集中关注历史如何成为文本，而不同的文化为了满足当时权力结构的意识形态需要，对这个文本作出不同的阐释，这正是新历史主义的关注点所在。在这个语境下，可以说，新历史主义就是各种文化自圆其说的故事史。或者说，作为传统历史叙事的纠偏力量，新历史主义就是各种文化自圆其说的谎言史。因此，没有传统意义上的历史，有的只是对历史的再现。

除了集中关注边缘化的历史叙事，新历史主义还运用了所谓的**厚描**（thick description）手法，这个术语借鉴于人类学领域。厚描手法通过详尽、细致地考察某些文化产物，例如生育习惯、仪式典礼、游戏、刑律、艺术作品、版权法等等，力图发掘出它们对当地人的意义，揭示赋予它们意义的那些社会惯例、文化规范和世界观。因此，厚描不是考察事实，而是探求意义。上文列举了一些文化产物的例证，正如这些例证所示，厚描手法集中关注的不仅有军事战役、法律制定等传统历史话题，还有个人生活史，例如家庭机制、娱乐活动、性行为、育儿习惯等方面的历史，它对个人生活史的关注往往超过它对传统历史话题的关注。事实上，传统历史主义往往忽视或排斥私人生活，认为它们不够客观、无关紧要，新历史主义则试图弥补这一缺失，在历史研究中特意突出私人生活问题。

　　这里总结一下人类学家克利福德·格尔茨（Clifford Geertz）在《文化的解释》（*The Interpretation of Cultures*）中运用厚描手法的示例。我们设想这样一个情景：屋子里人头攒动，一个大男孩冲着其中一个人眨了一下眼睛。如果用**细描法**（thin description）去描述这件事，就会这样写：男孩的右眼眼睑迅速张合了一下——句号完了。而厚描法则试图发掘，在当时的环境下，眨眼究竟有何含义。首先，它究竟是挤眼——一种公认的用于传达信息的举动——还是生理性的无意识肌肉收缩？如果是挤眼，它是否像一般情形那样，向对方发出了密谋的信号？或者说，这只是一个假挤眼动作，让人以为其中有密谋，而事实上，却不存在什么密谋？如果是这样，这个挤眼动作就不表示密谋，而只是欺骗了。还有，它是否在戏仿刚才所说的假挤眼动作，以嘲讽那个为欺骗他人而挤眼的家伙？这样一来，挤眼这个动作既不表示密谋，也不表示欺骗，而是表示嘲讽。现在我们假设一下，在最后一个例子中，那个人想要嘲讽他人，但是，他对自己的模仿能力没有把握：他不想让别人误以为他只是在眨眼或挤眼，他想让朋友明白他在故意模仿某人。为了保证动作到位，他可能会对着镜子练习讽刺性的眨眼动作。在这种情形下，眨眼动作就变得复杂起来：它是戏仿行为的一种排练，戏仿对象是那位假装眨眼以误导别人以为有密谋行动的朋友。虽然这个"厚描法"的例子扯得有点远，但它却说明了新历史主义的一个观念：历史绝非是一个事实问题，而是一个阐释问题，而且阐释总是在社会成规的框架之下发生的。

　　最后，新历史主义宣称，历史分析不可避免地具有主观性，这一断言绝不是在主张对待历史编写可以采取放任自流、"率性而为"的态度。相反，正因为个人偏见是无法避免的，所以新历史主义者在分析相关史料时，就必须意识到并且尽可能地坦诚交代自己的心理立场和意识形态立场，这样一来，读者才能了解到自己是在透过什么样的"视角"来审视眼前的历史问题。这种行为被称为**自我定位**（self-positioning）。

　　例如，路易斯·蒙特洛斯（Louis Montrose）在他的新历史主义论文——《文艺复兴研究的职业化：文化的诗学与政治学》（"Professing the Renaissance: The Poetics and Politics of Culture"）——的结尾部分，就开诚布公地交代了自己的种种偏见，其中就有他作为文艺复兴研究领域的学者和教授这一身份给他带来的偏见。他承认自己对那些文艺复兴时代的文本有一定的个人投入，对它们尤其偏爱，例如莎士比亚、斯宾塞等人的作品。另外，他还承认，在分析这些文本时，他还论及与当今社会相关的一些问题，因为他不仅要反思伊丽莎白时期的文化，还要反思我们当前的文化。最后，蒙特洛斯承认，虽然他的作品是为了推翻传统的文学史研究方法——例如，按照传统方式，划分出具有独到文化特征的一个时期，称之为文艺复兴时期——但是，作为教授及文艺复兴学者，他却"在维护和复制自己想去质疑的体制过程中发挥了复杂而切实的作用"（30）。

在讨论新历史主义对文学批评的启发之前，我们先来回顾一下它的几个核心概念。

1. 历史的编写是一个阐释问题，而非事实问题。因此，所有历史记述都是叙事，可以利用文学批评家分析叙事的方法去分析这些历史记述。

2. 历史既不是线性的（它不是沿着从原因甲到结果乙，再从原因乙到结果丙这条路线整齐行进的），也不总是进步的（人类并非随着时间的推移而稳步发展）。

3. 权力绝非仅属于某一个人或某一个社会阶层。相反，权力通过物质商品交换、人的交换以及思想交流在文化中流通。思想的交流通过文化产生的各种话语得以实现，这种交流在文学批评家看来最为重要。这一点将在下文中讨论。

4. 一个时代并不存在整齐划一的（单一的、统一的、普适的）精神，对历史的总体化解释（即只用一个答案来解释某种文化的各个方面）是不充分的，只存在话语之间动态、不稳定的相互作用。历史学家可以分析话语的含义，但这种分析总是不完整的，只能解释历史的一部分。

5. 个体身份——如同历史事件、文本和手工艺品一样——塑造了它从中产生的文化，与此同时，后者也塑造了它。因此，正常和反常、理智和疯狂等文化范畴只是一个定义问题。换句话说，我们的个体身份是由我们的自我叙事构成的，我们的叙事取材于构成我们的文化的话语流通。

6. 所有的历史分析都不可避免地带有主观性。因此，在阐释历史的时候，历史学家必须表明，他们知道自己的立场是由自身的文化体验决定的。

【新历史主义与文学】

新历史主义概念在文学批评领域中是怎样具体运作的？尽管新历史主义文学批评在历史研究中吸收了文学文本研究，但是，正如我们刚才所见，如今的历史研究已经不同于以往。因此，新历史主义批评与传统的历史主义批评鲜有共同之处。在整个十九世纪以及二十世纪前几十年里，传统的历史主义批评在文学研究中一直占据主导地位。传统的历史主义批评主要研究作者的生平以探求其写作的意图，或者研究作品得以产生的历史时期，以解释文本中体现的时代精神。在传统的文学史家看来，历史是由可以客观辨认的事实构成的，而文学则存在于一个纯主观的领域。因此，阐释文学的含义必须在当时的历史环境允许的范围之内进行。

你应该还记得，我们在第五章讨论过，二十世纪四十年代到六十年代期间，新批评取代了传统的历史主义批评，在文学研究领域一直处于支配地位。新批评反对传统历史主义的文学研究方法。在新批评派看来，文学史家唯一能提供的，就是有关文学作品的有趣的背景材料。然而，要理解文本的含义，根本不需要历史。因为杰出的文学作品是永恒的、自主（自足）的艺术客体，它不受历史的限制。由于新批评占据统治地位，对文学作品的历史研究只能退居幕后，去完成新批评交给它的任务，例如提供有关作者生平和时代的背景资料——然而，这些资料并不用于阐释作品——提供名家名著的准确版本，以保存伟大文学的经典。

二十世纪七十年代后期，新历史主义开始在批评界崭露头角。它既反对传统历史主义对作品本身的边缘化处理，也不赞同新批评的做法——将文学文本供奉在一个超越历史的永恒领域。在新历史主义批评家看来，文学作品不像传统文学史家所认为的那样，它既不体现作者的意图，也不说明一种时代精神，但它也不像新批评派认为的那样，是自主的艺术实体，可以超越它所在的时空。确切地说，文学文本是一种文化产物，它向我们讲述，在产生它的那个时空中，话语之间如何相互作用，社会意义如何复杂交错。文学文本之所以有这样的作用，原因在于它本身就是话语互动的组成部分，是联结错综复杂的社会意义的一条线索。在新历史主义看来，文学文本与产生它的历史背景同等重要，因为文本（文学作品）与背景（产生文本的历史条件）相互构建：它们彼此创造。就像个体身份和社会之间是动态互动的关系一样，文学文本与历史背景之间也是相互塑造的。

我们分别运用新历史主义批评方法和传统的历史主义批评方法去解读相同的作品，通过对比二者的解读方式，或许最能看清新历史主义批评家与传统的历史主义批评家之间的差异。我们要考察的两部名著分别是约瑟夫·康拉德的《黑暗的中心》和托妮·莫里森的《宠儿》。有趣的是，第一部文本描述的情形——欧洲对非洲的商业剥削——正是作者所在的英国社会造成的，也是他亲身经历的。而在第二个例子中，作者描绘的情景却在小说出版一百多年前——昔日的奴隶试图摆脱过去的记忆，同时还要克服内战之前俄亥俄州日常生活中的残酷现实。然而，无论是康拉德对笔下题材的亲身体验，还是莫里森与笔下题材的时间距离，都不能说明哪一种叙事更"准确"。传统历史主义批评认为，要判断两个文本的准确性，就必须比较有关作品人物的历史记载；而新历史主义则认为，所谓历史的"准确性"永远无法确定，《黑暗的中心》和《宠儿》提供给我们的是作者对自己笔下各式人物的阐释，这些阐释也可以为我们所用，它既有助于我们阐释黑人群体，也有助于我们阐释制约着康拉德和莫里森创作的话语流通。

如果运用传统的历史主义解读《黑暗的中心》，就得根据十九世纪欧洲人在刚果活动的历史记载，去分析这部小说在多大程度上忠实于当时的历史现实——欧洲人为了得到象牙而疯狂地剥削非洲的人力资源和自然资源。当时欧洲人真的像康拉德所描述的那样草菅人命么？欧洲列强为了瓜分和治理非洲的领地，使用了哪些政治手段？康拉德曾为比利时的一家公司效力，他当过船长，指挥一艘汽船沿刚果河上游航行。传统的文学史家还可能考察康拉德的传记材料，以便确定小说中有哪些内容来自作者本人的亲身经历。在马洛的经历中，有多少是康拉德本人的亲身经历？在小说所描写的事件当中，有多少是康拉德本人的所见所闻？最后，传统的历史主义批评家还可能分析传记性材料，以便了解康拉德的创造性想象。康拉德早年对十九世纪大探险家深感兴趣，这对他的写作有何影响？他做水手时，是否写过大量的日记，他的写作是否主要凭借回忆？他在刚果的经历——包括这段经历给他造成的永久性身体损伤——对他的艺术创作有哪些影响？

同样地，如果从传统的历史主义视角解读《宠儿》，我们就要依据有关十九世纪美国的奴隶、奴隶主和解放的奴隶的历史记载，去分析莫里森在这方面的描述是否忠实于史实。她对加纳一家、他们的邻居、学校教师以及鲍德温一家的刻画，是否准确地再现了当时的奴隶主和废奴主义者各自持有的价值观？莫里森在勾画那个动荡时期的时代精神的同时，是否捕捉了各种相互冲突的观点？传统的历史主义批评家还可能去调查小说的创作环境，以便发现作品中人物、背景和情节的历史来源。例如，在历史上，逃亡黑奴玛格丽特·加纳就像莫里森小说中的塞丝，为了不让自己的孩子被送回奴隶主的庄园，她杀死了尚在襁褓之中的女儿。塞丝的故事在哪些方面仿效了玛格丽特·加纳的故事？书中还有哪些角色和事件有史实依据？莫里森引用了哪些具体的历史资料——报纸报道、奴隶叙述、司法文书、"中途航程"[1]的记录、历史书等等？最后，还有一些传统的历史主义批评家，他们可能分析莫里森的阅读习惯，以便发现其他文学作品对她的艺术技巧的影响。莫里森读过哪些美国黑人文学、历史小说或南方文学？在莫里森小说的故事情节、人物塑造或文字风格当中，能否发现这些作品的影响痕迹？

新历史主义批评与传统的历史主义批评各有侧重点，从而形成了鲜明的对比。如果从新历史主义的角度分析《黑暗的中心》，就要考察康拉德的叙事如何体现了当时文化中两种相互冲突的话语：反殖民主义和欧洲中心论。小说的反殖民主题应为文本的核心，因为小说表现了欧洲人控制和剥削非洲各族人民的恶行。然而，正如钦努阿·阿契贝（Chinua Achebe）之所见，小说在叙事过程中却不经意地流露出欧洲中心论的视角：马洛非常痛心地洞察到欧洲人的特点，他意识到欧洲人

1　"中途航程"，the Middle Passage，指昔时从事贩运奴隶的船只从非洲西海岸越过大西洋到西印度群岛或新大陆的这段航程。——译注

徒有文明的外表，其实，他们在骨子里和他们想去征服的非洲各民族一样"野蛮"。这番话意味着，非洲部落文化即是"野蛮"的象征。尽管小说有欧洲中心论的偏见，但是，新历史主义批评家在分析这个文本之时，还是以它为新历史主义分析的原型，或者说早期体现。正如布鲁克·托马斯（Brook Thomas）所指出的那样，传统的历史主义者一直认为历史是进步的，人类随时间的推移而不断发展，可是，康拉德的小说却有力地驳斥了这一观念。此外，小说的叙事结构以扑朔迷离的主观描写遮蔽了情节事件，这就在暗示：对于过去，我们无法达到清晰而公正的认识。最后，如果从新历史主义的视角分析《黑暗的中心》，研究者还会考察批评家和读者大众对这部小说的接受史，以便发现该小说与社会通行的话语之间是如何相互塑造的，这里所说的话语，既包括小说写作和出版之时社会上流通的各种话语，也包括后来各个历史时期社会上流通的各种话语。与此同时，新历史主义批评家还要思考该小说与未来的潜在读者之间的关系。例如，读者对该小说的反应随着时间的变化而变化，这种变化如何体现出文本阐释与历史进步论、社会达尔文主义、白人至上主义、非洲中心主义、多元文化论、新历史主义等话语之间相互塑造的关系？

类似地，如果从新历史主义的角度去分析《宠儿》，批评家可能会去考察小说如何偏离了它所依据的历史记载，从而修正了这段历史记载，也就是说，小说是如何阐释它所再现的历史的。例如，丹佛和保罗·D.逐渐了解到塞丝的经历之后，态度发生了转变，这对于我们理解塞丝的历史处境有多大的引导作用？针对奴隶制度，现代社会有两种相互冲突的观点彼此争论不休：（1）奴隶与奴隶主之间的关系，在极大程度上被简化为孩子对父母的依赖关系，（2）奴隶想方设法建立起一套完整的反抗体系，这套体系远比传统的白人历史学家报告的全面和系统，他们创造了内部沟通的密码形式，建立了各种内部联系，采用形象伪装策略（比如打造出"快乐的奴隶"或"缺心眼儿的奴隶"等形象），以掩护他们的真实想法、意图和颠覆活动。新历史主义批评家在分析《宠儿》的时候，很可能去考察该小说与现代社会的这场争论是如何相互塑造的。最后，还有一种新历史主义解读方式主要考察十九世纪中期各种流通话语与小说具体情节之间的互动关系。例如，小说中描述了许多人——学校教师、加纳夫人、丹佛、鲍德温先生、斯坦普·培德、艾拉、宠儿及保罗·D.——对塞丝的各种看法，这些看法对于十九世纪中期通行的白人至上、废奴主义、大男子主义、母爱等话语有哪些强化或者弱化作用？

在上面列举的传统历史批评的例子中，你可能注意到，历史——文本再现的历史状况、文本描绘的人群、作者的生平和时代——是一种客观的现实，它能够为我们所了解，也是我们阐释或评价主观性文学作品的参照物。相比之下，在新历史主义批评的例证中，你可以看出，新历史主义集中关注的是文学文本自身如何成为一种历史话语，并与其他历史话语相互影响。这里所说的其他历史话语，指的是在文本所设定的时空中、在文本出版之时或者在文本接受过程中某些时段所流通的那些话语，因为新历史主义关注的不是历史事件本身，而是阐释事件的方式、历史话语、看待世界的方式以及意义的模式。正如我们先前所见，在新历史主义者看来，历史事件并不是文献中记录的事实，而是有待"解读"的"文本"，我们之所以去"解读"这个"文本"，就是因为它有助于我们去思考人类文化在各个历史"阶段"是如何理解它们自身的，是如何理解当时的世界的。我们真的无法确切了解在特定的历史时刻所发生的事情，但是，我们可以了解到相关人物眼中的历史事件——从他们的记录中，我们可以了解到他们是如何以不同方式阐释自身经历的——我们可以去阐释他们的阐释。

因此，在新历史主义文学批评家看来，文学文本再现了特定时期和特定地点的人类体验，是对历史的一种阐释。文学文本勾画了作者写作之时社会上流通的各种话语，而且它本身也是其中的一种话语。也就是说，文学文本与产生它的文化中的流通话语是相互塑造的。同样，我们对文学作品的阐释与我们所在的文化也是相互塑造的。

【文化批评】

如果你已经看过了前面的新历史主义部分的内容，那么，你一定会对文化批评的许多理论前提有所了解，因为这两个领域的理论基础有许多相似之处。事实上，它们之间的相似之处远远多于它们之间的差异。例如，文化批评和新历史主义一样，都认为人类历史和文化构建了一个复杂的动力活动场，通过它，我们能看见的只是一幅片面的、主观的画面。此外，这两个领域都认为个体的人类主体性（自我）与其文化环境之间有着一种互动：一方面，我们的言行局限在文化划定的范围之内，另一方面，我们也可以反抗或改变这些限定。而且，这两个领域都具有跨学科的性质，或者，确切地说，它们都是反学科限制的。这两种理论都认为，人类体验是人类历史和文化的基本要素，而学科则人为地将人类体验划分为社会学、心理学、文学等类别，这种方法无法充分地理解人类体验。事实上，无论是文化批评还是新历史主义，在很大程度上使用的是相同的哲学思想，尤其是法国哲学家米歇尔·福柯的理论。此外，在实践中，文化批评与新历史主义也往往难以区分。

文化批评除了与新历史主义有众多相似之处以外，还给初学者设置了一个初步的问题，因为文化批评在最广泛的意义上可以用来指称对文化中任一方面的任一种分析。例如，本书中马克思主义批评、女性主义批评、女同性恋/男同性恋/酷儿批评、后殖民批评、非裔美国文学批评等章节列举的对《了不起的盖茨比》的各种解读，都可被看作是广义上的文化批评，因为所有的这些阐释都是在运用这部小说来考察美国文化中的某一方面。甚至对这部小说的精神分析解读——这种解读表明这个故事阐释了一种扭曲爱情的心理——也不例外：如果我的目的是要论证《了不起的盖茨比》中扭曲的爱情是一种文化病态，这种病态由二十世纪二十年代在美国崭露头角的文化价值所引起，那么只要对这种精神分析解读略加修改就可以使之成为一种文化批评了。这就是文化批评与新历史主义之间的一个重要差异。文化批评常常运用上文列举的政治理论，因为与新历史主义相比，它往往具有更强的政治倾向。

文化批评最初是马克思主义批评的一个分支，在二十世纪六十年代中期被组建成为一种独立的分析方法。狭义上的文化批评认为，工人阶级的文化一直被误解和低估。统治阶级规定了哪种艺术是"高级"（上等）文化，如芭蕾、歌剧及其他"优雅"艺术。另一方面，各种通俗文化——例如电视情景剧、流行音乐和低俗小说——则被贬降为"低级"（次等）文化。但是，在文化批评家看来，"高级"和"低级"文化形式的区分毫无意义，因为所有的文化产物通过分析都可以表现出它们具有的**文化功效**——即它们如何在传递或改变意识形态中塑造我们的体验——这里的文化功效指的是文化产物在权力流通中所起的作用。

实际上，文化批评家认为统治阶级之所以界定"高级"和"低级"

文化，是为了加强他们自身高人一等的形象，进而巩固他们的权力。然而，文化批评家进一步提出，下层人民创作的艺术形式不仅改变了其自身的体验，而且影响了整个文化。艾滋病拼布（AIDS quilt）就可以被视为这样一种文化产物。显然，许多文化批评家在作文论分析时都会运用马克思主义、女性主义或其他政治理论，因为他们的分析常常具有政治目的，例如分析（或限定）一个受压迫群体的文化产物或考察在具体艺术形式分类（如"高级"或"低级"文化）中起作用的权力关系。从前文的讨论中，我们会发现，许多新历史主义者则与之背道而驰。在他们看来，任何单一的批评理论，无论是否具有政治色彩，其关注点都过于狭隘，无法充分考察人类文化的复杂活动。

我在文中一直使用**文化**这个词，却还没有给出它在文化批评中的含义。对于文化批评家来说，文化是一种过程，而非一个结果，它是一种生活体验，而非一个概念。更确切地说，文化是许多相互作用的文化的集合，其中的每一种文化都在发展和变化，每一种文化都是特定时期内性别、种族、性取向、社会经济阶层、职业等因素的融合。

总而言之，文化批评与新历史主义的理论预设大致相同，二者的差异主要体现在以下三个方面：

1. 文化批评在支持被压迫群体时往往具有更明显的政治性。
2. 文化批评由于具有政治倾向，在分析时经常运用马克思主义理论、女性主义理论及其他政治理论。
3. 狭义上的文化批评尤其关注通俗文化。

然而还有一点需要注意，文化批评即使在分析压迫行为时，也不像一些政治理论那样将被压迫人群看作是无助的受害者，而是和新历史主义一样，认为被压迫人群既是统治权力结构的受害者，但同时又是反抗或改变这种权力结构的能动者。

【文化批评与文学】

在文化批评家看来，文学文本或任何文化产物都具有文化功效，可以塑造读者的文化体验。也就是说，文本塑造了我们作为文化群体成员的体验。根据斯蒂芬·格林布拉特（Stephen Greenblatt）的观点，我们归纳出了以下问题，这些问题有助于我们着手考察文学文本具有的各种文化功效。

1. 该作品强化了哪类行为或哪种实践？
2. 在特定时期和地域内的读者为什么会对这部作品感兴趣？
3. 我们自身的价值观与作品中暗含的价值观之间是否存在差异？
4. 这部作品基于什么样的社会理解？
5. 这部作品直接或间接地限制了哪些人的思想自由或行动自由？
6. 与文本中特定的赞扬或谴责行为——文本中明显的道德取向——相联系的更大的社会结构是什么？

用格林布拉特的话说，表面上看，"似乎文化分析服务于文学研究，但在文科教育中，从广义上讲，其实文学研究是为文化理解服务"（227）。因此，上述所有的问题都是在要求我们将文学文本、产生了该文学文本的文化以及阐释该文学文本的文化联系起来。

现在让我们来看一看文化批评在文学作品中的具体应用。前文在阐述传统历史主义研究方法和新历史主义研究方法的差异时，以康拉德的《黑暗的中心》和托妮·莫里森的《宠儿》为例证，现在，让我们先来看看文化批评家会如何处理这两部作品。正如我们之前提到的那样，新历史主义解读也可被看作是一种广义上的文化批评形式，因此前文中对康拉德和莫里森的小说的新历史主义阐释也可以作为文化批评的例子，因为这些阐释都考察了文学文本具有的文化功效。

但是，让我们来看看哪种解读可以将这两部作品的文化批评与新历史主义阐释区别开来。由于《黑暗的中心》与《宠儿》这两部小说都被归类为"高级"文化，因此文化批评家（狭义上的文化批评）在分析时就会放弃小说本身，而选择这两部小说的通俗表现形式。例如，有的文化批评家会研究弗朗西斯·福特·科波拉（Francis Ford Coppola）的《现代启示录》（*Apocalypse Now*，1979）。大多数的电影迷都知道，这是基于《黑暗的中心》改编的电影。与之相似，文化批评家阐释《宠儿》时，也会选择奥普拉·温弗瑞（Oprah Winfrey）主演的电影或根据小说改编的某部电视剧。

　　文化批评家在分析经典作品的大众化形式时，可能去考察这些大众化版本如何改变了小说的意识形态内容。例如，电影版展现的人性是否比小说中展现的更黑暗？或者恰恰相反，电影对人类状况是否持有小说不具备的乐观看法？电影版如何处理小说的模糊表述，比如《黑暗的中心》中马洛的信用问题或《宠儿》中婴儿鬼魂的意义？最重要的是，如果电影版和小说原作之间有差别的话，那么，这些差别对于大众的想象——观众的心理欲望和意识形态信仰——有何揭示作用？对于娱乐业的观众预设有何揭示作用？从这种对比中可以看出，电影观众与小说读者之间有哪些意识形态差异？

　　文化批评家经常感兴趣的流行文化作品，在"高雅"文化中没有相对应的版本：例如前面提到的电视情景喜剧、流行音乐和低级黄色小说，还有印刷广告、广播广告和电视广告，玩具和游戏，卡通绘本和卡通电视节目，职业性体育运动，都市传说和童话，选美比赛。一件文化产品可能有文字文本的形式，也可能没有文字文本的形式，但对于文化批评家来说，它总有某种意识形态"故事"要讲。

　　为了尽可能多地满足批评理论的热情爱好者的兴趣，我们现以电子游戏为例。许多电子游戏都有一个共同的套路，玩家尽可能多地消灭屏幕上的敌人，只有这样才能积累一定数量的财富或者上升到某一个社会级别。下面的问题有助于我们发现这里面的文化玄机——也就是说，这类游戏是如何传递或者改造意识形态的。为什么聚积财富和获取高位会成为调动人们积极性的奖品呢？为什么玩家之间的相互竞争经常是这类游戏的重要内容？敌人是什么长相？他们的外貌和着装是不是不像人类或与人类不同？为了打赢游戏，玩家应该具备什么样的传统男性和（或）女性气质？哪些传统男性和（或）女性气质在游戏中富有价值？哪些个人特质不受重视或者无关紧要？游戏中出现女性人物了吗？她们长什么样子？穿成什么样子？她们表现出什么样的行为？男性人物和女性人物与异性之间的关系如何？他（她）们与同性人物之间的关系如何？

　　对于这些问题，对文化批评不感兴趣的人们的反应很可能是："把我们的敌人非人化，想发大财，想提高社会地位，喜欢竞争，所有这些东西，都是人性的组成部分"，或者"电子游戏、也就是改头换面的肉搏游戏，都重视传统的男性特征，这是天经地义的事情"。然而，如果你对文化批评感兴趣，你就会想去考察游戏世界中的主导价值观与产生游戏的文化中的主导价值观有什么联系。例如，高度赞赏为财富和社会地位而奋斗，这种行为是怎样进一步强化资本主义意识形态的？这个游戏是怎样界定男性气质和女性气质的？它的这些界定与产生游戏和玩游戏的那个文化中通行的——尤其是主导性的——性别定义是否吻合？这里的核心问题不在于我们是否玩某种电子游戏，也不在于我们是否认可某种电子游戏。确切地说，这里的问题在于，我们是否能够注意并且阐释我们每天从电子游戏以及其他大众娱乐信息当中收到的思想主旨；这类大众娱乐和信息已经称为我们的文化的重要组成部分，我们对它们已经坦然接受、无暇深思了。①

文化批评家往往还会考虑，观众对媒体产品的看法与娱乐业的本意有哪些出入。例如，约翰·费斯克（John Fiske）说过，

> 流离失所的印第安人……躲在避难所里观看老的西部片录像之时，他们只看片子的前半部分，当播放到车队遇袭或堡垒被占时，他们马上跳过去不看——他们回避影片中一再重申的白人帝国霸权。澳大利亚的土著人在观看兰博系列电影时，毫不理会影片中反映的自由党西部与共产主义东部之间的冲突，而仅仅关注兰博和白人军官的矛盾。在这些土著人看来，兰博的某些身体特征和行为特点，使他成为第三世界中的一员，就像他们一样，而白人军官都系统地、错误地低估了兰博的能力。（327）

因此，无论考察对象是通俗文化还是"高等"文化，文化批评家都要去分析特定的文化产物，发掘它对观众（或读者）发挥的意识形态改造功能。

【新历史主义批评家和文化批评家针对文学文本提出的一些问题】

下面罗列的几个问题旨在总结新历史主义和文化批评的文学分析方法。问题运用一些文化批评的术语，为我们提供了考察文学文本文化功效的途径。当你阅读这些问题并设想新历史主义者或文化批评家的答案

时，要谨记，在这些批评家看来，所有的历史事件、艺术作品和意识形态都通行于无数的历史事件、艺术作品和意识形态之中，如果将它们孤立开来，其中的任一个体都无法得到充分的理解。此外，我们自身的文化体验会不可避免地影响我们的感知，这样一来，真正的客观性就不复存在。只有我们认识到自己的分析往往不够完整、不够全面，我们的视角经常是主观的，这时候，我们才能正确地运用新历史主义和文化批评。我们无法置身于自身的文化之外，从一个客观的角度来分析文本，我们只能局限在自己的历史阶段内进行写作。

1. 一个文学文本是如何与同一时期的其他历史和文化文本构成整体以发挥社会作用的［这里所说的其他历史文化文本包括刑法典、生育规范、教育优先事项、法律上对儿童待遇的规定、其他艺术形式（包括通俗文化）以及对待性的态度等等］？换言之，作为特定历史时期特定文化的一种"厚描"，该作品在哪些方面丰富了我们对人类体验——包括个体身份与文化制度之间的相互塑造作用——的尝试性理解？

2. 在一部文学作品所处的文化语境中（这里所说的文化语境既包括该作品产生的语境，也包括该作品被接受的语境），既有传统话语在流通，又有颠覆性话语在流通，我们该如何利用文学作品去"勾画"它们之间的相互作用？换句话说，文本是如何宣扬这些支持或者削弱主导权力结构的意识形态的？

3. 利用修辞学分析文本的目的（分析文本为达到这一目的而采用的文体手法），以便发现文学文本如何有助于我们理解，在特定的历史阶段，文学话语与非文学话语（政治、科学、经济和教育理论等）之间是如何相互影响、相互重叠和相互竞争的？

4. 一些常被视为边缘性的社会群体，如犯人、有色人种、同性恋、疯人等，他们的体验和经历一直为传统史学所轻视和误释，对此文学作品又有何揭露？不要忘记，新历史主义和文化批评往往留意文学作品与非文学话语在文化中的交叉，这里的文化指的是作品产生时的文化和（或）作品被阐释时的文化。此外，它们还关注权力流通、个人和群体身份的变化等问题。

5. 一部文学作品问世之后，在各个历史时期，文学批评家和读者大众对它的接受——包括在作品产生时的反应、随着时间的推移而不断变化的反应以及小说与潜在的读者之间的关系——是怎样受到当时的社会文化塑造的？这些接受情况又是如何塑造当时的社会文化的？

　　根据所讨论的文学文本，我们可以有针对性地提出其中的一个或几个问题，我们也可以提出有助于我们解读的其他问题，这些只是引导我们从新历史主义和文化批评的角度考察文学作品的起点。记住，即使运用相同的理论概念，有着相同的目的，不同的批评家对同一部作品也会产生不同的解读。就像在任何一个领域那样，即使是行家里手之间也往往意见不一。新历史主义和文化批评有助于我们发现文学文本融入话语流通的方式，以及文学文本与产生及阐释其的文化之间的相互塑造关系；有助于我们发现话语流通是如何成为政治/社会/学术/经济权力流通的；有助于我们发现我们自身的文化立场如何影响了我们对文学文本及非文学文本的阐释。因此，我们的目标就是要运用新历史主义和文化批评来丰富我们对文学作品的阐释。

　　下文对 F. 司各特·菲茨杰拉德的《了不起的盖茨比》的解读可作为新历史主义阐释的实例。用文化批评家的术语来说，我对小说所具有的文化功效进行了剖析。我之所以将我的阐释称为新历史主义解读，一方面是因为我的分析不具备文化批评常有的政治目的，另一方面是因为我运用了大量新历史主义的术语。但是由于文化批评和新历史主义这两个领域有大量的重合之处，因此我的阐释也可被称为一种文化批评，尤其是我在论证中并未将菲茨杰拉德的文学"经典"与同一意识形态下的各种通俗文化区别开来。

　　具体来说，我认为在《了不起的盖茨比》中流通着一种白手起家人士的话语，这种话语在小说产生时期正处于主导地位，其宣称在美国的穷小子，只要具有相应的个人素质，就可以在物质世界中脱颖而出。此外，我还对《了不起的盖茨比》如何体现了白手起家人士话语的一个核心矛盾进行了考察：这种话语宣扬只要你具有"名垂千古"的渴望和坚持不懈的精神，美国的历史就会对你开放；但另一方面，这种话语中却充斥着一种试图"逃离"历史的强烈渴望，一种超越时空以及人类极限等历史现实的强烈渴望。

【白手起家人士的话语：《了不起的盖茨比》的新历史主义解读】

　　F.司各特·菲茨杰拉德的《了不起的盖茨比》出版之时，正值美国经济增长最快的一个时期。从1865年内战结束，到1929年股市崩盘，在这期间的几十年里，美国的疆域不断扩大，各种产业蓬勃发展，个人财富大量积累。约翰·洛克菲勒（John Rockefeller）、杰伊·古尔德（Jay Gould）、吉姆·菲斯克（Jim Fisk）、安德鲁·卡内基、J. P. 摩根（J. P. Morgan）、菲利普·阿穆尔（Philip Armour）以及詹姆斯·J. 希尔等富豪成功的故事在美国妇孺皆知。就连盖茨比的父亲，一个从未受过教育、碌碌无为的农民也不例外。谈到自己的儿子时，他曾说："假使他活下去的话，他会成为一个大人物，像詹姆斯·J. 希尔那样的人，他会帮助建设国家的"（176；ch. 9）。这些人中，除了J. P.摩根是银行家的儿子，其他人都是白手起家：从寒微的人生起点爬到金钱世界的顶层。当时有一种流行观念认为，在美国，任何一个穷小子，只要个人素质过硬，都能获得同样的成功。

　　因此，这一时期的主导性社会话语就是白手起家人士的话语。这种话语通行于当时出版的"成功指南"中，通行于白手起家富豪的励志演讲和文章中，通行于贺拉旭·阿尔杰（Horatio Alger）的小说中，通行于全国发行的指导儿童读书的《麦加菲读本》（*McGuffey Readers*）中，通行于白手起家的名人传记中。菲茨杰拉德的小说也汇入了这种话语的流通。我认为，这至少体现在两个重要方面：一方面，小说《了不起的盖茨比》反映了这种话语的主要信条；另一方面，小说体现了该话语的一个核心矛盾，那就是，虽然白手起家人士的话语总是宣扬只要你有"名垂千古"的雄心和毅力，美国的历史就会对你开放，但与此同时，在这种话语当中无处不在的却是一种"逃避"历史的强烈渴望，渴望超越时空以及超越人类极限等历史现实。

　　我们先来考察一下《了不起的盖茨比》如何反映了白手起家人士话语的主要信条。读者当然会注意到，盖茨比少年时代的"作息表"——把一天分成若干时段，每一时段安排不同的活动事项，例如锻炼身体、学习电工、工作、运动、练习演说和仪态、学习有用的新发明——酷似本杰明·富兰克林的自传中自我完善的意识形态，富兰克林是美国白手起家人士的先驱。显然，盖茨比希望自己能够"平步青云"，就像当时白手起家的富豪们那样，他确实也对此进行了规划。不过，作者为了刻画盖茨比这个人物，非常彻底地借鉴了自我完善的传统，这完全在现在某些读者的意料之外。

　　盖茨比生活的时代（1890–1922）与该小说的创作时代大致相同，菲茨杰拉德出生于1896年，《了不起的盖茨比》出版于1925年。当时有一类书籍正风靡全国，它们讲的都是穷小子变巨富的故事，这类书被称为"成功指南"。奥斯汀·比尔沃（Austin Bierbower）的《如何成功》（*How to Succeed*，1900）在此类作品中很有代表性。在这本书中，作者奉劝那些盼望白手起家的人士要勤奋工作、目标明确、等待机遇、当机立断、坚持不懈、强身健体、远离酒精。比尔沃认为，穷小子比富家子更有优势，因为他们从小就懂得勤奋工作，还受到经济需求的驱动，因而格外努力。相比之下，作者指出，许多富家子弟拈轻怕重，只追求时尚、礼仪这些无关紧要的东西，因此，他们有的无法扩大遗产，甚至难以保持祖业。此外，这类书还去颂扬其他一些美德，例如节约钱财、远离烟草、避免使用俚语、不要滥交朋友等等。简而言之，他们告诫上进的青年人不要浪费时间、挥霍金钱，要保持健康、维护名誉。

　　勤劳进取的品质会让年轻人一生受益，培养这种品质的一个好方法就是帮助父母。基于类似原因，当时还有一种共识，小孩子在农村长大要比在城市里度过童年更占优势，如果在农场生活过，那就最好不过了。③

　　杰伊·盖茨比在很多方面都符合这种形象。他的父母都是贫穷的"庄稼人"（104；ch. 6），他的童年在明尼苏达州的乡村度过。他儿时的读物《牛仔卡西迪》一书中夹着一张纸条，上面列着他小时候的"个人决心"，在这几个字下面，写着富兰克林式的日常活动安排，读起来就像一部小型的成功指南。

> 不要浪费时间去沙夫特家或（另一姓，字迹不清）
>
> 不再吸烟或嚼烟草
>
> 隔一天洗一次澡
>
> 每周都要读一本有助于上进的书或杂志
>
> 每周储蓄五元（涂去）三元
>
> 更加体贴父母 **（181–82；ch. 9）**

体魄健康也是"成功指南"之类的书刊经常提到的一条自我完善的美德。从尼克的描述中，显然可以看出盖茨比体魄健壮：他"站在他车子的挡泥板上，保持着身体的平衡，那种灵活的动作是美国人所特有的——这是由于……我们各种紧张剧烈的运动造成姿势自然而优美"（68；ch. 4）。盖茨比"说起话来文质彬彬"，让尼克觉得他在"字斟句酌"（53；ch. 3），这体现出语言标准、忌讳俚语这条自我完善的美德。此外，盖茨比滴酒不沾，即使在自己家的聚会上也是如此，这又是成功指南中推崇的行为。

不同于汤姆·布坎南和尼克·卡罗威，盖茨比在经济需求的驱动下奋发努力：他和沃尔夫山姆在一起干了三年就发了横财。就连盖茨比出色的作战经历都表明，这个年轻人将来肯定出人头地，而作者对尼克的军旅生涯一笔带过，汤姆的更是只字未提。事实上，作者对汤姆和尼克这两个人物的刻画生动地说明了自我完善传统的一项定论：继承财富妨碍人的进步。汤姆终日无所事事，只顾变本加厉地挥霍祖产；尼克年过三十，学做债券生意还要老父的资助，找不到生活的方向。最后，乔治·威尔逊无法养活自己和妻子，这幅惨景暗中警示了穷人的命运。与盖茨比不同，这些人缺乏坚韧不拔的精神和"自力更生"的动力。

这类宣扬事业成功的意识形态，也见于诸多白手起家的富翁的演讲和文章当中，这些演讲和文章透露了他们成功的秘诀。安德鲁·卡内基就经常这样做。例如，在《成功之路》（"The Road to Business Success"，1885）中，卡内基奉劝那些有志于白手起家的人士要胸怀大志、勤俭节约、远离酒精。卡内基指出，年轻人若想要在商界飞黄腾达，就必须做到独立思考。"伟大的人物有时候要打破常规，为自己去标新立异"（8）。卡内基在《如何获得财富》（"How to Win Fortune"，1890）中提出，鉴于商界的本质在于竞争，立志白手起家的人士若把宝贵的时间浪费在念大学上，将是不明智之举，因为正当他们在大学里读书时，那些早早就跟着实业巨头当学徒的年轻人已经着鞭先行了。用卡内基的话说，"大学教育几乎就是'白手起家人士'获取成功的致命伤"（91）。

正如上文所示，盖茨比在青少年时代就明白勤俭节约的道理，而且早年"他本人养成了习惯不去沾酒"（107；ch. 6）。汤姆和尼克毕业于耶鲁大学，而盖茨比却不愿浪费时间去上大学：在"一种追求他未来的光荣的本能"的引导下，盖茨比在"明尼苏达州南部路德教的小圣奥拉夫学院"（105；ch. 6）只待了两个星期就辍学走了。此外，卡内基的忠告与盖茨比的行为之间最有趣的相似之处是：盖茨比一直胸怀大志，"打破常规"以"标新立异"（Carnegie，"The Road" 8）。盖茨比很快就赢得了丹·科迪的器重，后者"越来越信任盖茨比"（106；ch. 6），正如他在一战期间迅速晋升为少校那样，他在沃尔夫山姆的组织中也迅速出人头地。等到我们见到盖茨比时，他已经坐上了主管的位置，无论在沃尔夫山姆的组织中，还是在自己的组织中；他不停地接到全国各地打来的电话，他在电话中作出决策，向手下发号施令。盖茨比选择的是一种犯罪职业：他靠贩卖私酒和销售假债券发迹。虽然卡内基忠告的本意并非如此，但是，盖茨比的职业选择却体现出他无视常规。

还有一类文本宣扬白手起家人士的话语，那就是贺拉旭·阿尔杰的小说。在十九世纪末和二十世纪初，这些小说极其流行。主人公常常是一个穷小子，他勤劳、诚实、干练、自立、坚忍、谦逊、善良、慷慨而且幸运。在阿尔杰看来，运气也包括随时准备把握时机，这既需要应变才能，也需要勇气魄力。在阿尔杰的所有作品中，主人公都会历经磨难，其中包括被恶人骗取钱财；故事中也会出现一个次要人物，帮助主人公渡过难关；故事中还会有一个或多个父亲式的人物，这些人物多是事业成功、心性仁慈的商人。主人公杰出的品质最终会给他带来经济成功。因此，这些故事和上文提到的成功指南一样，颂扬的都是白手起家人士的美德。

《了不起的盖茨比》也具有贺拉旭·阿尔杰套路化小说中的许多重要特征。尼克多次指出盖茨比衣着考究、为人亲和，这使他和阿尔杰小说的主人公同样魅力十足，虽说他不具备后者的道德准则。然而，菲茨杰拉德的小说与阿尔杰的小说还有更惊人的相似之处，那就是，故事结构很相似。与阿尔杰的主人公类似，盖茨比出身卑微，愿意辛苦付出以争取成功，而且当机遇的化身——丹·科迪——突然来临之际，他表现出了过人的应变之才和勇气魄力：

> 那天下午……在沙滩上游荡的是杰姆斯·盖兹，但是后来借了一条小船，划到"托洛美号"去警告科迪，半小时之内可能起大风使他的船覆没的，已经是杰伊·盖茨比了。（104；ch. 6）

　　盖茨比为科迪工作五年，同时学习生存之道。在这之后，他应得的报酬被人骗走，这也是他与阿尔杰的主人公相似的地方。按照科迪的遗嘱，那"一笔二万五千美元的遗赠"（107；ch. 6），属于23岁的盖茨比，可它却被科迪的同伙埃拉·凯利用"原来对付他的法律手段"（107；ch. 6）纳入自己的囊中。就某种意义上说，盖茨比也受到了汤姆的欺骗。汤姆趁着盖茨比战后滞留海外之机，从盖茨比那里骗走了黛西，娶她做了老婆。然而，菲茨杰拉德的主人公从未放弃对财富和黛西的追求，在小说结束之前，他终于实现了这两个目标。最后，阿尔杰的小说中帮助主人公的次要角色，是由尼克·卡罗威充当的，商人兼父亲这个角色是由科迪充当的，从上文中我们已经看到，迈耶·沃尔夫山姆也充当了这样的角色，盖茨比从战场归来之时，身无分文，正是沃尔夫山姆"把他从零开始培养起来的"（179；ch. 9）。

　　或许，白手起家人士的意识形态最常见的传播途径就是《麦加菲读本》。这是一套小学生读物，用来指导学生阅读，从十九世纪中叶到二十世纪二十年代初，这套读物是美国教育界的一支主导力量。这套读物中的故事和诗歌所赞美的美德，正是同时代的成功指南所宣扬的那些：诚实、勤奋、善良、滴酒不沾、结交益友。此外，与成功指南、阿尔杰的小说以及其他宣传白手起家人士话语的文本一样，它也用各种例证去说明如下信念：成功是良好品性的产物。例如，一个贫苦的男孩出于好心去帮助一位老人过马路，而这位老人恰好有自己的公司，这个男孩因此而找到了工作。或者，一个孤儿抵制住了诱惑，没有偷富人的金表，因而被富人收养。

　　盖茨比与白手起家的主人公有许多共同的特征，《麦加菲读本》的主角只不过是盖茨比的翻版。盖茨比从丹·科迪那里谋到差事，也是行善的结果，他费力划到科迪的游艇旁边，警告暴风雨即将来临，这与《麦加菲读本》中穷小子的故事异曲同工，都是因为人品好而成功。这份差事是他迈向梦寐以求的物质成功的第一步。

　　最后，盖茨比早年的生活与美国最著名的大富豪在白手起家阶段的经历也有惊人的相似之处，有关这些人的故事众口相传，这也是白手起家人士的话语得以通行的另一条途径。在《强盗大亨》（*The Robber Barons*, 1934）中，马修·约瑟夫森（Matthew Josephson）详细介绍了十九世纪末期白手起家的那些大富豪的一些共同经历，在这些人当中，有杰伊·古尔德、吉姆·菲斯克、菲利普·阿穆尔、安德鲁·卡内基、詹姆斯·J.希尔、约翰·洛克菲勒和杰伊·库克（Jay Cooke）。虽然约瑟夫森对文学分析不感兴趣，也没有去比较《了不起的盖茨比》，但是，在他笔下，这些人的生平与杰伊·盖茨比的人生经历实在是太相似，不容我们忽视。

约瑟夫森指出，"这些年轻人大多"出身贫寒，"早早就离开父母的庇护，独自闯荡世界……他们在童年时就懂得节俭自立，这都是将来飞黄腾达的迹象"（33）。尽管身边的同伴常常酗酒赌博，但他们却洁身自好。在压力之下沉着冷静，"暴力无法击垮他们"（35）。他们发家致富，通常依靠淘金热，或垄断自然资源和铁路线，或股票交易，所有这些投机不仅有经济风险，而且有人身危险：随着财富的快速积累和流失，他们在边境上的同谋、华尔街被骗的股民，很可能变成一群怒不可遏、一心寻求报复的暴民。约瑟夫森指出，"当他们转向新的铁路或金矿，以谋求更多的物质财富之时，在这个激动人心的转折情境中体现的正是个人财富和身份转变的理念"（37）。

换句话说，约瑟夫森笔下的那些白手起家人士与杰伊·盖茨比有许多相似之处，他们强烈渴望财富，努力挣脱自己出身的阶级，而盖茨比也和那些白手起家人士一样，十多岁的时候就离开家，独自一人闯荡世界。与他们一样，盖茨比也没有沾染身边人的恶习，他根据暴力亚文化的危险规则发了财。

显然，《了不起的盖茨比》反映了一种白手起家人士的话语，这种话语通行于当时的许多文本之中，这些文本既塑造了从十九世纪后期到二十世纪前期的美国文化，同时也受到了后者的塑造，因为意识形态并不恪守"高等"文化与"低等"文化之间的分界：在诸如成功指南、儿童读物、说教性套路小说等讲究实用和俗气十足的文本中流通的话语，也可以渗透到这个时代最精妙的艺术作品中。

然而，这部小说也是对白手起家人士话语的一种评论，因为它揭示了这种话语的一个核心矛盾，这种矛盾涉及该话语与历史之间的关系。虽然这种话语宣称，只要你具备"名垂千古"所必需的雄心和毅力，美国的历史就会对你开放，但是这种话语中也充斥着一种强烈的渴望，强烈渴望逃避历史，强烈渴望超越时空和人类极限这样的历史现实。

我们在上文中提到了许多白手起家的富豪，他们许多人的自传中都出现了这种矛盾。虽然白手起家人士常常谈论他们幼时经历的严酷历史现实，尤其是生活的贫困，但是他们这样做只是为了颂扬自己历经磨难。在我看来，这种颂扬就是在否认历史现实，因为它重新塑造了白手起家人士早年承受的苦难，只把这些苦难当成他们成功的前奏。回顾过去的生活，他们把童年时代的自己看作"正在经受磨炼的未来富豪"，这么说吧，他们在车间的"猛烈敲打声"中经受磨炼，在贫困的火炉中经受锻炼。在这种意识形态的影响下，他们看不到贫困对穷人的有害影响，那些人没有像他们那样最终摆脱贫困状态。

无论什么时代，在美国的贫苦大众中，能跻身富豪之列的，相对来说还是极少数人。按照白手起家人士的话语，有些人没有飞黄腾达纯粹是咎由自取。这就是在暗示，贫困和拮据生活的不利影响（更不必说女性和有色人种在商界遭遇的无法逾越的障碍）绝不能被算作商场失利的理由。非常简单，商场失利纯粹是个人品质的失败。这就是为什么许多白手起家的富豪拒绝施舍穷人的原因，他们的善举只限于资助图书馆、博物馆和大学。他们认为，这种善举只应帮助那些愿意自救的人，而不应鼓励懒惰的行为。[④]

例如，安德鲁·卡内基在自传中描述了童年时代的幸福家庭生活，虽说他的父母都是贫困移民。除了提到自家的经济困难之外，他还指出，他的亲戚都热衷政治，他的父母非常重视孩子的教育，受到家庭环境的熏陶，他积极参与激烈的时事辩论。事实上，卡内基认为，在健康的家庭的温暖怀抱中，他从家人那里得到了培养和支持，极大地弥补了他童年时代的贫困生活。然而，他显然没有意识到，邻里其他的穷孩子——例如那些父母不重视教育的孩子、酒鬼的孩子、受家庭暴力的孩子——却不具备他的优势，因此无法指望他们能像他那样随时准备出人头地。这就是说，当卡内基大谈自己超越历史现实之时，他却忽视了历史中无法轻易克服的东西。

在《了不起的盖茨比》中，盖茨比千方百计地否认自己的身世，也反映出这种超越历史的渴望。盖茨比的"父母是碌碌无为的庄稼人"，但"他的想象力根本从来没有真正承认他们是自己的父母"（104；ch.6）。相反，他编造了自己的家庭背景、牛津大学的教育经历和一份祖先的遗产，以自欺欺人，同时也让别人相信他出身富室，社会地位显赫。也就是说，盖茨比试图篡改自己过去属于贫困阶层这一历史事实。用尼克的话来说，"杰伊·盖茨比来自他对自己的柏拉图式的理念"（104；ch. 6）。顾名思义，柏拉图式的理念是一种超越历史的理念：它处在一个亘古不变的永恒状态下，不受物质世界日常琐事的影响。这里正是盖茨比想去生活的地方。

盖茨比断言，黛西对汤姆的爱情"只是个人的事"（160；ch. 8），这句话让尼克和许多读者都困惑不解。然而，如果把它放在我们讨论的语境中，其含义就变得清晰明了。在盖茨比看来，黛西对汤姆的爱情具有历史的局限性，它局限在个人的领域，而她与盖茨比的爱却超越了历史、亘古不变，二者不可同日而语。同样地，盖茨比对自己生活的构想也脱离了历史现实，只有这样，我们才能明白他何以认为我们能够掌控过去。盖茨比深信，只要黛西告诉汤姆她从未爱过他，他们过去三年的婚姻生活就可以"一笔勾销"，只要黛西和盖茨比"回路易斯维尔去，从她家里出发到教堂去举行婚礼——就仿佛是五年前一样"，他们就可以"重温旧梦"（116；ch. 6）。只有站在历史之外的位置上，才能产生这种坚定的信心，在这个位置上，过去是可以重演的，因为它被永久地保存下来，伸手可及。

白手起家人士的话语"洗刷历史"还体现在，它有意地忽视或缩小了许多著名的白手起家人士巨大的人格缺陷，只把白手起家式的成功看作个人品质的产物，而与环境无关。在这一时期的成功指南中，有关商业事务的实用性建议少之又少，所有的忠告都集中在人的品质特征上——从在工作场所的诚实正直到在家中的勤俭持重，这是因为当时的人认为成功源于人的内因。因此，人的品质，而非教育或商业才干，被认为是白手起家的基础。然而，事实上，一些白手起家人士之所以飞黄腾达，原因就在于他们道德沦丧，这使他们经常以残酷、不道德的手段击败生意对手。当然，在赞扬白手起家的美德的文本中，这部分历史现实被抹掉了，或者经过大众的想象，它们被美化为资本主义的优点：勇于竞争、积极进取、坚韧不拔。

在这里还有一个有趣的现象需要指出。自从《了不起的盖茨比》一书出版以来，大部分批评家把主人公浪漫化了，就像美国文化将白手起家人士浪漫化一样，也就是说，他们将盖茨比追求成功的渴望加以浪漫化处理，忽视或淡化了他为此而采取的手段。早年的一位评论家在

1925年对盖茨比的评价，一直代表了多年以来小说的接受过程中众多读者的感受：盖茨比"精力充沛……他内心的火焰来自他的梦想，即使在梦想实现过程中出现了令人惊异的物质腐败，但是，那个梦却不受腐蚀"（E. K. 426）。1945年，威廉·特洛伊（William Troy）将盖茨比描述为"一种民族意识"所"投射出的愿望的实现"（21）。1952年，汤姆·伯纳姆提出，盖茨比"出淤泥而不染，保持了自己良好而完善的品质"（105）。1954年，马里厄斯·比利写道，盖茨比结合了"抱负与美德"，是"美国爱情故事主人公的英雄化身"，代表了"精神抵抗的力量"，最终不受"粗劣和卑俗"的污染（13）。1963年，巴里·爱德华·格罗斯表明，"盖茨比的梦在本质上是'永不腐蚀的'"，因为它"在本质上是非物质的"，因此他"最终是好人"（57）。与之类似的还有罗丝·阿德里安娜·加洛在1978年提出，盖茨比"始终保持天真"（43）。安德烈·莱沃特在1983年也曾说过，盖茨比从未失去他"本质上的诚实、精神上的完整"（144）。即便批评家承认主人公有阴暗的一面，但这也是情有可原的。1984年，肯特·卡特赖特提到，"盖茨比身上既有罪恶的一面，也有浪漫的一面，因为这部小说为他创建了一个虚幻的、超越常规的道德标准，盖茨比一生都在按照这个标准行事"（232）。1988年，安德鲁·狄龙总结道，盖茨比集世俗性和超凡性于一身，是一个"世俗的圣人"（50）。⑤

最后，从《麦加菲读本》中也可以看出，白手起家的话语与超越历史的渴望是联系在一起的。自我完善的话语贯穿于《麦加菲读本》中，但是，这种话语却绝口不提历史现实。在内战刚刚结束的那段时期，有关战争的诗歌和歌曲大量涌现，但是，这些读本中唯一收录的"历史"诗却与历史毫无关系：这首感伤诗的题目为《南北军魂》（"The Blue and the Gray", 1867），它赞美了所有历史时期、所有战争中作战的士兵。换句话说，这首诗创建了一个永恒的世界，它毫不触及历史事件，正如亨利·斯蒂尔·康马杰（Henry Steele Commager）所说的，

> 在《麦加菲读本》最初面世之时，革命战争和1812年战争（麦加菲自己也经历了那次战役，也是在俄亥俄州的边境）的阴影还停留在人们的记忆中，但读本中却丝毫没有体现出对英国强烈的敌意、对乔治三世的憎恨、对

印第安人凶残的描写。新的读本和旧读本的修订本不断地
面世期间，正值墨西哥战争、天定命运和青年美国运动等
重要历史时期，但读本对此并无反映，甚至没有提到俄勒
冈小道和加州淘金热。更惊人的是，后来校订读本的那些
人竟也对内战忌讳莫深！除了弗朗西斯·芬奇的《南北军
魂》——这部立场折中的杰作——没有什么地方提到那次
战争，就好像它从未发生过，至少《读本》的情况是如
此。（xiii）

　　《麦加菲读本》中还有一种超越历史的方式，那就是渲染情感。
《读本》中经常以伤感的笔法描写受伤的小动物，深情地讲述一个品德
高尚的孩子由于无私而获得一笔意外之财，悲情地描写天使般的孩子平
静地死去，热情地叙述英雄事迹。当用感性的文字去描述经历时，这段
经历就不再是个别的，而是变成普遍的东西，就像童话故事那样超凡：
它们处于一个永恒的领域，远离人类事件的日常进程，超越了历史。正
如斯坦利·W.林德伯格（Stanley W. Lindberg）对《读本》收录的一首
战争诗的评论——这是一种"安全的伤感"（320），他的意思是说，
这首诗远离了当时政治和社会事件的纷争，置身于历史之外。
　　当盖茨比向尼克讲述自己的生平时，表现出一种 "难堪的伤感"
（118；ch. 6），这与《麦加菲读本》夸张的伤感几乎如出一辙。这种
伤感使盖茨比的生活脱离了历史现实，正如它让《麦加菲读本》脱离了
历史现实一样。盖茨比告诉尼克，

　　　　我家里人都死光了，因此我继承了很多钱……后来我
　　就像一个年轻的东方王公那样到欧洲各国首都去当寓
　　公……收藏珠宝，以红宝石为主，打打狮子老虎，画点儿
　　画……同时尽量想忘掉好久以前一件使我非常伤心的事。
　　（70；ch. 4）

盖茨比的这段自传描述听起来不像是在叙述现实生活，更像一部维多
利亚时代传奇剧的脚本。用尼克的话说，"他的措辞本身那么陈腐，
以致在我脑子里只能是这样的形象：一个裹着头巾的傀儡戏里的 '角

色'……从身子里的每个孔洞里往外漏木屑"（70；ch. 4）。然而，对生活的这种感伤"转述"——尼克说，盖茨比用的是"严肃"的语气，"仿佛想起……犹有余痛似的"（70；ch. 4）——使盖茨比远离了历史现实，进入了"超凡的"童话故事。

当然，时至今日，白手起家人士的话语依然保持着它的生命力。例如，电视剧《马特洛克》（*Matlock*）中有这样一个场景，某人在生意场上素有残酷无情、不讲道德的恶名，他被谋杀后，他的儿子为了挽救他的名声，就说他是白手起家。由此可见，白手起家这套说辞依然能够暗示，一个人若能成为万人景仰的重要目标，那么，对他残酷无情、不讲道德的行为就可以网开一面，因为对于白手起家的人士而言，"顽强"是必备的素质。纪实性电视节目《美国豪宅》（*America's Castles*）也是如此。这档节目向观众介绍了美国的豪宅以及修建者的生活，它大量使用白手起家人士的话语，甚至不加鉴别地引用了十九世纪和二十世纪初一些白手起家的富豪的语句，在这些语句中，那些富豪鼓吹谋求私利，大谈自己的勤奋和正直。

此外，杰伊·盖茨比始终是美国白手起家人士的浪漫化偶像。在1974年和2013年上映的根据小说改编的同名电影中，分别由罗伯特·雷福德（Robert Redford）和列奥纳多·狄卡皮里奥（Leonard DiCaprio）扮演了盖茨比这一角色，这两人以美少年而著称于世，经常扮演浪漫型主人公，这表明在西方民众的想象中，盖茨比一直被视为浪漫人物。《美国豪宅》中有一集谈到俄克拉何马州白手起家的石油大亨E. W. 马兰（E. W. Marland），解说人不仅提到了菲茨杰拉德的一个信念——英雄的故事往往是悲剧性的故事，而且在马兰豪宅的照片上叠印了《了不起的盖茨比》一书的封面。换句话说，该节目把马兰和盖茨比联系起来，试图为马兰涂上一层浪漫色彩。

显然，《了不起的盖茨比》体现了白手起家话语的复杂性和矛盾性，这透露出，在菲茨杰拉德的时代，美国社会对于获得物质成功持有复杂而矛盾的态度。若没有白手起家人士的话语，菲茨杰拉德这部著名的小说就无从产生。若没有白手起家人士的话语，杰伊·盖茨比这个人物就只是个"一文不值的骗子"——一名罪犯——这正是盖茨比不敢让人知道的一面。正是有了白手起家人士的话语，再加上他对黛西的热切追求以及他孩子气的乐观精神，盖茨比才得以成为今天众所周知的浪漫形象。

菲茨杰拉德的小说也向我们证明了话语的流通对于我们每个人都有所启示，它以实例说明了文化话语是我们塑造个体身份的素材。尼克·卡罗威可能以为，盖茨比"来自他对自己的"非历史的"柏拉图式的理念"（104；ch. 6），这也正是盖茨比的想法。但是，盖茨比的个体身份并不是这样产生的。正如我们所看到的那样，杰姆斯·盖兹在塑造杰伊·盖茨比这个形象时，大量运用了白手起家人士的话语，这是他生活所在的那个文化中通行的一种主导话语。我们的情况其实与杰伊·盖茨比差不多。我们每一个人运用的话语可能不同，运用的方式可能不同，但是，正是借助于在我们的文化中通行的话语，我们的个体身份才得以形成，才得以相互联系起来，才能与文化联系在一起。文化既塑造了我们，同时又被我们所塑造。

【深入实践问题：新历史主义与文化批评研究其他文学作品的方法】

以下问题是新历史主义与文化批评的范例。这些问题有助于你们运用新历史主义与文化批评来阐释文学作品，这些文学作品可以是下列问题中提到的，也可以是你们自己选定的。你们写的论文究竟属于新历史主义批评，还是文化批评，将取决于你们探讨这些问题的目的、你们的论文的集中关注点以及你们自己认定的批评方向。

1. 霍桑（Hawthorne）在《红字》（*The Scarlet Letter*，1850）中描写了海丝特·白兰以自己的思想和行为去反抗压迫性的清教徒价值观。试问这种描写与十九世纪的革命活动，例如废奴运动、妇女运动等，存在什么关系？换句话说，海丝特·白兰（殖民地的一名清教徒）的故事如何体现和（或）批判了十九世纪通行的那些意识形态？那些意识形态通行于当时的小册子、通俗故事、政治活动和其他文化文本之中。

2. 托妮·莫里森的《最蓝的眼睛》出版之时，正值美国保守主义意识形态在种族、阶级、性别、正义等问题上的立场几乎在社会生活的各个领域遭到质疑之时。这些迫切的社会问题催生了保守主义话语和自由主义话语。从初版问世到现在，这部小说的全部接受史从哪些方面表现了这两种话语的流通情况？

3. 约翰·斯坦贝克的《愤怒的葡萄》出版之时，有关工人权利和义务的争论在社会上盛行一时，例如，在美国商界、政府部门、个体公民三者之间，应当保持什么样的关系才算恰当。该小说与这些争论之间是如何相互塑造的？换句话说，在该小说出版问世的那个时代，它发挥了什么样的文化功效？

4. 凯特·肖邦创作《觉醒》之时，社会上盛行的是有关女性权利和义务的争论，例如，有关女性普选权、经济独立地位、婚姻自主权和母性职责等问题的争论。《觉醒》一书与这些争论是如何相互作用的？对于这些争论，它究竟是予以重述，还是予以评论，还是予以质疑？

5. 威廉·布莱克的《黑小子》与十八世纪下半叶英国通行的有关非洲和非洲人的话语有什么关系？当年的这类话语可能涉及种族、奴隶制以及居住在大英帝国各地的黑皮肤民族。

【延伸阅读书目】

Brannigan, John. *New Historicism and Cultural Materialism*. New York: St. Martin's, 1998.

Bristow, Joseph. "Discursive Desires [Foucault]." *Sexuality*. 2nd ed. London and New York: Routledge, 2011. 151–69.

Cox, Jeffrey N., and Larry J. Reynolds, eds. *New Historical Literary Study: Essays on Reproducing Texts, Representing History*. Princeton, N.J.: Princeton University Press, 1993.

Fiske, John. "Popular Culture." *Critical Terms for Literary Study*. 2nd ed. Eds. Frank Lentricchia and Thomas McLaughlin. Chicago: University of Chicago Press, 1995. 321–35.

Greenblatt, Stephen. "The Circulation of Social Energy." *Shakespearean Negotiations: The Circulation of Social Energy in Renaissance England.* Berkeley: University of California Press, 1988. 1–20.

——. "Culture." *Critical Terms for Literary Study.* 2nd ed. Eds. Frank Lentricchia and Thomas McLaughlin. Chicago: University of Chicago Press, 1995. 225–32.

——. *Will in the World: How Shakespeare Became Shakespeare.* New York: W. W. Norton, 2004.

——. *The Swerve: How the World Became Modern.* New York and London: W. W. Norton, 2011.

Gutting, Gary. *Foucault: A Very Short Introduction.* New York: Oxford University Press, 2005.

Patterson, Lee. "Literary History." *Critical Terms for Literary Study.* 2nd ed. Eds. Frank Lentricchia and Thomas McLaughlin. Chicago: University of Chicago Press, 1995. 250–62.

Veeser, H. Aram, ed. *The New Historicism.* New York: Routledge, 1989. (See especially Veeser, "Introduction," ix–xvi; Greenblatt, "Towards a Poetics of Culture," 1–14; Montrose, "Professing the Renaissance: The Poetics and Politics of Culture," 15–36; and Gallagher, "Marxism and the New Historicism," 37–48.)

【高端阅读书目】

Foucault, Michel. *The Order of Things.* New York: Pantheon, 1972.

——. *Discipline and Punish: The Birth of the Prison.* Trans. Alan Sheridan. New York: Vintage, 1979.

——. *The Foucault Reader.* Ed. Paul Rabinow. New York: Pantheon, 1984.

Gallagher, Catherine, and Stephen Greenblatt. *Practicing New Historicism.* Chicago: University of Chicago Press, 2000.

Geertz, Clifford. *The Interpretation of Cultures: Selected Essays.* New York: Basic Books, 1973.

Greenblatt, Stephen. *Shakespearean Negotiations: The Circulation of Social*

Energy in Renaissance England. Berkeley: University of California Press, 1988.

——. *Learning to Curse: Essays in Early Modern Culture.* New York: Routledge, 1991.

——. *Renaissance Self-Fashioning: From More to Shakespeare.* 1980. Chicago: University of Chicago Press, 2005.

Grossberg, Lawrence, Cary Nelson, and Paula Treichler, eds. *Cultural Studies.* New York: Routledge, 1992.

Hens-Piazza, Gina. *The New Historicism.* Guides to Biblical Scholarship, Old Testament Series. Minneapolis, MN: Fortress Press, 2002.

Montrose, Louis. "New Historicisms." *Redrawing the Boundaries: The Transformation of English and American Literary Studies.* Eds. Stephen Greenblatt and Giles Gunn. New York: Modern Language Association, 1992. 392–418.

Pieters, Jürgen. *Moments of Negotiation: The New Historicism of Stephen Greenblatt.* Amsterdam: Amsterdam University Press, 2001.

【注释】

① 蒂利亚德（Tillyard）在《伊丽莎白时代的世界图景》（*Elizabethan World Picture*）中提出了这一观点，该作品常被传统文学史家引用。泰恩（Taine）的《英国文学史》（*History of English Literature*）也是传统的历史分析方法经常援引的示例。

② 本书中对电子游戏的探讨，依据的是我在《运用批评理论：如何解读和评论文学作品》（*Using Critical Theory: How to Read and Write About Literature*）中对同一话题的探讨（7-9）。

③ 那个时期的成功指南中都给出了相同的建议，例见福勒（Fowler）和马登（Marden）的作品。

④ 安德鲁·卡内基在《财富的福音》（"The Gospel of Wealth"）中提出了这一论断。

⑤ 对盖茨比持有类似观点的还有蔡斯、哈特、穆尔、纳什、斯特恩及特里林。

【引用作品书目】

Achebe, Chinua. "An Image of Africa: Racism in Conrad's *Heart of Darkness.*" *Massachusetts Review* 18 (1977): 782–94. Rpt. in *Hopes and Impediments, Selected Essays.* New York: Anchor, 1989. 1–20.

Bewley, Marius. "Scott Fitzgerald's Criticism of America." *Sewanee Review* 62 (1954): 223–46. Rpt. in *Modern Critical Interpretations: F. Scott Fitzgerald's* The Great Gatsby. Ed. Harold Bloom. New York: Chelsea House, 1986. 11–27.

Bierbower, Austin. *How to Succeed.* New York: R. F. Fenno, 1900.

Burnam, Tom. "The Eyes of Dr. Eckleburg: A Re-Examination of *The Great Gatsby.*" *College English* 13 (1952). Rpt. in *F. Scott Fitzgerald: A Collection of Critical Essays.* Ed. Arthur Mizener. Englewood Cliffs, N.J.: Prentice Hall, 1963. 104–11.

Carnegie, Andrew. *The Autobiography of Andrew Carnegie.* New York, 1920.

——. "The Gospel of Wealth." *North American Review* CXLVIII (June 1889): 653–64 and CXLIX (December 1889): 682–98. Rpt. in *The Gospel of Wealth, and Other Timely Essays.* Ed. Edward C. Kirkland. Cambridge: Belknap Press of Harvard University Press, 1962. 14–49.

——. "How to Win Fortune." 1890. From *The Empire of Business.* Garden City, N.Y.: Doubleday, Doran, 1933. 85–101.

——. "The Road to Business Success: A Talk to Young Men." 1885. From *The Empire of Business.* Garden City, N.Y.: Doubleday, Doran, 1933. 1–13.

Cartwright, Kent. "Nick Carraway as Unreliable Narrator." *Papers on Language and Literature* 20.2 (1984): 218–32.

Chase, Richard. "*The Great Gatsby.*" *The American Novel and Its Traditions.* New York: Doubleday, 1957. 162–67. Rpt. in The Great Gatsby: *A Study.* Ed. Frederick J. Hoffman. New York: Scribner's, 1962. 297–302.

Commager, Henry Steele. Foreword. *McGuffey's Sixth Eclectic Reader* (1879 edition). New York: Signet, 1963. vii–xvi.

Conrad, Joseph. *Heart of Darkness.* 1902. New York: Norton, 1988.

Dillon, Andrew. "*The Great Gatsby*: The Vitality of Illusion." *Arizona Quarterly* 44.1 (1988): 49–61.

E. K. "Review of *The Great Gatsby.*" *Literary Digest International Book Review* (May 1925): 426–27. Excerpted in *Gatsby.* Ed. Harold Bloom. New York:

Chelsea House, 1991. 7.

Fiske, John. "Popular Culture." *Critical Terms for Literary Study*. 2nd ed. Eds. Frank Lentricchia and Thomas McLaughlin. Chicago: University of Chicago Press, 1995. 321–35.

Fitzgerald, F. Scott. *The Great Gatsby*. 1925. New York: Macmillan, 1992.

Fowler, Jr., Nathaniel C. *Beginning Right: How to Succeed*. New York: George Sully, 1916.

Gallo, Rose Adrienne. *F. Scott Fitzgerald*. New York: Ungar, 1978.

Geertz, Clifford. "Thick Description: Toward an Interpretive Theory of Culture." *The Interpretation of Cultures: Selected Essays by Clifford Geertz*. New York: Basic Books, 1973. 3–30.

Greenblatt, Stephen. "Culture." *Critical Terms for Literary Study*. 2nd ed. Eds. Frank Lentricchia and Thomas McLaughlin. Chicago: University of Chicago Press, 1995. 225–32.

Gross, Barry Edward. "Jay Gatsby and Myrtle Wilson: A Kinship." *Tennessee Studies in Literature* 8 (1963): 57–60. Excerpted in *Gatsby*. Ed. Harold Bloom. New York: Chelsea House, 1991. 23–25.

Hart, Jeffrey. "'Out of it ere night': The WASP Gentleman as Cultural Ideal." *New Criterion* 7.5 (1989). 27–34.

Josephson, Matthew. *The Robber Barons: The Great American Capitalists, 1861– 1901*. 1934. New York: Harvest, 1962.

Le Vot, André. *F. Scott Fitzgerald: A Biography*. Trans. William Byron. Garden City, N.Y.: Doubleday, 1983.

Lindberg, Stanley W. *The Annotated McGuffey: Selections from the McGuffey Eclectic Readers, 1836–1920*. New York: Van Nostrand Reinhold, 1976.

Marden, Orison Swett. *How to Succeed; Or, Stepping-Stones to Fame and Fortune*. New York: The Christian Herald, 1896.

Montrose, Louis. "Professing the Renaissance: The Poetics and Politics of Culture." *The New Historicism*. Ed. H. Aram Veeser. New York: Routledge, 1989. 15–36.

Moore, Benita A. *Escape into a Labyrinth: F. Scott Fitzgerald, Catholic Sensibility, and the American Way*. New York: Garland, 1988.

Morrison, Toni. *Beloved*. New York: Norton, 1987.

Nash, Charles C. "From West Egg to Short Hills: The Decline of the Pastoral

Ideal from *The Great Gatsby* to Philip Roth's *Goodbye, Columbus.*"
Philological Association 13 (1988): 22–27.

Stern, Milton R. *The Golden Moment: The Novels of F. Scott Fitzgerald*. Urbana:
University of Illinois Press, 1970.

Taine, Hippolyte. *History of English Literature*. 1864. Trans. H. Van Laun.
London: Chatto and Windus, 1897.

Thomas, Brook. "Preserving and Keeping Order by Killing Time in *Heart of
Darkness.*" *Heart of Darkness: A Case Study in Contemporary Criticism*.
Ed. Ross C. Murfin. New York: Bedford, 1989. 237–55.

Tillyard, E. M. W. *Elizabethan World Picture.* New York: Macmillan, 1944.

Trilling, Lionel. "F. Scott Fitzgerald." *The Liberal Imagination*. New York:
Viking, 1950. 243–54. Rpt. in *The Great Gatsby: A Study*. Ed. Frederick J.
Hoffman. New York: Scribner's, 1962. 232–43.

Troy, William. "Scott Fitzgerald—The Authority of Failure." *Accent* 6 (1945).
Rpt. in *F. Scott Fitzgerald: A Collection of Critical Essays*. Ed. Arthur
Mizener. Englewood Cliffs, N.J.: Prentice Hall, 1963. 20–24.

Tyson, Lois. *Using Critical Theory: How to Read and Write About Literature*, 2nd
ed. London and New York: Routledge, 2011.

第十章

女同性恋、男同性恋和酷儿批评

在批评理论的概论课上，我有时这样开始女同性恋、男同性恋和酷儿批评这一章的讲授：我先在班上念出一些英美作家的名字，这些人的作品经常入选各类文集。他们当中有：奥斯卡·王尔德（Oscar Wilde）、田纳西·威廉斯（Tennessee Williams）、薇拉·凯瑟、詹姆斯·鲍德温（James Baldwin）、艾德里安娜·里奇（Adrienne Rich）、沃尔特·惠特曼、弗吉尼亚·伍尔夫、伊丽莎白·毕肖普（Elizabeth Bishop）、兰斯顿·休斯、爱德华·阿尔比（Edward Albee）、格特鲁德·斯泰因、艾伦·金斯堡（Allen Ginsberg）、W. H. 奥登（W. H. Auden）、威廉·莎士比亚、卡森·麦卡勒斯（Carson McCullers）、萨默塞特·毛姆（Somerset Maugham）、T. S. 艾略特（T. S. Eliot）、詹姆士·梅瑞尔（James Merrill）、萨拉·奥恩·朱厄特（Sarah Orne Jewett）、哈特·克莱恩（Hart Crane）、威廉·S. 巴罗斯（William S. Burroughs）以及艾米·洛威尔（Amy Lowell）。接下来我就问学生，他们是否知道这些人其实都是同性恋或者双性恋。对于这个问题，学生们最初的反应往往是缄默不语，这种情况在开始讨论其他理论派别的课上还不曾出现过。

当然，我心里很清楚，很不幸，在当代美国，如果被人视为同性恋，还是一桩可耻的事情，一些学生不愿意就这个问题表态，主要是想先看看其他人的反应。一名学生告诉我，为了完成我布置的课程论文，她从大学图书馆借出了很多同性恋理论的书籍。在借书台登记的时候，她很担心负责接待的那个学生怀疑她是同性恋。在尴尬之余，她很想大喊一声："哎，等一下，我不是同性恋！"

然而，学生之所以沉默，还有一个原因：他们在这方面的知识相当匮乏。同性恋作家的作品在文学经典中占据重要地位，因此，大多数文学课都会讲到，但是，许多本科生还是想当然地认为这些作家都是异性恋者。他们的揣测并不是总能得到更正。诚然，我们的英美文学选集里通常有作家的生平介绍，除此之外，老师也经常提供与作者个人生活相关的一些信息。例如，老师都跟我们讲过，夏洛特·帕金斯·吉尔曼在她的独子出生后就患上了深度抑郁症；兰斯顿·休斯年轻时和父亲的关系很僵，这几乎把他逼上绝路；罗伯特·弗罗斯特竟被垂死的妻子拒之门外。然而，关于作家的同性恋倾向这方面的传记材料，我们往往知之甚少，更不用说这种倾向对他/她个人生活及其文学创作的影响了。

如果说有关作家异性恋生活的个人信息与读者赏析其作品密切相关，那么，为什么有关LGBTQ（女同性恋、男同性恋、双性恋、跨性别者和酷儿）①作家的个人信息却很少出现在相关的文学史料中呢？如果性别和（或）种族歧视的体验是作者生活中的重要因素，那么，了解LGBTQ作家如何受压迫，为什么就成了一件无足轻重的事情呢？很明显，在当代大学的课堂上，LGBTQ依然被视为一个令人难以启齿的话题。在本科生的文学课程里，若不是专门探讨LGBTQ作家，许多文学教授对LGBTQ话题讳莫如深。一些大学虽然设有关于LGBTQ作家的"专题"课程，但是，它们还是无法成为英文系本科教学的常规课程。虽说自从二十世纪七十年代以来，男同性恋研究取得了进展，到了九十年代初，同性恋和酷儿批评甚至成为学界的一支劲旅，但这种现象依然存在。

换句话说，学生不清楚所读作家的性取向，这反映出某些教师对这个话题保持缄默，其中也包括那些编纂文选的教授。另外，我认为，英文教师的这种缄默态度反映出，长期以来，许多文学批评家一直在回避这个话题。他们轻视或无视LGBTQ作家的性身份，扭曲或忽略文学作品对LGBTQ人物的表述。

【LGBTQ人群的边缘化】

举例来说，让我们看一看莉莲·费德曼（Lillian Faderman）是如何分析批评界对亨利·詹姆斯（Henry James）的《波士顿人》（*The*

Bostonians，1886）的反应的。正如费德曼所解释的那样，詹姆斯的小说显然是在描述一场"波士顿式婚姻"。这是十九世纪末新英格兰的一种说法，用于指称两个单身女人之间长期存在的单配偶关系。这两个女人通常经济独立，在文化、女性主义问题、社会改良、职业选择等方面兴趣相投。这样的关系在当时屡见不鲜。至于她们当中有多少人存在着性关系，我们不得而知，但有一点我们很清楚，那就是，她们彼此感情深厚，把自己的时间、注意力和精力都投到了对方和其他女性朋友身上。

在詹姆斯的小说中，这种关系存在于奥立芙和维蕊娜之间，她们是当时妇女运动的积极分子。巴兹尔的出现打破了这种关系。巴兹尔决心既下，誓不动摇，最终他几乎全凭自己的意志力，说服维蕊娜放弃奥立芙，嫁给了自己。正如费德曼指出的那样，尽管詹姆斯没有把奥立芙描写成英雄人物，还讽刺了她和她的女伴们，但是，显然作者也并不同情巴兹尔。在作者笔下，巴兹尔是一个自私、残忍、好胜的操纵者，他厌恶妇女运动，注定不会给维蕊娜带来幸福。相形之下，维蕊娜和奥立芙在一起的生活却是快乐多彩的。然而，费德曼却发现，许多批评家认为，是巴兹尔解救了维蕊娜，让她摆脱了她与奥立芙的那种"不正常"关系，让她重新找回了他们所谓的真正的爱情，即只有在"真正的"男人的怀抱中才能找到的爱情。

批评家无视奥立芙和维蕊娜之间的关系的积极方面，完全扭曲了詹姆斯对巴兹尔的刻画，缘由何在？显然，在他们的观念中，只有异性恋才是正常健康的爱情，除此以外，其他爱情都是反常的、病态的，应该避而远之。他们的阐释依据的是这样的观念，并把这种观念强加给小说。因此，这些批评家看不到巴兹尔明显而严重的性格缺陷。只因为他是异性恋，他使维蕊娜离开了奥立芙，于是他就成了一个正面的，甚至是英雄式的角色。

这种阐释是**恐同式**（homophobic）解读的一个范例，也就是说，这种解读充斥着批评家对同性恋的恐惧和憎恶之情。在恐同式思维当道的大环境当中，这种解读也是其中的一部分。尽管LGBTQ不会再被送到精神病院去接受"治疗"——包括厌恶疗法、电休克治疗，甚至前脑叶白质切除术——直到1974年，美国精神病学会不再把同性恋当作精神疾病，上述做法才正式告终。此外，美国政府在1952年颁布的限制同性恋外来移民的政策一直执行到1990年。自从男同性恋解放运动兴起以来，尽管激进派团体已经取得了巨大的社会政治成就，但时至今日，社会上对LGBTQ群体的各种歧视依然存在，恐同即是明显表现。男同性恋解放运动肇始于1969年。就在那一年，格林尼治村石墙酒吧的LGBTQ顾客终于起来反抗警察的暴行，在两个晚上的暴动中，他们打退了两千名强势的警察。这次被称为"石墙事件"的重大事件极具象征意义，因为它是一个转折点，标志着LGBTQ人群立志弃绝受害者的地位，共同维护他们作为美国公民所应有的权利。

今天，美国社会中的LGBTQ人群依然面临着各种歧视，这些歧视体现在服役、求职、购房、使用宾馆旅社等公共设施、家庭法规（婚嫁权、子女监护权、收养权）等方方面面。此外，同性恋者还会经常受到警察的侵扰，成为暴力仇视的犯罪对象，人们有时还会把他们与艾滋病联系起来，加以歧视。[②] 当然，对于LGBTQ人士最令人惊恐、最有破坏性的歧视就是霸凌LGBTQ青少年。这种情况在校园内外屡见不鲜，但经常被人视而不见。这些年轻人因为不符合传统的社会性别和生物性别规范，便在肉体上和情感上遭到粗暴对待，这种状况大大增加了这些青少年的退学率和自杀率。[③] 美国少数民族中的同性恋遭受错综复杂的多重歧视。除了要承受白人异性恋主义文化的压迫之外，那些非裔、亚裔、奇卡诺、拉丁裔LGBTQ有时还要在他们族群内部背负污名。

对LGBTQ的歧视还表现在另一个重要方面，那就是一些荒谬的歪理邪说，这些说法过去一直被普遍接受为事实，直到今天依然有着不容忽视的影响，例如说LGBTQ是病态或者邪恶之人，甚至亦病亦邪。因此，惯犯性侵害、对儿童性骚扰、将青少年引入LGBTQ的歧途，这一切都成了LGBTQ与生俱来的本性。还有一种子虚乌有的说法声称，LGBTQ只是一小撮反常的人。事实上，LGBTQ大约占美国人口的10%。此外，还有一些常见的误读，例如：LGBTQ抚养的孩子长大后也是LGBTQ；如果放任LGBTQ现象，最终将导致人类灭绝；LGBTQ是造成美国外交力量衰落的罪魁祸首。

现在我们要暂停一下之前的讨论，先来界定一些术语，其中很多都与歧视LGBTQ相关。在阅读同性恋和酷儿批评的时候，会遇到这些术语。**恐同**（homophobia）通常指的是某个人对同性恋的一种病态恐惧，但是，我在上文用它来指称社会对LGBTQ的一种制度化歧视（这种歧视已被纳入一种文化的法律和风俗当中）。我之所以这样用这个词，是因为我认为这种歧视的根源在于一种集体性的（虽说有时是无意识的）恐同情绪，也就是LGBTQ理论家所谓的异性恋父权制。（父权制这个词让我们注意到，父权制总是偏向异性恋的，因为它偏向传统的性别角色。）所谓**内化的恐同**（internalized homophobia）指的是部分LGBTQ的一种自我憎恨心理，因为在他们的成长过程中，异性恋者主宰的美国社会向他们强行灌输恐同观念，而他们又对这种观念进行了内化吸收。

还有一个更常见的词语——**异性恋主义**（heterosexism），它既指社会对同性恋的制度化歧视，也指由此而产生的异性恋至上文化。例如，异性恋主义文化会大力推行**强制性异性恋**（compulsory heterosexuality）。强制性异性恋是艾德里安娜·里奇等人使用的一个术语，描述家庭、学校、教会、医学界及媒体强加给年轻人的强大的异性恋者压力。如今，更为常用的是**异性恋规约**（heteronormative）这个词，它指的是迫使每个人成为约定俗成的性别"正常人"的社会态度和预设。

异性恋中心主义（heterocentrism）是对LGBTQ人群一种更为隐蔽的偏见，它经常体现在这样一种预设当中：异性恋是普遍的标准，例如，除了不正常的人之外，所有人都是异性恋。异性恋中心主义就这样遮蔽了所有LGBTQ人群的体验。例如，在过去的几十年中，它让瓦尔特·惠特曼的诗迷没有意识到他的诗中的同性情欲。

假如**恐同症**、**异性恋主义**和**异性恋中心主义**这几个词多少有些重合，从而令人感到不安，其实对此不必过于在意。事实上，它们有时候可以互换使用，或许这是因为这三个词都预设了一种天生的异性恋优越感。如果稍做思考，你就会意识到，这三种偏见——恐同症、异性恋主义和异性恋中心主义——都属于异性恋规约：它们都是某种形式的强制性异性恋，三者之间的区别明显体现在程度上，恐同症最为强烈地表达了对LGBTQ人群最恶毒的痛恨，而异性恋中心主义的痛恨程度最浅。

恐同症、**异性恋主义**和**异性恋中心主义**这三个词让我们注意到，LGBTQ是一个被压迫的群体，与此同时，它们也凸显出LGBTQ何以成为一个政治少数派。作为少数派，LGBTQ团体也应该像美国的少数派种族、族裔、宗教信徒那样，受到同样的法律保护。此外，还有一个强调LGBTQ少数派地位的概念——**生物本质主义**（biological essentialism），它认为LGBTQ和异性恋都是先天性的。与之相反，一些理论家则认为，虽然LGBTQ在美国只是政治上受压迫的一小部分人，其实所有人都有同性恋欲望和同性恋行为的潜质。依据这种**社会建构论**（social constructionism）的观点，LGBTQ和异性恋都是社会作用的产物，而不是由生理决定的。集中关注LGBTQ少数派地位，这种理解LGBTQ体验的方式被称为**小众化**（minoritizing）观点；集中关注所有人的同性恋潜质，这种理解LGBTQ的方式被称为**普适化**（universalizing）观点。④

有趣的是，一方面，无论本质主义观点（小众化）还是建构主义观点（普适化），都曾被用来攻击LGBTQ，例如：（1）LGBTQ是与生俱来的一种病态（或者邪恶）；（2）LGBTQ是病态（或者邪恶）环境的病态（或者邪恶）产物。而另一方面，本质主义观点和建构论观点也都曾被用来维护甚至颂扬LGBTQ群体，例如：（1）一些人成为LGBTQ是本性使然，与所处环境无关，因此他们是正常的；（2）LGBTQ是对特殊环境因素的正常反应，因此LGBTQ是正常人。

最后，在描述同性关系时还有两个常用术语，一个是我在前文描述惠特曼的诗歌时所使用的**同性色情**（homoerotic），还有一个是**同性社交**（homosocial）。同性色情指的是那些暗示同性相吸或可能引起同性读者欲望的色情描写（虽说其中未必露骨地描写性行为）。例如，两个女人互解衣衫或几位裸男共浴一池这类极具感官刺激的描写。这类描写会出现在电影、绘画、雕塑、摄影等各种媒介当中，当然也出现在文学作品中。同性社交指的是在同性群体活动中体现出的同性友谊。例如，马克·吐温的《哈克贝利·费恩历险记》中哈克与吉姆的关系，凯特·肖邦的《觉醒》中艾德娜·庞特里耶和阿黛尔之间的关系，都是同性社交范例。此外，当艾德娜对阿黛尔的肉感美产生了感官反应时，她们之间的关系也是一种同性色情关系。

既然同性社交活动不是LGBTQ人群的专利，这里为何还提到**同性社交**这个词呢？例如，"男孩成帮结队"和"女孩成帮结队"一直是许多异性恋文化的重要组成部分。本章之所以收入这两个词，至少出于两个原因。首先，无论在异性恋文化中，还是在LGBTQ文化中，同性社交都发挥了重要作用，这样一来，我们就有机会欣赏LGBTQ人群和异性恋共有的一个重要的社会与情感体验领域。其次，无论人们的性取向如何，同性社交关系都被普遍认为对于儿童成长至关重要，对于成年人的情感健康也至关重要，但很多人依然恐惧某些同性社交活动，这是因为他们的恐同症在作怪，同时也是担心其他人的恐同症发作。例如，一个异性恋女性在周六晚上与一位女性朋友准备去一家"高档"餐馆吃饭，她在出发之前是否会犹豫再三？如果是两位异性恋男性朋友呢？如果是两位LGBTQ同性朋友呢？一位异性恋父亲（母亲）何时会担心自己的儿子（女儿）正常的同性社交活动？简而言之，与同性社交相关的复杂问题非常清楚地显示出，恐同症对大家的害处有多么普遍。

到目前为止，我一直把LGBTQ作为一个群体来讨论。确实，将男女同性恋和酷儿批评归结在同一个章节之内，也说明它们之间存在某些共性。作为性少数派，他们在政治、经济、社会和心理上承受着同样的压迫。在许多思想家看来，LGBTQ具有大量的共同体验，他们在采取群体行动时会迸发出潜在的政治力量，这些都足以说明，可以把他们视为一体。

然而，许多同性恋者却认为，受压迫只是男女同性恋之间微乎其微的共同点，虽说不是仅存的共同点。除此之外，他们在其他方面截然相反。比如，许多同性恋在社会、政治、个人等方面最重要的体验——虽说不是全部——都是在同性团体中获得的。而且，许多女同性恋者只认同女性，许多男同性恋者也只认同男性。此外，女同性恋者，即使是"隐蔽的"（假装成异性恋），也要和所有女人（无论是否为同性恋）一样，遭受性别压迫。而隐蔽的男同性恋却有可能享受到男性拥有的父权制特权。再者，男同性恋作家（无论是隐蔽的还是公开的）在文学历史上得到了表现的机会，这是女同性恋作家（或异性恋女作家）望尘莫及的，因为直到今天，男性作家的作品还是比女性作家的作品更容易跻身于文学经典的行列。

为了了解女同性恋批评和男同性恋批评各自的特点，下文将分别对它们进行探讨。随后，我们将探讨一个相对新颖的研究领域，去考察同性恋批评的最新发展，那就是酷儿理论。酷儿理论立足于解构主义观点，致力于探讨异性恋身份问题和LGBTQ性别身份问题。

【女同性恋批评】

女同性恋批评与女性主义批评或许产生于相同的土壤——她们都是对父权制社会压迫的反应，女同性恋批评家往往也是女性主义者。或许正是基于这个原因，女同性恋批评与女性主义（见第四章）的兴趣点相似，它也关注个人身份和政治问题。但是，女性主义更多地着眼于性别歧视方面的问题，想方设法克服困难，摆脱男性至上的意识形态的影响，为个人身份和政治行为开辟一个新的空间，而女同性恋批评家除了关注性别歧视问题之外，还要关注异性恋主义问题。也就是说，女同性恋批评家一方面要应对父权制下的男性特权向她们施加的心理、社会、经济和政治压迫，另一方面，她们还必须应对异性恋特权对她们的压迫。正是后者造成了异性恋女性主义者和同性恋女性主义者之间的分歧。

事实上，女性主义一直容易受到指控，被说成是异性恋中心主义，因为它只关注异性恋女性受到的压迫，不关注包括女同性恋者在内的所有女性受到的压迫。另外一个原因是，女性主义的指导思想中明显带有异性恋倾向，因为它一直担心美国恐同的父权制权力结构会给它贴上女同性恋运动的标签。（这种担心是合乎情理的，因为恐同势力已经深入人心，让人防不胜防。）此外，由于女同性恋女性主义运动和女性主义运动一样，主要起源于白人中产阶级，难免有阶级视角和阶级目标的局限性。因此，有色人种中的女同性恋者以及工人阶级中的女同性恋者在女同性恋女性主义运动中一度惨遭边缘化，虽说没有完全被排除在外。

我之所以提到这些问题，是因为自二十世纪八十年代中期以来，女同性恋已经不甘心被异性恋女性主义边缘化。有色人种以及工人阶级中的女同性恋者也不甘心被白人中产阶级女同性恋边缘化。女同性恋批评从而成为理论探索和政治活动中成果最丰硕、最令人兴奋的领域之一。女同性恋批评家的阶级出身和种族背景给她们的视角带来了一定的局限性；在我们的日常生活中，种族、阶级、性别和性取向最终是不可分割的，它们共同成就了我们美好而重要的复杂命运。如果女同性恋批评家考虑到这两方面的因素，那么，女同性恋研究长期关注的核心问题——例如，"什么是女同性恋？"以及"女同性恋文学文本是由什么构成的？"——就会得到富有成效的探讨。

"什么是女同性恋？"和"女同性恋文学文本是由什么构成的？"这两个问题引出了女同性恋探究的根本问题。此外，这两个问题采用的是理论活动中的一种设问形式，这在男同性恋批评领域中并不常见。因此我们来仔细地研究一下这两个问题。

是否可以将女同性恋者定义为与女人发生性关系的女人？什么样的活动才算性行为？（是否一定要有生殖器接触？）如果把这个定义应用到异性恋，那又会怎样？如果这样的话，那就意味着，一位处女，即便她自认为是异性恋，但是，如果她没有与男性交媾，她就没有资格以异性恋自居。这样看来，一个人的性取向必须依据这个人的性欲望来界定。

或许我们可以给女同性恋者下一个更好的定义：女同性恋者就是对女性产生性欲的女人。这个定义的好处在于，它可以让我们明白，即使在异性恋的婚姻中，也会有女同性恋者存在。从古至今，婚嫁常常是女人迫不得已的结果，与她们的意愿无关，有时是因为经济上的生存需要，有时是因为严格的社会制度让她们别无其他的社会和心理选择。有一些女性，尽管她们深爱并尊敬自己的丈夫，却对女人有着更热烈的依恋之情。弗吉尼亚·伍尔夫就是典型的例子。她虽然有自己的婚姻生活，却始终和薇塔（Vita Sackville-West）保持着情深意切的暧昧交往。

如果有证据表明两个女人互有深情——例如两人长期通信，并在信中表达爱意——但因为历史时期的差异，我们无法确定这种感情的确切含义，在这种情况下，该如何是好呢？例如，十九世纪英美国家的女人常常相互表达深切的情感和甜蜜的爱意，但没有确凿的证据能表明她们之间有性行为或性欲望，对于这种"浪漫友情"——前文讨论过的"波士顿式婚姻"就是"浪漫友情"的一种具体表现——我们应该如何理解？

十九世纪是一个以感情过盛及语言表达过火而著称的时期，女性之间通过身体接触表达爱意，不但得到了父权制社会的认可，甚至得到鼓励，因为在父权制统治者看来，这正是女人"本性过于情绪化"的迷人表现。因此，我们无法肯定女性书信往来中那些激情四射的表白——如"亲爱的，我爱你，爱得无以言表，爱得无法自已"⑤——是否存在性欲望的暗示，至于其中是否暗示了两人有过性行为，那就更无从知晓了。反过来说，这种关系中可能确实有一些性的因素，但十九世纪异性恋中心的父权制社会却对此一无所知。的确，鉴于十九世纪严格限制了女性的性行为和性意识，许多女人可能对同性产生了强烈的性欲，而她本人却浑然不觉。

这样看来，如果我们今天仅仅通过性行为或性欲望来给女同性恋下定义，可能会遗漏女性生活中的一个重要方面，或许只有站在女同性恋者的角度才能完全理解女性的生活。为了避免这种遗漏，同时也为了加强所有女性之间的团结，一些女同性恋理论家建议，在看待女同性恋身份这个问题上，不要仅仅着眼于性；女同性恋的实质在于一个女人把大部分精力和感情都投入在其他女人身上，并以其为自己的情感寄托和精神支持。⑥

艾德里安娜·里奇曾运用这一观点论证**女同性恋连续体**（lesbian continuum）的存在。里奇解释说，女同性恋连续体"涵盖一系列女性互相倾心的体验——这些体验贯穿于女人的一生，也贯穿于整部历史，而不仅仅包括一个女人在现实中或在思想意识里与另一个女人发生肉体接触"（239）。女性互相倾心的体验包括她们在共同工作和游戏中建立起来的情感联系、彼此的心理支持以及共有的快乐体验等等。在女性互相倾心的体验当中，性欲或性行为可有可无。因此，一个女人在她的一生中可能在女同性恋连续体中时进时出，也可能终生置身其中。这样看来，十九世纪女性间的浪漫友情，无论是否存在性行为或性欲望，都适合用女同性恋批评去分析。

一些理论家指出，如果贬低性欲在女同性恋体验中的重要性，就无法充分体现女同性恋生活中最独特和最有反叛性的部分。女同性恋者与女人建立性关系，拒绝男人接触她们的身体，这就否决了父权制的利器——异性恋，因为异性恋不是"正常"女性"天生的"性取向，而是使女性屈从于父权制的一项社会制度，女性之所以屈从于男性，是异性恋对女性性欲的界定造成的。换句话说，从这个角度来看，父权制和异性恋密不可分，要想抵抗前者，就必须抵抗后者。

由于这个缘故，一些女同性恋者成为**分离主义者**（separatist）。她们尽可能地断绝与所有男人（包括男同性恋）及异性恋女性的往来。她们甚至也和跟自己意见不一致的女同性恋者划分界限。二十世纪七十年代的同性恋解放运动是男性主导的，因此它具有一定的男性至上色彩，而女性主义也有异性恋倾向，这一点前文已经讨论过。鉴于这两点，女同性恋分离主义者认为，只有女同性恋组织才重视女同性恋问题。分离主义者中，还有不属于分离主义的大部分女同性恋女性主义者，她们都认为女同性恋主义是一种政治立场，而非简单的个人的性问题。

不过，正如玛丽莲·弗赖伊（Marilyn Frye）所认为的那样，虽说分离主义是一套审慎的、系统的政治方针，但它不是女性摆脱父权制控制的唯一方式。事实上，那些伸张女性权力的机构采取了各种措施，在不同程度上去推动这种分离。这些措施包括：为受虐妇女和离婚妇女提供庇护所、增加育婴中心、举办女性学习项目、创办女性酒吧、呼吁堕胎合法化等等。此外，解除男女之间的密切关系、将男友扫地出门或斩断情缘、放弃支持、放弃忠诚、拒绝收看性别歧视的电视节目或收听性别歧视的音乐、拒绝讨厌的人等，这些行为表面上属于个人行为，但都是摆脱男性或男性主宰的体制的形式，以提高女性的权力。正如弗赖伊所说，"进屋是一种变相的权力……进入奴隶的房间常常是主人的特权。假如一个奴隶决意将主人拒之门外，这就是在宣示自己不是奴隶"（95—96）。因此，虽然大多数女性没有选择分离政治，但这并不代表她们对自己的体验浑然不觉，也不代表她们不同情那些选择了分离政治的女性。

很明显，给女同性恋下一个明确的定义，或者全面表述各种女性分离行为的全部政治含义，这项任务令人振奋但困难重重；"女同性恋文学文本是由什么构成的？"要回答这个问题，同样困难重重，但也大有裨益。我们无法确定一位作家是否为女同性恋，尤其在女同性恋这个概念还界定不明的情况下；即使我们知道作家的性取向，我们也不能就此断言她的作品是否为女同性恋作品。当然，批评家如何去界定女同性恋作家和女同性恋作品，这要取决于她对女同性恋这一概念的定义。

例如，有些女同性恋批评家可能认为，有的女同性恋作家性活动频繁，人所共知，但她却打着异性恋的幌子，在明显是异性恋的叙事中**编码**（code）同性恋的内容。薇拉·凯瑟就是这样的作家，因为她心里很清楚，如果想让自己的作品出版问世，而又不惹上官司或招致公共舆论的非议，她就不能露骨地描写同性恋欲望，这是最起码的要求。朱迪丝·菲特利（Judith Fetterly）在阐释凯瑟的《我的安东尼娅》（*My Ántonia*, 1918）时提出了这种观点。菲特利认为，在小说的叙述者吉姆·伯登身上，就表现出作者的同性恋编码。这个人物的行为经常自相矛盾，许多批评家在阐释他的时候都遇到了困难。但是，如果我们把他视为凯瑟本人同性恋欲望的体现的话，一切就都迎刃而解。菲特利指出，虽然吉姆一再表明他爱安东尼娅，希望她成为自己的爱人或妻子，但是，令人感到莫名其妙的是，他却不能占有她，这就是一个有力的证据。而且，吉姆的行为很像传统的女性，大部分时间里，他都待在厨房，待在女性的圈子里，我们从未见过他去从事打猎、钓鱼等男性活动。他也不和镇上的男人交往，还反感他们滥用男性特权。当吉姆接替了安东尼娅在维克·卡特家的位置，这个好色雇主的古怪行为吓到了安东尼娅，而吉姆非但没有痛揍维克，以保护自己心爱的女人，他自己反倒被维克的恶心行径给击退了，他羞愧地跑回祖母身边，请求祖母不要告诉任何人，就连医生也不能说，好像自己被强奸了一样。最后，吉姆对男性性征流露出厌恶之情。例如，阴茎的男性特征让他极为反感，这在该书"第一卷（对）极像阴茎的蛇"（Fetterley 152）的描述中显现得淋漓尽致：

> 他那讨厌的男子气，可恶的流体运动，不知为何令我作呕。他和我的腿一般粗，看他的样子，仿佛使用磨盘也无法将他体内令人恶心的生命力压出来……他就像古老的、最早的恶魔。（Cather 45-47；引自Fetterley 152）

菲特利认为，当我们认识到吉姆是凯瑟的替身时，这些叙述问题就迎刃而解了，当我们了解到这篇故事有自传性质时，这些问题就更容易明白了。

女同性恋批评家的另一项任务是，她要根据某位作家的作品去证明她的女同性恋身份，即使现有的传记资料显示这位女作家与另一个女人只存在情感联系，即"浪漫友情"。例如，保拉·贝内特（Paula Bennett）令人信服地论证了艾米莉·狄金森的诗歌策略暴露出她的一些诗作暗含同性恋成分。贝内特指出，这些成分与她从"自己一生与女人的交往中"获得的"大量的情感和肉体慰藉"有关（109）。例如，狄金森把阴茎意象与恐惧、厌恶之情联系在一起，这就是她采取的策略之一。在《我早早动身——带上我的狗》（poem #520）一诗中，我们看到，说话人在海水（大海的"珍珠"泛滥显然属于男性意象，而且与性有关）的追逐下落荒而逃，因为她害怕海水会吞噬了她。同样地，在《冬季，在我的房间里》（"In Winter in My Room"）（poem #1670）一诗中，"一条蚯蚓，温热、细长、粉红"让说话者心神不安，当它变成"一条……盘成环形的蛇"时，说话者更是既害怕又反感。

贝内特发现，与此相反，狄金森将女性的性意象——具体地说，就是让人联想到与阴蒂和阴唇相关的意象——与"伊甸园的快乐"（111）联系在一起。这里的"伊甸园的快乐"就是"典型的口腔"快感，诗人的写法很"开放、热切、肉感"（110）。例如，在《我写的所有词语》（"All the Letters I Can Write"）（poem #334）一诗中，主人公要求爱人（诗中以微型蜂鸟为代表，用人称代词"它"来指称，性别指代不明）来"抚弄它……/……吸吮"她"红宝石不竭的精髓，我躲闪，只把嘴唇留给你"。与此类似，《我为你照看我的花儿》（"I Tend My Flowers for Thee"）（poem #339）一诗中也含有女性的性意象："我的晚樱的珊瑚般的缝隙/撕裂——而播种人——还在做梦"和"我的仙人掌——拨开了她的胡须/露出她的喉咙"。在这些诗中，无论说话者是否采用了男性的视角，狄金森"集中关注的显然是女性的性征本身"（111），并且"显示出诗人在肉体上受到同性的强烈吸引"（110）。值得注意的是，狄金森去世后，她的家人曾要求，在编辑出版诗人书信的时候，不要留下她与终身密友苏珊·吉尔伯特（Susan Gilbert）热恋的证据。

女同性恋批评家的另一项任务是要去证明，一个异性恋意图明显的文本是如何暗含重要的同性恋成分的。芭芭拉·史密斯（Barbara Smith）使用了一个不要求同性欲望的女同性恋定义——例如，对同性倾心的女性——去分析托妮·莫里森的《秀拉》（Sula, 1973）如何暗含同性恋成分。《秀拉》一书讲述的是两个黑人女孩如何团结一致，摆脱了束缚她们生活的种族主义和性别歧视。史密斯不仅指出该书体现了莫里森对"男女关系、婚姻和家庭等异性恋体制一贯的批评态度"，她还有力地证明了小说中唯一深挚持久的爱其实发生在两个女人之间，即主要人物内尔和秀拉之间。她们的主要心理认同来自对方，她们的主要情感支持也来自对方，在生活当中，她们彼此之间的影响或重要性，是任何男人（包括内尔的丈夫）都比不了的。最后，秀拉惊世骇俗的行为——不肯结婚生子，蔑视与她有过一夜情的已婚男人——体现出她在性生活方面离经叛道，她蓄意破坏父权制的规范，这与女同性恋蓄意破坏父权制规范的行为有异曲同工之处。秀拉确实与男人上过床，但是，她这样做不是为了与他们交流情感，因为这种交流并没有发生，她这样做是为了了解自己的内在力量，体验自己的内心和谐。

当然，女同性恋批评家还有很多其他任务，其中包括判断女同性恋文学传统的主要内容，判断哪些作家和作品属于这个传统。她们试图确定女同性恋诗学的构成内容，即女同性恋特有的写作方式。她们分析女同性恋作家的性别/情感倾向对她们文学创作的影响；种族因素与性别/情感倾向的相互交叉对有色人种女同性恋作家文学创作的影响；阶级、种族因素与性别/情感倾向的相互交叉对工人阶级出身的女同性恋作家文学创作的影响。此外，女同性恋批评家还会剖析特定文本的性政治，例如，她们会考察女同性恋作家的文学作品以及女同性恋题材的文学作品是如何刻画女同性恋人物或"男性化的"女性的。她们也研究经典的异性恋文本，以便了解作者对女同性恋者表现出的或明或暗的态度。如果异性恋主义的文学阐释没有认识到或欣赏不了特定文学作品中的女同性恋成分的话，她们还会对其进行辨析和更正。

显然，女同性恋批评的任务不止于此。这里提到的只不过是有代表性的范例而已。只有亲自阅读女同性恋批评家的著述，才能真正理解这项方兴未艾的批评事业的广度和深度。

此外，假如你对当代女同性恋作家的作品还不熟悉的话，你很可能想去了解一下，这些作家在批评界享有盛誉，她们当中有：珍妮特·温特森（Jeanette Winterson）、格洛丽亚·安扎杜尔（Gloria Anzaldúa）、莱斯利·芬宁伯格（Leslie Feinberg）、米妮·布鲁斯·布拉特（Minnie Bruce Pratt）、莉塔·梅·布朗（Rita Mae Brown）、波拉·甘·艾伦（Paula Gunn Allen）、多萝西·阿利森（Dorothy Allison）、安·阿伦·肖克莱（Ann Allen Shockley）、莫尼克·维蒂格（Monique Wittig）、朱厄尔·戈麦斯（Jewelle Gomez）、琼·阿诺德（June Arnold）、瓦莱丽·迈纳（Valerie Miner）、简·鲁尔（Jane Rule）、贝基·伯莎（Becky Birtha）、伯莎·哈里斯（Bertha Harris）、萨拉·舒尔曼（Sarah Schulman）、尼古拉·布罗萨尔（Nicole Brossard）、崔洁芬（Kitty Tsui），当然还有奥德瑞·洛德（Audre Lorde）和艾德里安娜·里奇。

【男同性恋批评】

正如上文所指出的那样，与女同性恋批评不同，男同性恋批评并不过多纠缠于同性恋的定义。男人之间发生性关系，甚至只要一个男人对另一个男人产生性欲望，就足以被当代美国白人中产阶级视为同性恋。但是，并不是所有的文化都认同这样的定义。例如，在墨西哥和南美文化中，男人之间发生性行为，或者男人之间萌生性欲望，单凭这类事实不足以表明此人就是同性恋。只要他表现出了传统的男子气概——健壮、强势、果断——而且始终充当男性主动者的角色，那么他就是个大丈夫（macho），"真正的"男人。大丈夫可以和女人性交，也可以和男人性交，但他不会因此而被当作北美人眼中的同性恋。在十九与二十世纪之交，美国白人工人阶级文化也采用了相同的同性恋定义：在性交过程中，如果让其他男性主动，而他本人表现出传统的女性特征——顺从、羞怯、轻佻、柔和——只有这样的男人才算同性恋。

当代白人中产阶级在界定同性恋时所面对的问题，与古代雅典人面对的问题相似。在古雅典，同性恋与异性恋并非截然对立。性伴侣的选择依据的是社会等级，而非生理性别。在雅典，男性统治阶级中的成员只能与社会地位比他低的人建立合法的性关系：任何年龄段、任何阶层的女人，已过青春期但尚未达到法定的市民年龄的自由民男孩，奴隶以及外国人。

事实上，直到十九世纪，"同性恋身份"这个概念甚至"同性恋"这个词才在盎格鲁-欧洲和美国文化中出现。在此之前，某些性行为——一般说来，就是所有与生育无关的性行为——虽然是教会或政府明令禁止的，但人们并不把它视为某一性别的标志。直到医学界四处宣扬同性恋是一种病症，这时候，人们才认识到一个人可能是同性恋。因此，今天许多男同性恋者更愿意自称为gay：在许多人看来，homosexual这个词总是与同性恋是一种病理或心理变态这种看法相关。

与同性恋类似，"手淫者"在十九世纪也成了一种病态的性身份。当代医学界认为，手淫是一种正常的、健康的发泄方式，但是，在十九世纪，它却被视为极其危险的行为。"染上"这种"病症"的孩子夜间被绑在床上，以防止他们自慰。甚至还出现过这样的病例史：医生出于"治疗"的目的而烧掉了小女孩的生殖器。

我在这里主要想讲的是，人们对待同性恋的态度，正如他们对待性的态度，在不同的地区，不同的历史时期，是迥然有别的。二十世纪五十年代初强烈的反同性恋情绪在美国甚嚣尘上，令人难以忍受，虽然直到今天它还是阴魂不散，但它并不能代表人们对待同性恋的某种普遍态度，也不能体现人们对同性恋的界定。

让男同性恋批评家颇为留意的种种分析，经常被归在**男同性恋情感**（gay sensibility）这个论题之下。如果一个人是男同性恋，这对于他看待世界、看待自我以及看待他人有何影响？这对他的美术和音乐创作有何影响？这对他的文学创作和阐释有何影响？这对他的情感体验和表现有何影响？在异性恋主义的文化中，例如，在我们目前所处的二十一世纪初的美国社会中，男同性恋情感既包括意识到自己与主流文化成员不同（至少在某些方面不同），也包括持续而隐蔽的社会压迫造成的各种复杂感受。换句话说，作为一名男同性恋，他对世界的看法包含着他应对异性恋压迫的方式。男同性恋情感的三个重要方面——易装反串、忸怩戏仿、处理艾滋病问题——都是对异性恋主义压迫的反应。

所谓**易装反串**（drag），就是男性穿上女性服装的行为。**易装王后**（drag queen）指的是那些以易装反串为常态或职业的男同性恋者。然而，并非所有的男同性恋都易装反串，易装反串者也并非都是男同性恋，而且，并非所有的男同性恋都赞同易装反串。但是，在一些男同性恋看来，易装反串是一种自我表现和娱乐搞笑的方式，它也是反对传统性别角色的政治宣言。易装反串不一定要给人造成（或许从未给人造成）此人是女性的假象。确切地说，它是男人表现他女性方面的一条途径，或者表达愤慨或反叛的一条途径。在其他男同性恋看来，易装反串是一个政治行动，旨在引起人们对男同性恋问题的关注，去批判恐同政府和宗教政策，为对抗艾滋病筹集资金。不管它的目的是什么，易装反串都表现出对异性恋主义性别束缚的无畏精神，通过挑战性别角色，它也促使我们所有人去思考自己的性取向。

女同性恋者有时也有易装反串之举。事实上，还有一些女扮男装的**易装国王**（drag king），例如埃尔维斯·赫西维斯（Elvis Herselvis）[1]，

---

1 美国女演员和歌手，原名Leigh Crow，以模仿反串猫王（Elvis Presley）著称。——译注

她讽刺猫王的模仿者，还在表演中讨论猫王的易装反串问题和性倾向。易装反串对男同性恋来说是一个重要议题，然而，对女同性恋来说却不是。其中一个原因或许是，至少从二十世纪六十年代以来，女性模仿男性的衣着打扮不再被认为是胆大妄为之举，甚至成为一种时尚。而且，一般说来，女同性恋群体采用男性的衣着打扮（例如男人的服装）或男性化的衣着打扮（例如二十世纪七十年代的女同性恋女性主义者的服装），往往是个性的自我表现和/或一种无声的政治声明，没有产生男同性恋易装反串那种戏剧化的效果。因此，虽然假小子式的女同性恋者[1]经常遭到暴打和强奸，尤其是在二十世纪五十年代那种令人压抑的时期，但她们的易装行为却从未像男同性恋的易装反串那样得到全民的关注。

忸怩戏仿（camp）这个词指的是一种纵情的自我表现，以轻浮不敬、矫揉造作、夸张过度和戏剧表演性为特色。它具有反讽性，诙谐幽默，常常混淆或者打破性别的界线。事实上，男同性恋的服饰艳丽、表演性十足的易装反串被普遍认为是忸怩戏仿。例如，在约翰·瓦特斯在1988年推出的影片《发胶》（*Hairspray*）中，由饶有天分的演员和易装王后迪万（Divine）扮演埃德娜·特恩布拉德这个角色。事实上，整部电影——以及受它启发的轰动一时的百老汇音乐剧和2007年重拍版——正因为具有忸怩戏仿的属性而受到普遍的追捧。此外，忸怩戏仿还具有颠覆性，这一点体现在忸怩戏仿经常利用夸张的手势、姿态和声音，大胆地模仿权威和传统的行为标准，借此来嘲弄和讽刺它们。除了《发胶》之外，忸怩戏仿的经典例证还包括著名的巨蟒剧团的幽默小品"约克郡谢菲尔德的女市民联合会重演珍珠港战役"。在这个小品中，六位男子穿着二十世纪五十年代中年妇女的衣帽，跑进了田地，用手提包互相打斗。另一个例证是，经久不衰的电视动画连续剧《辛普森一家》（*The Simpsons*）的第14季第17集"公寓三基友"，在这一集当中，霍默和自己的老婆吵架后，与两位男同搬进了公寓。六十年代的流行/摇滚明星达斯提·斯普林菲尔德也是这样的偶像级人物，因为她的那个标志性蓬松发型和极度浓厚的妆容看起来就像是在台上演出的一位漂亮的

1　butch lesbian，指的是外表具有阳刚气质、穿衣打扮倾向于男性化的女同性恋。——译注

易装王后。玩忸怩戏仿的人不一定是LGBTQ中人。对忸怩戏仿的定性，既取决于旁观者的看法，也取决于表演者的意图，或许更多地取决于前者。因此，美国影星朱迪·嘉兰（Judy Garland）和切尔（Cher）浮华夸张的戏剧性表演，以及影星贝特·迈德尔（Bette Midler）敢于冒天下之大不韪的戏剧化表演，正是因为具有忸怩戏仿的属性而受到许多男同粉丝的追捧。正像易装反串那样，忸怩戏仿是确认自己有别于异性恋文化的一种方式，不仅解除了异性恋主义的武装，还通过搞笑治愈了自己，因此，它是化伤害为力量的一种办法。

在二十世纪八十年代末，患上艾滋病，承受艾滋病带来的歧视，已成为男同性恋情感的一部分。在艾滋病危及异性恋公民的健康之前，联邦政府不愿为艾滋病研究提供资金支持；一些医护人员不太情愿为艾滋病患者治疗，或者对病人不够尊重；艾滋病患者或HIV呈现阳性的人（这些人虽然没得艾滋病，但将来可能患病）在工作单位经常遭到歧视；需要呼吁人们在日常生活中对即将死于艾滋病的朋友和爱人给予身体上和情感上的呵护，这一切必然会影响到男同性恋对世界的看法。

首例艾滋病在1981年被确认。到了八十年代末，死于艾滋病的人数达到了越南战争中阵亡的美军士兵人数的六倍。男同性恋社群积极主动地参与了全国性的卫生应急活动。他们建立了诸如"艾滋病解放力量联盟"（ACT UP）这样的政治团体，通过公开的游行和抗议活动，宣传他们的事业，谋求支持，敦促医药公司、保险公司、政府部门以及医疗机构各司其职，认真对待这种流行病。随后女同性恋也挺身而出，支持男同性恋，参加他们的抗议活动，去救死扶伤。在这两个社群之间，开始出现一种新型的团结精神。正如玛格丽特·柯瑞沙克（Margaret Cruikshank）所言，"这些人一直被美国人看作圈外人和异己的性变态，然而，正是他们发起了一场典型的美国式自救运动，这很有可能会是美国历史上最大的一次志愿者行动"（182-83）。

尽管男同性恋批评家和女同性恋批评家着眼于不同的理论问题，但是，他们研究文学作品的方法却有许多相通之处。例如，和女同性恋批评家一样，男同性恋批评家也试图确定男同性恋诗学的构成内容，即男同性恋特有的写作方式，确立男同性恋文学传统，断定哪些作家和作品属于这个传统。男同性恋批评家也会考察男同性恋情感对文学表现的影响，研究异性恋文本是如何蕴含同性恋成分的。他们尝试重新发现一些男同性恋作家，这些人的作品过去遭到了低估、歪曲或压制，其中也包括过去被当作异性恋的男同性恋作家。他们探查具体文本的性政治，例如，他们会去分析男同性恋文本和异性恋文本是怎样刻画男同性恋人物或"女性化"男子的。最后，男同性恋批评家还会辨别和更正异性恋主义的文学阐释，因为这类阐释未能识别或体会男同性恋情感的特定作品。为了了解这些研究方法给文学带来的深刻见解，我们先简要地审视一下以下三个具体范例：分析沃尔特·惠特曼的诗歌声音，研究当代小说家埃德蒙·怀特（Edmund White）的作品对男同性恋身份的再现，为田纳西·威廉斯戏剧中的男同性恋情感辩护。

在《沃尔特·惠特曼的忸怩戏仿》（"Walt Whitman Camping"）一文中，卡尔·凯勒（Karl Keller）认为，惠特曼诗歌中的自我表现就是一种忸怩戏仿。他的分析饶有趣味，拓宽了我们对惠特曼诗歌创作的理解。凯勒指出，"动作浮夸，语调夸张，声音似歌剧，角色扮演华而不实，说话夸大其词"（115），经常成为惠特曼诗中的说话者的特征，《自我之歌》中的说话者就是一例，从这里面可以看出忸怩戏仿的成分。凯勒说："惠特曼声称，他的诗作充分表现了他的个性，然而，这些诗歌严重缺乏有关诗人生平的详尽信息，有人为这个矛盾深感惋惜，只是因为他没有看到惠特曼的声音从中发挥的作用"（115）。凯勒断言，"诗人是在**表演**（performing）[1]"（115），这种表演的忸怩戏仿特征显示出，他在用自己的声音和姿态发出一种挑逗性"邀请"（116），他渴望与自然以及他人亲密结合的超验主义理想，也因此而被诙谐地赋予了性的意味。凯勒发现，惠特曼"并没有取笑他谈论的对象，而是在从中寻找乐趣"，他之所以这样做，就是为了"强化他在周围世界获得的欢乐之情"（118）。凯勒称惠特曼为"美国文学界的梅·韦斯特（Mae West）[2]"，他认为，惠特曼向读者呈现自己的时候，并不是"让他整个人都闪现在我们面前"，而是"展现出他人格的多重性"（115）。

男同性恋文学批评的另一个典型例证是尼古拉斯·F. 瑞德（Nicholas

---

1 这里的performing一词是双关语，它既有"表演"的意思，在口语中又有"行房事"的意思。——译注

2 美国女演员，以胸部丰满而出名，为性感尤物的象征。——译注

F. Radel）的《作为他者的自我：埃德蒙·怀特作品中的身份政治》
（"Self as Other: The Politics of Identity in the Works of Edmund White"）。
在这篇思想深邃的论文中，瑞德评论说，"男同性恋身份显然是怀特许
多作品的主题"，很多男同性恋人物都"没有形成完整一致的自我意
识"，这"要归咎于性差异政治和性别差异政治"（175）。换句话说，
怀特考察的是恐同性质的美国文化对那些从中长大的男同性恋和男孩子
产生的有害影响，其中最有害的影响是男同性恋人物内化吸收的恐同情
绪，即后天性的自我憎恨。事实上，瑞德指出，怀特作品中的男同性恋
人物的心理世界截然分裂为两部分：一方面是他们自认为的"本质的自
我"，另一方面是"作为他者的同性恋自我，在他们看来，这一点是自
己与他人的有别之处"（176）。这种脱离自我的体验，无论对于男同性
恋身份，还是对于男同性恋社群，都有一定的瓦解作用。如果一个男人
让自己游离于男同性恋身份之外，他怎么会在男同性恋社群中找到归属
感呢？瑞德进一步论证，怀特作品中的自我游离不是个人心理问题造成
的，而是异性恋主义压迫政治的直接后果。因此，"我们可以将怀特的
小说视为历史机制的一部分，因为它揭示出的男同性恋主体（自我）就
是对整个文化所施加的政治压力的一种回应"（176）。

最后，在《忸怩戏仿和男同性恋情感》（"Camp and the Gay
Sensibility"）一文中，杰克·巴布丘（Jack Babuscio）认为，男同性恋情
感对所有人都有启发，它产生的洞察力不像有些批评家认为的那样，仅
对男同性恋社群有意义。巴布丘列举了一个关键的例子。他评论说，以
往的批评家之所以没有充分领会田纳西·威廉斯作品中的主人公们——
最有名的可能就是《欲望号街车》（A Streetcar Named Desire，1947）中
的布兰奇·杜波依斯——对人生的深刻见解，就是因为这些人物都代表
了威廉斯本人的男同性恋情感。换言之，可以说，威廉斯笔下的女主人
公就是易装反串的威廉斯本人，她们表现出威廉斯本人对同性恋身份的
焦虑，例如：他的肉体需求与精神需求之间的斗争，他既想滥交又想保
持清高的欲望，以及他对自己年迈衰老的担忧，因为同性恋亚文化是
以年轻人为主的。巴布丘指出，一些批评家就由此来断定，威廉斯的
作品与主流的异性恋文化毫不相关。总之，他们认为男同性恋情感只
把男同性恋者当作言说对象。

与此相反，在巴布丘看来，威廉斯身处美国主流文化的边缘，忍受

着外界的"恐惧、怀疑甚至憎恨"（34），这样的位置反而更有利于他去理解人类生活的矛盾——例如少数族裔也有同样的优势——因为他必须去应对那些尤为激烈的矛盾。此外，巴布丘还提出，在文学创作当中，所有优秀的作家都会将自身的经历转化为文学形式。因此，《巫山风雨夜》（*The Night of the Iguana*，1964）中的马可欣·福克提出，人生当中，我们早晚会勉强接受那些对自己有用的东西，她讲的这番话不仅针对男同性恋社群，也针对整个人类社会。

当然，与上文中女同性恋批评一节一样，本节列举的男同性恋批评例证不足以穷尽整个领域的情况，这里只把它们当作男同性恋批评的一些代表性范例。亲自阅读男同性恋批评家的著述会加深对这项方兴未艾的批评事业的理解。

此外，假如你对当代男同性恋作家的作品还不熟悉，很想去了解一下的话，我向你推荐一些批评界非常关注的作家，他们当中有：大卫·范伯格（David Feinberg）、托尼·库什纳（Tony Kushner）、戴维·李维特（David Leavitt）、埃德蒙·怀特、阿米斯特德·莫平（Armistead Maupin）、保罗·莫奈（Paul Monette）、马克·多蒂（Mark Doty）、兰迪·席尔茨（Randy Shilts）、丹尼斯·库珀（Dennis Cooper）、尼尔·巴特利特（Neil Bartlett）、艾伦·格加努斯（Allan Gurganus）、戴维·塞达里斯（David Sedaris）、安德鲁·霍勒兰（Andrew Holleran）、塞缪尔·R. 德兰尼（Samuel R. Delany）、戴尔·派克（Dale Peck）、约翰·里奇（John Rechy）、保罗·罗素（Paul Russell）、马修·斯塔德勒（Matthew Stadler）和彼得·韦尔特纳（Peter Weltner）。

【酷儿批评】

同性恋批评的初学者通常提出的第一个问题就是：为什么同性恋者会选择**酷儿**（queer）[1]这个带有恐同色彩的字眼来指称同性恋学科之内的一种研究方法？这个问题的答案不一而足，它们有助于你们了解酷儿理论的一些基本前提。

首先，酷儿这个术语的使用，可谓旧词翻新，它摈弃了它原有的

---

1 酷儿由queer音译而来，有"怪异"之意。——译注

恋同用法，这是为了表明，不许异性恋主义者来界定LGBTQ人群的体验。同性恋者亲自规定他们对自己的称呼，这种行为是一记狠招，它表达出同性恋者的心声："我们不畏惧别人的眼光"，"不需要你来说我们是谁——我们自己来说我们是谁！"，"我不同，我骄傲！"。正如常见的酷儿口号所总结的那样，"我酷，故我在——悉听尊便！"LGBTQ群体已经认识到，这个词语既是一种压迫手段，但同时也可成为一件变革工具。

其次，一些LGBTQ人士采用了很有包容性的**酷儿**一词，统称男同性恋、女同性恋、双性恋以及出于各种原因以同性恋自居的人士所共有的政治或文化立场。通过这种方法，该术语力求将四分五裂的各个同性恋阵营重新统一起来。同性恋阵营分裂的部分根源在于二十世纪七十年代初男同性恋解放运动以及女同性恋女性主义运动的中产阶级白人性质。作为中产阶级白人的产物，这两场运动对中产阶级白人的特权视而不见。这样一来，在整个二十世纪七十年代到八十年代，有色人种同性恋的体验和工人阶级同性恋的体验普遍遭到忽视，因为这些群体几乎没有机会在男同性恋的权力结构中出任显职。此外，一些男同性恋的性表达形式也受到排斥或被边缘化，例如在二十世纪五六十年代的女同性恋文化中发挥重要作用的男婆-姣女（butch-femme）[1]伴侣。无论在衣着、装扮还是在个人做派方面，她们都与异性恋夫妻相似。尽管她们在情感关系或性关系上不一定与异性恋伴侣相似，但是，人们通常还是认为，她们在这些方面与异性恋夫妇相似。于是，就有人批评她们把异性恋夫妻中常见的权力不平等带到了自己的生活中。而**酷儿**一词很有包容性，为所有的LGBTQ人群提供了一种共同身份，以此调解各派之间的分歧。

然而，在通常情况下，酷儿一词被用于表明一种特定的理论视角。从理论的角度来看，gay（男同性恋）和lesbian（女同性恋）这两个词都暗指一个可界定的性取向类别——同性恋，与它截然对立的是另一个可界定的性取向类别——异性恋。然而，在酷儿理论看来，性取向的类别是无法用同性恋/异性恋这类简单的对立就能界定的。解构主义认为，

---

1 butch是充当男性角色的女同性恋者，femme是充当女性角色的女同性恋者。——译注

人的主体性（自我）是由各种可能存在的"自我"组成的一个变动的、零散的、动态的集合体。在这种洞见的基础上，酷儿理论是这样来界定个人性取向的：一个由各种可能存在的性取向组成的变动的、零散的、动态的集合体。在我们一生之中甚至一周之内的不同时段，我们的性取向都有可能有所不同，因为性取向是一系列动态的欲望。男同性恋的性取向、女同性恋的性取向、双性恋的性取向、异性恋的性取向，在所有人身上都可能存在，它们一起构成了一个连续体。这些性取向的类别对于个人的意义，受到他的种族认同观和阶级认同观的影响。因此，无论是生理性别（男或女），还是文化据此而造就的社会性别（阳刚气或阴柔气），都无法完全操控性取向。性取向超越了这些界定，它有意志力、创造力以及表现自身的需要。

此外，异性恋不是用来界定同性恋的标尺，因为人类性取向的范围非常广泛，仅仅根据同性恋和异性恋这类有限的概念，是无法认识其全貌的。首先，这两个概念在判断一个人的性取向之时，仅仅着眼于他（她）的性伙伴的生理性别，用心理学的术语来说，就是一个人的**对象选择**（object choice）。其实，构成人类性欲望的还有许多其他因素。伊芙·科索夫斯基·塞吉维克（Eve Kosofsky Sedgwick）提出，如果摒弃同性或异性这样的对象选择，而采用其他对立因素去理解人类性取向的复杂性，或许效果更好。例如，可以根据一个人的个人偏好来界定他的性取向：他喜欢的是年长的还是年少的、是一对一还是多人游戏。甚至还有一些性取向的内容与对象选择无关。例如，塞吉维克指出，还可以根据如下对立来界定性取向："能达到性高潮/不能达到性高潮、非商业性/商业性、只使用身体/需借用外物、私下/当众、即兴偶发/事先酝酿"（57）。性取向的界定还可以根据个人对特定行为、感觉或体型的偏好。

在酷儿理论看来，我们的性取向是由社会建构的（而非先天的），原因在于我们的性取向是由我们所处的文化环境界定的。当我们讨论古代雅典的时候，我们已经见过社会建构性取向的实例，那里的性别分类是以社会等级制度为基础的，而这套等级制度是不区分男女的。我们还考察了各种不同的同性恋定义，其中有墨西哥和南美洲的、二十世纪初美国工人阶级的以及当今美国中产阶级白人的。既然性取向是社会建构的产物，那么，当我们阅读过去的文学作品之时，我们不仅要考虑当代人对性取向的界定，还要考虑当时产生作品的文化环境对性取向的界定。

显然，酷儿一词在当下的文学研究中有多重含义。作为一个包容性很强的术语，它可以指任何一种从同性恋视角进行文本阐释的文学批评。因此，前文讨论的所有同性恋批评的范例都可以归在酷儿批评的名下。但是，如果我们只是关注它狭义上的理论含义——它的解构主义内容——那么，利用酷儿批评去解读文本，目的就是为了去揭示文本对性取向类别的再现问题丛生，换句话说，其目的在于证明同性恋与异性恋并非截然对立，二者有相互重合之处，或者说，这两种类型不足以代表复杂多变的人类性取向类别。这类解读可能极为复杂，这里仅列举几个简单的例子。

如果用酷儿理论去解读威廉·福克纳的《献给艾米丽的一朵玫瑰花》，读者就会发现，按照传统的性别定义（男性化/女性化）和性取向定义（同性恋/异性恋），解释不了艾米丽这个人物，也就是说，这两种定义在她身上套用不上。她的性别类型并非固定不变，而是在男性化和女性化之间来回摇摆。一方面她是纤弱的纯真少女，依顺父亲；另一方面，她又是个胆大妄为的个人主义者，无视阶级规范和道德法则，想从荷默·伯隆身上得到她想要的东西，包括他的生命。一方面，她有着孩子般的天真，幽居独处，教授瓷器彩绘这门女性艺术；另一方面，她又很强势，满头铁灰色头发，像个孔武有力的男人，把自己的意志强加给男性的权力结构，其中包括邮局、税务部门、教会以及代表医学界的药剂师。

更显著的问题是，艾米丽的人物塑造超越了同性恋和异性恋的对立。按照生理性别，荷默与艾米丽是一对异性恋伴侣：前者为男，后者为女。然而，正如我们所看到的那样，文本在建构艾米丽的性别的时候，在女性化和男性化之间徘徊不已。在艾米丽和荷默的关系中，传统上本应由男性作出的许多胆大妄为的举动，被安排给了艾米丽。因此，就性别行为而言，我们可以认为，至少在象征层面上，荷默和艾米丽是一对同性恋伴侣：二人承当的都是男性角色。这样看来，《献给艾米丽的一朵玫瑰花》表面上是讲述异性恋激情与越轨的文本，但其实也是（或者说更是）一部酷儿文本，它揭示出传统的性别定义和性取向定义的局限性。

与此类似，利用酷儿视角解读沃尔特·惠特曼的《自我之歌》，可能要考察的是诗歌的色情成分如何要求我们放宽对性的认识。惠特曼的这篇杰作有一个显著特征，那就是，它对生活感情洋溢：自称是惠特曼的说话者，陶醉于自然美当中，体验着与所有同胞的精神结合，颂扬人活于世的纯粹快乐。前文探讨过，批评家卡尔·凯勒考察了惠特曼的忸怩戏仿风格，揭示出诗中富有挑逗性的声音和姿态，正因为这个原因，诗人渴望与自然以及他人亲密结合的超验主义理想被诙谐地赋予了性的意味。如果我们从酷儿批评的角度解读这首诗，我们就会注意到，惠特曼对生活体验的色情化表述超越了当代中产阶级白人对同性恋的界定，这种批评路径与卡尔·凯勒的做法迥然有别，因为我们可以去论证，《自我之歌》中再现的性取向始终在变化，超出了男同性恋欲望的界限。

诗中暗含的性取向定义确实覆盖了色情体验的许多内容。正如前文所说，按照伊芙·科索夫斯基·塞吉维克的看法，在依靠同性恋/异性恋对立搭建起来的性取向定义中，这些色情体验的内容一直遭到忽略。在惠特曼眼中，几乎所有的体验都具有强烈的色情性质：他不仅带着色情的眼光描写了年轻男子在河中共同沐浴的情景（传统的同性恋画面），还描写了一个少女在远处注视着他们。在他笔下，就连自然环境也有色情的意味，它既是私密空间（与世隔绝），又是公众场合（户外）。同样，就他目光所及，被色情化的不仅有从事各种工作的男男女女健康的身体，还有工作本身以及工作场所：雄伟的高山、肥沃的平原、繁忙的港口、兴旺的城市。此外，除了特定的人物、地点、物体和活动，被诗人色情化的还有：受人尊敬的老人、强健而又平和的动物、大海以及诗人所能想到的自己身体上的每一块区域。因此，《自我之歌》的酷儿解读可能认为，惠特曼的这首诗不是同性恋色情的，而是处处色情化，或者更确切地说，若想充分理解惠特曼的同性恋主义，就必须打破那种以生理性别为基础的人类性取向的定义。

最后，托妮·莫里森的《宠儿》的酷儿解读可能探讨的问题是：为什么说这部小说耐人回味的丰富内涵和多重意义，在一定程度上取决于它逾越、改变或否定了传统的同性恋与异性恋的分界以及"自然"与"不自然"的分界？例如，宠儿模仿她在树林中看到的海龟交配情景，与保罗·D.发生了性关系（模仿自然），可能因此而怀孕（在小说快结束时，前来解救塞丝的那个女人看到宠儿的肚子隆起，并且提到了她的妊娠）。不过，就深层意义而言，宠儿"孕育的"其实是她本人：她试图获得重生，创造一个新的自我，以便在塞丝和丹佛居住的自然世界中占有一席之位，从而永远摆脱随时要吞没她的那个幽灵般的、超自然的黑暗世界。这个"受孕过程"没有父亲，却有两个母亲参与其中：宠儿和塞丝。宠儿就像一个攫取型的恋人（predatory lover），她为自己的新生而消耗塞丝的生命，从塞丝不断消瘦而宠儿逐渐丰腴的过程当中，不难看出这一点。这段叙事出现在同性相爱的背景下——丹佛、宠儿、塞丝三人的感情是亲情和爱情的融合——这种同性之爱要比宠儿与保罗·D之间那种借尸还魂式的性爱强烈得多，与之相比，保罗·D与塞丝之间的异性结合就显得黯然失色，至少一时如此。宠儿对塞丝深情依恋，就像丹佛对宠儿一往情深，作者在描写这段情事的时候，运用了浪漫的甚至是性感的语言，道出小说中最强烈的情感内涵。就此而言，《宠儿》被注入了酷儿特征——打破传统的性取向观念和自然观念——这在很大程度上推进了小说的叙事发展，充实了小说的主题内容，增添了小说的感染力。

比起前文中引用的男同性恋和女同性恋批评的实例，如果你觉得酷儿批评的这些例证更晦涩、更模糊和更复杂，那么，请记住，酷儿批评的解构论目标试图强调的正是人类性取向的晦涩性、模糊性和复杂性。酷儿批评是同性恋文学研究中最为时新、最具哲理性的趋向，它向研究者承诺，将为理论探索和实验提供一个令人振奋的未来。[⑦]

【女同性恋、男同性恋和酷儿批评的共同特征】

尽管女同性恋批评、男同性恋批评和酷儿批评之间有一定的差异，但是三者在文学阐释方面却有很多相同之处。例如，女同性恋批评家和男同性恋批评家承担的任务有很多相似之处，他们中的很多人都吸收了酷儿理论提供的一些解构主义洞见，把它们与比较传统的男、女同性恋批评所关注的社会和政治内容结合起来。事实上，酷儿理论的许多实践者仍以男同性恋或女同性恋批评家自居。

其次，这三个领域的批评家都对LGBTQ文学当中反复出现的一些主题有着浓厚的兴趣。这些主题属于不断演变的文学传统的一个构成部分，它们分别是：初始阶段，其中包括发现自己有LGBTQ性取向，第一次以LGBTQ身份从事性活动，在LGBTQ亚文化群体内"懂得诀窍"；在亲朋好友间"初次露面"；在工作场所"初次露面"；应付恐同文化和异性恋主义歧视；男同性恋自我憎恨心理；克服男同性恋自我憎恨心理；在男同性恋生活中充当忸怩戏仿和易装反串的角色；打消寂寞和抵制异化；寻求真爱；与LGBTQ伴侣共同生活；对女同性恋乌托邦的追求；"石墙事件"前后的生活；艾滋病出现前后的生活（既指个人生活，也指LGBTQ社群的集体生活）；照看患上艾滋病的爱人；哀悼艾滋病死者；LGBTQ团结的重要性。当然，随着LGBTQ作家的社会和政治处境的改变，LGBTQ作品的主题也会有所不同。在当代作品中可以直言不讳的那些主题，在早期作品中只能以改头换面的形式出现（见前文中对薇拉·凯瑟的作品的讨论），或以戏谑调侃的形式出现［例见奥斯卡·王尔德的戏剧《不可儿戏》（*The Importance of Being Earnest*，1895）中语言游戏的双关含义］。

最后，女同性恋批评、男同性恋批评和酷儿批评通常都依赖相似的文本证据。例如，除了比较明显的文本线索之外——例如同性恋意象、两个同性角色之间的色情行为——还要有一些相当隐秘的文本线索，即便是在一个异性恋文本中，也能营造出一种同性恋氛围，正像我们从前面的女同性恋批评、男同性恋批评和酷儿批评的例证之中见到的那样。单凭一条文本线索不足以证明文本的同性恋氛围；凭借寥寥几条线索也不足以支撑女同性恋、男同性恋或酷儿式解读。但是，如果这类线索为数众多，尤其再与其他文本或传记证据结合起来，就会强化一个文本的女同性恋、男同性恋或酷儿式阐释，即便这个文本表面上是异性恋的。接下来我们仔细考察一下有关这类隐秘线索最常见的例证。

同性社交关系（homosocial bonding）——描写两个同性人物之间强烈的情感联系，可以营造出一种隐晦的或明显的同性恋氛围。描写同性社交关系，无论是否有同性恋性质，它突出强调的是同性之间的情感联系对个人身份和社群的发展意义重大，然而，人类的这种潜能经常遭到异性恋主义文化的恐同焦虑症的低估、忽视或轻视。在凯特·肖邦的《觉醒》（1899）中，埃德娜·庞特里耶（Edna Pontellier）和阿德尔·拉蒂诺尔（Adèle Ratignolle）有同性社交关系，埃德娜与赖斯（Reisz）小姐也有同性社交关系。在文学人物当中，其他同性社交关系的例子包括赫尔曼·麦尔维尔（Herman Melville）的《白鲸》（1851）中的伊斯梅尔（Ismael）和奎基格（Queequeg）、马克·吐温的《哈克贝利·费恩历险记》（1885）中的哈克与吉姆，以及托尼·莫里森《秀拉》（1973）中的内尔和秀拉。

同性恋"迹象"（gay or lesbian "signs"）——同性恋"迹象"分两种类型。第一种类型包括异性恋文化囿于成见而与男女同性恋联系起来的那些特征。例如，这类特征可能明显体现在"女人味十足的"男性人物或"阳刚气十足的"女性人物的外貌和行为当中。第二种类型则是同性恋亚文化群体自创的编码标志。例如，在二十世纪头几十年，格特鲁德·斯泰因在作品中使用的gay这个词，就是一种"内部"编码迹象，当时的异性恋文化对此无法识别。还有，前文讨论过的艾米莉·狄金森诗歌中的女同性恋意象，也是广大异性恋读者无法识别的编码迹象。阐释这两种迹象需要慎重行事，因为无论是LGBTQ亚文化创造的迹象，还是异性恋文化导致的成见，都会随着时间的流逝而改变。因此，我们在使用这类证据的时候必须谨慎，同时还要结合其他证据。有一些作家故意把LGBTQ迹象放进自己的作品里，这是因为他们觉得，在异性恋文化环境下，这是表达他们的LGBTQ体验或与LGBTQ读者交流的唯一安全的方法。其他作家把这些迹象放到作品中，可能是出于自觉的或不自觉的原因，他们并没有把它们当作同性恋迹象。无论我们是否考虑作者意图，我们的目标都是分析这类迹象在文本中发挥了什么作用，从而为酷儿阐释提供各种可能性。

同性"替身"（same-sex "doubles"）——这是一种比较隐晦、略显抽象的同性恋迹象，通常由两位外表相似、举止相似或经历相似的同性人物组成。由于同性恋的性取向强调性别上的相似，因此，互为"镜像"的两位同性人物也可以成为同性恋的迹象。他们之间可能存在同性恋关系、同性社交关系，也可能素未谋面，根本不相识。同性替身的例证可能包括凯特·肖邦的《觉醒》（1899）中的埃德娜·庞特里耶和阿德尔·拉蒂诺尔，以及罗伯特·勒布隆（Robert Lebrun）和奥尔斯·阿伦宾（Alcée Arobin）；菲茨杰拉德的《了不起的盖茨比》（1925）中的黛西·布凯南和乔丹·贝克；威廉·福克纳的《喧哗与骚动》（1929）中的昆汀·康普生（Quentin Compson）和达尔顿·埃姆斯（Dalton Ames）。

性越轨（transgressive sexuality）——文本对越轨性行为的关注，包括对异性的性越轨的关注（例如婚外情），让人们开始质疑传统异性恋的规范，从而让人们联想到各种各样的性越轨行为。当然，大多数文学作品都是以异性越轨为题材，不一定暗藏酷儿的潜文本。但是，作品中对异性的性越轨的再现——例如群交、双重人格的生活以及纵酒狂欢等放纵行为——却营造出一种性试验氛围，这就为酷儿解读提供了舞台。尽管单凭这个舞台还不足以进行酷儿解读，但是，它毕竟给我们提供了一个富有启发性的背景，让我们去补充更具体的文本证据。

显然，女同性恋批评、男同性恋批评和酷儿批评之间的界限并非一成不变。你使用上述文本证据的目的以及你为自己规定的批评方向，决定了你对一部文学作品的阐释究竟是女同性恋解读，还是男同性恋解读，还是酷儿解读。

【女同性恋批评家、男同性恋批评家和酷儿批评家针对文学文本提出的一些问题】

以下问题用于总结女同性恋、男同性恋或酷儿理论的文学研究。下面的七个问题中，只有问题7符合酷儿批评狭义的理论定义，因为它立足于解构主义的性取向观念，其余问题都可以根据这三种批评视角中的任何一种来回答。

1. 某一部同性恋或酷儿作品的政治主张（意识形态目标）是什么？这些政治主张是如何体现在作品的主题内容或人物刻画当中的？
2. 某一部同性恋或酷儿作品的诗学理论（文学技巧和策略）是什么？对于界定某种独特的同性恋或酷儿诗学理论、文学传统或文学经典，这部作品起到了什么作用？
3. 这部作品对于我们理解酷儿、男同性恋或者女同性恋体验及历史（包括文学历史）有何帮助？
4. 一些貌似异性恋的文本是如何暗含酷儿或同性恋体验的（这种分析方式通常适用于不许公然描写同性恋体验的那个时代的文本，或用于重新阐述以前被当作异性恋的作家的性取向）？

5. 重读异性恋作家的作品，如何发现作者在有意或无意当中写出的同性恋内容？也就是说，作品中是否暗藏着（或者是异性恋读者暗藏着）某种无意识的同性恋欲望或冲突？

6. 该作品如何揭示出异性恋主义（在社会、政治、心理方面）的具体作用？该作品中是否（有意或无意地）带有恐同症？它对异性恋价值观的态度是批判、颂扬还是盲目接受？

7. 这部文学文本如何说明了性取向和性"身份"问题是极为复杂的？也就是说，为什么说人类的性取向并非专属于同性恋或异性恋？

　　根据所讨论的文学文本，我们可以提出其中的一个或几个问题，我们也可以提出其他问题，只要这个问题有助于我们的解读。这些问题只是引导我们从同性恋批评或酷儿批评的角度去考察文学作品的起点。有一点需要记住，并非所有的批评家都会以同样的方式去阐释同一部作品，即便他们使用的理论概念相同。正如所有领域都会出现的情况那样，即便是行家里手之间也有分歧。我们的目标在于运用同性恋批评和酷儿批评来丰富我们对文学作品的解读，了解作品说明的重要观点——如果没有同性恋批评和酷儿批评，我们对这些观点的认识可能不够清晰或不够深刻——理解同性恋作家的历史和文学创作。

　　下文对《了不起的盖茨比》的解读就是一个实例，用以说明如何从酷儿视角去阐释菲茨杰拉德的这部小说。这里使用的"酷儿"一词有两层含义：首先用的是这个词的本义——我讨论的对象不限于性别或性取向单一的人物；其次是在解构主义意义上使用这个词——我的解读证明了小说对性取向的表述变幻无常、不够稳定。具体来说，我将论证《了不起的盖茨比》是一部性取向模糊的小说：它针对人物的性取向提出了许多疑问，但却没有回答这些问题。此外，我还要去论证，造成性取向模糊不清的原因在于小说通过一种隐藏的男同性恋感受，也就是叙事者尼克·卡罗威的感受，讲述了一个异性恋的故事情节。最后，我将表明，小说的性取向模糊反映出菲茨杰拉德在他本人性取向问题上的心理矛盾。

【尼克·卡罗威的真面目：《了不起的盖茨比》的酷儿解读】

F. 司各特·菲茨杰拉德的《了不起的盖茨比》的情节具有最为显见的异性恋特征。推动小说叙事发展的是杰伊·盖茨比与黛西·费伊·布坎南的悲剧爱情，以及三场相互重叠的异性三角恋：盖茨比-黛西-汤姆，汤姆-茉特尔-乔治，茉特尔-汤姆-黛西。然而，在这个异性恋故事的背后，却隐藏着一部同性恋文本。由于跌宕起伏、引人注目的异性恋情节的遮蔽作用，这个同性恋文本显得极其隐晦，尽管如此，它在小说中还是随处可见。

具体地说，我将要论证，小说对性出轨的处理和层出不穷的同性恋标志共同发挥作用，创造了一个同性恋潜文本，打乱和动摇了异性恋叙事，在这一过程中，创立了一部性取向模糊不清的小说。正如我们将看到的那样，这部同性恋潜文本最完整地体现在作者对尼克·卡罗威这个人物的刻画当中，虽然我认为这位叙事者并没有意识到自己的同性恋倾向。换句话说，造成《了不起的盖茨比》性取向模糊不清的原因在于异性恋的故事情节居然是通过一种隐蔽的男同性恋情感传达出来的。此外，我还将说明，小说性取向模糊不清这一问题反映出菲茨杰拉德对于他本人的性取向显然也充满了心理矛盾。

在一部异性恋小说中，单单描写异性之间的越轨行为是无法产生酷儿潜文本的，然而，《了不起的盖茨比》在热衷于描写性越轨的时候，还有很多同性恋性征的暗示，这就为酷儿解读创造了条件。首先，产生小说大部分情节的三场三角恋都属于通奸关系：黛西、汤姆、茉特尔均违背了他们的婚姻誓言。黛西与盖茨比再次幽会得力于尼克。尼克是黛西的男性亲属，按照传统，他本应去捍卫她的贞洁，相反，他却在她失贞的过程中起到了推波助澜的作用。其次，盖茨比和黛西在求爱之初就发生了性关系，"他占有了他所能得到的东西，狼吞虎咽，肆无忌惮——终于在一个静寂的十月的夜晚他占有了黛西，占有了她，正因为他并没有真正的权利去摸她的手"（156；ch. 8）。显然，尼克与乔丹之间也有婚前性关系，这对于他们双方来说都不是第一次。事实上，尼克认为乔丹生活淫乱：他推测乔丹"不诚实到了不可救药的地步"，因为她希望"对世人保持那个傲慢的冷笑，而同时又能满足她那硬硬的、矫健的肉体的要求"（63；ch. 3）。

　　当然，书中描写的喧闹聚会，无论是在汤姆和茉特尔的公寓里举行的，还是在盖茨比家草坪上举办的，也营造了一种性越轨的氛围。例如，汤姆和茉特尔家的聚会是他们婚外恋的后续，他们本人和客人公开讨论这场婚外恋。盖茨比家的聚会上也充满了性越轨的意象，例如，汤姆试图挑逗一个"俗气可是漂亮"（112；ch. 6）的年轻女人；盖茨比和黛西离开舞会，溜到尼克的小屋中幽会，尼克在外面放风，以防别人打扰；一个身份不明的男子"劲头十足地跟一个年轻的女演员交谈"，他妻子"对着他的耳朵从牙缝里挤出一句话：'你答应过的！'"（56；ch. 3）；"贝路加的几个姑娘"（66；ch. 4）这种表达方式暗示这些姑娘都是贝路加的性玩物。还有，"休伯特·奥尔巴哈和克里斯蒂的老婆"（66；ch. 4）以及"克劳迪娅·希普小姐和被认为是她司机的男伴"（67；ch. 4），这些话里面也有性越轨的暗示。因此，尼克对纽约的评价是小说中四处弥漫的性氛围的真实写照：在这个地方"什么事都可能发生了……无论什么事都会有"（73；ch. 4）。

　　其实，从这些聚会里，我们还看到许多同性恋"迹象"的明显例证，这些标志启动了小说同性恋潜文本的发展。例如，在尼克与盖茨比初识的聚会上，他看见"在台阶下面站住的两个穿着一样的黄色连衣裙的姑娘在讲话。'哈罗！'她们同声喊道"（47；ch. 3）。这两个女孩正是同性"替身"的突出例证，这是女同性恋的一个标志：她们长得很像、说话很像、着装很像，而且形影不离，她们还在舞会上"演了一出化装的娃娃戏"（51；ch. 3）。事实上，1974年出品的电影版中，这两个角色是故事中唯一能够体现酷儿成分的地方：影片对这两个女人携手共舞情景的表现，不难让人看出其中的性含义。

　　在汤姆和茉特尔的公寓的聚会上，我们从尼克和麦基先生的邂逅中可以看到一系列男同性恋迹象。麦基先生是"一个白净的、女人气的男人"（34；ch. 2），他与妻子就住在隔壁的公寓里。尼克初次见到他的时候，他正在椅子上睡觉。尼克告诉我们，"我掏出手帕，把他脸上那一小片叫我一下午都看了难受的干肥皂沫擦掉"（41；ch. 2）。麦基醒来后就离开了，把妻子一个人留在那里；尼克对她的描述是"尖声尖气，没精打采，英俊不凡，可是非常讨厌"（34；ch. 2）。尼克"跟着"（42；ch. 2）麦基走了出去，麦基邀请他改天一道吃午饭，他同意了。

> "好吧，"我表示同意说，"我一定奉陪。"
>
> ……我正站在麦基床边，而他坐在两层床单中间，身
> 上只穿着内衣，手里捧着一本大相片簿。
>
> "《美人与野兽》……《寂寞》……《小店老马》
> ……《布鲁克林大桥》……"
>
> 后来我半睡半醒躺在宾夕法尼亚车站下层很冷的候车
> 室里，一面盯着刚出的《论坛报》，一面等候清早四点钟
> 的那班火车。（42；ch. 2，省略号为菲茨杰拉德所加）

显然，这两个人都喝得酩酊大醉，这个场景很容易被阐释为两人醉酒状态的表现。从这个角度来看，省略号表示的是醉后常有的失忆状态。尼克实际想要说的是，"我醉得一塌糊涂"，仅此而已。

但是，在酷儿理论看来，这个场景却另有深意。这里面有为数众多的男同性恋迹象，它们出现的顺序暗示了两个男人同性相吸、彼此心仪的过程，即便他们不太可能在麦基的卧室里发生了性关系。这些迹象包括：麦基的外表女人气十足，而他妻子的男性化特征十足（咄咄逼人、傲慢自大、"英俊不凡"）；尼克很关心麦基脸上的肥皂沫（也就是说，尼克对麦基的仪容吹毛求疵）；尼克"跟着"麦基走出房间；午餐邀请；尼克随麦基进入卧室，麦基只穿着内衣坐在床上；尼克早上四点钟在火车站一觉醒来，对此前发生的一切毫无记忆（因此，在此期间发生的一切都是被压抑的记忆）。如果这些迹象单个出现，意义就不是很大，但是，一旦它们像这样汇集在一起，一个同性恋潜文本就出现了，任何酷儿批评家都不可能对其视而不见。

然而，文中为数最多的同性恋迹象或许还是与杰伊·盖茨比和乔丹·贝克有关。盖茨比过分讲究的打扮、华丽的衣着以及其他私人物品，有效地发挥了男同性恋迹象的功能。"他那短短的头发看上去好像是每天都修剪似的"（54；ch. 3），他的那些无可挑剔的服装，多以各种深浅不一的淡紫色和粉色为主，这两种颜色一直与男同性恋联系在一起。我们还知道，盖茨比有几十件"条子衬衫、花纹衬衫、方格衬衫，珊瑚色的、苹果绿的、浅紫色的、淡橘色的，上面绣着深蓝色的他的姓名的交织字母"（97–98；ch. 5），他的粉色衣服至少被提到三次。

事实上，文中提及盖茨比粉色衣服的方式，也突出了它作为男同性

恋迹象的功能。尼克两次提到那件粉色衣服，措辞富有浪漫气息，仿佛在描绘一位妩媚可爱的女人的罗裳，"我脑子里什么都想不到，除了他那套粉红色衣服在月光下闪闪发光"（150；ch. 7），以及"他那套华丽的粉红色衣服衬托在白色的台阶上构成一片鲜艳的色彩"（162；ch. 8）。此外，汤姆也提到了这套衣服，这就更能突出它的同性恋迹象功能了：汤姆明显患有恐同症，在他眼中，这套衣服就是男同性恋的迹象。我们就这一点略加申说。

汤姆与工人阶级女性有过无数次婚外情，他以此自炫，毫无忌讳；这些女人在社会经济方面易受诱惑，这就给他以可乘之机，凌驾于她们之上。这些婚外情表明，他需要确认自己的异性恋身份，他常常以咄咄逼人之势显示自己的男子气概也是出于此意，这一点，在整部小说中都可以看出来。正如尼克所说的那样：

> 他说起话来还带有一种长辈教训人的口吻，即使对他喜欢的人也一样……
> "我说，你可别认为我在这些问题上的意见是说了算的，"他仿佛在说，"仅仅因为我力气比你大，比你更有男子汉气概。"（11；ch. 1）

这种男子汉气概的过度补偿与他的恐同症直接相关：出于证明自己的男人身份的需要，汤姆只要在别人身上看到同性恋的蛛丝马迹，就会发出攻击。因此，汤姆会以贬损的言辞提起盖茨比的粉色衣服，来表达他对盖茨比的鄙视，从而突出了这件衣服的同性恋迹象："牛津大学毕业生！他要是才他妈的怪哩！他穿一套粉红色衣服"（129；ch. 7）。

盖茨比的其他物品也显示出男同性恋迹象。他的房子的装潢风格极具女性化特征："玛丽·安托瓦妮特式的音乐厅和王政复辟时期式样的小客厅……一间间仿古的卧室，里面铺满了玫瑰色和淡紫色的绸缎，摆满了色彩缤纷的鲜花"（96；ch. 5）。盖茨比的汽车也非常艳丽抢眼，用汤姆的话说，如同一部"马戏团的花车"（128；ch. 7）。尼克描述说"车子是瑰丽的奶油色的，镀镍的地方闪光耀眼，车身长得出奇，四处鼓出帽子盒、大饭盒和工具盒，琳琅满目，还有层层叠叠的挡风玻璃反映出十来个太阳的光辉"（68；ch. 4）。事实上，盖茨比为自己打造的那种矫揉造作和戏剧化的生活方式，具有一种忸怩戏仿的特征。这种特征明显体现在他虚构的"自传"中：他把自己刻画为"一个年轻的东方王公……收藏珠宝，以红宝石为主，打打狮子老虎，画点儿画"（70；ch. 4）。

类似地，乔丹·贝克这位名字中性化的女人，也表现出许多女同性恋迹象。她是一名职业高尔夫运动员，这本来是一个男性从事的职业。此外，就像小说常用女性化的字眼来描写盖茨比一样，小说也经常使用男性化的字眼去描写乔丹。尼克一看到乔丹，就说道，"我喜欢看她。她是个身材苗条、乳房小小的姑娘，由于她像个年轻的军校学员那样挺起胸膛更显得英俊挺拔"（15；ch. 1），也就是说，她很像军校里的男孩。即使她穿上了最有女人味的礼服，尼克也用男性化的字眼去形容她："她穿晚礼服，穿所有的衣服，都像穿运动服一样——她的动作有一种矫健的姿势，仿佛她当初就是在空气清新的早晨在高尔夫球场上学走路的"（55；ch. 3）。事实上，尼克对乔丹外表和举止的大量描绘，总是令人想到男性化的形象：她有"硬硬的、矫健的肉体"（63；ch. 3）；"她身子一直，就霍地站了起来"（22；ch. 1）；"她活泼地挥了一下那只晒得黑黑的手表示告别"（57；ch. 3）；她有一张"苍白、轻蔑的嘴"（85；ch. 4）；"她的脸和她放在膝盖上的浅棕色无指手套一个颜色"（185；ch. 9）；她是个"似乎玩世不恭的人"（20；ch. 1）；她是一个"干净、结实、智力有限的人"（84；ch. 4）；如此等等。

乔丹与男人之间的关系，进一步突出这个人物在刻画过程中可能暗含女同性恋潜文本。尼克发现，乔丹"本能地回避聪明机警的男人……因为她认为，在对越轨的行动不以为然的社会圈子里活动比较保险"（63；ch. 3）。换言之，乔丹不想被别人看穿。她不希望有人认为她的私生活离经叛道，所以她要和自己能驾驭的男人约会，例如，陪她参加盖茨比的聚会的那个同伴，看上去就很不成熟，"男大学生，此人死乞白赖，说起话来老是旁敲侧击"（49；ch. 3），或者找尼克这样的人约会，她只要说一句"我喜欢你"（63；ch. 3），就可以轻松俘获他的心，而尼克还会因为与"高尔夫冠军"约会感到"很荣幸"（62；ch. 3）。在这个语境下，尽管乔丹与尼克发生了性关系，但是，乔丹"耍各种花招"得以"满足"的"她那硬硬的、矫健的肉体的要求"（63；ch. 3），暗示的是女同性恋欲望。

　　鉴于盖茨比和乔丹表现出同性恋迹象，而尼克对他们又是那么兴趣盎然，因此，如果从酷儿批评的角度来看，这里面大有深意。尼克之所以倾心于盖茨比，是同性恋欲望从中作祟的结果。这方面的具体证据是：他非常关注盖茨比身上的女性化特征，这也反映出他为什么关注麦基；他异常欣赏盖茨比"瑰丽的"外表和"富于浪漫色彩的敏捷"（6；ch. 1）；他经常义愤填膺地替盖茨比辩护，认为盖茨比是他人自私和腐败的牺牲品，然而，这种辩护经常是盲目的；盖茨比死后，他感受到自己与盖茨比的深厚感情，此时此刻，他终于可以"安全地"爱他了。与此相似，尼克依恋乔丹，既有同性欲望的因素，也有异性恋的因素，这是因为尼克首先把乔丹当成了小伙子。

　　在这个语境下，尼克成功地帮助盖茨比在黛西始料不及之际重温旧梦的举动，似乎也有同性恋的潜在成分。由于尼克对盖茨比萌生同性爱欲，为之倾心，他很可能会对盖茨比的性取向非常好奇，千方百计地想进入盖茨比的私人生活。为盖茨比"拉皮条"（指的是尼克"拉"到黛西，因为盖茨比提出要支付尼克服务费）可能让尼克感觉到，他与盖茨比的性生活关系紧密。（当然我们可以作出相似的论断：乔丹热衷于推动黛西和盖茨比的婚外情，原因在于她对黛西有同性欲望并对黛西的性取向很好奇。）此外，尼克帮助黛西和盖茨比在自己家中再续前缘，如果他从中以黛西自居，也可以体验到一种替代性的性刺激。因此，当他指责盖茨比不为黛西考虑时，他所表达的实际上是他自己的感受："'黛西也难为情……你的行动像一个小孩，'我不耐烦地发作说，'不但如此，你也很没礼貌。黛西孤零零一个人坐在那里面'"（93；ch. 5）。随后，在参观盖茨比的豪宅的过程中，尼克的地位与黛西相仿，因为他也是第一次看到盖茨比室内的私人陈设。

　　其实，尼克的身上也有很多同性恋迹象，这进一步突出了人物刻画过程中的同性恋成分。尼克已三十岁，既未结婚，也未订婚，虽说他曾经和异性上过床，但他从未严肃认真地对待自己与女性的浪漫恋情。事实上，尼克的经历与一战期间出现的一种情况非常吻合：成千上万名青年发现自己有男同性恋倾向。正如乔治·乔恩斯（George Chauncey）对纽约男同性恋史的评论那样：

　　　　（一战期间的）军事动员，让男性摆脱了家庭和小镇邻里的监管，置身于清一色的男性环境当中，他们开始有大量机会去结识男同性恋、探究自身的同性恋兴趣。战争结束后，海军方面立即对在纽波特、罗德岛的海军训练基地驻扎的男性进行广泛的同性恋调查，结果显示：战争期间，许多海员在遇到其他同性恋海员后，把自己打造成同性恋，尽管相当多的人不以同性恋自居，但他们对同性恋世界很熟悉，而且有过同性恋经历。他们中的许多人表示，如果他们返回家乡，他们的同性恋生活就会难以为继，原因有二：一方面，他们不能让父母知道他们的同性恋倾向，另一方面，在绝大多数小镇上，搞同性恋的机会实在不多。

军事动员为许多新兵提供了机会，见识到大城市，尤其是纽约的男同性恋生活（纽约是大批美国军人乘船开赴欧洲的主要港口）……战后到底有多少同性恋士兵留在了纽约，这很难确定，但是，在二十世纪二十年代，纽约的同性恋团体数目大增却有目共睹，可见还是有很多同性恋留在了这里——的确，他们见识到了同性恋的纽约之后，就很难在农场里安心生活了。（145）

尼克本是中西部人，与上文描述的士兵一样，从战场归来后，他就再也无法适应家乡的生活。他说道：

我就参加了那个称之为世界大战的延迟的条顿民族大迁徙。我在反攻中感到其乐无穷，回来以后就觉得百无聊赖了。中西部不再是世界温暖的中心，而倒像是宇宙的荒凉的边缘——于是我决定到东部去……（7；ch. 1）

在东部，他又去了哪里呢？他去了纽约。在他和乔丹眼里，这座城市与性越轨是联系在一起的。尼克是这样评价纽约的："我开始喜欢纽约了，喜欢夜晚那种奔放冒险的情调"（61；ch. 3）。乔丹认为，纽约"有一种非常肉感的滋味——熟透了，仿佛各种奇异的果实都会落到你手里"（132；ch. 7）。

更确切地说，尼克在纽约市内工作，大部分夜晚也是在这里度过。他住的地方在西卵，用尼克的话说，这里是"由百老汇强加在一个长岛渔村上的没有先例的'胜地'"（113-14；ch. 6），"一个独立完整的世界，自有它独特的标准和大人物"（110；ch. 6），一个具有"不安于陈旧的委婉辞令的粗犷活力"（114；ch. 6）的世界。换言之，尼克暗示他正生活在一个越轨的亚文化当中。在尼克看来，百老汇是这种亚文化的源头，这种看法值得注意，原因是：一方面，当时百老汇是纽约男同性恋的猎艳区（Chauncey 146），另一方面，无论准确与否，戏剧界一直与性宽容和性试验联系在一起。

我们在分析尼克的时候，当然是在分析小说的叙事者。正是因为尼克的视角，小说的性取向才变得模糊不清。我们先总结一下这些模糊不清之处。正如我们所看到的那样，《了不起的盖茨比》这部小说似乎对性越轨情有独钟，但是，这种越轨的性质并不总是很明确。尼克固然同女人睡觉，但麦基先生对他很有性吸引力，盖茨比对他的性吸引力就更强烈了。乔丹对尼克的性吸引也带有同性恋的成分，因为尼克专注于乔丹的男孩似的外表。与尼克关系暧昧的乔丹，"只要她一点头"就可以和"好几个人"（186；ch. 9）结婚，然而，她身上却有不少女同性恋的迹象。盖茨比，小说中最重要的异性恋浪漫人物，具有大量的男同性恋迹象。最后，盖茨比和黛西，异性恋浪漫情侣的偶像，之所以能重温旧梦，还多亏了尼克和乔丹——隐蔽的同性恋欲望在小说中的化身。

因此，这部小说针对人物的性取向提出了大量的问题，却没有给出答案。尼克究竟是异性恋、同性恋还是双性恋？如果他的性取向当中有同性恋成分，他本人是否知道？他的行动是否受此影响？乔丹的性取向又是什么？她本人了解吗？考虑到盖茨比对黛西一片痴情，我们该怎样看待他的女性化甚至忸怩戏仿的特征？小说中充斥的那种性自由甚至性放纵的氛围，是否仅限于异性恋领域？它是否也涵盖了同性恋世界？如果是的话，又体现在什么方面？

我认为，对于小说中大多数性取向模糊的现象，最好的解释是：尼克是同性恋，他的男同性恋情感影响了他对自己所述事件的看法。盖茨比和乔丹的身上之所以有大量的同性恋迹象，这是因为尼克把他们当成了同性恋，而我们又是透过尼克的眼光来看待他们的。尼克的看法源于他本人的欲望投射（尼克有同性恋欲望，所以他能看到别人身上的同性恋迹象），或者他对盖茨比和乔丹性取向中的酷儿成分极其敏感，因为他的性取向当中也有这些东西，或者这两方面的原因都有。但是，尼克在叙事过程中隐藏了酷儿成分，使这个叙事变成了一个异性恋爱情故事的潜文本。他之所以这样做，是为了隐瞒自己的同性恋欲望，有关这一点，我稍后再加以论证。换句话说，小说的性取向模糊的原因是，作者用了一种隐蔽的男同性恋情感去表达异性恋的故事情节。

和很多男同性恋一样，尼克也采取了与女人发生性关系的方式来否认自己的同性恋倾向，不仅如此，他还在自述当中声明他是一个中规中矩的人，但是令人难以置信。例如，在爱情问题上，尼克把自己打造成一个保守的甚至是清教徒式的人物。当他听说汤姆与"纽约的一个女人"（19；ch. 1）有染时，他说，"我自己本能的反应是立刻去打电话叫警察"（20；ch. 1），"我觉得，黛西应该做的事是抱着孩子搬出这座房子——可是显然她头脑里丝毫没有这种打算"（25；ch. 1）。同样地，在决定与乔丹恋爱之前，他觉得自己必须先正式终止他与另一个女孩的恋爱关系，也就是他在家乡一直约会的那个女孩，因为用他自己的话说，"我……满脑袋清规戒律，这都对我的情欲起着刹车的作用"（63–64；ch. 3）。事实上，尼克极其厌恶纽约道德败坏的风气，当他在盖茨比死后返回中西部之时，他告诉我们，"我希望全世界的人都穿上军装，并且永远在道德上保持一种立正姿势"（6，ch. 1）。

然而，与此同时，尼克故意让我们相信他是异性恋者。例如，他告诉我们，他"和一个姑娘发生过短期的关系，她……在会计处工作"（61；ch. 3）。如果不是为了让人相信他的异性恋性取向，他为什么提到这条明显不相关的信息呢？至于他在老家交往的那个姑娘，别人都以为他会娶过来，但他却告诉我们，她只不过是"一个老朋友"（24；ch. 1），他说这话是为了让我们相信，他与女性可以建立起朋友之外的关系。同样地，当他描述他在纽约度过的夜晚的时候——他和一些与自己境况相似的小伙子一起"在橱窗面前蹀躞"（62；ch. 3）——为了防止这个场景让人产生同性恋联想，他大书特书自己的奇思遐想："风流的女人……走到神秘的街道拐角上她们所住的公寓"（61；ch. 3）。

最后，在讲到他和乔丹·贝克的约会时，尼克暗示乔丹性生活混乱，关于这一点，前面已经提到过。为了确保我们知道尼克得到了乔丹的青睐，成为她的入幕之宾，第四章的结尾描写了这样一幕：两人乘坐马车游览中央公园，在浪漫之旅的途中，尼克亲吻了乔丹——"我把身边这个女孩（乔丹）拉得更近一点，同时胳臂搂得更紧……她嫣然一笑，于是我把她拉得更近一点，这次一直拉到贴着我的脸"（85；ch. 4）——第五章开头就告诉我们，尼克很晚才回家，"那天夜里我回到西卵的时候……半夜两点钟了"（86；ch. 5）。也就是说，尼克想让我们知道，那个吻只是他和乔丹浪漫接触的开端。

事实上，尼克对自己的"正常"和诚实似乎强调过头。在小说的第一页，尼克就将自己与大学里的一些"放荡的、不知名的人"对立起来，这些人总想向尼克倾诉自己的"秘密的伤心事"，因为他们都知道尼克"对所有人都保留判断"（5；ch. 1）。他说："这个特点在正常的人身上出现的时候，心理不正常的人很快就会察觉并且抓住不放"（5；ch. 1）。换句话说，尼克周围尽是一些"不正常的"人，让他不胜其扰，而只有他本人才是"正常的"。随后，他又告诉我们，"我所认识的诚实的人并不多，而我自己恰好就是其中的一个"（64；ch. 3）。可能怕我们健忘，在最后一章，尼克又提醒我们，"我三十岁了……要是我年轻五岁，也许我还可以欺骗自己，说这样做光明正大"（186；ch. 9）。然而，尼克自欺欺人的行为最终被乔丹看透了，她告诉尼克：

> 你说过一个开车不小心的人只有在碰上另一个开车不小心的人之前才安全吧？瞧，我碰上了另一个开车不小心的人了，是不是？我是说我真不小心，竟然这样看错了人。我以为你是一个相当老实、正直的人。我以为那是你暗暗引以为荣的事。（186；ch. 9）

也就是说，乔丹这时候开始相信尼克（和她一样）也是一个行为不轨之人，但又不肯坦然承认。从酷儿批评的角度看，乔丹的评价有力地论证了这一点：尼克坚持认为自己"正常"和诚实的立场已经不堪一击。

有趣的是，当尼克一开始发现自己想与乔丹交往时，竟对自己的性取向有些迷惑，而且很明显他自己没有意识到这一点。他说：

> 我也知道首先我得完全摆脱家乡的那段纠葛。我一直

> 每星期写一封信并且签上"爱你，尼克"，而我想到的只
> 是每次那位小姐一打网球，她的上唇上边总出现像小胡子
> 一样的一溜汗珠。不过确实有过一种含糊的默契，这必须
> 先委婉地解除，然后我才可以自由。（64；ch.3）

在这段话中，尼克既强调了他的诚实，又强调了他的异性恋性取向，这
是他特有的做法。可是，他对"像小胡子一样的一溜汗珠"——男性化
的象征——的反应，却表述不清。仔细品味这段话的措辞，我们就会发
现，尼克内心充满了内疚：他每周给家乡的女孩写一封信，签上"爱
你，尼克"的字样，但事实上，他却想另求新欢。尼克所说的"家乡
的那段纠葛"与他提到的"那位小姐"形成了鲜明对比。"那位小姐"
这种说法常被用来描述年轻男士对某位青年女士的倾慕之情，至少过去
是这样用的，它在这里指的是乔丹。然而，在这段话中，唯一能表示尼
克倾慕之情的迹象是"像小胡子一样的一溜汗珠"，另外，他也没有说
出"那位小姐"的名字，这就让读者心生疑惑：出现像小胡子一样的一
溜汗珠的女孩是谁？尼克对此感觉如何？当然，女人唇上像小胡子一样
的一溜汗珠，不是异性恋男子惯有的兴奋点。事实上，按照这里对尼克
的阐释，它其实是同性恋的一个迹象。正因为这段话暗含这个迹象，所
以，这里的文字表述不像其他地方那么清晰明了。我听到一些读者说，
他们刚读这部小说的时候，还以为尼克是在说，家乡的那个女孩一打网
球，嘴唇上边总出现像小胡子一样的一溜汗珠，尼克对此很不快。这种
说法一点都不令我感到意外。

　　当然，我们无法确定尼克是否意识到了他的性取向中有同性恋成
分。但我认为，如果他意识到了，他就不会像这样一再强调他的异性恋
倾向、他的"正常"、他的诚实。也就是说，如果只是为了不让别人知
道自己的同性恋倾向，那么，尼克的否认实属多余。他一再声明自己是
循规蹈矩之人，编造了一套心理否认辞令，这反倒表明他也不想让自己
知道自己的同性恋倾向。我认为，与否认心理学并行不悖的是，正因为
尼克对自己的性取向浑然不觉，他的男同性恋情感才有充分的力量如此
彻底地投射到他的叙事当中，赋予小说以多层含义，为它增添了多重阐
释的可能性，从酷儿的视角出发，极大地丰富了读者的阅读体验。

　　有趣的是，尼克的男同性恋情感给小说造成的性取向模糊现象，还

有，尼克公然否认自己的同性恋性取向，这都反映出菲茨杰拉德对他本人的性取向也有矛盾心理。虽说我们不需要根据作家本人的性取向来解释作品对性问题的再现，但就菲茨杰拉德而言，他的生活与他的作品确实是休戚相关的。

与《了不起的盖茨比》非常相像的是，菲茨杰拉德本人对性越轨这一话题十分着迷。"菲茨杰拉德总爱向新朋故交打听，他们是否婚前就与自己的老婆上了床，就因为这个，多年来他得罪了不少人"（Bruccoli 114）。有时候他非常乐意亲近那些只对这个话题感兴趣的人。他的妻子姗尔达也提到，"（菲茨杰拉德和他的朋友们）谈论的话题都是性——普通的、花样的和混合的，还有性幻想"（Mayfield 138），然而，他对男同性恋情感似乎尤其入迷。在他一生当中的不同时期，他对男同性恋情感的态度也历经变化，从戏谑转为恐同。

在普林斯顿读本科期间，菲茨杰拉德曾装扮成歌舞女郎，拍了一张照片登在海报上，为学校里的一场戏剧演出作宣传，这出戏的演员全是男性。那张照片

> 各大报纸纷纷登载，其中包括《纽约时报》。许多男性仰慕者来信请求一睹真容。还有一家机构邀请他参演一部歌舞剧，出演一个女性角色。（Bruccoli 62）

在当时的普林斯顿，女性角色都由男学生扮演，但是，菲茨杰拉德易装反串的试验却不止于此。他还装扮成女人的样子参加明尼苏达大学的一个联谊舞会。在那次舞会上，他"高挑的身材震惊了（男性）舞伴（他原以为对方是年轻女子）"（Bruccoli 65）。菲茨杰拉德一直保存着自己扮成歌舞女郎的那些照片，并喜欢向朋友们炫耀（Mayfield 134）。

菲茨杰拉德经常拿自己打趣，仿佛他就是同性恋。"在军队服役期间，他给埃德蒙·威尔逊（他的朋友，文学批评家）寄了自己的两张照片，他在信中让威尔逊把照片送给某位孤苦无助……无法入梦的相公（fairy）[1]"（Mayfield 134）。他还和威尔逊聊起过他的一个渴望，就是"找一个温柔可爱的青年男子在海边度过一个情意绵绵的周末。他还

1　相公（fairy），是对男同性恋者带有轻蔑色彩的一种称呼。——译注

补充说，那是一种心对心的召唤"（Mayfield 134）。当然，菲茨杰拉德把这些话当成"自嘲的黄色笑话"（Mayfield 134），但是，这些话透露出，他对同性恋生活以及他性想象中的同性恋因素充满了好奇心。

菲茨杰拉德有时也对同性恋表现出恐惧和厌恶情绪，"他从不避讳对'相公'的鄙视"（Bruccoli 278），他和欧内斯特·海明威喜欢拿"各种变态行为"（Mayfield 133）开玩笑。事实上，菲茨杰拉德认为，"破坏"他和海明威亲密友情的元凶是"相公"（Mayfield 142）。菲茨杰拉德很可能指的是盛传他和海明威是同性恋的谣言，这些谣言让他头痛不已（Bruccoli 278）。但菲茨杰拉德本人却"不介意"去暗示海明威是同性恋，他"说他（海明威）是'血友病患者，流血的男孩'"（Mayfield 136）。

同性恋性取向也是菲茨杰拉德婚姻生活中备受关注的问题。姗尔达认为她的丈夫"与海明威有同性恋关系"（Bruccoli 278），"菲茨杰拉德打算找个妓女来证明他的阳刚之气，还买了避孕套，结果那些避孕套被姗尔达发现，随后又是一场大吵"（Bruccoli 279）。姗尔达也认为自己是"一个潜在的女同性恋"，"当臭名昭著的巴黎'猛女人'朵丽·王尔德（Dolly Wilde）向姗尔达大献殷勤之时，菲茨杰拉德勃然大怒"（Bruccoli 279）。

在菲茨杰拉德的性取向问题上，我们无法得出可靠的结论——没有具体的材料可以说明他的性行为，有关他性欲的证据经常毁于各种自相矛盾的谣言——但是我们可以很有把握地说，性取向，尤其是同性恋性取向，是他的一个重要议题。很明显，菲茨杰拉德对同性恋生活十分好奇，也对它充满了矛盾心理，因为他对同性恋生活带来的性行为既爱又恨。他对同性恋世界的恐惧反应只能暴露出，他不愿意承认自己在性取向方面有着矛盾心理。

鉴于菲茨杰拉德经常以个人经历为小说的创作素材，《了不起的盖茨比》在浓墨重彩地描写性越轨之中带有一定的酷儿成分，也就不足为奇了。正如我们所见到的那样，菲茨杰拉德迷恋的性越轨绝不限于异性恋领域。正如作者的生平所暗示的那样，如果说杰伊·盖茨比体现的是菲茨杰拉德能够致力于追求一种异性恋理想，尼克·卡罗威体现的则是菲茨杰拉德能够否定他自相矛盾的性取向中的同性恋成分。如此说来，透过酷儿批评的视角，尼克·卡罗威的真实面目终于为世人所见——至少让人集中关注——因为我们看到，尼克隐蔽的男同性恋情感让美国最著名的一部异性恋爱情小说向酷儿阐释开放。

【深入实践问题：女同性恋、男同性恋和酷儿批评研究其他文学作品的方法】

以下问题为同性恋批评的范例。这些问题有助于你们运用女同性恋、男同性恋和酷儿批评来解读文学作品，这些文学作品可以是下列问题中所提到的，也可以是你们自选的。你们处理这些问题的目的、你们在论文中的侧重点以及你们自定的批评方向，将决定你们的论文可否被视为一篇女同性恋、男同性恋或酷儿批评。需要注意的是，摒弃问题2中所提到的同性恋和异性恋的传统定义，是酷儿理论的首要宗旨。

1. 薇拉·凯瑟的《少年保尔》（"Paul's Case"，1905）是如何表现男同性恋身份在异性恋主义世界成长过程中面临的社会和心理冲突的？这个故事从哪些方面说明了强制性异性恋的活动？

2. 托妮·莫里森的《最蓝的眼睛》对性取向的再现，是如何超越传统的同性恋和异性恋定义的？例如，你可以思考一下如下关系：妓女与男人的关系、她们与性爱的关系以及她们彼此之间的关系；杰拉尔丁与丈夫以及她与猫的关系；查理与猎人、达伦斯、波琳以及佩克拉之间的关系；佩克拉与印有白人女孩头像的糖纸之间的关系；索普海德·丘奇与维尔玛以及他与小女孩的关系；亨利先生与妓女以及他与麦克蒂尔家的女孩的关系等等。换句话说，这部小说从哪些方面揭示出，"异性恋"和"同性恋"等范畴对于我们理解人类的性取向有不足之处？

3. 虽然亨利·詹姆斯终身未婚，但许多学者把他的作品列入男同性恋文学经典，一方面是因为他作品中有男同性恋情感，另一方面是因为作者与他门下一些男青年长期存在的关系。詹姆斯在写给他们的信中表达了自己的爱意和忠诚。师徒关系也是詹姆斯小说中常见的主题。考察作者在《拧螺丝》（The Turn of the Screw，1898）中对师徒关系的再现。昆特与迈尔斯之间的关系是否代表了师徒关系中可能存在的阴暗面？家庭女教师（詹姆斯的替身）是否代表了自我牺牲的奉献精神？从这个角度出发，我们应怎样去看待迈尔斯的死？（一个优秀男学生突然神秘地死去，这是詹姆斯小说中反复出现的主题，指出这一点是一件很有趣的事情。）

4. 分析珍妮特·温特森的《橘子不是唯一的水果》（*Oranges Are Not the Only Fruit*，1985）一书中的性政治。这部文本希望读者如何理解女同性恋性取向与社会/心理/政治力量（例如异性恋家庭和教会）之间的关系？小说中那个压抑性的宗教派别的态度是如何表现整个社会对女同性恋的压迫的？

5. 考察玛丽·雪莱的《弗兰肯斯坦》中（明显处于无意识状态）的同性恋潜文本。我们怎样才能证明，维克多真正爱的不是伊丽莎白，而是克莱瓦尔（正是他的忘我关怀才使主人公大病痊愈）？这种同性之间的亲密情感是如何与沃尔顿对维克多的倾慕之情并行不悖的？伊丽莎白与维克多、克莱瓦尔二人的关系和玛丽·雪莱与自己的丈夫以及他们夫妇共同的朋友兼伙伴拜伦之间的关系有何相似之处？

【延伸阅读书目】

Abelove, Henry, Michèle Aina Barale, and David M. Halperin, eds. *The Lesbian and Gay Studies Reader*. New York: Routledge, 1993.

Bristow, Joseph. *Sexuality*. 2nd ed. London and New York: Routledge, 2011. (See "Foucault's Exclusions [Gender Issues]," 169–96, and "Queer (Non)Identities," 197–215.)

Cruikshank, Margaret. *The Gay and Lesbian Liberation Movement*. New York: Routledge, 1992.

Faderman, Lillian. *Surpassing the Love of Men: Romantic Friendship and Love between Women from the Renaissance to the Present*. New York:

William Morrow, 1981.

Frye, Marilyn. *Willful Virgin: Essays in Feminism*. Freedom, CA: Crossing, 1992.

Glover, David, and Cora Kaplan. *Genders*. 2nd ed. London and New York: Routledge, 2009.

Jay, Karla, and Joanne Glasgow. *Lesbian Texts and Contexts: Radical Revisions*. New York: New York University Press, 1990.

Lorde, Audre. *Sister Outsider: Essays and Speeches*. Trumansburg, NY: Crossing, 1984.

Meem, Deborah T., Michelle A. Gibson, and Jonathan F. Alexander. *Finding Out: An Introduction to LGBT Studies*. Thousand Oaks, CA: SAGE Publications, 2009.

Rich, Adrienne. *On Lies, Secrets, and Silence: Selected Prose*. New York: W. W. Norton, 1979.

Seidman, Steven. *The Social Construction of Sexuality*. 2nd ed. New York: Norton, 2010.

Zimmerman, Bonnie. *The Safe Sea of Women: Lesbian Fiction, 1969–1989*. Boston, MA: Beacon, 1990.

【高端阅读书目】

Anzaldúa, Gloria. *Borderlands/La Frontera: The New Mestiza*. 4th ed. San Francisco: Aunt Lute Books, 2012.

Butler, Judith. *Gender Trouble: Feminism and the Subversion of Identity*. New York: Routledge, 1990.

Butters, Ronald R., John M. Clum, and Michael Moon, eds. *Displacing Homophobia: Gay Male Perspectives in Literature and Culture*. Durham, NC: Duke University Press, 1989.

Haggerty, George E., and Bonnie Zimmerman, eds. *Professions of Desire: Lesbian and Gay Studies in Literature*. New York: Modern Language Association, 1995.

Hall, Donald E. *Reading Sexualities: Hermeneutic Theory and the Future of*

Queer Studies. London and New York: Routledge, 2009.

Hall, Donald E., and Annamarie Jagose, eds. *The Routledge Queer Studies Reader*. London and New York: Routledge, 2013. (See especially Johnson's "'Quare' Studies, or '(Almost) Everything I know about Queer Studies I Learned from my Grandmother,'" 96–118; Rodriguez's "Making Queer *Familia*," 324–32; and Halberstam's "Transgender Butch: Butch/FTM Border Wars and the Masculine Continuum," 464–87.)

Jagose, Annamarie. *Queer Theory: An Introduction*. New York: New York University Press, 1996.

Johnson, E. Patrick, and Mae G. Henderson, eds. *Black Queer Studies: A Critical Anthology*. Durham, NC and London: Duke University Press, 2005.

Menon, Madhavi, ed. *Shakesqueer: A Queer Companion to the Complete Works of Shakespeare*. Durham, NC and London: Duke University Press, 2011.

Nelson, Emmanuel S., ed. *Critical Essays: Gay and Lesbian Writers of Color*. New York: Haworth, 1993.

Sedgwick, Eve Kosofsky. *Epistemology of the Closet*. Berkeley: University of California Press, 1990.

Sullivan, Nikki. *A Critical Introduction to Queer Theory*. New York: New York University Press, 2003.

【注释】

① 一位跨性别者的社会性别（阴或阳）与这个人的生理性别（男或女）并不匹配。例如，一位跨性别者可能具有男性的生理构造，但他在心理上却是女性：他的生物学属性是男的，但他的社会性别却是女的。另外，他的跨性别地位并不表明他的性取向。最后，如果跨性别者做了变性手术，他就不再是跨性别者（因为现在他的社会性别和生物性别相匹配了），而是变性人了。

　　"酷儿"这个词，正如你们在"酷儿批评"这一节中所看到的那样，可能具有好几种不同的含义。例如：酷儿理论的视角是人的性属不是基于产生性吸引力的生理性别。酷儿一词也经常用作一个肯定性的、包容性的词，用于指LGBT（或GLBT），也可以泛指异性恋。因此，包容性的首字母组合词是LGBTQ（或GLBTQ）。虽说你们可能听到LGBT（或GLBT）的使用频率更高，但为了本章的目的，我们使用包容性的首字母组合词LGBTQ，这里的Q可以指疑性恋（Questioning），也就是说，指那些拿不准自己的性别或者性取向的人，也可以既指酷儿，又指疑性恋。

② 关于同性恋歧视的全面讨论，见柯瑞沙克。

③ 关于LGBTQ成年人和青少年退学率及自杀率的统计，可在网上搜到：www.medicalxpress.com/news2011-04-links-social-environment-high-suicide_1.html; www.pflagphonenix.org/education/youth_stat.html; http://data/lambdalegal.org（在LGBTQ Youth Fact Sheet.qxd名下）。

④ 科索夫斯基·塞吉维克在《暗柜认识论》（*Epistemology of Closet*）一书中详尽地论述了同性恋"小众化"和"普适化"观点的功能。

⑤ 见《杰拉尔丁·恩泽·朱斯伯里致简·威尔士·卡莱尔书信选》（*Selections from the Letters of Geraldine Endsor Jewsbury to Jane Welsh Carlyle*），亚历山大·爱尔兰（*Alexander Ireland*）编选，第38页。这段引文出自1841年10月29日的一封信（引自Faderman, P.164）。

⑥ 对这个概念的完整探讨，见激进女同性恋者的《自认为女性的女人》。全文可见于http://scriotorium.lib.duke.edu/cold/coomid。

⑦ 关于变性、多重性别以及类似问题的讨论，见本书第四章中的"性别研究与女性主义"一节。

【引用作品书目】

Babuscio, Jack. "Camp and the Gay Sensibility." *Gays and Films*. London: British Film Institute, 1977. Rpt. in *Campgrounds: Style and Homosexuality*. Ed. David Bergman. Amherst: University of Massachusetts Press, 1993. 19–38.

Bennett, Paula. "The Pea that Duty Locks: Lesbian and Feminist-Heterosexual Readings of Emily Dickinson's Poetry." *Lesbian Texts and Contexts: Radical Revisions*. Eds. Karla Jay and Joanne Glasgow. New York: New

York University Press, 1990. 104–25.

Bruccoli, Matthew J. *Some Sort of Epic Grandeur: The Life of F. Scott Fitzgerald.* New York: Harcourt Brace Jovanovich, 1981.

Cather, Willa. *My Ántonia.* 1918. Rev. 1926. Rpt. Boston: Houghton, 1980.

Chauncey, George. *Gay New York: Gender, Urban Culture, and the Making of the Gay Male World, 1890–1940.* New York: Basic Books, 1994.

Cruikshank, Margaret. "Gay and Lesbian Liberation as a Political Movement." *The Gay and Lesbian Liberation Movement.* New York: Routledge, 1992. 57–89.

Dickinson, Emily. *The Poems of Emily Dickinson.* Ed. Thomas H. Johnson. 3 vols. Cambridge, Mass.: Belknap Press of Harvard University Press, 1958.

Faderman, Lillian. "Boston Marriage." *Surpassing the Love of Men: Romantic Friendship and Love between Women from the Renaissance to the Present.* New York: William Morrow, 1981. 190–203.

Faulkner, William. "A Rose for Emily." 1931. *Selected Stories of William Faulkner.* New York: Random House, 1960. 49–61.

Fetterley, Judith. "*My Ántonia,* Jim Burden, and the Dilemma of the Lesbian Writer." *Lesbian Texts and Contexts: Radical Revisions.* Eds. Karla Jay and Joanne Glasgow. New York: New York University Press, 1990. 145–63.

Fitzgerald, F. Scott. *The Great Gatsby.* 1925. New York: Macmillan, 1992.

Frye, Marilyn. "Some Reflections on Separatism and Power? *Sinister Wisdom* 6 (1978). Rpt. in *The Lesbian and Gay Studies Reader.* Eds. Henry Abelove, Michèle Aina Barale, and David M. Halperin. New York: Routledge, 1993. 91–98.

James, Henry. *The Bostonians.* New York: Macmillan, 1885.

Keller, Karl. "Walt Whitman Camping." *Walt Whitman Review* 26 (1981). Rpt. in *Campgrounds: Style and Homosexuality.* Ed. David Bergman. Amherst: University of Massachusetts Press, 1993. 113–20.

Mayfield, Sara. *Exiles from Paradise: Zelda and Scott Fitzgerald.* New York: Delacorte, 1971.

Morrison, Toni. *Beloved.* New York: Alfred A. Knopf, 1987.

——. *Sula.* New York: Alfred A. Knopf, 1973.

Radel, Nicholas F. "Self as Other: The Politics of Identity in the Works of Edmund White." *Queer Words, Queer Images: Communication and the*

Construction of Homosexuality. Ed. R. Jeffrey Ringer. New York: New York University Press, 1994. 175–92.

Rich, Adrienne. "Compulsory Heterosexuality and Lesbian Existence." *Signs* 5.4 (1980): 631–60. Rpt. in *The Lesbian and Gay Studies Reader*. Eds. Henry Abelove, Michèle Aina Barale, and David M. Halperin. New York: Routledge, 1993. 227–54.

Sedgwick, Eve Kosofsky. "Across Gender, Across Sexuality: Willa Cather and Others?" *Displacing Homophobia: Gay Male Perspectives in Literature and Culture*. Eds. Ronald R. Butters, John M. Glum, and Michael Moon. Durham, N.C.: Duke University Press, 1989. 53–72.

———. *Epistemology of the Closet*. Berkeley: University of California Press, 1990.

Smith, Barbara. "Toward a Black Feminist Criticism." 1977. *All the Women Are White, All the Blacks Are Men, but Some of Us Are Brave*. Eds. Gloria T. Hull, Patricia Bell Scott, and Barbara Smith. Old Westbury, N.Y.: Feminist Press, 1982. 157–75.

Whitman, Walt. "Song of Myself." *Leaves of Grass*. Brooklyn, N.Y.: Rome Brothers, 1855.

Williams, Tennessee. *The Night of the Iguana*. New York: New Directions, 1962.

第十一章
非裔美国文学批评

在每个学期的批评理论课上，我都会吃惊地发现，对于美国黑人历史上几个里程碑式的事件，例如中途航程（the Middle Passage）、地下铁路（the Underground Railroad）[1]、大迁徙（the Great Migration）、哈莱姆文艺复兴（the Harlem Renaissance）、民权运动（the Civil Rights Movement）、黑人权力运动（the Black Power Movement）、黑人艺术运动（the Black Arts Movement），许多学生——包括来自各个种族背景的英语专业高年级本科生——并不熟悉或者只是稍有了解。尽管美国的中学越来越重视多元文化教育，大学里也逐渐开设了与美国黑人的经历、历史和文学相关的课程，但是，这方面的教育工作还是做得不够，满足不了这个多元文化社会中广大学生的需求——尤其考虑到在这个迅速缩小的地球上，他们将要扮演世界公民的角色。

黑人在美国人口中占有相当大的比重，他们在艺术领域也作出了巨大贡献——包括大量享誉世界的文学作品——有鉴于此，我很有把握地认为，对于美国黑人的历史和文学，英文系的高年级本科生会有一定程度的了解，而我的任务就是在此基础上进一步发挥。然而，实际情况是，在我的工作中，有很大一部分是提供背景知识，这么说绝不夸张。由于时间所限，我只能提纲挈领地罗列一些知识点，在我看来，这些东西是他们应该掌握的，我希望以此来激发他们的求知欲，培养他们对这个领域的兴趣，进而独立地去学习更多的知识。就某种意义而言，这正是我在这一章中所要做的工作：让诸位了解非裔美国文学史上的各式种

---

1 南北战争前帮助黑奴逃往北部或加拿大的地下交通网。——译注

族问题，介绍当代非裔美国种族理论家关注的根本问题，描述当代非裔美国文学批评家的兴趣所在。我希望这一切能激发你的兴趣，进而促使你独立探索这个令人振奋的文学研究领域。

【种族问题与非裔美国文学史】

长期以来，美国黑人的历史和文化几乎被排除在美国教育之外，一直到二十世纪六十年代末，这种状况才发生改变。这反映出，在此之前，美国黑人的历史和文化几乎被官方的美国史排除在外。只是在刚刚过去的几十年里，美国的历史书才开始收录有关美国黑人的材料；以往，美国白人为了维护其文化**霸权**（hegemony），也就是白人的文化支配权，一直限制这方面的资料。例如，美国历史教科书（更确切的说法应当是，讲授美国白人历史的教科书）很少提及或者干脆不提骇人听闻的中途航程（从非洲向美国运送黑奴）中的奴隶暴动、种植园奴隶多次的造反行动，以及奴隶在奴隶主的严密监视下建立起来的沟通和反抗网络。在二十世纪二十年代，美国黑人在很多领域，例如黑人文学、音乐、绘画、雕塑、哲学以及政论，创造出大量的作品，取得了巨大的成就，由于这些成就与二十年代的哈莱姆地区有关，所以被称为哈莱姆文艺复兴，然而，这些成就并没有得到应有的关注。

我之所以选这两个例证——奴隶反抗和哈莱姆文艺复兴——是因为在我看来，它们最能清楚地说明美国历史排斥非裔美国人背后的政治动机。一部煞费苦心写就的奴隶反抗史很可能极力鼓吹这样一种种族主义成见：奴隶个个智力低下、随遇而安，对白人奴隶主慈父般的引导感激涕零，要是没有白人奴隶主，他们要么成为弃儿，要么成为危险的野蛮人。一部煞费苦心构撰的美国黑人文学天才的历史，很可能去鼓吹黑人劣等论的神话，而这正是许多种族主义政策和行为产生的基础。

大量的美国黑人文学都涉及种族主义——它们是美国黑人经历的文学记录，因此出现这种情况也就不足为奇。有鉴于此，我们需要界定一下与这一问题相关的几个关键概念，对于这些概念，很多人依然有些误解。**种族优劣论**（racialism）一词在日常语言中并不常用，它指的是一种信奉种族优越性、劣等性和纯洁性的态度，它所依据的信念是道德和智力特征，就像生理特征那样，是区分各个种族的生物属性。**种族主义**（racism）指的则是种族之间不平等的权力关系，这种关系产生于一个种族对另一种族的社会政治统治，并导致了系统的歧视行为（如隔离、统治和迫害）。因此，尽管任何人都可能成为种族优劣论者，但是，若想成为种族主义者——若想去隔离、统治和迫害其他种族——则必须掌握权力，成为政治统治集团中的一员，在美国，这通常意味着他必须是白人才行。换句话说，系统的种族主义行为（例如，在就业、住房、教育或其他领域排斥符合条件的有色人种）出现的前提是，当事人可以意料到他基本上不会因为自己在这方面的行为而受到惩罚。如果当事人所属的社会集团掌握了政治、司法及法律执行系统的大部分权力，他们的确可以意料到自己不会受到惩罚。[①]

换句话说，只有当种族主义被体制化之后，系统的种族歧视才可能发生。**体制化的种族主义**（institutionalized racism）指的是社会制度当中吸收了种族主义的政策和行为：例如教育；联邦、州和地方政府；法律，既包括成文法，也包括法院和警察的执法方式；医疗保健，从研究经费的划拨到医院的分布，再到患者接受治疗，处处都可能存在种族偏见；公司企业，不管它如何冠冕堂皇地说机会平等，在雇佣和晋升环节还是经常存在种族歧视行为。

体制化的种族主义对黑人的种族歧视，还体现在美国文学经典这个领域。正如很多人可能知道的那样，支配西方（英美和欧洲）文学经典的一直是欧洲中心主义界定的"普适论"：只有当文学作品反映了欧洲人的体验并且遵循了欧洲文学传统的风格和题材，它们才有资格称得上是伟大的艺术品，才具有"普适性"——与所有人的经历相关——才能成为经典之作，也就是说，这里有一个前提条件——它们必须类似那些已经享有"伟大"名号的欧洲作品。**欧洲中心主义**（Eurocentrism）认为，欧洲文化要比其他文化优秀得多。尽管美国黑人文学始于十八世纪，历史悠久，成绩喜人，但是，美国白人文学史家还是把黑人作家——如果他们能想到这些黑人作家的话——视作美国文学的附庸或支脉，而非嫡传正派。因此，在近些年之前，美国文学选集，包括中学和大学教学使用的美国文学选集，主要收录的都是白人男性作家的作品。文学经典就是这样被用来维护白人的文化霸权的。

当然，这种局面已经有所改变，但改变的速度相当缓慢。尽管当代的一些美国黑人作家都享有盛誉：托妮·莫里森（1993年的诺贝尔文学奖获得者）、艾丽斯·沃克、约翰·埃德加·怀德曼（John Edgar Wideman）、玛雅·安吉罗（Maya Angelou）、葛罗利娅·奈勒（Gloria Naylor）、伊什梅尔·里德（Ishmael Reed）、妮基·乔凡尼（Nikki Giovanni）、查尔斯·约翰逊（Charles Johnson）、丽塔·达夫（Rita Dove）、雪莉·安·威廉斯（Sherley Anne Williams）、奥古斯特·威尔逊（August Wilson）、欧内斯特·J.盖恩斯（Ernest J. Gaines）等人创作的一些作品，如今已经享有盛誉。然而，黑人作家的作品，无论是过去的还是现在的，在美国文学的教学中都没有得到充分体现。

体制化的种族主义对种族歧视有推波助澜的作用，这经常反映在社会的种族主义成见当中，也反映在它坚持盎格鲁-撒克逊白种人狭隘的审美标准这种行为当中。二十世纪六十年代末，一些美国黑人大声疾呼"黑皮肤很美丽！"和"大声说出来：我是黑人我骄傲！"，号召非裔美国人彻底转变他们的自我定义和自我认识，在此之前，许多非裔美国人深受内化的种族主义之苦。尽管"以黑色为骄傲"这种主张获得了成功，但时至今日，许多有色人种依然深受内化的种族主义的折磨。种族主义社会利用心理操控手段向有色人种灌输白人优越论，**内化的种族主义**（internalized racism）由此而产生。这种思想的受害者往往感觉自己不如白人，不如白人漂亮，不如白人重要，不如白人有能力，他们经常希望自己是白人或者看上去肤色更白。在托妮·莫里森的小说《最蓝的眼睛》中，黑人女孩佩克拉看不到自己的美丽，她认为，要是自己有一双蓝色的眼睛，就会变得漂亮、快乐、令人心仪，小说以此呈现了内化的种族主义最为骇人听闻的一幅画像。

内化的种族主义往往导致**种族内部歧视**（intra-racial racism），即黑人群体内部对肤色较深、非裔特征更明显的黑人的歧视。这种现象在《最蓝的眼睛》中也有所体现。佩克拉因为肤色深而遭到其他黑人孩子戏弄，而肤色较浅的莫琳·皮尔则被这群孩子视为高等人物。在影片《黑色学府》（*School Daze*，1988）中，电影制作人斯派克·李（Spike Lee）也描述了种族内部歧视：在一所黑人大学里，学生们根据肤色偏白或偏黑而形成了两大敌对阵营。[①] 体制化的种族主义造成的生活困顿和社会生活边缘化是人尽皆知的事情，而内化的种族主义和种族内部歧视则表现了由此而产生的有害的心理体验。

既然黑人需要与形式多样的种族主义进行斗争，很多黑人都会产生

双重意识（double consciousness）或**双重视野**（double vision）的感受，这也就不足为奇了。W. E. B. 杜波依斯（W. E. B. Du Bois）在《黑人的灵魂》（*The Souls of Black Folk*，1903）中最早描述了这种感受。它指的是美国黑人感觉自己同时属于两种对立文化的一种心理意识：一种是非洲文化，它原本来自非洲，但成长于美国，这段独特的历史改变了它；另一种是美国白人强加给他们的欧洲文化。对许多美国黑人来说，这意味着他们有两个文化自我：一个是在家庭中的文化自我，一个是在白人主宰的公共空间——例如工作单位和学校——中的文化自我。而且，双重意识有时还涉及两种语言的使用。黑人在家庭中经常说美国黑人英语（Black Vernacular English，简称BVE，也称Ebonics，或African American Vernacular English），它符合一门真正的语言应有的全部语法标准，但是，许多美国白人和部分黑人都摒弃它，说它不规范、不正确，不把它当作一门正式语言。

　　对于黑人作家而言，这种双重意识意味着他们必须作出抉择：他们主要面向的读者是黑人还是白人，还是二者兼顾。这种选择又涉及作家使用的语言。例如，哈莱姆文艺复兴时期的诗人康梯·卡伦（Countee Cullen）选择了精雕细琢、规范标准的白人英语和隶事用典、古色古香的文风，符合欧洲文学传统中杰作的标准。这种风格明显体现在，他的十四行诗《然而我却感到惊讶》（"Yet Do I Marvel"，1925）征引了希腊神话典故。说话人诘问上帝"为什么把诗人造为黑色，还要让他歌唱"；他还说，如果"自甘堕落，含糊其词"，上帝就能

> 宣示坦塔罗斯[1]受折磨的因由
> 是抵不住易变果实的香饵，
> 宣称是否仅仅因蛮横的任性
> 害得西西弗斯[2]一次次攀爬无尽的梯级。

1　希腊神话人物，宙斯之子，被罚立在齐下巴深的水中，头上有果树，口渴欲饮时，水即流失，腹饥欲食时，果子就被风吹走。——译注

2　希腊神话人物，死后堕入地狱，被罚推石上山，但石头在近山顶时又会滚下，于是重新再推，如此循环不息。——译注

尽管卡伦大多数诗作的政治主题与种族相关，但他还是认为，黑人作家应当像白人作家那样，遵循自己的艺术灵感去创作，不要被黑人的政治需求所左右。当然，卡伦对标准英文和希腊神话的运用，让人质疑他的艺术灵感的合法性，因为这些灵感产生于压迫了非洲人民长达几世纪之久的种族主义文化。但无论如何，卡伦古典气息浓厚的诗歌还是可以证明，黑人作家完全有能力使用他们喜欢的文风去写作，这就为反驳种族主义的黑人低劣论提供了强有力的证据。

相比之下，另一位在哈莱姆文艺复兴中崭露头角的作家兰斯顿·休斯，在他的大部分作品中，使用的却是符合黑人语言模式和布鲁斯音乐节奏的口语化英文。他的作品能够强烈地打动人心，白人读者也能欣赏，并从中领略到黑人文化的创造性。他的作品讲述美国黑人的生活，为他们立言，颂扬他们丰富的文化遗产，呼吁社会赋予黑人公民以平等的机会。以下几行出自他的《早上好》（"Good Morning"，1951）一诗，从具体的意象和街头巷尾式的、口语化的声音当中，可以看出他的风格。诗中的说话人为有色人种寻求美好生活的希望破灭而伤怀。在纽约，这些人"于黑暗中到来/瞪大眼睛/惊讶不已/在宾州车站外踟蹰/做梦"。

> 大门敞开——
> 但每一道门上
> 仍有栅栏。
> 推迟的梦会怎样呢？
> 爸爸，没人听见你吗？

尽管文学语言和文体属于诗学问题——也就是文学技法和策略方面的问题——但显然也是政治问题，涉及现实中的政治、社会、经济权力。正如卡伦和休斯这两个案例所表明的那样，黑人作家选择的文体风格与他们的政治观点——他们如何看待属于被压迫群体的作家的角色——密不可分。事实上，黑人文学界最为旷日持久的一个问题就是，黑人作家在种族主义大行其道的社会中应当扮演什么角色。

毕竟，非裔美国文学诞生于十八世纪，很大程度上是由于当时的黑人奴隶努力向白人证明他们也是人。奴隶主为奴隶制辩护的一个理由是，黑人之所以不算是健全的人，是因为他们不会写诗！（当然，奴隶主为了自身需要，有意忽略了一个事实：规定奴隶学习和阅读是违法行为的正是他们。）事实上，菲利斯·惠特利（Phillis Wheatley）的主人们鼓励她写诗，以证明这种种族主义观点的荒谬。奴隶们也写自传，提醒北方白人关注他们的困境。哈里特·雅各布斯（Harriet Jacobs）的《奴隶女孩的自传》（*Incidents in the Life of a Slave Girl*, 1861）就是这样一部作品。然而，黑人奴隶不会写字，更谈不上文学创作，这种看法四处传播，甚至在北方也是如此，因此，许多黑人自传都以白人恩主的说明为序言，以此来证明作者的黑人身份和作品的真实性。让白人读者克服排斥心理，引起他们的兴趣，这是许多黑人作家至今仍然面临的任务。

早年的黑人作家的反种族主义政治与长期以来美国黑人为正义而斗争的需要相关。因此，纯粹表现个人情感的写作在许多黑人看来是一种奢侈，这也就不足为奇了。当自己的种族中还有那么多人遭受压迫之际，他们无法承受这种奢侈。

在二十世纪六十年代的**黑人艺术运动**（the Black Arts Movement）中，黑人作家的社会角色始终是一个重要的问题；黑人艺术运动是**黑人权力运动**（the Black Power Movement）的一个文学和艺术支流。这场运动最为直言不讳的一些代言人，例如诗人阿米里·巴拉卡（Amiri Baraka）就认为，黑人作家有责任利用文学手段帮助自己的种族，这些手段包括：描写种族主义的罪恶、塑造正面的美国黑人形象、为黑人社群面临的社会问题提供可行的解决方案。与此相似，黑人艺术运动也影响到了非裔美国文学批评家的角色，因为它强调他们应当履行文化批评家的职责，也就是说，该运动号召黑人批评家在进行文学阐释的时候，要立足于文学作品对美国黑人政治和经济处境的再现以及文学作品与这种处境的关系。这与马克思主义批评的任务很相似，但它关注的重心是种族。例如，非裔美国文学批评家会分析，文学文本如何削弱或强化了那些让美国黑人在政治上受压迫、经济上处于劣势的种族主义意识形态。时至今日，这种研究方法依然是非裔美国文学批评中的重要组成部分。

黑人艺术运动也开始质疑，用白人的批评理论阐释黑人文学是否恰当。毕竟，正是欧洲中心主义对"伟大"文学的界定，使得黑人作家在美国文学史中被边缘化，几乎被排除在美国经典之外。当代主流批评理论，包括本书其他章节中探讨的理论，大都起源于欧洲。当今时代，解构主义对所有文学批评都有广泛影响，一些批评家对此持保留意见，有鉴于此，白人理论是否适于阐释黑人文本这一问题直到今天还有意义。正如巴巴拉·克里斯蒂安（Babara Christian）所指出的那样，"正当有色人种的文学开始转移到'中心'之时"，解构主义这种抽象的话语出现了，它认为诸如"中心""边缘"这类概念都是臆想出来的，它让极少数精于解构的批评家"占据了文学批评的舞台"（459）。另外，解构主义还批判了那种认为文化身份稳定不变、具有内在意义的概念。正如我们在第八章中所看到的那样，按照解构主义的定义，"自我"（self）是多个自我（selves）零散的集合，"自我"没有稳定的意义或价值，除非我们赋予它意义或价值。正如小亨利·路易斯·盖茨（Henry Louis Gates Jr.）所指出的那样，"在非裔美国人批判文化身份之前，就取消我们探索和重申（文化身份）的过程"，这是不公平的（"The Master's Pieces" 32）。

另一方面，许多非裔美国文学批评家都认为，当代批评理论，包括解构主义在内，都有非裔美国文学批评可以借用的东西。将欧美批评理论不加甄别地应用于非裔美国文学，尽管存在风险，但许多批评家还是觉得，如果完全排斥白人的批评理论，黑人批评家就会失去一些具有潜在用途的批评工具，此外，这样做也会阻碍非裔美国文学批评家与同行的交流。正如小亨利·路易斯·盖茨所说的那样，"任何一件工具，只要它能让批评家得以解释文本语言的复杂作用，它就是合适的工具，因为正是语言，黑人文本中的黑人语言，表达出我们文学传统的独特性质"（*Figures in Black* xxi）。而且，正如我们在其他章节中所看到的那样，大多数批评理论都可以用于解释语言的运作，例如，让我们注意到语言如何以各种方式携带意识形态内容，使我们不知不觉地受到影响。

盖茨提到的黑人文学具有独特性这一理念，是黑人艺术运动中探讨的另一个重要问题，时至今日，它依然有意义。与所有"伟大的"文学都具有"普适性"这种观念相反，黑人艺术运动中的许多作家认为，非裔美国文学有它的独特属性，有它自己的政治学和诗学，欧裔美国文学这一大框架无法对它进行充分解释，它也无法完全纳入这个大框架之内。一些理论家认为，这种独特性源于美国黑人的口头故事传统、民谣和口述历史，它植根于非洲文化，按照一些批评家的说法，它还得益于其自身的**黑人本质**（blackness），也就是所有黑人民族共有的思维方式、情感方式和创作方式。还有一些批评家认为，黑人本质这种东西并不存在，非裔美国文学文本共有的属性来自黑人作家共有的历史和文化。在这些批评家看来，非裔美国文学的独特属性源于它对非裔和欧裔美国文化传统的独特融合。

无论在哪种情况下，当我们阐释非裔美国文学文本的时候，绝不能忽略这些文本的**非洲中心性**（Afrocentricity）——也就是它们与非洲历史文化的首要关系——否则就有可能扭曲非裔美国文学。例如，正如约翰·W. 罗伯茨（John W. Roberts）所说的那样，奴隶制度时代出现的黑人骗子故事，例如有关"兔子大哥"的故事，"显示出（它们）与非洲口述传统中的骗子故事有着密切的亲缘关系"（97）。然而，欧洲中心论的美国民间故事研究者臆断，奴隶制已经割断了美国黑人文化与非洲的联系，他们认为这些故事产生于欧美传统。或者，他们断言，这些故事起源于何处并不重要，因为黑人奴隶已经改造了它们，以满足特定的心理需求：为了补偿他们在奴隶制下的弱势心理，奴隶们认同反抗道德秩序、处于劣势的弱小动物，乐于看到这些小动物施用狡狯巧计，愚弄孔武有力的大动物，惩治它们，抢它们的食物，如此等等。

罗伯茨评论说，非洲中心论的民间故事研究者纠正了这种误释，他们证明了一点：无论是非洲的骗子故事，还是美国黑人的骗子故事，它们"所围绕的行为都是为了补偿长期得不到满足的必要物质需求和社会等级森严的生存状况而设计出来的"（107）。简而言之，非洲黑人骗子故事和美国黑人骗子故事之间的相似性产生于如下事实：无论是非洲黑人，还是美国黑人，都得学会在食不果腹的情况下生存下来。这两类故事的不同之处产生于非洲文化严格的社会秩序与美国种植园文化严格的社会秩序之间的区别：在非洲文化中，群体的利益总是在个人利益之上；在美国的种植园文化中，奴隶主的利益总是在奴隶群体的利益之上。这样说来，骗子故事的非洲中心论解读既解释了故事的产生渊源和发展变迁，同时也未割除美国黑人文化的非洲根源。

【近期发展：种族批判理论】

当然，在过去几十年里，情况已经发生了许多变化。针对黑人的那些明目张胆的极端暴力行为——例如实施私刑、暗杀黑人领袖、炸毁黑人教堂、哄抢距离白人社区"太近的"黑人家庭、残暴对待民权抗议者——在美国似乎已成为往事。此外，针对黑人的种族歧视现已成为非法行为：按照法律，有色人种有权在任何地方居住、工作、购物、用餐，如此等等。因此，许多美国人——至少许多美国白人——都认为，除了三K党等白人至上主义团体以外，种族主义已成往事。当然，无论在晚间新闻里，还是在报纸里，我们都看不到关于种族抗议、静坐示威或暴动的报道；在二十世纪五六十年代民权运动如日中天之时，这类消息可谓司空见惯。事实上，那场运动已然结束。如果我们因此而认为社会已不再需要此类运动，这难道不合理吗？而且，黑人作家、法官、科学家、哲学家、政治家、音乐家、画家、舞蹈家、演员、导演、运动员以及其他体现了当代非裔美国思想和文化传统的人士闻名国内外。现在美国也有了一个数量庞大的黑人中产阶级。那么，我们为什么还要关注种族问题，甚至去研究所谓的种族批判理论呢？

因为种族主义并没有消失，这一点，许多肤色各异的美国人都心知肚明，它只是转入了"地下"。也就是说，种族不公仍然是美国面临的一个重大而迫切的问题，它只是比过去来得更隐蔽了。为避免法律制裁，种族不公行为秘密进行，隐蔽手段登峰造极，在许多时候，只有受害者才知道它的存在。例如，正如理查德·德尔加多（Richard Delgado）和吉恩·斯特凡茨（Jean Stefancic）指出的那样，与同等条件的白人相比，黑人和拉丁裔在求职、住房、贷款等方面仍然处于劣势（10）。此外，

> 在押囚犯多为黑人和棕色人种；（公司的）高管、外科大夫、大学校长几乎都是白人……黑人家庭的财产平均只有白人家庭财产的十分之一。在购买很多东西和支付服务费用方面，黑人都要承受更高价格，包括买汽车。有色人种的寿命比白人要短，医疗保健水平要差，受教育时间要短，他们从事的工作比白人从事的工作要卑微。联合国

　　近期发布的一份报告显示，在社会福利方面，美国黑人
（如果把他们看作一个国家的话）在世界上排名第二十七
位，拉丁裔则排名第三十三。（Delgado and Stefancic
10-11）

　　上文中列举的第一条事实值得深究。美国在押犯人当中有色人种的
比例过高，助长了（即便不是造成了）许多美国白人的一个错误观念：
黑人犯罪的比例尤其高，换句话说，犯罪就是美国黑人的特征。为证明
这种想法有缺陷，我将举出一个惊人的例子，去说明黑人囚犯的比例何
以高过白人。按照美国法律的规定，只要服用五克高纯度可卡因（高
纯度可卡因的服用者主要是美国黑人）就可以判处五年监禁，但是，服
用五百克可卡因粉末（可卡因粉末服用者主要为白人）才判处五年监
禁。[3] 诸如此类的歧视性法律把人们的注意力转向贫困黑人社区的吸毒
行为，警方在这些地区加大了监控力度，但是，他们对于白人社区的吸
毒情况几乎不闻不问。事实上，美国的吸毒者（不论什么毒品）多为白
人。然而，在押的涉毒囚犯却多为黑人。正如这个很有代表性的例子所
说明的那样，把很多黑人送进监狱的是我们司法制度中的种族偏见，而
不是美国黑人"天生"的犯罪行为，假如他们是白人，就不会入狱。

　　显然，黑人的人权仍然经常受到侵犯，尽管民权法的目的在于保障
这些权利。如此说来，把种族批判理论当作实现民权的新途径，也许是
思考种族批判理论的一种有效方法。种族批判理论发轫于二十世纪七十
年代小德里克·A. 贝尔（Derrick A. Bell Jr.）等人的著作。在它崭露头
角的时候，活跃于二十世纪五六十年代的民权运动已不再是一支政治力
量或社会力量。最开始，种族批判理论只是批判宪法——各州法律不得
违背的联邦法律——但是，现在它已经扩散到包括人文学科在内的几乎
所有学科。正如我们在下文中将看到的那样，种族批判理论关注与种族
相关的所有话题。除了研究诸如上文所描述的那种明显的种族压迫问题
以外，种族批判理论还要考察我们日常生活的种种细节与种族问题的关
系，虽说我们没有意识到这一点；这种理论还要研究我们对种族问题的
一些貌似简单平常、其实背后隐藏着非常复杂的信念的看法，并以此来
说明种族主义在哪些地方、以何种方式"隐秘地"盛行。

　　我们先看一看德尔加多和斯特凡茨确认的种族批判理论的基本原

则。我先将它们罗列出来——别急于搞清楚每一个字的意思——然后再逐条详细考察。

基本原则

1. **日常种族主义**（everyday racism）是美国有色人种司空见惯的经历。

2. 种族主义主要是利益趋合（interest convergence）的结果，利益趋合有时也被称为**物质决定论**（material determinism）。

3. 种族是由**社会构建**（socially constructed）的。

4. 种族主义经常表现出种族特征分化（differential racialization）的形式。

5. 每个人的身份都是交叉性（intersectionality）的产物。

6. 少数族裔的经历赋予他们一种独特的**有色之声**（voice of color）。（6-9）

对于这些原则，种族批判理论家的意见并不完全一致，但是理解这六点有益于读者初步了解这门方兴未艾的学科。我们还补充了几个论题，它们代表的是让种族批判理论家感兴趣的不同类型的问题。

1. 日常种族主义——许多美国白人仍然认为，种族主义一词仅仅指看得到的种族歧视行为，例如对有色人种的肉体攻击或语言攻击，白人至上主义者的活动，故意并且公然地将少数族裔排斥在公众准入的住房、餐饮、社会团体等领域之外，如此等等。然而，就许多方面而言，最伤人感情的、给人造成心理压力最大的种族主义，是有色人种在日常生活中遇到的种族主义。这类种族主义不是例外，而是常规。例如，白人店员或保安经常监视甚至跟踪店里的黑人顾客，少数族群也经常面对白人的无礼之举。在日常生活中，最常见的情形是：他们在超市或药店排队的时候、在加油站付费的时候、在银行咨询的时候，受到冷遇，看到白人冲他们做鬼脸或翻白眼，无意中听到白人对他们冷嘲热讽。白人身上表现出的日常种族主义还包括："在黑人面前摆出居高临下的姿态、说起话来一副屈尊俯就的样子、认定黑人自卑、雇佣黑人来装点种族平等的门面、偏爱白人、避免接触（与有色人种保持距离或避免身体接触）"（Essed 205）。一种尤其伤人的日常种族主义行为是，少数族裔的能力时常被低估，例如，一看到"他们文稿中的打印错误……（就立即断定这是作者的）语言缺陷（所致）"（Essed 206）。当这种行为发生在学校里，尤其具有破坏力。老师们往往在无意识之中断定有色人种的学生在某些方面不如白人："没那么聪明……缺乏……文化底蕴……工作伦理和社交技巧"（Essed 207）。此类毫无根据的臆断可能让教师打分不公平，隐瞒奖学金信息，忽视黑人学生的成就或对此漠不关心，不让黑人学生充分参与课堂讨论（Essed 207）。当然，还有一些长期存在的问题，也是大多数人所熟知的：儿童和青年人接触的课程材料没有考虑到种族平衡的问题，教学材料过多地（有时是完全）建立在白人的经历的基础上；白人教师把黑人当作整个黑人种族的"代言人"和代表来对待。

有关日常种族主义，黑人法学女教授图恩雅·洛维尔·班克斯（Taunya Lovell Banks）提供的一个例证，尤其发人深省。某个星期六下午，班克斯教授和四位同事——她们都是三四十岁的黑人女性，穿着体面——拜访住在费城市中心豪华公寓的一位同事。在此之后，她们搭乘宽敞的电梯准备离开。"过几层之后，电梯门开了，一位五十多岁的白人妇女朝里面瞅了一眼，捂着嘴低声惊叫了一声，后退一步，眼看着电梯门关上，也不肯进来。又过了几层，另一位白人中年妇女……也不肯进来"（331）。无论是这几位黑人女性的衣着、年龄、性别，还是当时的地点，都不可能吓到这两位白人妇女。唯一的原因就是她们的肤色。单单她们的肤色就足以压倒其他体貌特征表明的内容：电梯里的这几个女人对任何人都不构成威胁。事实上，我们有理由去假设，这两位白人妇女根本没有看到她们的衣着、年龄甚至性别，根本没有想到这幢豪华公寓的安全性；在白人社会的操控下，她们对肤色反应强烈，肤色很可能就是这两人看到的全部内容，当然也是让她们作出反应的唯一因素。

最令人灰心的一种日常种族主义或许就是，白人否认种族主义的存在，或者否认某一具体事件中有种族主义的成分。有色人种受到指责，说他们"对于歧视……与族群相关的玩笑、当众嘲笑、居高临下的态度和粗鲁无礼"过分敏感（Essed 207）。换句话说，他们被指责无中生有。然而，事实上，种族主义的确存在，只是制造或目击种族主义行径的白人不这么认为，或有意不把它当作种族主义而已。正如班克斯所指出的那样，当你的同事对你说，他不把你当作黑人，这时候，你知道他想说你的好话，他想告诉你的是：他看重的是你的人品，而不是你的种族。然而，这句话中却隐含着一个前提：黑人还达不到人类的标准（236）。当然，当一个白人对你摆出恶相或施加恶语之时，你很难弄清这是否是种族主义，或者只是一时倒霉。招架日常种族主义需要承受情感压力，这会损害有色人种的心理和生理健康，因为日常种族主义的后果是可以累积的，"一个事件会让人想起其他相似的事件"（Essed 207）。与此同时，施行或目击日常种族主义的白人甚至可能没有意识到它的发生。正如费罗米纳·埃赛德（Philomena Essed）指出的那样，尽管大多数人认为种族主义不应该存在，但是，"国内或国际都没有作出足够的努力教育儿童、引导成人，向公民提供相关信息，说明如何去识别种族主义、种族主义是如何传播的、人们如何体验到种族主义以及如何去反击种族主义"（204）。

2. 利益趋合——德里克·贝尔（Derrick Bell）用这个词来说明种族主义在美国非常普遍，因为它经常与白人个人或群体的利益——需要或渴望的东西——相吻合或部分重合（*Brown v. Board of Education* 20–29）。例如，种族主义符合剥削黑人劳工的上层阶级白人的经济利益，因为他付给黑人的工资少于白人；种族主义也符合白人工人阶级的心理利益，他们工资低，又受到富裕白人的剥削，因此，他们需要一种优越感。换句话说，种族主义对白人有很多补偿。这就是利益趋合有时也被称作物质决定论的原因（Delgado and Stefancic 7）。在物质世界中向上爬的欲望——例如，正像我们刚才所见到的那样，经济地位提升的欲望或者心理上感觉更加良好的欲望——决定了主流社会实施种族主义的方式。

甚至黑人公民权利的改善也"与白人利益巧合"（Delgado and Stefancic 18）。例如，玛丽·L. 杜齐亚克（Mary L. Dudziak）于1988年调查了美国政府的冷战档案，结果显示，最高法院1954年对布朗起诉教育委员会案件的裁决，依法废除公立学校系统中的种族隔离，正如德里克·贝尔几年前在一片争议声中指出的那样（*Brown v. Board of Education* 20–29），并不是出于伦理的考虑而只是政治手段。最高法院有史以来第一次与全国有色人种协进会（NAACP）在废除学校种族隔离问题上站在一起，这并非出于利他主义，而是因为"大批的密电""美国驻外大使的信件"以及"国外媒体报道"（Delgado and Stefancic 19）表明，如果美国想要联合第三世界国家，其中有很多是有色人种国家，就迫切需要改变其种族歧视者的形象（Delgado and Stefancic 18–20）。因此，许多种族批判理论家认为利益趋合是种族主义产生的一个主要原因——即便不是首要原因——这也就不足为奇了。

3. 种族的社会建构——举一个例子，浅肤色黑人与深肤色白人之间的体貌差别远远小于一个种族内部个体之间的差异，那么，我们又如何能够按照体貌特征去界定种族呢？（Delgado and Stefancic 75）。1790年，美国国会规定只有白人才能加入美国国籍，这套种族标准直到1952年还有效，在此期间，只有过几次极小的修正。所以，在这162年当中，美国司法系统在办理入籍申请的时候，经常需要去判断，哪些人算白人，哪些不算。阿拉伯人算是白人吗？印度人呢？如果某个国家既有深肤色的人，又有浅肤色的人，那该如何处理？更复杂的是，随着美国历史的演进，有些族群"变成"了白人。例如，在建国之初，美国不把意大利人、犹太人和爱尔兰人当作白人，也就是说，他们与美国黑人处于同一地位（Delgado and Stefancic 76–77）。

如果考察美国人口普查局在1790年至1920年间使用的种族分类方法（人口普查每十年进行一次），就会发现，种族分类反映的不是生理现实，而是不同的时代通行的种族观念。例如，从1790年到1810年，人口普查局是这样进行种族分类的：（1）自由白人，（2）除了不纳税的印第安人以外的其他自由人，（3）奴隶。从1820年到1840年，种族分类方法如下：（1）自由白人，（2）未入籍的外国人，（3）自由的有色人种，（4）奴隶。从1850年到1860年：（1）白人，（2）黑人，（3）黑白混血儿，（4）黑白混血奴隶，（5）黑人奴隶。从1870年到1920年：（1）白人，（2）黑人，（3）黑白混血儿，（4）四分之一黑人血统的混血儿，（5）八分之一黑人血统的混血儿，（6）中国人，（7）日本人，（8）印度人。简而言之，我们对于种族的定义随着经济社会压力的变化而变化（Ferrante and Brown, "Introduction to Part 2" 115–16）。主流文化声称，"种族"是固定不变的范畴，但历史却显示，美国的种族一直以来都是一个定义问题。如果你发现这些事实引人入胜的话，还可以考虑另一事实："在加勒比海的部分地区，阶级决定种族划分，一个人越有钱，就越有可能被当作白人"（Harding 219）。

　　此外，纵观美国历史，许多美国人不只属于一个种族。然而，直到2000年人口普查，人口普查局才允许美国人在种族身份一栏可以打一个以上的钩，虽然从十九世纪起，表上就有四个种族选项了——白种人、非洲人、亚洲人、美洲土著人，几十年前又加上了"第五项，可以算作任何种族的西班牙裔人"（Sollors 102）。事实上，"西班牙裔"根本不是种族之称，尽管有些人是这样认为的。它是一个族群称呼，指称的是来自若干讲西班牙语的国家的移民，包括任何种族的人，但大多数西班牙裔以白人自居（Muir 95）。

　　虽然那么多美国人有两个以上的种族身份，然而，在过去的两百多年里，政府却坚持认为每个人只能属于一个种族，这就进一步说明，种族是社会建构的产物，而不是由生物性决定的。也就是说，"每个人好像只有一个种族身份，实际上，这是美国使用的种族分类系统造成的结果"（Ferrante and Brown, "Introduction" 2）。娜奥米·扎克（Naomi Zack）指出，美国界定黑人和白人的方法"排除了（黑白）种族混血的可能性，这是因为如果一个人既有白人血统也有黑人血统，他就被自动划归为黑人"；而且，一个人"只要有一个黑人祖先，不管已经隔了多少代，他都会被划为黑人"（Sollors 101–2）。此外，在确定非白人混血儿童（一个亚洲人和一个黑人的孩子，或一个黑人和一个美洲土著人的孩子）的种族身份的时候，在有些年里，是根据母亲的种族来划分的，在有些年里，又是根据父亲的种族来划分的（Ferrante and Brown, "Introduction to Part 2" 114–15）。

　　具有讽刺意味的是，鉴于人口普查局在种族统计问题上扭曲事实长达几个世纪之久，人类属于不同种族的说法并无生物或科学依据，或者说，根本不存在"种族"这回事。小普林斯·布朗（Prince Brown Jr.）解释说：

　　　　当今世界上所有人……不论体貌特征如何，在繁衍后代的时候，都要进行基因交流。人类特征的变异……从解剖学和生理学的角度来看，是为了适应特定的环境，对于这种情况，我们只需要彼此打量一下，就一目了然。没有哪一套特征是专属于某一个族群或"种族"的……例如，尽管灰眼球是与浅肤色联系在一起的，但是，有的深肤色的人也长着灰眼球——棕眼球和黑眼球的情况也是如此。同理，卷发经常与深肤色联系在一起，但是，我们都认识一些卷发的浅肤色的人。……专属于某一个族群或"种族"的一套特征是不存在的……（确切地说）一些人之所以有共同的特征……那是因为他们生活在社会隔离的状态下，社会隔离限制了他们的通婚……（也就是说）社会的规定（习俗、法律）……禁止人们与特征不同的人士婚配。（144-45）

换句话说，如果社会的法律或习俗将所有白皮肤、红卷发、蓝眼睛的人士隔离起来，禁止他们与没有上述特征的人通婚，那么，很可能在几代人之内，在几百年之内，就会形成一个庞大的白皮肤、红卷发、蓝眼睛的人种群。那时候，我们能说这些人单独属于一个种族吗？我并不这样认为。

从严格的基因角度看，

如果人类群体能够按照绝对的"种族"类型来划分，那么，有些群体就无法与其他群体一起繁育后代……同一群体内的人们之间就没有任何差别。然而，实际情况是，不论人们处于社会指定的哪一个群体当中……人与人之间有75%的基因是完全相同的，其余25%的基因呈现四种以上的形式……例如……血型就有四种（A, B, O, AB）。也就是说，"种族"基因是不存在的。（Brown 145-46）

事实上，种族概念最早出现在博物学领域，是为了便于指称处于不同地理方位的人群，它无意把人类划分为生理特征不同的群体。然而，到了十九世纪，科学家将这些群体固定在一成不变的类型当中，他们还宣称，与体貌差异相对应的是建立在生物学基础上的文化等级制。他们断言，人类属于不同的种族，有些种族——特别是白人——优于其他种族。当科学界开始采取这种观点的时候，美国公民正在就种族和种族优越问题进行争论，大多数美国白人认为黑人具有某种程度上的劣根性，在他们内心深处，种族隔离，虽说不是奴隶制，是有合理性的，这很难说是纯粹的巧合（Muir 98）。④ 现在，自然科学中的专业人士已经把种族概念排除在他们的学科之外，不再把它视为一个生物学分类，就是因为这个概念缺乏科学依据。然而，不论是自然科学家还是其他人，都没有"采取集体行动让学校、政府、公众甚至相关学科注意到这种排斥行为"（Muir 102）。

4. 种族特征分化——种族特征分化指的是"主流社会根据自身需要的变化，在不同时期，（按照不同的方式），去界定少数族群的种族特征"（Delgado and Stefancic 8）。例如，在南北战争之前，为了适应白人种植园主的需要，黑人被描绘成一副头脑简单、需要白人监督才不至于退化为"异教徒"、乐于为白人服务的形象。这种神话式的成见符合种植园主的想法，有助于他们名正言顺地奴役黑人。后来，尤其是每当白人认为黑人抢了他们的饭碗时，白人就为他们塑造出一副有威胁性、有暴力倾向，同时还很懒惰的固定形象。其他暂且不论，这里面的逻辑就大有问题（一个懒惰的人怎么会有威胁性、有暴力倾向呢？）。不过刻板印象经常是不合逻辑的，因为它们产生于偏见，而不是源于现实。

出于类似的原因，我们在其他少数族群那里看到了同样的种族分化手段。根据白人社会在不同历史时期的不同需求，美国的印第安人先后被刻画为友好高尚的人、懒惰的酒鬼、好行窃的异教徒、嗜血的野蛮人。类似地，墨西哥裔人的固定形象也是按照白人社会的需要来打造的，他们先后被视为虔诚的教徒和极为顾家的人、迷信和易受骗的人或者懒惰、一无是处的游民。华裔美国男性被赋予了明智、慈祥的固定形象，值得所有种族的年轻人效仿，华裔美国女性表现出对丈夫百依百顺的形象，然而二者都曾被刻画为鬼鬼祟祟的奸诈之徒。尽管日裔美国人总体被认为工作努力、诚实可信，然而，在二战期间，他们被视为危险的潜在叛徒，在整个战争期间，他们被关入拘留营。尽管美国也与德国和意大利交战，但德裔和意大利裔的美国人却没有受到这种种族分化处理。日裔美国人是因为他们的非白人身份而遭此厄运呢，还是因为他们曾在美国西海岸发了财而家资丰厚或拥有其他资产？他们所有的资产——包括银行账户和家具在内——都被政府没收，即便战争结束、他们被释放回家之后也未予归还。不论拘留日裔美国人的真正动机是什么，重要的是，与所有少数族裔一样，他们之所以被种族化，就是为了满足主流的美国白人社会眼前的需求。

5. 交叉性——任何人的身份都不是简单唯一、仅仅建立在种族基础上的。种族与阶级、性别、性取向、政治倾向以及个人经历相互交叉，共同塑造了人的复杂的身份。"每个人都有潜在的相互冲突和相互交叠的多重身份、忠诚心理及效忠对象"（Delgado and Stefancic 9）。例如，一个人可能是黑人、半失业者、工人阶级男性或墨西哥裔女同性恋。这种人遭到压迫的源头不一而足，当他遭到歧视的时候，他经常搞不清楚究竟是什么原因（Delgado and Stefancic 51-52）。我在工作中遭到不公平的待遇，是因为我的种族、阶级还是过去的工作经历？我之所以被解雇，是因为我的性别、民族还是性取向？如果去起诉，连我自己都弄不清楚受歧视的原因，又该以什么名义起诉呢？

金伯勒·威廉斯·克伦肖（Kimberlé Williams Crenshaw）提供的一个例子足以说明交叉性多么容易让一个人受害于美国政府官僚体制的漏洞，这种情况对于生命安全是多么具有威胁性。她尤其考察了有色人种移民中的工人阶级女性遭受家庭暴力的状况。1990年，"国会修订了《移民与国籍法案》中的婚姻欺诈条款，以保护那些遭到美国公民或永久居民殴打或残忍虐待的移民女性"（358-59），这些移民女性为了婚姻而来到美国。在此之前，"一位移民与美国公民或永久居民结婚，必须要保持'正常'婚姻关系两年，才能申请永久居民的身份"（359），而且需要夫妻双方提出申请。有的女性宁肯忍受毒打，也不愿失去在美国永久定居的机会，为了让这些女性不再受到迫害，国会投票表决，对于遭受家庭暴力的申请者，取消结婚两年的要求。然而，克伦肖发现，"在社会上、文化上、经济上处于优势地位的移民女性更有可能……满足这种要求"（360），这些要求包括社会服务机构、警方、医保供应商、心理医生或学校提供的证明。"最不可能从中获益的女性，就是那些社会地位或经济地位最边缘化的女性，最有可能是有色人种女性"（360）。这些女性在美国举目无亲，她们与外界唯一的联系就是自己的丈夫。她们不知道到哪里去寻求帮助，甚至不知道还有帮助可寻。1990年出台的这项修正案，本意是保护女性移民免受家庭暴力，但是，正因为它忽略了性别与种族和阶级之间的交叉性，反倒让那些最需要法律保护的人最不可能受到保护。

6. 有色人种的声音——许多种族批判理论家认为，总的来说，比起白人作家和思想家，在谈论种族和种族主义方面，少数族群的作家和思想家处在更有利的位置上，因为他们对种族主义有直接的体验。这种**位置特性**（positionality）被称作有色人种的声音。的确，"黑人、印度裔、亚裔、拉丁裔作家和思想家能够向他们的白人同行传达一些白人可能不了解的东西"（Delgado and Stefancic 9）。有人会认为，在这句话中，"白人可能不了解的东西"完全可以用"大多数白人肯定不知道的东西"来替代，这样做顺理成章，准确恰当。白人能够了解，也确实了解许多种类的压迫——例如，因为阶级、性别、性取向、族群、宗教等问题而造成的压迫——这些压迫都很骇人听闻。但是，如果认为种族压迫不过是众多压迫之一，毫无独特之处，那就是无视三百多年来的美国种族史。

有意思的是，我们注意到，德尔加多和斯特凡茨认为，有色人种的声音这个命题"与反本质主义共存，尽管二者之间多少有些张力"（9）。也就是说，既然种族批判理论接受反本质主义，而反本质主义又认为本质的、内在的、遗传的特征与我们的种族定义毫无关涉，那么，再说存在什么"有色人种的声音"就是自相矛盾之举，因为撇开具体的语境，"有色人种的声音"这种说法暗指的是有些人因为生来就有黑色或棕色皮肤，他们对于种族压迫具有某种天然的洞察力。然而，也可以说，这里并不存在矛盾，因为德尔加多和斯特凡茨并未设定有色人种的声音是一种本质性的——与生俱来或遗传性的——特征。相反，它是从种族压迫的经历中获得的。换句话说，有色人种的声音——由于亲身经历了种族压迫，就更能谈论或书写种族和种族主义——是社会习得的产物，而非先天就有的。所以说，我们有充分的理由认为，有色人种的声音这个命题不是本质主义的范例，它与种族批判理论反本质主义的哲学思想并不矛盾。

当然，我们必须牢记，即便是同一少数种族中的成员，他们经历过的压迫也不见得类型一样或程度相同，而且，不同的人应对种族压迫的方式也不尽相同。因此，那些否认自己受到种族压迫或否认种族压迫如今仍然存在的少数种族成员，显然不是有色人种的声音这一命题可以应用的范例。但是，那些试图利用有色人种的声音来告诉他人自己遭受种族歧视的人士，应得到鼓励去讲述自己的故事。"'合法讲故事'运动敦促黑人和棕种人作家讲述他们遭遇种族歧视的经历以及他们与司法制度打交道的经历，并且用他们独特的视角去看待法律的主导叙事"（Delgado and Stefancic 9），也就是说，法律并非像它自我标榜的那样，是一件不偏不倚的中立工具。作家德里克·贝尔、帕特里夏·威廉斯（Patricia Williams）、理查德·德尔加多处在这场运动的前沿。例如，德尔加多就曾撰文"指出白领和公司/产业犯罪——罪犯多为白人——造成的生命财产损失比所有的街头犯罪加在一起还要多"（Delgado and Stefancic 43）。然而，如今监狱里塞满了获利相对较少的黑人违法者，而获利丰厚的白人罪犯很少受到法律的追究。

我希望上述六项基本原则能够让读者比较清楚地了解种族批判理论的总体视角和目标。为了加深理解，我们从许多种族批判理论家目前依旧关心的问题当中，选取几个有代表性的例子，简单地加以审视。我们尤其要考察白人的特权问题、自由主义存在的问题以及种族现实主义。

白人特权（white privilege）指的是"处于统治地位的种族的成员享有的各种社会优势、福利和礼遇"（Delgado and Stefancic 78）。佩姬·麦金托什（Peggy McIntosh）"列举了她因自己的白人身份而享有的四十六项优势，这些都是她的黑人同事、朋友和熟人可望而不可即的"（Wildman 18）。这份著名的清单是种族批判理论家经常提及的。这些优势包括：她经常听人说，创造了美国历史遗产的是白人（由此可以想到，我们读的历史书声称要客观地对待美国的历史，然而，实际上，它们讲的主要是美国白人的成就）；为了保护自己的孩子，不必向他们解释形式多样的白人种族主义；不需要为自己的种族辩护（Wildman 18）的；无论她取得了什么样的成就，都不会被认为是打破了种族的常规；她偶然犯下的错误不会被视为种族劣根性的标志；可以期待，在一天当中的任何时刻，只要她在公共场所出现，就会得到正常的礼遇，旁人不会因为她而感到害怕、怀疑和不安（Delgado and Stefancic 78）。麦金托什指出，白人特权也会让白人预料到，自己的孩子可以通过白人邻居的关系或者通过白人邻居的朋友及熟人的关系找到一份暑期工作；让白人有充分的理由去相信，自己的孩子能够得到白人老师的帮助，哪怕只是用加分作业的方式让他们达到及格线；让白人指望那个心照不宣的特殊关照网络——就像一个"社团"——把不大合格的白人候选人提拔到重要位置上（Delgado and Stefancic 78–79）。"最后一个例子尤其能说明问题，在大多数公司中，掌权的依然是白人，尽管这方面有了一些象征性的进展"（Delgado and Stefancic 78）。

白人特权是日常种族主义的一种，因为整个特权观念的基础就是劣势概念。也就是说，只有与没有特权的人形成鲜明对比，才能说一个人享受到了特权。所以，如果白人因为肤色白而享受到了一系列的日常特权，这就意味着黑人因为肤色黑而被剥夺了这些特权。这当然是一种种族主义。白人的特权往往是在无意识中得到的，因为拥有特权的人总是将特权视为理所当然，认为它天经地义，是日常生活的一部分（Essed 205）。正因为白人特权具有无意识性质，白人经常很难发现它，更谈不上对付它了。

例如，在我的课堂上，学生们在集体讨论种族和种族主义的时候，经常出现以下情况：一个心地善良、动机友好的白人学生对全班同学说，"我真的没有留意人的种族，大部分时间里，我都没有考虑过种族问题。"我不怀疑这样的学生的真诚性，他讲的都是实话。但他们没有注意到问题的关键。所以，我总是这样答复他们："假如你是黑人，你会留意到人的种族，并且常常考虑种族问题吗？"迄今为止，这个问题总能达到它的目的。学生们无一例外地回答："是的。"没错，如果他们是黑人，他们就会留意人的种族，也会思考种族问题。当他们意识到，无须留意或考虑种族问题是一件多么奢侈的事情时，我看到了他们头顶上那圈淡淡的光环。无须留意别人的种族或考虑种族问题，这正是白人的特权。除非生活在清一色的黑人环境里，否则黑人们不得不时时留意他人的种族，不断思考日常经历的种族内涵，因为"不论他们多么有声望，多么有地位……种族色彩浓厚的隔离、限制或侮辱都近在咫尺"（Bell, "Racial Realism" 306）。

可以说，美国黑人时刻面临着种族侮辱，而白人甚至没有意识到这个问题的存在。为学校卖糖果的黑人小孩，经常在白人社区饱尝闭门羹；在中学作文课上，黑人女孩发现，正在热烈进行小组讨论的白人女孩忽然尴尬地安静下来，因为她们意识到她们对发型的讨论与这位黑人女孩无关，因为她的头发和她们"不一样"，在旁人看来，算不上漂亮；在文学课堂上，黑人大学生听到白人同学在解释一篇他们刚读完的故事，他们认为只要意识到黑色象征罪恶，白色象征美好，就能明白这篇故事的含义。这些有色人种年轻人的父母必须努力帮助孩子们应对这些伤心的经历，正如他们必须应对自己为之伤心的种族歧视经历一样——这种情况，许多黑人每天都能预见到，这里提到的只是几例而已。相比之下，白人拥有无须考虑这些问题的特权。换句话说，白人拥有无须考虑——甚至无须知道——日常种族主义的特权。

具有讽刺意味的是，正如斯蒂芬妮·M. 怀尔德曼（Stephanie M. Wildman）指出的那样，"我们这些享有特权的人往往急切地想摆脱歧视，结果对自己的行为缺乏批判性考察，这反倒使自己的行为变成了特权。没有这种批判性考察，特权体系就会一再出现，排斥行为就会循环往复"（179）。那么享有白人特权的人该怎么办呢？"'放弃特权'似乎是明显的答案，但好像不大可能"（Wildman 180），因为白人特权已经渗透到美国文化的各个方面，只要大多数白人在总体上依然没有意识到白人特权，所有白人都会从中获益，不管他们是否愿意。

> 但是有一个不起眼的办法可以放弃白人特权，那就是不要再佯称种族不是一个重要问题，尽管我们一直渴望种族不应成为重要问题。如果我们不再佯称种族没有深入我们的日常生活、教学以及政府事务当中，也许我们就可以开始……更清楚地看到白人特权的活动了。……我们需要四处讨论，在教室里、在工作场所、在会议中，……（这样一来我们就能）开始动手拆解这个隐形的……特权世界。（Wildman 180）

许多种族批判理论家认为，**自由主义的问题**在于，它固然采取了措施去解决种族公正的问题，但它的措施太少，步伐过于缓慢。一般说来，保守派政治反对只让受压迫者受益的变革，有鉴于此，它一点也不比自由主义更可取，但是，在种族问题上，自由主义往往过于温和、过于审慎、太喜欢和稀泥。一点一滴地实现变革是不可能的，因为在美国实现种族公正所需要的各种变革不是一点一滴的办法所能涵盖得了的，"这个制度只会吞噬掉小小的改进……然后一切照旧"（Delgado and Stefancic 57）。

《布朗诉教育委员会案》（1954）似乎是一个大的进步，因为最高法院宣判公立学校的种族隔离行为是违法的。这个判决在国内引起了极大的反响：许多美国人对此大加赞美，还有一些人大表惋惜。然而，最高法院的判决并没有改变公立学校在很大程度上还处于种族隔离状态这一事实，公立学校的种族隔离不是法律造成的，而是贫困造成的。住在城里贫民区的儿童大部分是非裔或拉丁裔，住在富裕的郊外社区里的儿童大多数是白人。由于孩子的学校所属的学区是按照居住区划分的，所以，现在大部分公立学校的学生要么全部是白人，要么全部是有色人种。当然，由于学校的资金来自地方税收，贫民区的非白人学校资金严重匮乏。

从这个角度看，布朗起诉教育委员会一案不仅进步很小，而且还产生了误导作用。许多自由主义者认为它解决了问题，便转而关注其他全民性的问题（Delgado and Stefancic 24）。如此说来，这样的"解决办法"无异于江湖郎中的伎俩。这位郎中不但开出了没有疗效的处方，还让病人相信病已经治好了，结果妨碍患者得到真正有效的治疗。

种族批判理论也反对这样一种自由主义者思想：在种族问题上，宪法是不偏不倚、绝对中立的。尽管现在的法律保证人人机会平等，但是，这些法律并没有采取方案确保所有人都能享有这些机会。大多数人都知道，在住房和就业领域，种族歧视是违法的，但是，种族歧视仍然时有发生（Delgado and Stefancic 21-23）。白人房东只需告诉前来看房的有色人种——当然是很礼貌地——没有空房、房子刚租出去或已经出售，就万事大吉。白人雇主只需告诉有色人种应聘者这个职位刚刚有人被聘用，但请留下电话号码以备不时之需。有时候这些伎俩有说服力，但大多数没有说服力。然而，如果有色人种想讨回公道，他就得有钱有时间去雇律师、跑法院，如果律师无法证明白人房东或雇主确实有种族歧视的意图，官司也打不赢。有多少找工作、找房子的人，有足够的经济能力或心理承受力，可以走到这一步？正如德尔加多和斯特凡茨所认为的那样，"只有积极主动，带着种族意识努力改变现状，才能改进悲惨的境遇"（22）。他们特意提到一位同事提出的策略："社会在评判新法律的时候应该'照顾到社会底层'。如果新法律不能缓解赤贫群体的痛苦——或更糟的是，如果它们根本没有考虑过这个群体——我们就应该否决它"（22）。

许多种族批判理论家向往的是那种有实际意义的种族进步，在他们看来，经典的、谨慎的自由主义依然是一个问题，但是，目前种族公正遇到的更大的障碍是

猖狂无忌的保守主义吸收了马丁·路德·金的言论，

> 几乎无益于社会福利、积极行动以及其他关系到穷人和
> 少数种族身家性命的方案。他们还想严守种族界线，当
> 企业界急需外语流利的工人的时候，他们要求每个人都
> 讲英语。一些种族批判理论家不再紧盯自由主义及
> 其弊病，转而应对保守主义的浪潮。（Delgado and
> Stefancic 24-25）

在探讨种族批判理论的过程中，我们遇到的许多问题和概念都暗含了**种族理想主义**（racial idealism）的观点：改变人们（通常在无意识中的）的种族主义态度，可以实现种族平等，具体手段包括教育、在学校里规定反对种族主义言论、在媒体上打造少数种族的正面形象（Delgado and Stefancic 20）、诉诸法律（Bell, "Racial Realism" 308）等等。简而言之，既然我们对待种族的态度是社会建构的，社会就可以重新建构它们。这种看待种族问题的视角受到了大多数美国人的欢迎，不管他们是黑人还是白人，他们愿意看到种族平等的实现。与此形成鲜明对比的是，**种族现实主义**（racial realism）坚信，种族平等永远不可能在美国实现，因此，非裔美国人应该放弃这种希望。我敢肯定，在许多读者看来，这种立场一开始可能显得骇人听闻、过于悲观甚至不合逻辑、有自暴自弃之嫌。但是，且听下面的论证，然后再作评断。

种族现实主义这种哲学思想出自纽约大学法学教授小德里克·A. 贝尔的一篇文章，文章标题就是《种族现实主义》（"Racial Realism"），它产生于作者的长期经历和他对种族问题的介入性研究。贝尔曾是杰出的民权律师，也是种族批判理论运动的创始人之一。正像贝尔指出的那样，"我可以预言，黑人是得不到白人的平等对待的，三百多年以来，这种平等地位一直没有我们黑人的份儿。任何人都没有理由对我的预测感到惊讶，目前大多数黑人的状况已验证了这一立场"（306）。各种记录一再显示，非裔美国人的死亡率、失业率、贫困率、遭受工作歧视的概率都要比白人高得多，这些记录的来源是非常可信的。然而，无论在过去还是现在，"政策制定者以及整个社会，对这些惊人的差别都无动于衷"（306）。贝尔指出，其实历史本身也会"促使民权倡导者去质问平等理论的有效性。最初，为了保护私有财产，宪法的制定者们通过《第五修正案》，将非洲奴隶也纳入财产的名下，这是不可否认的一

个事实"（307）。"致力于种族平等的人士还忽略了南北战争期间修订宪法的政治动机——自私自利性质的动机几乎可以保证，一旦政治需要发生了变化，为先前的奴隶提供的保护措施就不再执行"（307）。

贝尔指的是南北战争期间和之后通过的一系列宪法修正案。这些修正案的主要目的是惩罚南方，确保黑人支持北方的政治候选人。例如，1863年，距内战结束还有两年，美国政府宣布解放黑奴，但仅限于没有脱离联邦的各州；之所以给黑人投票权，是因为政客们相信他们会把选票投给北方候选人，如此等等。内战之后，在长达十年之久的重建时期，北方向南方派驻军队和行政官员，防止被解放的奴隶遭受南方白人的迫害。然而，一旦北方的白人总统候选人需要国会里南方白人的政治支持，事情就发生了变化。

> 为了保证共和党人拉瑟福德·B. 海斯在一场有争议的总统选举中取胜，北方随时准备妥协，牺牲黑人的利益。（1877年的海斯-蒂尔登妥协方案）……既承诺从南方诸州撤走剩下的联邦驻军，还承诺南方诸州的"政治事务"不受干涉。（Bell, "Racial Realism" 312, n. 28）

联邦政策上的这种变化意味着，南方被解放的黑人的命运将掌握在厌恶并恐惧他们的白人的手中。这让很多人想到利用私刑进行大屠杀、剥夺黑人的选举权（剥夺他们的投票权）、不光彩的种族隔离法以及导致贫困现象的种族歧视。

当然，表面上帮助黑人的法律迎合的却是白人权力体系的需要，这个问题不仅仅存在于过去。贝尔认为这个问题是系统性的，源于法律的形式主义性质，也就是说，源于法律使用的抽象语言，而法律却自认为它为所有公民提供了不偏不倚的（不带任何歧视性）的保护。然而，问题在于法律语言的抽象性尤其为执法的法官的阐释大开方便之门，法官往往利用法律术语的抽象性来掩盖他们"不偏不倚的"判决背后的个人价值判断，这些判决几乎总是有利于白人的权力结构。

贝尔援引了《加州大学董事会诉巴基案》（*Regents of the University of California v. Bakke*, 1978）作为一个代表性例证。巴基是白人，申请入学加州大学医学院。他起诉的理由是：该校的平权行动政策是为了确保符合条件的少数族裔申请者能够被该校录取，因为他是白人，所以对他构成了歧视。法院抽象地运用了平等观念，"无视社会的质疑，即究竟是哪一个种族享有权力和占据优势，又是哪一个种族几百年来一直被排斥于学术界之外，它认为平权行动政策不能因为种族原因而剥夺白人候选人的权利"（304）。就这样，法院基于抽象的平等观念作出了一个具有里程碑意义的判决，以此来回避现实生活中的平等问题，而平权行动政策的初衷就是为了维护这种平等。贝尔评论说，实际上，"保护白人的种族特权在此案的判决中表现得相当明显，它已成为民权案件判决中的一个共同的主题，特别是在日趋保守的最高法院判决的许多案件中"（304）。贝尔说，任命克莱伦斯·托马斯（Clarence Thomas）为最高法院的法官"尤其是心怀叵测之举，因为选用克莱伦斯·托马斯这样一个黑人，就是在复制以前奴隶主的做法：提拔那些俯首帖耳、唯命是从的奴才，利用他们的存在，赋予他们给予协助的压迫以不正当的合法性"（304）。

正是出于这些原因，贝尔才奉劝美国黑人"将法律——推而广之，还有法院——看作维持现状的工具，它为被压迫的人民提供的庇护是间歇性的和不可预测的"，这样一来，黑人便可以"挑战……种族平等原则……让社会听到他们的声音，了解他们的义愤"（302）。贝尔写道：

> 我坚信，美国还是能为黑人做点实事的。不过，那不是什么浪漫的跨种族恋爱，当然也不是人们长期追求的法律平等的目标，尽管我们必须坚持反对种族主义的斗争，否则，黑人权利遭到侵蚀的情况只会愈演愈烈。我们必须追求种族现实主义，以看清种族主义的本来面目及我们的从属地位。就像我们的奴隶祖先那样，我们必须明白，归根结底，争取自由的斗争就是我们人性的昭示。通过抵抗，我们的人性得以幸存并且变得更加坚强，即便那种压迫永远也不会被征服。（308）

因此，在贝尔看来，"紧盯着战利品"不是指种族平等这个战利品，因为如果一直去期待一件已经赢来但永远也不会真正到手的战利品，只会令人"沮丧和泄气"（308）。具有讽刺意味的是，种族平等这种信念——种族平等这种东西，现在没有，过去没有实现，将来也不会出现——往往会让那些需要继续战斗的人们变得情绪冷漠或道德瘫痪。贝尔心中的战利品是，在直接面对种族主义现实以及与各种形式的种族主义作斗争的过程中，强化人性和取得道义上的"胜利"（309），绝不幻想白人的权力结构会被彻底拆除。

在了解种族批判理论的过程中，我们已经论及许多重要领域，尽管如此，就很多方面来看，我们触及的还只是一些皮毛。在我们探讨过的每一个问题当中，还有更多的内容需要我们去阅读和理解，而且，还有更多的问题需要我们去了解，例如黑人民族主义与种族同化的对立、美国在种族问题上的黑白二元论、修正主义历史在种族批判理论中的角色、无意识的种族主义等等。尽管种族批判理论并没有直接探讨文学研究，然而，它对文学解读还是有着重要的启示，因为我们已经看到，它为我们理解种族从而理解人类关系提供了一系列新的视角。可以说，致力于理解人类关系，正是大多数作家写作的原因，也是大多数读者阅读的原因。

【非裔美国文学批评与文学】

当非裔美国文学评论家在解读非裔美国文学的独特性的时候，无论他们援引的是这类文学的非洲渊源还是欧美渊源，他们都努力去描绘所谓**非裔美国文学传统**的显著特征。总的来说，评论家们一致认为，非裔美国文学集中关注的是那些一再出现的历史和社会学主题，这些主题反映了美国黑人经历的政治问题——政治、社会、经济权力的现实。这些主题包括：重申非洲的历史，如何从"中途航程"的恐怖中幸存下来，如何从奴隶制的磨难中幸存下来，摆脱奴隶制和其他形式的压迫去寻求自由，要求读书识字，美国黑人在内战和重建时期的经历，在实施种族隔离的南方立足生存，黑白混血儿在种族主义社会中面临的问题和冲突，在生存上遇到的经济困难，移居北方以及与此相关的城市化、异化与力求调和双重意识等主题，宗教对个人和集体幸存的作用，文化遗产的重要性，家庭和社区的重要性。当然，在种族歧视、阶级歧视和性别歧视等多重压迫下幸存下来，这也是一个常见的主题，但在二十世纪中期以前，黑人作家不得不小心翼翼地处理这个主题以及其他种族题材，或在写作中将它们符码化（微妙地暗示他们想要表达的意思，黑人读者和有同情心的白人读者能心领神会，但是，不大同情黑人的白人读者则不容易注意到），以便通过白人编辑的把关顺利出版，得到白人读者的接受。例如，在查尔斯·沃德尔·切斯纳特（Charles Waddell Chesnutt）的小说《可怜的桑迪》（"Po' Sandy"，1899）中可以明显地看到这种策略。小说运用了"荒诞故事"这种体裁，小心翼翼地描述了奴隶制的恐怖。事实上，后来，当切斯纳特开始露骨地描写种族主义的时候，就没有出版社愿意替他出书了。

正如这些主题所示，非裔美国文学的政治内容包括：更正美国黑人的刻板形象，更正美国历史对黑人的错误再现，更正美国历史对黑人的遗漏；颂扬黑人的文化、经历和成就；探讨种族问题，包括体制化的种族主义，内化的种族主义，少数种族内部的种族主义，以及种族主义、阶级歧视和性别歧视造成的多重压迫。你也会注意到，在上述主题当中，有许多主题都涉及如何挺过晦暗的生活经历以及寻找积极的生活经历，这是因为在精神上渡过难关，实现黑人的全部潜能，这正是美国黑人作品经常颂扬的价值观。

就诗学而言，非裔美国文学传统有两个突出特征：**口述性**（orality）和**民间母题**（folk motif）。口述性，即语言的口头讲述性质，它赋予文学作品一种即时感、现场感，让读者感到自己在听人讲故事。在非裔美国文学中，口述性效果的实现，通常依靠的是使用黑人日常英语和模仿黑人说话的节奏，例如，重要短语的重复，叙事声音的转换以及借鉴教堂忏悔、布鲁斯音乐、爵士乐、说唱音乐中的手法。正如上文所示，兰斯顿·休斯的作品以口述性著称，索尼娅·桑切斯（Sonia Sanchez）和妮基·乔凡尼的诗歌也是如此。托妮·莫里森的《最蓝的眼睛》通过再现形形色色的黑人叙事声音，也为我们提供了口述性的绝好例证，其中麦克蒂尔太太、波琳·布里德洛夫和玛丽小姐的叙事声音让人"听"得最清楚。

民间母题的运用包括借鉴形形色色的民间人物类型和民间习俗，这会让读者感觉到这些文学作品与非洲的历史以及美国黑人的历史之间的延续性。这些人物类型包括：乡村医生、魔术师、女族长、地方上的说书人、骗子、宗教首领以及民间英雄。民间习俗包括：喊劳动号子、唱赞美诗、演奏布鲁斯音乐；参与民间仪式和宗教仪式以维持社群关系、维系传统；以故事的形式讲述个人和群体的历史，传承传统智慧；传授民间手艺，例如缝被子、打家具、做传统食品；强调命名的重要性，包括宠物的名字、绰号以及贬称。

小亨利·路易斯·盖茨的《暗讽的猴子》（*The Signifying Monkey*）和小休斯敦·A. 贝克（Houston A. Baker Jr.）的《布鲁斯、意识形态和非裔美国文学》（*Blues, Ideology, and Afro-American Literature*）是分析非裔美国文学传统最有名的作品。盖茨试图将非裔美国文学史描绘为文学文本的关系史。他认为，黑人文本彼此"谈论"——例如，通过相互模仿、修改、戏仿的文学手法——这与美国黑人在议论他人之时所沿袭的**暗讽**（signifying）习俗完全一致。

盖茨特意将signifying拼作signifyin(g)，就是为了强调它在黑人民间的发音形式，以便将它与该词的其他定义区分开来。暗讽指的是，使用各种间接的、巧妙的、讽刺性的和开玩笑的方式表达你对另一个人的看法——例如，羞辱某人，戳穿某人的伪装或赞扬某人——而不是直截了当地说出来。举一个最简单的例子，假如你不希望室友吃光所有的冰激凌，你就当着他的面对另一个人说："冰箱一定是出毛病了，每次我放进去半加仑的巧克力薄荷碎片，一夜之间就剩下一品脱。"假如那位室友回答说，"我没有吃光所有的冰激凌"，你就可以说，"我提你的名字了吗？我跟你说话了吗？你肯定是心虚了。"这就是你对室友的暗讽。为了体现这种间接交流过程，盖茨使用了"暗讽的猴子"这一形象，即美国黑人民间故事中的骗子大师。我们简单看一下盖茨的理论在文学研究中的应用。

理查德·赖特和拉尔夫·艾里森是二十世纪四五十年代崭露头角的两位美国黑人作家。在文学如何表现黑人的经历这个问题上，两人意见并不一致。赖特是自然主义者，他认为应该用直白、露骨的语言去再现种族主义压迫造成的残酷无情而又无法逃避的现实，只有这样，才能最有力地表现种族主义的罪恶和黑人苦难的深重。他在《土生子》和《黑孩子》（*Black Boy*，1945）中就是这样做的。相反，拉尔夫·艾里森是现代主义者，他认为人类经验的复杂性、含混性和不确定性，只有用含糊、隐喻的语言和意义多重的复杂叙事才可能传达出来。在《隐形人》中，艾里森"通过重复和立异去戏仿赖特的文学结构，暗讽了赖特"

（Gates，*Signifying Monkey* 106）。也就是说，对于赖特文本中的某些关键元素，《隐形人》采取了反其意而用之的办法，从而间接、巧妙地表露了艾里森对赖特文学观的反对态度。

例如，盖茨解释说，赖特的标题《土生子》《黑孩子》表现的是具体可见的种族存在状态，而艾里森将自己的小说命名为《隐形人》，则是对这两个标题的暗讽。尽管**人**（man）"暗示的年龄状态比**子**（son）或**男孩**（boy）更成熟、更强势"（*Signifying Monkey* 106），然而，艾里森笔下的**人**却是"隐形的"，他没有抛头露面，而是隐而不见。历史上美国白人就是这样对待黑人的：仿佛他们不存在。艾里森也暗讽了赖特作品的主人公比格·托马斯。比格是一个"无声无息的"人物，他从不为自己辩护，甚至不大说话。他的行动远远少于他对周围环境的反应。作为回应，艾里森塑造了一个"除了声音什么都没有"的主人公：我们不知道他的名字，但"正是他塑造、编辑、讲述了他自己的故事"（*Signifying Monkey* 106）。简而言之，

> 比格的悄无声息和无力采取（与被动反应相反的）主动行动，表示的是一种缺场状态，尽管小说标题中有在场的隐喻。《隐形人》取得的效果正好相反，隐形暗示的那种缺场状态被叙事者的在场给破坏了，叙事者是以文本作者的身份出现的。（*Signifying Monkey* 106）

盖茨还指出了艾里森作品中暗讽赖特的若干其他方式。艾里森意在表明，自然主义冷峻的阴郁不能充分再现黑人的经历。实际上，再现黑人经历的最佳方式究竟是什么，这方面的分歧不一而足。在这些争论的基础上，盖茨勾画出他所分析的全部文学暗讽行为，除了拉尔夫·艾里森的暗讽行为以外，还包括理查德·赖特、佐拉·尼尔·赫斯顿（Zora Neale Hurston）、吉恩·图默（Jean Toomer）、保罗·劳伦斯·邓巴（Paul Laurence Dunbar）、伊什梅尔·里德、艾丽斯·沃克等人的暗讽行为。

休斯敦·贝克也试图将非裔美国文学传统与美国黑人民间艺术——布鲁斯音乐——联系起来。贝克称，布鲁斯音乐是美国黑人文化的一种自我表现形式，它既影响了美国黑人文化的其他表现形式，同时也受到

后者的影响，它既模仿又反映了美国黑人文化的其他表现形式。布鲁斯音乐是一个"母体"——"一个子宫，一个网络……源源不断输入和输出的点"（3）——因此，它也是整个美国黑人文化的一个象征。简单地说，布鲁斯音乐是一种语言，一种文化符码，不同的黑人艺术形式（包括文学）以不同的方式去言说它。所以，布鲁斯音乐为研究美国黑人文学史提供了一种具有美国黑人鲜明特色的方法。为了说明布鲁斯音乐与非裔美国文学之间的关系，贝克列举了许多例子，我们简短地看一下其中的一个。

贝克评论说，纵观非裔美国文学史，我们会发现，这些文本的主题结构与布鲁斯音乐的主题结构非常相似。他指出，总的说来，布鲁斯歌曲具有双重主题：一个是精神主题，通常与迷惘和欲望有关；另一个是物质性主题，通常与迫切的经济需求有关。在非裔美国文学文本中，贝克也看到了这种双重性，物质性主题是驱动作品外在精神主题的潜文本。例如，《非洲黑奴奥洛达·艾基阿诺或古斯塔夫·瓦萨的自传》（*The Life of Olaudah Equiano, or Gustavus Vassa, the African. Written by Himself*，1789）、《黑人奴隶弗雷德里克·道格拉斯的生平自述》（*Narrative of the Life of Frederick Douglass, an American Slave*，1845）、哈里特·雅各布斯的《奴隶女孩的自传》都有一个共同的精神主题，即精神觉醒和发现自我的历程，这是他们踏上自由之旅的重要一环。它们有一个共同的潜文本——主人公的精神追求所依赖的经济现实，它是精神主题的基础，并且悄无声息地与精神主题竞争。艾基阿诺、道格拉斯和雅各布斯笔下的琳达·布伦特，为了获得自由，都要想方设法地搞到他们需要的金钱；自由是让他们的精神追求生根发芽的土壤。

当然，并非所有的美国黑人文学的经济潜文本都存在于黑奴逃亡或赎身的金钱要求之中。但是，贝克还是将非裔美国文学的"经济基础"（39）称作"奴隶制经济学"（13），因为美国黑人受到的经济压迫正是奴隶制的遗产，而且经济压迫本身就是一种奴役形式。因此，贝克的计划是，勾画出布鲁斯音乐在非裔美国文学史中以某种形式演奏的时刻："当作品中的人物、主人公、自传叙述者或文学评论家成功地解决无情的'奴隶制经济学'并且声音洪亮地即兴表达尊严的时候"（13）。在当代文学中就出现过这种情况，例如《宠儿》中的圣贝比·萨格斯，考虑到奴隶出身的黑人感情被剥夺的经历，鼓励他们仿效布鲁斯音乐即兴创作的形式，又哭又笑，同时进行。

还有大量的研究著述试图界定黑人女性写作专属的文学传统。非裔美国文学经典是由黑人男性作家和白人文学传统界定的，黑人女性要么被排除在外，要么被边缘化。此外，在白人作家和黑人男性作家的作品中，黑人女性一般只能扮演次要角色或固定不变的角色。因此，在黑人女性文学史上，黑人女作家热衷于把黑人女性描绘成现实中的人，赋予她们以黑人女性所拥有的复杂性和思想深度。正如玛丽·海伦·华盛顿（Mary Helen Washington）所说，"黑人女性作家主要关注的是黑人女性自身——她的渴望、她的矛盾、她与男人和孩子们的关系、她的创造性"（*Black-Eyed Susans* x）。

关系是华盛顿这句话中的一个关键词，因为正如第四章"女性主义批评"所说，黑人女性必须去协调她们与整个黑人群体之间的关系以及她们与各个种族的女性之间的关系，应对各种相互冲突的要求——她们要与黑人男性团结一致去反抗种族压迫，又要与其他女性一起共同反抗性别歧视的压迫。黑人男性要求种族团结，而白人女性主义者要求性别团结，这些相互冲突的要求让她们无所适从，这样一来，许多从事文学批评的非裔女性在探讨黑人女性作品中的性别问题时，只好闭口不提女性主义。（关于这一问题的深入探讨见第四章。）

非裔美国女性作家对黑人女性的集中关注，体现在一系列反复出现的主题中，其中包括：黑人女性饱受低工资之害，被迫从事低等工作，饱尝暴力和性剥削；黑人女艺术家受到压制；黑人女性群体对于她们度过心理（有时是物质和经济）难关的重要性，这当中包括祖母、母亲、女儿之间的关系；黑人女孩初次接触种族主义和性别歧视的严酷现实；肤色、发质和白色的审美标准对黑人女性的自我认知以及社会地位的影响；黑人女性和黑人男性之间关系的重要性；比起黑人男性作家和白人作家，她们更能持续关注种族主义、性别歧视、阶级歧视造成的多重压迫。在更早的黑人女性作品中，我们还见过冒充白人的主题。过去的二十年间又出现了女同性恋主题。另外，德博拉·E. 麦克道尔（Deborah E. McDowell）评论说："纵观历史，黑人女性形象在文学内外一直遭到贬低，主要是因为黑人女性小说家（我们不妨加上诗人和剧作家）在整个创作传统中肩负起修正的使命，旨在以现实形象取代刻板形象"（94–95）。

这一修正使命包括提供现实的女性角色类型。玛丽·海伦·华盛顿在《讲解黑眼松果菊》（"Teaching Black-Eyed Susans"）中，援引了艾丽斯·沃克的洞见，去描述三种主要角色类型，黑人女性作家频频使用这些角色类型去塑造不同历史时期的黑人女性。第一种类型是**悬浮的女性**（suspended woman），她们是男性和整个社会牺牲的对象，很少有选择或根本没有选择，之所以说"悬浮"，是因为她们对自己的处境根本无能为力。这种类型的女性角色经常出现在十九世纪和二十世纪初的文本背景中，例如佐拉·尼尔·赫斯顿《凝望上帝》（*Their Eyes Were Watching God*，1937）中的奶妈和托妮·莫里森《最蓝的眼睛》中的波琳·布里德洛夫。第二种类型是**被同化的女性**（assimilated woman），她们没有受到肉体暴力的伤害，对自己的生活有了更大的控制权，但她们受到了心理暴力的伤害，原因在于，她们融入白人社会的强烈愿望让她们丧失了自己的黑人社会根基。这种类型经常见于二十世纪四五十年代的文本背景中。这方面的例子包括《凝望上帝》中的特纳太太和《最蓝的眼睛》中的杰拉尔丁。第三种类型是**新女性**（emergent woman），她们渐渐意识到自己在心理、政治上受到压迫，她们能够创造新生活、作出新选择，但是，在完成这一转变之前，通常都要经历一次严酷的考验。这种类型经常出现在六十年代的文本背景中，例如艾丽斯·沃克《梅丽迪安》（*Meridian*，1976）中的梅丽迪安以及《凝望上帝》中的贾妮。正如贾妮的例子所示，这种类型的人物不受相关历史环境的限制。

我想，一些评论家可能认为，我们还应该补充一种类型——**解放的女性**（liberated woman）。她们发现了自身的能力，知道自己需要什么，并且着手去得到它。简而言之，可以说，"解放的女性"发现了自己并且热爱自己的发现。尽管我们可能认为这类人物最常或最明显地出现在以七十年代或更晚的时代为背景的黑人女性作品中，但是，我认为，她们也出现在那些以更早的时代为背景的作品中。"解放的女性"的例子有：艾丽斯·沃克《紫色》（*The Color Purple*，1982）中的莎格·艾弗里和托妮·莫里森《所罗门之歌》（*Song of Solomon*，1977）中的派拉特，二者都是二十世纪上半叶的人物。

最后，传统上，非裔美国女性诗学包括一系列反复使用的文学策略。例如，黑人女性作家常常以黑人女性为小说的叙事者或诗歌、戏剧独白中的说话人，赋予她们讲述自己故事的权力。在使用第三人称叙事的时候，通常采用黑人女性的视角（我们就是透过她们的眼睛看到了整个故事）。为了强调黑人女性之间关系的重要性，有时以两位黑人女性对话的形式来设计叙事（实际发生的对话，或主人公设想的对话，或通信来往中的对话）。

为了营造一个与黑人女性经历相吻合的世界，采用与黑人女性家庭生活相关的意象也是常用的文学技巧，例如，采用与厨房或家中其他地点相关的意象。就是在这些地方，她们施展传统的技能，例如缝被子、做罐头、料理园子或干农场杂活、向孩子传授家族或黑人文化的遗产。营造黑人女性的世界，也可以借助于与黑人女性外表相关的意象，例如着装、发型、肤色、化妆品等。

总体说来，我们探讨的这些文学手法都在强调，黑人女性为了维护她们的身份特性而奋斗。这种身份特性可能表现为，为了家庭、社群或种族的利益而牺牲自己，就像早年的作品所显示的那样；或者表现为探索她的能力、需求和愿望，就像当代作品所显示的那样。但无论它以什么形式表现出来，黑人女性的自我定义背后复杂的心理、社会、经济动力在她们的写作中都占据了重要地位。

当然，非裔美国文学批评的独特视角也为我们审视美国白人作家的作品提供了洞见。托妮·莫里森在《黑暗中的游戏：白色与文学意象》（*Playing in the Dark: Whiteness and the Literary Imagination*，1992）中为我们从美国黑人的视角去解读主流白人文学提供了一种卓有成效的方法，这种视角显示，白人文本出于自身目的建构了美国历史中所谓的**非洲主义**（Africanism）。莫里森用"非洲主义"这个词来"表示非洲人的黑肤色所代表的全部意义（既包括言内之意，也包括言外之意），以及欧洲中心论在认识黑人的过程中产生的一整套观点、预设、解读和误读"（6-7）。简而言之，按照莫里森赋予它的意义，非洲主义是白人对非洲人和美国黑人的理解（更准确地说，是误解），白人作家把自己的恐惧、需求、愿望和冲突投射到他们身上。

在白人主流文学中，非洲主义的存在可能表现为：黑人角色、黑人故事、黑人言谈的再现、与非洲或黑色相关的意象。莫里森的主张是，研究这些手法在白人作家作品中的具体运用。她不是建议我们去分析文学中的种族主义——这种分析始终有人在做——也不是让我们根据作品

对有色人种角色的再现来评价其艺术价值，而是鼓励我们去考察

> 美国（白人）文学主要和突出的特征——个体主义、
> 男性精神、介入社会与不问世事的对立；尖锐而模糊的道
> 德问题；与痴迷于死亡和地狱的比喻相伴而生的天真主
> 题——（何以）是……对黑暗的、恒久不变的……非洲主
> 义存在的反应。（5）

也就是说，莫里森想要分析的是，美国白人经典文学如何对照一
种虚构出来的非洲主义特性——"原始粗野……受约束、不自由，思
想叛逆但可以利用"（45）——为自己制定了一套正面的"典型的美国
特性"（44）；白人以非洲主义特性为对比参照，来界定自己的文明美
德。莫里森评论说："在我看来，这些话题使美国文学成了一个更为复
杂、更有价值的知识领域"（53）。

莫里森指出，白人作家以多种方式利用非洲主义的存在，其中之
一便是，利用黑人角色影射和表现"非法的性行为、疯狂恐惧、驱
逐、自我厌弃"（52），"界定白人角色的目标和强化他们的品质"
（52—53）。例如，莫里森认为，海明威的《虽有犹无》（*To Have and
Have Not*，1937）就是对非洲主义性质的人物的一项策略性运用：它
利用渔船上一位黑人船员"调动起"我们对作品的主人公白人船长哈
利·摩根这位深海渔民的"崇拜之情"（80）。莫里森指出，

> 哈利·摩根似乎是经典的美国英雄的代表：他单枪匹
> 马地对抗妨碍了他自由和个性的政府。对于他为了生存而
> 损坏的自然，他怀有浪漫式的……敬意……他为人强悍，
> 敢想敢干，自由奔放，勇敢大胆，道德高尚。（70）

海明威又是怎样向读者证明哈利具备这些品质的呢？他的主要手法
是，将主人公与"船员中的一个'黑鬼'进行对比，在整个第一部分，
这个人连名字都没有"（70）。在第二部分，海明威结束哈利的第一人
称叙事，转换为第三人称叙事，这时候，这个黑人角色有了两个"名
字"："哈利和他直接对话的时候，叫他'卫斯理'；当海明威在叙事

过程中提到他的时候，笔下写的是'黑鬼'"（71）。"人"这个字是专为哈利留的。

另外，"这个黑人角色要么不说话（在充当'黑鬼'的段落中，他沉默不语），要么说起话来非常拘谨（被唤作'卫斯理'时，他的话服从哈利的需要）"（71）。甚至当他最先看到全船人都在期待的飞鱼时，海明威也没有让他为眼前的景象"惊叫起来"（73），尽管这种反应对他来说很自然。作者为哈利安排了一句很蹩脚的台词："我看了看，看见他已经瞧见了一群飞鱼"（Hemingway 13）。因为"叙述的（种族）歧视逻辑"规定了必须让哈利这个"有力量、有权威的人看到（飞鱼）"，为了达到这一目标，只好用一个不够"优雅"的句子，即便如此，也在所不惜（73）。

最后，当船只受到火力攻击，作者终于让这个黑人船员开口说话了，这样做的目的很明显，那就是突出哈利的勇敢。莫里森指出，

> 卫斯理中枪受伤，我们听到了他的抱怨、他的呻吟、他的软弱。三页之后，我们才获悉哈利也中了枪，而且伤势要比卫斯理严重得多。相比之下，哈利不仅没有提到自己的疼痛，还对卫斯理的哀叫满怀同情，他完成了一系列高难度动作——驾驶船只、抛货入海（这艘船运送的是非法物品），动作敏捷、性情坚忍，尽显男儿本色。（74-75）

因此，我们越是鄙视卫斯理，就越崇拜哈利；卫斯理是用来陪衬哈利的。哈利的叙事力量——也就是说，他的权威、力量和勇气——被这位黑人角色的沉默、软弱和怯懦进一步强化。这就是非洲主义存在在白人主流文学中发挥重要作用的一种方式，它值得我们进一步研究。正如莫里森所说，"如果文学批评出于客气或者畏惧，对眼前破坏性的黑暗现象视而不见，那将是我们所有人的损失，无论是读者还是作家"（90-91）。

在这部分结束之前，我先要回答同学们经常提出的一个问题：为什么我们要学习非裔美国文学批评，而不学习其他少数族裔的文学批评呢？当然，在美国，黑人并不是唯一写出精美作品的少数族裔，印第安人、亚裔、墨西哥裔以及拉丁裔美国人都对美国文学的创作作出了巨大

贡献。然而，非裔美国文学从十八世纪开始就在美国历史中扮演着重要角色，从二十世纪六十年代起，黑人研究就成为美国学界的一个重要的研究领域。相比之下，针对其他少数族裔出色的文学创作，相关的理论性批评却才刚刚崭露头角。就此而言，我们此时应当聚焦于非裔美国文学批评，这样做，一方面可以让你们了解这个激动人心的领域在以往所取得的成绩，同时也能鼓励你们研究其他少数族裔的文学和批评。以非裔美国文学批评为训练基础，这对于黑人文学和其他少数族裔文学之间的比较和对照，既提供了有用的模式，也提供了出发点。

【非裔美国文学批评家针对文学文本提出的一些问题】

下列问题用以概括非裔美国文学批评的研究方法。需要记住的是，与女性主义批评、同性恋批评、后殖民批评以及分析历史上受压迫群体的创作的任何批评流派一样，非裔美国文学批评既是一种批评实践——研究某一边缘群体创作的文学作品——也是一种理论框架。作为一种批评实践，只要分析对象是美国黑人的文学作品，无论用什么理论框架，这种分析都可以被称作非裔美国文学批评，即便这种分析并不注重文本中美国黑人特有的元素。然而，作为一个理论框架——这是我们的首要关注内容——非裔美国文学批评把种族问题（种族特性，非裔美国文化传统、心理、政治学等等）作为分析的对象，这是因为，在美国，种族已经深入我们的个人心理和文化心理，从而对我们的文学产生了深远的影响。这样一来，作为一个理论体系，非裔美国文学批评可用于分析任何涉及美国黑人问题的文本，不论文本的作者属于哪一个种族，尽管黑人作家的作品是主要关注对象。

1. 该作品如何体现了非洲的传统特色、美国黑人的文化和体验以及美国黑人的历史（包括但并不局限于被边缘化的历史）？

2. 某部非裔美国文学作品涉及哪些种族政治问题（关于种族压迫或解放的意识形态议题）？例如，该作品是否纠正了美国社会对美国黑人的固有成见？是否纠正了美国社会对黑人错误的历史再现？是否颂扬了黑人文化、经历与成就？是否探讨了种族问题，包括种族主义产生的经济、社会或心理效应？或者说，就像我们在许多白人作家的作品中看到的那样，该作品是否强化了种族主义意识形态？

3. 某一部美国黑人文学作品的种族诗学（文学技巧与策略）是什么？例如，该作品用的是黑人方言还是标准的白人英语？它是否运用了非洲神话、美国黑人的民间故事或民间母题？作品中的意象能否让人联想到美国黑人女性的家居生活、美国黑人的文化实践、历史或传统？这些文学技巧起到了什么样的作用？它们是如何与作品的主题、意义联系在一起的？

4. 该作品是如何体现美国黑人文学传统的？就政治立场和诗学而言，它属于非裔美国文学的哪一个流派？它与该流派的作品在哪些方面保持一致？它在哪些方面背离了该流派的作品？它这样做，或许是在尝试新的形式，以此重新确立文学审美的标准。简而言之，它在非裔美国文学史或非裔美国女性文学史上占据什么样的地位？

5. 该作品如何具体说明了利益趋合、种族的社会建构、白人特权或种族批判理论的其他概念？对这些概念的理解是如何深化我们对该作品的阐释的？

6. 作品中出现的非洲事物——黑人角色、关于黑人的故事、黑人语言的再现、与非洲或黑色相关的意象——是如何被白人作家用来构建白人角色的正面形象的？

　　根据具体的作品，我们可以提出其中的一个或多个问题。此外，我们也可以提出别的一些很有助益的问题。这些问题只是促使我们从非裔美国文学批评的视角对文学文本进行富有成效的思考的出发点。有一点不要忘记，并非所有的非裔美国文学批评家都会以同样的方式解读同一部作品，哪怕他们使用的是相同的理论概念。即便是行家里手之间也会产生分歧，这种情况屡见不鲜。我们使用非裔美国文学批评的目的有两个：一是学会审视文学的一些重要内容，如果没有这种理论视角，我们不会有如此清晰和深刻的见解；二是学会审视生活在种族多元化的社会中所面临的挑战、责任与机遇。

　　下文对菲茨杰拉德的《了不起的盖茨比》的解读，用实例说明了非裔美国文学批评的文学阐释方法。在下文中，我将论证这部小说在处理故事发生背景之时表现出种族主义倾向。《了不起的盖茨比》着力再现的是爵士时代，然而，它却有意忽略了爵士时代的主要发源地和创始人：哈莱姆与美国黑人。就此而言，该小说对二十世纪二十年代初纽约市的描写，并没有充分地再现当时的历史风貌，甚至可以说不够准确。菲茨杰拉德向来注重故事背景的文化细节描写并以此而著称，因此，这种"忽略"让人质疑作者本人的种族倾向。

我认为，非裔美国文学批评最重要的一个成果是，它能够让边缘化的美国有色人种作家的作品大放异彩。我希望，我对这部小说的阐释能够达到反种族主义的目的。我将在下文中举例说明种族主义如何以各种方式渗透到文学作品之中，它不仅利用了种族主义成见或主题，还操纵了故事发生的背景。后面这种手法更加微妙，有时更难言明，因此，它通常对学术界的反种族主义行为更有挑战性。

【哈莱姆在哪里？：《了不起的盖茨比》的非裔美国文学批评解读】

菲茨杰拉德的作品的一大特征就是，它能够营造出一种强烈的现场感。通过一丝不苟地再现彼时彼地特有的文化细节，他的作品让读者有身临其境之感。马修·布鲁克利曾说过："伟大的小说就是伟大的社会历史；菲茨杰拉德的作品与美国历史上的一个时代——'喧嚣的二十年代'——自动结为一体"（"Preface" ix）。或者，正如马尔科姆·布拉德伯里（Malcolm Bradbury）所说，"在二十世纪二十年代的作家当中，从具体而变化的细节中最明显地感受到现代美国生活韵味的，就是司各特·菲茨杰拉德"（141）。布拉德伯里甚至还说：

> 年方弱冠的菲茨杰拉德，面对他所在的时代，目光如炬，洞明世事，人情练达，追踪了那个时代的前因后果，捕捉到当年的流风余韵与时尚基调，这正是这部作品了不起的地方……通过密切关注社会生活的细节，他追踪到了那个时代的心理历史，俗艳狂欢的历史。（144）

正是因为他的作品具有这种标志性特征，菲茨杰拉德才被称为"时代的编年史家"（Bradbury 141）。

这种论断尤其体现在他最著名的小说《了不起的盖茨比》中。长期以来，这部小说被认为是爵士时代美国小说的代表作；菲茨杰拉德专门创造了"爵士时代"一词来描述二十世纪二十年代。故事发生的背景是纽约的曼哈顿和邻近的长岛，时间在1922年夏天。这部小说之所以成为他最令人无法忘怀的作品，原因可能是作者对二十年代时空环境的描写细致入微。但是，小说只字未提哈莱姆，更不必说详加描述了，虽说哈莱姆也位于曼哈顿区，是爵士时代的发祥地之一。在二十年代的曼哈顿区，哈莱姆文艺复兴方兴未艾：美国黑人在文学、音乐、绘画、雕塑、哲学、政论以及其他创作领域的成果大量涌现。哈莱姆还有一点很出名，那就是，它的夜总会吸引了成群的白人顾客，尤其是有钱的白人，像小说中的汤姆、黛西、杰伊·盖茨比、乔丹·贝克以及叙事者尼克·卡罗威。他们在哈莱姆的夜店里听着最时新的爵士乐，目视人群，出没其中，喝着走私酒；虽说当时实行禁酒令，但是，在哈莱姆以及每一座大都市，酒精饮料还是通行无碍。因此，如果我们有理由认为菲茨杰拉德是爵士时代的编年史家，他对社会生活细节一丝不苟的描绘能够让读者产生身临其境之感，那么，我们也有理由提出疑问："哈莱姆在哪里？"我在下文中将论证，《了不起的盖茨比》完全忽略了二十世纪二十年代的哈莱姆——事实上，它几乎没有考虑到当时曼哈顿的美国黑人——它没有达到小说背景设置应有的要求，特别是菲茨杰拉德又很在意背景的构思，这就让人不得不质疑作者对美国黑人究竟持什么态度。

小说中充斥着当时社会文化的细节，关注文化史的读者对此一望便知，菲茨杰拉德也正是以此而著称。《了不起的盖茨比》向我们呈现了二十世纪二十年代初期的社会风貌，书中既提到了当时的重要人物和事件，也触及当时的日常生活：那个时期的流行歌曲、舞蹈、购物狂热、读物等等。书中甚至还描写了当时纽约的一些地段。在接下来的几段文字中，我会说明，这部小说是如何通过具体的地点描写让读者产生身临其境之感的，不过，有一点要注意，菲茨杰拉德调动读者时空感的手法不一而足，这里提到的只是皮毛而已。

在二十年代初，这个时代最明显和最常见的标志或许就是禁酒令了。1919年通过的联邦法律规定生产和消费酒精饮料都是违法行为，但当时的社会风气对此嗤之以鼻。事实上，故意违法居然成了一种时髦行为。禁酒令的影子在小说中处处可见。例如，在小说描述的每场聚会上，都有人在纵情狂饮，在别的地方，白酒也几乎随处可见；在茉特尔·威尔逊被撞死的那一天，几位主要人物开车去纽约市里，汤姆带了一瓶威士忌，"裹在毛巾里"（127；ch. 7）；汤姆揭发说，盖茨比和迈耶·沃尔夫山姆"在本地和芝加哥买下了许多小街上的药房，私自把酒精卖给人家喝"（141；ch. 7），这在禁酒时期是家常便饭；尼克提到了"通往加拿大的地下管道"，从加拿大偷运酒精到美国的"当代传奇"（103；ch. 6）。

禁酒令带来的团伙犯罪，在二十年代尤其嚣张，这在《了不起的盖茨比》中也有所反映，最明显地体现在迈耶·沃尔夫山姆这个人物身上。沃尔夫山姆的原型是臭名昭著的赌棍和诈骗犯阿诺德·罗斯坦，那个时代的许多人都认为，此人收买了芝加哥白袜队，非法操纵了1919年的世界棒球联赛（Bruccoli, "Explanatory Notes" 211–12），盖茨比也提到了这件事（78；ch. 4）。团伙犯罪的兴起在盖茨比这个人物身上也有所体现，正如上文所述，他参与了贩卖私酒的活动，与沃尔夫山姆这样的黑帮人物合伙犯罪（179；ch. 9），出售伪造债券（174；ch. 9）。后者是当时盛行的一种非法揽财手段，它反映了二十年代的人对一夜暴富的强烈渴望，小说中屡次提到石油巨头约翰·洛克菲勒和铁路大亨詹姆斯·J. 希尔，也让人想到了这种强烈愿望。团伙犯罪当然与暴力相关，也与警察腐败有关。沃尔夫山姆回忆了赌棍罗西·罗森塔尔如何在街上被人枪杀，四个黑帮人物，或者正如沃尔夫山姆所指出的，"五个，连贝克在内"（75；ch. 4），因此而被处决。从他的回忆中，可约略见识这个世界的情形。贝克是纽约警察局的中尉，警界的腐败分子，据说就是他安排了这场谋杀，原因可能是，罗森塔尔曾向报纸抱怨警界腐败（"Charles Becker"）。

同样，小说中的若干描写很容易令人想到第一次世界大战对于二十年代的美国的影响。《了不起的盖茨比》中的故事发生在1922年的夏天，离战争结束不到四年。小说提到了盖茨比的参战记录——他获得的荣誉，参加的著名战役——提到了与战争相关的个人经历，例如，战后他一度就学于英国牛津大学（136；ch. 7）。在盖茨比家的宴会上，尼克见到"不少年轻的英国人"，"个个面有饥色，个个都在低声下气地跟殷实的美国人谈话……他们都在推销什么……都揪心地意识到，近在眼前就有唾手可得的钱，并且相信，只要几句话说得投机，钱就到手了"（46；ch. 3）。从这里可以看出大战（Great War）——当时的叫法——的影响。这段话令人想到战争期间英国乃至整个欧洲遭受到的经济破坏，盖茨比的那座"高高的哥特式图书馆，四壁镶的是英国雕花橡木，大有可能是从海外某处古迹原封不动地拆过来的"（49；ch. 3），这句话也会让读者产生同样的联想。在二十年代，美国的有钱人趁着国外战后经济状况不好，购买人家忍痛割爱的传家宝，这是常有的事情。另外，对于盖茨比财富的来源，有各种猜测，例如，有人认为他是德国"威廉皇帝的侄儿"（37；ch. 2），有人说他是德军总司令"兴登堡的侄子"（65；ch. 4），还有人认为他是"大战时德国的间谍"（48；ch. 3）。从这些猜测中我们也可以明显地感觉到，截至1922年夏天，人们对大战依然无法释怀。

　　尽管当时的时尚在某些方面不如著名历史事件和历史人物那么重要，然而，它们却表现了文化史的一个重要方面，让我们意识到那一时期人们的自我认识和生活态度。例如，一战后，特别是二十年代初，时髦女性留短发，发卷蓬松，垂至齐额。黛西和乔丹当然都梳这种发型，特别是在描写茉特尔·威尔逊的妹妹凯瑟琳的那段文字中，我们看到了"浓密的短短的红头发"（34；ch. 2）这样的字眼。在盖茨比家的聚会上，"女客们的发型争奇斗艳"（44；ch. 3）。同样，二十年代期间，化妆开始在女性中间流行。例如，凯瑟琳就使用过眉笔和粉扑（34；ch. 2）；在盖茨比家的聚会上，一位醉酒哭泣的宾客用睫毛膏把睫毛刷得"浓浓的"（56；ch. 3）。女性的服饰也不同于以往，"到处都是红黄蓝三色，俗艳不堪"，到处是时髦的设计，例如，镶有"淡紫色珠子"的"淡蓝色"裙子（44；ch. 3），"披的纱巾是卡斯蒂尔[1]人做梦也想不到的"（44；ch. 3）。一战之前的女性绝不会像黛西和乔丹那样，"戴着亮晶晶的硬布做的又小又紧的帽子，手臂上搭着薄纱披肩"（127；ch. 7）。即使在炎热的夏夜，她们也得搭披肩，因为她们的时髦装束实在太薄、太露。

　　在二十年代初，时常需要"不经意的优雅"的年轻男子，在夏日里的时髦着装是"白色法兰绒"的轻便礼服，尼克（46；ch. 3）和盖茨

1　西班牙一地区，以产头巾出名。——译注

比（89；ch. 5）都穿过这样的服装，他们也戴过这一时期流行的草帽（121；ch. 7）。另外，盖茨比的短发（54；ch. 3）也与战后美国男子发型的新风尚保持一致，而战后不再受时髦男士青睐的面须——例如山羊胡和络腮胡——在整部小说中都没有出现。

小说中提到的流行歌曲、舞蹈以及购物狂热也有助于营造一种强烈的现场感，因为它们让我们感受到了二十年代初有闲世界的声音和画面。小说多次提到二十年代的音乐——爵士乐，除此之外，小说还提到这一时期特有的流行歌曲，它们都创作于1920年到1922年之间，例如《阿拉伯酋长》（"The Sheik of Araby"）（83；ch. 4）、《爱情的安乐窝》（"The Love Nest"）（100；ch. 5）、《我们不快乐吗？》（"Ain't We Got Fun?"）（101–2；ch. 5）、《凌晨三点钟》（"Three O'Clock in the Morning"）（115；ch. 6）。盖茨比的聚会上还出现了许多即兴舞蹈（45，51；ch. 3），这也是当时的典型作风，盖茨比和黛西跳的狐步舞（112；ch. 6）就是当时舞厅里流行的舞蹈。另外，小说也提及当时纽约流行的休闲娱乐，例如百老汇齐格菲歌舞团的领衔舞星吉尔德·格雷（45；ch. 3）、当红的喜剧演员和舞蹈演员乔·弗里斯克（45；ch. 3）以及在百老汇以布景制作逼真著称的大卫·贝拉斯科（50；ch. 3）（Bruccoli, "Explanatory Notes" 209）。

那个时代的人们痴迷于所有机械化、电器化或"时新的和经过改进的"东西，这在小说中也有所反映。书中多次提到阔佬儿们的时髦产品，例如盖茨比的汽艇（43；ch. 3）、水上飞机（52；ch. 3）、滑水板（43；ch. 3）以及电动榨汁机（43–44；ch. 3），最后这项物品虽然不像前几样那么抢眼，但还是能够代表二十年代的时髦器具。不过，在二十年代初，最受追捧的消费品还是汽车。

到了二十年代初，人人都想有一辆车。在十五年前的美国，汽车还很少见，到了二十年代，汽车已经满街跑了，交通堵塞在美国城市中司空见惯（O'Meara 53）。《了不起的盖茨比》提到了几位主要人物的汽车。此外，无论何时，只要他们开车去曼哈顿，就会提到路上的汽车。另外，尼克至少两次提到了交通堵塞：一次是在周六的晚上，轿车"五辆一排停在（盖茨比家的）车道上"（44；ch. 3），到宴会结束之际，造成了拥堵（58；ch. 3）；尼克喜欢晚上八点钟沿着第五大道散步，那个时候"四十几号街那一带阴暗的街巷挤满了计程车，五辆一排，热闹非凡，都是开往戏院区的"（62；ch. 3）。更有甚者，在盖茨比、黛西、汤姆、尼克、乔丹驾车开往曼哈顿的途中，为了说上一两句话，让两辆车并排行进时，招来了"（后面卡车司机的）谩骂"（132；ch. 7）。毫无疑问，现代时期到来了。

尽管《了不起的盖茨比》中提到的读物不多，但它们也有助于营造一种强烈的现场感，因为它们可以让读者从中领略当时许多美国人奉行的观念。例如，汤姆提到了戈达德（Goddard）的《有色帝国的兴起》，这本书中附和了斯托达德（Theodore Lothrop Stoddard）《涨潮之色》（*The Rising Tide of Color*，1920）一书的思想情绪，表达了二十年代盛行的一种看法："与'劣等种族'通婚……对占据主导地位的北欧日耳曼种族构成了威胁"（Gidley 173）。小说还提到了当时美国最流行的杂志《星期六晚邮报》（*The Saturday Evening Post*），这本杂志也从1920年开始推介麦迪逊·格兰特（Madison Grant）于1916年出版的《伟大种族的消逝》（*The Passing of the Great Race*）一书中的种族主义思想（Gidley 173）。实际上，北欧日耳曼中心主义（Nordicism）——美国是日耳曼族裔建立和发展起来的，这个"优秀"种族与其他种族通婚将会导致"北欧日耳曼种族"消亡——在二十年代初流布甚广，国会在1924年通过了限制外来移民的《移民法案》。这一法案得到了柯立芝[1]总统的支持，他说"美国必须保持美国特性"（Decker 123）。

书中也提到了当时流行的一些报纸：《论坛报》（42；ch. 2）——可能是《纽约论坛报》（*New-York Tribune*）或者是《纽约先驱论坛报》（*New York Herald Tribune*）、《纽约日报》（89；ch. 5）——大概是《美国纽约日报》（*New York Journal American*），以及《纽约闲话》（*Town Tattle*），还有类似的各种"百老汇绯闻小报"（31；ch. 2）。它们都有助于读者产生身临其境之感：这些报纸和杂志都是在纽约出版发行的，刊载的都是纽约人感兴趣的新闻。同样，小说还提到了罗伯特·基布尔（Robert Keable）的小说《名字叫彼得的西蒙》（*Simon Called Peter*，1921），这是当时的一部流行小说，讲述"一名军中牧师艳遇"的故事（Bruccoli, "Explanatory Notes" 209），这一主题明显符合二十年代的名声：一心奔名利的快节奏生活和打破一切陈规旧俗。

1　美国第三十任总统（1923–1929），任期内美国经济繁荣。——译注

　　小说中提到的地点方位明确，只要手上有一本《了不起的盖茨比》，就可以按图索骥找到那些地方，至少在1922年是如此。这里仅举其中的几个例子：广场饭店面对着"中央公园的南面"（132；ch. 7）；电影明星——当时很多电影都产生于纽约——住在"西城五十几号街的……高层公寓"中（83；ch. 4）；我们可以到"五十号街附近的大影院"（132；ch. 7）看一场电影；年代久远的默里山饭店坐落在麦迪逊街上，从下曼哈顿的金融区走路即可到达；宾夕法尼亚车站位于西三十三号街（61；ch. 3）。如果有会员引荐，还可以到耶鲁俱乐部去，尼克经常在那里吃晚餐，饭后去二楼的图书室"学习投资和证券"（61；ch. 3）。我们也知道，从长岛的西卵、东卵出发，跨过皇后区大桥就到了曼哈顿（73；ch. 4）。按照尼克在桥上的描述，我们可以看到纽约的景象，"大楼高耸在眼前，像一堆一堆白糖块一样"（73；ch. 4），因为那些大楼都有着"又白又亮的顶端"（O'Meara 58）。从长岛走到皇后区大桥，甚至可以看到科罗纳垃圾场糟糕的景象，闻到恶臭，这里就是小说中所说的"灰烬的山谷"（27；ch. 2），"一片灰烬、垃圾和粪便的沼泽"（Bruccoli, "Explanatory Notes"208）。如前所述，为了让读者产生身临其境之感，作者着力描述了主要人物经常出没的曼哈顿的许多文化细节，这里所提到的只是其中的数例而已。

　　实际上，曼哈顿只是纽约的五个行政区之一（其他分别为皇后区、布朗克斯区、布鲁克林区、斯塔顿岛区），但是，小说中的人物与我们今天一样，一提到曼哈顿，就叫它**纽约市**、**纽约**、**市里**，甚至只说**城里**。他们知道，那是谈生意的地方，也是吃喝玩乐的地方。小说开始不久，乔丹抱怨自己在沙发上躺了整整一下午，黛西的答复是："别盯着我看，我整个下午都在动员你上纽约去"（15；ch. 1）。尼克在纽约当然是为了工作，但他也在那边打发了许多闲暇时光：下班后在耶鲁俱乐部吃饭，饭后在下曼哈顿散步（61；ch. 3），"带着乔丹四处闲逛"（107；ch. 6）。我们甚至看到，这对情人乘着维多利亚式马车——很像现在公园里的双人出租马车——穿过曼哈顿的中央公园（83；ch. 4）。茉特尔住在皇后区，经常到纽约来看望她的妹妹，正是在开往纽约的火车上她第一次遇见了汤姆（40；ch. 2）。汤姆与茉特尔幽会的公寓位于曼哈顿的西一五八号街上（32；ch. 2），也就是说，如果他们乘出租车到那儿的话，即使不穿过哈莱姆，也要从它旁边经过。我们还了解到，汤姆常带着情妇到市里的"时髦饭店"吃饭，令"熟人们"诧异不已（28，ch. 2）。显然，汤姆也在曼哈顿度过了许多时光。尼克和盖茨比去四十二号街的饭店吃饭的时候，甚至撞见了汤姆；就是在那里，盖茨比将沃尔夫山姆介绍给了尼克。显然，盖茨比去纽约是为了与沃尔夫山姆会面（73；ch. 4）。另外，小说的一个关键情节——汤姆和盖茨比的对质，就发生在曼哈顿的广场饭店里。甚至参加盖茨比聚会的大部分客人（44；ch. 3）、做饮料用的"成箱的橙子和柠檬"（43；ch. 3）也来自纽约。

那么，叙事者尼克·卡罗威和他的朋友们又怎么会漏掉了哈莱姆呢？哈莱姆的夜店里诞生了诸如尤比·布莱克（Eubie Blake）、胖子沃勒（Fats Waller）、路易斯·阿姆斯特朗（Louis Armstrong）、贝茜·史密斯（Bessie Smith）、艾灵顿公爵（Duke Ellington）、卡布·卡罗维（Cab Calloway）这样的爵士巨星（Lewis 91，120，183，210），吸引了整个纽约以及其他地方的白人。在光临巴伦俱乐部、道格拉斯俱乐部（Lewis 28）、康妮客栈（Stovall 29）、高等俱乐部（Stovall 44）等夜总会的顾客中，不乏"白人新秀、社会精英、政治家、演艺家"（Stovall 29）。在哈莱姆的剧院里，有保罗·罗伯逊（Paul Robeson）、埃塞尔·沃特斯（Ethel Waters）、比尔·罗宾逊（Bill Robinson）等享誉一时的演艺人才在此献艺（Lewis 120）。正如杰维斯·安德逊（Jervis Anderson）所说，"哈莱姆是曼哈顿的娱乐中心……纽约市里最令人开心的地方，尤其在天黑之后。一到晚上，数以千计的白人访客涌向哈莱姆。他们大多来自市内，有的来自美国其他地方，也有的来自国外"（139）。刘易斯（David Levering Lewis）称，经常有一些名人夹在成群的普通人和富裕白人中间，造访哈莱姆的夜店，其中包括名噪一时的约翰·巴里摩尔和埃塞尔·巴里摩尔（John and Ethel Barrymore）、查理·卓别林（Charlie Chaplin）（105–6）、著名作曲家莫里斯·拉威尔（Maurice Ravel）（173）、乔治·格什温（George Gershwin）（183）、杰米·杜朗特（Jimmy Durante）、琼·克劳馥（Joan Crawford）、本尼·古德曼（Benny Goodman）、乐队指挥道尔西兄弟（Tommy and Jimmy Dorsey）、纽约未来的市长菲奥雷洛·拉瓜迪亚（Fiorello LaGuardia）、梅·韦斯特、塔卢拉·班克黑德（Tallulah Bankhead）、艾米丽·范德比尔特（Emily Vanderbilt）等。

实际上，黑人的音乐喜剧《曳步舞动》（*Shuffle Along*）的上演震动了整个纽约。该剧从编剧、制作到上演，全部由黑人完成。上演该剧的第六十三号街剧院闲置已久，对于百老汇的观众们来说，这个地段很偏远，然而，"几周之内，《曳步舞动》就使第六十三号街剧院成为全市最有名的剧院之一，交管部门不得不把第六十三号街改为单行道"，以解决交通问题（Johnson 188）。该剧在1921年夏季初次上演，连演两年。也就是说，在1922年夏天，该剧仍在上演，当时尼克·卡罗威正住在长岛，在纽约度过了大部分时间。尽管它是一出"破纪录的、开创时代的"演出，让当时纽约的其他演出黯然失色——事实上，"它的一些段子……甚至风靡世界"（Johnson 186）——但《了不起的盖茨比》对它只字未提。

纽约的白人不需要口耳相传也知道哈莱姆正在发生的情况，尽管这种传播形式相当活跃。他们可以在《每日新闻》（*Daily News*）、《纽约世界》（*The New York World*）、《纽约时报》（*The New York Times*）、《万象》（*Variety*）等主流媒体上读到相关消息（Lewis 22，61，73）。白人文学界，包括出版商在内，对哈莱姆的文学创作深感兴趣，赛珍珠（Pearl Buck）、多萝西·帕克（Dorothy Parker）、辛克莱·刘易斯（Sinclair Lewis）、舍伍德·安德森（Sherwood Anderson）、哈特·克莱恩、尤金·奥尼尔（Eugene O'Neill）等著名白人作家对哈莱姆的黑人文士多有鼓励（Lewis 98—99）。哈莱姆文艺复兴当时有"新黑人运动"（New Negro Movement）之称，引起白人瞩目的哈莱姆大作家包括：克劳德·麦凯（Claude McKay）、吉恩·图默、兰斯顿·休斯、康梯·卡伦、杰西·福西特（Jessie Fauset）、詹姆斯·韦尔登·约翰逊（James Weldon Johnson）、阿娜·邦坦姆普斯（Arna Bontemps）、佐拉·尼尔·赫斯顿。实际上，1923年，当菲茨杰拉德开始构思和创作《了不起的盖茨比》的时候，图默的小说《甘蔗》（*Cane*）在批评界好评如潮，得到了白人评论家艾伦·泰特（Allen Tate）和剧作家尤金·奥尼尔的盛赞（Lewis 70）；而康梯·卡伦也接受了纽约主流报纸中的头牌《纽约时报》的采访（Lewis 77）。

尽管哈莱姆只是曼哈顿一个相对狭小的区域，但事实上，它是一个城中城。像其他城市一样，这里也有一批失业的穷人，随着他们人口的增多，这种现象变得尤为明显（Anderson 139）。二十世纪二十年代初，它的面积"不到两平方英里"，却住着"二十多万"黑人（Johnson 147）。坐落在中央公园北端的哈莱姆，是"曼哈顿的中心"，二十年代的哈莱姆"不是边缘……不是贫民窟，也不是到处都是破烂房屋的'角落'，（当时）里面都是……公寓楼和漂亮住宅，它的街道路面平整、灯火通明、整洁干净，不亚于纽约的其他地方"（Johnson 146）。无论白天还是黑夜，随时可以看到文学界、戏剧界、学术界的名人——有黑人也有白人——在哈莱姆的大街上闲逛，或发表演讲，例如，约翰·杜威（John Dewey）就曾在哈莱姆基督教青年会酒店里演讲过（Lewis 104）。

哈莱姆甚至还有自己的报纸和杂志，如《危机》（*Crisis*）、《着火！》（*Fire!*）、《信使》（*Messenger*）（Douglas 312–13）和《机遇》（*Opportunity*）（Lewis 120）。哈莱姆有著名的黑人艺术家、作家、音乐家、演员，包括罗马勒·比尔登（Romare Bearden）、亚伦·道格拉斯（Aaron Douglas）、劳拉·韦林（Laura Wheeler Waring）在内的画家以及撒金特·约翰逊（Sargent Johnson）、伊丽莎白·普福特（Elizabeth Prophet）、奥古斯塔·萨维奇（Augusta Savage）等雕塑家。绘画家和雕塑家通常不像作家和表演艺术家那么引人注目，但是，在二十年代末，有一百多位哈莱姆画家和雕塑家带着自己的作品参加了年度大赛和展览（Lewis 261–62），由此可见哈莱姆文艺复兴的巨大创造力。

正如我们所看到的那样，在纽约白人世界乃至整个西方世界，哈莱姆文艺复兴的创造性成果已经名闻遐迩。既然如此，耶鲁大学毕业的尼克·卡罗威——受过良好教育、敏感、好奇，而且正像他自己说的那样，"相当喜欢写作"（8；ch. 1）——怎么可能完全没有注意到哈莱姆的存在？就算尼克忽略了哈莱姆"高雅"文化——文学、哲学、政治学、绘画、雕塑等——举世瞩目的大爆发，他整天在纽约工作和娱乐，不可能不知道哈莱姆的夜生活。从历史的角度来看，这样的忽略实质上是不可能的。如果菲茨杰拉德一如既往地忠实于文化现实的描写，尼克和他的朋友们就应该去过，至少提到他们去过哈莱姆的夜总会。尼克和乔丹多次在纽约约会，他完全有可能带她去一次。汤姆和黛西以时尚人士自诩，他们不可能错过哈莱姆这样的地方。况且，尼克还告诉我们，布坎南夫妇"不安定地东飘西荡，所去的地方都有人打马球，而且大家都很有钱"（10；ch. 1）。如果当时的有钱白人去哪儿，汤姆和黛西就去哪儿的话，他们就会经常光顾哈莱姆的夜店，至少他们总该会去最昂贵和最高级的夜店，例如巴伦俱乐部和康妮客栈，这些地方只招待白人客户（Lewis 106）。正如泰勒·斯托瓦尔（Tyler Stovall）所说，"在二十年代，纽约白人中的富豪和名流在城里花上一晚上的时间，到哈莱姆的地下酒吧里听爵士乐，已经成为一股风气"（29）。⑤

在二十年代，有大量的黑人住在哈莱姆，但是，他们的活动范围并不局限在这一地区。事实上，不论是哈莱姆的黑人还是纽约其他地方的黑人，他们工作、娱乐、购物的去处遍及整个曼哈顿。然而，小说描写黑人的地方只有一处，那是在盖茨比和尼克驱车前往纽约吃午饭的途中，尼克看见"一辆大型轿车……司机是个白人，车子里坐着三个时髦的黑人"（73；ch. 4）。他是这样描写他们的，"两个公的和一个女孩儿"（two bucks and a girl），并说，"他们冲着我们翻翻白眼，一副傲慢争先的神气，我看了忍不住放声大笑"（73；ch. 4）。⑥尼克潜意识中的种族主义立场明显地体现在他对这些人物的反应中：黑人男子被称为"公的"，这像是在说动物，而不是说人。写他们眼珠上翻，也是在呼应种族主义者对美国黑人一成不变的描绘：愚蠢幼稚、夸张做作、滑稽可笑。

另外，尼克的这番描写所发挥的叙事功能，就是托妮·莫里森在分析美国白人文学中的非洲主义存在之时所描述的那种功能。这几个衣着时尚的黑人坐在专职司机驾驶的大轿车上疾驰而去，他们非常清楚别人如何看待自己的社会地位——他们是盖茨比的镜子和影子。二者唯一的区别是，盖茨比可以隐瞒自己的出身——他确实这么做了——而他们却办不到，因为那是写在他们肤色上的。在尼克看来，尽管盖茨比"说起话来文质彬彬，几乎有点可笑"（53；ch. 3），尽管他胡编乱造说自己"祖先"如何阔绰（69；ch. 4），尽管他的车像"马戏团的花车"（128；ch. 7），尽管他还有许多荒唐可笑的做作之举，但他仍是"成功"的浪漫化身，而那些黑人只不过是对"成功"的滑稽模仿。尼克在描述这些黑人的时候只用了一句话，只提供了一种形象，然而，在他们身上，尼克却投射了他本人乃至读者对盖茨比的全部鄙视。愚蠢荒谬的是**他们**，而非盖茨比。因此，尼克对待这些黑人的种族主义态度，让他们变成了盖茨比的替罪羊，从而有助于尼克和文本维护盖茨比的形象。

换句话说，小说抹杀了非裔美国人在小说的主要背景——二十年代的纽约——中举足轻重的真实地位，而代之以滑稽可笑的刻板形象，以凸显白人的优越地位。考虑到二十世纪二十年代纽约的现实情况，这是相当大的一个举动。

显然，菲茨杰拉德决定，他不仅要把美国黑人从他所再现的爵士时代中排除出去，他还决定剥夺美国黑人对爵士乐的发明权，因为小说象征性地把这份荣耀给了白人。我们看到，小说中演奏爵士乐的唯有盖茨比家聚会上的白人乐手。据尼克描述，他们"绝不是什么五人小乐队，而是配备齐全的整班人马，双簧管、长号、萨克斯管、大小提琴、短号、短笛、高低音铜鼓，应有尽有"（44；ch. 3）。也就是说，爵士乐被"提升"为高雅文化，以管弦乐的形式出现，而高雅文化不属于黑人，它是美国白人的专利。尤其值得注意的是，这支管弦乐队特别推出了一支乐曲，名为《弗拉迪米尔·托斯托夫的爵士音乐世界史》，据乐队指挥说，该乐曲曾在卡内基音乐厅演奏过（54；ch. 3）。难道还有比"弗拉迪米尔·托斯托夫"更欧化——也就是更白人化——的名字吗？读者绝不会错误地把这个人当成美国黑人。在这部小说的世界里，爵士乐是欧洲人的发明，至少在象征层面上是如此。因此，汤姆的警告之语，"我们是占统治地位的人种，我们有责任提高警惕，不然的话，其他人种就会掌握一切了"（17；ch. 1），虽然遭到了尼克的嘲讽，小说的作者也没有说过汤姆一句好话，然而，小说还是在无意当中认可了汤姆的态度。

一位以背景描绘准确而著称的作家，怎么会有如此明显的疏漏呢？诚然，正如劳拉雷·奥米拉（Lauraleigh O'Meara）所指出的那样，菲茨杰拉德本人非常熟悉曼哈顿所有"可圈可点之处"（34）。菲茨杰拉德和姗尔达于1920年4月在纽约举行婚礼，婚后的第一个月就住在纽约的毕尔特摩饭店和肯特蒙德饭店；在后来的几个月里，他们住在康涅狄格州的西港饭店，不过，他们还是经常到仅在五十英里之外的曼哈顿去吃喝玩乐。10月，他们搬回纽约，住在西五十九号街上的一间公寓里，直到1921年夏天，他们前往欧洲，但到了1922年，他们又回到了曼哈顿。从1922年10月到1924年4月，他们都住在长岛的西卵，尽管如此，他们还是经常到纽约市里举办聚会（O'Meara 33–34）。事实上，他们位于长岛的家离纽约很近，而纽约又实在诱人，这就是他们在1924年4月再次去法国的原因（O'Meara 50）。

菲茨杰拉德个人对纽约的了解，包括他对哈莱姆的了解，他的朋友——白人作家、评论家、摄影师卡尔·范·韦克滕（Carl Van Vechten）——功不可没。范·韦克滕对哈莱姆情有独钟，他在那一带很有名。到了二十世纪二十年代中期，范·韦克滕是"哈莱姆最热情也最活跃的白人"（Lewis 182）。范·韦克滕在纽约西部的家中举办聚会，宾客中有白人也有黑人，当然也有他在哈莱姆的朋友和相识，菲茨杰拉德也躬逢其盛（Lewis 182–84）。实际上，菲茨杰拉德在1922年出版的小说《漂亮冤家》（*The Beautiful and Damned*）中特别谈到了纽约（包括哈莱姆）的多元性。众所周知，正如他的其他作品一样，这部小说也是以他的个人经历为基础的（O'Meara 34）。

甚至菲茨杰拉德旅居巴黎的那段时光也有助于他对哈莱姆的认识，原因在于，正如泰勒·斯托瓦尔所指出的那样，正当菲茨杰拉德、海明威、斯坦因等"迷惘的一代"在巴黎建立侨民作家基地的时候，美国黑人爵士音乐家、作家、画家、雕塑家以及运动员也在那里建立了一个侨民艺术家基地，他们中的许多人恰恰来自哈莱姆（26）。斯托瓦尔称，"二十年代有数万名杰出人物流亡巴黎，就对巴黎的影响而言，几乎没人能超过当年以此为家的那几百名美国黑人"（25–26）。"黑色成为二十年代巴黎的时尚"，因为"巴黎知识分子非常看重黑人文化，认为它代表了时代精神"（Stovall 32）。菲茨杰拉德本人也想在作品中表现时代精神，他不可能没有注意到1921年的龚古尔文学奖（法国最负盛名的文学奖）的获奖作品是"勒内·马朗（René Maran）的《巴图阿拉》（*Batouala*）……法籍黑人……马提尼克岛出生"（Stovall 32）。

菲茨杰拉德在巴黎与哈莱姆人士有交往，主要是因为他经常光顾蒙马特高地的爵士乐俱乐部。蒙马特高地位于巴黎北部，在二十年代，巴黎的非裔美国人大多住在这里（Stovall 39）。蒙马特真正地复制了哈莱姆的夜生活，它的爵士乐俱乐部与哈莱姆的别无二致，它还从哈莱姆雇了许多爵士乐手。"美国白人侨民经常去蒙马特的夜总会"（Stovall 78），菲茨杰拉德尤其喜欢一个名叫布里克托普（Bricktop）的非裔美国人爵士歌手，这个名字源于她的红头发；在美国的时候，她也在哈莱姆的俱乐部里演唱（Stovall 78–79）。

这样一来，就出现一个很明显的问题：在《了不起的盖茨比》这部描写爵士时代的大作中，作者怎么会完全不提及哈莱姆，还暗示爵士乐是白人文化的产物，并且故意丑化二十年代纽约的美国黑人，因袭成见，只当他们是"滑稽可笑的"人物，这到底是为什么？换句话说，在写这部著名的小说时，菲茨杰拉德对非裔美国人持什么态度？尽管罗伯特·福里（Robert Forrey）和阿兰·马戈利斯（Alan Margolies）等人认为，菲茨杰拉德后来"表现出（超越种族主义态度）的迹象"（Forrey 296），然而，《了不起的盖茨比》是他二十多岁时的作品，是他早期文学生涯的产物，没有受益于他后来的视角转变。事实上，有大量的证据表明，《了不起的盖茨比》的确有上述的疏漏和错误再现，这是因为作家总是有意或无意地想从小说的视野中抹去非裔美国人，虽然他们在现实生活中的纽约随处可见，而纽约又是给这部作品带来现场感的一个重要因素。正如下文所示，菲茨杰拉德认为非裔美国人完全不能跟白人相比。尽管作者的种族主义心理动机并不是我们这里应该探讨的问题，但是，非常有可能的是，在巴黎和纽约见证过美国黑人杰出文学艺术成就的菲茨杰拉德，在表现种族优越感的同时，也深深地感到自己的文学价值面临着威胁。不论原因是什么，显然，在菲茨杰拉德一生中的大部分时间里，他对非裔美国人的态度绝对是种族主义性质的。

正如罗伯特·福里之所见，在菲茨杰拉德的许多短篇小说中，"黑人扮演的几乎都是卑贱的角色，被蔑称为'浣熊'（coons）、'黑鬼'（niggers）、'小黑鬼'（pickaninnies）或'杂种'（Samboes），有时候，作者本人就以第三人称的口气这样称呼他们，他们通常的功能是制造滑稽效果"（293）。泰勒·斯托瓦尔也有相同的看法，认为菲茨杰拉德的长篇小说《夜色温柔》是"一部描写美国人侨民生活的伟大作品"，其中包含"针对黑人的臭名昭著的种族歧视段落"（80）。福里补充道，"在现实生活中，一如在小说中，黑人的出现通常表明菲茨杰拉德要搞恶作剧了"（294）。福里援引了安德鲁·特恩布尔（Andrew Turnbull）在1962年出版的传记《司各特·菲茨杰拉德》（*Scott Fitzgerald*），福里特别提到，有一次，"一位替地方孤儿院筹款的黑人牧师，经菲茨杰拉德介绍，变成了来自非洲的贵宾，牧师没想到他会来这一手，面带谦恭而惶恐之色，逃离了基金会"（294）。还有一次，菲茨杰拉德非要让他的黑人司机重复一个句子，此人有语言障碍，根本念不准这个句子中的很多词（Turnbull，引自Forrey 294）。当然，菲茨杰拉德对待他非常青睐的黑人歌手布里克托普的态度也很能说明问题：尽管他是她的热情歌迷，经常光顾夜总会去听她演唱，但是，"她是以被雇佣者的身份去他家的，而不是以朋友和平等的身份"（Stovall 80）。

吉德利（M. Gidley）援引了特恩布尔在1963年编辑出版的《F. 司各特·菲茨杰拉德书信集》（*The Letters of F. Scott Fitzgerald*）；在菲茨杰拉德写给他的朋友埃德蒙·威尔逊的一封信中，吉德利特意找出了一段很能表露他的种族理念的文字：

> 愿上帝诅咒欧洲大陆……黑人的血脉潜行北上，去玷污北欧日耳曼人种。在意大利人中也已经有了黑种人（黑肤色或深肤色的人）的灵魂。（美国）应该提高移民准入门槛，只允许斯堪的纳维亚人、条顿人（有日耳曼或凯尔特血统的民族）、盎格鲁-撒克逊人和凯尔特人（英国人、苏格兰人、爱尔兰人）进入。（178）

在写给威尔逊的另一封信里，菲茨杰拉德说道："我们（盎格鲁-撒克逊人、凯尔特人等等）远在现代法国人之上，正如他们远在黑人之上一样。甚至在艺术中也是如此"（Turnbull, *Letters*, 引自Gidley 178）。

菲茨杰拉德对美国黑人的态度，同样体现在他对自己的朋友范·韦克滕的一部作品的反应当中。正如上文所述，范·韦克滕在哈莱姆度过了许多时光，对那里情有独钟。1926年他写了一部关于哈莱姆的小说——《黑鬼天堂》（*Nigger Heaven*）。这个题目本身就很能说明问题，杜波依斯写道，这本书"对于（欢迎范·韦克滕进入他们社区的）黑人的好客态度，对于白人的智商，是当头一棒，是一种侮辱……这部小说既不真实，也没有艺术价值……它只是一幅漫画"（引自Anderson 219）。按照刘易斯的说法，"情节是纯粹的闹剧"，"90%的黑人对此书的看法与杜波依斯一样"（181）。

然而，许多白人读者和文学批评家却对此表示异议，菲茨杰拉德便是其中之一。他将《黑鬼天堂》称为"一件艺术品"（Anderson 217），称赞它再现了"北方的黑鬼，或者更确切地说，纽约黑鬼"（Turnbull, *Letters*, 引自Gidley 181）。刘易斯认为，菲茨杰拉德"之所以盛赞这部小说，那是因为，（在他看来），该小说证实了非裔美国人是文明产生的怪胎，'黑人的原始状态'……有多么持久"（188）。换句话说，菲茨杰拉德认为，非裔美国人不可能真正吸收白人文化——他们保持着原始的或"固有的"状态——因此，所谓哈莱姆，只不过是他们仿效白人文化的尝试。在菲茨杰拉德看来，"哈莱姆（是在）模仿（aping[1]）白人的方式，就好像把白人文化从它的语境中挖出来，然后放到一个意外出现的和毫不相干的背景中"（Carl Van Vechten Collection, N.Y. Public Library，引自Lewis 188）。

在我看来，最后这句话既令人吃惊，又很能说明问题。美国黑人创造了爵士乐，很难说这种音乐是对白人音乐的仿效。哈莱姆文艺复兴中诞生了诸如兰斯顿·休斯、佐拉·尼尔·赫斯顿、克劳德·麦凯这样的作家，他们发展出来的非裔美国文学传统绝不是对白人文化的复制。相反，美国之外的白人社会通常都认可非裔美国文化的原创性，例如，爵士时代的巴黎就十分仰慕非裔美国文化的特质。然而，菲茨杰拉德却不能或不愿正视哈莱姆的本来面目。显然，他愿意继续因循白人对黑人的成见，认为他们不开化、没有文化。如果他在哈莱姆看到了与这种偏见不相符的东西，他就把它归因于黑人对白人的"模仿"（aping），在这个语境下，从他使用的aping一词中，也可以看出他的种族主义视角。

因此，"《了不起的盖茨比》成为全世界了解美国社会史的一个信息来源，并被当作美国生活的实录来读"（Bruccoli, "The Text of *The Great Gatsby*" 193），这种说法很有讽刺意味，因为摆在世人面前的这份爵士时代美国生活的记录，删去了在很大程度上创造了这个时代的人物和地点。吉德利说："追根溯源，爵士时代的许多特质是哈莱姆的夜生活释放出来的，时至今日，依然打动人心。菲茨杰拉德虽以'爵士时代的桂冠诗人'……而著称，但我认为，他做了偏见的囚徒，看不到锁链以外的世界"（181）。我很赞同这种看法，菲茨杰拉德确实是偏见的囚徒，至少就《了不起的盖茨比》而言，他显然未能看到锁链以外的世界。

---

1 ape作名词时意为"猩猩"，作动词时有"模仿"之意。——译注

【深入实践问题：非裔美国文学批评研究其他文学作品的方法】

以下问题为非裔美国文学批评的范例。它们有助于读者运用非裔美国文学批评去阐释这里提到的文学作品或读者自选的其他文本。

1. 为什么说托妮·莫里森的《最蓝的眼睛》是非裔美国文学传统的一部分？你可以分析小说的反种族主义政治立场。（莫里森以洞悉内化的种族主义心理而著称。）你也可以分析该小说的诗学，例如它的口述性、民间母题，以及这些手法的运用与作品意义之间的关系。你还可以进一步论证，莫里森的小说对非裔美国女性文学传统的贡献尤其显著。

2. 在戏剧《钢琴课》（*The Piano Lesson*，1990）中，奥古斯特·威尔逊探讨了两个常见的美国黑人文学主题——文化遗产的重要意义和生存上的经济困境——之间的冲突。这部戏不许我们偏向其中的任何一种立场以化解这一冲突，分析一下它是如何再现和保持这种冲突局面的。（如果你认为该剧实际上已经化解了这种冲突，请加以论证。）威尔逊对这两个主题的运用，休斯敦·贝克（Houston Baker）对非裔美国文学中的精神追求和经济"潜文本"之间关系的论述，二者之间有何关系？如果你认为该剧与这种文本-潜文本模式并不吻合，那么，提出你自己的模式并解释它与贝克模式的区别。

3. 运用玛丽·海伦·华盛顿描述的非裔美国女性文学中反复出现的角色类型——"悬浮的女性""被同化的女性"和"新女性"——分析艾丽斯·沃克的《紫色》、佐拉·尼尔·赫斯顿的《凝望上帝》或其他适合这种研究方法的非裔美国文学作品中的女性形象。文本中出现的是哪种类型的女性角色？她们与整部作品的意义有何关系？也就是说，这些人物类型是如何在文本中传达出某种道德寓意、教训或主题的？

4. 运用种族批判理论中的一些概念，例如交叉性、白人特权、种族的社会建构，或者其他有用的概念，去分析查尔斯·约翰逊的《中途航程》（*Middle Passage*，1990）、凯特·肖邦的《觉醒》、弗兰纳里·奥康纳（Flannery O'Connor）的《审判日》（"Judgment Day"，1965）中的黑人和/或白人角色。这些概念对于阐明某些人物刻画手法有何帮助？

5. 运用托妮·莫里森提出的美国主流白人文学中的非洲主义存在理论（黑人角色、黑人故事、黑人言语的再现、与非洲或黑色相关的意象在文本中的功能），分析美国白人作品中的非洲主义存在。菲茨杰拉德的《近海海盗》（"The Offshore Pirate"，1920）、《风中之家》（"Family in the Wind"，1932）或《夜色温柔》都很适合达到这一目的。

【延伸阅读书目】

Awkward, Michael. *Inspiriting Influences: Tradition, Revision, and Afro-American Literature.* New York: Columbia University Press, 1989.

Bell, Bernard W. *The Folk Roots of Contemporary Afro-American Poetry.* Detroit, M.I.: Broadside, 1974.

———. *The Afro-American Novel and Its Tradition.* Amherst: University of Massachusetts Press, 1987.

Delgado, Richard, and Jean Stefancic. *Critical Race Theory: An Introduction.* New York: New York University Press, 2001.

Ferrante, Joan, and Prince Brown Jr., eds. *The Social Construction of Race and Ethnicity in the United States.* 2nd ed. Upper Saddle River, N.J.: Prentice Hall, 2001.

Gates Jr., Henry Louis. "African American Criticism." *Redrawing the Boundaries: The Transformation of English and American Literary Studies.* Eds. Stephen Greenblatt and Giles Gunn. New York: Modern Language Association, 1992. 303–19.

hooks, bell. *Ain't I a Woman: Black Women and Feminism.* 1981. Boston: South End Press, 1999.

Hull, Gloria T., Patricia Bell Scott, and Barbara Smith, eds. *All the Women Are White, All the Blacks Are Men, But Some of Us Are Brave: Black Women's Studies.* Old Westbury, N.Y.: Feminist Press, 1982.

Ikard, David. *Breaking the Silence: Toward a Black Male Feminist Criticism.* Baton Rouge: Louisiana State University Press, 2007.

McNeil, Elizabeth, Neal A. Lester, DoVeanna S. Fulton, and Lynette D. Myles. *Sapphire's Literary Breakthrough: Erotic Literacies, Feminist Pedagogies, Environmental Justice Perspectives.* Basingstoke and New York: Palgrave Macmillan, 2012.

Mitchell, Angelyn, ed. *Within the Circle: An Anthology of African American Literary Criticism from the Harlem Renaissance to the Present.* Durham, N.C.: Duke University Press, 1994.

Morrison, Toni. *Playing in the Dark: Whiteness and the Literary Imagination.* New York: Vintage, 1993.

Tate, Claudia. *Psychoanalysis and Black Novels: Desire and the Protocols of Race.* New York and Oxford: Oxford University Press, 1998.

【高端阅读书目】

Ahad, Badia Sahar. *Freud Upside Down: African American Literature and Psychoanalytic Culture.* Urbana: University of Illinois Press, 2010.

Baker Jr., Houston A. *Blues, Ideology, and Afro-American Literature: A Vernacular Theory.* Chicago: University of Chicago Press, 1984.

Camara, Babacar. *Marxist Theory, Black/African Specificities, and Racism.* Lanham, M.D.: Lexington Books, 2008.

Collins, Patricia Hill. *Black Feminist Thought: Knowledge, Consciousness, and the Politics of Empowerment.* 1990. London and New York: Routledge, 2008.

Crenshaw, Kimberlé Williams, Neil Gotanda, Gary Peller, and Kendall Thomas, eds. *Critical Race Theory: The Key Writings that Formed the Movement.* New York: New Press, 1995.

Gates Jr., Henry Louis. *The Signifying Monkey: A Theory of African-American Literary Criticism.* New York: Oxford University Press, 1988.

Goldberg, David Theo, and John Solomos, eds. *A Companion to Racial and Ethnic Studies.* Malden, M.A.: Blackwell, 2002.

James, Joy, and T. Denean Sharply-Whiting, eds. *The Black Feminist Reader*. Malden, M.A.: Blackwell, 2000.

Johnson, Patrick E., and Mae G. Henderson, eds. *Black Queer Studies: A Critical Anthology*. Durham, N.C. and London: Duke University Press, 2005.

Nelson, Emmanuel S., ed. *Critical Essays: Gay and Lesbian Writers of Color*. New York: Haworth, 1993.

Spillers, Hortense. *Black, White, and in Color: Essays on American Literature and Culture*. Chicago: University of Chicago Press, 2003.

【注释】

① 当然，日常交流当中，大部分人在使用**种族主义**这个词的时候，既用它指种族优越论，也用它指某一种族以种族为理由反对其他种族的不公正态度和行为。为了区分种族主义和种族优越论（racialism），我要突出白人种族主义和非裔美国人的"种族主义"态度和行为之间的巨大差异，前者得到了体制化的权力结构的支持，后者没有得到体制的支持。

② 学生们经常问我，白人内部是否也存在某种肤色偏见，足以和这里讨论的非裔美国人的种族内部歧视相提并论。事实上，这种东西在白人内部的确是存在的，它叫作北欧**日耳曼人优越论**（Nordicism）。尽管我们今天不再经常听到这个词，但是北欧日耳曼人优越论依旧在大部分白人文化当中——虽说不是全部——发挥着重要作用。按照北欧日耳曼人优越论的视角，高加索人种的基因比其他种族优秀，不仅于此，这种论调还认为北欧的日耳曼人是基因最优秀的高加索人种：他们天生就有高人一等的智力、体魄和美貌。就外表而论，一说到北欧日耳曼人，就让人想到身材高大、长脸非圆脸、肤色白皙、金发或棕发、浅色眼睛。更深入地探讨北欧日耳曼人优越论，见本书的第12章"后殖民批评"。

③ 关于拥有可卡因的强制性量刑的充分讨论，见网上的《量刑计划》（*The Sentencing Project*），网址是http://sentencingproject/CRACKREFORUM/。

④ 缪尔在这里着重提出的是十九世纪美国**科学界**正式认可的种族原则，看到这一点倒不失为一件趣事。肯定许多读者都会想到，早在北美殖民地建立之初，缪尔所描述的种族主义意识形态就已经以各种形式为北美白人所接受了。

⑤ 在二十世纪二十年代，有些哈莱姆夜总会的老板是黑人，有些则是白人，但几乎在所有的夜总会里，顾客与工作人员都是黑白分明的。典型的现象是，夜总会的乐手和其他工作人员都是非裔美国人，而顾客则是白人。因此，像布坎南夫妇这样的富人本应该去哈莱姆夜总会的，如果他们去了那里，不是为了与黑人交往，而是去和其他非富即贵的白人交际。

⑥ 正如我的学生所提醒的那样，在茉特尔·威尔逊被撞身亡、司机逃逸之后，"（一位）面色较白、衣冠楚楚的黑人"走到警察身边，告诉对方自己方才之所见。警察迫切地听取了这人汇报的内容（147；ch.7）。这句话很短，但它赋予了这个黑人人物以某种权威。小说中弥漫的种族氛围表明，倘若他的肤色不是很浅，倘若他衣着不佳的话，警察就不会采信他的话。实际上，我们可以认为，菲茨杰拉德之所以这样描写这个黑人，为的是让警察及（白人）读者有理由相信他的证词。

【引用作品书目】

Anderson, Jervis. *This Was Harlem: A Cultural Portrait, 1900–1950.* New York: Farrar, Straus and Giroux, 1982.

Baker Jr., Houston A. *Blues, Ideology, and Afro-American Literature: A Vernacular Theory.* Chicago: University of Chicago Press, 1984.

Banks, Taunya Lovell. "Two Life Stories: Reflections of One Black Woman Law Professor." *Critical Race Theory: The Key Writings that Formed the Movement.* Eds. Kimberlé Williams Crenshaw, Neil Gotanda, Gary Peller, and Kendall Thomas. New York: New Press, 1995. 329–36.

Bell Jr., Derrick A. "Brown v. Board of Education and the Interest Convergence Dilemma." 93 *Harvard Law Review* 518 (1980). Rpt. in *Critical Race Theory: The Key Writings that Formed the Movement.* Eds. Kimberlé

Williams Crenshaw, Neil Gotanda, Gary Peller, and Kendall Thomas. New York: New Press, 1995. 20–29.

——. "Racial Realism." From *Critical Race Theory: The Key Writings that Formed the Movement.* Eds. Kimberlé Williams Crenshaw, Neil Gotanda, Gary Peller, and Kendall Thomas. New York: New Press, 1995. 302–12.

Bradbury, Malcolm. "The High Cost of Immersion." *Readings on* The Great Gatsby. Ed. Katie de Koster. San Diego: Greenhaven Press, 1998. 141–46. Excerpted from Malcolm Bradbury, "Style of Life, Style of Art, and the American Novelist of the Nineteen Twenties." *The American Novel and the Nineteen Twenties*. Eds. Malcolm Bradbury and David Palmer. London: Edward Arnold, 1971.

Brown Jr., Prince. "Biology and the Social Construction of the 'Race' Concept." *The Social Construction of Race and Ethnicity in the United States.* 2nd ed. Eds. Joan Ferrante and Prince Brown Jr. Upper Saddle River, N.J.: Prentice Hall, 2001. 144–50.

Bruccoli, Matthew J. "Explanatory Notes." *The Great Gatsby.* 1925. New York: Macmillan, 1992. 207–14.

——. "Preface." *The Great Gatsby.* 1925. New York: Macmillan, 1992. vii–xvi.

——. "The Text of *The Great Gatsby.*" *The Great Gatsby.* 1925. New York: Macmillan, 1992. 191–94.

"Charles Becker." Wikipedia. http://en.wikipedia.org/wiki/Charles_Becker.

Christian, Barbara. "The Race for Theory." *Cultural Critique* 6 (1987) : 51–63. Excerpted in *The Post-Colonial Studies Reader*. Eds. Bill Ashcroft, Gareth Griffiths, and Helen Tiffin. New York: Routledge, 1995. 457–60.

Crenshaw, Kimberlé Williams. "Mapping the Margins: Intersectionality, Identity Politics, and Violence against Women of Color." *Critical Race Theory: The Key Writings that Formed the Movement.* Eds. Kimberlé Williams Crenshaw, Neil Gotanda, Gary Peller, and Kendall Thomas. New York: New Press, 1995. 357–83

Cullen, Countee. "Yet Do I Marvel." *Color*. New York: Harper & Row, 1925.

Decker, Jeffrey Louis. "Corruption and Anti-Immigrant Sentiments Skew a Traditional American Tale." *Readings on* The Great Gatsby. Ed. Katie de Koster. San Diego: Greenhaven Press, 1998. 121–32. Excerpted from Jeffrey Louis Decker. "Gatsby's Pristine Dream: The Diminishment of the Self-Made Man in the Tribal Twenties." *Novel: A Forum on Fiction* 28.1(Fall 1994).

Delgado, Richard, and Jean Stefancic. *Critical Race Theory: An Introduction.* New York: New York University Press, 2001.

Douglas, Ann. *Terrible Honesty: Mongrel Manhattan in the 1920s.* New York: Farrar, Straus and Giroux, 1995.

Du Bois, W. E. B. *The Souls of Black Folk: Essays and Sketches.* 1903. New York: Kraus, 1973.

Essed, Philomena. "Everyday Racism." *A Companion to Racial and Ethnic Studies.* Eds. David Theo Goldberg and John Solomon. Malden, Mass.: Blackwell, 2002. 202–16.

Ferrante, Joan, and Prince Brown Jr. "Introduction." *The Social Construction of Race and Ethnicity in the United States.* 2nd ed. Eds. Joan Ferrante and Prince Brown Jr. Upper Saddle River, N.J.: Prentice Hall, 2001. 1–12.

——. "Introduction to Part 2." *The Social Construction of Race and Ethnicity in the United States.* 2nd ed. Eds. Joan Ferrante and Prince Brown Jr. Upper Saddle River, N.J.: Prentice Hall, 2001. 113–28.

Fitzgerald, F. Scott. *The Great Gatsby.* 1925. New York: Macmillan, 1992.

Forrey, Robert. "Negroes in the Fiction of F. Scott Fitzgerald." *Phylon* 28.3 (1967): 293–98.

Gates Jr., Henry Louis. *Figures in Black: Words, Signs, and the "Racial" Self.* New York: Oxford University Press, 1987.

——. "The Master's Pieces: On Canon Formation and the Afro-American Tradition." *The Bounds of Race: Perspectives on Hegemony and Resistance.* Ed. Dominick LaCapra. Ithaca, N.Y.: Cornell University Press, 1991. 17–38.

——. *The Signifying Monkey: A Theory of African-American Literary Criticism.* New York: Oxford University Press, 1988.

Gidley, M. "Notes on F. Scott Fitzgerald and the Passing of the Great Race." *Journal of American Studies* 7.2 (1973): 171–81.

Harding, Sandra. "Science, Race, Culture, Empire." *A Companion to Racial and Ethnic Studies.* Eds. David Theo Goldberg and John Solomon. Malden, Mass.: Blackwell, 2002. 217–28.

Hemingway, Ernest. *To Have and Have Not.* New York: Grosset and Dunlap, 1937.

Hughes, Langston. "Good Morning." *Montage of a Dream Deferred*. New York: Henry Holt, 1951.

Johnson, James Weldon. *Black Manhattan*. 1930. Rpt. New York: Arno Press and *The New York Times*, 1968.

Lewis, David Levering. *When Harlem Was in Vogue*. New York: Knopf, 1981.

Margolies, Alan. "The Maturing of F. Scott Fitzgerald." *Twentieth Century Literature* (Spring 1997). Accessed July 31, 2005, at http://www.findarticles. com/p/articles/mi_m0403/is_1_43/ai_5675.

McDowell, Deborah E. "The Changing Same: Generational Connections and Black Women Novelists." *New Literary History* 18 (1987): 281–302. Rpt. in *Reading Black, Reading Feminist: A Critical Anthology*. Ed. Henry Louis Gates Jr. New York: Meridian, 1990. 91–115.

Morrison, Toni. *The Bluest Eye*. New York: Holt, Rinehart, and Winston, 1970.

——. *Playing in the Dark: Whiteness and the Literary Imagination*. New York: Vintage, 1993.

Muir, Donal E. "Race: The Mythic Root of Racism." *Sociological Inquiry* 63.3 (August 1993). Rpt. in *Critical Race Theory: The Concept of "Race" in Natural and Social Science*. Ed. E. Nathaniel Gates. New York: Garland, 1997. 93–104.

"New York Herald Tribune." Wikipedia. http://en.wikipedia.org/wiki/New_York_ Herald_Tribune.

O'Meara, Lauraleigh. *Lost City: Fitzgerald's New York*. New York: Routledge, 2002.

Roberts, John W. "The African American Animal Trickster as Hero." *Redefining American Literary History*. Eds. A. LaVonne Brown Ruoff and Jerry W. Ward Jr. New York: Modern Language Association, 1990. 97–114.

Sollors, Werner. "Ethnicity and Race." Drawn from his introduction to *Theories of Ethnicity: A Critical Reader*. 1997. Rpt. in *A Companion to Racial and Ethnic Studies*. Eds. David Theo Goldberg and John Solomon. Malden, Mass.: Blackwell, 2002. 97–104.

Stovall, Tyler. *Paris Noir: African Americans in the City of Light*. Boston: Houghton Mifflin, 1996.

Washington, Mary Helen, ed. *Black-Eyed Susans: Classic Stories by and About Black Women*. Garden City, N.Y.: Doubleday, 1977.

——. "Teaching Black-Eyed Susans: An Approach to the Study of Black Women Writers." *All the Women Are White, All the Blacks Are Men, but Some of Us Are Brave: Black Women's Studies*. Eds. Gloria T. Hull, Patricia Bell Scott, and Barbara Smith. Old Westbury, N.Y.: Feminist Press, 1982.

Wikipedia. "Charles Becker." http://en.wikipedia.org/wiki/Charles_Becker. n.d.

——. "New York Herald Tribune." http://enwikipedia.org/wiki/New_York_Herald_ Tribune. n.d.

Wildman, Stephanie M. *Privilege Revealed: How Invisible Preference Undermines America*. New York: New York University Press, 1996.

第十二章

后殖民批评

也许批评理论赋予我们最重要的能力之一，就是让我们在过去不曾留意的地方发现联系，例如，我们的个人心理冲突与我们阐释诗歌的方法之间的联系，我们内化吸收的意识形态与那些产生审美愉悦的文学作品之间的联系，一个国家的政治气候与该国知识分子眼中的"伟大"作品之间的联系，如此等等。迄今为止，我们学过的大部分理论都会鼓励我们沿着上面的一条或多条线索来建立联系。后殖民批评尤其有助于我们看到我们的各种体验——心理的、意识形态的、社会的、政治的、思想的和审美的体验——之间存在着种种联系，因为它能够向我们证明，在我们体验自我和世界的过程中，上述这些体验范畴是密不可分的。此外，后殖民理论也为我们提供了一个思想框架，借以审视所有涉及社会压迫的批评理论之间的相似性，这些批评理论包括马克思主义批评、女性主义批评、同性恋和酷儿理论以及非裔美国文学批评理论。

事实上，按照后殖民批评的界定，所谓前殖民地民族，就是那些受到过异族政治统治的人群，因此，我们会看到，后殖民批评家经常从非裔美国文学作品中援引例证，他们也从澳大利亚原住民文学或殖民地时代的印度文学中征引例证。然而，后殖民批评倾向于聚焦全球问题，集中关注不同民族之间的相似和差别，这就意味着特定人群中的个别成员会针对自家文学的历史、传统和阐释提出自己的一套批评。当然，早在二十世纪九十年代初后殖民批评在文学研究领域内崛起之前，非裔美国文学批评家就在从事这方面的工作了。

不过，为了回溯后殖民批评产生的历史背景，我们先要回顾一下高中阶段的历史课。大多数读者一定记得，我们从历史课上得知，欧洲对

"新世界"的统治始于十五世纪末。当时，西班牙、法国、英国、葡萄牙和荷兰等国争相掠夺那里的自然资源和人力资源，在后来的数百年中，欧洲各大帝国的势力遍及全球。到了十九世纪，英国成为最大的帝国主义①强国；到了世纪之交，它的统治范围覆盖了印度、澳大利亚、新西兰、加拿大、爱尔兰、非洲的重要地区、西印度群岛、南美、中东以及东南亚。英国的殖民统治一直延续到二战结束之后，印度于1947年获得独立，其他殖民地相继仿效。到了1980年，英国余下的殖民地已寥寥无几。

直到二十世纪九十年代初，后殖民批评才成为文学研究中的一支主力，尽管如此，它使用的殖民主义文化分析却在世界各地的反殖民政治运动中扮演着重要角色。二战结束之后，殖民政权纷纷倒台，殖民主义文化分析开始成为一个思想探索领域。作为文学研究的一个领域，后殖民批评既是具体的批评实践，也是一种理论框架。作为具体的批评实践，后殖民批评分析的文学是那些针对殖民统治作出反应的文化所产生的文学，其时限是从最早的殖民接触直到现阶段。②〔你可能会想起，你过去读后殖民文学时，它被列在**英联邦文学**（Commonwealth literature）的名下，这一称谓一直沿用至二十世纪八十年代。〕其中一些作品出自宗主国作家之手，但更多的则出自殖民地或前殖民地作家之手。作为具体的批评实践，不论采用什么理论，只要分析对象是后殖民文学，都可以算作后殖民批评。对于英语专业的学生而言，后殖民批评集中关注的当然是那些针对英国殖民统治作出反应的文化所产生的文学，因为英文系主攻的是英语文学。

然而，作为一种理论框架，后殖民批评则致力于理解殖民主义与反殖民主义的意识形态如何在政治、社会、文化、心理等层面进行运作，这是本书主要关注的内容。例如，大量的后殖民批评分析这些意识形态的作用，一方面，它们强迫被殖民者内化吸收殖民者的价值观，另一方面，它们又推动被殖民者起来反抗压迫者，自殖民主义诞生之日起，这种反抗就一直存在。正如我们将看到的那样，殖民主义和反殖民主义意识形态可能在任何作品中出现，因此，某些在我们看来不一定属于后殖民文学的文本，也可用后殖民批评加以分析。

【殖民主义意识形态与后殖民身份】

　　曾经受到英国殖民统治的许多民族，如今都用英语交流和写作，除了在家中可能使用当地语言之外，他们在中小学和大学里使用英语，在施政过程中也使用英语，显现出殖民统治对他们文化的残余影响。事实上，前殖民地人民眼中的前殖民时代的本土文化与强加给他们的英国文化，二者在心理和社会层面上不断相互作用，成为后殖民批评的一个重大研究领域。后殖民文化既包括殖民地本土文化与殖民者文化之间的融合，也包括二者之间的对抗。由于英国对殖民地的政治、教育、文化价值观乃至日常生活的渗透简直无所不至，这两种文化之间的界限如今已很难划清。

　　简而言之，尽管殖民者已经撤退，他们侵占的土地已经物归原主，但是，去殖民化过程还主要限于英国军队和官员的离去。他们留下的是根深蒂固的**文化殖民化**（cultural colonization）：殖民者灌输给前殖民地人民的是英式政治和教育制度、英式文化以及贬低前殖民地人民的文化、道德乃至外貌的英国价值观。因此，殖民者留给前殖民地人民的"遗产"，常常是负面的自我认识以及他们对本土文化的隔膜；长期以来，前殖民时代的文化一直遭到禁锢或贬损，如今已经丧失殆尽。

　　鉴于很多后殖民批评都探讨后殖民文学中再现的文化身份这一问题，我们就仔细考察一下后殖民身份这个议题。然而，为了做到这一点，我们必须首先理解，殖民主义意识形态究竟为何物；殖民主义意识形态引发的种种反应，在很大程度上形成了个体和集体的后殖民认同。不过，当我们在使用以下概念的时候，我们不应该忘记，我们是在用笼统的推论去解释形色各异的被殖民群体，在被殖民统治的前后以及被统治期间，他们的历史和经历差别极大。因此，诸如**无家感**和**模仿攀附**这样的后殖民术语——我们马上去探讨它们——只不过是"辅助性的简要表达方式而已，因为它们无法解释不同殖民环境下的差异，也就是说，它们无法解释当殖民统治重新构建了人们的生活之后，阶级、性别、（地理）位置、种族、种姓或意识形态等因素在人们当中的情况。"（Loomba 19）

　　殖民主义意识形态（colonialist ideology），通常被称为**殖民主义话语**（colonialist discourse），以表明它与表现殖民主义思维的语言有着密切的关系。殖民主义意识形态源于殖民者一厢情愿的优越感，他们认为自身有很多优越的东西，这些东西与土著居民，也就是被侵略的原住民的所谓的劣根性，形成了强烈对比。在殖民者心目中，只有他们的盎格鲁-欧洲文化才是文明的、高级的，或者用后殖民批评家的话来说，是"正宗的"。因此，原住民被定义为野蛮、落后、未开化之人。由于殖民者的科技比较发达，于是他们就认为，他们所在的整个文化相应地也比较发达，从而忽视或无视被征服者的宗教信仰、风俗习惯、行为方式。殖民者自居为世界中心，被殖民者则被边缘化。殖民者自认为他们是人类未来理想状态的体现，是正确的"自我"；原住民则被视为"他者"，是异类，因此是劣等的、不健全的人。

这种把一切异己者判定为不健全的人的做法，被称为**他者化**（othering），这种做法将世界分为文明开化的"我们"和野蛮落后的"他们"，即"他者"。例如，当欧洲人最初到达"新世界"的时候，他们将没有被基督徒占据的土地称为"空地"，从而将它们视为自己的囊中之物。换句话说，这些土地上的原住民被殖民者严重他者化了，仿佛根本不存在。原住民当然确有其人——实际上，欧洲征服者经常把他们当作奴隶，欧洲传教士赶来向他们传教——但是，作为非基督徒的"野蛮人"，他们是无足轻重的。"野蛮人"通常被看作邪恶而低劣的人（妖魔式的他者），但有时候，"野蛮人"又因为贴近自然而被认为具有"原始的"美或高贵性（带有异域情调的他者）。但是，无论怎样，"野蛮人"总是他者，因此不是健全的人。

如今，这种态度——以欧洲文化为衡量标准，肆意贬低其他文化——被称为**欧洲中心主义**。欧洲中心主义在文学研究中的一个常见例证是经久不衰的**普适主义**哲学思想。在英国、在欧洲大陆以及后来在美国，文化标准制定者都依据"普适性"来评判一切文学：一个文本若想成为伟大之作，其人物和主题必须具有"普适性"。然而，文本人物和主题是否具有"普适性"，取决于它们是否与欧洲文学中的人物和主题相似。由此得出的结论是，只有欧洲的理念、理想和经验才具有普适性，即可被当作全人类的标准。

"第一世界""第二世界""第三世界"和"第四世界"等说法是欧洲中心论的一个语言例证。它们分别指称：（1）英国、欧洲大陆、美国；（2）加拿大、澳大利亚、新西兰、南非的白人（有些理论家认为，苏联集团也属于第二世界）；（3）正处于科技发展阶段的国家，如印度以及非洲、中美洲、南美洲和东南亚的一些国家；（4）被白人定居者征服或者受到周围主流文化统治的原住民，如美洲和澳大利亚的土著人（一些理论家认为，"第一世界"国家中处于少数族裔地位的有色人种，例如非裔美国人，也属于第四世界）。尽管这四种称谓如今已经很常用，我们仍应提防其中隐含的欧洲中心主义思想。只有从欧洲入手讲解历史，而且还要围绕着欧洲殖民征服去展开，否则，这种说法是讲不通的。它忽视了希腊、埃及、美洲等更早的文明的存在，而且，它还过于强调欧洲的武力征服是组建世界历史的主要手段。

欧洲中心主义的另一例证是一种特定的他者化形式，它就是爱德华·萨义德（Edward Said）所分析的**东方主义**（orientalism）。东方主义一直通行于欧洲和美国，其目的在于通过比较东西方民族的优劣，为西方民族树立正面形象；西方人肆意诋毁东方人的民族特征，捏造出大量的负面特征，在他们看来，这些负面特征是西方民族所没有的。因此，在西方人眼中，不管是中东人还是其他亚洲人，都喜欢政治投机，他们残忍诡谲、邪恶狡诈、说谎成性，有性乱交和性变态的倾向，如此等等。（玛丽·雪莱的《弗兰肯斯坦》中那个残忍诡诈的阿拉伯商人就是一个例子：年轻的欧洲人德拉塞把他从监狱里救出来，后来却被他出卖。）与欧洲人想象出来的这种"东方人"相比，西方人认为自己善良坦率、公平正直、诚实不欺和恪守道德。简而言之，这里的"东方人"是西方人为了衬托自己的正面形象而捏造的，也是他们为了一己之私进行军事侵略或经济掠夺的借口。

最后，**北欧日耳曼人崇拜**（Nordicism）这种意识形态，可被视为欧洲中心论的他者化行为的一个例证，这是欧洲中心论他者化行为必然走向极端的结果，虽说有许多学生从未听说过北欧日耳曼人崇拜这个术语，但它在大部分（虽说非全部）白人文化中发挥了重要作用。从北欧日耳曼人优越论的角度来看，不仅高加索人种的基因比其他种族优秀，而且北欧的日耳曼人是基因最优秀的高加索人种：他们天生就有优秀的智力、体力和美貌。虽说北欧日耳曼优越论者在哪些国家属于北欧日耳曼人国家这个问题上有分歧，但他们当中的大多数人都赞同：挪威、瑞典、丹麦和冰岛属于这样的国家。然而，在确定我们是否属于这个"优秀种族"成员身份的时候，我们的国籍并不重要。人类在全球四处迁徙的历史实在是太漫长了，我们的出生地，甚至我们祖上的出生地都不能十分可靠地证明我们继承了那份种族遗产。唯一可以揭示我们的种族成分的是我们的体貌。确切地说，**北欧日耳曼人**这个词与高个子、长脸非圆脸、肤色白皙、头发金黄或棕色、眼睛颜色较浅的人联系在一起。如果我们具备了上述体貌特征，就可以推断，我们的祖先是日耳曼人，因此我们就比其他种族优秀。1924年的美国移民法案对北欧移民大开绿灯，却限制南欧和东欧的移民，这个著名案例充分体现了北欧日耳曼人优越论在二十世纪二十年代的美国是无处不在的。北欧日耳曼人优越论的另一个例证是希特勒的雅利安主义，即主导-种族论，为二十世纪三十年代的犹太人大屠杀推波助澜。北欧日耳曼人优越论依旧存在，活跃在世界各地，深受新纳粹、白人民族主义者和白人至上群体的追捧。我有理由认为，北欧日耳曼人优越论在我们的日常生活中依然在发挥作用——虽说是无意识的作用——例如，人们对于"金发男童"和"金发女孩"的美化，以及金发碧眼的芭比娃娃余威尚在。

因此，本质上为欧洲中心主义的殖民主义意识形态，渗透到了殖民地的英国学校里；英国人在殖民地建学校，就是为了向当地人灌输英国的文化和价值观，防止他们叛乱。被殖民者一旦受到这种思想的操控，认为某种制度或某个民族的确优秀，那么，经过几代人之后，就很难起来反抗。这种方案十分成功，**殖民主体**（colonial subject）由此而产生。所谓殖民主体，指的是那些顺从殖民统治的被殖民者，他们之所以顺从，是因为他们接受了殖民者向他们灌输的观念，认为英国人是优秀人种，相形之下，他们属于劣等人种。其中许多人竭力模仿殖民者的穿着、言谈、行为和生活方式。后殖民批评家将这种现象称作**模仿攀附**（mimicry），它既反映了某些被殖民的个体迫切希望被殖民文化接受的愿望，也反映出他们对自身文化的羞愧。由于殖民主义的操控，他们认为自己的文化是低劣的。后殖民理论家常说，殖民主体有着"双重意识"或"双重视野"，也就是说，这是看待世界的一种意识或视角，它认为世界应一分为二：殖民者文化和土著居民的文化。[3]

双重意识中常常会产生一种不稳定的自我意识。殖民主义经常迫使人们迁徙，例如离开乡间农场或小村庄，到大都市找工作，这种迁徙加剧了自我意识的不稳定。（强迫式迁徙，要么出于找工作的需要——包括契约奴工——要么是因为沦为奴隶，使大量人口散居在世界各地，在他们的子孙后代之中，还有很多人依旧处于流散状态，即远离故土。）这种身处两种文化之间无所适从的感觉，夹缝中求生存的心理困境，不仅产生于个人的心理失调，也产生于文化移位造成的心理创伤，霍米·巴巴（Homi Bhabha）等人称这种感觉为**无家感**（unhomeliness）。这里的"无家"（unhomed）不等于没有地方住（homeless），而是指即便是在自己的家中，心中依然缺乏归属感，也就是说，你的文化身份危机使你成为心理上的流亡者。

如今，在摆脱殖民统治的国家中，双重意识和无家感依然存在。前殖民地人民面临的一项任务是抵制殖民主义意识形态，这种意识形态把他们视为劣等人种；另外，他们还要重申他们受到殖民统治之前的历史。在后殖民批评家们看来，这两项任务都涉及许多复杂的利益问题。例如，为了抵制殖民主义意识形态和拥护本土文化，许多本土作家都用当地语言写作，肯尼亚作家恩古吉·瓦·西安戈（Ngugi wa Thiong'o）就是如此。然而，这样做的同时，他们也面临着在出版界如何生存的难题，因为无论是本国的还是国际的出版界都要求使用英文。如果使用当地语言写作，本土作家通常要付出双倍努力：他们用本土语言完成创作之后，还需要将作品译成英文。

另一方面，许多英属前殖民地的本土作家之所以更喜欢用英语写作，是因为他们最初学习写作时用的就是英语。尼日利亚作家钦努阿·阿契贝说："我别无选择。人家把这门语言给了我，我也愿意用它"（*Morning Yet on Creation Day* 62）。有些人还认为，第三世界、第四世界的本土居民所使用的当地语言不一而足，英语反倒成为他们彼此沟通的公用语言。此外，他们还指出，作为世界通用语言，英语也促进了这些国家走上国际政治经济舞台。

重申前殖民时代的过去，这种强烈愿望还面临一个复杂问题，那就是，发掘过去的历史并非轻而易举之事。我们在前文中就已指出，殖民统治历经数代人之久，前殖民时代的许多文化都已消失殆尽。另外，许多后殖民理论家认为，即使没有殖民化过程，古代文化流传至今也不可能一成不变：任何文化都不可能随着时间的流逝而原封不动，保持最初状态。而且，大多数文化的改变是跨文化交流造成的，而跨文化交流经常以军事入侵为媒介。例如，改变古代凯尔特文化的是占领不列颠群岛的罗马军团，改变盎格鲁-撒克逊文化的是十一世纪诺曼征服之后历经数代人之久的法国人统治。同样地，殖民地人民的前殖民时代的文化也会影响欧洲文化。例如，毕加索的艺术受到了他对非洲面具的研究的极大影响。因此，许多后殖民理论家认为，后殖民身份必然是一个动态的、不断发展的**杂合体**（hybrid），它把本土文化和殖民文化融为一体。他们还说，这种**杂合性**（hybridity）——有时候也被称作**调和**（syncretism）——并不是两种对立的文化相持不下而形成的一个僵局，在日益缩小、文化杂合性质日益彰显的世界中，它是一股有创造性的、令人兴奋的、积极进取的力量。这种观点鼓励前殖民地人民接受一种多元化的、矛盾丛生的混合型文化，这种文化是属于他们的，是不可磨灭的历史事实。

然而，必须指出，上述观点并未考虑到前殖民地人民需要重新发现并确认他们在前殖民时代的文明，因为殖民者曾对他们说，在殖民化之前，他们毫无文明可言。殖民者声称，在殖民化开始之前，当地人生活在野蛮状态之下，没有政府制度，没有宗教，也没有合乎理想的风俗习惯。在承认土著文化的存在的同时，殖民者又宣称，既然欧洲人可以提供"优越的"文明，这些土著文化就不值得保留。因此，前殖民地的许多人都觉得，他们必须坚持本土文化，这样做一方面是为了防止西方文化的吞噬——西方文化在那里已经根深蒂固，另一方面也是为了重新塑造在自己人和他人眼中的民族形象。这种突出本土文化的做法，尤其是相伴而生的那种消除西方影响的企图，被称为**本土主义**（nativism）或**民族主义**（nationalism）。按照本土主义的视角，一种与时俱进的文化和一个绝缘于固有文化的民族，二者不可同日而语。

如果读过第四章"女性主义批评"，你很可能会像许多后殖民批评家那样注意到，女性主义批评家和后殖民批评家所关注的理论问题有很多相似之处。例如，女性经受的父权制统治类似于原住民经受的殖民统治，这种从属地位让女性和殖民地人民遭到肆意贬损，使得这两大群体面临着非常相似的问题：争取独立的人格和群体身份，获得政治权力和经济机遇，寻找新的思考方式、言说方式和创作方式，摆脱压迫者意识形态的控制。

女性主义和后殖民批评关注点的相似也进一步凸显了后殖民女性面临的双重压迫。这种压迫经常被称作**双重殖民化**（double colonization），因为她们既是殖民主义意识形态的牺牲品，也是父权制意识形态的牺牲品。因为种族和文化，她们受到殖民主义意识形态的贬损，因为性别，她们受到父权制意识形态的贬损。可悲的是，后殖民女性不仅受到殖民者的父权制压迫，而且受到本土的父权制文化的压迫。性别不平等现象在农村地区体现得尤为明显。在那些人眼里，妇女除了承担繁重的家务劳动之外，还应该干大部分或全部农活，可是，她们却得不到男子享有的家族威信、村子里的领导地位或经济上的机会。

不过，有一个现象是显而易见的：只要环境提供机会，后殖民女性能够胜任起领导角色。例如，在第三世界草根阶层发起的抵制破坏当地环境的运动，就是由女性发起的。今天，参与这场运动的大部分人是农村女性。例如，印度的"抱树运动"（Chipko Movement）便是当地的女性在1973年发起的，反对当地为了商业目的而不断地过度砍伐森林；她们采取非暴力抵抗运动去阻止大面积的毁林行为，以便保护农村环境，维护那里的印度人民的生存。在1977年始于肯尼亚的"绿化带运动"（Green Belt Movement）是由马塔伊（Wangari Maathai）发起的，一棵树苗、一棵树苗地种，恢复深受滥伐森林之害的地区的植被，这场运动已经遍及肯尼亚全国，并且产生了国际性的影响。①然而，等到了分配财政援助的时候，国际上对科技落后国家的援助往往强化了父权制的看法：女子天生不如男，因此只把金钱、机械分给男人，只有男子才能接受培训，甚至在非洲，"那里的女性农民生产了百分之六十五到八十的农作物，但并不拥有她们耕作的土地，一直得不到援助项目和'发展'计划的扶持"（McClintock 298）。所以说女性依旧承受着双重殖民化。正如安·麦克林托克（Anne McClintock）所说，"女性做着全世界三分之二的工作，却只挣着十分之一的薪水，拥有不到百分之一的财富。在这样一个世界里，'后殖民主义'的承诺（殖民者一走，所有人都能过上更好的生活）是一段希望不断落空的历史"（298）。

【后殖民根本性问题论争】

或许你已经注意到了，我们迄今为止讨论的大量材料都牵扯到争论不休的问题。例如，后殖民人民寻求遗失的前殖民时代的证据，这件事有多大的重要性？在他们的前殖民历史中，有多少证据能够找到得？后殖民作家应该用英语写作，还是用本地语言写作，或者二者兼用？如果一位后殖民作家的第一语言是英语，他（她）应当怎么办？后殖民理论家所界定的杂合性，对于那些丧失归属感的后殖民作家来说，是否为一个现实的选择？如此等等。

许多后殖民问题，就像我们在其他章节所讨论的许多理论问题一样，是研究这一领域的专家之间的分歧问题。不过，在我们着手探讨后殖民研究领域比较晚近的问题之前，我们先简要地考察一下从一开始就有助于后殖民理论领域形成的三个重要争论：哪些民族——还有由此而产生的问题，哪些作品——应当被视为后殖民民族或后殖民作品？后殖民理论是否将后殖民民族真正关切的问题边缘化？最后，后殖民批评是否将后殖民作家的作品边缘化？

你可能已经注意到，到目前为止，我们集中关注的是原住民在政治、社会、文化和心理方面经历的殖民化过程，这就使我们的讨论局限于**侵略者的殖民地**（invader colonies）上，即英国通过武力在有色人种中建立的殖民地，例如印度、非洲、西印度群岛、南美、中东、东南亚等地的殖民地。这些文化当中的文学属于后殖民文学研究的范围，这一点毫无争议。美国和爱尔兰都不算后殖民国家，这也是一种普遍共识。前者之所以不算后殖民国家，是因为它独立已久，并且它本身也曾在别的地方从事殖民活动；后者之所以不算后殖民国家，是因为它早就是英国文化中不可分割的组成部分［尽管有一些爱尔兰人——特别是北爱尔兰人——肯定不会同意这种说法。还有，许多后殖民批评家也援引爱尔兰诗人叶芝（W. B. Yeats）的作品，把它们视为反殖民主义的民族主义的象征］。然而，后殖民文学研究的范围是否也包括**白人定居的殖民地**（white settler colonies）的文学——特别是白人在加拿大、澳大利亚、新西兰和南非建立的殖民地——对于这一问题，后殖民批评家们争论不休。

有些批评家认为，**后殖民**一词应该专指第三、第四世界的作家，因为他们发现，白人定居的殖民地与英国有相当多的共同之处，无论在种族上、语言上，还是在文化上，都是如此。这些殖民地将英国看作"母国"，而非帝国主义侵略者，它们的待遇也迥异于英国控制的有色人种殖民地。例如，白人定居的殖民地享有相当程度的自治权，它们未经过武力斗争就被英国授予自治领地位（在英联邦中享有政治自主权）。事实上，这些白人定居者征服了属于有色人种的原住民，掠夺他们的土地和自然资源，这与英国在其他地方的做法如出一辙。换言之，这些理论家认为，如果将白人定居者的文化归在后殖民的名下，那就忽视了种族因素在殖民化进程中的巨大作用，也忽视了种族因素在当代继续发挥的巨大作用。在当今时代，种族主义态度使第三世界和第四世界人民饱受经济压迫。

另一方面，一些理论家认为，白人定居者的文化应当归在**后殖民**的名下，理由是，后殖民批评中的基本概念是反殖民主义的抵抗行为，而白人定居者的文学中有大量作品揭示出反殖民主义抵抗行为的复杂性。在有色人种居住的殖民地，殖民者和被殖民者之间存在着一条鲜明的分界线，然而，在白人定居的殖民地，这条鲜明的分界线并不存在，于是，当气势汹汹的英国文化试图鲸吞白人定居者的文化之时，这些白人定居者的抵抗行为却无法借助这条鲜明的分界线。换句话说，白人殖民主体也像有色人种殖民主体那样，体验到一种双重意识，虽说前者所体会到的要更加微妙、更加模糊。从这个角度考虑，我们不能完全忽视第二世界产生的反殖民主义文学，虽说我们往往不加批判地认定，遭受殖民统治的有色人种创造的所有文学作品一定是反抗性的文学作品。

吸引批评家注意力的另一场争论，关注的是后殖民理论本身就有的一种风险：它可能将自己本想去重点关切的那些人的声音边缘化。首先，大部分后殖民理论家——包括出生在前殖民地国家的那些后殖民理论家，他们中的许多人都是在欧洲念的大学，并居住在国外——属于知识精英，属于学术界的统治阶级，他们与**属下**（subalterns）——也就是底层阶级——几乎没有共同之处，他们与自己关注的对象——大多数穷人，受剥削的前殖民地人民——几乎没有共同之处。

另外，后殖民批评对文化身份问题的分析——尤其是它对文化身份的不稳定性和变幻不定的杂合形式的重点关注——主要是第一世界的后结构主义和解构主义理论的产物。正如第八章所述，解构主义认为，固定不变的意义和价值观是不存在的，它们都是人为指定的结果。按照解构主义的定义，在这样的世界里，**大我**（self）就是无数个**小我**（selves）的零散拼贴。这样一种理论非常有助于我们认识到，我们是如何利用我们的文化所提供的意识形态材料来构建自家身份的幻象的。解构主义可以有效地从强加给世界各地的西方哲学和文学中发掘出欧洲中心主义和文化帝国主义因素。然而，对于这套颠覆性理论，那些正在努力寻求自家文化身份的国家并不买账，它们可能对西方理论总体上持有怀疑态度，这也是可以理解的，毕竟，长期以来，它们一直饱受西方统治的压迫。

最后，由于后殖民批评也可能被用于阐释西方经典文学作品，所以一些理论家担心，它不过是换一种方式去解读人们阅读已久的同一批次的第一世界作家的作品，而不是凸显后殖民作家作品的一种方法。幸好这种担心不会成真，因为很多后殖民作家已经在国际上取得了成功，比如钦努阿·阿契贝（尼日利亚）、萨尔曼·拉什迪（Salman Rushdie，印度）、牙买加·金凯德（Jamaica Kincaid，西印度群岛的安提瓜岛）、贝茜·海德（南非）、巴拉提·穆克赫吉（印度）、奇奇·丹噶伦布噶（津巴布韦）、莱斯利·马蒙·西尔克（美国普韦布洛人中的拉古纳部落）、弗洛拉·恩瓦帕（尼日利亚）、扎克斯·马达（南非）、爱德华·卡莫·布拉斯怀特（巴巴多斯）、哈伦德哈提·罗伊（印度）、林达·霍干（美国奇克索人）和恩古吉·瓦·西安戈（肯尼亚）等。

1986年的诺贝尔文学奖的得主是尼日利亚的沃莱·索因卡（Wole Soyinka），1991年的得主是南非的纳丁·戈迪默（Nadine Gordimer），1992年的得主是西印度群岛圣卢西亚的德雷克·沃尔科特（Derek Walcott），1993年的得主是美国的托妮·莫里森，⑤ 2001年的得主是英国的 V. S. 奈保尔，2003年的得主是南非的 J. M. 库切（J. M. Coetzee）。[1]另外，越来越多的大学开始开设有关后殖民文学或第三世界文学的课程。

然而，有人担心，鉴于文化领域的欧洲中心主义统治着全球的文学教育和文学批评，后殖民文学将被"殖民化"，即按照欧洲的范式和标准来阐释它们，这种担心不无道理。

当你思考所有这些问题的时候，不要忘记：**根本性的争论**（foundational debates）不同于**先前的争论**（former debates）这种说法的意义。帮助构成后殖民思维基础的许多观点时至今日依然具有生机活力。C. 麦克尔·霍尔和哈泽尔·塔克评论说："后殖民文本是由什么构成的这一个核心问题，依然是一个有争议的议题。"（1）他的看法道出了后殖民的基本原理，愿意将某个领域的核心因素当作问题而不是当作前提预设

---

1 2021年的得主是坦桑尼亚的阿卜杜拉扎克·古尔纳（Abdulrazak Gurnah）。
   ——译注

或者"假设事实"，而许多后殖民理论家和文学批评家带着这样的洞见和个人投入对我们迅速变迁的世界做出了回应，这也是原因之一。

【全球化与后殖民理论的"终结"】

如今后殖民批评家非常关注的一个最有趣的新情况是，有些人——包括一些经济学家——认为，就整体而言，后殖民批评领域已经过时了。这种观点认为，二战结束不久，殖民主义大体上就结束了。前殖民地民族为了创建自己的政府、确立自己的文化遗产以及为了达到类似目的而付出了种种努力，但是随着国际文化和全球化经济在世界各地畅通无阻，这些努力变得黯然失色，更加准确地说，它们被后者给吸收了；国际文化和全球化经济在世界各地的广泛传播对于所有民族都产生了影响，无论它是否为后殖民民族。你们可能注意到了，文化产品——例如音乐、电影、文学、时尚以及各种消费品——之所以走向全球，主要是因为互联网以及其他电子信息和通讯形式不断地在全球各地普及。事实上，当今时代，将世界各国分开的地理边界在很多方面都不如将世界各民族联系起来的互联网能力更重要。

此外，这种文化的**全球化**——或者说科技、产品和思想在世界各地的传播——主要源于经济的全球化，经济全球化意味着：资本主义在世界各地畅通无碍，极少受到各国政府的干预。那么，经济的全球化是怎么产生的呢？它发源于通用电气、美孚石油、英国石油、丰田等跨国企业的成功。⑥ 因为跨国公司——主要是总部设在美国的那些跨国公司——一马当先，在以前没有此类产业的国家开发技术、制造产品，并且将产品出售到以前没有这类产品市场的国家。正如他们的代言人所指出的那样，跨国公司通过在当地修建工厂以及其他工作场所，为当地创造了就业岗位，培训了工人，为发展中国家的经济发展做出了贡献。所以，他们得出结论说，如果我们想谈论当代世界的文化转型以及个体身份（认同）的发展——无论我们认为这些变化是好还是坏——我们就得意识到，后殖民世界已经一去不返了，后殖民理论也就随之失效了。简而言之，这种观点想表达的是，在全球化时代，我们需要的是一种全球化理论，或许这种理论遵循的是国际关系理论的路线，但我们不需要后殖民理论。

然而，我们肯定会产生一个疑问：为什么有了全球化就意味着后殖民理论无足轻重了呢？这种结论准确吗？在当今时代，殖民主义的表现确实不再像十五世纪末至二十世纪中叶那样：由宗主国派遣官员和教育工作者直接、公开地管理殖民地。可是，同样的臣服现象也出现在今天弱势地区的政治、经济和文化领域中，只不过手段不同于以往，征服者也不再是西方政府，而是跨国公司，后者的成功质疑了后殖民批评的重要性。如今的手段包括后殖民批评家所说的**文化帝国主义**（cultural imperialism）和**新殖民主义**（neocolonialism）。

你们可能了解一些文化帝国主义（有时也被称作"**文化殖民化**"）的具体例证，虽说以前可能没有听说过这两个词。文化帝国主义通常是跨国公司不断施行经济支配的结果。其具体表现是，某种文化"接管"了另一种文化，也就是说，在经济实力上占据主导地位的文化，在食品、服装、风俗、娱乐和价值观等方面，逐渐接管了弱势文化，结果就是，它让后者看起来像是对前者的模仿。在这类现象当中，美国的文化帝国主义是最有渗透性的，因为我们看到了美国的时尚、电影、音乐、运动、快餐、消费品以及它对个人美貌和成功的界定，在世界各个地区大行其道，严重挤压了当地的和民族的文化传统。最近我听到一些学生开玩笑说，谁也不用担心某个国家会"接管世界"，因为可口可乐和耐克已经做到了这一点。我想他们还不知道文化帝国主义这个词，但他们谈论的确实是文化帝国主义的标志。

有一种现象，很多人还没有看清楚，但它已经在全世界产生广泛影响了，那就是，跨国公司的运营方式经常无异于新殖民主义。所谓新殖民主义，其具体表现是，剥削发展中国家的廉价劳动力，经常破坏这些国家脆弱的民族工业、文化传统和生态环境。跨国公司想进军哪个国家，就会和这个国家的政府结成伙伴关系，获得该国相对富裕的人们的支持；这些人的数量相对较少，他们的收入得益于跨国公司的存在，但是，占据该国人口绝大多数的下层人士不一定从中受益。事实上，当某家跨国公司与某国政府结成伙伴关系，这并不意味着该国的底层人士或自然资源得到了保护。例如，某个公司需要征地或者建水电站，整个村落或几个村落的居民被迫离开他们的家园、农场和养鱼场，住进大城市中的贫民窟。尽管跨国公司不断地创造工作岗位，但也经常使用童工，而且，无论这些工人是成年人还是小孩子，都免不了工资低，工时长，工作环境危险。有的时候，自然资源——木材、石油、矿产以及贵金属——本身就是跨国公司觊觎的对象，有待于被跨国公司"收割"和带走；有的时候，自然资源——土壤、水、空气、动物和植被——因为工业污染、土壤侵蚀、动物栖居地减少而受到威胁或者破坏。为了让你们认识到这个问题是广泛存在的，我们一起看一看三个代表性例证——这类例证数以百计，它们体现了跨国公司在第三世界横行无忌带来的破坏作用——第一个例证来自全球性石油工业，第二个来自全球性服装业，第三个来自全球性农业，全球性农业包含农作物和农业机械的大规模、高技术和商品化的生产与分配。

在尼日利亚的尼日尔河三角洲，荷兰皇家壳牌集团——一家英国-荷兰石油公司——肆无忌惮地倾倒石油废弃物，它的石油管道遭到侵蚀经常漏油，它在采油过程中出现了天然气挥发，结果毁掉了农民的田地、林地和养鱼场。当地居民并没有因为自己的土地上出现了石油工业而受益，反倒因此而受害：这里的空气无法呼吸，很多田地长不出庄稼，当地的渔民可能失业，水也无法饮用。正如某国际组织所指出的那样，这种污染和环境破坏，从20世纪50年代以来一直在进行，它严重践踏了人权，践踏了当地居民吃粮和用水的权利。⑦出现在孟加拉国的是另一种破坏活动，那里的服装厂设在安全性很差的建筑物当中，工作环境危险恶劣，当地工人工资极低，很多工人才十几岁、二十岁出头，他们为沃尔玛、西尔斯（Sears）和盖普（Gap）这样的品牌代工，为篷马歇（Bonmarché）、普利马克（Primark）这样的英国品牌代工，为芒果（Mango）、西雅衣家（C&A）、贝纳通（Benetton）这样的欧洲品牌代工。2012年4月24日，塔兹琳（Tazreen）工厂发生了一场恶名远扬的大火，烧死了112名工人，2013年4月24日，拉纳（Rana）广场倒塌，一千多名工人死难。这座八层劣质建筑里有五家服装厂。与孟加拉国服装业相关的灾难为数不少，这仅仅是其中的两桩。⑧最后，瑞士的食品与饮料公司雀巢，在过去几十年来摧毁了诸如哥伦比亚、斯里兰卡以及菲律宾等国的制奶业，它采取的手法是，先给当地人免费派送雀巢加工的牛奶以及牛奶替代品，这些加工对象经常是进口牛奶，当地的奶厂被连根铲除之后，雀巢公司就提高了自己的奶品的价格。在打压当地奶农的同时，该公司还采取欺诈性的市场营销，它说服第三世界的母亲们，让她们用雀巢的婴儿配方奶，而不是用母乳来喂养婴儿。这场营销活动大获成功，结果导致数以万计的婴儿死于传染病，因为，配方奶必然要兑当地的水，而饮用配方奶的婴儿没有母乳提供的免疫力。雀巢公司的不道德行为导致全球各地长期抵制它们的产品，但公司对这些强烈抗议的反馈是极其不足的。⑳

所有这些案例均表明，新殖民主义性质的跨国公司只关心自己的利益，而不关心当地人或当地环境。事实上，如果有需要，它们还采取贿赂的办法（必要的时候，还会贿赂各级政府官员，由公司出钱，以便维护自己的利益），还会或明或暗利用武装干涉（有时候花钱贿赂当地的警察和军队）以便保护公司的利益，有的时候还谋取利益攸关的西方大国的军事协作。长期以来，当地草根人士利用自己的组织，去反抗新殖民主义企业造成的破坏，㉑但是，这个博弈当中的利益实在丰厚，主要玩家实力强大，不遵守任何公平竞赛的规则。

简而言之，许多跨国公司以及与之合作的政府所说的"开发"项目——通过贫困地区的现代化，来"发展"这些地区——根本不是为了这里的穷人们的利益。显而易见，受殖民主义剥削的政治、经济和文化的实际情况和后殖民主义抵抗呈现出新的形式，但它们依旧与我们同在。放弃后殖民理论所提供的深刻洞见，就会带来一种风险，那就是越来越难以辨认出这些现实，也就越来越难以应对这些现实。

【后殖民理论与全球旅游业】

当你阅读上一节的内容并思考跨国公司的时候，是否想到诸如迪士尼、地中海俱乐部（Club Med）或瑞士维京邮轮公司（Viking River Cruise）这样的名字？可能不会。我们往往不会把"跨国公司"这样令人望而生畏、听起来很严肃的说法与蓝天白云、耀眼的白海滩、干干净净的高尔夫球场、穿着运动服在美丽的度假胜地欢声笑语的人们联系在一起。然而，旅游业的确已经成为一个产业，这个行业已经走向了全球，它并不总是"阳光下的乐事"，至少不是与旅游业相关的每一个人的乐事。想一想这个问题吧。在某种情况下，谁会得益于度假胜地的开发，谁会从中受害？

当然，在很多时候，许多人受益于旅游业，极少数人或者根本没有人从中受害，例如，在当地人控制的旅游景区——例如美丽的湖滨、森林公园、有趣的历史遗迹、野营地和诸如此类的地方——都对公众开放，普通人也能消费得起。在这种情况下，当地的商业得到了推动，当地的经济得到了扶持或提高，当地居民就会从中受益。例如，当地居民能够在本地度假，能够从事当地旅游业带来的工作，或者做与旅游相关的小生意。

相形之下，许多全球性的旅游景点——它们面向的是国际旅游市场，经常得到外国投资人的支持，与当地的银行业、房地产公司或者其他金融巨子相勾结——对于广大当地居民没有影响，没有提高他们的收入。"发展中国家的精英从旅游开发中之所得，远远多于（普通百姓），而且一直多得不成比例，例如，他们可以得益于土地价格飞涨，得益于加盟海外投资的偏好。"（M. Smith，引自Jackson,170）因此，尽管"全国收入总体上升……贫富差距却没有改变，甚至更大了。"（Jackson, 170）许多种全球旅游业都符合这个模式，从行销自然奇观或地方美景，到经营大型野生动物靶场、供游客拍照或猎杀，到打造和行销地方居民及文化的"异国情调"，无不如此。当然，全球性旅游业形色各异、多种多样，[①] 无论是哪一种，它与各国政府和当地人都有一段充满冲突、妥协和协作的历史，当地人的家园——无论这是好事还是坏事——要么成为普通大众的旅游目的地，要么成为富裕精英享乐的高档度假村。

非常不幸的是，我们经常会看到，为了给花钱付费的游客让路，当地人不得进入他们祖传下来的森林、丛林和牧场；为了给住宿设施腾出空间，许多农民干脆被驱逐出他们的家园，无法从事传统的生计，这些设施经常包括豪华的旅馆和公寓，它们要么建在景区内部，要么建在景区附近。当然，艰难的经济状况让发展中国家很容易接受这种剥削，该国的科技落后和国土生物多样性吸引了那些乘虚而入的跨国公司。所以说，承受全球旅游业最消极的后果的国家都是第三世界国家，由于过去长期受到殖民剥削，它们经济很落后，因此，这些国家的政府欢迎甚至主动寻求投资者去"开发"和行销他们潜在的全球旅游景点。因为全球旅游业可能被视为这些国家提高本国在全球市场中的地位的唯一手段，虽然发展这种旅游业经常损害农民的利益。在这个背景下，全球旅游业对后殖民理论非常重要，如今，全球旅游业给弱势的后殖民国家带来的消极后果，往往无异于盎格鲁-欧洲殖民势力在过去数百年造成的恶果。

菲律宾的哈先达鲁克（Hacienda Looc）人的境遇，就是一个合适的例证。[②] 这个农业社区位于马尼拉西南60英里，由四座村庄组成，居民约有一万人，占地8,650公顷（1公顷等于2.47英亩），都是祖辈留下来的沿海良田。这里的居民以可持续的方式世代耕种和捕鱼，日子过得很好。在1991至1993年间，菲律宾的农业改革部为村民们颁发了五千公顷的土地产权奖励证书。政府也把这里8,650公顷土地的所谓无限量合同卖给了两位房地产开发商：菲尔地产和马尼拉南海岸开发公司。现在请继续听我说。这个合同可以说是一种投机性购买，它让开发商有权继续在哈先达鲁克的3,650公顷的土地上兴建旅游点和设施，这些土地是不受农民手中的土地产权证保护的，这就是开发商已经着手要做的事情。合同也让他们有权去开发农民**被保护的**土地中的任何部分，如果他们能够证明，这样的土地不适合耕种。1996年，菲尔地产和马尼拉南海岸开发公司联手赢了官司，可以继续开发哈先达鲁克1,219公顷的土地。在此之前，这些土地一直受农民手中的产权证保护的。这些土地的产权证之所以被吊销，开发商给出的理由是，那里的土地平均斜坡在百分之十八以上，而且过去没有种庄稼。这片林地种植着各种水果树，由当地农民打理，为他们提供了必不可少的食物，而它就位于可被转变为旅游景点的那片土地之内。总之，开发商就这样从农民手中夺走了他们生长于此、赖以维生、世代相传的沿海良田。事实上，这片地区最吸引开发商的，正是这片土地优越的条件和周边的海景。

居民们不肯离开，他们继续种田、打鱼，还提出诉讼，想夺回土地，到了这个时候，他们还不知道将来会有什么麻烦。菲律宾的警察、军队以及开发商雇佣的保安人员前来"维和"。结果，农民和渔民受到这些全副武装的代理人的骚扰：他们受到了武装卫队的口头威胁；他们的家被非法搜查；许多人的住房被拆毁；许多渔民被禁止打鱼；在所有奔走呼号、想夺取自己土地的居民当中，至少有七人被杀，这些血案根本没有人调查。有些村民因为受到恐吓而搬家。有些村民之所以搬走，是因为开发商在他们的家园里修建了海滩旅游胜地，这个旅游胜地有九栋六、七层建筑，里面有豪华的公寓，带有乡村俱乐部和水疗馆的豪华旅馆，两个高尔夫球场，是由高尔夫球冠军赫尔·欧文（Hale Irwin）和弗雷德·卡波斯（Fred Couples）设计的，占据了先前的大片农田和林地。种田和打鱼的技能已经派不上用场了，一些村民只好去了马尼拉，从事低薪工作，住在城市的贫民窟。留在当地的居民深受土地侵蚀、洪水暴发、山体滑坡之害，这些都是毁林造成的恶果，他们还得承受空气污染和水污染的恶果，这种污染源于高尔夫球场每年喷洒两吨除草剂和杀虫剂。当地的、全国的以及国际的农民权利保护组织继续为这里的人们寻求公正。然而，当地冲突状态依然没有平息下来。

令人感到悲哀的是，哈先达鲁克人的土地惨遭掠夺这一幕，还发生在菲律宾的农村地区以及世界各地。在印度、东南亚、非洲、中美洲和南美洲、加勒比海地区以及更多的地方，无论过去还是现在，都经历过这样的变化。甚至生态旅游——虽说本意是打造一种可持续的、保护生态的旅游业，崇尚自然美，面向全球游客——经常也不尽如人意，要么不可持续，要么没有保护生态。例如第三世界网络（TWN）在递交联合国的报告中说，泰国"生态旅游的需求飙升，农村地区以及自然风景区出现建筑狂潮，以便为游客提供住处和基础设施（例如道路、电力和下水道）"（引自Higham 11）。[13] 第三世界国家原生态的农村风光在国际上越来越有市场。例如，豪华"度假"的吸引力正在上升：数量相对稀少、但出手阔绰的顾客让经济落后、气候温暖的国家的农田和其他用地变得越来越抢手，因为这些地方可以修建奢侈豪华的开发区，例如"高尔夫休闲社区""海边旅游胜地度假村""消遣乐苑"或者"休闲农场"。我们从网上可以看到菲律宾的哈米罗海岸（Hamilo Coast）皮科德罗洛（Pico de Loro）奢华的海边度假胜地的广告，顾客们可以"在令人惊叹的自然环境中享受度假村的完全现代的舒适与奢华。"[14] 哈米罗海岸过去名叫帕帕亚，是哈先达鲁克的四个村庄之一。[15]

正如我们所看到的那样，在经济落后的后殖民国家。刺激全球旅游业大发展的因素至少有三种：后殖民政府想改善本国贫困的经济状况；精英式的个体投资者想挣大钱；一些非常富裕但是数量相对稀少的国际顾客想购买私人的、原生态的热带乐园。此外，这类开发的动力还来自境外的政治势力。这里仅仅举一个例子，看一看美国的国际开发署（USAID）对哈先达鲁克问题的立场。美国国际开发署成立于1961年，目的是为贫困国家提供科技帮助和培训、资源管理建议以及财政援助。正如1999年拍摄的电影纪录片《高尔夫战争》讲述的那样，1991年美国国际开发署发布了一份报告，结论是："哈先达鲁克适合发展旅游业和土地转换。"也就是说，适合将农田和林地转变为旅游景点和接待住所。

然而，从后殖民理论的视角来看，整个第三世界的农村地区——这些地区将来可能（或已开始）重蹈哈先达鲁克命运的覆辙——"适合旅游业和土地转换"，只要我们透过殖民主义意识形态的滤镜来看待世界，世界各地的农村穷人要么被认为过上了小康生活——这是发展全球旅游业的结果，要么被认为受到了经济进步的间接损害，要么被认为无足轻重而不予考虑。听起来比较熟悉吧？是的。如果我们用"文明"取代"全球旅游开发"和"进步"，我们就会发现，今天看待第三世界贫苦农民的这个视角，很像早期的盎格鲁-欧洲殖民者眼中的"新世界"，他们把新世界视为"无主的土地"，也就是说，这是一片无人居住的土地，他们想用它干什么就可以干什么，因为，土著居民不是盎格鲁-欧洲人，因而他们不是完整意义上的人。正如霍尔和塔克尔在这个问题上说得很到位，"当代国际旅游业行为显示，从前建立在殖民主义基础上的经济结构、文化再现和剥削关系远远没有结束"（185）。⑯

【后殖民理论与全球自然资源保护】

当我们试图探讨破坏环境带来的全球灾难之时，我们会发现，后殖民理论仍然具有重要性。因为，正如许多后殖民批评家所指出的那样，被殖民的民族承受的损失包括他们居住环境的毁灭和破坏，以及由此而导致的丧失家园，他们还经常因此而丧生。正如上文所见，这个问题今天依然存在，跨国公司的成长以及全球旅游业的扩张继续破坏第三世界的"落后"地区，从而危及在此世代繁衍生息的人们的生命。事实上，自然资源保护主义⑰和后殖民主义可被视为伦理学关切的领域，二者在思想上不容分离，因为在现实生活中，保护自然与保存人类的生命是不可分裂的。

那么，为什么很多人一直认为，并且继续认为，自然保护主义和后殖民批评是相互独立的、甚至是相互敌对的探索领域呢？造成这种分裂的原因很多，它们源于欧洲人和盎格鲁-美国人的一种信念：**自然与人类**代表了截然对立的两个概念。例如，在环境问题上，后殖民批评往往强调人的因素：例如，本土社群苦苦挣扎，以便在受到遍布全球的工业化和商业化侵蚀的自然环境下生存下来。相比之下，自然保护主义——源于美国作家拉尔夫·华多·爱默生和亨利·大卫·梭罗的思想——往往聚焦于自然环境本身：向往"荒野这样的处女地，保护'未被腐蚀的'最后的胜地"，在这里，可以捕捉到"与自然交流的永恒、孤寂的瞬间"（Nixon 236）。⑱全球自然保护组织也持有这种保护自然原生态的想法。这些组织效仿美国国家公园体系，把自己的努力几乎完全放在保护荒野地区上面。正如经常发生的情况那样，当土著⑩居民管理和维护前殖民时代就属于他们的土地（自然保护主义者认为，由于人的存在，这些土地岌岌可危）时，结果就会发生一场争夺地盘的战争，土著居民一般来说会输掉。

实际上，许多后殖民思想家认为**荒野**这个词——正如大多数自然资源保护主义者所界定的那样——是全球自然保护组织的目标和后殖民主义对人权关注之间产生对立的主要原因。如今大部分美国及全球自然保护组织使用的"荒野"的定义，源于1964年的荒野法案（US Public Law 88-577）：

> 与人类及其劳动所支配的地区相反，荒野就是地球上的生命群落未受人类染指的地区，人类只是这些地方的过客，他们没有留下不走。本法案进而将荒野地区界定如下：荒野就是保留着原始特征和影响的未开发的联邦土地，上面没有永久性设施，也没有人类的栖居地，保护和管理它是为了保持它的自然状态：（1）一般来说，它主要受到自然力量的影响，人类劳动的痕迹基本上没有人注意到；（2）它提供了宝贵的机会，让人从中幽居独处，即享受一种原始的和自由的休憩；（3）至少有五千英亩这么大的地盘，或者说足够大的面积，使之免受破坏，得到保护和利用；（4）也可能具有生态、地质或其他具有科学、教育、风景或历史价值的特色。

简而言之，荒野就是一大片美丽的原生态土地，还没有被住宅建造或商业开发这样的殖民力量所染指。土著人传统的住所不是"永久性"建筑，因此不予考虑。

自然资源保护主义者坚持保护没有人类栖居的荒野，不知道、也不关心那些因此而被驱逐的土著居民。例如，现在约塞米蒂国家公园（Yosemite National Park）所在的这片地区最初是无人居住区，这种说法本来是一个传说，但它被著名摄影师安塞尔·亚当斯（Ansel Adams）拍摄的美得令人惊叹的照片给强化了。这位摄影师在约塞米蒂山谷工作的时候，经常看到当地的米沃克人（Miwok），但他坚持不懈地避免拍到他们。米沃克人这片土地上至少耕种了四千年，这件事他是知道的，但是，在他所拍摄的数以千计的底片当中，根本看不到这些人的踪迹，而且，他也知道米沃克被强行驱逐出约塞米蒂山谷，正如其他土著人将来被驱逐出国家公园一样，这一切都是为了……（所谓的）……保护自然，使之不受人类干扰。（Dowey 16）

从远古时候起，土著人就在这片土地上繁衍生息了，控制这里的野生动物、森林和水域，但国家公园的自然资源保护主义者则认为，土著居民的继续存在将会破坏自然环境。当然，如果他们继续生活在这里，约塞米蒂就不可能被说成荒野——没有人类居住的荒野——他们要的是真正的荒野。美国的自然主义者看到本国这么多的自然资源都毁于都市化、工业化、商业化，他们想尽可能多地保护剩余的自然环境，把它们当作国家遗产，这样一来，美国人（更确切地说，美国白人）可以随时去观看、了解自然奇观，并从中接受道德的洗礼。㉟游客就有了新的公园可供参观了，他们甚至可以在里面待上一阵子，但这片土地原来的主人却必须走人。

对待约塞米蒂国家公园内原住民的殖民主义态度，一直是世界各地的自然保护组织对待自然保护区原来的主人——为了保护荒野地区而被弃之不顾的土著人——的主导态度。为了获取自己想要的土地，自然保护组织很可能帮助某个穷国还部分外债，或者提供其他的经济奖励，以换取它想获得的土地数量。㉑有的时候，他们还通过"健康"的方式获得土地，使用**"自愿搬迁"**或所谓**共同管理**来打马虎眼，具体的办法是，政府严格限制原住民的生计（例如不得在里面打猎、捕鱼、采集植物、种地等等）（Dowie xxii-xxiii），直到原住民因为食不果腹而自动离开。结果世界各地有数以百万计的土著不时地被驱逐出世代生活的家园，在国家公园之外过着贫困的生活；在公园内部从事低薪工作，当服务员、脚夫或日薪劳工；或者流入城市，沦为贫民。

然而，由于没有原住民去看护的所谓荒野，许多保护区面积太大而无法有效巡逻，这样一来，过去生活在这里的那些被驱逐出去的人，就

乘虚而入了。例如，一些走投无路的被驱逐者，为了偷捕、偷猎换钱花，重返他们过去的猎场。有些人

> 冒着被生态保安射杀的风险潜入森林采集草药、拾柴火，这些生态保安都是保护区雇佣的。更糟糕的一些群体——殖民者、偷偷采伐的伐木工人、猎杀动物的外国人、种植经济作物的农民和牧牛的工人——正在进入世界各地没有人巡逻的保护区。由于他们经常与该国的统治阶级属于同一个族群，因此，当这些新的定居者与那些做了同样的事情而被逮捕或驱逐的土著发生边界冲突的时候，当地政府偏向这些人。（Dowie xxvii）

这些地区的悲剧性后果是生态条件迅速退化，其实，在土著居民与自然资源保护主义者之间，本来是可以建立一种合作关系，让土著人对他们的土地进行生态保护。事实上，土著领导人已经在全球各地奔走了"二十五年"，马克·道伊评论说，他们让各地的自然资源保护组织了解："我们已经证明自己就是出色的管理者，否则你们也不会选中我们的土地当保护区了。让我们继续留在我们祖先的葬身之所，我们会帮助你们保护我们共同珍视的生物多样性。"（xvi-xvii）正如澳大利亚土著哲学家比尔·内德杰（Bill Neidjie）所解释的那样，土著民族关爱土地，因为"大地就像你的父亲、母亲或兄弟……你的骨头，你的血液。"（引自Plumwood 226）

许多国际性组织——包括世界五大自然资源保护组织：国际自然资源保护组织（CI）、自然资源保护组织（TNC）、世界自然基金协会（WWF）、非洲野生动物基金会（AWF）以及野生物保护协会（WCS），已经发表正式宣言，支持土著民族的领地权力。此外，自从20世纪80年代初就争论不休的《联合国土著民族人权宣言》最终在2007年被联合国大会批准。然而，在这些文件中，没有一份是有法律约束力的。因此，

> 习惯于用几代人的时间而非按照周、月、年来思考和计划的部落民，耐心地等待着这些考虑周详的宣言和文告

所承诺的关爱。与此同时，人权组织与全球自然保护区组织在原住民从家园迁走问题上依旧争执不下，每一方都指责对方要为他们看到的危机负责任。（Dowie xxv）

具有反讽意味的是，荒野保护与环境保护不是一回事，虽说二者经常被混为一谈。荒野保护本身既不能保护全球环境也不能修复它所遭受的破坏。事实上，正如拉玛钱德拉·古哈所评论的那样，一门心思搞荒野保护使人不再关注两个更加危险的和"更加重要的全球生态问题"："工业化世界和第三世界都市精英过度消费"日益增长以及"日益严重的军国主义化，后者既包括短期意义上的军国主义化（例如正在进行的区域战争），也包括长期意义上的军国主义化（例如军备竞赛和可能走向核毁灭）"（"Radical American Environmentalism" 95）。让我们思考一下这两点。首先，工业化在全球蔓延的推手是猖獗的消费主义在全球的传播，相应地，它也助长了后者的气焰；所谓消费主义，就是为了购买而购买。简而言之，那些有消费能力的人为了让自己过上更加豪华奢侈的"美好生活"用光了地球上的资源。这种恶性的全球浪费——除了减少全世界穷人的粮食、水和住房供应之外——还增加了土壤、水和空气的污染以及毁掉了其他的自然资源。其次，核武器的持续制造和扩散正在将地球置于灾难性的生态危险当中。甚至在小型的非核战争中使用的武器——除了摧毁生命和财产之外——也往大气中释放了大量的污染物。在这两个迫在眉睫的环境问题当中，哪一个都没有得到荒野保护运动的关注，甚至与荒野保护扯不上任何关系。

以建立自然保护区的名义，将土著人驱逐出他们的家园，这样做既不公正，也不明智，但是主流新闻媒体几乎没有提醒公众注意土著的困境，这无助于事情的解决。"在媒体尊崇奇闻逸事的时代"，罗伯·尼克松说，"尸体坠落、高楼失火、脑袋爆炸、骤然雪崩、火山喷发和海啸来临具有吸引眼球和催人阅读"的力量，这是他所谓的"缓慢暴力"所不能比的（3）。尼克松解释说，缓慢暴力就是"逐渐和悄悄发生的暴力，它的破坏性被延迟了，消散在时间和空间中。这种暴力具有杀伤性，但糟糕的是，它根本不被视为暴力"。（2）他在这里讲的是，不受约束的外国工业主义对第三世界生态环境的严重破坏，以及生活在那里的穷人所承受的环境后果。但是，他对长期生态毁坏"不可见性"的分析，也适用于世界各地已经和正在被驱逐出自己家园的数以百万计的土著人，这些人也有"不可见性"。保护区组织并没有使用大规模杀伤性武器赶走生活在保护区里的土著人。如果他们真的这么干了，我们肯定会从晚间新闻中听到。然而，正如我们所看到的那样，自然保护区组织缓慢地、有条不紊地、成功地将居民从中驱逐出去，尽管产生了人道主义后果，甚至产生了环境后果——保护区太大，巡防不力。因此，尽管我们中的许多人心怀感激地意识到在世界各地数以百万平方英里计的荒野被规划为自然保护区，但几乎没有人知道"荒野"是如何被人创造出来的，也不知道在丧失了本土管理人员之后它会变成什么样子。

自从20世纪60年代以来，土著激进派联合行动，为自己的民族争取公平正义。他们的举措已经演变成一场国际性的土著运动：各个土著民族逐渐建立起世界性的通信网络，试图统一协调国内外土著人的利益。这场运动的一个主要因素是废除自约塞米蒂国家公园创立以来占据主导地位的殖民地式的自然保护区模式，采取一种合作型模式，既允许土著人控制他们的土地，同时满足国际自然保护组织的要求。澳大利亚土著人提出的土著保护区（IPA）这个概念就是合作模式的一个例证。根据土著保护区的价值观，自然保护区不应被视为"荒野"地区，而应被视为**本土**（country）——既包括陆地也包括附近的沿海——由这里的土著居民或者由那些重返祖先家园的土著人呵护。澳大利亚的土著保护区是由土著人社团自愿建立起来的，他们在祖先的家园内部或者周围选定一片想去保护的区域。他们划定了区域，制定运行规则，由他们负责执行；向澳大利亚政府呈交管理计划以保护生物的多样性。[22] 虽说这些地区原来的主人们没有得到土地所有权凭证，三十多年来一直将土著重新安置在祖先家园的澳大利亚家园运动，继续努力恢复土著人的监护权利。与澳大利亚土著保护区类似的保护区已经在世界各地建立起来了，并且还在继续创建。（Dowie 237-39）

虽说这样的成果相对不大，但令人感到鼓舞。然而，当我们考虑到，各种有权有势的团体——包括政府机构、鼠目寸光的自然保护组织以及本章开头所讨论的跨国公司和全球旅游业——争相控制自然环境，在全球各地为数众多的土著社群能够继续管理自己的土地或返回家园管理自己土地的机会的确很少。但马克·道伊依然没有失去希望："土著居民的存在……可以为保护区提供最好的保护。国际自然保护主义者已经开始考虑这种可能性了"（xxvii）。从后殖民主义的视角来看，考虑这种可能性的速度还不够快，应当加快速度了。[23]

【后殖民批评与后殖民文学】

在上述争论当中，无论后殖民批评家持有何种立场，大部分人在阐释后殖民文学的时候，所依据的论题多有重合之处。这主要包括以下主要论题，这些论题说明后殖民批评承认心理与意识形态关系密切，或者更准确地说，个人认同与文化看法关系密切：

1. 原住民与殖民者的最早接触以及本土文化的断裂；
2. 外来的欧洲人与当地的向导一起在陌生的荒野中旅行；
3. 他者化（殖民者不把原住民当成健全的人）和各种形式的殖民压迫；
4. 模仿攀附（被殖民者模仿殖民者的衣着、行为、言谈和生活方式，以便被殖民者所接受）；
5. 流放（在本国体验"局外人"的感受，或者在英国体验外国漫游者的感受）；
6. 民族独立之后，喜悦之情过后的那种幻灭感；
7. 文化差异（种族、阶级、性别、社会性别、性取向、宗教、文化信仰以及风俗习惯是如何合在一起塑造了个体认同的）；
8. 努力寻求个体的文化身份和集体的文化身份，以及与此相关的主题，例如异化、缺乏归属感（感觉自己丧失了文化上的家园，即没有文化归属感）、双重意识（感觉自己被夹在两种敌对的文化之间，对二者的社会需求和心理需求无所适从）和杂合（感觉自己的文化身份是两种或两种以上的文化的杂合，有人称这种感觉是对缺乏归属感的一种积极替代）；
9. 深受殖民主义意识形态和父权制意识形态双重压迫的后殖民女性所经历的双重殖民化或体验；
10. 自然环境以及自然环境遭到破坏在后殖民民族文化和体验中的作用；
11. 需要延续前殖民时代的状况和确定本国的政治前途；
12. 一部文学文本何以是殖民主义文本，何以是后殖民文本。

上面最后一项需要讨论。对于大部分后殖民批评家来说，无论他们集中探讨的是什么话题，他们总得去分析某部文学文本何以是殖民主义性质的，或者说何以是反殖民主义性质的；也就是说，它到底是强化了还是抵制了殖民主义的压迫性意识形态。例如，用最简单的话来说，一个文本可以通过正面描写殖民者，负面描写被殖民者，或不加批判地表现殖民统治给当地人带来的好处，来强化殖民主义的意识形态。同样，文本也可以通过描写殖民者的恶行、被殖民者的苦难以及殖民主义的有害后果来反抗殖民主义意识形态。

然而，上面所述只是一种简单的概括，实际分析并不总是这样直截了当，因为文学文本的意识形态内涵十分复杂，其分门别类并无一定之规。例如，约瑟夫·康拉德在《黑暗的中心》中对欧洲人的殖民活动多有负面描写，表现出强烈的反殖民主义倾向：在刚果从事象牙交易的欧洲人被刻画成残忍、贪婪的窃贼，他们奴役当地的土著居民，让这些人协助他们收集和运送"战利品"；欧洲人对土著居民的负面影响被描绘得惟妙惟肖。然而，正如钦努阿·阿契贝所见，这部小说对欧洲人的谴责，仍然依据的是欧洲人对非洲人的既有成见：非洲人是野蛮民族。小说告诉我们：在文明的外表之下，欧洲人骨子里却像非洲人一样野蛮。事实上，阿契贝指出，小说将非洲人描述成一群处于史前状态的野蛮人，精神狂乱、大嚷大叫、不可理喻。"非洲成了一个背景，非洲人也不被当人。非洲变成一个（象征性的）战场，从中看不到与人相关的东西，只有欧洲人冒险闯入其中游荡"（"An Image of Africa" 12）。换句话说，尽管《黑暗的中心》的反殖民主义倾向非常明显，但它还是以被殖民者是野蛮人为标准，将欧洲人与之相提并论。因此，阿契贝揭露出该小说的殖民主义隐含文本，但小说本身似乎没有意识到这一点。

我们且看几个后殖民主义文本阐释的简短例证。霍米·巴巴的后殖民主义批评即为其中显例，它非常精彩地说明了很多后殖民批评具有一种全球视野。巴巴在分析世界文学的时候，不按照通常做法，从民族传统的角度进行分析，而是从跨越国界的后殖民议题入手进行分析，这样一来，他就为分析世界文学提供了一种新的方法。例如，巴巴提出，各种文化都以不同的方式经受过历史创伤，具体说来，这些历史创伤可能包括奴隶制、革命、内战、大规模的政治谋杀、压迫性的军人政权、文化特性的丧失等，我们不妨从这些角度出发去研究世界文学。还有，某些文化为了粉饰自身，往往对其他群体进行"他者化"处理，即采取妖魔化手段肆意贬低这些群体，有关这方面的研究也可被纳入世界文学的范围。另外，我们在分析世界文学的时候，还可以打破本位文化的樊篱，去考察异己文化中的人物和事件——例如移民、政治难民和被殖民者——在文学中的再现情况。巴巴说："这类研究的重心，既不是'独尊'某些民族文化，也不是探讨人类文化的普遍意义，而是集中关注那些过去隐秘不闻但对当下犹有影响的往事"（12）。也就是说，我们可以着手去研究世界文学是怎样讲述那些被历史忽视的人物的个人体验的，他们当中有被剥夺权利的人、被边缘化的人、无家可归的人，这些人物出现在南非作家纳丁·戈迪默和非裔美国作家托妮·莫里森的作品中。

例如，巴巴认为，戈迪默的《我儿子的故事》（*My Son's Story*，1990）和莫里森的《宠儿》都是表现人物身世飘零、文化无根的小说。两部小说中的女主人公——艾拉和塞丝——都生活在两种文化交接的地带。之所以说艾拉身世飘零、文化无根，是因为艾拉为了抵制南非的种族主义政府，以自己家为掩护，买卖军火，最终被捕入狱；塞丝为了让小女儿免受残酷奴隶主的虐待，亲手杀死了她。因此，巴巴指出，这两个角色都被双重边缘化：首先，她们是种族主义社会中的有色人种女性，其次，作为女性，她们的行为使她们脱离了有色人种的生活圈子。两位主人公在伦理抉择时刻表现出心理和历史的复杂性，通过再现这些复杂性。这两部小说揭示出，所谓历史现实，不光指战场上或政府部门里发生的事情。更确切地说，历史现实进入了我们的家庭，最为深刻地影响了我们的个人生活。社会边缘人群对这一事实可能体会得更为深刻，因为它是通过暴力和压迫而强加给他们的，但大家心里都明白，这是实情。

还有人试图在后殖民文学中找到共同点，此人就是海伦·蒂芬（Helen Tiffin）。她宣称，"构成后殖民文本特色的……颠覆性（反殖民主义的）策略"并不在于"建构或重建"民族文化身份，而在于"重新解读和重新书写欧洲的历史和小说类文献"（95）。蒂芬认为，回到前殖民时代的过去是不可能的，彻底摆脱殖民历史而建立一种新的文化身份也无从实现，于是，大多数后殖民文学转而"研究欧洲……在世界其他地区推行和维持殖民统治的方式"（95）。蒂芬指出，为了完成

这项任务，后殖民文学采取的一个办法是，使用她所谓的**经典反话语**
（canonical counter-discourse）。按照这个策略，"后殖民作家从英国
经典作品中选取一个或几个角色，或者某些基本假设，揭示出其中暗藏
的（殖民主义）臆断，颠覆该文本，从而达到后殖民的目的"（97）。

例如，在牙买加作家琼·里斯（Jean Rhys）的小说《藻海无
边》（*Wide Sargasso Sea*，1966）之中，蒂芬就看到了这种"文学革
命"（97）。这部小说是从后殖民立场对夏洛蒂·勃朗特（Charlotte
Brontë）的《简·爱》（*Jane Eyre*，1847）作出的反应，它重新阐释了
罗切斯特的西印度裔妻子伯莎·梅森，从而"逆写"（98）了勃朗特
的小说。按照勃朗特的描述，伯莎是白人殖民者的后代，她是一个疯
狂、酗酒、暴力和淫荡的女人，她诱骗罗切斯特与自己结婚，罗切斯
特为了保护她本人以及其他人的安全，只好将她锁在阁楼里。与此相
反，在里斯的小说中，伯莎呈现的却是另一副形象，用佳亚特里·斯皮
瓦克（Gayatri Spivak）的话说，里斯把伯莎刻画成"帝国主义的批评
者"（Spivak，271），她原本是一个精神正常的人，但是，罗切斯特的帝
国主义式压迫迫使她采取了暴力行为。就这样，里斯的叙事揭示出勃
朗特的叙事所贯穿的殖民主义意识形态。另外，我们也可以补充说，
《简·爱》中的殖民主义意识形态还表现在，它还把伯莎与欧洲殖民者
眼中的原住民形象联系在一起：伯莎的脸是"黑红色的"（Brontë 93；
ch. 27；vol. II），她的房间是一个"野兽的洞穴"（Brontë 92；ch. 27；
vol. II）。按照《简·爱》所参与构建的殖民主义话语，疯狂、酗酒、
暴力、淫荡，就是有色人种的写照。

蒂芬指出，类似的经典反话语还可见于南非作家库切的小说
《仇敌》（*Foe*，1986）之中。这部小说揭示了丹尼尔·笛福（Daniel
Defoe）的小说《鲁滨孙漂流记》（*Robinson Crusoe*，1719）中的殖民
主义意识形态。这种意识形态主要表现在鲁滨孙对待他在沉船之后寄
身的那片土地的态度上以及他对待黑人的态度上，这个黑人被他命名
为"星期五"，成为他"殖民的对象"。经典的反话语现象也出现在
加勒比海地区和南美洲大量上演的现代版莎士比亚戏剧《暴风雨》当
中，揭示原剧中普洛斯彼罗对凯列班实施殖民主义压迫所采取的政治和
心理手段。正如蒂芬所见，经典反话语不仅要揭示原作品的本来面貌，
还要揭示这些作品参与构建的殖民主义话语的整体结构。

最后，爱德华·萨义德证明，后殖民批评在研究经典文学作品的时候，经常极力突出原作中的"次要内容"（例如，次要人物和边缘性的地理位置）。这也是他在分析简·奥斯汀的小说《曼斯菲尔德庄园》（*Mansfield Park*，1814）之时所采取的方法。整部小说中的故事都发生在十八世纪末十九世纪初的英国，大部分场景都设在富有的托马斯·伯特伦爵士的大庄园内。托马斯爵士体现了传统的英国有产绅士的正面形象：出身名门，思维理性，行为可敬，道德高尚，无论在本土的家中，还是在家族的财政支柱——海外的种植园里，他都是当之无愧的大家长。

他的种植园位于英属加勒比海殖民地安提瓜岛，依靠奴隶劳动来维持，但安提瓜方面却出现了问题，托马斯爵士不得不亲自出马控制局面。显然，他对那里局面的控制与他管理家庭事务一样得法。整治好他的殖民地庄园（*Culture and Imperialism* 86）之后，用萨义德的话说，托马斯爵士又急忙赶回家中处理另一场乱局：原来，他不在的时候，由于没有父亲的监督，儿女们彼此翻脸，发展地下恋情，家中混乱不堪。因此，萨义德指出，小说在"家庭权威和国际权威之间"进行了令人信服的平行比较（*Culture and Imperialism* 97），因为英国庄园的财政状况是否良好，取决于殖民地事业是否顺利，而两者的有序运行都要依靠英国父权制的引导。

在小说的整个叙事过程中，托马斯爵士的安提瓜之行无足轻重——作者只是一笔带过，没有正面描写那里发生的事情——但它"对故事的发展起着绝对关键的作用"（*Culture and Imperialism* 89）。用萨义德的话说，

> 《曼斯菲尔德庄园》是（英国）四处扩张的帝国主义产业的组成部分……我们可以感觉到，持有种族和领土依附观念的，（不仅）有英国的外交人员、殖民官吏和军事战略家，（也有）聪明的小说读者，他们在领略小说道德寓意、文学技巧和文体风格等优点的同时，也接受了上述观念。（*Culture and Imperialism* 95）

换句话说，文学作品中的殖民主义意识形态由作者暗藏其中，读者消化吸收，虽说他们不一定明确意识到这一点。

【后殖民批评家针对文学文本提出的一些问题】

　　以下问题总结了后殖民批评的文学研究方法。值得注意的是，就大部分后殖民分析而言，无论它们关注的焦点是什么，它们在分析一个文本的时候，都要去关注它是殖民主义性质的，还是反殖民主义性质的，或是兼具两种性质，也就是说，在意识形态上存在内在冲突。

1. 该文学文本如何或隐或现地再现了各种殖民压迫行径？政治压迫与文化压迫相互重合的地方最受关注，例如，殖民者对被殖民国家的语言、交流和知识的控制就是一个需要关注的问题。
2. 该文本从哪些方面揭示了后殖民身份的议题？这些议题包括：个人身份与文化身份的关系，以及双重意识和杂合性等后殖民特性问题。
3. 该文本从哪些方面揭示了反殖民主义抵抗的政治和（或）心理？例如，对于促进或阻碍反殖民主义的意识形态、政治、社会、经济、心理力量，该文本有何暗示？该文本是如何暗示这种抵抗行为可以通过某一个体或某一群体得以实现和延续的？
4. 该文本从哪些方面揭示出，文化差异的具体作用——种族、宗教、阶级、性别、性取向、文化信仰、风俗习惯等因素结合在一起构成个体身份——塑造了我们对自己、对他人以及对周围世界的看法？在这里，他者化很可能成为一个分析领域。
5. 该文本是如何回应或评论某一经典（殖民主义）作品中的人物、主题或预设的？仿照海伦·蒂芬的做法，去考察后殖民文本如何重新塑造了我们对经典文本的阐释。
6. 在表现形色各异的后殖民人群的文学作品之间，是否存在意义上的相似性？例如，你可以比较一下同是受到殖民侵略的各个国家的原住民文学，各个国家的白人移民文学，散居世界各地的、来自不同部族的非洲移民的文学。或者在这三者之间进行比较，以便考察殖民化的经历是否在他们的文化身份中创造了某些超越种族和国别差异的共同因素。
7. 文本是如何再现它所描写的人物与他们所在的那片土地之间的关系的？这些人物可能包括：强势文化中的人物、底层人物以及文化上的外来者。自然环境是否随着时间的流逝而发生变化，如果发生变化，原因何在？叙事者对自然环境的态度，文本中人物对自然环境的态度，是否会随着时间的流逝而发生变化？文本宣扬的人与自然应当处于什么样的关系？诸如此类的问题有助于你们从后殖民批评中的环境视角出发去思考文本。㉔

8. 某一部西方文学经典作品在再现殖民化和（或）不恰当地忽略被殖民者的过程中，是如何强化或削弱殖民主义意识形态的？上文探讨的某些后殖民概念，在该文本中可能有所体现（文本不一定非得触及殖民化题材才能体现出后殖民概念），就此而言，该文本是否揭示了殖民主义或反殖民主义的意识形态？

我们可以针对具体的作品，就上面提到的某个或某几个问题提出疑问，也可以提出一个这里没有提到但对我们颇有助益的问题。这些问题是促使我们从后殖民视角出发有效地探讨文学的起点。不要忘记，对待同一部文本，后殖民批评家的阐释方式可能不一而足，虽说他们集中关注的是相同的后殖民概念。即便是行家里手之间，也会有分歧，这与其他领域中的情况并无二致。

不管我们怎样应用后殖民批评，我们的目标都是：去领略只有这种理论视角才能清晰而深刻地昭示出的文学的重要方面；领会我们生活在多元文化世界中的机遇与责任；认识到文化不是某一历史时段之内固定不变的一套工艺品和风俗，而是将人与自我、人与世界联系起来的一种方式，是一种心理和社会的参照系，它会因文化碰撞而发生改变，无论这样的碰撞是发生在现实生活中，还是发生在文学作品中。

下文对菲茨杰拉德的《了不起的盖茨比》的解读，权作范例，借以说明如何从后殖民主义视角阐释这部小说。你可能会注意到，这里的后殖民解读在很大程度上利用了精神分析的方法，在很多方面，它类似于本书第三章"马克思主义批评"对该小说的探讨。此外，我在后殖民阐释里，既分析了小说中三个次要的黑人角色，也分析了该作品如何抹杀了爵士时代非裔美国人在纽约的存在，这段分析也可见于本书的第十一章，我从非裔美国文学批评的视角对该小说的解读。这种理论"交叉"在后殖民阐释中屡见不鲜，因为后殖民批评在全方位分析殖民主义和反殖民主义意识形态的过程中，需要援引上述三种理论。简而言之，我对《了不起的盖茨比》的后殖民阐释将聚焦于该作品的殖民主义意识形态；在我看来，这种意识形态不仅在海外征服压迫被殖民者，还在国内压迫少数派人群。事实上，正如我将在下文中证明的那样，这部小说表明，就某些方面而言，殖民主义意识形态是一种心理状态——它不仅是一种思维方式，还是一种存在方式，它不仅对被压迫者有害，对压迫者同样有害。

我认为后殖民批评最了不起的地方在于，它让人们重新开始重视前殖民地作家的作品，尤其是那些被边缘化的后殖民作家的作品。我希望，我对《了不起的盖茨比》的解读能够说明殖民主义意识形态本质上带有种族歧视、阶级歧视和性别歧视的性质，是潜藏在美国文化特性核心当中的重要元素，并以此解读服务于反殖民主义的思想事业。正如许多后殖民批评家所证明的那样，后殖民批评最关注的是抵制各种形式的殖民主义意识形态，但如果找不到它的藏身之处，这种抵制就无从谈起。

【内部殖民：《了不起的盖茨比》的后殖民解读】

正如马克思主义、女性主义、同性恋理论和非裔美国文学批评等批评框架所教导的那样，任何意识形态都无法脱离它所产生的心理因素。如果没有配套和支撑的心理因素，意识形态是无法独立存在的。因此，阶级歧视、性别歧视、同性恋歧视以及种族歧视都不仅仅是信仰体系，它们也是联结自我以及他人的方式，因此，它们都涉及复杂的心理存在模式。

最能体现意识形态与人类心理之间密切联系的，或许就是后殖民批评，因为后殖民理论有一个最为明确的目标：反击殖民主义意识形态。为了做到这一点，它需要认清殖民主义意识形态如何具体发挥作用，如何塑造了殖民者和被殖民者的身份意识，即他们的社会心理。殖民主义意识形态是西方文明中一支无孔不入的力量，其具体运作有时悄无声息，但总是行之有效，其影响范围广泛，甚至延及一些文化实践和生产，这些地方都是我们始料未及的。例如，菲茨杰拉德的《了不起的盖茨比》表面上与殖民主义毫无关涉，然而，如果仔细加以考察，殖民主义意识形态还是隐约可见。如果从后殖民视角加以审视，这部关于美国爵士时代的著名小说本质上是一个关于他者化的文本，而他者化既是殖民主义意识形态赖以存在的心理基础，又是它毋庸置疑的标志。

正如西方文明史不断证明的那样，一个民族若想征服"异族"，必须先让自己相信那些"异族"人与自己"不同"，而这种"不同"还必须意味着他们是劣等货色，算不上健全的人。根据后殖民术语的定义，被征服者一定会被"他者化"。例如，在美国，白人为了灭绝一些土著民族，同化另一些民族（通过强制推行殖民主义教育来实现），就搬出这样一条理由：美国土著人都是"野蛮人"。同样地，白人殖民者宣称非洲人只有五分之三的人性，如此一来，他们奴役非洲人，向他们灌输白人优越论的殖民主义意识形态，就变得无可厚非了。正如美国历史所揭示的那样，殖民主义不一定非得在境外寻找被殖民者，被殖民者很可能就在殖民国家的国境之内。

正如《了不起的盖茨比》所说明的那样，殖民主义有一种"内在"的存在方式，即它存在于个人心理中，而个人心理往往影响到我们对自己的看法，影响到我们对他人的看法。尤其需要指出的是，我在下文中会揭示殖民主义心理隐藏在美国文化身份的核心当中，并以此来论证，这部小说显示出殖民主义意识形态就藏身于美国文化的核心。

可以想见，殖民主义心理的内容主要包括：文化强势群体（经常在无意识之中）将文化弱势群体进行他者化的态度和行为；也就是说，文化强势群体要拉开自己与控制对象之间的情感距离，后者是他们将来想去控制的，或者是目前正在控制的。他者化背后有很多政治和经济动机，但最主要的心理动机似乎是出于权势感、控制感和优越感的需要。因此，殖民主义心理在那些缺乏安全感的个体的心理中找到了肥沃的土壤。我们将看到，殖民主义心理是一种自我保存的东西：它刺激个人的不安全感，而后者又加速了它的运转。他者化这种活动既是殖民主义心理的推手，又是它的表现；正是由于这个原因，殖民主义心理学十分依赖两种行之有效的他者化模式：种族歧视和阶级歧视。当然，性别歧视经常与种族歧视相互重合，而且，正如我们将在下文中见到的那样，它也与阶级歧视相互重合，因此，**从属文化群体**（culturally subordinate groups）中的女性会经历形式不一的多重他者化。事实上，多重他者化正是后殖民主义意识形态的显著特征。

在《了不起的盖茨比》中，殖民主义心理不仅表现在小说对一些反面人物——例如汤姆·布坎南——的描写中，而且贯穿全书的始终，因为这种心理对于塑造叙事者——尼克·卡罗威——的人物形象至关重要。另外，这部小说也有助于我们从殖民主体的角度理解殖民主义心理。无论是否在经济上取得了成功，殖民主体在文化上始终是局外人，他一心想得到文化精英的接纳，这种情况体现在杰伊·盖茨比的身上。最终，通过汤姆·布坎南这个人物，小说还揭示出殖民主义心理也会给文化强势群体带来负面效果，虽说他们好像是受益者。

尼克·卡罗威的宽容打动了许多读者，这正是他所希望的，因为正如他自己说的那样，他"惯于对所有人都保留判断"。还在耶鲁念书时，他就已经"与闻一些……秘密的伤心事"（5；ch. 1）。当我们在小说中遇见他的时候，他已过而立之年，但性情依旧。几乎所有主要人物都来找他倾吐心事。黛西跟他说婚姻的烦恼；汤姆跟他谈情人茉特尔；盖茨比向他吐露过去的生活经历以及自己与黛西的初恋；甚至茉特尔也向他描述遇见汤姆以及第一次婚外情的激动心情。尽管尼克的作用是充当整部小说的道德核心——他是唯一为他人着想的人，他真诚地关心他们的喜怒哀乐，对于他们明目张胆的自私行为，他持有强烈的保留态度——他极能容忍其他人的私生活选择。一方面，与乔丹约会之前，他觉得自己必须与家乡的年轻女友断绝联系；另一方面，长岛那群熟人的生活方式与他截然不同，他似乎也能安之若素。他甚至同意安排盖茨比与黛西重圆旧梦。有一次，盖茨比借宴会之机，偷偷与黛西会面，地点就在他家，他为两人站岗放哨。

这样一来，尼克在无意之中不断地就某个领域进行评判，就变得十分显眼了。他多次提到一些次要人物，这些人在书中多次出现，他们不属于当时的文化强势群体——白种人、上层阶级、盎格鲁-撒克逊裔新教徒，而尼克就是这个群体中的一员，他的家族已在美国繁衍数代。在某些方面，这些次要人物与这个群体格格不入。每当尼克提到文化背景相异的人士，他总是强调他们的族群，就好像这是他们首要的、唯一的特征，能够凸显出他们的"异类"属性。例如，他雇来为他持家、做饭的女人，他天天都能见到她，有六次被他提到，而且是在书中不同的地方，他的称呼总是"我那芬兰女佣人"（88；ch. 5）或"那个芬兰女人"（89；ch. 5）。对于她的语言，尼克是这样描绘的："在电炉上一面做饭，一面咕哝着芬兰格言"（8；ch. 1）。甚至对她的脚步的描绘也突出她的种族差异："芬兰女佣人的脚步"（89；ch. 5）。

同样，沃尔夫山姆的秘书是"一位漂亮的犹太女人"（178；ch. 9）；在茉特尔死亡现场与警官交谈的证人是个"黑鬼"（148；ch. 7）；在"灰烬谷"中燃放焰火的是"一个灰蒙蒙的、骨瘦如柴的意大利小孩"（30；ch. 2）；尼克某天在前往纽约的路上看到，葬礼队伍中的人们长着"忧伤的眼睛和短短的上唇"，"看上去是东南欧那一带的人"（73；ch. 4）。尽管尼克措辞特别用心，描述生动，然而他在话里话外一再强调这些不属于爵士时代美国主流文化的人士是少数族裔，这就暗示他对"外来者"持有一种忧心忡忡的态度。当他谈到沃尔夫山姆之时，这种态度表现得非常明显。

尼克向我们介绍沃尔夫山姆时，说他是"一个矮小的塌鼻子的犹太人"（75；ch. 4），除了鼻子以外，我们对他的外貌知之甚少。尼克经常提到这只鼻子，描写十分细致，这一体貌特征成为沃尔夫山姆本人的写照。如上面引文所示，尼克发现，这只鼻子是最令人生厌的东西，而且，他在思想上还义无反顾地将它与沃尔夫山姆的族群特征联系起来。例如，尼克说，沃尔夫山姆"抬起了他的大脑袋来打量我，他的鼻孔里面长着两撮很浓的毛"(73-74；ch. 4)，"他放下了我的手，把他那只富有表现力的鼻子对准了盖茨比"（74；ch. 4）。显然，在尼克看来，沃尔夫山姆所有的表情都集中在他的鼻子上，因为在说到他很生气的时候，尼克说："沃尔夫山姆先生的鼻子气呼呼地向我一掀"(75；ch. 4)。当他对尼克所说的话感兴趣时，"他鼻孔转向我，带着对我感兴趣的神情"（75； ch. 4）。当他动情的时候，尼克就这样写道："他那忧伤的鼻子又在颤动"（77；ch. 4），或者"他鼻孔里的毛微微颤动"（180；ch. 9）。

显而易见，尼克将沃尔夫山姆进行了他者化处理，一如他对那些少数族裔人物的所作所为。与此同时，他也将他们进行了非人化处理。他者化即是非人化，因为它允许某人以"人类"自居，同时把所有异己者视为非人的"他者"。因此，对于非我族类人士的妖魔化，他者化确实有推波助澜之功，因为我们都看到了，尼克对沃尔夫山姆的种种丑化描写把他变成了一个"犹太人怪兽"。这种他者化形式曾经出现在纳粹德国，为希特勒效过力。显然，尼克在无意之中也制造了这一效果，沃尔夫山姆留给我们的印象还不止这只令人生厌的鼻子，尼克还略微描写了他的"大脑袋"（73；ch. 4）、"小眼睛"（74；ch. 4）、"肥胖的指头"（179；ch. 9）以及用"真人白齿"做的"袖扣"（77；ch. 4）。当然，尼克之所以妖魔化这个人物，是因为他罪行累累，但他过于强调此人的犹太人身份，从而使他的罪犯身份与他的族群性产生了关联。

还有一个重要例子可以说明尼克对少数族裔人士的他者化。书中有一段写道，盖茨比开着超长豪华轿车，带着尼克去纽约，在途中，尼克看见"一辆大型轿车……司机是个白人，车子里坐着三个时髦的黑人"（73；ch. 4）。他将他们描述为"两个公的和一个女孩儿"（two bucks and a girl），并说："他们冲着我们翻翻白眼，一副傲慢争先的神气，我看了忍不住放声大笑"（73；ch. 4）。尼克潜意识中的种族歧视非常明显地体现在他对这些人的他者化当中：黑人男子被称作"公的"，这像是在说动物，而非说人。写他们眼珠上翻，也是在呼应种族主义者对美国黑人一成不变的描绘：愚蠢幼稚、夸张做作和滑稽可笑。㉕

另外，尼克对这些人物的描述所发挥的叙事功能，就是托妮·莫里森在分析美国白人文学中的非洲主义存在之时所描述的那种功能。这些衣着时尚的黑人坐在专职司机驾驶的大轿车上疾驰而去，他们非常清楚别人如何看待自己的社会地位；他们正是盖茨比的镜子和影子。二者唯一的区别是，盖茨比可以隐瞒自己的出身——他确实这么做了——而他们却办不到，因为那是写在他们肤色上的。在尼克看来，尽管盖茨比"说起话来文质彬彬，几乎有点可笑"（53；ch. 3），尽管他胡编乱造说自己的"祖先"如何阔绰（69；ch. 4），尽管他的车像"马戏团的花车"（128；ch. 7），尽管他还有许多荒唐可笑的做作之举，但他仍是"成功"的浪漫化身。然而，在那些黑人身上体现的，却是对他成功经历的滑稽戏仿。尼克在描述这些黑人的时候只用了一句话，只提供了一种形象，然而，在他们身上，尼克却投射了他本人——或者还有读者——对盖茨比的全部鄙视。愚蠢荒谬的是这些黑人，而非盖茨比。因此，尼克对这些人物的他者化处理，使他们顺理成章地发挥了替罪羊的功能，这都是为了满足尼克和文本维护盖茨比形象的需要。

换句话说，小说抹杀了非裔美国人的真实形象，用陈旧老套、滑稽可笑的黑人形象——殖民主义的他者形象——取而代之，以此来凸显白人的优越性。事实上，在小说的背景所在地——二十年代的纽约，非裔美国人的存在是非常显眼和重要的。考虑到当时的历史现实，这个动作可不小。当时纽约是哈莱姆文艺复兴的大本营，也是棉花俱乐部等黑人文化创作团体的基地；棉花俱乐部的黑人爵士乐大师引来成群的白人主顾。事实上，菲茨杰拉德在行文走笔之时偏爱细致描绘文化的细节，以便给人一种身临其境之感，然而，在小说中，作者没有写某位主要人物去了哈莱姆的夜店，甚至没有提到他们去过那里。在这方面，作者没有满足小说场景设置的要求，这么说未尝没有道理，因为按照常理，像布坎南夫妇、尼克、乔丹这样的时髦年轻白人肯定去过那里。《了不起的盖茨比》以描绘爵士时代而著称于世（"爵士时代"一词是菲茨杰拉德发明的），有鉴于此，它对非裔美国人的忽略抹杀尤其显得具有讽刺意味。创造爵士乐的是美国黑人，最著名的爵士乐手也是美国黑人，然而，令人匪夷所思的是，在这部小说中根本找不到他们的影踪。

忽略抹杀这个当地的"被殖民"群体，的确是与他者化相伴而生的殖民主义意识形态的一大特征。被殖民的他者无足轻重，难入殖民者的法眼。殖民者不仅掠夺被殖民者的劳动成果，而且冒充创造者。因此，这部小说将爵士乐象征性地归属于白人所有，这也就不足为奇了。我们看到，在小说中，演奏爵士乐的唯有盖茨比派对上的白人乐手。而且，据尼克描述，他们"绝不是什么五人小乐队，而是配备齐全的整班人马，双簧管、长号、萨克斯管、大小提琴、短号、短笛、高低音铜鼓，应有尽有"（44；ch. 3）。也就是说，爵士乐被"提升"为高雅文化，以管弦乐的形式出现，而高雅文化不属于黑人，它是美国白人的专利。

尤其值得注意的是，这支管弦乐队特别推出了一支乐曲，名为《弗拉迪米尔·托斯托夫的爵士音乐世界史》，据乐队指挥说，该乐曲曾在卡内基音乐厅演奏过（54；ch. 3）。难道还有比"弗拉迪米尔·托斯托夫"更欧化——也就是更白人化——的名字吗？读者绝不会错误地把这个人当成非裔美国人。在这部小说的世界里，爵士乐是欧洲人的发明，至少在象征层面上是如此。因此，汤姆的警告之语，"我们是占统治地位的人种，我们有责任提高警惕，不然的话，其他人种就会掌握一切了"（17；ch. 1），虽然遭到了尼克的嘲讽，小说也没有说过汤姆一句好话，然而，小说还是在无意当中认可了汤姆的态度。

然而，在尼克将少数族裔他者化的过程中，却有一个关键的例外。在乔治·威尔逊的修车行旁边开小咖啡馆的"年轻的希腊人米切里斯"（143；ch. 7）是一个很有教养、富有同情心的人物，作者没有因为他的族裔而对他进行简单化处理。米切里斯很关心威尔逊。茉特尔死后，他整晚陪着威尔逊，尽力帮助和安慰他。他为自己、威尔逊和一个来帮忙的守夜人做早餐。文本也赋予米切里斯相当程度的权威地位，把他描写为"调查茉特尔死因时的主要目击人"（143；ch. 7），然而，当我们想到美国白人一直将希腊视为西方文明的摇篮，这个例外也就很容易理解了。正因为希腊是白人文明无比优越这种自我形象的一个重要来源，所以，在一部充斥着片面化、非人化的少数族裔人物形象的小说中，唯有来自希腊的这位少数族裔人物拥有完整的人格，这很难说是偶然。

尼克为什么要将少数族裔他者化呢？其中一个重要原因不言而喻：作为主流文化群体中的一员，他的这种行为受到了主流文化的操控。然而，他个人也有一种不安全感，这使他需要一种控制感，需要感觉自己在某些方面高人一等，这样一来，他尤其容易受到殖民主义心理的影响。尼克已过而立之年，却还在寻找未来的出路，还要依靠父亲的供养。他既没能开创一个前途光明的职业生涯，也无法拥有一段持久的恋情，在一系列失败的人生经历当中，他在纽约度过的这个夏天只是最近的一次。尼克担心，他可预见的未来将是："可交往的单身汉逐渐稀少，热烈的感情逐渐稀薄，头发逐渐稀疏"（143；ch. 7）。另外，尽管尼克出身良好，但是，他显然并无一大笔遗产可以继承。他需要找到一个职业，在此期间，家里给他的钱只够租一处朴素的住所和支付日常花销。当然，这已经够可以的了，尤其考虑到尼克花在乔丹身上的钱也要从这里出。但是，考虑到他成长的文化环境，他的许多朋友肯定比他家境富裕。作为文化精英中的一员，尼克深知社会等级划分的重要性，他心里一定清楚，比起他的许多同伴，他算不上有钱人，这不利于他在社会上立足。因此，至少有两个重要原因让尼克感觉到有必要维护自己的优越感，进而维护自己的控制权。将属于社会从属阶层的少数族裔他者化，恰好可以满足这种心理需要。

这部小说也有助于我们从殖民主体的角度理解殖民主义心理学。作为文化上的局外人，殖民主体一门心思想得到文化精英的接受。在盖茨比身上，有两个重要特征让他跻身于文化精英的行列——他是白人，而且很有钱，甚至能在长岛湾买一座豪宅——但是，他还是与殖民主体有很多共同之处，因为他一心向往的文化，也就是黛西·布坎南所在的文化，与他无缘。他不熟悉其中微妙的社交符码和社会等级区分，无法参透其中的奥妙。例如，他根本不在意，家住东卵的社会上层人物与那些像他一样家住"时尚气息稍逊"（9；ch. 1）的西卵的人们是有社会差别的；同样地，他也不在意宴会来宾的社会阶级差别——汤姆称这些人为"牛头马面"（114；ch. 6）。盖茨比甚至没有想到，一个像尼克这样背景的人——耶鲁毕业，出身名门，与黛西沾亲——不大可能对出售假债券感兴趣，而他居然邀请尼克参与这种犯罪交易，以此作为酬劳，感谢他安排黛西与自己重聚。

简而言之，比起黛西周围的人，盖茨比的家族血统、阶级出身、家庭教养和教育背景都不够体面。盖茨比进入她的生活，靠的是谎言和造假，不论在求欢之初，还是在重逢之际，都是如此。到头来，盖茨比丧失了归属感：正因为他被夹在了两种对立的文化之间——一种是他从中出生的文化，另一种是他无限向往的文化——所以他觉得自己哪边都不是。事实上，支配他个性的主要力量，是他为摆脱自己的出身环境而不断进行的斗争。他要摆脱过去的身份：北达科他州"碌碌无为的庄稼人"（104；ch. 6）家庭里出生的穷小子。他对尼克说，"家里人都死光了"（70；ch. 4），这个谎言背负着无意识心理欲望的重担：盖茨比想要彻底掩盖自己的出身。

这种强烈的欲望表现在他过分地模仿攀附上流人物。他精心仿效文化特权阶层的外表服饰、言谈举止和生活方式。例如，盖茨比谎称自己出生在一个上流社会家庭，编造个人经历，其中包括：求学牛津；捕猎猛兽；"像一个年轻的东方王公那样到欧洲各国首都去当寓公"；收藏珠宝，"以红宝石为主"；"画点儿画，不过是为了自己消遣"（70；ch. 4）。他重新给自己起了一个名字，这个名字听起来更时髦。他从上层阶级的言语措辞和"正确"举止中搬来不少矫揉造作的东西：见人就称"老兄"，宴会中途退场时"微微欠身道歉，把我们大家一一包括在内"（53；ch. 3）。他购买豪宅巨厦和大量昂贵物品，只是为了炫耀。他不惜一切代价盲目地追求自私、浅薄的黛西，对此，我们只能这样去解释：在盖茨比眼中，黛西已成为公主的象征，"高高的在一座白色的宫殿里，国王的女儿，黄金女郎"（127；ch. 7）。如果盖茨比娶到黛西，就可以证明他属于她所代表的文化特权阶层，也就不再是一个农家穷小子，即汤姆所说的"不知从哪儿冒出来的阿猫阿狗"（137；

ch. 7）。显然，盖茨比为摆脱过去的身份所付出的努力，不亚于他为重新确立自家身份而付出的艰辛。作者对这个人物的塑造表明，模仿攀附（mimicry）这一过程不仅意味着他要处心积虑地向另一种文化靠拢，以便登堂入室，而且还意味着他要剔除自己身上与之相异的东西。因此，模仿攀附就是自我的他者化。

盖茨比的人物塑造还表明，模仿攀附与缺乏归属感是一枚硬币的两面，因为一个人如果有归属感，他是不会去模仿攀附他人的。模仿攀附就是试图通过建立新的文化归属感来寻找心灵的家园。但是，造成模仿攀附现象的那种自卑感也会要求你必须到你认为更优越的文化中去寻找归属感。因此，正如书中对盖茨比的描写所说明的那样，模仿攀附是寻找归属感的一种尝试，这种尝试注定是要失败的，因为一个人就算成功地吸收了"优等"文化，他的自卑感也足以决定他在这种文化之中无法安之若素。事实上，尽管盖茨比成功获得了他梦寐以求的家园，这所大宅子"不管按什么标准来说，都是一个庞然大物……一边有一座簇新的塔楼……还有一座大理石游泳池，以及四十多英亩的草坪和花园"（9；ch. 1），但是，他实际上并不真正拥有这座家园。

例如，"玛丽·安托万内特式的音乐厅和王政复辟时期式样的小客厅……一间间仿古的卧室，里面铺满了玫瑰色和淡紫色的绸缎……一间间更衣室和弹子室，以及嵌有地下浴池的浴室"（96；ch. 5），在这些地方，只有一处显示出盖茨比是它的占有者，那是一个小套房，"包括一间卧室、一间浴室和一个小书房"（96；ch. 5）。此外，先前的那些仆人们训练有素，经过他们的精心侍弄，他的家整洁干净、井井有条，这些仆人被他解雇之后，沃尔夫山姆给他派来一伙人，这些人很不在行，把这里弄得乱七八糟，"到处都是多得莫名其妙的灰尘，所有的屋子都是霉烘烘的，好像有很多日子没通过气似的"（154–55；ch. 8），盖茨比好像没注意到前后的区别。事实上，"据食品店送货的伙计报道，厨房看上去像个猪圈"（120；ch. 7）。克利普斯普林格先生只不过是一位食客，由于无处可去，便擅自打开一间空房，一直住了下去，盖茨比好像也不介意。对于家中的这些变动，盖茨比之所以无动于衷，那是因为他对这里没有感情。他在自己家里依然找不到归属感，因为那并不是他家；那只是一种模仿攀附。模仿攀附下的都是表面功夫，它没有给人的内心生活创造空间。

最后，《了不起的盖茨比》还通过汤姆·布坎南这个人物来揭示，殖民主义心理甚至给文化特权群体造成有害影响，虽说他们表面上是受益者。汤姆显然是小说中享有文化特权最多的人物。尽管他为人粗俗无礼，行为很"不绅士"，但是他却享受到了人种、民族、社会阶级、性别、家庭出身、教育背景等方面赋予的全部文化特权。另外，他不费吹灰之力就继承了一大笔遗产。尼克讲述道："比方说，他从森林湖运来整整一群打马球用的马匹。在我这一辈人中竟然还有人阔到能够干这种事，实在令人难以置信。……还在大学时他那样任意花钱已经遭人非议"（10；ch. 1）。

汤姆也是最为露骨地表现种族主义态度和行为的人物，这些态度和行为与殖民主义心理息息相关。例如，正如我们先前所说，此人狂热地信奉白人至上论。这种殖民主义意识形态将有色人种他者化，以此来证明他们理应接受白人的统治。汤姆提到了戈达德的《有色帝国的兴起》，该书影射的是斯托达德的《涨潮之色》（Bruccoli 208）。在转述该书内容的时候，他对尼克说，"我们是北欧的日耳曼民族……我们创造了所有那些加在一起构成文明的东西——科学和艺术啦，以及其他等等"（18；ch. 1），但是"如果我们不当心，白色人种……就会完全被其他种族淹没了"（17；ch. 1）。

此外，汤姆还满脑子阶级偏见。上层阶级具有天然的优越性，这种信条是殖民主义用以证明殖民统治合情合理的一条理由。的确，汤姆蔑视所有阶级地位低于他的人，包括那些"暴发户"——他就是这样来称呼那些白手起家的人。他说："有很多这样的暴发户都是大私酒贩子"（114；ch. 6）。在二十世纪二十年代，确实有很多人通过贩卖私酒发家致富，但是，他的弦外之音是：凡是没有像他那样通过继承遗产而致富的人，都是不可靠的。汤姆对暴发户的评论主要是针对盖茨比的，事实上，他之所以信不过盖茨比，就是因为他的阶级歧视思想在作怪。这种不信任由来已久，在汤姆惊悉盖茨比是情敌之前，就一直存在。

汤姆知道盖茨比住在西卵，不属于自己所在的那个阶层。这种令人心酸的社会差别，在读者那里一目了然，然而盖茨比却明显没有意识到。例如，有一天下午，汤姆和两个朋友骑着马闲逛，因为想喝点东西而造访盖茨比家。三人对盖茨比很是傲慢。汤姆的朋友——斯隆先生——甚至懒得搭理盖茨比，只是"大模大样地仰靠在他的椅子上"

（108—9；ch. 6）。斯隆先生的女友微露醉意，邀请盖茨比共进晚餐，就在盖茨比去拿大衣的时候，斯隆先生赶忙催她出去，还没等盖茨比出来与他们会合，三人就骑马离开了。盖茨比并未意识到自己不受欢迎，这令汤姆很是生气："'我的天，我相信这家伙真的要来，'汤姆说，'难道他不知道她并不要他来吗？'"（109；ch. 6）。汤姆想象不出"他到底在哪儿认识黛西的"（109；ch. 6），最终，他归因于"这年头女人家到处乱跑"（110；ch. 6），因此会遇上"各式各样的怪物"（110；ch. 6）。汤姆在说这番话的时候，正站在盖茨比巍峨壮观、装饰豪华的大宅子里，大宅子周围的四十英亩土地都是盖茨比的地产。不过，他心里很清楚，盖茨比的社会地位比不上自己，这也是实情。汤姆很看重这些社会区别，而盖茨比对此一无所知。出于这个原因，汤姆屡屡嘲笑盖茨比的宴会、财产以及可能的出身，因为他要让每个人都明白，无论在哪个方面他都超过盖茨比。

阶级歧视和殖民主义一样，是一种他者化的意识形态。这一点明显地体现在，汤姆提到盖茨比之时，多用不敬之词。正像我们所看到的那样，汤姆将盖茨比的宴会称作"牛头马面"的集合（114；ch. 6）；把盖茨比的车叫作"马戏团的花车"（128；ch. 7），也就是用来运动物或"怪人"的东西；盖茨比本人也被他称作"怪物"（110；ch. 6）。在汤姆眼中，盖茨比还没有做人的资格，原因就在于他没有相应的社会地位。汤姆出于阶级偏见而将盖茨比进行他者化处理，这也是他毫不犹豫地将盖茨比除掉的原因之一。他明知道威尔逊想杀害盖茨比而不加制止，反而把携带手枪、濒临疯狂的威尔逊送到盖茨比家去。

阶级歧视和殖民主义心理之间的联系尤其明显地体现在汤姆玩弄女性的过程中。他从来不在自己所属的文化阶层中挑选玩弄对象，他只引诱工人阶级妇女：例如，"圣巴巴拉饭店里的一个收拾房间的女佣人"，汤姆和黛西蜜月归来途中曾在此饭店居留，茉特尔·威尔逊；在盖茨比的宴会上，汤姆试图勾引的那位"俗气可是漂亮"（112；ch. 6）的年轻女人。这些女人最能让汤姆萌生邪念的原因是她们无权无势，这一点恰恰可以凸显他的权势。他可以随心所欲地对待她们。他对茉特尔肆无忌惮地撒谎，让她唯命是从。他甚至可以打破她的鼻子而安之若素；他下此重手只是因为她提到了黛西的名字，而茉特尔之所以提到黛西的名字，是因为她自认为有资格与黛西平起平坐。这一切都说明，汤姆把工

人阶级妇女看作"坏女孩"，是他发泄性欲的对象而已，她们没有资格
与他的妻子或乔丹·贝克这样的"上等女人"相提并论。由于他的情妇
们的社会地位比他低得多，他觉得她们不配享有上层社会女性应得的尊
重。换句话说，汤姆的阶级歧视思想与性别歧视思想是密不可分的，他
对女性的玩弄是一种阶级歧视性的他者化形式。相对于汤姆的特权文化
圈子，工人阶级女性都是局外人。也就是说，汤姆因阶级歧视观念作祟
而蹂躏工人阶级女性，这与白人殖民者因种族歧视观念作祟而蹂躏殖民
地土著女性的行为如出一辙：二者都将自己的猎物界定为"坏女孩"，
从而将她们他者化，这样一来，他们就可以肆无忌惮地对她们进行性剥
削，不需要担负任何道义上的责任。

茉特尔的行为举止很像殖民主体。她似乎已经浑然不觉地接受了汤
姆的殖民主义心理，但是，由于她身处社会等级的最底层，这种心理使
她无比脆弱，对汤姆唯命是从：她非常看重他的社会优越性，不惜一切
代价让他留在自己的身边。在他们的幽会场所（三居室小公寓）举办的
聚会上，茉特尔身上的殖民主体特征表现得尤为明显，她的行为举止处
处模仿上层社会人士：

> 威尔逊太太……现在穿的是一件精致的奶油色雪纺绸
> 的连衣裙，是下午做客穿的那种……由于衣服的影响，她
> 的个性也跟着起了变化……她的笑声、她的姿势、她的言
> 谈，每一刻都变得越来越矫揉造作。（35；ch. 2）

茉特尔本人的所作所为，完全是在根据自己的想象去模仿有钱人。
她对管电梯的服务生抱怨不迭，好像他是自己的仆人，"茉特尔把眉毛
一扬，对下等人的懒惰无能表示绝望。她说道：'这些人！你非得老盯
着他们不可'"（36；ch. 2）。然后，"她大摇大摆地走进厨房，那神情
就好似那里有十几个大厨师在听候她的吩咐"（36；ch. 2）。茉特尔的
举止之所以如此矫揉造作，显然是因为她认为她的"真实自我"是摆不
上台面的，还因为她在汤姆及其朋友面前感到自卑。

然而，不论殖民主义心理赋予汤姆多少自由和权力，它总要付出
相应的代价。它为文化特权阶层的不道德行为提供借口，显然，这会
破坏他们的道德和灵魂，除此之外，它也会让他们内心无法平静。对汤

姆·布坎南来说，情况就是这样。

如果没有文化自卑感作衬托，就没有文化优越感。对于这一观念，汤姆吸收得最为彻底。他把所有"低于"他的人进行他者化处理，并且通过某种挑衅行为来显示自己的优越地位，仿佛这是他的社会地位赖以存在的基础。他不仅持有种族歧视、阶级歧视、性别歧视的态度，而且持续不断、肆无忌惮地将其表现出来。这些歧视性态度反复出现，而且表现在细枝末节上面，这就暗示了一种强烈心理动机的存在。

例如，汤姆残酷地利用了乔治·威尔逊的贫穷，不仅拐走了他的妻子，还一直在买车的事情上折腾他。乔治想从汤姆那里买一辆车，再转卖给别人，从中赚一笔钱，以应急需。汤姆一会儿答应他，一会儿反悔，甚至提出把盖茨比的豪车卖给他，乔治只好承认自己买不起。汤姆曾经从一个可怜的老人那里买过一只小狗，即便在这时候，他都要羞辱一下对方，表明价钱上并没有受骗。他递给老人十美元，说："给你钱。拿去再买十只狗"（32；ch. 2）。此外还有很多地方，汤姆都对地位比他低的人公然表示不必要的敌意。然而，如果他对自己的优越性真的信心十足，他也就不必这么激烈地表现自己的优越感了。

对于汤姆缺乏安全感，有一种解释是：他来自中西部，因此，他永远也不可能拥有东部有钱的世家子弟所拥有的文化地位；自从他们的祖先初抵美国，这些家族就一直生活在东部，于今已算年代久远了。他上过耶鲁，他一定知道，无论他多么有钱，无论他的生活多么奢侈，他永远也得不到这种文化优势。同样来自中西部、普林斯顿大学出身的菲茨杰拉德的心中也有这种痛感。就此而言，汤姆也是一个"他者"，由于他新近才来到东部，这个事实一定给他带来很大的困扰。我认为正是这种认识——不论他是否意识到这一点——使他严重缺乏安全感，使他一有机会就去证明自己的优越性。

尼克也意识到了这个问题，在提到汤姆评论《有色帝国的兴起》之时，他说了这样一番话："他那副专心致志的劲头看上去有点可怜，似乎他那种自负的态度……对他来说已经很不够了"（18；ch. 1）。接着，他又补充说："不知什么东西在使他从陈腐的思想里拾人牙慧，仿佛他那彻头彻尾的唯我主义已经不再能滋养他那颗唯我独尊的心了"（25；ch. 1）。尼克无法解释汤姆的问题的症结所在，但我们可以做到：殖民主义心理在赋予汤姆权力的同时也瓦解了他的自信心，因为殖民主义心理同时也告诉他，"如果你不占据上风，那你就什么也不是"，这使他更加强烈地意识到，他可能在任何方面都没有占据上风。

我希望本书对《了不起的盖茨比》的这番解读足以说明，我并不是说这部小说可以被当作殖民主义寓言来解读，把小说中的人物阐释为各式殖民主义者的化身，就像霍桑的短篇小说《年轻的古德曼·布朗》（"Young Goodman Brown"，1835）或《教长的黑面纱》（"The Minister's Black Veil"，1836）那样，其中的人物都是善恶等抽象道德观念的化身。我要说明的是，《了不起的盖茨比》暴露出，滋养殖民主义意识形态的殖民主义心理是如何暗中发挥作用以维护具有美国特色的文化权力不平衡现象的。在美国立国之初，这些文化权力不平衡现象就已经存在。尽管那些开国元勋在制定美国宪法的过程中与盎格鲁-欧洲的政治哲学发生了决裂，但是，他们还是从盎格鲁-欧洲的文化哲学中继承了很多东西。

最明显的是，他们继承了这样一种信念：白人是上帝的选民，理所当然应统治世界。也就是说，他们继承了盎格鲁-撒克逊殖民主义意识形态。这种意识形态允许一群小国——英国、法国、西班牙、葡萄牙、荷兰——从十八世纪中叶到二十世纪中叶统治了全球大部分地区，又允许美国白人统治本属美洲土著民族的土地，也就是我们今天所说的美利坚合众国，蓄养从非洲掳掠来的黑人奴隶。如此成功的意识形态很难消亡。正如《了不起的盖茨比》所说明的那样，殖民主义意识形态之所以如此成功，其中一个原因就是：有一股复杂的社会心理在为它撑腰，而这种社会心理又强烈影响到我们如何看待自己、如何看待他人。

《了不起的盖茨比》表明，在二十世纪二十年代的美国，殖民主义心理无处不在。时至今日，这种情况是否依旧存在？当然，对美国公民的他者化不再是合法行为，这与以往大不相同，在二十世纪六十年代的民权运动兴起之前，美国有色人种和许多白人移民在法律上是受歧视的。为了增进社会对文化差异的尊重，政府、媒体和教育制度付出了前所未有的努力。这些变化确实带来重大改进。

然而，白人至上主义势力却在抬头，这表现在：种族主义仇视团体大量增多；在住房、就业、教育等领域，依旧存在隐性的种族歧视行为；以流浪汉为异类，甚至把他们从美国人的意识和良知中彻底抹去。

在当代美国依然大行其道的各种他者化行为都说明，在未来相当长的一段时间内，美国新殖民主义事业在布局全球的同时，也会在国内以改头换面的形式现身。殖民主义心理和它所支持的歧视性意识形态都是我们的历史文化遗产的一部分，《了不起的盖茨比》这部小说已经说明了这一点。这将是未来每一代美国人都必须重新面对的现实。

【深人实践问题：后殖民批评研究其他文学作品的方法】

下列问题为后殖民批评的范例。它们可以帮助读者运用后殖民批评去阐释这里提到的文学作品或读者自选的其他文本。

1. 分析钦努阿·阿契贝的《瓦解》（*Things Fall Apart*，1958）中的反殖民主义议题。为了完成这项任务，考察小说对非洲前殖民时代部落生活的再现。殖民接触给这种生活造成了什么损失？为了向当地人灌输自己的思维方式，殖民者采取了哪些策略？为什么殖民者如此成功？

2. 牙买加·金凯德在《我母亲的自传》（*The Autobiography of My Mother*，1996）一书中，是如何暗示殖民主义给殖民者（菲利普和莫拉）造成了许多社会和心理后果的？更主要的是，作者是如何暗示殖民主义给被殖民者造成了许多社会和心理后果的？例如，可以去分析小说在人物形象塑造过程中揭示出的腐败、阶级分化和殖民教育等问题，这些人物包括叙事者雪拉、她的父亲和继母、她的情人罗兰、拉巴特夫妇。雪拉是如何摆脱心理困境，获得人格独立和自信的？

3. 分析奈保尔（V. S. Naipaul）的小说《模仿者》（*The Mimic Men*，1967）中的丧失归属感和模仿攀附现象。我们有何证据认为殖民主义使叙事者丧失了稳定的自我意识？他是如何寻找自己的身份的？他是否成功？原因何在？叙事者的语言（措辞、基调、意象）如何揭示出他对自己的经历保持着情感距离？这对于我们理解小说有何帮助？

4. 玛丽·雪莱的《弗兰肯斯坦》是如何揭示"他者化"的意识形态和心理学运作过程的？例如，在小说中，作者描写了欧洲乡绅，也描写了一些异类的"他者"，前者体现在阿方斯·弗兰肯斯坦及其家族身上，后者则包括阿拉伯商人（尤其值得注意的是这位阿拉伯人与他基督徒妻子的对比）、抚养伊丽莎白的农民、维克多制造女性怪兽时生活在他周围的农民以及他在克莱瓦尔死后见到的农民。玛丽·雪莱是如何让前者与后者形成强烈对比，从而把前者描写成正确的"自我"的化身的？从哪一方面我们可以说萨菲是在抵制殖民压迫？从哪一方面我们可以说萨菲也在从事殖民压迫？在这个语境下，我们如何阐释书中的怪兽？我们可否将其视为这部小说的后殖民批评家——因拒绝殖民主义统治而无家可归的"他者"？如果他不是这种角色的话，具体的证据是什么？

5. 扎克斯·马达的《红心》（*The Heart of Redness*, 2000）是怎样看待文化信仰、经济得失与土地的拥有权及利用之间的关系的？例如，我们应该怎样解释当地人与土地开发商之间的冲突？另一方面，我们应当怎样解释当地人内部的冲突？小说认为人与自然应该保持什么样的关系？环境描写，尤其是自然环境的描写，在我们对小说这方面的反应发挥了什么样的作用？

【延伸阅读书目】

Ashcroft, Bill, Gareth Griffiths, and Helen Tiffin. *The Empire Writes Back: Theory and Practice in Post-Colonial Literatures*. 2nd ed. London and New York: Routledge, 2002.

——, eds. *The Post-Colonial Studies Reader*. 2nd ed. London and New York: Routledge, 2006.

Cook-Lynn, Elizabeth. *A Separate Country: Postcoloniality and American Indian Nations*. Lubbock: Texas Tech University Press, 2012.

Dowie, Mark. *Conservation Refugees: The Hundred-Year Conflict Between Global Conservation and Native Peoples*. Cambridge, M.A.: MIT Press, 2009.

Hall, C. Michael, and Hazel Tucker, eds. *Tourism and Postcolonialism: Contested Discourses, Identities and Representations*. London and New York: Routledge, 2004.

Irele, F. Abiola. *The African Imagination: Literature in Africa and the Black Diaspora*. New York: Oxford University Press, 2001.

Kincaid, Jamaica, *A Small Place*. 1988. New York: Farrar Straus Giroux, 2000.

LaCapra, Dominick, ed. *The Bounds of Race: Perspectives on Hegemony and Resistance*. Ithaca, N.Y.: Cornell University Press, 1991. (See especially Appiah's "Out of Africa: Topologies of Nativism," 134–63; McClintock's "'The Very House of Difference': Race, Gender, and the Politics of South African Women's Narrative in *Poppie Nongena*," 196–230; Clingman's "Beyond the Limit: The Social Relations of Madness in Southern African Fiction," 231–54; Piedra's "Literary Whiteness and the Afro-Hispanic Difference," 278–310; and Mohanty's "Drawing the Color Line: Kipling and the Culture of Colonial Rule," 311–43.)

Loomba, Ania. *Shakespeare, Race, and Colonialism*. Oxford and New York: Oxford University Press, 2002.

———. *Colonialism/Postcolonialism*. 2nd ed. London and New York: Routledge, 2005.

Mohanty, Chandra Talpade, Ann Russo, and Lourdes Torres, eds. *Third World Women and the Politics of Feminism*. Bloomington: Indiana University Press, 1991.

Poddar, Prem, and David Johnson, eds. *A Historical Companion to Postcolonial Thought in English*. New York: Columbia University Press, 2005.

【高端阅读书目】

Bhabha, Homi K. *Nation and Narration*. New York: Routledge, 1990.

———. *The Location of Culture*. New York: Routledge, 1994.

Braithwaite, Kamau. *The History of the Voice*. 1979. Rpt. Roots. Ann Arbor:

University of Michigan Press, 1993.

DeLoughrey, Elizabeth, and George B. Handley, eds. *Postcolonial Ecologies: Literatures of the Environment*. New York: Oxford University Press, 2011.

Fanon, Frantz. *The Wretched of the Earth*. 1961. Trans. Constance Farrington. New York: Grove, 1963.

Huggan, Graham, and Helen Tiffin. *Postcolonial Ecocriticism: Literature, Animals, Environment*. London and New York: Routledge, 2010.

Mohanty, Chandra Talpade. *Feminism Without Borders: Decolonizing Theory, Practicing Solidarity*. Durham, NC and London: Duke University Press, 2003.

Nixon, Rob. *Slow Violence and the Environmentalism of the Poor*. Cambridge, M.A.: Harvard University Press, 2011.

Said, Edward W. *Orientalism*. New York: Pantheon, 1978.

——. *Culture and Imperialism*. New York: Knopf, 1994.

Spivak, Gayatri Chakravorty. *In Other Worlds: Essays in Cultural Politics*. New York: Routledge, 1987.

Walcott, Derek. "The Muse of History." *Is Massa Day Dead?: Black Moods in the Caribbean*. Ed. Orde Coombs. New York: Anchor, 1974.

【注释】

① 今天，**帝国主义**和**殖民主义**这两个术语经常被混用。然而，在二战之前，在英国还拥有广阔的殖民领地之时，这两个术语之间的区分一目了然。严格地讲，帝国主义指的是这样一种制度：通过军事征服、控制自然资源、操纵世界市场以及殖民活动来建立和维护一个帝国（大量的领地被置于一个统治者的名下）。殖民主义（通过建立殖民地进行领土扩张）只是帝国主义的形式之一。然而，在战后的几十年中，诸如文化殖民、新殖民主义和文化帝国主义等概念——内容包括某一社会对另一社会的经济和文化统治，但没有领土扩张行为——模糊了帝国主义和殖民主义的区分。

② 作为一个历史术语，**后殖民**这个词一般指的是一个国家终止了它对

另一个国家的殖民统治。因此，这是一个很成问题的术语，因为正如本章内容所示，殖民主义统治的终止——殖民地民族赶走殖民者的军事和政治势力而获得解放——并没有自动导致科技发达国家停止在文化、社会和经济层面剥削获得解放的民族。如果一个国家依旧受到剥削，例如，由于劳动力低廉和缺乏环境保护法，跨国公司对其人力和自然资源进行大肆剥削，那么，很难说殖民主义在这个国家真正宣告终结。我们在这里用**后殖民**这个词，指称的是分析文学和文化产品的一种理论框架，分析对象不局限于殖民主义统治结束之后创作的文本。我们的兴趣在于分析殖民化导致的文学作品，也就是一个民族与殖民主义压迫者初次接触之后在任何时期产生的文学。

③ **双重意识**这一概念最早是由美国黑人作家W. E. B. 杜波依斯于1903年在《黑人的灵魂》一书中提出并阐明的。

④ 有关"抱树运动"的简史，可浏览：www.iisd.org/50comm/comb/desc/do7.htm。关于这场运动更为全面的讨论，见古哈的《不平静的树林》（The Unquiet Woods）。在网上也可以读到"绿化带运动"的资料：www.greenbeltmovement.org；另可参见马塔伊（Maathai）的著作。

⑤ 我把托妮·莫里森归类为第四世界的诺贝尔文学奖的获得者，原因就在于，许多后殖民思想家发现，她的作品就像书写非裔美国人经历的黑人作家的作品那样，阐明了许多第四世界的问题。无论从哪个角度来看，她令人惊奇的文集和文字工作都揭示出了诸如他者化、丧失归属感、模仿攀附、文化殖民等后殖民概念在社会和心理上的表现。

⑥ 你所熟知的其他跨国公司包括：美国银行、雀巢、摩根大通、富国银行、雪佛龙、苹果、沃尔玛、美国电报电话公司、国际商业机器公司、微软、福特汽车、三洋电器以及强生公司等。正如这个词所暗示的那样，**跨国公司**虽然把总部设在了某个国家，但它在其他许多国家有大量的业务。（你们可以在网上找到某一年度的前两千家跨国公司的名单：www.forbes.com/global2000/。）关于跨国公司的利润相反的看法，例见霍布森和巴格瓦提（Hobson and Bhagwati）。

⑦ 另见维达尔（Vidal）和BBC新闻：影像（BBC News: In Pictures）。

⑧ 关于这两个事件更多的信息，见格林豪斯（Greenhouse）、侯赛因（Hossain）和马尼克与亚德利（Manik and Yardley）。

⑨ 例见婴幼儿奶粉行动（Baby Milk Action）、加拿大婴儿喂养行动联合阵线（INFACT Canada）和克拉斯尼（Krasny）。

⑩ 关于地方草根阶级的抵抗，经常被称作**农民抵抗**，这方面的例子有：印度的"抱树运动"（见古哈的《不平静的树林》，到网上搜：www.iisd.org/50comm/commdb/desc/do7.htm）；印度的"拯救纳尔默达运动"（www.narmasa.org）；肯尼亚的"绿化带运动"[见马塔伊（Maathai），网址：www. greenbeltmovement. org]；美国的"美国印第安人运动"（www.aimovement.org）；巴西的"无地农民工运动"[见卡特（Carter），另见网上资源www. Mstbrazil. org/about-mst/history]。

⑪ 旅游业在国际上营销原住民的土地和文化引发的这些以及其他问题，相关讨论见霍尔（Hall）和塔克（Tucker）。例如，正如你在这本文选收录的论文中所看到的那样，虽说文化旅游通过向全球游客展示土著民族的传统艺术、手艺、服饰、住所和风俗向土著民族致敬，文化旅游的一些推销商实际在以各种方式剥削土著民族。

⑫ 关于哈先达鲁克近年发生的事件的经过，相关信息来自以下渠道，内容有所重合：马贝拉（Marbella）、奥里亚（Olea）、菲律宾共和国农村改革部（Republic of the Philippines Department of Agrarian Reform）、施拉迪与德弗里斯（Schradie and DeVries）以及沃哈拉（Vohra）等人。

⑬ 关于生态旅游各种视角的总结，见海厄姆（Higham）。

⑭ 关于皮科德罗洛（Pico de Loro）的广告，可在网上搜索：www. youtube.com/watch/=t67fXV_QSK。

⑮ 以下列举的只是迄今为止在世界上有原始美的农村或发展中地区提供的高档、奢华服务的旅游公司的少数范例：地中海俱乐部（Club Med）、海耶斯-贾维斯（Hayes & Jarvis）、温德姆度假网络（Wyndham Vacation Ownership）、兰德寇太平洋公司（Landco Pacific Corporation）、库尼旅行社（Kuoni Travel）、罗荷公司（Lonrho Corporation）、斯特林温泉假日酒店（Sterling Holidays）以及SM集团（SM Land Inc）。

⑯ 为了了解更多的与第三世界全球旅游业相关的人权问题，可以从以下组织入手：第三世界网络（www.twmside.org.sg）、粮食与主权人民联盟（www.foodsov.org）以及亚洲农民联盟（www.asianpeasant.org）。

⑰ 像下面讨论的所有词语一样，**自然资源保护主义**（conservationism）在不同的时间段和不同的地区有着不同的含义。今天，尤其是在美国，**自然资源保护主义**经常指的是人们为了促进人类的可持续发展而付出的种种努力：小心谨慎地使用和管理空气、水、土壤、木材、可再生和不可再生能源，以及金属和其他矿产，以便使这些资源能够继续为子孙后代利用。然而，从美国以及全世界的自然资源保护组织的视角来看，自然资源保护主义这个词的意思是，划出大片没有丧失原始美的土地，建立保护区，以便保护区域内各种动植物的生存，也就是说，要保护生物的多样性，这样做既是为了这块区域自身，也是为了全球环境的福祉。我们在这里使用的是这个词的第二种含义。相关的、经常有意义重合的术语包括**生态学**（ecology）、**环境保护主义**（environmentalism）和**生态批评**（ecocriticism）。

生态学是对生物（例如动物、人类、昆虫、植物、微生物）与它们具体的居住环境——原生的和非原生的——之间错综复杂的关系的科学研究。生态学领域包括研究人类对自然环境的管理不善如何危害自然环境，以及如何保护和修复自然环境。

环境保护主义通常指的是有组织地倡导保护大自然——由动植物组成的**自然环境**，使之免受污染以及其他人类行为的破坏。环保积极分子游说政府官员、组织抗议活动、募集资金来支持他们的工作：保护和修复当地植物以及动物的生态。

生态批评在二十世纪九十年代兴起于文学研究当中，集中关注文学对环境的再现，以及这些再现如何体现出作品对自然的态度。生态批评家深信保护自然界的重要性，提倡人类文化应当尊重自然界并且与之和谐相处。正如谢里尔·格罗特菲尔蒂（Cheryll Glotfelty）所说，生态批评是"一种以大地为中心的文学研究方法"。（xviii）奠基性的文本包括劳伦斯·布伊尔（Lawrence Buell）的《环境想象：梭罗、自然书写与美国文化的形成》（*The Environmental*

Imagination: Thoreau, Nature Writing, and the Formation of American Culture, 1995）和谢里尔·格罗特菲尔蒂和哈罗德·弗洛姆（Harold Fromm）的《生态批评文选：文学生态学的里程碑》（*Ecocriticism Reader: Landmarks in Literary Ecology*, 1996）。

⑱ 关于后殖民主义者与自然资源保护主义者在环境问题上的分歧的详尽探讨，见尼克松（233-62）。

⑲ 根据联合国土著问题常设论坛的说法，"据估计，有三亿七千万原住民分布在世界上的七十多个国家。他们奉行独特的传统，保留了自己独到的社会、文化、经济和政治特点，使自己有别于当地的主流社会。他们分布在从北极到南太平洋的区域，根据通常的定义，他们是在某一时期不同文化或异族到来之时某个国家或地区土著居民的后代。新来的人后来通过征服、占领、定居或其他手段成为主宰者。"（2006年5月第五次会议）原住民也被称为土著、早期的人群、早期的民族和部落民族，他们包括美洲的土著居民（例如美国的拉科塔族人、危地马拉的玛雅人、玻利维亚的艾马拉族人）；北极圈里的因纽特人；北欧的萨阿米人；肯尼亚和坦桑尼亚的马萨伊人；菲律宾南部的卢马德人；印度、孟加拉国和尼泊尔的圣塔里人；澳大利亚中部的阿伦特人；以及新西兰的毛利人等。

⑳ 在十九世纪五十年代，美国白人为了搞旅游业，对约塞米蒂地区产生了兴趣。1864年，他们从这个地区划出了一片土地，交给加州管理。1890年，约塞米蒂国家公园——如今占地1,169平方英里——创办了。1916年，国家公园管理局建立，负责监督美国的国家公园管理。亚当斯在这一地区拍摄的著名照片发表于1927年。

㉑ 第一例"债务换自然"交易发生在1987年，当时国际自然资源保护组织（CI）为玻利维亚支付了一笔外债，以换取投资保护该国北部今天的贝尼生物圈保护区及邻近地区。从那个时候开始，有十多亿美元在世界各地用于"债务换自然"。国际自然资源保护组织对于这种行为的看法，可浏览网页：www.conservation.org/global/gcf/.../GCF_debtfornature_overview.pdf。对于这一行为及其对原住民的消极影响的评论，见尼克利（Knicley）。

㉒ 关于澳大利亚原住民保护区更多的细节，可浏览网页：www.environment.gov.au/indigenus/ipa。

㉓ 以下社会正义组织能够帮助你了解原住民以及相关事宜：文化残存（www.culturalsurvival.org）；早期民族项目（www.firstpeoples.org）；森林人项目（www.forestpeoples.org）；国际原住民事务工作组织（www.iwgia.org）；国际幸存者（www.survival-international.org）；以及泰伯特巴基金会：原住民政策研究与教育国际中心（www.tebtebba.org）。

㉔ 体现后殖民主义对环境问题的关注的诸多文学作品有海伦·哈比拉（Helon Habila）的小说《水上之油》（*Oil on Water: A Novel*）（2010）、琳达·霍根（Linda Hogan）的《依鲸生活的人》（*People of the Whale*）（2008）、英德拉·辛哈（Indra Sinha）的《人们都叫我动物》（*Animal's People*）（2007）、基兰·德塞（Kiran Desai）的《继承失落的人》（*Inheritance of Loss*）（2006）、阿米塔夫·高希（Amitav Ghosh）的《饿潮》（*The Hungry Tide*）（2004）、扎克斯·马达的《红心》（2000）、J. M. 库切的《动物的生命》（*The Lives of Animals*）（1999）、阿兰达蒂·洛伊（Arundhati Roy）的《微物之神》（*The God of Small Things*）（1997）、德里克·沃尔科特（Derek Walcott）的《诗集 1948-1984》（*Collected Poems 1948-1984*）（1986）、阿城的《树王》（1985）、恩古吉·瓦·雄哥的《血色花瓣》（*Petals of Blood*）（1977）、弗洛拉·恩瓦帕（Flora Nwapa）的《艾福茹》（*Efuru*）（1966），以及阿莱霍·卡彭铁尔（Alejo Carpentier）的《消失的足迹》（*The Lost Steps*）（1953）。

㉕ 正如我的学生所提醒的那样，在茉特尔·威尔逊被撞身亡、司机逃逸之后，"（一位）面色较白、衣冠楚楚的黑人"走到警察身边，告诉对方自己方才之所见。警察迫切地听取了这个人汇报的内容（147；ch.7）。这句话很短，但它赋予了这个黑人人物以某种权威。小说中弥漫的种族氛围表明，倘若他的肤色不是很浅，倘若他衣着不佳的话，警察就不会采信他的话。实际上，我们可以认为，菲茨杰拉德之所以这样描写这个黑人，为的是让警察及（白人）读者有理由相信他的证词。

【引用作品书目】

Achebe, Chinua. *Morning Yet on Creation Day*. Garden City, N.Y.: Doubleday, 1975.

——. "An Image of Africa: Racism in Conrad's Heart of Darkness." Massachusetts Review 18 (1977): 782–94. Rpt. in Hopes and Impediments, Selected Essays. New York: Anchor, 1989. 1–20.

Austen, Jane. *Mansfield Park*. London: T. Egerton, 1814.

Baby Milk Action. "The Nestlé Boycott." (Available online at www.babymilk. org/pages/boycott.html.) n.d.

BBC News: In pictures. "Living on oil." (Available online at http://news.bbc. co.uk/1/shared/spl/hi/picture_gallery/04/africa_polluting_nigeria/html/1. stm.) n.d.

Bhabha, Homi K. *The Location of Culture*. New York: Routledge, 1994.

Bhagwati, Jagdish. *In Defense of Globalization*. New York: Oxford University Press, 2007.

Brontë, Charlotte. *Jane Eyre*. 1847. New York: Alfred A. Knopf, 1991.

Bruccoli, Matthew J. "Explanatory Notes." *The Great Gatsby*. 1925. New York: Macmillan, 1992. 207–14.

Carter, Miguel, ed. *Challenging Social Inequality: The Landless Rural Workers Movement and Agrarian Reform in Brazil*. Durham, N.C.: Duke University Press Books, 2013.

Conrad, Joseph. *Heart of Darkness*. 1902. New York: Norton, 1988.

DeLoughrey, Elizabeth, and George B. Handley, eds. *Postcolonial Ecologies: Literatures of the Environment*. New York: Oxford University Press, 2011.

Dowie, Mark. *Conservation Refugees: The Hundred-Year Conflict Between Global Conservation and Native Peoples*. Cambridge, M.A.: MIT Press, 2009.

DuBois, W. E. B. *The Souls of Black Folk: Essays and Sketches*. 1903. New York: Kraus, 1973.

Fitzgerald, F. Scott. *The Great Gatsby*. 1925. New York: Macmillan, 1992.

Glotfelty, Cheryll. "Introduction: Literary Studies in an Age of Environmental Crisis." *The Ecocriticism Reader: Landmarks in Literary Ecology*. Eds. Cheryll Glotfelty and Harold Fromm. Athens: University of Georgia Press, 1996.

Gordimer, Nadine. *My Son's Story*. New York: Farrar Straus Giroux, 1990.

Greenhouse, Steven. "2nd Supplier for Walmart at Factory that Burned." *The New York Times*, December 10, 2012. (Available online as "Documents Reveal New Details About Walmart's Connection to Tazreen Factory Fire" at www. nytimes.com.)

Guha, Ramachandra. *The Unquiet Woods: Ecological Change and Peasant Resistance in the Himalya*. Berkeley: University of California Press, 1989.

——. "Radical American Environmentalism and Wilderness Preservation: A Third World Critique." *Varieties of Environmentalism: Essays North and South*. Ramachandra Guha and Juan Martinez-Alier. London: Earthscan, 1997. 92–108. An earlier version of this essay appeared in Environmental Ethics 11.1 (1989): 71–83.

Hall, C. Michael, and Hazel Tucker, eds. *Tourism and Postcolonialism: Contested Discourses, Identities and Representations*. London and New York: Routledge, 2004.

Higham, James. "Ecotourism: Competing and Conflicting Schools of Thought." *Critical Issues in Ecotourism: Understanding a Complex Tourism Phenomenon*. Oxford: Elsevier, 2007. 1–19.

Hobson, Ira R. "The Unseen World of Transnational Corporations' Powers." *The Neumann Business Review: Journal of the Division of Business and Information Management* 1 (Spring 2006): 23–31. (Also available online at www.neumann.edu.)

Hossain, Emran. "Bangladesh Building Collapse Leaves Hundreds Missing as Search Ends." *The Huffington Post*, May 15, 2013. (Available at www. huffingtonpost.com.)

INFACT (Infant Feeding Action Coalition) Canada. "Nestlé Boycott Home." (Available online at www. infactcanada.ca/nestle_boycott.htm.) n.d.

Jaakson, Reiner. "Globalisation and Neocolonialist Tourism." *Tourism and Postcolonialism: Contested Discourses, Identities and Representations*. Eds. Michael C. Hall and Hazel Tucker. London and New York: Routledge, 2004.

Knicley, Jared E. "Debt, Nature, and Indigenous Rights: Twenty-five Years of Debt-for-Nature Evolution." *Harvard Environmental Law Review* 36.1 (2012): 79–122. (Available online at www.law.harvard.edu/journals/eir/ archive/volume-36-volume-1-2012.)

Krasny, Jill. "Every Parent Should Know the Scandalous History of Infant Formula." *Business Insider*, June 25, 2012. (Available online at www. businessinsider.com/nestles-infant-formula-scandal-2012-6?op-1.)

Loomba, Ania. *Colonialism/Postcolonialism*. 2nd ed. London and New York: Routledge, 2005.

Maathai, Wangari. *The Greenbelt Movement: Sharing the Approach and the Experience*. New York: Lantern Books, 2003.

Manik, Jufikar Ali, and Jim Yardley. "Building Collapse in Bangladesh Kills Scores of Garment Workers." *The New York Times*, April 24, 2013. (Available online as "Building Collapse in Bangladesh Leaves Scores Dead" at www.nytimes.com.)

Marbella, Wilfredo. *Petition to Stop Landgrabbing in Hacienda Looc*. August 8, 2012. (Available online at www.asianpeasant.org/petition/petition-stop-landgrabbing-hacienda-looc.)

McClintock, Anne. "The Angel of Progress: Pitfalls of the Term 'Post-colonialism.'" *Social Text* (Spring 1992): 1–15. Rpt. in *Colonial Discourse and Post-Colonial Theory*. Eds. Patrick Williams and Laura Chrisman. New York: Columbia University Press, 1994. 291–304.

Morrison, Toni. *Beloved*. New York: Alfred A. Knopf, 1987.

——. *Playing in the Dark: Whiteness and the Literary Imagination*. New York: Vintage, 1993.

Moskos, Charles C. *Greek Americans: Struggle and Success*. 2nd ed. Piscataway, N.J.: Transaction Publishers, Rutgers – The State University, 2009.

Nixon, Rob. "Environmentalism, Postcolonialism, and American Studies." *Slow Violence and the Environmentalism of the Poor*. Cambridge, M.A.: Harvard University Press, 2011.

Olea, Ronalyn V. "Int'l Mission Urges Gov't to Stop Land-use Conversion in Hacienda Looc." *Bulatlat*. February 17, 2012. (Available online at www. bulatlat.com/news/4-43/4-43-looc.html.)

Plumwood, Val. *Environmental Culture: The Ecological Crisis of Reason*. London and New York: Routledge, 2002.

Republic of the Philippines Department of Agrarian Reform. *O.P. Case No. 99-E-8734*, July 5, 2000. (Available online at www.lis.dar.gov.ph/home/document_view/1559.)

Rhys, Jean. *Wide Sargasso Sea*. London: Deutsch, 1966.

Said, Edward W. *Orientalism*. New York: Pantheon, 1978.

——. *Culture and Imperialism*. New York: Knopf, 1994.

Schradie, Jen, and Matt DeVries, filmmakers. *The Golf War*. 1999. (Available online at www.golfwar.org and on YouTube: enter "link tv documentary the golf war.")

Shelley, Mary. *Frankenstein*. London: Lackington, Hughes, Harding, Mavor, & Jones, 1818.

Smith, M. E. "Hegemony and Elite Capital: The Tools of Tourism." *Tourism and Culture: An Applied Perspective*. Ed. E. Chambers. Albany: State University of New York Press, 1997. 199–214.

Tiffin, Helen. "Post-Colonial Literatures and Counter-Discourse." Kunapipi 9.3 (1987): 17–34. Excerpted in *The Post-Colonial Studies Reader*. Eds. Bill Ashcroft, Gareth Griffiths, and Helen Tiffin. New York: Routledge, 1995. 95–98.

United Nations Permanent Forum on Indigenous Issues. Factsheet: "Who Are Indigenous Peoples?" Fifth Session, May 2006. (Available online at www.un.org/esa/socdev/unpfii/documents/5session_factsheet1.pdf.)

Vidal, John, "Shell Settlement with Ogoni People Stops Short of Full Justice." *Guardian*, June 10, 2009. (Available online at www.guardian.co.uk.)

Vohra, Baljit, *et al. Evaluation of the USAID/Philippines Privatization Project, Project No. 492–0428*. Intrados/International Management Group. September 1992. Appendices VII and VIII. (Available online at http:/pdf.usaid.gov/pdf_docs/XDABG759A.pdf.)

第十三章

全景鸟瞰

　　读过前面几章，你可能会有一丝惶惑，一方面是因为你接受的信息量太大，一时难以消化，另一方面是因为各派批评理论之间多有重合，令人无所适从。下面列举的这些问题不是用以总结前面探讨的各个批评流派，而是帮助你整理思路，厘清所学内容，判定哪些理论是你乐于深入研究的。当然，比起下文列举的简短问题，"批评家针对文学文本提出的一些问题"和"深入实践问题"（笔者在前面诸章为了应用各派批评理论而提供的具体指导方针）要全面得多。然而，以下问题为你提供了一次全景鸟瞰、通观各派理论全局的机会，让你更加全面地了解它们之间的相似和不同。

　　精神分析批评——文本是如何受到文中（有意或无意地）再现的人物（或作者本人）的心理欲望、心理需要和心理冲突的塑造的？

　　马克思主义批评——文本是如何受到它（有意或无意地）再现的资本主义和（或）阶级歧视现象的塑造的？这种再现究竟是支持了还是颠覆了这些压迫性的社会经济意识形态？

　　女性主义批评——文本是如何受到它（有意或无意地）再现的父权制规范和价值观的塑造的？这种再现究竟是支持了还是颠覆了这些压迫性规范和价值观？

　　新批评——某个文本是一部伟大作品吗？如果是的话，它是如何兼具有机一致性和普适性主题的？

　　读者反应批评——读者在阅读过程中是如何构建文本的意义的？他们构建的意义与文本有什么关系？

结构主义批评——在理解文本的过程中，我们所依据的是什么样的潜在结构系统（例如，是神话原型的结构系统，模式化的结构系统，还是叙事学的结构系统）？结构主义批评家经常把文本的潜在结构视为该文本的**语法**，这套语法被表述为某种"数学公式"，以代表作品中人物及其行动的**功能**。

解构主义批评——分析文本内部的自我矛盾，但不把这些矛盾化解为一个笼统的主题，在这个过程中，我们对文本中运作的意识形态有哪些了解？

新历史主义——文本是如何参与历史阐释的？尤其值得注意的是，在文本问世的文化之中，盛行着各式各样的话语（所谓话语，就是与特定意识形态有关的语言运用方式，例如自由人文主义话语、基督教基要主义话语或白人至上话语等等），文本对这些话语的流通起到了什么样的作用？或者，在文本被接受的各个历史阶段，它的角色有什么变化？

文化批评——尤其在工人阶级的文化生产（例如通俗小说和电影）方面，以及在工人阶级文化产品与"高雅"文化产品（例如经典文学）的比较之中，文本发挥了什么样的**文化作用**？也就是说，文本的产生或接受总是在某种社会政治权力结构之中进行的，文本传播和改造的意识形态是怎样支持或颠覆这种权力结构的？

女同性恋、男同性恋和酷儿批评——文本是如何受到它（有意或无意地）再现的同性恋性欲的塑造的？这种再现对于异性恋究竟起到了支持的作用还是颠覆的作用？尤其对于酷儿理论而言，在看待性欲和性取向问题上，文本是如何说明我们的传统思维方式存在一定的不足的？

非裔美国文学批评——文本是如何受到它（有意或无意地）再现的种族和种族差异的塑造的？这种再现究竟是支持还是颠覆了种族主义意识形态？

后殖民批评——文本是如何受到它（有意或无意地）再现的文化差异（文化差异，指的是种族、阶级、性别、性取向、宗教、文化信仰和习俗等因素如何综合在一起构成个体身份）的塑造的？这种再现究竟是在支持还是在颠覆殖民主义意识形态？

尽管这些问题主要关注的是文学文本的阐释，然而，我深信此时你一定会充分意识到，每一种理论视角都改变了我们看待自己和世界的方式。只需援引一个例证，即可说明问题。就非裔美国文学批评而言，从最宽泛的语境出发，它要求我们去考察，种族因素（例如种族差异观、美国的种族历史和种族主义）如何贯穿于我们的个体身份和集体身份之中、我们的人际关系之中、我们的历史当中、我们的全部文化产品之中（文学只是其中的一部分）。之后，它要求我们去审视考察的收获。总而言之，批评理论不仅深化了我们对文学作品的理解——虽说这一目的本身就有价值——而且深化了我们对整个人类体验的理解。

你肯定已经注意到，在上面罗列的理论流派当中，有一些具有明显的政治倾向性：它们力求从某些方面入手来改进社会。还有一些理论自认为"与政治无关"，游离于塑造历史和政治的力量之外。新批评就是其中的显例。在二十世纪四十年代末和五十年代，新批评是文学研究领域的主力军，它认为自己研究的只是纯粹的美学问题，绝不涉及其他。然而，时至今日，大部分批评理论家都承认，一切批评理论都产生于历史现实，都具有政治内涵，无论其倡导者是否意识到这一点。

例如，许多有政治追求的理论家认为，为文学分析制造出一个纯粹的审美领域，这本身就是一种政治动向，它反映了一种逃避历史的强烈愿望，一种开辟"安全地带"的强烈愿望，栖身于此，人们会有超然世外之感，可以远离那些不可预测、经常是骇人听闻的现实。然而，无视政治现实的批评实践并不会因此而脱离政治。它转移了我们的注意力，使我们不再关注现存的权力结构，从而在无意之中保护了现存的权力结构，无论这个权力结构的性质是什么。从这个视角来看，新批评的鼎盛和结构主义的崛起都发生在二战之后，就不是什么令人吃惊的问题了。那时候，人们对核武器大屠杀的恐惧达到了顶峰，因此，在人类事件的干扰之外存在一个永恒不变的思想领域，这种信念尤为吸引人。事实上，"无关政治的"理论都是为保守的权力结构服务的。

我们可以采取类似的方式去分析任何一派批评理论的历史根源和政治内涵。当然，有些批评理论的历史根源和政治内涵更加明显。例如，女性主义批评、非裔美国文学批评和同性恋批评直接起源于政治运动：它们分别产生于二十世纪六十年代末的女性解放运动、黑人权力运动和同性恋解放运动，尽管这三家批评流派的历史根源与争取两性平等、种族平等或性取向平等的斗争同样古老。同样地，马克思主义批评是对社会不公的一种反应，从大的方面讲，后殖民批评、新历史主义和文化批评莫不是如此。

另一方面，精神分析、读者反应和解构主义批评的政治取向或"非政治"取向，完全取决于具体的批评家以及使用这些理论的目的。例如，本书第二章从精神分析角度对《了不起的盖茨比》进行的解读就是"非政治的"（也就是说，它忽略了政治，无助于政治现状的改变），原因是它在集中关注不正常的恋情之时，只是把它当作个人身上或家庭中发生的一种失序现象。如果我在考察小说对不正常恋情的再现时，把它视为现代美国文化的产物——或许把它视为资本主义、父权制和其他意识形态力量相互作用的产物——那么，我所提供的就是一种政治倾向明显的精神分析式解读（它很可能是一种以精神分析为主导方向的马克思主义解读，也可能是一种以精神分析为主导方向的女性主义解读，这就要看这篇文章的侧重点在何处了）。

同样地，读者反应批评可能没有"政治"功能。例如，当读者反应批评考察文本如何引发特定的阅读体验之时，它就没有政治功能，关于这一点，详见本书第六章"情感文体学"那一部分。读者反应批评也可能具有政治功能。例如，当读者反应批评去考察某一代批评家在解读某些文学作品的时候，究竟持有什么样的意识形态动机，这个时候，读者反应批评就可能有政治功能了。当我们利用解构主义去证明一个文本的意义是**不确定性的**，即文本的意义并不固定，因此它不具备传统上所说的意义，这时候，解构主义也可能"无关政治"。当然，如果一个文本没有意义，它也就没有政治可言。然而，在某些批评家手里，解构主义很可能成为一种有力的政治工具。当人们用它来揭露文本内部存在的意识形态矛盾（隐蔽的政治）之时，它就成了一种政治工具，关于这一点，详见本书第八章对《了不起的盖茨比》的解构主义解读。

简而言之，每一派批评理论的意义和力量在很大程度上取决于你们如何去运用。批评理论是你们手中的工具，如此而已。你可以选择某一派理论，只根据它的视角来阐释文学作品，或者，你可以巧妙地利用两种、三种或者更多的理论，甚至综合它们提供的视角，去阐释某一部作品。例如，当你从事非裔美国文学批评解读之时，可以借鉴马克思主义、精神分析和女性主义的概念，以便阐释文学作品对种族差异的再现。或者，当你从事女性主义解读之时，可以借鉴后殖民主义和读者反应批评的概念，去分析某部作品（例如西印度群岛的一位女作家的作品）一再遭到误读的现象。事实上，为了真正有效地应用某些理论，你一定要熟悉它们所借鉴的其他理论，这并非无稽之谈，因为许多马克思主义批评、女性主义批评、后殖民批评、非裔美国文学批评以及同性恋批评的实践者，他们为了分析多重压迫形式和过程以及抵制压迫的方法，既相互借鉴对方的理论框架，又借鉴了精神分析、解构主义、读者反应理论和符号学等理论。

然而，在从事特定的文学解读之时，究竟选择使用哪一种（几种）理论，这主要取决于两个因素：你个人运用理论的能力以及你打算用这派理论去分析的文本。为了让你的解读富有成效，你需要做到：理论运用能力与所选择的理论非常匹配，选择的理论与所分析的文本非常匹配。并非所有的文学文本都同样适合所有的理论。所以说，你的理论运用技能的高下在一定程度上取决于，你是否有弄清楚在什么样的时机运用什么样的理论。与一切值得学习的技能一样，理论运用的技能也需要实践。万事开头难，千万不要灰心气馁。好事多磨，成功路上难免磕磕绊绊。

如果还有什么需要警惕的话，那就是，不要一发现某种理论有瑕疵，就弃若敝屣。给批评理论挑错是一件很容易的事情，任何批评理论都有缺陷。理论之所以为理论而非固定事实，部分原因即在于此。例如，新批评宣称一部文学作品的语境就是该作品本身，这怎么可能？这在逻辑上不是很荒谬吗？这难道不是有悖于语境的定义吗？既然家庭本身就是一个社会学实体（精神分析认为家庭因素是心理形成的一个原因），那么，精神分析怎么会忽略或者轻视社会学因素在心理形成过程中的作用呢？

不过，发现某种理论有问题，不一定说明它对文学阐释用处不大。如果我们在学习过程中急于吹毛求疵，那么，随着我们轻视理论的倾向日渐高涨，我们很可能忽视了许多理论的巨大用途。在我看来，这种轻视理论的倾向源于我们心中一种可以理解的强烈愿望：希望批评理论不对自己构成大的威胁。这个理由很诱人，但极具自我拆台效果：如果某派批评理论有缺陷，那么，它的重要性就要大打折扣，不值得精通掌握，这样一来，就用不着担心它给自己造成困难了。所以，我在此强烈地奉劝诸位，暂时推迟使用这种"批判模式"，至少在精通各派理论、熟练地运用它们阐释文学作品之前，要做到这一点。

我马上就要打发你们独自进行这样的文学解读了，在此之前，我想讲一讲我最近经历的一件事。我认为，它既反映了批评理论和文学阐释自身的性质，又反映了它们的政治性。我的一位朋友对《了不起的盖茨比》很感兴趣，我向他简单描述了我从女性主义、后殖民主义和同性恋批评的角度对这部小说的解读；这位朋友很喜欢读文学，但对批评理论一无所知。我一说完，他马上就问：“你在教科书里使用的那些理论都和这部小说配套吗？”“当然配套，”我立即向他保证。“如果理论对作品有歪曲，我是不会用它来分析文学作品的，”我这样解释道。“不，”他说，“我的意思是说，难道这些理论都发现这部小说**有问题**吗？”

一语惊醒梦中人。他说得对呀！事实上，我用过的那些理论，几乎都可以让我得出结论：这部小说在某些方面存在着意识形态缺陷。如果把这些缺陷汇总起来，我差不多可以发出如下声明：“《了不起的盖茨比》是一部带有阶级歧视色彩、性别歧视色彩、同性恋恐惧色彩、种族主义色彩和殖民主义色彩的小说，它把资本主义的罪恶加以浪漫化，它赞美变态的恋爱，仿佛这还不够，它还给人带来了一种不确定的阅读体验，诱使读者把自己的信仰和愿望投射到文本之中。”然而，《了不起的盖茨比》也是一部最为动人和最为精湛的文学作品，它一直令我倾心不已。怎么会出现这种情况？

这个问题这么问或许更好，“怎么不会出现这种情况？”极少有批评家否认，在美国作家当中，菲茨杰拉德的语感最好，在所有作品当中，《了不起的盖茨比》最有抒情美感，最具精湛匠心。与此同时，不要忘了，这部小说写于1924年，作者是一位白人男性青年，此时，他正在苦苦打拼，力求跻身上流社会，让社会认可自己的文学成就，而这一切都是他此前未能做到的。假如他的那些传记作家值得信赖的话——包括钦佩他的作品而且充分体会到他的生活困境的那些传记作家——作为那个时代的社会成员，菲茨杰拉德持有的意识形态偏见，当时所有人都可能持有。作者曾认为，《了不起的盖茨比》是自己最大的成就，他为之投入了全部心血，在这样的一部著作中，这些意识形态因素怎么不会出现呢？事实上，即便菲茨杰拉德本人并未持有小说中充斥的全部意识形态偏见，这些偏见也会以某种形式出现在这部作品中，因为作者想把这部小说写成二十世纪二十年代的一部纪事之作，作者所属一代人的纪事——至少是作者所熟悉的白人上层社会的纪事——而且，菲茨杰拉德对人类行为的观察极为细致入微。简而言之，这个时代充满了意识形态缺陷，即便作者本人没有这类缺陷。

然而，我并不认为这些缺陷像那位朋友所说的那样，是"小说的问题"。在批评理论的帮助之下，我发现了那些骇人听闻的意识形态，我对自己在这方面表现出的能力颇感振奋，一时之间竟然忘了它们有骇人之处。这部小说在意识形态上确有骇人听闻之处，这一事实不容忘记。然而，它也确有优美动人之笔。这就是我试图去忍受的一个矛盾：我既欣赏这部小说无与伦比的艺术性，又欣赏那些具有揭秘性质的批评理论，后者向我揭示出小说暗含的种种令人不安的潜在文本。我深信，忍受该小说以及其他作品中的这种矛盾，对我们而言，也不失为一桩至乐之事，这是借鉴批评理论来解读文学文本的成果。或许这就是我们经过潜学深思而终能斩获的一种欣赏品味。假如事情果真如此，假如眼前的这本书真能帮助你获得这种品味，那么，我乐观其成。[1]

---

1 本书为集体合译，在不影响阅读的情况下，书中极个别词句有所删减。全书具体分工为：
赵国新：第三版前言，教学说明，致谢，第一、二、六、七、十三章，统校全书
周雪莹：第三、五章
高喻鑫：第九、十章
宋文静：第十一、十二章
赵颖慧：第四章
王元陆：第八章
本书第三版中译文修订由赵国新完成——译注